The

欲望三部曲 Ⅰ

[美] 德莱塞 —— 著

凌珊 —— 译

金融家

Theodore
Dreiser

Financier

中国出版集团 现代出版社

图书在版编目（CIP）数据

金融家 /（美）德莱塞著；凌珊译 . -- 北京：现
代出版社，2021.10
ISBN 978-7-5143-9464-1

Ⅰ . ①金… Ⅱ . ①德… ②凌… Ⅲ . ①长篇小说—美
国—现代 Ⅳ . ① I712.45

中国版本图书馆 CIP 数据核字 (2021) 第 230709 号

金融家

著 者：［美］德莱塞
译 者：凌 珊
策 划：王传丽
责任编辑：张 瑾
出版发行：现代出版社
通信地址：北京市安定门外安华里 504 号
邮政编码：100011
电 话：010-64267325 64245264（传真）
网 址：www.1980xd.com
电子邮箱：xiandai@vip.sina.com
印 刷：大厂回族自治县彩虹印刷有限公司
开 本：880mm × 1230mm 1/32
印 张：16.5
字 数：396 千字
版 次：2022 年 1 月第 1 版 印 次：2022 年 1 月第 1 次印刷
书 号：ISBN 978-7-5143-9464-1
定 价：58.00 元

目录

第一章　　乌贼与龙虾 / 001

第二章　　塞涅卡舅舅 / 007

第三章　　七箱肥皂 / 015

第四章　　得到奖金 / 027

第五章　　进泰依公司 / 034

第六章　　塞普尔太太 / 039

第七章　　小寡妇 / 048

第八章　　热恋 / 055

第九章　　新婚 / 061

第十章　　如胶似漆 / 064

第十一章　　承包商巴特勒 / 072

第十二章　　五百万公债 / 080

第十三章　　爱琳小姐 / 088

第十四章　　新上任的市财政局局长 / 096

第十五章　　漂亮新居 / 107

第十六章　　"政治经济机器" / 113

第十七章　　欢乐的聚会 / 119

第十八章　　舞会上的欲火 / 130

第十九章　　初吻 / 138

第二十章　　河边的幽会 / 143

第二十一章　　雌性蜂王 / 150

第二十二章　　金屋藏娇 / 161

第二十三章　　芝加哥火灾 / 170

第二十四章　　出师不利 / 183

第二十五章　　困难重重 / 188

第二十六章　　私情败露 / 214

第二十七章　　无计可施 / 226

第二十八章　　紧要关头 / 235

第二十九章　　山盟海誓 / 242

第三十章　　　煎熬时光 / 251

第三十一章　　诉讼之网 / 257

第三十二章　　危险一箭 / 261

第三十三章　　当替罪羊 / 269

第三十四章　　接受审查 / 280

第三十五章　　在侦探所 / 287

第三十六章　　幽会房间 / 297

第三十七章　　父女之争 / 310

第三十八章　　女友玛丽 / 321

第三十九章　　陷入困境 / 333

第四十章　　　法庭之上 / 339

第四十一章　　四条罪状 / 345

第四十二章　　口供影响 / 354

第四十三章　　激烈辩护 / 362

第四十四章　　暂且入狱 / 380

第四十五章　　离家出走 / 388

第四十六章　　牢房争论 / 393

第四十七章　　船在下沉 / 406

第四十八章　　裁定坐牢 / 413

第四十九章　　行贿狱长 / 420

第五十章　　　等你一百年 / 428

第五十一章　　挥手告别 / 434

第五十二章　　最终判决 / 437

第五十三章　　沦为囚徒 / 448

第五十四章　　规矩牢房 / 465

第五十五章　　爱琳探监 / 476

第五十六章　　终于摊牌 / 486

第五十七章　　意外之死 / 495

第五十八章　　获得赦免 / 504

第五十九章　　东山再起 / 513

第一章　乌贼与龙虾

弗兰克·阿尔杰农·考珀伍德出生在费城，这是一个有二十五万人的城市。城里随处可见漂亮的公园、宏伟的建筑，以及遍布四处的历史遗迹。许多我们今天以及后来所熟悉的事物那时都还不存在，比如电报、电话、快递公司、远洋轮船、邮政信箱。那时候没有邮票，也没有挂号信。街车也还没出现。只有公共马车可以代步。长途旅行要借助正在缓慢发展的、靠运河联系起来的铁路干线。

弗兰克出生的时候，他的父亲亨利·华盛顿·考珀伍德只是一家银行的小职员。但是十年之后，当他开始懂事，并用新奇热情的眼光观察这个世界的时候，亨利·华盛顿·考珀伍德先生因为银行总裁去世，职员依次晋级而升迁为出纳，拥有了三千五百美元的丰厚年薪。他高兴地把这个消息告诉太太，并决定搬家，从木头纽扣街二十一号搬到新市场街一二四号。新街区的环境好，漂亮的三层楼的砖房比原来的两层要高出一层。当然也许哪天他们会碰到个比这更好的，但是目前这已经足够好，他非常知足。

亨利·华盛顿·考珀伍德只相信眼睛能看到的东西，对于自己的未来也信心十足——一个银行家，或者未来的银行家。此时，他的外表依然挺拔瘦削，并且富于好奇心，有着办事员的干练风范——修剪齐整的鬓角长及耳垂。上嘴唇平缓方阔，鼻子高挺，下巴有棱有角。

眉毛浓密，让他的一双略带灰色的绿眼睛显得格外明亮。头发短而顺，梳理得整整齐齐。他总是穿着一件长外套——那时候金融圈流行的着装，并且戴着一顶高礼帽。他的双手和指甲总是干净整齐。他的举止庄重又文雅。

他一心想要出人头地，因而对于跟谁谈话以及谈到谁都非常小心。对那些令人不愉快的时事和社会现象，他不愿意妄下评论，就像怕被人看到他跟坏人搞在一起似的。对于时事他更没有什么实质性意见要表达。他既不支持也不反对黑奴制，虽然废除和反对的呼声一样激烈。他坚信铁路才是赚大钱的机会，如果你有资金，以及那种奇妙的东西——即能赢得他人信任的磁铁般的人格魅力。他相信安德鲁·杰克森反对尼古拉斯·比德尔以及联邦银行整个儿是错误的，这是当时的大新闻之一。他自然很担心，他也的确应该如此。大把大把的贬值钞票在流通，他在银行里看到这种钞票源源不断地涌入，然后打折后又加了利息贷给那些等不及的人，银行因此从中获利。他供职的费城第三国民银行位于费城市中心，这里可以说是当时全国的金融中心——即第三大街。银行的股东们也顺带做股票生意，这种情况在各州银行都发展得十分猖獗，大大小小的国有银行，几乎没人监管那些来路不明的资产，随意发行票证，因此很多银行以惊人的速度倒闭或停业。及时掌握这些信息，成了考珀伍德先生的工作重心，他于是成了小心谨慎的代名词。不幸的是，他缺少在任何一个领域成功所必需的两大因素——有魅力的个性和远见。他注定成不了伟大的金融家。虽然他已经算是比较成功了。

考珀伍德太太是一个虔诚的教徒。她身材娇小，有一头浅棕色的头发，一双清澈的棕色眼睛，年轻时曾经很迷人。但如今却变得脾气古怪。她将三个儿子和一个女儿照顾得过于周到。三个儿子中老大弗兰克最让她恼火。他总是不停地往城里跑，到各处探险。她担心他会和坏孩子们混在一起，或者接触他不该接触的人。

弗兰克·阿尔杰农·考珀伍德十岁时就显露出天生的领导才能。不论是在小学还是后来的中央高中，大家都认为他是最具远见并且值得信赖的人。他年轻、健壮、勇敢而又热衷于挑战。他似乎生来就对经济和政治感兴趣。他不喜欢书本，是一个干净、瘦高的男孩儿，长着一张干净而又精明的脸；一双大而清澈的灰色眼睛；宽额头，深棕色的短发。他举止得体，身手敏捷，对世界充满好奇，总像是在探究，并充满期待地寻找智慧的答案。他身体健康，胃口极好，对弟弟们来说他是个铁腕人物。"快点儿，乔！""赶快，爱德华！"他发号施令的时候，并不凶，却坚定有力。乔和爱德华听他的话。他们一开始就把弗兰克当成主人，对他言听计从。

他好像总是在思考——每件事都令他好奇，因为他想不明白他来到世间这件事——生命究竟是怎样组成的。世界上这些人都是怎么来的？他们都在干什么？是谁开始的所有这一切，又是怎样开始的？他听妈妈讲过亚当和夏娃的故事，但是他不信。离家不远的地方有个卖鱼的市场，他去父亲银行的路上，或者跟弟弟们一起探险的时候，总喜欢去逛这里的一家店，去看那家店门口摆放的鱼缸，里面有一些稀奇古怪的海洋生物标本，都是特拉华海湾的渔民捕捞的。有一次他在那里看到了海马，就是一种看起来有点儿像马的奇怪海洋生物。另一次他看到一条电鳗，就是本杰明·富兰克林在试验中解释过的那种。有一天他看到一条乌贼和一只龙虾被放进了鱼缸里。之后他目睹了一场让他终生难忘的惨烈的悲剧，在看完这场悲剧后，那些他想不明白的问题仿佛一下想明白了。据那些无所事事的旁观者说，渔民不给这只龙虾喂食，因为乌贼就是它的食物。清澈的透明玻璃鱼缸里，龙虾躺在缸底黄色的沙子上。它看起来好像什么也看不见,因为你无法判断龙虾那一对亮晶晶的眼珠在往哪儿看,但是显然它的视线从来没有离开过乌贼的身体。而乌贼呢,看起来苍白如蜡,简直就像一堆猪肉脂肪或玉石,但它移动起来却像台风一样快。显然它的一举一动都没有逃过龙虾的视线。因为它身体的一小块儿已经不见了,被龙虾无情的大夹子扯了下来。龙虾会弹射一般突然跳起来,乌贼看起来像是在做梦,却也一下子警觉地跳开来,同时喷出乌云一样的墨汁,然后消失在墨汁后面。可是它身体的一小部分,被下面的魔爪夹住。少年考珀伍德对这戏剧性的情景很着迷,每天都来看。

一天早上他站在鱼缸前,鼻子几乎贴在鱼缸上。乌贼的身体只剩下一部分,墨汁袋也已经空了。龙虾卧在鱼缸的一角,看起来是准备行动了。

少年考珀伍德一直待在那里,这惨烈的搏斗吸引着他。也许再过一个小时或者一天,这只乌贼就完了,被龙虾杀死、吃掉。他又望了一眼卧在角落里那只浑身散发着青铜绿的摧毁机器——龙虾,好奇它什么时候会发动进攻。也许就在今晚。他要晚上再来看。

那天晚上他又来看。呀!真的像他想的那样。鱼缸那儿围了一小圈人。龙虾在角落里,面前是被扯成两段的乌贼身子,它正在吃其中的一段。

一个围观的人说:"到底把它吃了。一小时之前我看那龙虾跳起来一下就抓住了乌贼。乌贼太累了,反应也不够快。倒是往后退了,但是龙虾预料到了它会那样,一下就把它抓住了。这么多日子它早就搞清楚了乌贼的动向。今天终于把它逮住了。"

弗兰克只是盯着。真遗憾,他错过了激战。他看着乌贼的残骸,一点儿也不觉得可惜。然后他又盯着胜利者。

他自言自语道："本来就应该是这样的吧，乌贼不够快。"

"乌贼无法杀死龙虾，因为它没有武器。而龙虾可以杀掉乌贼，因为它全身都是武器。乌贼没有任何吃的，龙虾却可以把乌贼作为战利品吃掉。那么结果是什么呢？还会有什么别的结果吗？乌贼本来就没有机会。"在回家的路上他终于得出了结论。

这件事令他印象深刻，可以说是大致解释了一直缠绕在他心底的谜团。生命到底是怎样的一种组织形式？生物链的问题就是这样。龙虾吃乌贼和其他东西。那谁吃龙虾呢？当然是人。那什么东西吃人呢？他自问着，是其他人吗？野兽吃人，还有食人族吃人。风暴和事故也能杀死人。他对人是否吃人不太确定，但人是会互相残杀的。战争和抢劫算不算？他见过抢劫。他那天放学时看到有人正袭击报社大楼。父亲跟他解释过，是有关解放奴隶的事。对了，人当然吃人。看看那些奴隶。他们也是人，这些日子的骚动就是围绕他们而起的。人杀死其他人——黑奴们。

得出这个结论，他高兴地回家了。

"妈妈，"他一进屋就大声叫着，"它终于把它吃掉了。"

"谁吃掉谁了？怎么回事儿？"妈妈惊奇地问道。

"还有谁，当然是那只龙虾把乌贼吃掉了，我那天不是告诉过你和爸爸了吗？"

"那可真是不妙，你怎么会对这种事情感兴趣呢？快去洗手吧。"

"这种事情并不常见，我就没见过。"他走到后院有水龙头的地方，还有个木桩，上面有一张小桌子。桌子上有一个亮晶晶的洗脸盆和一桶水，他洗了脸和手。

然后他跟爸爸说："爸爸，你知道那条乌贼吗？"

"知道。"

"它死了，龙虾把它吃了。"

　　"嗯，那真是糟透了。"爸爸正在看书，他漫不经心地说道。

　　但是许多天后，甚至许多星期后，弗兰克还会想起这件事，以及自己所处的世界。因为他已经思考他在这个世界上究竟要成为什么样的人，以及怎样生存下去。他看着父亲数钱，知道自己会喜欢在银行做事。而第三大街，也就是父亲办公室的所在地，对他来说就是世界上最整洁、最令人惊奇的一条街。

第二章　塞涅卡舅舅

　　弗兰克·阿尔杰农·考珀伍德在一个幸福快乐的家庭里长大。他十岁之前住在纽扣街，那是个很适合孩子成长的好地方。大部分房屋是两三层的小红砖房，门前有白色窄小的大理石台阶。前门和窗户边缘上也镶嵌着薄薄的白色大理石片装饰。街上有很多树，生长茂盛。马路上铺着又大又圆的鹅卵石，被雨水冲刷得十分干净。红砖铺成的人行道，总是湿润凉爽。家后院有很多树、草，还有花，有一百多英尺[1]。房子的前面离人行道很近，屋后却有很大的空地。

　　弗兰克的父母身体很好，所以这个家在弗兰克出生后，每两三年就生一个孩子，一直到有了四个孩子。在弗兰克十岁的时候，家里人丁兴旺。他们于是准备搬到新市场街。亨利·华盛顿·考珀伍德随着职务的升迁，认识的客户也越来越多，慢慢变成了一个举足轻重的人物。他已经认识一些与他所在银行有业务的富商。又因为他在做办事员时，常常因公务去各个银行办事，也就渐渐跟各家银行熟悉起来。他深受大家欢迎。像联邦银行、杜莱克斯银行、爱德华银行的工作人员，以及股票经纪人都知道他所服务的银行，虽然人们知道他并非绝顶聪明，但是都认为他是一个值得信赖的人。

----

[1] 1 英尺合 0.3048 米。

少年考珀伍德毫无疑问见证了父亲事业的发展过程。他可以在星期六进出银行，饶有兴趣地看一周收盘时股票经纪人们互换票据。他想知道这些钱都从哪里来的，为什么会有贴水，怎样收贴水，这些人拿了钱去做什么。父亲见他有兴趣，很高兴，就热情地给他解释，所以他在十岁到十五岁的时候，已经学到了很多国家财政状况方面的知识——懂得州银行是什么，国家银行又是什么，股票经纪人是干什么的，股票市场是什么，为什么股票价格会升降。他开始明白钱是股票交易的手段，以及价值是怎样根据一种主要交易媒介——黄金来判断的。他天生就是金融家，所有这些像伟大的艺术一般的金融知识，对他来说，就像诗人对人生的思考与情感的洞悉一样来得自然。这种作为交易媒介的黄金让他非常感兴趣。当父亲跟他解释黄金是如何从金矿里开采出来的时候，他便梦到金矿，然后醒来后希望真的有座金矿。他对股票和证券也同样感兴趣，并且了解到有些股票和公债券不如其纸张值钱，而有些要比票面标出的价格还要高。

一天，爸爸对他说："儿子，给你看样东西，在我们住的地方，这可不是常见的东西。"他指着一卷英国东印度公司的股票，一个费城富豪因为要用现金，就把这些股票拿来抵押，他以面额三分之二的价格做抵押来银行申请十万美元贷款。

少年考珀伍德好奇地看着这些股票说："好像看起来不值多少钱，是吗？"

他父亲开玩笑地说："这些股票的价值比其面额多出四倍。"

弗兰克重新查看了一番这些股票，"英国东印度公司，"他读着，"十镑，也就是相当于五十美元。"

"四十八。确切地说是四十八美元三十五美分。"父亲淡然道，"如果我们有一些这样的股票，我们就不用卖力工作了。你注意到没有，这上面几乎没有图钉的痕迹，我想这些应该从没被抵押过。"

过了一会儿，少年考珀伍德把这些股票还给父亲，但是对这种巨额抵押一无所知。东印度公司是干什么的？他们是干什么的？父亲告诉了他。

在家时，他也听到过不少有关财务投资和风险的事情。比如说，他听过一个叫斯坦伯格的人，一个从弗吉尼亚来的大牛肉投机商，被当时数额大又容易得到的贷款所吸引，来到费城。据他父亲说，这个人和尼克拉斯·比德尔，以及其他几家联邦银行都很熟，看起来那家组织似乎对他的申请有求必应。他购买牛肉的量很大，从弗吉尼亚、俄亥俄，还有其他几个州购买，事实上整个东部城市的牛肉供应业务都被他垄断了。他长得大块头，脸胖得像猪头，戴着一顶高高的海狸帽，一件长外套总是敞胸露怀。他设法抬高牛肉价格到每磅三十美分，导致所有的顾客和零售商都愤而反抗。他因此胜出了。他以前常到老考珀伍德银行股票交易所，手里拿着十万到二十万块的钞票，还有十二个月期票——这些都是联邦银行票面一千、五千，甚至一万的期票。他把这些以低于面值一角或者一角二分的贴息兑成现金。因为先前已经把自己的证券以四个月的期限全额给了美国银行。他从第三国家银行股票柜台拿到付款，包括弗吉尼亚、俄亥俄、西宾夕法尼亚的银行票据。因为他的主要支出都是在这些州。第三国家银行最先赚取的利润是原始交易的四到五厘，因为当初收进西部银行时有折扣，所以又从中拿到利润。

父亲还讲到另一个人，一个叫弗朗西斯·杰·格朗迪的人，他是华盛顿一家著名报纸的记者和说客，拥有发掘各种小道消息的能力，特别是和金融立法有关的小道消息。总统和内阁以及参议院和众议院的秘密似乎都向他开放。很多年前格朗迪通过一两个经纪人，购买了大量得克萨斯州各类政府公债券和股票。当时得克萨斯共和国正在争取脱离墨西哥独立的斗争中，所以发行了大量的政府公债券和股票，价值达一千万到一千五百万美元。后来，得克萨斯并入美国，当时通过了一项法案，以美国的名义捐款五百万美元，用以清理这一旧债。格朗迪知道这些信息，也知道由于发行条件特殊，其中一些政府公债券会全额偿还，而其他部分又会打折扣。并且在一个虚拟的或事先安排的虚假会议上，通过法案，借以吓退那些可能听到这些消息而准备买旧证券牟利的局外人。因为他熟悉第三国民银行，这些消息自然也传到了做出纳的考珀伍德耳朵里。他告诉了太太和儿子。少年考珀伍德从别人口中听说这个后，他那清澈的大眼睛闪闪发光。他想知道为什么爸爸没有借机也买一些得克萨斯证券。父亲说，格朗迪还有其他三四个人，每人都赚了十万美元。他说，这个不能算完全合法，但是也不能算违法。为什么这种内幕消息不应该公之于世？某种程度上，弗兰克发现父亲太老实了，也过于小心翼翼。他告诉自己，长大后一定要做一个经纪人，或者金融家，或者银行家，也做些这样的事。

正在此时，弗兰克的一个舅舅来了，这人以前从来没在他家出现过。他是考珀伍德夫人的弟弟，大名塞涅卡·戴维斯。此人长得很结实，身高五英尺又十英寸[1]，魁梧粗壮的身子，光溜溜的圆脑袋上金色头发没有多少了，清爽红润的脸上有一双蓝眼睛。他穿戴特别考究，衣服的款式都是时下流行的，印花坎肩，浅色长燕尾服，还有当时有钱人都免不了的那种高礼帽。弗兰克一见到他就被迷住了。他曾经在古巴做种植园主，如今仍然在那里有个大牧场。可以给弗兰克讲他在古巴生活时的故事——叛乱、埋伏，在自己庄园里徒手格斗，诸如此类的事情。他带来了收集的印度咖喱香料，更不用提他的万贯家财，还有

---

[1] 1 英寸等于 2.54 厘米。

几个黑奴——其中有个叫曼努埃尔的黑人，身材高、骨骼大，不离他左右，是他的贴身仆侍。他还把原糖从种植园装船运到费城的南华克码头。弗兰克喜欢他，因为他对生活充满了热情，快乐地生活。只是对这个安静又保守的家庭来说，就显得有些粗野放肆了。

"啊,南希·阿拉贝拉,"星期天下午他一到就对考珀伍德夫人嚷道,让一家人对他的突然出现喜出望外。"你一点儿也没长啊,我还以为你嫁给老哥亨利以后,会胖得像你弟弟一样呢。瞧瞧你,我敢对天发誓,你还不到五磅重。"他把考珀伍德夫人拦腰抱起来,上下颠动,让孩子们大吃一惊,因为他们还从来没看到过妈妈被人家这样抱着。

亨利·考珀伍德对这个有钱亲戚的到来很高兴,因为在十二年前他结婚的时候,塞涅卡·戴维斯并没有太把他当回事儿。

"看看这些费城孩子煞白的小脸儿,"他继续道,"他们应该到我的古巴牧场来晒晒太阳,就不会脸色苍白了。"他捏了一下五岁的安娜·阿特莱德的脸颊,说,"跟你说,亨利,你这地方可真是不错。"他用犀利的眼光打量着主客厅,这幢传统的三层楼的正房。

主客厅有二十英尺宽二十四英尺长,摆设着一套新的谢拉顿式家具,仿樱桃红木制作,透出一种古色古香的和谐气氛。自从亨利做了出纳员,家里还买了架钢琴,在那个时候算得上是奢侈品了,从欧洲进口的,打算等安娜长大后学弹钢琴。房间里还有几件特别的装饰品——一盏枝形瓦斯吊灯,还有一只玻璃金鱼缸,一些稀奇的打磨光滑的贝壳,一个捧着花篮的大理石丘比特。这时正值夏季,窗户都敞开着,可以看到窗外树木伸展着绿色的枝丫,在人行道的砖地上洒满了绿荫。塞涅卡舅舅走进后院。

"嗯,这里可真不错啊!"他注视着一棵大杨树说,后院有一部分铺着砖,围在砖墙院落内,绿色的蔓藤爬满墙壁,"你的吊床呢?

夏天你们这里不挂吊床吗？在圣佩德罗我的阳台上有六七个呢。"

考珀伍德夫人回应道："我们这好像邻居都没挂，所以也没想过挂吊床，挂上一个也不错，哪天叫亨利去买一个。"

"我旅馆的行李箱里就有两三个，都是我的黑人仆人们做的，明天早上我让曼努埃尔给你们送一个来。"

他拉扯着藤蔓，拧一下爱德华的耳朵，跟老二约瑟夫说："明天我给你带一只印度战斧。"然后又回到房子里。

过一会儿，他说："这个小伙子让我感兴趣，"把手放在弗兰克的肩上，"你给他起的全名是什么？"

"弗兰克·阿尔杰农·考珀伍德。"

"你其实应该给他起一个跟我一样的名字，这个孩子有些与众不同，你愿不愿意到古巴来做一个种植园主，怎么样，我的孩子？"

"我也不知道我愿不愿意。"老大回答说。

"嗯，倒是挺直率的，你有什么不愿意的？"

"没有。就是我对此一无所知。"

"那你知道什么呢？"

弗兰克很机智地笑道："我猜我知道的也不多。"

"好吧，那你对什么感兴趣呢？"

"钱！"

"哈哈，真是，不是一家人不进一家门哪，是不是从你父亲那里学来的？这是一个很好的特性，说话也像个男人！等一下我们再聊这个话题。南希，我想你在培养一个金融家，至少说话像个金融家。"

现在他仔细地打量着弗兰克。在他那年轻强壮的身体里，毫无疑问蕴藏着一种真正的力量。他的大而清澈的灰眼睛里充满了智慧，却又深藏不露。

"真是一个聪明的孩子。"他对姐夫亨利说,"我喜欢这孩子的气势,真是一家子聪明人。"

亨利笑了。这个舅舅如果喜欢弗兰克,可能会帮这孩子大忙,也许会给他留一些遗产。他既有钱又是单身。

塞涅卡舅舅成了家里的常客,应该说他和他的黑人保镖。曼努埃尔会说英语又会说西班牙语,这让孩子们大大地出乎意料。塞涅卡舅舅对弗兰克也越来越感兴趣。

有一天塞涅卡对姐姐说:"等弗兰克长大,知道想做什么的时候,我可以帮他。"姐姐对此表示非常感激。塞涅卡舅舅跟弗兰克聊学习上的事,发现他不喜欢书本,对学习上的事情也很少关心,都是应付了事。他憎恶语法,觉得文学很无趣,拉丁语也没用。历史,嗯,相对来说还算有趣。

"我喜欢算数和记账。"他说,"我想工作,那才是我想做的。"

"你还太小了,孩子,"舅舅问道,"你多大了?"

"十三。"

"十六岁之前是不能辍学的,如果你学到十七八岁会比较好。对你没有坏处,你不会一直做孩子的。"

"我不想做孩子,我想工作。"

"不要太着急了,孩子,你会很快长成一个大人,你想成为银行家,是吗?"

"是的,先生。"

"嗯,等时间到了,一切顺利,你表现得好,而且还想当银行家,我会帮你在事业上开个头。如果我是你,将来又想做一个银行家,那么我会先花一年左右的时间在经济行里学习。那对你会是很好的训练,你会学到很多需要知道的东西。同时保持健康,并尽可能地多学。不管我在哪里，都要告诉我，我会给你写信，看看你进展得怎么样。"

他给了孩子一枚十元金币，开了一个银行账户。爱屋及乌，因为弗兰克这个充满活力、自强优秀的年轻人是这个家庭不可分割的一部分，他进而更喜欢考珀伍德一家了。

第三章　七箱肥皂

少年考珀伍德是在十三岁的时候，第一次积累了做生意的经验。一天，他经过前街，这条街上全是进出口商品商店和批发店。他看到一家批发杂货店门口挂着面拍卖旗，里面传出拍卖人的叫价声："爪哇咖啡豆，谁要？总共二十二袋，现在市场批发价七美元三十二美分一袋。出多少钱？全部一起总共二十二袋，出多少钱？"

"十八美元。"站在门口的一个人随便喊道，更像是给拍卖开个价而已。弗兰克站住脚。

"二十二美元！"另一个人喊道。

"三十美元！"第三个人叫道。

"三十五美元！"第四个人叫道，就这样，一直叫到七十五美元，不到咖啡豆价值的一半。

"我出价七十五！"

拍卖人大声喊道，"还有人出价吗？七十五一次，八十，有人要八十吗？两次七十五，现在。"他停了一下，一只手戏剧性地在空中举起来，然后和另一只手掌相互拍击，喊道，"七十五卖给西拉斯·格雷戈里。杰瑞，记下来。"他朝着身旁那个红头发，一脸雀斑的职员说道，然后又转向旁边的一批杂货——这次是十一桶淀粉。

少年考珀伍德在脑子里快速计算，如果按照拍卖人说的，一包咖啡豆市场价七美元三十二美分，这个人总共花了七十五美元买了二十二袋，他当场就挣了八十六美元零四美分，还不算卖给零售商的利润。他记起来妈妈买的咖啡是每磅二十八美分。他走近前，把书夹在腋下，用心注意着这场交易。很快，他听到淀粉是十美元一桶，只带来了六桶。还有一些醋之类的东西，也降到了三分之一的价格。他希望自己也能够参加拍卖，但是他没有钱，就一点儿零钱。拍卖的人也注意到他，这个几乎站在他鼻子底下的男孩儿，他脸上坚毅的表情给他留下了深刻的印象。

"现在拍卖卡斯蒂利亚肥皂——不多不少，七箱。如果你们了解的话，这些肥皂现在是十四美分一块。这种肥皂在任何一个地方都要卖十一美元七十五美分一箱。谁要出价？要出多少钱？"他以拍卖师惯常的快语速说着，毫无必要地重复强调着，但是少年考珀伍德并不注意这些。他开始快速计算着。每箱十一美元七十五美分，七箱就要八十二美元二十五美分。如果降价一半，如果降价一半……

"十二美元。"一个投标人说。

"十五美元。"另一个叫道。

"二十美元。"第三个人叫道。

"二十五美元。"第四个人说道。

因为卡斯蒂利亚肥皂并不是非常重要的商品，只是一美元一美元地升值。二十六美元，二十七，二十八，二十九，然后停了一下。

"三十美元。"少年考珀伍德果断叫道。

拍卖师是一个瘦小的矮个男人，长着一头浓密的头发，还有一双敏锐的眼睛。他好奇地盯着这个少年，几乎不敢相信，但是他并没有停下来。不知何故，男孩儿的一双奇特的眼睛给他留下了深刻的印象。所以现在他觉得，如果男孩儿付得起，那么他的报价就是合法的。他也许是哪个杂货店老板的儿子呢，应该有钱。

"出价三十！出价三十！这些精美的卡斯蒂利亚肥皂出价三十。这些肥皂真多呀，十四美分一块。有人出三十一吗？有人出三十一吗？有人出三十一吗？"

"三十一。"一个声音说道。

"三十二。"少年考珀伍德说。同样的过程又开始重复。

"出价三十二！出价三十二！出价三十二！有人出价三十三吗？非常精美的肥皂，七箱精美的卡斯蒂利亚肥皂，有人出三十三吗？"

少年考珀伍德的脑子飞快地转动着。他身上没带钱，但是他父亲是第三国民银行的出纳员，他可以用父亲做担保人。他肯定可以把所有的肥皂卖给家庭杂货铺。如果卖不掉，也可以卖给别的商店。很多人想出这个价买肥皂，为什么不可以是他？

拍卖员停了一下。

"三十二美元一次！有人出三十三美元吗？三十二美元两次！有人出三十三吗？三十二美元第三次！七箱精美的肥皂。还有人出价吗？一次！两次！三次！还有人出价吗？"他的手高抬起来，"卖给——这位先生？"他俯身，好奇地看着竞拍者那张年少的脸。

"弗兰克·考珀伍德，第三国民银行出纳员的儿子。"男孩儿果断地回答。

"哦，是的。"那人说着，眼光盯着他的脸。

"你能等一会儿吗？我现在去银行拿钱。"

"可以，但是不能太长时间，如果你一个小时不回来，这些肥皂就要重新拍卖出去了。"

少年考珀伍德没有回答。他飞快地跑出去，先去家附近的杂货店，就在离家只有一个街区的地方。

距离店面三十尺的地方，他放慢了脚步，做出一副无所事事的样子，然后慢慢走进去，寻找卡斯蒂利亚肥皂。找到了，同样类型，装在盒子里，就和他刚才看到的一样。

"达林普尔先生，肥皂多少钱一块？"他问道。

"十六美分。"店主回答说。

"如果我卖给你七箱，和这里一模一样的肥皂，六十二块钱，你要吗？"

"一模一样？"

"是的，先生。"

达林普尔先生计算了一会儿。

"要，我想我可以要。"他小心翼翼地回答。

"那你今天能付我钱吗？"

"我可以给你开支票，肥皂在哪里？"

他好像有些惊讶，没想到邻居儿子会提出这个建议，他有些困惑。他认识考珀伍德先生，也了解弗兰克。

"如果我今天给你带来，你要吗？"

"是的，我会要的，"他回答说，"你做肥皂生意了？"

"没有，但是我知道哪里能买到这种便宜肥皂。"

他又快步跑出来，跑到父亲的银行。银行已经打烊了，但是他知道怎么进去，而且知道父亲会很高兴看到他赚了三十美元。他只想跟他借钱。父亲见他上气不接下气，脸上红扑扑地跑进来，就从书桌上抬起头来，问道："怎么了，弗兰克？"

"我想跟你借三十二美元，行吗？"

"哦，可以，你要钱干什么？"

"我想买肥皂，七箱卡斯蒂利亚肥皂。我知道哪里可以买到，然后再卖出去。达林普尔先生会买，他已经愿意出价六十二美元了，我可以用三十二美元买进来，你能借我钱吗？我要马上跑回去付给拍卖师。"

父亲笑了。他还从未见过儿子表现得如此像个生意人的情形。他是那么认真，那么机警，虽然只是一个十三岁的孩子。

"哦，弗兰克，"父亲说着，走到抽屉旁边，那里面放着钞票，"你难道已经成了一个金融家了吗？你确认你不会赔钱，你知道你在做什么，对吗？"

"爸爸你会借给我钱吧？"他祈求道，"我等一下就做给你看，借我钱吧。你要相信我。"他就像一只在街上寻找猎物的小猎犬，父亲无法拒绝他的要求。

"哦，当然会，弗兰克。"父亲回答，"我相信你。"然后数出六张五美元的第三国民银行发行的钞票，还有两张一美元的钞票。

"给你。"他说。

弗兰克道声谢，飞快地跑出大楼。又飞奔回拍卖行。他进来的时候，里面正在拍卖糖。他走到拍卖助手旁。

"我要付刚才买的肥皂钱。"他说。

"现在付款？"

"是的，你能给我张收据吗？"

"可以。"

"你们送货吗？"

"不行，不送货。你必须在二十四小时内拿走。"

这个问题也难不倒他。

"好吧。"他说，把购买收据放到口袋里。拍卖师看着他出去。半小时后他带着一个人回来了。这人正在码头游荡着找工作。

弗兰克已经跟他讲好了以六十美分的报酬把肥皂拉走。又过了半个小时，他已经站在了杂货铺前，达林普尔先生惊讶地走出来，查看着眼前的肥皂箱，然后试着搬动。弗兰克起初想如果不行的话，就先把这些东西带回家。这虽然是他的第一次冒险行动，却冷静得像玻璃一样。

"是的。"达林普尔先生说，不自觉地抓着他的灰发头，"是的，是这种肥皂，我要了，我说话算数。弗兰克，你从哪里弄到的？"

"在比克森的拍卖会上。"他坦率而平淡地回答。

达林普尔先生让打零工那人把肥皂搬进来，经过一番正式手续交接。因为在这桩买卖中代理人还是个孩子，他写了一张三十天期限的期票给了他。

弗兰克谢过他，把期票装进口袋。他决定回父亲的银行，像别人做的那样把期票贴现，然后把借的钱还给父亲，他就可以赚到自己的钱了。

通常打烊以后就不能办公了，但是父亲为他破例办理。

他飞奔回来，一路吹着口哨。父亲微笑着抬眼看着他走进来。

"噢，弗兰克，你是怎么做的？"他问道。

"这是一张三十天的期票。"他说着把达林普尔先生给他的那张票子递了过去。"你能给我贴现吗？可以扣除你的三十二美元。"

他父亲仔细地检查着，"六十二美元！"他说，"达林普尔先生！真实有效的一张支票，我当然可以给你贴现，要你十美分手续费。"他开玩笑似的加了一句，"你为什么不等一等，如果等到月底的话，你可以拿到三十二美元。"

"哦，不用了。"儿子说，"你现在就贴现，把你的钱拿走，我拿我的那份。"

他的父亲微笑地看着他那一本正经的商人气派，说："好吧，我明天就把一切办妥。告诉我你是怎么做的。"儿子于是把全部过程告诉了他。

那天晚上七点的时候，弗兰克的妈妈听说了这件事情，很快塞涅卡舅舅也听说了。

"我以前怎么跟你说的，考珀伍德？"舅舅说，"你那个儿子真是个天才，看着吧。"

晚餐时，考珀伍德夫人好奇地看着儿子，这是她不久以前还抱在怀里吃奶的儿子吗？他长得真是太快了。

"嗯，弗兰克，我希望你总能如此成功。"她说。

"我也希望如此，妈妈。"他随意地答道。

拍卖的事情并不是每天都有。他家附近的杂货铺这样的交易也只能隔一段时间才有。但是，从一开始，少年考珀伍德就知道怎样挣钱。他订阅《少年童子报》，销售一种新型溜冰鞋，还组织邻居的小孩团购批发夏天戴的草帽。他不认为储蓄可以致富，他从一开始就认为自由消费更好，而且他总能过下去。

从今年或者还早些时候起，他开始对女孩子感兴趣。他一开始就很有眼力，知道哪些是漂亮女孩儿。他自己长得也好看，又有吸引力，所以吸引一个他感兴趣的女孩儿对他来说也不难。有一个叫佩蒂思·巴洛的女孩儿，最先吸引了他的注意力，或者说被他吸引。女孩儿十二岁，住在离他家不远的同一条街上。她长着一头黑发，有一双有神的黑眼睛，特别吸引人，两条漂亮的辫子一直垂到后背，脚和脚踝也很美，与她漂亮的身材十分匹配。她出生在贵格会家庭，父母都是贵格会信徒。她总是戴着一顶娴静的小帽子，但是性格活泼，喜欢像他这样独立自主、自信不凡、说话爽直的男孩儿。一天，两个人互相对望着，考珀伍德终于鼓起勇气，带着他天生的充满魅力的微笑说："你住在我家附近，对吗？"

　　"是的，"她回答，有点慌乱地摆弄着书包，"我住在一四一号。"

　　"我知道那栋房子，"他说，"我见过你进出。你和我妹妹一个学校，对吗？你叫佩蒂思·巴洛吗？"他听男孩子说过她的名字。

　　"是的，你怎么知道？"

　　他笑了，"我听说过。我见过你。你喜欢香草棒吗？"

　　他从外套口袋里掏出一些那时候街上出售的新鲜的香草棒。

　　"谢谢。"她甜甜地笑着拿了一个。

　　"不是特别好，放太久了。前几天我有些太妃糖。"

　　"哦，没关系。"她回答，咀嚼着香草棒。

　　"你认识我妹妹吗？安娜·阿特莱德·考珀伍德？"他又问道，算是自我介绍，"她比你低一年级，但是我想你也许见过她。"

　　"我想我知道你说的是谁，我见过她放学回家。"

　　"我就住在那里，"他走近时，指着自己的家门说，仿佛她不知道似的，"我想现在会常见到你了。"

　　"你认识露丝·梅利亚姆吗？"看他正要弯进鹅卵石路，快进家门的时候，她问道。

　　"不认识，怎么了？"

　　"她下星期二会开一个聚会。"她说着，看起来好像并没什么，也只是看起来。

　　"她住在哪里？"

　　"二十八号那里。"

　　"我想去。"他转身跟她分手时热情而肯定地说道。

　　"也许她会邀请你。"她大声回复着。随着两人之间的距离越来越远，她似乎胆子更大，说，"我会跟她说。"

"谢谢。"他笑着。

然后她高兴地跑远了。

他微笑地看着她的背影。她很漂亮，他有种想亲她的冲动。眼前也就浮现出在露丝·梅利亚姆的聚会上，也许会发生的情景。

这不过是早期的一些两小无猜的恋爱。后来他时不时会想起来。他偷偷吻过佩蒂思·巴洛几次，后来他又找到别的女孩子。冬天的夜晚，她和街上其他女孩子跑出来玩雪，或者夜幕来临时在家门口游荡。那个时候很容易找到她，吻她，在聚会上跟她说些傻话。他十六岁时遇到朵拉·斐特勒，她十四岁。之后和马乔莲·丝塔芙德，那时他十七岁，她十五岁。朵拉·斐特勒是个黑发女郎；马乔莲·丝塔芙德有着像朝霞一样粉嫩的脸颊，蓝灰色的眼睛，淡黄色头发，像鹈鹕一样丰美。

他十七岁的时候决定辍学，他没有毕业。高中只念了三年，但是他觉得足够了。自从十三岁起，他就打定了主意要从事金融行业，就是他在第三大街金融中心所看到的那些事情。当然他时不时从这里那里挣些小钱。他的舅舅塞涅卡曾经让他在南华克的糖码头做过磅员助理。在联邦检查员的监督下，给三百磅的糖过秤再存入政府保税仓库。急需人手时，父亲也会叫他帮忙，当然会付报酬。他甚至还与达林普尔先生达成协议，安排他周六去做帮工。但是自从父亲在银行做了出纳，每年有四千美元的收入，不用说，刚刚十五岁的弗兰克已经不想再从事这些低薪工作。

就在这个时候，舅舅塞涅卡又回到费城。比从前更粗壮也更光鲜靓丽。有一天他对弗兰克说："如果你准备好了，弗兰克，我知道哪里有空位，一个对你来说很好的开端。今年不会有薪水，但是如果你懂得适时学习，不耻下问，年底的时候他们会给你一份丰厚的礼物。你知道第二大街上的亨利·华特曼公司吗？"

"我知道这家公司。"

"嗯，他们跟我说或许有个空位，你可以去做记账员。某种程度上算是经纪人——粮食经纪商。你说过你想经商。放学后你就去见一下亨利·华特曼先生，跟他说是我让你来的，他会给你安排一个位置。但你得让我知道结果如何。"

塞涅卡舅舅现在已经结婚了。因为他的财富，吸引了一个贫穷但野心勃勃的费城交际名女人。也正因此，考珀伍德家族的社会关系大为改善。亨利·考珀伍德正计划把家搬到北前街，当时的大热住宅区，因为有美丽的河景，周围正在兴建漂亮的楼房。他一年四千美元的薪水在内战前算是相当可观的。他也一直做稳定明智的投资，加上他谨慎保守、按部就班的个性，人们都认为有朝一日，他会成为银行的副总裁甚至是总裁。

弗兰克觉得塞涅卡舅舅提议他加入华特曼公司，就是要他一开始就走对路。因此，六月的一天，他就到南二街七十四号的这家公司来报到了。亨利·华特曼老先生很热情地接待了他。很快他就了解到公司继承人是小亨利·华特曼，一个二十五岁的年轻人。另一个叫乔治·华特曼，五十岁，是老亨利·华特曼的兄弟，也是公司里的实际掌权人。老亨利·华特曼五十五岁，以前是公司的主管，管理内外销售，有时需要的话也会去见客户。如果碰到他弟弟无法解决的问题，也会做最后的决定，提出建议或者给出新的建议，让合伙人和手下人实施。他看起来冷淡，个子矮小敦实，眼角有很多皱纹，肚子突出，红脖子红脸，外表不讨人喜欢，却是一个精明、善良，又好脾气的人，而且机智。由于他常识丰富，加上好脾气，因而事业发展十分顺利。而且越来越有实力、越来越成功。他很欢迎伙伴公司的公子加盟，如果对方的确很适合做生意的话。

小亨利·华特曼却不像父亲那样民主、机智，或者对工作热情、得心应手。事实上，他不喜欢做生意，如果这生意由他照料，肯定很快就会在他手里玩完。他的父亲也早看出这一点，所以很伤心，也就希望能有个对他的生意感兴趣的年轻人出现，像他一样会处理事务，而又不会把自己的儿子挤出去。

碰巧通过塞涅卡·戴维斯的介绍，年轻的考珀伍德出现了。老亨利·华特曼仔细观察他。嗯，这个男孩儿应该可以。他身上有些简单而充实的东西。他看起来不慌不忙，没有不安的情绪。他说他知道怎样记账，尽管对佣金业务的细节一无所知。但是他有兴趣，也愿意试试。

"我喜欢这个小伙子。"老亨利·华特曼对他的兄弟说。那时弗兰克刚刚离开，准备第二天早晨再来。"这个男孩子有些特殊，他可以算是我见过的最干净、最活泼、最有活力的人。"

"是的。"乔治说。乔治比较瘦，也稍微高一些。一双模糊闪光的黑眼睛，棕黑色头发稀疏得所剩无几，和他蛋形秃顶的白头皮形成鲜明对比。"是的，他是一个很好的年轻人。奇怪，他父亲竟然没有让他在自己的银行工作。"

"是啊，估计是他帮不上忙，他只是个那里的出纳员。"

"对的。"

"嗯，那我们可以让他试试。我敢打赌他会干得不错。他看起来就是个很招人喜欢的年轻人。"

老亨利站起身来，走近正门，向第二大街望去。

凉爽的鹅卵石路面，伸向高楼遮挡的阴影里。他的事务所也在这林立的高楼中——嘈杂的卡车和花车，拥挤繁忙的人们来来往往，令他很愉快。他看着远方的这些建筑，都是三四层楼，大部分是灰色的石头建筑，充满活力。他感谢自己的幸运之星，一开始就选在如此繁华的街区。想想他当时买这块地时，如果当时要是再多买些会是什么情形。

"我希望那个叫考珀伍德的孩子会出落成我想要的样子。"他自言自语地沉思着，"那可省了我多少东跑西颠。"

奇怪的是，他跟这孩子只讲了三四分钟的话，就明确地感觉到了他的办事能力。他觉得这孩子一定会做得很好。

第四章　得到奖金

考珀伍德此时外表上可以说是相貌堂堂，颇讨人喜欢。他五英尺十英寸的个头，头大有型，看起来就给人一种信任感。他长着一头深棕色短发，宽肩阔胸。眼睛里透着深邃，那是经年思索的结果，时而又令人难以捉摸，不动声色。他走起路来轻松自信，步履轻快而有活力。尚未经过世事的沉重打击，也就没有特别残酷的刺激。身体上也不曾遭受过严重的疾病、痛苦或者损害。他看到别人比自己有钱，希望自己也富有。他的家庭受人尊敬，父亲也有地位。他不欠任何人任何东西。有一次，他的一张小额支票因为没及时在银行里解款而失效了。他的父亲大发雷霆，让他永远难忘。老头子说："我宁愿在地上爬，也不会让我的支票失效。"这一点深深地刻在他的脑子里。几乎不需要再强调，他便永远记住了信用的重要。那以后，他再也没有由于自己的疏忽，让任何票据过期，或者不及时解款而失效。

他成为华特曼公司有史以来最有效率的职员。起初，他们安排他做助理记账员，以取代被解雇的副手托马斯·特里克斯勒。两个星期之后，乔治就说："我们为什么不让考珀伍德负责记账部门呢？他一分钟就能学会的东西要比那个桑普森一辈子学的还多。"

"好吧，乔治，那就把他提上来吧。还有什么好说的，反正他也不会做太久记账员。我倒是想看看他能不能替我处理手头这些汇兑业务。"

华特曼公司的这些账目虽然相当复杂，对弗兰克来说却是小菜一碟。他轻松地过了一遍，并且又快又好，这令他昔日的上司桑普森先生很惊讶。

"喔，瞧这个家伙，"桑普森第一天看到考珀伍德工作时，就跟另一个人说，"他也太掉以轻心了，肯定会出错，我知道这种人，等着瞧吧。等到我们信贷繁忙和汇兑多的时候，看他出错。"

但是桑普森期待的差错并没有出现。不到一个星期，考珀伍德就把华特曼公司的财政情况搞得一清二楚，可以说跟他们一样清楚，甚至比他们更清楚。他知道他们的账目是怎样分配的，哪一部分最挣钱。谁的产品好谁的产品不好——一年中不同的价格显示了这一点。为了证实他的猜测，他还把从前的账本翻出来查看，以证实他的怀疑。账本除了留下记录，还展现了一个公司的成长轨迹。他知道他不会做太久的簿记，会有其他事情发生。但是他立刻就明白了粮食经济行生意到底是怎么回事，每一个细节他都很了解。在更有效地提供托运货物方面，他发现如何能让货主和买家进行更快速有效的沟通，以及和周围的掮客，与这家企业或者更确切地说与他们的消费者，达成更好的工作协议。因为经济行里并没有货物，就此承受了严重的损失。一个人可以运输一拖船或者一车的蔬菜和水果，以应对原以为稳定或者上涨的市场。但是如果十个人同时这样做，或者其他掮客手中的水果蔬菜太多，又不能在一定的时间内推销出去，价格自然就会降低。因而每天都会有这样一批临时运到的货物委托推销。他立刻意识到让他做处理货物的跑街人，可能对本公司更有用，但是他不愿意太快提出来。这件事可能很快就会得以调整。

华特曼家的亨利和乔治对他处理账目的方式都非常满意。好像他的存在本身就给他们带来安全感。不久，他提醒华特曼兄弟注意某些账户的状况，并提出建议，或者是结算，或者是中断这些账户往来。这让华特曼兄弟很高兴。他们发现这个年轻人实在机智，让他们的工作量减少很多，同时又觉得有他在身边陪伴令人快乐。华特曼兄弟倒是愿意让他做跑街工作。手头的货物订单并不是总能填补上，所以就要有人去交易所或者街上购买，通常是他去做。一天早晨，货物单上表明面粉可能会过剩，而谷物会短缺。弗兰克最先发现了。老华特曼把他叫到自己的办公室说：

"弗兰克，我希望你知道市场上出现这种情况时该怎么处理。明天早晨我们会有太多的面粉，我们又不能支付仓库存储费，订单也不会有那么多。我们缺谷物，也许你可以拿面粉和那些掮客们换一下，补充一些谷物来填补这些订单。"

"我可以试一下。"考珀伍德说。

他从账簿上知道各家公司的位置。他也知道本地商人的交换场所，以及各类商人之间的买卖交易。这是他喜欢做的事情——去调解生意本身自然会带来的难题。在室外工作，挨家挨户拜访是一件令人愉快的事。他不喜欢整天坐在桌子前工作，也不喜欢钻研书本。就像他晚年说的，他的大脑就是办公室。他快速跑到经纪商那里，了解面粉市场的情况，然后给出对方自己会出的价格——如果没有过剩情况下的价格。他们要不要买进六百桶优质面粉，要的话立即发货（四十八小时之内）。每桶他会要价九美元。他们不要，他就散卖，有些人同意买一部分，另外一些人也如此这般。约一个小时后，他就全部办妥了，确定了一个两百桶面粉的订单。他决定一次性卖给一个名叫根得曼的人，以前从没跟这人打过交道。这人是个长着一头灰色鬈发的大个子，一张笨拙的脸，一双小眼睛狡猾地从胖眼皮下面窥视，当考珀伍德走进来的时候，他好奇地看着。

"你叫什么名字？年轻人。"他把身子靠在木头椅子上问道。

"弗兰克·考珀伍德。"

"嗯，你是给华特曼公司工作吗？毫无疑问，你是想做出成绩，所以你才来找我？"

考珀伍德只是微笑了一下。

"好吧，我买你的面粉，我需要，给我算账吧。"

考珀伍德赶紧跑出来，直接去核桃街上和他们店办事的经纪人公司，让他们以现行利率为所需的粮食出价。然后，他返回办公室。

他把这些报告给亨利·华特曼。亨利说："你干得很利落。卖给老根得曼两百桶，是不是？干得真漂亮，他根本不是我们的客户，对不对？"

"对的先生，他不是。"

"我想他不是。嗯，你如果在街上都能找到这样的生意，那你做记账职员就不会太久了。"

随着时间的推移，弗兰克成为这一带买卖交易市场大家都熟悉的人物。为他的雇主赚取惊人的利润。帮他们找到所需要的货物，发现更多的新客户，在突发情况时，处理过剩物资，平衡供需。华特曼兄弟的确对他这方面的才能感到惊讶。他有一种不可思议的能力，可以让别人倾听，跟他交朋友，并被带进新的领域，他给华特曼公司注入了新的生命，顾客比以前更满意。乔治准备把他派到乡村去招揽生意，这个最终也达成了。

临近圣诞节时，亨利对乔治说："我们应该给考珀伍德一份厚礼。他没有薪水，五百美元怎么样？"

"那倒确实挺多的，但是看他一直以来做得这么好，我想这是他应该得的。他当然已经做了我们所期望的一切，甚至更多。他天生就是干这行的。"

"他怎么认为？你有没有听他说是否满意？"

"哦，他非常喜欢，我猜。你跟我一样常见到他。"

"好吧，那我们就给他五百美元。这孩子总有一天会成为这个行业里不错的生意伙伴。他确实有诀窍。你代表我们两人给他五百美元。"

平安夜，考珀伍德还在整理托运单和证书，把一切整理好，为节假日做好准备。乔治·华特曼走到他的桌子前。

"还在工作啊。"他说，站在燃烧的煤气灯下，满意地看着他干劲十足的员工。

傍晚时分，雪正打在窗户上，形成斑斑点点的图案。

"走之前再整理一下。"考珀伍德笑着说。

"我们兄弟俩对你过去半年所做的工作非常满意，我们想表达一下谢意，我们想给你五百美元作为酬谢。从一月份开始，我们会给你每星期三十美元的工资。"

"非常感谢你们，"弗兰克说，"我没期望那么多，这已经很多了，我在这里也学到了很多我想学到的知识。"

"哦，别提谢谢，这是你应得的。只要你愿意，你可以和我们在一起，想待多久就多久。我们非常高兴跟你共事。"

考珀伍德开心地笑了，发出爽朗的笑声。这种赞赏让他感觉很舒服。他穿着精致的英国呢料衣服，看起来又精神又快乐。

那天晚上回家的路上，他才开始思索这家公司生意的性质。他知道他不会在那里做太久，即使给了他这么大一份厚礼和薪水的承诺。当然，他们很感激他；但是他们为什么不该感激他呢？他们知道他很能干，只要他着手，事情就会很顺利。他从来没想过这辈子要做职员。那样的人应该是给他做工的，而且他们也会为他效劳。他态度不蛮横，也不愤世嫉俗，更不害怕失败。他的这两个老板，在他眼中也不过是普通人。他就像一个上年纪的人可以看到孩子的缺点一样，他能看到他们的弱点和缺点。

那天晚饭后，准备去女朋友马乔莲·丝塔芙德家拜访之前，他把五百美元的酬金和薪水承诺的事情告诉了父亲。

"太棒了，"老人说，"你做得比我预想的还出色，我想你会一直干下去吧。"

"不会，明年我就不想干了。"

"为什么？"

"因为这不是我真正想做的，当然我也可以做下去，但是我宁愿去试一下股票经纪公司，那更能吸引我。"

"那你不告诉他们一声，不是对他们不公平吗？"

"不会的。他们需要我。"他一边说一边在镜子里审视着自己，把领带拉直，整理大衣。

"你跟你母亲说过吗？"

"还没有，我现在就去告诉她。"

他走进餐厅，母亲坐在那里。他用手臂抱住母亲瘦小的身体，说："你觉得怎样？妈妈。"

"觉得什么呀？"她用充满关爱的眼神看着他。

"我今天晚上拿到了五百美元，明年我每个星期有三十美元，你圣诞节想要什么礼物？"

"太好了！太棒了！他们一定喜欢你。你可真是长大成人了，不是吗？"

"圣诞节你想要什么？"

"什么也不想要。我什么也不想要。我有孩子们就足够了。"

他笑着说："好吧，那就什么也没有。"但是她知道他会买东西给她。

他出去了，在门口停了一下，嬉闹着抱住妹妹的腰，说他午夜时回来，就急匆匆地赶到马乔莲家。他答应要带她去看戏。

"马乔莲，你今年圣诞节想要什么？"他问道，在昏暗的大厅里吻过她后，说，"我今晚拿到了五百美元。"

她是一个天真的小东西，只有十五岁，没有诡计，也不精明。

"哦，你不必给我买任何东西。"

"我真的不必？"他搂紧了她的腰，又在她的嘴唇上吻了一下。

能在世界上拥有这样的生活，如此快乐，真是好。

第五章　进泰依公司

第二年十月，考珀伍德过了十八岁生日后的第六个月，他确定不想在华特曼谷物佣金业务公司工作了，他决定结束与这家公司的关系，进入蒂格公司做银行和股票的生意。考珀伍德是在为华特曼公司做扩展外围业务时开始与蒂格公司接触的。从一开始蒂格先生就对这个精明的年轻人充满了浓厚的兴趣。

"你们的生意怎么样？"他会亲切地问道，或者说一句，"你这些日子拿到很多贷款？"

国家局势的不稳定、证券的过度膨胀、黑奴运动之类的问题，都预示着艰难的前景。蒂格也说不明白为什么觉得可以跟这个年轻人聊聊这些问题。他虽然看起来太年轻，不懂时事，但是他其实什么都明白。

"我们的生意不错，蒂格先生。"考珀伍德回答。

"我跟你说吧，"一天早晨蒂格先生对考珀伍德说，"这种黑奴运动如果不尽快停止，会造成麻烦。"一个来自古巴的游客的黑人奴隶刚刚被绑架并被释放，因为宾夕法尼亚州法律规定有权利释放任何进入该州的黑人，即使只是从此过境去另一个州。但还是由此引发了很大的轰动。有好几个人被抓起来了，报纸也正在大张旗鼓地讨论这件事。

"我认为南方不会支持这件事。这已经给我们的生意带来了麻烦。

对其他生意人应该也一样。总有一天，南北会为此分裂。"蒂格先生说话带点儿爱尔兰口音。

"我想分裂很快就要来了，"考珀伍德平静地说，"这是无法愈合的分裂。"

"我也这么想。别人也这么跟我说。"

考珀伍德走了出去。蒂格先生转身接待新的顾客，但是这个小伙子再次给他留下深刻的印象，他对于财政方面有着深刻的见解。"如果那个年轻人想要个职位，我会给他的。"他想。

终于有一天，蒂格先生跟考珀伍德说："你觉得到我这儿做个初级办事员怎么样？我需要一个年轻人，有个办事员要辞职了。"

"我愿意。"考珀伍德回答，面带微笑，神情欢欣，"我一直想着什么时候问问你呢。"

"行啊，如果你准备好了，可以来。职位开放，什么时候来都可以。"

"我先要通知原先的雇主，"考珀伍德平静地说，"你介意等一两个星期吗？"

"没问题，不是很重要。只要你把事情理顺就来。我不想给你的雇主带来不便。"

两星期后，弗兰克离开了华特曼公司，对新的前景充满期待，然而却不慌不忙。倒是乔治·华特曼先生很悲伤。至于亨利·华特曼，他被这种叛逃激怒了。

当考珀伍德告诉他自己的决定时，"为什么？"他大声喊道，"我以为你喜欢这个行业。是薪水的问题吗？"

"不是，根本不是，华特曼先生。只是我想做纯粹的经纪人生意而已。"

"那真是太糟糕了。很遗憾，我当然不想怂恿你违背自己的意愿。

你知道你在做什么，但是乔治和我正准备过一阵给你提供一些利息，而现在你却要收拾东西走了，真是太糟糕了，你知道吗？我们这项业务很赚钱的。"

"我知道。"考珀伍德笑道，"但是我不喜欢，我还有其他计划，我不会永远做谷物经纪的。"亨利·华特曼先生几乎不能理解，为什么这一领域可以取得如此明显的成绩，而他却不感兴趣。他担心他的离职会对生意有影响。

考珀伍德相信这个新工作各方面都更适合他，当然既简单又有钱赚。与华特曼公司不同，蒂格公司位于南三街六十六号一座漂亮的、绿灰色的石头建筑内。这一带在当时以及后来的许多年都是金融区的中心。国内外知名的进出口大公司全都近在咫尺——德雷塞尔公司、爱德华·克拉克公司、第三国民银行、第一国民银行、证券交易所以及类似机构。附近也有近半数的小型银行和经纪公司。爱德华·蒂格，这家公司的首脑是波士顿的爱尔兰移民的后代，在这个保守的城市发展得很不错。他为了这里的投机机会来到费城。"当然，对于我们这些头脑清醒的人来说，这是一个很好的地方。"他略带爱尔兰口音地跟朋友说。他自以为头脑非常清醒。他中等个头，并不粗壮，过早灰白的头发，举止活泼，天生好脾气，富于竞争，而又自立。上嘴唇留着短短的灰白胡子。

"愿上帝保佑我，"他说，"如果能够发行公债的话，这些费城人是不用付任何代价的。"当时宾夕法尼亚州和费城的债券信用都非常糟糕，尽管那里聚集着巨大的财富。"如果真的再打仗的话，会有一个营的宾夕法尼亚人用证券在街上换饭。如果我活得足够长，把宾夕法尼亚这些人的证券都买下来就能发财。我想这些证券迟早会偿还。但是，上帝知道他们简直是太慢了，等到州政府偿付欠我的利息那一天，我早就死了。"

　　的确如此。当时国家和城市的财政状况应该受到谴责。州政府和市政府都很有钱，但是两者都设计了很多盗窃国库的计划，以至于进行任何新的工作都必须发行公债来筹集资金。这些公债或称为凭证，保证六厘利息，但是当利息到期时，根据当时的情景，城市财政局局长或者州财政厅厅长，在提交日期上加盖了相同的印章，这些凭证不仅因为其原始面值有利息，而且还有结欠息金的利息。也就是说，这些利息在慢慢地复利化。但是对筹集资金并没有帮助。为安全起见，这些凭证最多不能超过其市场价值的七折。他们不卖平价，而是九折。一个人可以购买或者取消抵押品购买权，但是要等很久。此外，在最终付利息时，会遇到很多问题，因为只有当财政部门局长或厅长们知道某些凭证是在"某个朋友"的手里，特别是他们的熟人中间，他们才会宣布给这些凭证付利息。

　　而且美国政府的财政货币制正慢慢从近乎混乱的状态转变为有序。由尼古拉斯·比德尔后代拥有的联邦银行在一九四一年已经完全破产消失了。美国财政部门的国库制度到一八四六年才出台。但是，还有很多很多的投机银行，如此众多的银行，成为可以让平常交易柜台经纪人识别是否为股实银行的流动大英百科全书。尽管如此，事情正在慢慢改善，因为电报促进了股市报价，不仅在纽约、波士顿和费城之间，还在费城当地经纪人办公室与证券交易所之间。也就是说，由于短途私人电话的引进，让相互沟通变得更迅速、更自由。使日常生活日新月异。

　　南部、东部、北部和西部都修建了铁路。但是还没有电话，没有股票。股票交易所也只开始在纽约出现，尚未在费城推出。取代股票交易所的是，邮差每天在银行和经纪公司之间奔走来往、平衡收支、交换账单。每星期一次调拨金币，这是当时唯一可以接受的偿还欠款的货币。因为没有稳定的国家通货。当锣鼓敲响，宣布当天的股票市场结束的时候，有人大声喊道："收市。"就有一群被称为"结账员"的年轻人，模仿从伦敦学来的规矩，聚集在屋子中间，比对这一天收集到的各种股票交易信息。去除某些公司之间的销售和转售——某些字号会在这些销售和转售之间相互抵销。他们拿着长长的账簿，叫出交易账目——"特拉华州和马里兰州出售给博蒙特公司""戴尔瓦雷和马里兰州出售给蒂格公司"诸如此类。这简化了各公司的簿记，使商业交易更快捷、更激动人心。

交易所席位每张售价两千美元。交易所会员刚刚通过规则，限定交易时间在早上十点到下午三点之间（在这之前交易时间是从早上到半夜的任何时候），并确定了股票经纪人做生意的佣金率，不像从前那样发生激烈的竞争。违反者处以严厉惩罚。换句话说，股票交易正在越来越规范化，而爱德华·蒂格与其他经纪人都感觉到了，一个伟大的时代正在来临。

第六章　塞普尔太太

此时考珀伍德一家已经在北前街建了新屋。房子宽敞，面朝河流，布置高雅，是一座四层高的楼房，离前街有二十五英尺，没有院子。

在这里，一家人开始小范围的娱乐活动。时不时会有各色人等来看他们，这些人大都是亨利·考珀伍德在升迁做出纳的过程中遇到的。这些人并不是特别突出，但是包括一些像他一样成功的人。比如他的银行进行交易的小企业负责人，干货、皮革、杂货（批发）和谷物的经销商。孩子们已经有了自己的朋友圈。有时，考珀伍德夫人因为和教堂的联系，也会在家里开个下午茶会或者招待会。考珀伍德尽力帮忙，甚至有时会傻傻地立在一旁，热情地接待太太邀请来的那些客人。只要他能够谨慎地保持自己的形象，招呼这些人不需要讲太多话，对他来说这不是太痛苦。这种时候，客人们喜欢一展歌喉，偶尔还会跳上一曲，因此有了比以往更多的"食客"。

也是在这座房子里开始新生活的第一年，弗兰克遇到了塞普尔太太，让他颇感兴趣。她丈夫在板栗街，也就是接近第三大街的地方，开了一家自命不凡的鞋店，而且还准备在同一条街上，开第二家店。

有一天晚上，塞普尔家打电话过来。塞普尔先生非常想和考珀伍德谈论一种叫作街车的新型交通工具。由宾夕法尼亚铁路公司合并的一条试探性线路已经在一英里[1]半的轨道上投入运营，从柳树街前延伸到德城路，然后又从各条街道延伸到当时被称为口豪客新克车站。

人们认为，不久这种运输模式可能会让数以百计的巴士下岗。这些巴士如今使路面拥挤不堪，令市中心街道堵塞。年轻的考珀伍德从一开始就密切注意着其动向。铁路运输作为一个整体，无论如何，他都是感兴趣的，而且这个特殊的阶段是最迷人的，已经引起了广泛的关注，他和其他人也一起看过实物。那是一种奇怪，但有趣的新型汽车，十四英尺长、七英尺宽，以几乎相同的高度运行，车轮是小型铁制轮子，颇令人满意，因为要比巴士更安静，乘坐也更方便。而阿尔佛雷德·塞普尔正在私下里考虑投资另一条拟议中的线路。如果能从立法机构获得特许经营权，这条线将在第五街和第六街上开通。

老考珀伍德看到了这种街车的光明前景，但他不知道哪里可以筹资。弗兰克认为如果能成功地获得特许经营权，蒂格公司应该尝试成为第五街和第六街这条线路的新股销售代理。他明白公司已经成立，将针对未来的专营权发行大量股票。这些股票以五美元的价格出售，而最终面值将会变为一百美元。他要是能有足够的钱，就会买一大堆这种股票。

与此同时，丽莲·塞普尔让弗兰克着迷。他很难说清楚，对他这个年龄的男人，她吸引人的地方在哪里。因为无论在情感上、智力上，或其他方面，她都不适合他。他又不是没有与女人或女孩子在一起的经验，他依然和马乔莲·丝塔芙德保持着试探性的关系；丽莲·塞普尔虽然看起来并非聪明理智的人选，但是却更实际。尽管她已经结婚，他也可以对她有非分之想。她二十四岁，弗兰克十九岁，但是她精力

---

[1] 1 英里合 1.6093 公里。

旺盛，看起来也和他的年龄差不多，她比他稍微高一点，尽管他现在身高五英尺十英寸半。她除了身高、身材有艺术感之外，还透出一种不加修饰的灵魂深处的宁静感，这更多源于不谙世故，而非源于性格。她的头发是英国干核桃的那种颜色，蓬松而浓密。肌肤有奶油般的光泽。嘴唇是淡淡的粉红色。眼睛随着光的变化，从灰色到蓝色，再从蓝色到棕色。她的手修长有型，鼻子笔挺，脸庞小而富于艺术感。她不明艳照人，也不活跃，却有如雕像一样天然的端庄平和。考珀伍德被她的美貌打动。她的美貌正符合他当下的审美。她看起来很可爱，他想，又亲切，又有尊严。如果让他选择妻子的话，他更想选她。

到目前为止，考珀伍德判断女性主要还是看表面气质而非理智选择。尽管他追求财富、威望和地位，但对于身份，外貌之类的，还很困惑。不管怎样，普通家庭妇女对他没有任何吸引力。而那种充满激情的女人对他有着非凡的魔力。有时他听到类似的家庭话题讨论，某个女人或男人为家庭做出牺牲。女人为丈夫、子女做牛做马，或者兼而有之。而在危急和关键时刻成全亲戚朋友，只因为这样做是正确和善良的。不知何故，他对这些故事并不感兴趣。他宁愿相信，人，即使是女人，也应该诚实坦白，以自我为中心。他也不知道这些想法是怎么来的。但是人们如果不知道如何保护自己，那似乎很愚蠢，或者至少是非常不幸的。也有关于道德的讨论，对贞洁和体面的高度赞美，以及对于那些打破传统，或者破坏《圣经》第七诫的人不齿。他对这种评论并不理会，他已经私底下多次打破清规戒律。其他青年也这么做了。然而，他又讨厌街上的马路天使和妓女。太多的醒醒粗俗与邪恶息息相关。有一小段时间，他被妓院里那些金光闪闪的饰物所吸引，因为那种奢华中也有慑人的力量——清一色的艳丽的大红丝绒家具，炫目的红挂饰，装潢粗俗而炫目的画作。关键是住在那里的肢体发达、荷尔蒙旺盛的女人们。用他母亲的话说：等待着猎食男人。这些女人身强力壮，有欲望之躯。事实上，她们可以卖弄风情或用虚情假意勾引到一个又一个的男人。令他们惊讶，而后厌恶。毕竟她们并不聪明，更没有什么思想。他想她们能做的也不过是这一件事，这些下贱的东西能想到的只有睡觉和赚钱。即使在他这个年龄，他想到这些也不止一次地摇头。他想要的是更亲密微妙、更个人、更私有的接触。

丽莲·塞普尔是他理想的化身。然而，她澄清了他关于女人的某些想法。她的身体不像他以前遇到的那些女人，那些卖淫女，粗野强悍，无视伦理。正因为如此，他更喜欢她。尽管如今新事务所里工作忙碌，每天的时间像光一样一闪而过，他的脑子里却总是萦绕着她的影子。他如今从事的股票交易行业，尽管今天看来还很不成熟，但是却让考珀伍德十分着迷。他去第三大街那道克的办公室，那里的经纪人、代理人和办事员聚集在一起，有一百五十多人。这地方没什么艺术气氛。从二楼到四楼都是屋顶六十英尺见方的房间。这令他吃惊。窗户又高又窄，一座大时钟面对房间的西门，从楼梯口下来正好进到这里。屋子东北角是一堆电报工具，还有必需的桌椅。地板上是一排排椅子，在交易所成立后的初期阶段，经纪人坐在椅子上进行各种股票交易。到后来，椅子被搬走了；再后来出现贴告示，在地板上立标牌，指示不同的股票交易的地方。做股票的人就在这种地方聚集交易。三楼的大厅里，有一扇门通往客厅，地方狭小，配置也差。在西墙上挂着一块大黑板，张贴着纽约和波士顿的股票交易行情。房间中央，用一道屏风把这用来做权威报价之地的桌椅环绕起来。三楼西面连接着一个很小的走廊，是给董事会秘书准备的，他需要公布特别公告的时候，就可以用这个地方。西南角有一个房间，用来储存报告和废弃的年度简编，并用不同的标识指示各种库存股票的存放位置。

年轻的考珀伍德原本是进不了这种地方的。因为无论是经纪人、代理人，还是助理都不需要他，除了蒂格。蒂格相信他有用，于是花两千美元作为债务支付，在交易所买了一个位置，然后表面上跟他成为合作伙伴。这样冒充合伙人有违交易所规则，也是对合伙企业的羞辱。但是经纪人都这样做。把一个人放在这样的位置上，这些人被称作小股东和市场助理。他们被嘲笑为"一毛八分钱追逐者"和"两块钱经纪人"。因为他们总是寻找小订单，为了挣钱，愿意购买或出售任何人的佣金、账户，开具细账给自己的公司。考珀伍德，不管多么优秀强大，也还是这伙人中的一员。他被安排做蒂格公司的市场代表，在亚瑟·里弗斯先生手下工作。

里弗斯是一个非常精明能干的人，三十五岁，衣着考究，一表人才。一张光滑得仿佛刻凿出的脸，黑色的短胡须，还有两道清晰、匀称、黝黑得像是铅笔画出来的眉毛。他的头发有点儿奇怪地在额头中间分开形成中分。他的下巴中间有一道浅显而迷人的窝痕。他声音柔和，举止安静而内敛，无论是进出公司还是在交易场所，都给人留下良好的印象。考珀伍德起初好奇里弗斯怎么会在蒂格手下工作——他看起来和蒂格一样能干，后来才知道他也是主管之一。蒂格是组织者和老板，里弗斯负责市场代表和对外业务。

弗兰克很快发现，想找出股市涨跌的确切原因简直是徒劳。当然有一些基本的规律，就像蒂格跟他说的那样，但并不可以作为依据。

"当然，任何事情都能刺激或搞垮市场，"蒂格用细腻的腔调解释道，"从银行倒闭到你的二表妹的祖母得了感冒的谣传。这是一个最不寻常的世界，考珀伍德。没有人能解释清楚。我见过永远无法解释的股票暴跌——没有人能解释。根本找不出暴跌的原因。我也见过同样的上涨。老天，证券交易所的谣言。他们打败了魔鬼。如果在平时下跌，说明有人在抛股票，或者有人在操纵市场。如果上涨的话——上帝知道，那一定是时机好，有人在买，那是肯定的。除此之外，请里弗斯教你诀窍吧，不过你不要给我蚀本，那可是我们这里最可怕的罪过。"他恶意地笑了笑，尽管显得很亲切。

考珀伍德对此十分清楚。这个微妙的商场吸引着他，它适合他的个性。

谣言、谣言，到处都是谣言——伟大的铁路和街车事业正在兴起，土地开发，政府修订关税，法国和土耳其之间的战争，俄罗斯和爱尔兰发生的饥荒，等等，诸如此类的谣言。第一条大西洋电缆尚未铺设，来自国外的任何地方的消息都又慢又少。但是仍然有伟大的金融人物在行动，像赛勒斯·菲尔德或威廉·亨·范德比尔特或 F.X. 德雷塞尔，这些人都在做着奇妙的事情。他们是举足轻重的人物，他们的一举一动，以及有关他们的传闻都有很大的影响力。

弗兰克很快掌握了所有相关的术语。比如"牛市"是买低卖高。而"大量买进"了一"门"股票等待上涨也就是"长线"。股票卖掉来"实现"利润，或者利润耗尽，它即被"淘汰"。"熊市"是买空卖空，希望购进低价股票来填补预先的卖出。"卖空"是卖出本来没有的股票，"补进"是买进以满足他先前的售出，或者为了实现利润和保护自己免受进一步的损失，以使价格上涨而不是下跌。"角落"则是为了兑现他借来要求归还的股票，而无法购买股票，进而陷入了一个"角落"。对此他不得不以那些买进者和其他"卖空者"卖出的股票的价格，结账计算。

起初，他觉得那些年轻人神秘又聪明的情形好笑。他们全身心投入而又傻兮兮地怀疑。年长一些的男人千篇一律不动声色。他们假装冷漠，犹豫不决。然而他们又像某种寻找诱饵的鱼。"砰"的一声，机会就消失了。别人捡到了你想要的那些股票。所有的人都带着他们的小记事本。所有的人都有各自独特的眼神、位置或动作，这意味着"搞定了！我把你拿下！"有时他们似乎并不确认交易是否成功——他们太了解彼此了——他们当然确认过了。如果出于某种原因市场很活跃，就会出现比消沉期更多的股票经纪人和投资人。十点钟交易号角一旦响起，如果某只股票或一组股票出现明显的上涨或下跌，你就很容易看到一个相当振奋的场面。会有五十到一百个人喊叫着，打着手势，漫无目的地来回走动，试图在股票买卖当中占上风。

"六十二美分买进，五百股 P 和 W。"有人会打电话叫里弗斯或者考珀伍德，或者其他股票经纪人。

"七十五美分卖出，五百股。"有人会回复，这人要么有订单出售股票，要么愿意卖空它，希望之后能进足够的低价股票，以填补他的订单，进而获一些小利。如果这个价位的股票库存量大，里弗斯可能会继续叫八分之五的价格。相反，如果他发现需求增长，买的人多，他可能会支付四分之三的价格。如果专业交易者认为里弗斯会买入很多，他们会在他以四分之三的价格入手之前先买进，确信之后可以以稍高的价格卖给他。专业交易者当然是敏锐的心理学专家，其成功取决于他们的猜测能力，以及一个经纪人身后是否有一个大操纵者。像蒂格一样，订单大到足以影响市场，让他们有机会"买进卖出"，如他们所称呼的那样，在他下单之前，他们也能赚到利润。他们就像老鹰一样，看准机会，从对手的爪子下，抢夺猎物。

四、五、十、十五、二十、三十、四十、五十，有时整个公司会试图利用某只股票的卖出或收进的价格上涨时购买获利。这种情况出现时，买卖操作的喧哗声几乎震耳欲聋。一些人可能原本在交易别的东西，但是为了赶机会，他们会放下手边正在做的事情，投入买卖交易中。年轻经纪人或职员渴望知道正在发生的一切，以便借股票升降的机会获取利益。他们快速转动着身体，兴奋地奔来奔去，连手指都仿佛带情绪，上下挥舞着。相互间摩肩接踵，头被压在肩膀下或胳膊、手肘间，挤得龇牙咧嘴搞不清是真的还是故意搞笑。当有人透露某种股票有利可图，想着手买进或卖出时，无数的手臂、面孔、肩膀的海洋会排山倒海而来，几乎将这人压窒息。起初，年轻的考珀伍德觉得这种交易很刺激，活生生的肢体语言——他喜欢有人气的活动。但是过了一阵后，整个情景的画面感或者戏剧性情景，让他慢慢觉得无趣。他渐渐清楚地看到摆在面前的问题的复杂性。正如他很快了解到的，买卖股票是一种艺术，一种微妙的、几乎是关乎精神的情感。怀疑、直觉、感觉——这些都是要"长久"的东西。

　　然而，有时他也会追问自己，是谁在真正赚钱——股票经纪人吗？根本不是。他们中有人赚钱。但更多人像海鸥或者暴风雨中的海燕一样，挂在风口浪尖，饥饿地渴望捕捉到漏网之鱼。他们背后那些人，精明老辣，财力雄厚。那些强大有力手段高超的人，他们持有企业所代表的股票权，策划和建设铁路，开矿，组织贸易企业，建设庞大的工程。他们可能会利用经纪人或者其他代理人在"交易市场"买入或卖出，但是这种买卖必须而且永远与事实不相关——比如与矿山、铁路、小麦、面粉厂等关系不大。任何资产的卖出都不是为了快速变现的，或者买进不是为了投资，而是纯粹的赌博，这些人就是赌徒。他只不过是个赌徒的代理人。此刻，这种情形并没有令他烦扰，但是他觉得自己的工作，再也没有当初的神秘感了。像在华特曼公司时一样，他清醒地判断着周围的各色人等，有软弱的、愚蠢的、聪明的、迟缓笨拙的，总而言之多是心胸狭窄的无能之辈。因为他们都是工具、代理人和赌徒。一个人，一个真正的男人，绝不应成为代理人、工具或赌徒——他必须为自己或他人行动，他必须这样做。一个真正的人，一个金融家，从来不是工具。他可以利用工具、创造工具，他必须是一个领导者。

　　很显然在十九岁、二十岁、二十一岁时，他看到了这一切，但他还没有准备好对此采取任何行动。然而，他确信属于他的时刻总会到来。

第七章　小寡妇

与此同时，他对于塞普尔太太的兴趣也暗自不可思议地越来越大。所以当接到塞普尔家的电话邀请时，他很愉快地接受了。他们的房子坐落在北前街，也就是现在被称为"九五六号"的区域附近，离他住的地方不远。夏天的时候，这里绿叶藤蔓很多。南墙的外面有个小侧门廊，可以欣赏到河水的迷人景色，所有的门窗顶部都以半月形的小玻璃装饰。房子里边并没有他想象的那样心旷神怡。至少居家布置上缺少雅致，尽管家具很新也很好。墙上装饰着简单的图画。屋子里书不多，没有《圣经》，只有一些现代小说以及一些重要的历史书和一些从某个亲戚那里继承来的、老旧的，但看起来像书的东西。瓷器很漂亮，摆放得也恰到好处。地毯和墙纸色彩太浓重了。诸如此类。尽管如此，丽莲·塞普尔还是个值得拜访的人儿。因为她长得非常赏心悦目，无论站在哪里，或者坐在哪里，都能成为一道风景。

他们没有孩子，并不是她不想要，她很想要孩子。她的社交生活乏善可陈，除了与亲戚威金一家，还有几个邻居来往，再无其他。丽莲·威金是她的婚前姓名，她有两个兄弟、一个妹妹，都住在费城，此时也都已经结婚了。他们都认为她嫁得很好。

她说不清自己什么时候对塞普尔先生爱得发疯过，但是她高高兴兴地嫁给了他。他确实不是那种能激起女人激情的男人。他务实，做事有条不紊。他的鞋店很好，存货款式多种多样，都是时下流行的款式，店面干净，有种令人赏心悦目的明亮。他很喜欢说话，但是一张口，必定是谈论鞋的制作生产、耐久性能和式样之类的话题。如今刚刚开始出现用机器制造的、现成的皮鞋。除了存货外，他还雇佣手工鞋匠为客户量身定做鞋子。

塞普尔太太喜欢读书，但读得不多。她习惯坐下来沉思，想些事情，当然不是什么特别深邃的思想。她的体态有一种奇特的美，让她看起来有点儿像古董花瓶上的人物，或者希腊合唱团里的人物。毫无疑问，考珀伍德是在这样的光环里看她，因为从一开始他的眼睛就离不开她。她自然有所察觉，但也并不多想。她非常传统，对于此生将与她的先生终老的生活很满足。她已经安于平静安宁的生活。

起初，考珀伍德来拜访的时候，她不太说话。她很亲切，但主要是她先生在说话。考珀伍德注意她脸上微妙的表情变化。如果她是那种有心灵感应的人，一定会感觉到。幸运的是，她不是。塞普尔先生非常愉快地和他聊天，因为第一，弗兰克在金融界越来越成功，而且温文尔雅又讨人喜欢；第二，他也想发财，某种程度上说弗兰克是这方面的进步典范。春天的一个晚上，他们坐在廊下，随意闲聊着——黑奴制、街车，还有恐慌，也就是一八五七年开发西部时的危机情形。塞普尔先生想知道所有关于证券交易所的事情。所以弗兰克也就顺势询问了制鞋业，虽然他对此根本不关心。此时，他倒是可以毫无顾忌地欣赏着塞普尔太太。他觉得她的举止娴静，很有魅力，又令人愉快。她给他们端来了茶和蛋糕。过了一会儿，为了躲避蚊子，他们回到屋子里。她在弹钢琴。十点钟的时候，他便离开了。

这之后，大概有一年左右的时间，考珀伍德都在塞普尔先生的店里买鞋。偶尔即便不买鞋，也会来板栗街塞普尔的商店逗留一下，聊聊天。塞普尔先生会问他是否应该买进一些第五街和第六街的街车线路股票，如今这些线路已经获得特许经营权，反响很大。考珀伍德给了他最好的建议，跟他说肯定会赚钱。他自己就以每股五美元的价格购买了一百股，并且敦促塞普尔先生也这样做。他对塞普尔先生没什么兴趣。他喜欢塞普尔太太，虽然不常见到她。

大概一年以后，塞普尔先生突然因意外死了。非常偶然，原因微不足道，不管怎样，这对关心他的人是沉重的打击。原因是晚秋时节他得了感冒。就是那种因为雨天没有穿雨衣，淋湿了身体，患了风寒之类。他坚持要去上班，塞普尔太太劝他在家休息。塞普尔先生是一个很有主见的人，虽然不能算是固执己见，他不会将固执显露出来，态度十分平和。他觉得自己很快就是个坐拥五万多美元的人，怎么能不去照顾生意。于是他得了感冒，又患了九天的肺炎，然后他就死了。鞋店关了几天，房子里都是来慰问的朋友和教会的人。要举行葬礼和处理下葬事宜。葬礼仪式是在他们所属的卡洛希尔教堂举行的，他在此下葬。塞普尔太太痛哭一场。他的死亡对她打击很大，她一度沮丧悲伤至极。她的一个兄弟，大卫·威金暂时来替她管理鞋店。塞普尔先生没有留下遗嘱，所以塞普尔太太最后决定把鞋店卖掉。没人跟她争财产。她大概收到一万八千美元，还是继续住在北前街的房子里，成了一个迷人的寡妇。

这时，年轻的考珀伍德只有二十岁，却显示出出众的能力。塞普尔先生生病的时候他来看过几次。他也参加了葬礼，还帮助塞普尔太太的兄弟大卫·威金处置鞋店业务。葬礼之后，他来了一两次，之后相当长的一段时间没再来过。五个月之后，他再次出现。然后，他每隔一周或十天来拜访一次。

很难说，他看重塞普尔太太什么。也许是她的美丽让他着迷，而她的冷漠又激起他好胜的个性。他也无法解释，但是他迫切而又全身心地想要她。他无法理智地去想她，也不和别人谈论她。他家里的人知道他去看她，但是家里人对弗兰克的判断力都十分有把握。他和蔼可亲、开朗、真诚友好，虽然不太健谈，但他注定会成功。每个人都知道他如今在赚钱，每星期有五十美元薪水，而且还会越来越多。三年前在费城买的地皮如今明显升值。他买的街车股票，尽管现在市场不景气，后来他额外购进的五十股和一百五十股在新路线上的投资，也正在慢慢上涨。从一开始五美元一股，增长到十美元、十五美元和二十五美元，所有的投资都毫无疑问会增长。他在金融领域很受欢迎，风光无限，前途无量。他从对经纪公司的分析中得出结论，他不想成为一个股票赌徒。相反，他倒是考虑从事买卖期票业务，他注意到这项业务会很赚钱，而且没有风险。他通过工作关系和他父亲的人脉，认识了很多人——商人、银行家、买卖商家等。他知道，他可以成功拉他们的生意，或一部分生意。比如德雷塞尔公司和爱德华·克拉克公司的人跟他都有交情。杰伊·库克，一个正在崛起的银行界大亨，就是他的私人朋友。

他常去拜访塞普尔太太，他去得越多，就越是喜欢她。他们也没有什么高深的话题，但是如果他愿意的话，他可以是个很懂得哄人，又懂得交往的人。他对她的生意给出的建议非常合适，连她的亲戚们都赞同。她开始喜欢上他，因为他是如此体贴、安静，又懂得安慰人，而且为她一遍又一遍不厌其烦地解释一切，直到她完全明白。她知道他把她的事当成自己的事，一切都安排得妥当又保险。

"你真是太好了，弗兰克。"有一天晚上她对他说，"我真是太感激你了，我都不知道没有你的话，我该怎么活下去。"

他英俊的脸庞此时正好转向她。她望着他，他的脸上有一种孩童般的纯真。

"不用谢，不用谢，我愿意做。我不做才会难受。"

他的眼睛里有一种奇特的、微妙的光。她感觉他可亲，有同情心，对他满意，并知道可以依靠他。

"哦，我真的非常感激你。你那么好，如果你愿意，星期天再来吧，或者晚上，我都在家。"

正是在这段时间，他常来看她的时候，他的舅舅塞涅卡在古巴去世了，给他留下了一万五千美元。这笔钱让他的身价一下涨到至少两万五千美元，他知道怎么利用这些钱。自从塞普尔先生去世后，就发生了经济危机，这再次让他看清经纪人业务这种生意是多么的不稳定。这期间出现了严重的商业萧条。资金是如此稀缺，受到不确定的贸易和货币情景的影响，资金都被转移到银行和金库，甚至藏到茶壶和袜子里。整个国家简直要破产了。南北战争或南北分裂的迹象已经隐隐出现，整个国家的气氛都很紧张。人们为了换取现金，把股票全部抛掉。蒂格解雇了三名职员，以减少各个方面的开支。他还动用了全部私人储蓄以保全他的股份。他把房子和所有的一切都做了抵押。年轻的考珀伍德多次做他的居间人，带着大量股票到各个银行，换取贷款。

有一天蒂格对弗兰克说："看看你父亲的银行能不能借我一万五千美元。"他说着，拿出一卷费城和威尔明顿的股票。弗兰克曾听父亲说过这些股票有多么好。

老考珀伍德看着这一卷证券，说："这些股票应该是不错的。"态度充满怀疑，"换成其他任何时候都会不错，但是现在钱太紧张了。这些日子连自己银行的债务都很难偿还了。我去跟库格尔先生谈谈。"库格尔先生是总经理。

他们聊了很久，他的父亲回来说，他们是否会给他贷款还不确定。当时贷款要付八厘的利息，能够确保拿到现金，这算是很低的利率。如果出一分利息的话，库格尔先生也许可以给贷款。弗兰克回去见老板，听了他的报告，老板顿时怒火爆发。

"看在上帝的分上，难道本市一点儿钱也没有吗？"他抗议道，"为什么？他们要的利息，简直要人破产！我简直无法忍受了。好吧，你把这些股票拿去吧，把钱拿给我就行。上帝，怎么会有这种事！"

弗兰克回去，"他可以付一分的利息。"他平静地说。

蒂格拿到了一万五千美元的贷款，并且特例立刻支出。他写了一张一万五千美元的支票，一次性付给吉拉特国民银行，以弥补那里短少的部分。钱就这么进去了。

在这些日子里，年轻的考珀伍德一直注意观察金融界的复杂形势。他其实并不太关心黑奴问题和南北分裂的谣言，以及国家整体向前还是后退之类的话题，除非这些影响到他的切身利益。他渴望成为一个有影响力的金融家，但是现在他看到了股票经纪人业务的内幕不太愿意继续干下去。经济危机引发的境况，让股票投机看起来非常危险。有几个股票经纪人已经完了。他看到他们满脸痛苦地冲进去找蒂格，要他取消某些交易。他们说，他们无法付房租，他们会破产，太太和孩子们会流落街头。

这次经济危机无疑让弗兰克更加肯定他真正想做的是什么——自己做生意。即使蒂格提出合作项目也吸引不了他了。

他解释说："我认为你的生意不错，但是我想自己从事票据经纪业务。我不相信这种股票游戏，我宁愿有自己的小生意，也不要交易所市场上所有的业务。"他拒绝道。

"但是，弗兰克，你还年轻，"他的老板争辩道，"你有的是时间为自己工作。"

　　他终于跟蒂格和里弗斯都分手了。

　　"那是一个聪明的年轻人。"蒂格很懊丧地说。"他会成功的。"
里弗斯也说，"这个年龄的人中，他是我所见过的最精明的男孩儿。"

第八章　热恋

考珀伍德此时的世界充满玫瑰色。他恋爱了，而且自己有钱开始新的生意，他可以卖掉他的街车股票，这些股票一直稳步上涨，已经比其市场价提高了百分之七十。如果必要的话，他也可以把地产抵押，用来周转资金。他与吉拉特国民银行建立了财务关系——戴维森行长看中了他——他提到如果某天需要的话，会向他们银行贷款。他想要的只是合适的投资——能快速得到效益的投资。他看到了街车线路的前景。这些线路正在迅速地发展，对当地产生很大影响。

此时他买了一匹马和一辆马车——最帅气的一匹马和最漂亮的马车，总共花了五百多美元。他邀请塞普尔太太跟他一起乘坐马车。起初她拒绝了，但是后来又同意了。他给她讲他的成功经历，他的前景，还有一万五千美元的意外之财。他准备做票据经纪业务。她知道他的父亲很有可能会接任第三国民银行的副行长一职，而且她也很喜欢考珀伍德一家。现在她开始意识到他们的友谊并不单纯。这个昔日的男孩儿如今长成了一个男人，他正在试探她。这件事表面上看似乎很可笑，她比他大，而且还是孀居。她的生活处在静止和退休状态。但是这个年轻人纯真、安静，而且坚定，她明白他肯定是不会被世俗观念所阻碍的。

考珀伍德觉得和她交往无关道德。她那么漂亮，对他有不可抗拒的精神和肉体的吸引力，这就够了。他还没有在其他女人身上感觉到如此强烈的吸引力。他也从来没有想过应该同时和别的女人交往。那些关于家庭的神圣性的说教，就像水珠从鸭子的羽毛上滚下来一样对他毫无影响。他不在意她的钱，虽然他很清楚她有钱。他知道他可以利用这些钱做有利于她的事情。他想要的是她的身体。他对他们未来要养育的孩子充满敏锐而原始的兴趣。他想知道能否使她强烈地爱上自己，从而摆脱以前的生活。人们几乎要说，多么奇怪的野心，简直扭曲。

尽管她有些害怕而且犹豫不决，丽莲·塞普尔接受了他的关怀和殷勤，因为她也情不自禁地被他吸引。一天晚上，临睡之前，她站在穿衣镜前打量着自己的脸颊、脖子以及手臂，都很好看。她盯着自己浓密的长发，一个念头突然出现在脑子里。她想到了年轻的考珀伍德。然后又想到已故的塞普尔先生和舆论的力量，心里打了一个激灵，又有些羞愧。第二天晚上他又来时，她就问道："你为什么老来看我？"

"哦，你不明白吗？"他回答，意味深长地看着她。

"不明白。"

"你真的不明白？"

"嗯，我知道你喜欢塞普尔先生，而且我想你喜欢我，是因为我是他的太太，但是他现在已经去世了。"

"你不是在这里吗？"他答。

"我在这里？"

"是的，我喜欢你，我喜欢和你在一起。你不喜欢我这样吗？"

"啊，我从来没想过。你太年轻了，我比你大五岁呢。"

"大几岁，那不算什么，"他说，"我在其他方面比你大十五岁。我在有些方面对生活的了解比你这辈子能学到的还要多，不是吗？"

他温和而有力地说道。

"嗯，那倒是真的。但我也知道很多你不知道的事情。"她轻轻地笑了，露出漂亮的牙齿。

那时正是傍晚，他们坐在侧门廊下，面前的小河缓缓流淌。

"是的。那是因为你是女人，不能指望男人完全了解女人的观点。但是我是在讲这个世界上实际的事情，在这方面你肯定没有我老到。"

"哦，那是什么？"

"没有什么。你不是问我为什么来看你吗？那就是为什么，或者至少是部分原因。"

他重新陷入沉默，盯着水面。她看着他。他英俊的身材越来越健壮，完全是成人的模样。他那明亮的大眼睛，让他脸上的表情带着些孩子气。她猜不透这深邃的目光。他的面颊红润，手掌骨感而有力。即使如此，她纤弱的身体依然能感受到他身上的力量。

"我觉得你不应该那么勤来看我。别人会怎么想？"她试着拉开距离，就像起初她对待他的那种态度。

"别人，"他说，"不要管别人怎么想。你让他们怎么想他们就怎么想。我倒是希望你不要对我这么疏离。"

"为什么？"

"因为我喜欢你。"

"但是你不可以喜欢我。那是错的。我永远也不会嫁给你。你太年轻了。我太老了。"

"不要这样说！"他急躁地说道，"真的没有什么年龄的问题。我要你嫁给我，你想什么时候嫁给我？"

"这么傻气的问题！我从来没想过这样的事情！"她嚷道，"永远不会，弗兰克，永远不会的。"

"为什么不行？"他问道。

"嗯，因为我比你年龄大。人们会认为这很奇怪，而且我还没有孀居足够长时间。"

"什么不够长时间！"他生气道，"这是我唯一反对你的事——你太在意别人怎么想了。他们又不关你的生活。他们也肯定和我的生活没有任何关系。先替你自己着想，你要创造你自己的生活。你难道要让别人来主导你的生活吗？"

"但是我不想那样。"她笑了。

他站起来，走到她身旁，看着她的眼睛。

"怎么了？"她紧张又好奇地问道。

他只是盯着她看。

"怎么了？"她又问道，脸上一片红晕。他弯下身去拉她的手臂，但是她站了起来。"现在你不能靠近我，"她坚定地恳求道，"我要进屋子里了，而且我不想再让你来，这简直太不好了，你在做傻事，你不能对我感兴趣。"

她的态度很坚定，他退缩了，但也只不过是暂时的而已。他还是一次又一次登门造访。然后有一天晚上，当他们因为蚊子躲进屋里时，她坚持要他不要再来看她，别人会注意到，那会让她难堪。他便不顾一切地把她抱入怀中。

"你看，现在！"她嚷道，"我跟你说过，这真的是很傻，你不可以吻我。你怎么敢！哦，哦，哦……"

她挣脱出来，跑到楼梯旁她的房间里。考珀伍德很快追了过去。她关门，他用力地打开门，重新抓住了她。他把她横着抱了起来。

"你怎么可以这样！"她叫道，"我再不跟你说话了。而且你不赶紧把我放下，我就再也不让你来了。放下我！"

"我会放下你的，甜心。"他说。同时贴近她的脸，吻她。他很兴奋。

她扭动着抗议，他又把她抱下楼，坐到客厅里的大扶手椅上，双手还是紧紧抱着她。

"哦。"她叹口气，歪倒在他的肩膀上，他还是不准备放开她。看着他脸上的坚毅表情，强烈而充满张力，她笑了，"如果我真的嫁给你，我该怎么解释呢？"她软弱无力地问道，"还有你的爸爸妈妈。"

"你不需要解释。我来跟他们说。你不需要担心我家，他们不管。"

"那我家呢？"她有些退缩。

"你也不用担心你家，我又不是跟你们家结婚，我是跟你结婚，我们有独立的能力。"

她再次反抗，他不停地吻她。他的爱抚有一种致命的说服力。塞普尔先生从来没有表现过这样的热情。他激起她以前从来没有过的感觉。她又害怕又羞愧。

等她静下来，他愉快地问道："一个月以后嫁给我好吗？"

"你知道我不会的！"她紧张地说道，"亏你想得出来，你为什么要问呢？"

"有什么区别吗？反正我们最后是要结婚的。"他开始想象着如何让她在各种环境中，都打扮得漂亮而有魅力。不论她还是她的家人都不知道怎样生活。

"嗯，反正一个月不行。再等一段时间吧。等到你想清楚是否真的想要我。"

他抱紧她，说："我做给你看。"

"别这样了，你弄疼我了。"

"那这样如何，两个月呢？"

"肯定不行。"

"三个月？"

"嗯，也许。"

"没有也许。我们结婚。"

"但你只是个孩子。"

"不要担心我，我要让你看我是怎么样的一个孩子。"

突然间，他似乎在她的面前打开了一个新的世界，她意识到她以前从来没有真正活过。这个男人有比她从前的丈夫曾经梦想过的更远大、更强烈的东西。他那充满活力的方式真是既令人害怕又让人无法拒绝。

"好吧，三个月后。"她喃喃道。他把她抱在怀里很惬意地摇晃着。

第九章　新婚

　　考珀伍德在南三街六十四号的一个小办公室，开始了票据经纪业务生涯。他发现从前那些关系良好的客户们都还记得他。他来到一家银行，猜想对方也许需要现钱，他就跟他们交涉，谈判换取票据或者他们发行的股票之类，给予百分之六的利息。然后他会把这些股票卖给一些愿意长远投资的人，赚取一小部分佣金。有时候他的父亲或其他人，会建议他在何时何地怎样做成一笔交易。这样的买卖也许能赚到全部交易的百分之四到百分之五。第一年，除去开支外，他净赚六千美元。这还不算多，他正在以另外一种方式增加收入，相信将来会获得更大的利润。

　　第一条街车线路开通时十分混乱。这条线路在前街开启之前，费城的马路上到处都是无弹簧的公共马车。这些马车在街道上拥挤着驶过，在坚硬、粗糙的鹅卵石路上发出咯咯的响声。

　　现在，多亏了约翰·斯蒂芬森的主意，纽约已经有这种双轨电车了，除了第五街和第六街上的线路（这些车从一条街穿梭到另一条街）从一开始就赚钱外，还有许多其他线路在策划和提议中。市民很希望能看到街车取代公共马车，就像当初铁路取代运河。当然也有反对的意见，情况从来都是如此。有人提出线路可能被垄断的抗议。那些被取而代之的公共马车投资人和车夫们的反对声最高。

考珀伍德对于街车的未来充满信心。不惜冒险把能余下的钱都用来买新公司发行的股票。他想尽办法了解股票公司的内部情形,虽然在街车问题上很难做到。开始创办街车的时候,他还太年轻,嘴上无毛办事不牢,没被安排在与金融方面有关系的重要位置上。最近新开通的第五街和第六街线路,每天已经可以赚取六百美元了。西费城线项目(就是核桃街和板栗街)正在计划中,就像第二街和第三街,雷斯街和葡萄藤街,云杉街和松树街,格林街和科茨街,以及第十街和第十一街上的项目一样,都是由一些有权势的大资本家策划和支持的。他们对州议会有影响,尽管公众抗议反对,他们还是拿到了特许经营权。腐败行贿的谣言甚嚣尘上。大家都争论说,既然道路如此有价值,那么街车公司应该支付每英里一千美元的公路税。然而,不知何故,这些能获暴利的特许权通过之后,公众听到第五街和第六街这些线路可以赚钱,又都蜂拥而来投资。考珀伍德就是其中一员,在第二街和第三街的线路工程开始的时候,他就投了一大笔钱,并在核桃街和板栗街线也投了资。他梦想有一天能控制一条这样的线路,但又不知道如何做,因为他的生意还没令他暴富。

正是在创业早期这段时间,他与塞普尔太太结婚了。毫无疑问,没有兴师动众,因为他不喜欢,而他的准新娘很紧张,害怕舆论。他的家人也不完全赞成。他的父母认为她年纪太大了。以弗兰克的地位他完全可以找到更好的。他的妹妹安娜甚至怀疑塞普尔太太是在设计勾引他。他的兄弟约瑟夫和爱德华对此倒是很感兴趣,但是又不知道该如何评价,因为塞普尔太太看起来很漂亮,而且有钱。那是十月的一个温暖的日子,他和丽莲去卡洛希尔教堂举行婚礼。弗兰克对新娘的装扮相当满意。新娘穿着一件乳白色蕾丝花边拖地婚纱,精美雅致,这件礼服花费了好几个月才制成。到场祝贺的人群里有他的父母、塞涅卡·戴维斯夫人、威金家族的人、他的兄弟姐妹以及朋友。他连这样做也不是太喜欢，但是丽莲高兴。他穿着一身黑色的婚礼西服，站得笔挺，很有仪式感，因为丽莲想要这样。但是后来仪式一完，他就换上了一套很帅气的商务旅行套装。他安排了两星期的纽约和波士顿之行。下午坐火车到纽约，五个小时就到了。当他们终于到了纽约的瑞吉宾馆，经过好几个小时的公众仪式表演后，两个人终于可以独自待在一起了。他把她抱入怀中。

"哦，真是太棒了，只有我一个人享有你。"他赞叹道。

她微笑着回应他的热情，带着他所喜欢的那种诱人的矜持，他觉得永远也看不够她，她美丽的脸庞，可爱的手臂，光滑舒缓的身体。他们像两个孩子一样，叫着嚷着，开车兜风，吃饭看风景，他对这两座城市的金融中心都很感兴趣。他觉得纽约和波士顿都是商业很强的城市。他心生向往，就像他此前的观察一样，也许他应该离开费城，当然他在那里也会很开心，跟丽莲在一起，再生一群小考珀伍德。他会努力工作挣钱。如今两个人的钱都由他掌管，只要努力经营，他会变得非常富有。

第十章　如胶似漆

他们蜜月回来以后，家里的装饰和风格，比之考珀伍德夫人从前做塞普尔太太时有了很大的改善。他们决定至少在她位于北街的房子里住一段时间。考珀伍德对家居环境充满艺术创造力，他订婚时就对丽莲原先家里的摆设颇不以为然，认为装饰和风格都有待改善。他提议这次由他来置办家具，以符合他的标准。在成长过程中，他练就了一种对于艺术和精致生活的认知。他见过太多比自己家更显赫、更气派的房子。你不可能走在费城大街上，却对那些更高尚、更优美的社区生活视而不见。人们正在大兴土木建造无数的昂贵气派的房子。房子前面的草坪，有人会建成花园，这很受当地人欢迎。在蒂格家、利利家和亚瑟·里弗斯家，他都注意到一些与众不同的艺术品——青铜器、大理石雕像、挂毯、图画、时钟和地毯之类。

在他看来，现在他那比较普通的房子，也可以装饰得大方得体，而且花比较少的钱就可以办到。比如说餐厅，透过阳台后面帽子形状的那两扇窗户向南望去，可以看到一片草地，几棵树和灌木丛，一直到栅栏那里塞普尔家和邻居的分界线，这一片都可以改进得更具魅力。那道篱笆一样的灰色栅栏可以拆了种上灌木丛。餐厅与客厅之间的墙壁可以打通，换上一些漂亮的挂饰。现在那两扇长方形窗户可以换成凸窗。凸窗做落地式的，装上菱形旋转铅盘框架，朝着草坪方向打开。

而屋子里的破旧家具，有的是塞普尔家和威金家族留下来的，有的是后来买的，还有那些天知道从哪儿弄来的无法形容的旧家具，都可以扔掉或卖掉，再添置些更好更漂亮的。他认识一个叫埃尔斯·沃思的年轻人，是当地大学建筑学专业的应届毕业生。因为两个人脾气投缘，便成了好朋友。埃尔斯·沃思是个富有创新精神的艺术家，安静、有思想、精致。两个人先是从当时板栗街上正兴建的某幢建筑的质量问题谈起，埃尔斯·沃思说那幢建筑粗制滥造。他们进而谈论起美国文化中的艺术缺失问题。他于是意识到埃尔斯·沃思倒是会理解并实施他的装潢观点的人，可以把他家装饰得更精致美观。他把这个年轻人介绍给丽莲，她当然毫无异议地同意了，也接受了他要装修房子的想法。

所以他们度蜜月期间，埃尔斯·沃思便着手实施房屋装修，预算大概要三千美元，包括家具。他们回来后不久便竣工了，装修得简直就像一幢新房子。餐厅的凸窗就如弗兰克希望的那样，低悬于外面的草坪之上。窗户用人造钻石和铅皮镶嵌边缘，旋转轴是黄铜的。客厅和餐厅之间由一扇推拉门隔开，以备将来挂上一幅诺曼底婚礼场景的丝绸挂绘，餐桌是由古老的英国橡木制成的，客厅和卧室则摆放的是美式仿制奇彭代尔和希雷顿的家具。墙上还挂着几幅简单的水彩画，屋内立着霍斯默和鲍尔斯的青铜器，波特的大理石维纳斯出自一个被遗忘的雕刻家之手，其他的普通艺术品不再一一赘述。地毯颜色适当，令人愉悦。考珀伍德夫人看到裸体的维纳斯吓了一跳，这塑像展现出一种她在美国不常见到的欧洲自由，但是她什么也没有说，一切都如此和谐令人舒畅。她觉得自己不能说三道四，弗兰克这方面要比她了解得更多。然后家里又找了一个用人，还有一个帮全工的男佣。如今他们可以举办一些小型的宾客宴请活动了。

那些参加过他们婚礼的人，逐渐发现了新的家居环境给弗兰克带来的微妙变化，弗兰克就像接受了催眠术一样，被周围的环境影响了。基本上，人们从他的个性上可以看出，他是有尊严受尊敬的好公民。他看起来像一个理想的居家男人。他每天晚上，离开嘈杂拥挤的市中心，穿过行色匆匆的人群，快乐地回到妻子身边。在家里，他觉得很安心，对生活很满意，想着餐桌上的烛光晚餐（他的主意）；丽莲会穿上淡蓝或淡绿色的拖地长裙，他喜欢看她穿这些颜色的衣服；想到大壁炉里熊熊燃烧的劈柴；还有怀抱里的丽莲，这些都缠绕在他绵绵的想象中。就像以前说过的，他不喜欢读书，尽管他很精明，而且对财政方面相当内行，他更喜欢生活、图画、树木，以及与爱人的身体接触，这些让他更感兴趣。他向往着丰富、快乐、全身心投入的生活。

尽管有年龄上的差距，此时的考珀伍德夫人却是他理想的伴侣。她的身体一旦被唤醒，便对他依赖缠绵，积极回应他的渴求，让他感到如梦如幻。两个人都想要个孩子，很快她便怀孕了，她就把这个幸福的好消息悄悄地告诉他。她曾经怀疑前次婚姻没生个一男半女是由于她自己的原因。现在证明根本不是，她既惊讶又高兴。这开启了他们的新生活。她面前是一个光辉的未来，她不再害怕。他喜欢传宗接代，对基因复制的渴望几乎是贪婪的。后来日子一天天过去，年复一年，至少前面的四到五年，他对生活非常满意。每晚高兴地回家，在院子里散步，跟妻子一起开车出游，约朋友来吃饭，跟她聊他想要做的事情。她不太了解他财务上的事情，他也不想费心解释。

他爱她，爱她美丽的身体，她的红唇，她优雅的举止，爱她所有的一切，还有他们的两个孩子，这一切都让他安心。他们四年生了两个孩子。他抱起小弗兰克——他们的第一个孩子——让孩子坐在他的膝盖上。看着孩子的小胖脚，闪亮的眼睛，还有那花瓣一样的嘴唇，就会想到孩子们来到这世界上要经历多少艰辛。从精子开始，到女人怀孕的奇特时期，还有疾病和分娩的危险。小弗兰克出生时，可真是经过一番历练。考珀伍德夫人很害怕，他也担心生孩子会损害她的容貌，更担心会有生命危险。孩子降临的那天，他站在门外第一次真正经历了焦灼，虽然没到受不了的程度，因为他一向自信而又独立。当然，他很担心，也臆想到生死，眼前的一切可能瞬间化为乌有。终于，传来消息，还有震耳的哭声，一切顺利，他可以进去看新生儿了。这次经历打开了他的眼界，他对事物有了更进一步的认识，对人生更有信心了。老话说，事物表面往往隐藏着悲剧，就如同木头精致的贴面下面往往很粗糙，这个论点得到了进一步论证。小弗兰克之后，紧跟着女儿丽莲出生。她长得金发碧眼，他很喜欢。毕竟，家庭真是个大主题。生活就是这样组成的，恰如其分——生活的基石是家庭。

　　这些年生活中物质的微妙变化很难一言以蔽之——所有的变化都是循序渐进的，就像那些一圈圈的涟漪，丝毫不引人注意。可是细思又变化很多。他最初一穷二白，用了五年时间，才一点点积累起财富。随着他与客户关系的进展，他慢慢认识一些金融界里举足轻重的人物。他在蒂格公司以及交易所时，也与一些头面人物交往过，像是各个级别的州和市政府官员，这些都是"靠政治谋生"之人。还有从华盛顿到费城来的国家要人，常会到德雷塞尔公司、爱德华·克拉克公司，以及蒂格公司来视察访问。据他了解，这些人都能事先得到立法部门或经济形势变化的暗示与消息，因而会影响到股票市场和交易所。在蒂格公司时，一个年轻的职员曾经拉过他的衣袖，说："看到那个要去见蒂格的人吗？"

　　"看到了。"

　　"那人是穆尔塔格，市财政部部长。跟你说，他什么事也不做，专攻技巧。他投资的钱财，除了本金，不需要交任何账，利息也是他的。"

　　考珀伍德明白，所有的城市和州政府官员都做投机生意。他们惯于把城市和国家资金以授权代理人或指定的国家存管人的名义，存入某些银行家和经纪人的账户。银行没有利息，都付给了这些官员，还要根据官员的秘密指令，把钱借给某些经纪人。后者将其投资于"稳赚钱"的地方。银行家们也可以在一段时间内免费使用这笔钱，经纪人则得到剩下的免费使用时间。官员们攒钱，经纪人也可以拿到丰厚的佣金。费城有一个政治圈，里面有包括市长在内的市议会议员、财政部部长、警察局局长、市工程局局长等人。这些人"彼此互助，狼狈为奸"。起初，考珀伍德觉得这种现象很不好，但是许多人因此暴富，似乎也没人在乎。报纸上总会谈论公民的爱国主义和自尊，对此类事情却从来不说一句话。那些就此发财的人既有权力又受人尊敬。

越来越多的商家，发现他在处理票据发行或票据付款方面，是一个非常值得信赖的代理人。他总能知道从哪里可以快速地贷到钱。从一开始他就定下原则，手头要保留两万美元现金，这样可以随时接受委托而无须讨论。所以他总可以说："啊，当然了，我可以做。"否则手头没钱，碰到事情时，他恐怕就不能那么爽快地答应了。有人会问他是否会在交易所做些股票交易。他没有席位，开始时也没打算买，但是现在他改变了主意，不仅在费城，也在纽约买了一个席位。有个叫约瑟夫·齐默尔曼的人，做干果店生意，曾经请考珀伍德处理过各类票据问题。考珀伍德建议他买一些电车的股票。从此他又转回交易所市场了。

同时，考珀伍德的家庭生活也开始了变化，可以说是变得越来越美好，越来越安定。比如考珀伍德太太跟他一样，随着他的生意来往变化，对于自己的人际关系也要做适当调整。塞普尔先生在世的时候，她来往的大都是生意人，主要是零售商和小批发商人。在她常去的教堂里，有一些女子跟她关系比较好。有时候她和塞普尔先生会参加一些教堂饮茶之类的社交活动，也会去各自的亲戚家随意走访一下。除了考珀伍德、华特曼，还有其他几家亲戚算是例外要特别拜访的。现在这些都变了。年轻的考珀伍德不太在乎她的娘家亲戚，塞普尔那边的亲戚也因为她的再嫁而疏远了，他们认为她的二婚很离谱。考珀伍德与他的家人倒是彼此关心，互相联络感情，有福同享。还有更好的就是，他吸引了一些真正重要的人物。他把他们带到家里，那些银行家、投资人、客户以及潜在客户。这些人在一起也只是社交，不谈生意。因为他不喜欢在家里谈生意。在舒尔吉尔、威萨希肯以及其他地方，有很多受人欢迎的餐饮场所，周日的晚上可以开车去体验。他和考珀伍德夫人经常开车去戴维斯夫人家，到吉钦法官家，去他熟识的安德鲁·夏普珀斯律师家，他自己的律师哈巴·斯达格以及其他几个人的家。考珀伍德天生和蔼可亲，还有不容置疑的深邃思想——他思索，思索，再思索，同时又很享受生活。

　　他的爱好之一是绘画。他喜欢自然，但是不知道为什么，他总觉得最好的欣赏图画的方式是通过解说员解说，就像我们对于法律和政治的理解也是通过别人的解释一样。考珀伍德夫人对此一点也不在乎，不管怎样，她都无所谓，但是她会陪他去展览中心看画展，同时又觉得弗兰克有点奇怪。因为他爱她，试图让她也对这些感兴趣，但是她只不过表面喜欢，事实上她视而不见。很清楚，她欣赏不来。

　　孩子们占去她很多时间。但是考珀伍德对此却并不在意。他看到她全身心地投入，感到愉快并认为值得那样做。同时，她那种因为绝对的安全感而产生的昏昏欲睡的状态，模糊的微笑，有时候看起来冷漠的样子，很能吸引他。她跟他真是太不同了！她把第二次婚姻看得跟第一次婚姻一样重要——都是严肃的事情，容不得三心二意。而他，则正相反，在喧嚣的世界中打滚儿，至少在金融界里，在那么多突发事件和闻所未闻的变故中沉浮。有时他会另眼打量她，倒不是以批评的眼光，因为他喜欢她，只是权衡着她的性格。他现在认识她五年了。他了解她吗？青春的活力，在开始那些年占了很大比重，而如今他已经确切无疑地拥有她了。

经过长时间考虑，南北双方终于宣布决战了。这自然掀起了一阵喧嚷，时代的弄潮儿都要加入其中。实在是振奋人心。但是接下来就变成了聚会、游行，然后是骚乱。约翰·布朗被刺杀，林肯的到来，一个伟大的公民，从伊利诺伊州的斯波林菲尔德经费城去华盛顿就职。从布尔·林战役、佛克思堡战役，到葛底斯堡战役等一系列战役。考珀伍德那时只有二十五岁，年轻有为，信念坚定。他认为解放黑奴在人权方面肯定是一大进步，但是会危害到贸易。他希望北方能赢，但是可能会涉及他本人和其他金融家。他不想打仗。其他人也许会去——那些穷人，涉世不深的家伙也许会愿意去冒险。至于他，他的生命全部是为了自己、他的家人和他的个人兴趣。他记起来一天在一条安静的小街上，看到工人们放工回家，一支身着蓝色服装的士兵小分队热情地沿着街道走过。联盟的旗帜飘扬，鼓手击鼓，喇叭吹奏。目的就是想鼓动那些漠不关心或迟疑不定的人，让他们一时头脑发热，忘记自身利益，甚至忘记所拥有的一切——妻子、父母、家庭和孩子——只看到国家的崇高利益，进而尾随其后参军入伍。他看到一个工人提着水桶，大概是刚结束一天的劳作，还没把这场面和白天的工作联系起来。那人停下来，看着小分队走近，眼睛里流露出一种奇特的、不确定的惊奇神情，他跟在队伍后面，庄严地往征兵站去了。是什么让这个人着迷？他自问道。他为什么这么容易就被说服了？这人显然没打算当兵，脸上还带着一天工作下来的油脂和污垢。他看起来像个锻造工或者机械师，也就二十五岁的样子。弗兰克看着小分队慢慢消失在街尾的拐角处。

目前的这种崇战的精神很奇怪。在他看来，人们似乎什么也不想听，只想听到击鼓和号角的声音。什么也不想看，只想看军队的步伐，而如今已经有成千上万的军人正在奔赴前线，他们肩上扛着冷硬的钢枪。他们什么也不想听，只想听到战争和有关战争的谣言。毫无疑问，这是一种惊心动魄的情绪。伟大，但是无利可图。这意味着自我牺牲，而他看不到其中的意义何在。如果他也去参军了，他可能会被子弹击中，那么他的高尚情操又有什么意义？他宁愿赚钱，管理当前的政治、社会和金融事务。那个跟在征兵队伍后边的可怜的傻瓜——不，他不应该叫他傻瓜，那个可怜的过度劳累的工人，愿上天可怜他。愿上天可怜所有像他一样的人，他们真的不知道自己在做什么。

有一天他看见林肯——高个，踉跄，骨感，瘦削，笨拙的一个人，的确令人印象非常深刻。那是二月下旬的一个清冷泥泞的早晨。伟大的战争时代的总统刚刚结束了亲临解决联盟统一战线的公告。联盟关系紧张，但不可以破坏。他站在独立大厅的门口，也是著名的自由的发源地。他站在那里颁发指令，脸上充满悲伤，还有一丝沉思的平静。考珀伍德盯着他看，他站在门口颁发指令，周围包围着各界政要、参谋长、侦探以及好奇而同情的公众面孔。当他盯着他那粗糙奇异的面容时，他感受到了这个人的伟大和尊严。

"这是一个真正的人，"他想，"有气度的人。"他的每一个姿势都充满力度和能量。他看着他进了马车，心想，"这人就是铁路的分化者，一个乡村律师。时势造英雄，命运为这场危机挑选了一个伟大的人。"

一连几天林肯的面孔一直萦绕在他脑中。整个战争期间他常常会想起那个奇异的身影。在他看来，这次意外的邂逅，让他看到了一位世界上真正的伟人。他对战争和政治家没有兴趣，但是他知道这些事情有多么重要，特别是在有的时候。

第十一章　承包商巴特勒

战争开始了，很显然，这不会是一天两天的事情，这时候考珀伍德的第一个金融上的重大机会来到了。此时，整个国家、州和市都特别需要现金。一八六一年七月，国会批准发行了一笔五千万的公债，期限二十年，利息不超过百分之七。州政府也以相同方式提供核准了三百万公债，第一笔贷款由波士顿、纽约和费城的金融家处理。第二笔由费城的金融家处理，考珀伍德没有经手。他还不够有名望。他在报纸上读到的这些他熟悉的或者听闻过的人聚集在一起，正在考虑最周全的方法帮助国家，这些人中却没有他。虽然他非常想成为其中一员。他注意到一个有钱人的话的分量——根本不需要钱、票据，或者抵押物——只要有这个人的一句话就可以。如果传闻称某项事业的后面有德雷塞尔公司，或杰伊·库克公司，或者古尔菲斯克在背后撑腰，那么这件事基本可以说稳妥搞定了。一个叫杰伊·库克的费城年轻人，他与德雷塞尔公司合作，以平价出售了这笔公债。一般人认为可以以九折价格出售。库克不服输，他认为，此时民众有国家自豪感和爱国主义热情，把这笔公债卖给小型银行和某些个人应该不是问题。然后他们再从这些人手中买回来。结果真的如库克所想的那样。库克因而声名鹊起。考珀伍德希望自己也能像他那样对信息判断准确，但是他太现实了，除了眼前的事实和状况之外，不太在意任何事情。

大约六个月以后，他的机会来了，州政府发现还需要更多的现金，以支付部队开销。需要采取防御措施，也要补充国库开支。最终立法机构批准发出两千三百万美元的贷款。市场上到处流传着由谁来处理这件事——当然是德雷塞尔公司和杰伊·库克公司。

考珀伍德也在思考这个问题。如果他现在能处理这笔巨额贷款的一部分——他不可能处理全部公债，因为他没有足够的关系。但是只要他参与其中的一部分，他就可以赚一小笔钱，还可以大大地增加他作为经纪人的知名度。他能处理多少呢？这是一个问题。都有谁会买这些公债呢？他父亲的银行？也许。华特曼公司？会买一小部分。米尔斯·大卫公司？应该可以。他把可能的人选都考虑了一遍，逐一分析，包括私人交情，善良与否，对过去恩惠的回报，等等，诸如此类。他把全部的可能性分析了一下，发现他可以处理的数额是——如果他事先做点努力，如果凭借他个人的影响力，如果通过当地政界人物可以拿得到这么多公债的话——一百万美元。

他在猜测中特别想到一个人，此人有一些微妙的政治关系，并非在台面上，这人就是爱德华·玛利亚·巴特勒。巴特勒是一个承包商，负责修建下水道、建筑物地基，铺设水管，铺柏油马路之类的事情。在考珀伍德认识他以前，巴特勒是个垃圾承包商。那时，城市里特别是在偏远地区，以及一些贫困老旧的城区，都还没有街道清洁服务。爱德华·巴特勒那时还是个贫穷的爱尔兰年轻人。他开始收垃圾，再把这些垃圾免费运走，喂他的猪和牛。后来他发现有人愿意付费让他把垃圾运走，再后来当地的政界人物，他的一个国会议员朋友——他们两个人都是天主教徒——在这件事情中看到了商机。巴特勒因此成为官方的收垃圾人。议会可以投票决定这项服务的年度拨款。巴特勒就此拔得头筹，可以雇佣比他现有还多的马车。不仅如此，其他人都不能再插手收垃圾的事务，官方的合同只允许他承包，至此他没有了竞争对手。当然这样做的话，就要拿出一部分盈利来补偿那些没有拿到合同的人。而且必须在选举时，拿出一部分资金借给某些人和组织。但是没关系，数额不大。因此巴特勒和帕特里克·加文·斯基，也就是那个国会议员（后者是"隐形人"）开始了商业关系。巴特勒不再自己开车，他雇了个年轻人，一个聪明的爱尔兰人，也是他的邻居。年轻人叫吉米·希恩，做他的助手、主管、马夫和记账员等，没有希恩不能做的。巴特勒很快就年薪四五千美元，而以前，他只能赚两千美元，他搬进了南边郊区的一幢砖房子，把孩子们送进学校读书。巴特勒夫人也不再做肥皂和喂猪了。从那时候开始，爱德华·巴特勒的快乐日子开始了。

　　巴特勒起初既不会读书也不会写字，但是现在当然也会了。他从与加文·斯基先生的关系中了解到还有其他的承包形式——下水道、水管、煤气管道、街道摊铺等。除了爱德华·巴特勒还有谁能做得更好？他认识许多国会议员，他在沙龙的后厅，在星期六和星期天的政治主题野餐上，在选举理事会的会议上，与他们频繁会面。因为他是伟大城市的受益人。他们希望他不但贡献钱财，而且提供建议。也因此，他奇异般地发展出一种奇怪的政治智慧。他看到一个人时，可以辨识出他是不是一个成功人士，或者未来是否会成功。很多给他工作过的记账员、主管、计时员最后都成功地成为国会议员和州议员。被他推荐到政治会议中的候选人，很多都成为众所周知的成功人士。他最先是对议员会有影响，然后在立法区，然后是他的党派市议会，当然大家也期待他建立一个组织。

　　在议会中，总有神秘的力量守护他。他总参与竞价，也总是能拿到重要的合同。垃圾事业已经成为过去，他的长子欧文既是州议会成员，也是他生意事务的合伙人。他的次子卡隆是水务局职员，也是他的助手。他的大女儿爱琳，只有十五岁，还在圣·阿加莎——一所德国镇的修道院学校读书。他的二女儿诺拉，也是最小的孩子，十三岁，正在当地一所天主教姐妹学校创办的私立学校就读。巴特勒一家已经从南费城搬到了吉拉德大街，也就是接近一千二百号的地方，那里有新潮有趣的社交活动。当然，他们不会参与，承包商爱德华·巴特勒，如今已经五十五岁了，有五十万身家，也有很多政界和金融界的朋友。他已经不再是一个大老粗，而是一个坚实红脸膛的男人，有略微晒黑的皮肤，宽大的肩膀和坚实的胸膛，灰眼睛、灰头发，一张典型的爱尔兰人脸上透出睿智和平静，以及富于经验的不露声色。他过于宽大的手和脚表露出他没有穿过最好的英国制造的礼服和皮鞋，但是这种存在并不显露出冒犯，正相反，虽然还有一点儿土气，但是他说话温和有力，既有亲和力又能够令人信服。

　　他是最早对发展街车感兴趣的人之一，而且得出的结论跟考珀伍德和其他人一样，认为这将是伟大的事业。那些他用独到的眼光发现并购买的股票，其回报率就是充分的证明。他已经通过一个又一个经纪人，试图打入原始的企业组织。他想在一家公司和另一家公司里尽可能多地买股票，因为他相信这些公司都有前途。最重要的是他想要控制住一两条路线。为此他在寻找一个可靠的、诚实有能力的年轻人，可以在他的指导下，按他的旨意做事。于是有一天他听说了考珀伍德，就决定约他来家里会晤。

　　考珀伍德很快就答复了，因为他知道巴特勒，知道他的崛起以及他的关系、他的力量。二月一个寒冷晴朗的早晨，考珀伍德如约来到他的居所。考珀伍德后来回忆起那条街道的样子——宽阔的砖砌的人行道，用砖头和碎石铺的街道，刚下过雪，有很多矮小、光秃秃的灌木丛和电线杆。巴特勒的房子并不新，他买了旧房后翻修重建，但在当时，还算令人称心如意的建筑，房子大概有五十英尺宽，四层楼高，灰色的石头楼房，四级白色宽敞的石阶通向门口。拱形窗户装饰着 U 形的拱心石，白色窗框挂着蕾丝窗帘，可以瞥见窗内的红色丝绒窗帘，透着温暖，与外面的寒冷和冰雪形成对比。一个瘦削的爱尔兰女仆来开门，考珀伍德把自己的名片递给她，随后被邀请进到房子里。

"巴特勒先生在家吗？"

"我不确定，先生。我去看一下，也许他出门了。"

过了一会儿，他被请到楼上，看到巴特勒正坐在一间很有商业气氛的房间里。房间里有一张桌子、一把办公椅和一些皮质家具，还有一个大书架，但是缺少完整和对称，既不像办公室也不像客厅。墙上有几幅画——一幅很奇怪的油画，至少看起来黑暗阴郁。另一幅是一条运河和驳船的风景，粉红色和绿色为主调。还有几张不错的亲戚和朋友的银板照片。考珀伍德注意到一张两个女孩儿的合影，一个红色金发，另一个看起来是顺滑的棕色头发。美丽的银板相框都仿佛被涂上一层色彩。她们都很漂亮、健康，微笑着抱在一起，脑袋靠在一起，眼睛直视着镜头。具有凯尔特人的特征。他很随意地观赏着，猜想她们一定是巴特勒的女儿。"考珀伍德先生吗？"巴特勒问道，特别着重名字里的元音发音（他是一个动作缓慢的人，严肃而直接）。考珀伍德注意到他的身体很强壮，老当益壮，仿佛经过风吹雨打的山核桃。脸颊上的皮肤紧绷，浑身上下没有一处是柔软松弛的。

"我就是。"

"有一点儿关于股票的事情要和你讨论一下（'事情'听起来像是'事儿'）。而且我想你最好到我这里来，而不是我去你的办公室。这样谈话就比较私密，而且我也不像从前那么年轻力壮了。"

他的眼睛闪烁着停顿了一下，打量着客人。

考珀伍德笑了。

"我希望能对你有所帮助。"他很友好地说。

"我现在正好有兴趣在交易所里挑选一些街车的股票，等一下再跟你说具体的。你要不要喝点什么？今天早晨可真冷。"

"不用了，谢谢，我从来不喝酒。"

"从来不喝？那对爱喝威士忌的我来说可真是一个很难出口的词。好吧，不管怎样，这是一个很好的习惯。我的儿子们也不喝酒，我很高兴他们这样做。像我刚才提到的，我有兴趣在交易所买一两种股票，但是跟你说实话，我更有兴趣找到一个像你一样聪明的年轻人，我可以和他合作。你知道的，这个世界一件事可以连接另一件事。"然后他不置可否地望着客人。

"当然。"考珀伍德报以友好的微笑回答。

"嗯，"巴特勒沉思着，一半像对自己说，一半像是对考珀伍德说，"如果他注意的话，聪明的年轻人在街车这件事上，可以帮我做一两件事情。我自己有两个很聪明的儿子，但是我不想让他们长期炒股。而且我不知道，即使想让他们做，他们是不是能做得了。但是这不仅仅是炒股。我已经很忙了，就像我刚刚说的那样，我不像以前那么年轻力壮了，但是如果我能找到一个能干的年轻人——顺便说一下，我一直在研究你的记录，你无所畏惧。如果找到这个年轻人，他也许可以帮我处理一些事情，比如说投资贷款之类，也许可以给我们两人都带来一些好处。有时候镇上的年轻人会以这种方式向我征求一些建议，他们会有一些小投资之类的，所以——"

他停了一下，望着窗外，他很确切地知道考珀伍德非常感兴趣，而且这种关于政治影响力和关系之类的讨论很能刺激他的胃口。巴特勒想让他看清楚，在这种情况下信任非常重要——信任、机智、微妙和隐蔽性。

"好吧，如果你在查看我的记录的话……"考珀伍德脸上带着难以捉摸的微笑，把这个话题停在半空中。

巴特勒感受到了话题的含义和性质。他喜欢这个年轻人的稳重平和，有几个人跟他提到过考珀伍德（现在已经是考珀伍德公司了，虽然这个公司纯粹是子虚乌有）。他询问了一些市面上的问题，关于市场如何运转的问题。最后他概述了他要收购的两条铁路线——第九街到第十街，第十五街到第十六街的所有股票计划。要缓慢地买入，一部分从交易所，一部分从个人手里。他没有告诉考珀伍德，他希望施加一定的立法压力，让他在当下线路中断的地区获得延长的特许经营权。以便当他们扩大设施开发的时候必须来找他和他的儿子们，因为他们是少数关注这件事情的人中的最大股东。这是一个极有远见的想法，因为这意味着这些街车线路股权最终会落到他和他儿子们的口袋里。

"我很愿意和您一起工作，巴特勒先生，按照您所提供的任何建议实施。"考珀伍德说，"虽然我不能说我的事业有多大，但是我的人际关系还是比较好的，我现在是纽约和费城股票交易所的成员，和我一起打过交道的人对我的评价也很高。"

巴特勒明智地重申道："我对你的工作已经有一些了解了。很好，那么，只要你有现金，你可以打电话给我的办公室，或写信。或者来我这里。我会给你我的秘密操作代码，但仍然得严格保密。"

"好，我会严格保密。过几天我会给你一些'东西'。到时候你可以从银行取出你所需要的钱。"

巴特勒站起来，往外面街道看了一下，考珀伍德也站起身来。

"今天是美好的一天。不是吗？"

"的确如此。"

"好吧，相信我们会彼此更加了解。"

他伸出了手。

"希望如此。"

考珀伍德握了握他的手，走出来，巴特勒陪他到门口。此时，一个年轻女孩儿从外面闯进来，双颊红润，一双蓝眼睛，穿着一件红色斗篷，斗篷帽子罩住了她金色的头发。

"噢，爸爸我差点儿把你撞倒。"

她给父亲一个闪着光芒的微笑，也顺便看了一下考珀伍德。她的牙齿小巧洁白，嘴唇红润如花。

"你提前回来了？我以为你要再待一天呢。"

"本来是的，但是我改主意了。"

她甩动着手臂从旁边走过。

等她走过去后，巴特勒继续道："好，就这样。过一两天再说，祝你有美好的一天。"

"也同样祝您。"

考珀伍德心里充满了对未来的憧憬，走下台阶。不经意间又想起刚刚过去的那个充满活力的、脸颊红润的少女。真是一个又聪明、又健康、又有礼貌的女孩子。她的声音带着十五六岁少女特有的清脆，真是活力四射。有一天，某个年轻人会幸运地得到她。她的父亲会让她很富有，毫无疑问。

第十二章　五百万公债

大约十九个月后，也就是在考珀伍德想着要靠某人的影响，分到一部分国家发行的公债时，他想到了爱德华·玛利亚·巴特勒。巴特勒自己可能会买一些，或者会帮他买一些。巴特勒非常喜欢考珀伍德，如今考珀伍德已经在簿记中被归类为大宗股票的潜在买主。考珀伍德也喜欢这个坚实有魄力的爱尔兰人，喜欢他的发迹史。他见过巴特勒夫人，一个稍显肥胖的爱尔兰女人，对于世界的认知依然是老式的硬道理，不喜欢作秀，宁愿亲自下厨去指挥下人做饭。他也见过欧文和卡隆两个男孩子。还有爱琳和诺拉，他们家的两个女孩儿。爱琳就是他第一次拜访巴特勒那天在楼梯口遇到的那个女孩儿。

考珀伍德再次拜访时，是在巴特勒的临时私人办公室里，屋里的炉火正燃着，舒适温暖。春天已经来了，但是晚上还是有点儿凉。上了年纪的巴特勒邀请考珀伍德在炉火旁的大皮椅里坐下，尽量地舒适随意。然后开始听他复述他预期的结果。

"嗯，那可真是不容易，"他听完后评论道，"你现在对此了解得应该比我还多了。我不是金融家，你知道的。"他带着点儿歉意地笑了。

"这涉及谁有影响力，"考珀伍德说，"还有袒护，这些我算是知道了。德雷塞尔公司与库克公司在哈里斯堡有关系。他们有人关照，总检察长和财政局局长与他们密切配合。即使我出价，并证明我可以处理这些，对申请公债也帮不上忙。其他人已经试过了。我必须要有人——或者说有势力。你知道这是怎么回事。"

"这类事情，"巴特勒说，"如果你找到合适的人去周旋就很容易，如今有一个叫吉米·奥利弗的，他应该对这件事情比较清楚。"吉米·奥利弗当时担任惠洛姆地区检察官，顺便提一句，他也在许多方面为巴特勒先生做免费顾问。而且凑巧还是与财政局局长有私交，甚好的朋友。

"你想要多少公债？"

"五百万。"

"五百万！"巴特勒一下坐直身体。"好家伙，你在说什么？那可是一大笔钱。你打算到哪里卖掉呢？"

"我想要竞价五百万，"考珀伍德轻声说，"我只想要一百万，但希望申请到五百万的名声。这会令我在市场上有影响力。"

巴特勒松了一口气坐回椅子里。

"五百万！名声！你想要一百万。嗯，这么说就不一样了。这倒不是个坏主意。我们应该可以拿到。"

他搓着下巴盯着火看。

考珀伍德当天晚上信心十足地离开了，他知道巴特勒不会让他失望，一定会把事情办成。因而几天后他被介绍给财政部部长朱利安·博德时，也就一点儿不意外，而且确切知道这意味着什么。朱利安·博德答应将他介绍给财政厅厅长范·诺斯特兰德，并确保将他的提议提交上来，让人民来判断。"当然了，你是知道的，"朱利安对考珀伍德说，当着巴特勒的面，那时他们正在巴特勒的家里聚会，"这家银行非常有影响力。你们知道他们是谁，他们不希望此次公债发行受到任何干预。我跟特仑斯·雷里汉谈过，他在'那里'，也就是州首府哈里斯堡代表他们。他说他们根本不支持这项计划。你拿到这些公债，又在费城，可能就会遇到麻烦——他们真的是很有势力，你知道。你有把握推销掉这些公债吗？"

"是的，有把握。"考珀伍德说。

"好吧，在我看来，最好是什么也不说。先把你的竞价提出来。范·诺斯特兰德如果得到州长的批准，会来把这些市公债券拨给你的。州长那方面我想我们可以去疏通，你拿到公债以后，他们可能会亲自跟你交谈，但那是你自己的事。"

考珀伍德微笑着，不动声色。在金融领域，有太多的纠葛。仿佛地下洞穴里无休无止的关系网，以及各种相互之间的往来影响。有时就是一点儿机智，一点儿敏捷，一点儿运气和机会。就像现在他除了野心，并无其他，却跟州财政厅厅长和州长都有了关联。他们会亲自考虑他的竞价请求，因为他要求给予考虑，仅此而已。其他几个比他更有影响力的人也都有权申请这些股票，但是他们没提出来。当运气站在一个人的一方时，胆量、想法和积极进取起着多么重大的作用哪。

他离开时想到德雷塞尔公司和库克公司看到他以竞争对手的身份出现在竞价场上，会是多么惊讶。他把家里二楼卧室旁边的一个小房间改成了办公室。里面放了一张书桌，一个保险箱，还有一把皮椅子。他在这里查看自己的资源储备往来关系。要想的事情很多，他又过了一遍哪些人他见过，哪些人可能收购他的市公债券。就目前来看，应该会稳妥拿到一百万公债。他估计能赚总交易的两厘，也就是两万美元。如果做成的话，他要在吉拉德大街巴特勒家那边买一幢房子。或者买一块地，自己建一幢房子，可以分期付款。他父亲的事业也在蒸蒸日上，也许他会在旁边建一幢房子，这样他们可以住得近些。除了这笔收益，他的生意今年还会给他带来一万美元的利润。他在街车上的投资总共五万，可以拿到六厘利息。他妻子的财产，包括这所房子，还有一些政府市公债券，以及西费城的房地产，总共有四万多。两个人加起来还是很富有的，但是他希望更富有，现在他所需要的是保持冷静。如果这次他成功地解决公债问题，那么他可以再做一次规模更大的，当然会面对更多的问题。他这样想了一会儿，把灯熄了，到妻子的房间，她在那里睡觉，保姆和孩子在不远处的另一个房间。

"丽莲。"他说道，她醒了过来，转向他。他继续道，"我以前跟你说过的那个关于公债的事情终于安排妥当了。我想我会拿到一百万公债，无论怎样，净赚是两万美元。如果拿到的话，我们就在吉拉德大街上建一幢房子。那里的社区正在建大学。"

"那可真是挺好的，对吗，弗兰克？"她一边说，一边揉搓他的手臂，他坐在床边。

她的话语带着含糊其词的推测。

"从现在起，我们要跟巴特勒一家多来往，他对我很好，他可以帮我的忙。他让我什么时候带你过去看看，我们必须去。要对他的太太好一些，如果他愿意的话，他可以帮我做很多事情。他还有两个女儿，我们什么时候也要请她们过来看看。"

"那我什么时候请他们来吃饭吧。"她愉快地说，"如果他的太太愿意的话，我可以开车带她购物，或者她也可以带我去。"

她已经了解到，巴特勒一家很喜欢炫耀，特别是年青一代。他们对自家的出身很敏感，认为钱能够弥补任何其他方面的不足。"巴特勒本人是个很体面的人，"考珀伍德曾经对她说，"巴特勒太太也还算可以，就是有点儿俗气。当然她是一个很好的女人，善良又心肠好。"他也提醒她不要忽视了爱琳和诺拉，因为巴特勒一家，特别是父母都特别以她们为傲。

此时考珀伍德的太太三十二岁，考珀伍德二十七岁。生了两个孩子让她的容貌有了一些改变。她不再那么柔和，赏心悦目，而是多了棱角。脸颊塌陷，像许多罗塞蒂和伯恩·琼斯画笔下的女人。她的健康状况也大不如前。要照顾两个孩子，还有一直未确诊的胃炎让她很虚弱。简言之，她有些累垮了，紧张疲劳，加上抑郁。考珀伍德也注意到了，他试图温柔体贴，但他是一个功利和务实的观察者，不可能不意识到不久的将来，身边可能有一个生病的妻子。同情和感情是伟大的事情，但是欲望和魅力也必须持久，否则，人们将不得不悲伤地意识到爱情已逝。如今他经常发觉年轻的女孩子更符合他的心意。她们健美又快乐。坚守道德规范是很好，但是如果你有一个生病的妻子，那又怎么办，男人只能拥有一个妻子吗？他不可以看别的女人吗？假设他又找一个呢？工作之余他会思考这些问题，得出的结论就是没有太大的关系。如果这个男人能办到的话，当然最好别暴露出来，也就可行了。不过他必须得小心。今晚当他坐在妻子的床边时，他就又想起这些问题，因为他又见到了爱琳·巴特勒。当他经过客厅门口时，她正在弹琴唱歌。她像一只明媚的小鸟，健康而热情，提醒着大家青春该是什么样子的。

"这真是一个奇怪的世界。"他想，不过他只是自己这样想，并没有打算告诉任何人。

市公债券发行出来成了一个很奇怪的妥协，因为虽然让他赚了两万美元，也让他在费城和宾夕法尼亚州财政界扬名，但是却不允许他像原先计划的那样，自行操纵选择购买人。他在当地一家有名的律师办公室撞见了财政局局长，他去城里的时候都在那里工作。他对考珀伍德很客气，因为他不得不那样。他跟考珀伍德解释哈里斯堡的基金监管条例。一般来说期待大金融家们提供竞选资金。州议会和参议院里有人代表他们。州长和财政厅厅长不会参与其中，但是其他因素还是会有的，比如一个人的声望、关系、社会地位和政治野心等。大人物可能会组织一个财团，这样做本身是不公平的。但是，毕竟他们是这种大额贷款的合法保护人。国家必须与他们保持良好关系，特别是在这种特殊年代。既然考珀伍德先生有能力处置即将拿到的百万公债，那么把这些公债贷给他也是完全正确的。但是范·诺斯特兰德提出了一个相反的建议。如果财务会议如此处理这些公债，那么考珀伍德拿到之后能否交给他们公司处理，他们公司会付他同样的收益。某些金融家希望这样做，反对是危险的。对于他申请认销五百万，并从中得到所希冀的名声，他们很愿意配合，也能够接受他个人分到一百万及其相应的名利。但是他们希望能够整批处理而不受干扰，剩下的这两千三百万公债，他也没必要宣布撤出。他们对他获得原本应得的荣耀也没意见。只是下不为例，因为别人会效仿他。如果市面上有人知道他是被迫放弃的，只取得一笔酬金，那么将来其他人就不会来模仿他。反之，如果他拒绝接受的话，可能会有麻烦，可能要向他催收借款，很多银行也会不再跟他来往。支持他的人也会因被警告而反对他。

考珀伍德很清楚这一点，他默许了。这是不管多么厉害的人也要低头的情景。他们对他很了解，非常了解。他会拿到这笔公债和两万美元左右的利润，然后就退出。州政府财政厅厅长为此很高兴，这可真是帮他解决了一个棘手的问题。

"我很高兴认识你，"他说，"我很高兴碰到你。等这件事情完结之后，什么时候过来跟你见面聊聊天，我们一起吃个午饭。"

州政府财政厅厅长不知道为什么觉得考珀伍德先生可以为他赚钱。他的眼睛是如此敏锐，表情是如此警觉而又微妙。他常常跟州长和同事讲起他。

公债终于发行了。考珀伍德私下和德雷塞尔公司的官员谈判了几次，拿到了他的两万美元，就把公债转让给了他们。他的办公室里时不时出现一些新面孔，包括范·诺斯特兰德和哈里斯堡的其他一些政治人物，其中一个人叫特仑斯·雷里汉。一天午餐的时候，考珀伍德被介绍给州长。他的名字也出现在报纸上，他的威望因此迅速提高。

考珀伍德立即开始与年轻的埃尔斯·沃思着手建新房子的计划。他跟丽莲说，这次要建一栋特殊的房子。为将来款待宾客做准备，比以往都要更大规模。北前街如今变得太无聊了，他把房子招贴出售，又和父亲商量，发现他也愿意搬家。父以子贵，如今银行的董事们对这位老人也越来越友好。明年银行总经理库格尔就要退休了。由于老考珀伍德的儿子这次出色的表现，以及他在银行里长期的服务，他将会升为总经理。弗兰克是他父亲银行的大借款人，同样也是大储蓄户。他与爱德华·巴特勒的关系很重要。他把某些账款寄到父亲的银行，否则无法真正到手。市政财政局局长对此很有兴趣。州财政厅厅长也对此产生了兴趣。老考珀伍德作为银行经理，年薪两万美元。这一切都由于他儿子的原因。如今这两家关系非常融洽，安娜现在二十一岁，爱德华和约瑟夫经常在弗兰克家过夜，丽莲几乎每天都去看望他的妈妈。两家人在一起经常互相聊些家庭琐事，而且都认为应该把房子盖在一起，于是老考珀伍德就买了五十英尺的地皮，旁边是儿子三十五英尺的地皮，两幢宽敞优美的房子建了起来。中间由廊道或者凉棚连接，冬天的时候可以用玻璃封上。

选材用的是当地最受欢迎的一种绿色的花岗岩，埃尔斯·沃思先生承诺房子盖起来后一定会特别赏心悦目。老考珀伍德决定支付七万五千美元，他现在身家二十五万。弗兰克决定拼出五万，他分期贷款付账。同时，他也计划把办公室搬到第三大街以南更远的地方，他自己可以独占一幢大楼。他知道一幢二十五英尺高的老建筑，他可以做相应处理，可以造一座新棕石门面，会翻修得很漂亮。在他的脑海里已经浮现出一幢漂亮的建筑，透过巨大的玻璃窗，可以看得到里面的硬木家具。门上或者侧边，是青铜的"考珀伍德公司"的招牌。他隐约但又确切无疑地看到了他未来的财富，就像地平线上的一片片云朵慢慢在眼前绽放。他会变得富有，非常非常富有。

第十三章　爱琳小姐

在考珀伍德不断地为自己建功立业的过程中，伟大的南北战争接近尾声。此时是一八六四年十月，街车的征战，以及荒野的土地扩充之战依然记忆犹新。如今，格兰特在进攻匹兹堡，南方伟大的李将军正在进行最后一场战役，英勇而绝望地展现他作为战略家和军人的能力。曾有几次，整个国家都在忧心忡忡地等待着维克斯堡的陷落，期待着波托马克的军队胜利，而李将军却入侵宾夕法尼亚——股市下跌，商业一片惨淡。在这种时刻，考珀伍德真是用尽全力盯着自己的钱财，他必须时刻警惕，以免什么毁灭性的消息让他的财产一下子化为乌有。

从国家主义角度看，他觉得应该保持联邦制度；从个人角度看，他却觉得战争除了破坏就是浪费。当然联邦制度值得推广，并非全是因为爱国，像现在这样从大西洋到太平洋，从加拿大的雪山到南部的海湾全部都归属联邦了。从他一八三七年出生以来，就看着这个国家在面积上扩充——除了阿拉斯加以外。现在阿拉斯加也归属联邦了。从西班牙手中购买来的佛罗里达州跟他的年龄差不多，也已经加入联邦。而一八四八年的不公平战争之后，墨西哥将得克萨斯州和西部地区划归美国。英国和美国在遥远的西北边界的争端问题也终于得以解决。他在社会及金融方面富于想象力的大脑，自然也看得到这些方面的重要性。没什么特别的，就是让他觉得，在如此广阔的领域中存在着无限的商机。他不是那种深谋远虑的人，所谓"开发商"之类，在每一寸未开发的河流和草原上，寻求最大的商机，而是希望保留国家的地域辽阔，保留这种无限的可能性。在他看来，这样一个夹在两大海洋之间的大国，具有无限的潜力。但如果南方失败的话，这种潜力将消失殆尽。

同时，他又觉得，解放黑奴不是一个多么重要的问题。他童年时起就注意观察过这个民族，充分了解黑人的优点和缺点，觉得这些特性都是与生俱来的，因此在他看来，这些美德和缺陷也限制了他们的发展。

例如，他不觉得黑人会变得比现在更重要。而且，无论如何，这对他们都是一场长期艰苦的斗争，下一代恐怕也看不到什么结果。他认为解放黑奴没什么好争辩的，也觉得如果南方种植园主的财产和制度遭到破坏的话，他们自然会起来强烈抗议。黑人作为奴隶，在某些情况下遭到虐待也实在太糟糕。他认为，这种情况应该可以改善，但除此之外，他也看不到那些支持解放黑奴的人的论点有什么伟大的道德基础。因为正如他所看到的，即使有宪法保障，很多人也并非绝对凌驾于奴隶制之上。因为对于弱者的心灵和身体的奴役，是精神奴役。他关注着萨姆纳、加里森、菲利普斯和比彻等人的观点，并对此表现出极大的兴趣，但他从没觉得这个问题有什么重要的。他不想当兵也不想当军官，他没有争论的才能，他的头脑没有争论的细胞，即使在金融领域也一样。他只关心什么对他有最大的好处，然后全身心投入。国家的这场自相残杀对他来说一点儿好处也没有，事实上他认为，这延迟了国家商业和金融的实际发展，所以他希望战争能尽快结束。他不像那些拼命抱怨战争税过高的人，虽然他知道，这些人只不过试图向更多人抱怨。一些死亡和真实的故事深深地感动了他，但是，这都是不可预知的命运的一种，他又补救不了。于是，他日复一日地我行我素，看着部队来来去去。看到从田野和医院回来的绑着肮脏的纱布的伤员，他们头发蓬乱、憔悴、病态，而他所能做的就是替他们感到难过。他不喜欢这场战争，他没有参与，确信战争结束的时候，他只会欢欣鼓舞，不是作为一个爱国者，而是一个金融家。这场战争可真是浪费，既可悲又不幸。

几个月很快过去了，地方介入选举，选出了一位新的财政局局长、一位新税务局局长和一位新市长。但是爱德华·玛利亚·巴特勒仍然和以前一样有影响力。如今巴特勒和考珀伍德两家关系非常好。巴特勒太太很喜欢丽莲，虽然她们的宗教信仰不同，但是她们会一起开车出去兜风或购物。丽莲则是对年长的巴特勒太太有点挑剔，一方面替她感到羞愧，嫌她说话不讲究语法，有爱尔兰口音，她所谓的庸俗——仿佛她自己和威金家族就不庸俗似的。另一方面，又不得不承认巴特勒太太是个善良又好心肠的人，她喜欢给予，因为富有，所以时不时送礼物给丽莲和孩子们，还有其他人。"现在你必须过来和我们一起吃晚饭。"如今和巴特勒一家已经到了一起晚餐的程度，要不就是，"你明天必须和我一起开车去兜风。"

"爱琳，上帝保佑，她可真是个好女孩儿。"或者，"诺拉，亲爱的，今天病了一天。"

而爱琳的做派，咄咄逼人的性格，爱出风头又喜欢虚荣，有时让考珀伍德太太特别恼火，心生厌恶。她如今十八岁了，身材惹火。她的行为有时很男孩子气，有时又像顽皮的姑娘。虽然在修道院念过书，却不喜欢受任何拘束。但是她的蓝眼睛闪烁着温柔的光，充满同情心和人性的光芒。

她父母给她选了德国城的圣·蒂摩西大教堂和修女学院，他们称之为良好的天主教教育。她学了很多关于天主教仪式的理论和形式，但又无法理解。教堂里高大昏暗的窗户，高耸、白色的祭坛，一边是圣约瑟夫的身影，另一边是圣母马利亚。他们穿着金星蓝色的长袍，带着光环，携带着手杖，给她留下了深刻的印象。总体上，可以说任何天主教堂，看起来都很漂亮——令人平和宽慰。在做弥撒的时候，祭坛上燃起上百支蜡烛，牧师和助手们的背心上面的花边蕾丝让祭坛显得更加庄严，并让人印象深刻。背心、长袍以及佩巾上精致的绣花和华丽的着色，让她充满了遐想。我们可以这样说，她总是有一种自大的感觉，伴随着对于色彩的热爱，对于爱的热爱。从一开始她就有点儿性意识，她不求甚解，也不注重理性认识。与生俱来的感性很少。沐浴在阳光下，沐浴在色彩中，在令人印象深刻和华丽的感觉中，并在此驻留。无须理性，除非遇到争强好胜，好奇心强的人，需要征服猎获对方，才需要理性。真正的控制感性，不可能在最活跃的人身上表现出来，也不会在最理性的人物身上表现出来。

　　用这些话来描述爱琳的时候，需要进一步解释。现在如果把她的天性纯粹描绘成感性是不公平的。现在一切还在萌芽阶段，还要等待成熟。每周五和周六晚上的祷告时间，昏暗的灯光下，教堂里可数的几盏灯点燃，牧师的告诫声，忏悔和宽恕的话语从狭窄的格子里传过来。这一切让她快乐，让她感动。她不害怕有罪，地狱被如此活灵活现地描述出来也吓不了她。真的，她良心上对这些都不屑一顾。那些步履蹒跚进到教堂的老头儿、老太太，弯腰祈祷，摩挲着珠子喃喃自语，对她来说仿佛是令人好奇的风景，就像十字架上面奇特的浮雕木偶。她喜欢做忏悔，特别是在她十四五岁的时候，牧师祈祷时会这样开始："现在，我亲爱的孩子。"她很喜欢听牧师这样的声音。其中有一个年纪大的法国神父，来她们学校听她们忏悔的祷告，她对他很感兴趣，觉得他善良又亲切。他的宽恕和祝福似乎比她的祈祷更真诚，她总是敷衍了事。后来，在圣·蒂摩西大教堂，有个年轻的大卫神父，长着一张黝黑的古铜色的脸庞，额头上散落着黑色的鬈发，戴着一顶牧师帽，看起来很滑稽。星期天，他会走下过道，一边洒圣水，一边做出神圣的手势，也令她颇为他幻想了一番。他来聆听忏悔，时不时，她会悄声地把自己奇怪的想法说给他听，而心底却在猜测他私下会怎样想。她怎样努力尝试，也无法把他和神圣的权威联系在一起。他太年轻了，太富于人性。她兴奋地跟他讲自己的事情，心里却带着一丝恶意和戏弄，然后优雅地走出来，又有些后悔。在圣·阿加莎修女学院，她是一个相当难对付的人。就像学校里善良的修女嬷嬷描述的那样，她太有活力，太活跃，而难以管束。曾经，修道院院长康斯坦蒂亚嬷嬷，坦白地对爱琳的辅导老师塞普萝莉亚修女说：“巴特勒小姐是一个精力非常旺盛的女孩儿，她可能会给你找麻烦，除非你够机智。给她一些小礼物哄哄她，也许关系会慢慢融洽。”于是，塞普萝莉亚修女，便试图找出爱琳最感兴趣的东西，给她小恩小惠。因为知道她父亲有钱有势，她个人又颇有优越感和虚荣心，她有时候会要求回家，有时候又要求佩戴修女们佩戴的玫瑰大珠子和乌木银色基督十字架，这些只有修女们才能佩戴，是身份的象征。但是，为了让她在课堂上保持安静，轻声走路，悄声说话，熄灯后不要偷偷溜到别的女孩子的房间，或者放弃对某一个令人同情的嬷嬷的留恋，又不得不给她一些特殊待遇，比如说星期六下午允许她在外边操场上散步，她想要多少花就有多少花，额外的衣服、首饰等都作为礼物送给她。她喜欢音乐和画画，虽然她在这两方面都没有天赋，书籍和小说让她感兴趣，但是又不知道上哪儿找这些书。其余的科目，像语法、拼写、缝纫、教堂和历史课都让她讨厌。礼仪课，嗯，这倒是让她感兴趣的，她非常喜欢学校教的那些夸张的礼仪，经常一回到家就展示给大家看。

她初踏入社会，周围的社会层次区别让她印象深刻。她特别希望父亲能够建一座更好的房子，那种像她在别的地方看到的豪宅，然后帮她风光地进入当地的社交圈。如果做不到这一点，她也就不再有所求，除了衣服、珠宝、马匹、马车，以及可以无限更换的服装。她如今的住宅是无法大宴宾客娱乐众人的，所以她十八岁的时候便已经感到了一种壮志未酬身先死的刺痛。她渴望社交生活，可是她怎样才能达到目的呢？

从她的房间可以看出一个充满欲望而又雄心勃勃的人的弱点，里面装满了衣服，各种场合穿戴的漂亮东西，很少有机会穿戴的珠宝、鞋子、丝袜、内衣、花边蕾丝之类。她对香水和化妆品做了肤浅的研究，虽然她根本不需要任何化妆品，而所有的这些都堆得满坑满谷。她不讲秩序，而且喜欢铺张奢华，她房间的窗帘、挂饰、桌子摆设，以及图画都倾向于华丽，跟房子里其他的东西不协调。

爱琳总让考珀伍德想起没有缰绳的高头大马。他在不同场合见过她，和她母亲一起购物时，和她父亲一起开车外出时，她在他面前常常装腔作势地发出厌倦的感叹，总是让他感到有趣又好笑。像是喊着"哎呀，天哪，天哪，生活可真是无聊，你知道的"。而事实上每一分钟都令她惊心动魄。考珀伍德很理解她的精神状态，一个对生活充满了希望的浪漫女孩儿，对爱和其可能性充满梦幻的想象。他看着她时就会想，她真是造物主最完美的杰作。他会想到，不用多久，某个幸运的年轻人会和她结婚，带她走，但是无论是谁得到她，都要用感情和微妙的奉承才能一直拥有她。

"这个玩世不恭的小东西，"虽然她根本不是，"她以为太阳都在他父亲的口袋里升起和落下。"有一天丽莲对她的丈夫说道，"听她讲话，你会以为他们家是爱尔兰国王的后裔，她对音乐和艺术的浅薄理解，简直让我好笑。"

"不要对她太刻薄了。"考珀伍德婉转地说道，他已经很喜欢爱琳了，"她钢琴弹得很好，歌唱得也不错。"

"我知道，但是她没什么真正的教养，她怎么可能有呢？看看她的父母。"

"我看不出她有什么问题。"考珀伍德坚持道，"她很聪明、漂亮，当然了，她只是个女孩子，有一点儿虚荣，但是慢慢会改正的，她很懂事，我相信她有能力克服。"

他知道爱琳对他最友好。她喜欢他。在他家里，她专门为他弹唱。只有他在的时候，她才唱歌。他稳健的步态、健壮的身体和英俊的脸庞很吸引她。尽管她虚荣又自大，在他面前的时候她还是会感觉害怕、紧张。似乎只有在他面前，她才会更快乐、更聪明。

这个世界上最徒劳的事情就是试图去定义性格，所有的人都是矛盾的统一体，即使是最有能力的人也是如此。

在爱琳·巴特勒这里就无法定义。她聪明，有未加雕琢的原生状态，这种原始力量似乎被社会的习俗驯服，但是时不时也会显露出来，原始却并非不吸引人。此时她只有十八岁，以弗兰克·考珀伍德作为男人的眼光来看，她绝对是非常有吸引力的。她赋予他一种以前从来没有意识到的，甚至不知道的一种东西——生命力和活力。他所认识的女孩儿或者女人中，没有哪个像她这样，有一种天生的能量。她的那金晃晃的红色头发在前额上高高地盘起，又在脑后垂下去。她的鼻子很漂亮，直挺、小巧的鼻孔，大大的眼睛，他觉得她的眼睛看上去是那种令人愉快的灰蓝色。而她的装束和气质，显得过于奢华，手镯、脚链、耳环、奥达利斯克式样的胸罩，虽然根本用不上。许多年后她向他坦诚地说，如果可能的话，她那时候倒是真想把手指甲涂色，把指甲染成猩红色。健康而充满活力，她始终对男人感兴趣——他们如何看她，怎样把她和别的女人比。

她能够乘坐马车，住在吉拉特大街上漂亮的房子里，去拜访像考珀伍德这样的人，当然很有分量。但是即使在这个年龄，她也意识到生活有比这些更重要的东西。很多人没有这些东西，也照样生存。

但是财富以及外貌优势还是能够让她沾沾自喜。有时候她坐下来弹钢琴时，乘马车时，或者从镜子前走过站定审视自己时，她会审视自己的身材，意识到自己的魅力、外貌对男人意味着什么，女人们又是如何羡慕她。有时候她看到那些可怜的平庸、俗气的女孩子，会为她们觉得遗憾。有时候看到那种不可一世的漂亮女人或者女孩子竟然在社交场合向她挑战，又会莫名其妙地怒火中烧。有时在板栗街上，或是豪华的店铺里碰上；有时在马车中，或骑马的时候遇到。她们会扬起头，意即自己的出身更高贵。当这种情形出现时，她们会不屑一顾地盯着对方。她真想在这个世界上有一席之地，可是那些所谓的比她强的社会精英却一点儿也不能吸引她。她想找到一个男人，时不时会有那么一个"比较类似的"，又不完全符合的人，吸引她。但是他们大多数都是他父亲的熟人，政客或者议员，在社会上并没有什么影响。所以慢慢地这些人就令她厌倦和失望。她的父亲并不认识真正的精英。而考珀伍德先生，看起来是那样的有教养，有能力又很持重，她有时看着考珀伍德太太会想她是多么幸运哪！

第十四章 新上任的市财政局局长

自从那次公债投机生意之后，考珀伍德和考珀伍德公司的发展，终于让他有机会认识了一个很重要的人，这个人在他后来的个人生活、思想、财政等方面都起着重要的作用。这人就是乔治·W.斯特纳，新当选的市财政局局长。这人就是一个傀儡，但是尽管如此，他依然是一个相当重要的人物，原因是他很软弱。斯特纳在当选为财政局局长之前，只是简单地从事过一些房地产和保险业务。他是那种每个领域都存在着的成千上万的小人物之一，就是没什么雄心壮志，不敏锐，也没有手艺，更没有高超的技能。你永远也不会听到斯特纳提出什么新的见解，他这一生也没有过，但另一方面的他也不坏。他看起来一副笨拙灰头土脸的俗气模样，这与其用来描述他的身体，不如用来描述他的脑子更合适。他的眼睛是一种模糊的灰蓝色，头发稀疏，是灰扑扑的浅棕色。他整个人没什么令人印象深刻之处，他是高个子，大概有六英尺高，肩膀也宽，但是整体身材并不出众。他看起来有点儿驼背，肚子是全身上下突出最小的部位。他讲话很俗气，说的全是报纸上微小的变化，和街上的生意八卦。周围的邻居们也还喜欢他，认为他诚实而亲切。他的妻子和四个孩子也很普通，就和他这一类的男人的妻子和孩子们一样微不足道。

同样尽管如此，乔治·W.斯特纳，因为某种政治手段，暂时引起了公众的注意。这种政治手段一向在费城存在，在过去的五十年中也从未改变过。由于他跟占统治地位的地方政党政治信仰相同，因此当地议员和支会领袖都认为他是一个非常忠诚的人，在拉选票问题上很有用。所以，虽然他作为演讲者没什么价值，因为他没有想法，但是他可以去挨家挨户拉票和与人交往，和杂货店老板、铁匠、屠夫们交谈，询问他们对现状的感觉。他与他们交朋友，所以从长远看，他对于可能的投票率预测得相当准确。此外，你可以挑一些陈词滥调交给他，他就会鹦鹉学舌当传声筒。共和党在当时是个新生的党派，在费城占有优势，他们需要你的选票，把无赖的民主党踢开。他这样宣传，根本不知道为什么。他们支持黑奴制，支持自由贸易，他从来没想过这些事情与费城当地的行政和财务管理有什么关系。假设他们不这样做呢？又会怎样？

在当时的费城，有个叫马克·辛普森的参议员，连同爱德华·玛利亚·巴特勒和一个有钱的煤商投资家亨利·莫伦豪尔，普遍认为他们共同控制着这个城市的政治领域。他们有代表人、支持者、侦探、爪牙，真算得上是一个伟大的公司。这些人当中就有斯特纳，他是这个沉默的大机器中的一个精密的齿轮。

除了这里，几乎在其他任何城市，即便是居民非常庸俗不堪，像斯特纳这样的人也不会被选为城市的财政局局长。除了极少数情况外，一个人的官衔并不能决定政治纲领。圈内有专门负责这件事的人。某些职位被分配给这些人或分配给党内某派系，只因为这人做出的某种贡献，但是，谁不懂政治是怎样的呢？

因此，在适当的时候乔治·W. 斯特纳就成了爱德华·斯特罗比克的红人。斯特罗比克曾经是市议员，后来成为支会领袖，又成为理事会主席，而他私下的身份是石头经销商和砖厂主。他也是亨利·莫伦豪尔的支持者，是三个政治领袖中最难对付、最冷酷的。后者想从议会中得到好处，而斯特罗比克就是他的工具。他让斯特纳成功当选，因为他在选举中非常忠诚，对他言听计从。所以后来就被任命为公路部门的助理主管。

如今他到了爱德华·玛利亚·巴特勒的眼皮下，对他多少有用。然后由巴特勒负责的中心政治委员会决定由一个善良温顺，同时又绝对忠诚的人来做财政局局长，于是，斯特纳被放在候选人里。他对金融知之甚少，却是一位出色的会计，而且无论如何，不是已经有个叫里根的公司顾问——这个伟大的三巨头的另一个政治工具，在那里随时指导他吗？这是件非常简单的事情，名字放上选票也就等于当选了，所以经过几个星期的演讲尝试，他在台上结结巴巴地说了一大堆城市建设需要诚实的管理的老生常谈之后，便被请进了办公室，大功告成了。

如今看来，乔治·W.斯特纳是否有担任该职位的高管和财务资历，不会对他的就任产生影响。但是当时费城像其他城市一样，在非常糟糕的金融体系上——如果可以称为体系的话——蹒跚挣扎。税务局局长和财政局局长竟然可以替市政府征收捐税，并且保留这些钱，逍遥于城市金库之外。也没有人要求他们把这笔钱拿来为城市利益投资。相反，很明显，他们只要交还本金，以及他们上任和离职时所用的物品。人们不懂，也没有公开要求，这样收集或者任何渠道提取的资金，都应该完好无损地保存在市财政国库里。而那时只要归还本金，谁都可以借贷，也可以存入银行，或者私自挪用，没人管。当然，这并没有得到公开的认可，但是这无论是在政界、新闻界，还是高端的金融界都是众所周知的。你怎么能阻止得了？

考珀伍德在接近爱德华·玛利亚·巴特勒的时候，并不清楚自己已经不知不觉进入这种反复无常和不尽如人意的猜测气氛中。七年前，当他离开蒂格公司的时候，他就想过从今以后再也不和股票经纪有什么相干。但是现在他又重新开始了，而且干得比以往任何时候都更起劲儿，因为现在他是为自己——考珀伍德公司打工。他希望能够满足那些逐渐向他靠拢的新兴有势力的人。他们都有经验，因为考珀伍德在政界人士中为人熟知，而且比较靠得住，所以他们都想让他代为经营一些股票。的确如此，至少到目前为止，他还不是一个投机分子或赌徒。事实上，这些年来，他经常感到宽慰，就是他自己从未赌博过，而总是严格地为别人代做。但是现在出了这个乔治·W.斯特纳和他的方案，虽然股票和赌博不完全一样，但的确是一种赌博。

在南北战争以前的很长一段时间以及南北战争期间，有必要解释一下并记住，当国库没有可用的资金时，费城作为一个合作机构，习惯发行所谓的城市应股——就是些票据或借据，息金六厘。三十天内可以兑现，有时三个月，有时六个月，取决于具体金额数目以及财政局局长认为是否有足够的资金来承兑或取消。小商人和大承包商经常以这种方式获得报酬，小商人把商品出售给城市机构，如果他需要现金的话，就要把票据拿到银行去贴现，通常是九折计算。而大承包商可以承受得住，所以经常会保存票据等待。很明显这种形式不利于小经销商，而对大承包商或票据经纪人来说又是一个相当不错的方法。因为政府肯定会兑现票据，也就是说没有风险，统一的六厘利息也很优厚。而一个银行家或经纪人，如果以九折的汇率从小商贩身上收进这些票据，那么他就可以伺机等待两头获利了。

本来，财政局局长可能并非存心损害什么人的利益，也许当时只是没有资金支付。原本是这样，可是后来，即使可以有效地管理城市了，却依然毫无理由地发行股权证。因为这些股权证已经成为票据经纪人、银行家、金融界政客，以及政治操纵者的重要利润来源，因此依然作为市财政政策的一部分。

这一切只有一个缺点，为了充分利用这一条件，持有这些货币的大银行家，必须是一个"圈内银行家"，就是一个与城市政治力量关系密切的银行家。因为如果他不是，那么在他需要现金的时候，他把这些股权证带到市财政局局长面前，他也兑不到现金。但是如果他把这些股权证转让给那些和这个城市的政治力量比较接近的银行家或票据经纪人，那又是另一回事了。国库会找到兑现的方法，或者说如果票据经纪人或银行家愿意延期的话，有的票据本可以在三个月内兑现，也应该在此期间兑现。有的人却可以延期几个月，甚至很多年，拿六厘的利息，即使市政府已经有足够的资金兑现。然而，这就意味着有不合理的利益流出，但是这也没关系，因为城市政府"没有资金"可以弥补这一项，公众也不会发现，亲政的报纸也不在意。更没有持之以恒的热情的改革者能获得任何政治信任。在南北战争期间，以这种方式认购的股权证数额超过两百万美元，都是六厘利息。当然后来搞得有些风言风语。而且，一些投资人也开始把钱收回来了。

因此，为了清理这笔未偿贷款，使一切重回轨道，城市决定发放一笔贷款，比如说两百万美元吧，无须确切金额。这笔贷款必须采用面值一百美元的息债票形式，可以根据情况，在六个月、十二个月或十八个月内兑现。这些债票表面上是在公共市场上出售，预留出下沉基金以备兑现。发行公债所得资金则用来收回持有长期未清理的股权证书，如今这件事已经成为公众热议的话题。显然，这只不过是一个抢劫张三来支付李四的办法，并没有真正清理未偿的债务。策划者的意图只不过是要债票打九折或以更低的价格卖给正确的党派，声称信用不好，也没有市场卖得掉。从而让金融政客能够获利更多。

在某种程度上，也确实如此。南北战争刚刚结束，钱很容易挣。

投资者在任何一个地方都可以拿到六厘以上的利息。除非贷款高于九折。但是，有一些警觉的在野党，还有一些报纸和不参与政治的金融家，由于当时高度的爱国主义压力，他们坚持公债应该按面值出售，而且必须在授权条例中加入这方面的条款。

人们很容易看到，这破坏了政客们准备以九折获得这笔贷款的小计划。然而他们希望将旧的公债捆绑在一起，现在却由于缺乏资金而无法兑现，因此应该支付这些款项。唯一的办法是让一些懂得股市微妙之处的经纪人来处理这批新的城市公债，在市场上要像真的值一百美元那样处置，然后以此价格出售给外人。之后，像通常会发生的那样，债票会低于票面价格，政客们就可以尽可能地多买进，最终让市财政局按照票面价格收回。

乔治·W. 斯特纳做了市财政局局长，他并没有什么特殊的金融智慧，因此大为烦恼。亨利·莫伦豪尔是收购了大量的旧市公债券的人之一，他现在想把这些钱兑现，以便投入他在西部有丰厚回报的买卖上。于是他来看望斯特纳，也来拜访市长。他和辛普森，还有巴特勒组成了三巨头。

他说："我认为应该对那些尚未偿付的市公债券采取一些措施，我有很多，其他人也有很多。长期以来，我们为了市政府缄口不言，但是现在我们该做点什么了。巴特勒先生和辛普森先生也有同感。这些新的贷款公债难道不能在证券交易所上市吗？这样可以筹集到资金。一个聪明的经纪人可以把它们拉到票面价格。"

斯特纳对莫伦豪尔来拜访感到非常荣幸。莫伦豪尔做事很少亲自出马，除非这件事情很重要，并且影响很大，他才会这样做。他来拜访市长和理事会主席，就像他来拜访斯特纳一样，带着一种高高在上、遥不可及、难以捉摸的态度。他们对他来说就像公司里的勤杂工一样。

为了正确理解莫伦豪尔对斯特纳感兴趣的动机，以及这次拜访的重要性，还有斯特纳随之要采取的行动，有必要回溯一下过去不久的政界情况。虽然莫伦豪尔算得上是乔治·W. 斯特纳的政治推手和任命人，但他们只是泛泛之交。莫伦豪尔见过斯特纳，也知道斯特纳。同意把斯特纳的名字放到选票上，因为很多莫伦豪尔身边的亲信保证，斯特纳这人还可以，听话，会照着你的话做，不会找麻烦，等等。事实上，莫伦豪尔与前几任政府的财政部门只保持地下联系，从来没有像现在这样明目张胆地联系。无论在政界还是金融界，他都太显眼了，他不会那样做。但他也不是没有计划，通常如果不是巴特勒参与的话，他也会同辛普森一起，利用政界和商界的狗腿们，尽可能地让财政局出血而又不至于导致丑闻。事实上，在这之前的几年里，他们已经雇用了各种代理人，像理事会主席爱德华·斯特罗比克、当时的市长阿萨·康克林、市参议院议员托马斯·怀克罗夫特和雅各布·哈蒙等人。以各种名义组建新的虚拟公司，经营城市所需要的东西——木材、石材、钢铁、水泥——可以列一长串的名单，那些虚拟公司背后的操纵人总能赚取丰厚的利润。这倒是省却了市政府到处去寻找诚实和合理的经销商的麻烦。

　　其中至少有三个虚拟公司和考珀伍德的故事有关，所以有必要简述一下。爱德华·斯特罗比克对于莫伦豪尔算是有点儿小作用，此时他三十五岁，非常活跃。瘦削有力，黑发黑眼睛，留着一大把黑胡子。他虽然长相笨拙，却喜欢穿醒目的衣服，一件条纹长裤，白色坎肩，黑色的剪裁得体的外套和高丝帽。他那用于炫耀的皮鞋总是擦得闪闪发亮。这种完美的外表让他在一伙人中得到了一个"老兄"的绰号。不管怎样，他在小事上还算能干，而且颇受欢迎。

　　其他的两位亲密伙伴托马斯·怀克罗夫特先生和雅各布·哈蒙先

生就没有那么吸引人，也没有那么聪明。雅各布·哈蒙在社交上非常愚笨，但在金融上却不傻。他是个大块头，看上去非常忧郁，长着沙质棕色的头发和棕色的眼睛。人也还算聪明，绝对愿意批准任何在大致上看起来不是太离谱的项目，从而又给予自己最大的保护，而不涉及法律的制裁。他呆头呆脑，急于想混下去，实际上并不狡猾。托马斯·怀克罗夫特是这个三人组合中最后一个成员。他长得瘦高，蜡白的脸，眼睛凹陷，看起来可怜兮兮的，但是很精明。他开翻砂厂，和斯特纳一样，也是因为有用而进入政界。他通过这个三人组合，赚了一些钱，斯特罗比克是这个三人组合的头儿，专门从事一些特殊的生意，现在就来说一说这些生意。

这几个同伙在前政府时期组织起来的公司，以及莫伦豪尔公司，经营肉类、建筑材料、路灯电杆、公路用品，以及任何你能想到的市政部门或其机构所需要的物品。城市签署的合同一旦确定就不能撤销，所以就要事先同市议员打好招呼，也就需要钱来打点。如此组建的公司实际上也不需要真的屠宰任何牲畜，或者打磨灯柱。所需要做的就是组织起来，取得执照，拿到可以向城市部门提供此类物品的合同。从市议会中，也就是由斯特罗比克、哈蒙和怀克罗夫特三人参加的市议会上，获取执照，然后转包给一些真正的屠宰商和钢铁企业，他们将提供物品。允许他们赚取利润，再以政治捐款的形式将利润分给莫伦豪尔和辛普森。这样做起来很简单，而且在某种程度上也是合法的。受到如此青睐的屠宰商或者是钢铁企业，单凭自己的能力是拿不到合同的。斯特纳或者任何一个当时市政府的财政部门负责人，因为能够拿到低利率贷款做履行合同的担保，同时又帮了那些屠宰商及钢铁企业的忙，他自己不仅能将一两厘利息放进腰包（其他的财政局局长也会如此做），还可以得到相当一部分的利润。然后给他推荐一个殷勤、保密的主任会计师协助。斯特纳不关心替莫伦豪尔代劳的斯特罗比克、哈蒙，以及怀克罗夫特凑巧要使用一点儿这笔贷款，用于不相干的事情。他的任务就是要把钱借给他们。

让我们继续讲下去。斯特纳在被提名之前，就从他跨入政坛的担保人斯特罗比克那里事先得到消息（担保是违法的，正如议员怀克罗夫特和哈蒙的担保也是违法的一样。宾夕法尼亚法律规定，政府的公务员不可以成为另一个公务员的担保人）。他从斯特罗比克那里得知提名他做候选人，绝不会要求他做任何不合法的事，但他一定要顺从，不能妨碍重大市政活动，也不能忘恩负义。同时还跟他点明，等他上任以后，也有他赚钱的门路。就像前面叙述的那样，他一直是个穷人。他看到身边所有涉足政坛的人都平步青云，而他却一直做保险和房地产经纪人。他一直为别的政客努力拼命跑腿，而这些政客却在城市的新区为自己建造漂亮的房子。去纽约、哈里斯堡或华盛顿参加聚会。人们会看到他们在公路旅馆或乡村酒店与妻子，或心爱的女人们一起快乐交谈，而他，还不属于这快乐的人群中的一员。如今有人给他承诺，他自然很有兴趣，并且愿意顺从，他还有什么东西得不到呢？

当提到这次莫伦豪尔的拜访，还有他建议把市公债提到票面价格，这件事虽然没有透露出莫伦豪尔与斯特纳的地下关系，可是从斯特罗比克和其他人，还有主子洪亮的声音中，斯特纳无疑认清了自己在政治上的从属地位。随后他连忙去找斯特罗比克询问信息。

"这件事你会怎么处理呢？"他问斯特罗比克。斯特罗比克之前已经知道了莫伦豪尔的来访，如今正等着他来汇报。"莫伦豪尔先生谈到要把市公债以票面价格上市，好在股票市场上卖足一百美元。"

不论是斯特罗比克，还是哈蒙和怀克罗夫特都不知道在股票交易市场上，价值九十美元的城市公债如何能卖到一百美元。但是莫伦豪尔的秘书阿伯纳·森斯塔克曾经向斯特罗比克建议，既然巴特勒与年轻的考珀伍德打过交道，而在这桩买卖中，莫伦豪尔并不想让自己的私人股票经纪人介入，所以不如去问一下考珀伍德。

考珀伍德于是被叫到了斯特纳的办公室。一到了那里，即使还不清楚莫伦豪尔和辛普森究竟要做什么，只是没有任何立场地看着眼前这个笨拙、厚颜无耻的中年人，也能立刻意识到他是在和一个金融白痴打交道。看他是否愿意给这个人做顾问，给这样一个人担当四年的私人顾问。

"你好吗？斯特纳先生。"他用柔和的语气问候道，握住对方的手，"很高兴认识你，当然，我以前就听说过你。"

斯特纳开始一长串地解释他的困难。他笨嘴拙舌地把他的经历遭遇都说了一遍。

"就我来看，主要的事情就是如何把这些公债按照票面价值出售，我可以按你选择的时间和数量发行，周期也由你决定。我现在就是想清除价值二十万的未偿付证书，以后我还可以搞到更多。"

考珀伍德感觉像个医生在给病人号脉，病人其实并没有病，只不过想得到安慰。这也就意味着可以得到一笔丰厚的回报。股票交易的奥妙对他来说就像字母一样简单。他知道如果他能把这些公债全拿到手——全部，如果他担任市公债代理这件事能保守秘密，如果斯特纳允许他"牛市"时购买这些下沉基金，涨价时伺机卖出，那么即使问题再大，他也可以做出奇迹。不过他必须全部入手垄断控制，这样就可以再交给手下的其他代理人处理。他的脑海中浮现出一个计划，就是可以使许多不谨慎的投机者卖空所有的股票和债券，当然要给人留下这样的印象，就是所有的股票都零散分散在个人手里，而且他们想买多少就可以买多少。然后他们会突然醒悟买不到，而所有的都在他手里。只是他不能拿这个秘密冒如此大的风险。不，他不要。他倒是可以推动市公债以票面价格售出。这样他已经在这伙人中赚得盆满钵满了。他当然很明智地感觉到，这里面有政治利害关系，在斯特纳背后及上面有更精明更强大的头脑。但又是些什么呢？要有多精明和狡猾才会派斯特纳跟他合作，也许是因为他的名字在政界中变得越来越响亮，可是那也代表不了什么。

考珀伍德听完了斯特纳的解释，并询问过明年准备卖出多少市公债之后，他说："斯特纳先生，我可以告诉你我准备怎么办。我很愿意接手，但是我需要一两天考虑一下。"

"嗯，当然了，考珀伍德先生。"斯特纳亲切地回答道，"这是你的权利，别着急，如果你知道怎么做，准备好的时候只要告诉我一下就行了，顺便问一下，你的收费是多少？"

"是这样，证券交易所有一个定期收费规定，经纪人都要遵守，就是收取市公债券和贷款面值的百分之二十五。当然，我可以补充一些卖空的数目，稍后我会向你解释这一项——也不会跟你收取任何费用，只要你能保守秘密。我会尽力为你效劳，这你放心，给我一两天考虑一下。"

他跟斯特纳握手，然后两人分手。考珀伍德相信他将参加一个重大的合作，而斯特纳则认为自己找到了一个可靠的人。

第十五章　漂亮新居

考珀伍德经过几天的思考后制订出来的计划，对于任何懂得商业和金融操作的人来说都很简单明白，但是对于不懂的人，那就是黑色秘密。首先财政局局长要把考珀伍德的办公室作为存款银行。实际上，财政局首先要交给他二十万，也就是期望最快能筹集到的数目。或者说，在市政府账簿上记入他的贷款，由他支配。然后他可以把这些公债放到股票市场上看看怎样把它抬高到票面价格。财政局局长需要立刻将此公债列为有价证券上市。接着考珀伍德再利用自己的影响使此程序尽快生效，由斯特纳通过考珀伍德独家处理所有的市公债票。最后斯特纳再让考珀伍德购买下沉基金，直到数量上能够保证市价上升到票面价格为止，即人们会认为这些是他为偿还基金必须买进的数目。要达到此目的，一定数量的公债票上市以后，有必要大量地回购一些。这些还要再次卖出去，因为相关法律规定如此卖出的都要作废。也就是说，所有的抛空和预售都不能认作销售，直到按照票面价格售出为止。

就像考珀伍德向斯特纳指出的那样，这里有一个微妙的获利机会。首先既然债券最后终究会达到票面价格，那么斯特纳或者任何人在开盘低价时买进并等待涨价，也就是可行的。考珀伍德会很愿意为他买进并记入账目，随便他买，然后在每月月底结算。当然不会要他公开购买，他也可以在账上给他记入一笔合理的保证金，比如十个点数。

这笔钱可以说被斯特纳赚牢了。其次，在购买下沉基金的时候，可能以低价购进。因为如果新股发行和储备发行，完全掌握在考珀伍德手里，他可以任由自己，在准备买进的时候，将如此数额的款项抛入市场，进而压低市价。然后他再买进，这样价格就会涨上去。所有的债票全掌握在他的手中，他可以如愿抬压市价。既然市政府发行的所有公债最终都能达到面值价格，同时又可以从人为制造的市场波动中赚钱，考珀伍德当然很愿意从中赚取最大的利润。他的所有按票面价值卖出的公债，市政府都应该付给他手续费（他必须拿到这个手续费，以遵守股票市场规定）。最后，对于其他必要的操纵性抛售，其情形会多种多样，那就要借助他的股市知识来行事了。斯特纳如果想和他一起投机的话，当然可以。

这笔交易对不知情者来说像是暗箱，但是对知道的人却是一目了然。操纵市场从来都是与某个人或一伙人完全控制股票有关。这和后来的伊利诺公司、美孚石油公司、糖公司、铜公司、小麦公司，以及其他诸如此类的股票没有什么不同。考珀伍德是通晓此道中人里最年轻的一个。他第一次与斯特纳见面的时候二十八岁，最后一次和他合作的时候是三十四岁。

考珀伍德自家的房子和考珀伍德银行的门面都在快速兴建中。银行是早期佛罗伦萨式建筑，配以装饰窗户，由下至上在接近屋顶渐行渐窄。锻制铁门两旁是精心雕刻的柱子，还有一道笔直的褐色石门楣。楼并不高，但是外表突出。门中间的嵌板上立着一个精心锻造的手模雕，手型瘦削极富艺术感，高举着一个燃烧的品牌名字。埃尔斯·沃思告诉他，这是以前威尼斯人用过的货币兑换商的标志，其意义如今早已被遗忘。

室内都是用高度抛光的硬木装修的，涂料颜色模仿灰色地衣和树木，以假乱真。按照视线移动的原理，并采用大块透明的斜角玻璃，形状有椭圆、长方形、正方形，还有圆形。煤气的架子仿制早期的罗马火焰支架。办公室保险箱被漆成银灰色，放在办公室后边大理石平台上，上边印着烫金字母"考珀伍德公司"几个大字。让人觉得既矜持又有品位，而且又有繁荣兴旺，坚实稳定的气氛。竣工的那一天考珀伍德来验收，对埃尔斯·沃思愉快地称赞道："我喜欢这种，真的很漂亮，在这里工作真是太令人愉快了。如果我们那两幢房子也像这样，那就十全十美了。"

"等你看到那两幢房子，我想你会满意的。考珀伍德先生，你这幢可是费了我不少心血，因为比较小。你父亲的那幢就比较好处理，但是你的——"他开始描述入口大厅、接待室、客厅的安排和装饰，他尽量把有限的空间安排得宽敞体面。房子建好后既实用又吸引人，与街上传统的住宅完全不同。两幢房子之间隔二十英尺，中间辟作绿色的草坪。这种建筑在一定程度上模仿都铎王朝的风格，但是又没有像后者以及费城和其他地方的很多住宅那样过于精巧。最引人注目的特征是宽阔、低矮，略显花哨的拱门下，有很深的门廊，还有三扇突出的富有形态的窗户。一个在弗兰克家的二楼，两个在他父亲房屋的外墙上。两幢房子前面共有六面山墙，两面在弗兰克家前，四面在他父亲的房前。每一幢房子的一楼前面，都有一个凹陷的窗户，并不与门廊相连，是由房屋外墙向内推移设置而成。这扇拱形窗户内可以望到街口巷尾，窗户上有护栏和栏杆保护。窗台上可以摆放盆栽的藤蔓和鲜花，从街上看过去一派绿意盎然。然后还可以放几把椅子，要经过几扇法兰西式玻璃窗才能到达。

两幢房子的底层各有一个温室，花房彼此相对。中间连通的庭院两家共用，有一个直径八英尺的白色大理石喷水池，水柱从四周喷射到中间竖立着的大理石丘比特上。院子周围是高而镂空的青灰色砖墙，砖特别烧制成和房子的花岗岩一样的颜色。围墙上面是一圈白色的大理石墙顶。院子里种了草，青草光滑柔软。按照原计划两幢房子中间由一个低矮的绿色棚架连在一起，冬天的时候可以用玻璃封闭。

房间的装潢布置，根据当时流行的风格，使其看起来醒目，特别渲染表现了考珀伍德对艺术世界的总体思想。听埃尔斯·沃思详细解释建筑的风格和类型，使用的木材和装饰品的性质，挂件、窗和门的品质和特点。这本身就是一个富于启发性和愉快的经历，为艺术和智力的成长创造了一种经验。埃尔斯·沃思是学装饰和建筑的，对美国人的艺术品位非常感兴趣，认为总有一天这方面会有特别辉煌的成果。他非常厌倦乡村别墅和郊区别墅流行的罗马式组合建筑，是时候建造一些新型建筑了。到底是哪一种他还不确定。但是就如同他这次给考珀伍德和他父亲设计的房屋一样，至少不同，如他所描绘的，稳妥、简单而又赏心悦目。跟周围的其他房屋形成鲜明的对比。考珀伍德家里的餐厅、接待室和储藏室，都在一楼，此外还有楼下的大门入口、楼梯和衣帽间。二楼他为考珀伍德设计了图书室、起居室、客厅和一间小办公室，还有丽莲的卧室和更衣室、浴室连在一起。

三楼整齐划分为育婴室、用人房间和几间客房。

埃尔斯·沃思给考珀伍德看一些设计书籍，包括家具、挂饰、展示架、橱柜、底座和一些精美的钢琴摆设。还跟他讨论木材，包括花梨木、红木、核桃木、英式橡木、鸟眼枫木，以及金箔、镶嵌工艺，和布尔风格的效果。他解释镶嵌工艺很难造，也不适合当地的气候，黄铜和龟壳镶嵌会随着炎热或潮湿而膨胀，进而破裂。他讲述了某些饰面的不便和缺点，但是最后还是推荐客厅用镀金家具。客厅墙壁用圆形挂毯，餐厅和图书室选用文艺复兴时期式样的法国家具。其他房间用鸟眼枫木和胡桃木。鸟眼枫木一部分染成蓝色，另一部分保留自然色。胡桃木制作轻巧构造和雕刻都很精美。挂饰、墙纸和地毯要互相协调，虽然可以不同色。客厅的钢琴和乐器橱以及接待室的陈设架、橱柜和雕像基座，如果弗兰克舍得花钱的话，也可以全部做成镶金的。

埃尔斯·沃思建议摆放三角钢琴，因为方形钢琴形状对内行人来说看起来太乏味。考珀伍德听得着了迷，仿佛能看到一个纯洁、舒缓又愉快的家。如果挂图画，要用大而深的镀金画框。如果他希望建一个画廊，可以拿图书室来改装。位于二楼图书室和客厅之间的起居室可以兼作图书室和客厅。后来就如此这般照做了，当然那是后来他对于图画的品位有了很大的提升之后。

现在他对艺术品、图画、青铜器、小雕刻、雕像等物品产生了浓厚的兴趣，包括橱柜、雕刻脚架、桌子和陈设架。费城在这方面找不到什么特别出色的东西，在公共市场上肯定是找不到的。有些人家可能会在游历时买到一些特别的东西，但是他认识的这样的人太少。当时美国有两位著名的雕塑家，鲍尔斯和霍斯默，他们的作品他都有收藏。但是埃尔斯·沃思告诉他，这些雕塑不是极品，他应该去找些古人的雕塑。他终于找到了一个索瓦尔德森雕刻的大卫的头像，令他很高兴。还有一些亨特、萨利和哈特的风景画，这些正符合他的新世界精神。

房子对主人的影响是毋庸置疑的。我们认为自己是在房子和物质以外独立的个体，而实际上两者之间存在着一种微妙的关系，从中映照出彼此，赋予彼此尊严和敏锐、微妙的力量，以及美或者缺乏美，就如同一个织布机的梭子在彼此间来回穿梭，编织。切断线头，把一个人和他的权利、特点和原本属于他的特性隔断开来，那么你就会发现一个奇怪的人。半成功，半失败，就像没有网的蜘蛛一样，永远不会成为一个完整的自我，除非恢复他所有的尊严和财富。

看着自己的新房子落成，考珀伍德感觉身价也抬高了不少。他与市财政局局长之间突然建起的关系，仿佛给他敞开了通向机缘的大门。那些日子他乘着马车在城市四周转悠，马匹光泽、闪亮的鞍辔，透露出马夫和马车夫的悉心照料。埃尔斯·沃思在房子的街边建造了一个漂亮的马厩，两家可以共用。考珀伍德告诉太太，准备给她买一辆维多利亚式马车——就是当时那种四轮敞篷低矮的马车。因为一旦他们在新家安顿下来就要经常出去。也谈到了娱乐等可能需要的消费，因为他不得不去和那些还不太熟悉的人交往拉关系。他妹妹安娜，还有两个兄弟约瑟夫和爱德华，可以共同使用这两幢房子。安娜会找到一个不错的郎君，约瑟夫和爱德华也会有不错的婚姻，因为他们注定不会在商业上有什么出色的表现。至少尝试一下婚姻生活。

　　"你难道不喜欢这个主意吗？"他问太太，意指他的这个款待客人的计划。

　　她淡淡笑道："我想是会喜欢的吧。"

第十六章　"政治经济机器"

　　在财政局局长斯特纳和考珀伍德做出安排后不久，执行政府财政关系的机制就启动了。市政府账簿上已经列出明细，总共有二十一万美元公债票移入考珀伍德公司名下由他支配使用。六厘利息在十年内还本。然后投入股票市场，只提供一小部分在九十美元以上的价格，同时制造气氛，给人一种这个投资会很盈利的印象。债票慢慢地升值，并在不断增值中抛售，一直达到一百美元的价格。所有二十万，两千多张市公债券全部以小额售出。斯特纳很满意，他拥有两百股，卖出了一百股，净赚两千美元。这是不道德的非法的收益，但是他的良心丝毫没有受到谴责。事实上，他根本没有良心。他只盯着将来的宁静太平的幻境。

　　考珀伍德手中突然掌握了这么大的权力，这权力有多么微妙和重要他一下子说不清楚。想想，他那时只有二十八岁。想象一个天生精通金融艺术的人，能够像普通人玩跳棋或下象棋一样，把金钱以股票证书市公债券和现金的形式，玩弄于掌心。或者更贴切地，想象一下你像那些掌握高深奥秘的国际象棋大师一样，也像那些历史上著名的棋手一样，具有超级脑力。他们可以背对着一群对手，一次和十四个人开战。叫出所有棋子的移动次序，记住所有的棋子在棋盘上的位置，然后赢棋。这样说可能高估了考珀伍德此时的微妙之处，但是并不是完全不着边际。他天生知道一笔钱应该怎么用。例如，如何将现金存入一个地方，而同时又可以作为信用和移动支票的基础，在另一个地方和其他许多地方同时使用。对于这种金钱的操作给予恰当观察和跟踪，他可以拥有比原先金钱所拥有的十倍甚至十二倍还多的组织力和购买力。他天生就知道"积累投机"和"支票抵用"的原理。如果他可以幸运地一直将市财政局局长掌控于手心的话，日复一日年复一年如此运作，他不仅可以确保提高或压低这些公债票的价格，而且也可以保证从银行得到贷款。他父亲的银行是最早从中获利并给他贷款的银行之一。当地各界政客和老板——莫伦豪尔、巴特勒、辛普森等人看到他在这方面的努力取得了成功，也都开始做起市公债的投机买卖了。如果莫伦豪尔和辛普森以前不了解他的话，通过这桩公债投机生意也知道他了，知道他是这次城市公债发行做得很成功的人。斯特纳能够找到他这样的人也算办得漂亮。证券交易所规定，所有交易都在当日核对，并在次日收盘前结算。但是新财政局局长的这种工作安排给了考珀伍德更多的自由。现在他总要到月初或者三十天以后，才会就与贷款相关的所有交易进行一次会计核算。

而且这实际上并不是从他手中去除什么东西来核算。因为公债数量很大，他掌握的金额数量总是很大，所以在月底进行所谓的转移和交接平衡的时候，也不过是一种手续而已。他可以利用这些存款进一步操作他的城市公债，将公债存入其他银行，作为贷款的抵押品，就像这些公债是他自己的一样，因此可以筹集到实际价格七折的现金，他自然毫不犹豫地这样做了。因为这些现金到月底才偿还，所以他可以拿去支付其他股票的交易费用，然后再借用这些股票做押款。除了精力有限，才智和工作时间有限之外，如今他发现他所能拥有的资源是无限的。那些政客还没有意识到，他从中发了一大笔横财，因为他们还不了解他的头脑有多精明。斯特纳告诉他，已经和理事会主席斯特罗比克还有其他人讨论过，将在年内正式将两百万美元的城市公债全部放在市政府账簿上转给他。考珀伍德听了以后，没说什么，心里却很高兴。两百万美元全部由他来掌控。他们请他来做财务顾问，他提出的建议已经被接受了。嗯，那好吧，他生来不是个会因为良心上的谴责而烦恼的人。当然，他也相信自己在金融领域是诚实的。他并没有比其他金融家精明或狡猾多少，就算他想那样，也不可能。

这里应该指出一点，斯特纳关于城市资金的这一主张与当地政界首脑对市内铁路控制的态度毫无关系。市内铁路是这个城市金融生活的新生事物。许多金融界领袖和金融政治家对此感兴趣。例如，莫伦豪尔先生、巴特勒先生、辛普森先生都对市内铁路很感兴趣。他们彼此对这一点并不清楚，因为如果他们考虑过这个问题，就根本不会让局外人插手。事实上，此时费城市内铁路业务还很落后，还想不到后来出现的宏伟计划。然而斯特纳和考珀伍德的这种安排，却是斯特罗比克自己的主意，也是他跟斯特纳提出的。他们都相信考珀伍德会帮他们赚钱。因为斯特罗比克不敢在这件事上抛头露面，因此，他和斯特纳由考珀伍德做代表，或者更确切地说是做斯特纳的私密代表，购买足够的某条市内铁路股票，并加以控制。然后，他和斯特纳可以利用自己的权力，让市议会留出某些街道让他们购买其股票。看哪，成了，这些线路就是他们的了。只不过，后来他提议，如果可能的话要把斯特纳甩掉。但是先前的这些初步工作还是要有人来做，那还不如叫斯特纳来做。同时，据他看来，必须谨慎行事，因为他的上司当然也会警觉。如果他们发现他涉足这种事只是为了谋私利，就会断了他的官路，不会再让他涉足那种只会替自己谋利益的位置。任何外界组织，比如已经存在的市内铁路公司，都有权利向市议会申请特权，进而推动公司和城市的发展。条件相同的情况下，一般不会拒绝这种申请。但是他不可以同时担任股东和理事会主席，这是行不通的。但是如果让考珀伍德私下为斯特纳做事，那就是另一回事了。

最后由斯特纳替代斯特罗比克，向考珀伍德提出这个方案。有趣的是，这样做不动声色地引出考珀伍德对城市管理的态度。一方面，虽然他私下为爱德华·玛利亚·巴特勒做代理，虽然他没见过莫伦豪尔和辛普森，但是就操纵城市公债而言，他是在为他们效劳。而另一方面，在斯特纳揽给他的私人室内铁路购买的事情上，他从一开始就从斯特纳的态度上意识到，这里面有蹊跷，斯特纳觉得自己正在做一些不应该做的事情。

那天是在从前第六街和板栗街上的市政厅斯特纳的老办公室里，斯特纳想到未来的前景正踌躇满志，他问道："有没有这样的市内铁路产业，只要有钱就可以买来掌控？"

考珀伍德知道有这类产业。他那警觉的头脑早就知道这里的所有机会。公共马车正在慢慢消失，最好的行车路线已经抢先被占领了。当然，还有别的街道，城市正在迅速发展。外来的人口将会在此增加更多商业机会。对已经建好的线路，谁都能付得起股票价格，如果愿意等，这些线路以后就会扩展到更好更多的区域。他已经在脑子中设想出后来称之为"无尽的连锁"，或者"合适的公式"那样的情形。即以长期付款形式购买某一产业，然后发行股票或市公债券，这样的话，不仅可以支付卖方，同时也可以酬劳自己的辛苦。更不用说可以把所得到的利润直接投资到其他产业上——比如可以发行更多的股票等，无限循环。如今这办法稀松平常，但在那时候还很新鲜，所以他也只是自己心知肚明并没有透露给任何人。然而他还是很高兴斯特纳和他谈到这一点，因为市内铁路可是他的专长。他相信如果有机会插手，一定会是个厉害的能手。

"啊，乔治，是有这样的产业，"他含糊地说，"如果你有足够的钱，倒是有两三个不错的机会。我注意到在股票交易所，会有一两个人出售大量股票。这倒是一个很好的政策，就是先把这些售出的股票买进来，然后再看还有没有其他的股东不想出手的股票。格林和柯茨线，在我来看就是很好的买入机会，如果我有三四十万美元的话，我想可以投进去，跟进。只要你拥有大约百分之三十股权，就可以控制一条线路。如今大多数股票分散在各处，所以从来不用投票，我认为只要有二三十万美元就可以控制这条路。"他又提到另一条线，一段时间内，可以用相同的方式加以控制。

斯特纳沉思了一会儿说："这可是一大笔钱。"然后又想了一下说，"我过些时候再跟你谈。"然后他还是先去找斯特罗比克了。

考珀伍德知道斯特纳拿不出二三十万的资金做投资。他只有一个办法弄到这些钱，那就是从财政部借，而且不用付利息，但是他自己又不能这样提出来，必须有人在后边操作，除了莫伦豪尔、辛普森和巴特勒，还能有谁呢？除非三巨头私下秘密联合。那又怎样？大政客们总是利用财政局。只是他现在知道了，就要想想如何使用这些钱。如果斯特纳的冒险成功了，也不会伤害到他，而且他没有理由不成功。其实他们不成功，他也只不过是充当代理人，此外他得搞清如何为斯特纳操纵这笔公款，也许最终他可以为自己买进某些线路的控制权。

他的新家附近街区内就在兴建一条路线，在第十七街和第十九街之间，这让他大感兴趣。他偶尔回家晚，或者不想乘马车，就会坐一下街车。街车经过两条红砖房的繁华街道，一旦城市发展起来，这里就会有更大的发展空间。现在这条线还不长，但是如果他能够控制住这条线，再和巴特勒的，或者莫伦豪尔的，以及辛普森掌控的线路合在一起的话，那么州议会就会不得不给他们额外的特许经营权。他甚至梦想着和巴特勒、莫伦豪尔、辛普森联手合作。他们之间在政治上可以说能够得到任何想得到的东西。但是巴特勒可不是慈善家，一定要有到手的大货色才能接近他。这种联盟必须要有明显的益处。此外，他一直在和巴特勒处理市内铁路股票交易，如果这条特殊的线路那么好，那么巴特勒可能会想为什么他早没来跟他讨论。弗兰克想最好等到那条线到自己手里的时候，那时再讨论这件事情就会不同了。那时候他可以作为资本家来说话，他开始梦想全市范围内的街道铁路系统，都掌握在少数几个人手里，最好是由他独自掌控。

第十七章　欢乐的聚会

随着时间的推移，弗兰克·考珀伍德和爱琳·巴特勒精神上越来越亲密。由于事务日益繁多压力增加，他不再像从前那样频繁到她家拜访。但是在过去一年里也经常见到她。她现在十九岁，已经有了自己的主见，她开始能区别出房子和家具的好坏和风格。

"爸爸，我们为什么还待在这所破房子里？"一天晚上吃完饭，一家人照常坐在桌子旁的时候她就问到这个问题。

"这房子怎么了？我倒是想知道。"巴特勒问道。他往桌子边移近了些，餐巾舒适地围着下巴，没有旁人的时候他总是这样做。"我看不出这房子有什么不好的，你妈妈和我一直在这里住得好好的。"

"简直糟透了，爸爸，你知道的。"诺拉也加入了。她现在十七岁，和姐姐一样聪明，虽然经验上有些不足。"每个人都这么说。看看那些到处都在兴建的漂亮房子。"

"每个人，每个人，我倒是想知道每个人是谁。"巴特勒质问道，丝毫没有开玩笑的意思，"因为我也是人，我喜欢这里。不喜欢的人可以不必住在这里。都是谁？这房子有什么问题，我倒是想知道。"

这样的问题之前以这样的方式提过几次，也总是以同种方式解决，有时候或者用一个爱尔兰式的微笑就过去了，但是今天晚上注定要多纠缠一会儿。

"爸爸，你知道的，这所房子就是破。"爱琳坚定道，"你现在生气有什么用。这房子又老又破又昏暗，家具全都破旧不堪。那架老钢琴早应该送人，我又不弹，看看考珀伍德——"

"嫌它老，"巴特勒大叫道，因为生气几乎把这个词发成了别的声音，"还说是昏暗，你从哪儿学的那个词，我猜是在修道院吧。还说破旧不堪，给我看哪里破旧不堪。"

他正要提到考珀伍德，可是没等他说完，巴特勒太太就插了进来。她是一个粗壮宽脸的女人，总是咧着嘴笑，一双模糊的灰色的爱尔兰眼睛，微红的头发现在已经都变成灰白色。她的嘴巴下边，左边的腮帮子上有一个很大的肉瘤。

"孩子们，孩子们，"巴特勒先生尽管在商业和政治上担负重大责任，在她看来也和孩子一样，"你们不要再吵了，赶紧把西红柿递给爸爸。"

虽然有一个爱尔兰女佣在上菜，但是盘子还是被传来传去。餐桌上面吊着一盏装饰豪华的吊灯，上面有十六只白色瓷器仿蜡烛，照得桌子上灯火通明。这也是一个令爱琳不高兴的东西。

"妈妈，我跟你说过多少次了，不要把'你们'说错了。"诺拉也抗议妈妈语法上的错误，简直伤心欲绝，"你知道，你说过了再也不那样说了。"

"谁有资格教训你们的妈妈应该怎么说话？"巴特勒大声道，他被这突然的无礼反叛和攻击激怒，他比以往更生气，"我想让你知道，你妈妈在你出生之前就会说话了，如果不是她给你们做牛做马像奴隶一样地忙来忙去，你们在她面前哪还能展现什么好礼貌。她比你们今天碰到的任何女人都好。你这个小娼妇！"

"妈妈，你听到他在叫我什么吗？"诺拉抓紧了妈妈的一只胳膊，假装恐惧和不满。

"爱迪，爱迪，"巴特勒夫人警告道，恳求她的丈夫，"你知道爸爸不是那个意思。诺拉，亲爱的，你难道不知道他不是那个意思吗？"

她抚摸着小女儿的头，刚才说她语法不好的话对她没有一点儿影响。

骂小女儿是娼妇巴特勒觉得很抱歉，但是，上帝保佑她们的灵魂，这些孩子真的是很烦人，为什么，对天发誓，难道这所房子对他们来说还不够好吗？

"大家都不要在餐桌上吵了。"卡隆说。他是一个大有前途的青年，一头乌黑平顺浓密的头发，偏分梳过来。嘴唇上留着短而鬈曲的胡子，鼻子又短又直，耳朵特别突出，但是他很聪明，而且很有吸引力，他和欧文都觉得这房子又老又旧。布置得也很差，但是他们的父母喜欢住这里。因为经济实用和家庭安宁，他们于是在这一点上保持沉默。

"我认为住在这种老旧的地方就是不好，还没有我们四分之一财产的人家，却住在更好的地方，像考珀伍德家，为什么考珀伍德——"

"好吧，考珀伍德！考珀伍德怎么了？"巴特勒责问道，把脸转向爱琳，她坐在他旁边，现在他的大脸涨红了发着光。

"怎么了？他们的房子都比我们的好，而他只是你的代理人。"

"考珀伍德，考珀伍德，我不想再谈论考珀伍德了。我不想按他们家的规矩办事。他们的房子很好，那又怎样，我的房子是我的，是我住在这里，我在这里住太久了，不想随便搬家。如果你不喜欢，你知道你能做什么，想搬走就搬走好了，我是不会搬的。"

每当卷入这种浅薄无聊的家庭争吵中时，巴特勒就会愤懑地在孩子和妻子面前挥舞手臂。

"好吧，总有一天我会搬出去的。"爱琳说，"谢天谢地，我不用永远住在这里。"

她的脑海中闪过考珀伍德家里美丽的接待室、客厅、图书室和卧室。一切布置得都那么好。安娜·考珀伍德很多次跟她谈起他们那架漂亮可爱的金色三角钢琴被漆成粉红色和蓝色。她家为什么不能有？她父亲毫无疑问比他要富有十倍还多，但是不，她所深爱的父亲是一个老派人物。他就是人们所说的那种粗野的爱尔兰承包商。他也许有钱，但是他为什么就不能既有钱又精致呢？她对这种不公正的情形有些恼火。他们本来可以，但是抱怨有什么用呢，在她父母的掌控下，他们永远不可能搬家，她只能等待，也许结婚是一个办法，一个正确的婚姻。但是她嫁给谁呢？

　　"别再想这件事了。"巴特勒太太恳求道，她像命运一样坚强，又有耐心，她知道爱琳的麻烦在哪里。

　　"但是我们完全可以有一所更好的房子，"爱琳坚持道。"或者把现在这个翻修一下。"诺拉低声对母亲说。

　　"别说了，嗯，到时候再说吧，"巴特勒太太对诺拉说，"等等，总有一天我们会翻修整理的，现在你去复习功课吧，今天已经说得够多了。"

　　诺拉起身离开了，爱琳平静下来，她父亲简直固执得不可理喻，但是他也很可爱，所以她撅着嘴巴，好让他道歉。

　　"别生气了。"他说道，吃完饭离开餐桌时注意到女儿不高兴了。他一定要做点什么来安抚她。"给我弹一首曲子吧，一首好听的。"他说，他喜欢那种比较有表演性的、喧闹的、能够展示她的技巧和力度的曲子，让他过后还在想她怎么弹得这么好。这就是学习的好处，让她能够又快又有力度地弹这些很难的曲子。"你什么时候想要一台新钢琴，我们都可以买的，你去看看吧。当然这个对我来说就挺好的，但是如果你不想要的话也可以。"他说。爱琳握了一下他的胳膊。跟父亲吵有什么用呢？如果整个房子和家庭的气氛都出了问题，一台钢琴又有什么用？她弹奏了舒曼、舒伯特、巴赫、肖邦。老先生沉思着面带微笑地来回踱着步听着。她的演奏富于情感，因为爱琳不是没有感情，虽然她如此坚强，充满活力，而又富于挑衅。但是对他并没有影响。他看着她，他那聪明健康迷人的美丽女儿究竟将会成为什么呢？某个有钱人会娶她，某个能干的会经商的年轻人，某个优秀又富有的人会娶她。而他作为她的父亲会给她留下很多钱。

　　为了庆祝考珀伍德两家住宅竣工，考珀伍德准备举办一场招待会和舞会。招待会将在考珀伍德家举行，舞会随后在他父亲的住处举行。亨利·考珀伍德的住所气派豪华。接待室、客厅、音乐室都在一楼，暖房尤其大，当初如此安排，就是考虑有特殊需要时，可以把所有的房间连起来，留出很大的空间，可以做长廊散步，可以当礼堂跳舞，一次大型聚会可能需要它派什么用场就派什么用场。这是两家男主人当初合建的用意。也可以共用仆人、管家、园丁、洗衣妇、女佣等。考珀伍德还为孩子们找了一名家庭教师。管家也不是真正意义上的管家，他是亨利·考珀伍德的私人随从。他会雕刻，善主持，可以在任何一所房子需要的时候派上用场。他们合用一个马厩，还雇了马夫和车夫。如果同时需要两辆马车的话，两个人可以同时驾驶。这样安排真是既愉快又令人满意。

　　这次暖房招待会的准备工作非常重要，如果从金融方面考虑，范围越广越好，而从社交方面考虑，又要尽可能在小圈子内。因此，招待会决定下午在弗兰克家举行，人满为患时自然就到亨利那里，客人包括所有的人，像是蒂格、斯特纳、莫伦豪尔，还有上流社会的一些人，比如亚瑟·里弗斯、塞涅卡·戴维斯夫人、特雷诺·德雷克夫人，以及弗兰克见过的德雷塞尔和克拉克家的年轻一辈。下一辈不太可能出席，但是请柬还是要送到。那天晚些时候，如果可能的话要招待一群比较娇贵的人。尽量要包括更多人，有安娜的朋友们，爱德华和约瑟夫，以及弗兰克本人可能想得到的任何名单。就是所有那些能请得动，邀得来，最有影响的年轻社会精英都要被邀请到。就是这样一份名单。

但是不论下午还是晚上的聚会，不邀请巴特勒一家人，是不太可能的。包括父母和孩子，特别是孩子，因为考珀伍德已经被爱琳深深地吸引。尽管父母也要到场会不尽如人意，他还是会邀请他们。就他所知，爱琳也不是很喜欢安娜和考珀伍德太太。这两人在准备邀请的宾客名单时也聊到了这一点。

"她太清高了。"当她们看到爱琳的名字时，安娜就对嫂子说道，"她自以为是，其实一点都不淑女。再看看她父亲，哈，如果我有一个这样的父亲，我也不会讲话不俗气了。"

丽莲此时正站在新房间里的古董桌子前，忍不住抬起了眉毛。

"你知道，安娜，有时候我真希望弗兰克的业务不需要我跟他们来往。巴特勒夫人，真是令人厌烦，她人倒不坏，但是什么都不懂。爱琳就太粗鲁，或者太前卫了。她来这里弹钢琴，特别是弗兰克在的时候，我倒不是太介意，但是我知道他肯定烦了。她弹奏的都是噪声，从来没有优美高雅的。"

"我不喜欢她的打扮，"安娜同情道，"她太显眼了。你知道那天我看到她驾车出去，天哪，你应该看到她，穿了一件深红色朱阿夫式的夹克，绲着大黑边，头上缠着头巾，插了一根大红羽毛。深红色的丝带几乎垂到了腰部。想象一下戴着那种帽子驾车，还有她的手，你应该看看她握手的那个姿势，简直是太会显摆了，就这样弯着。"她于是学着那个样子，"她戴着一副黄色的防护手套，一手握着缰绳，一手握着鞭子。她驾车简直就像疯子一样，哎，不管怎样，马夫威廉坐在她身后。你真应该看看她那样子，天哪，天哪，她一点儿也不觉得自己过分。"安娜笑着，半是谴责，半是觉得搞笑。

"我想我们不得不邀请她，因为我不知道怎么绕过她。不过我知道她会怎么做，她会走来走去，摆个姿势，然后鼻孔朝天瞧不起人。"

"真的吗？真不知道她怎么会这样。"安娜说，"你知道我倒是挺喜欢诺拉，她人比较好，也不自以为是。"

"我也喜欢诺拉。"丽莲说，"她真的很可爱，而且我觉得她也更漂亮。"

"的确，我也这么觉得。"

然而奇怪的是，爱琳几乎吸引了她们所有的注意力，并且把她们的注意力固定在她的所谓特质上。她们所说的某一方面的确也是那样，但是除此之外，这个女孩儿确实很漂亮，具有远远超出一般人的智力和魅力。她野心勃勃努力向上，因而更加惹人注目，她在某种程度上激怒了一些人，因为她的意识中恰恰反映出她的社交上的缺点，而这也正是她内心与之争斗的东西。她憎恨人们把她的父母当作低人一等的人。本质上她不输任何人。考珀伍德如此能干，又平步青云，他自然一下子就识别出她这一点。日子一天天过去，却使他们在精神上更加亲密，他对她很好，而且喜欢和她聊天。现在每次他去她家，或者她到他家里，他在的话，总会设法和她说几句话，他会走近她，充满热情地看着她。

"哦，爱琳——"她可以看到他眼睛里的和蔼目光，"你今天好吗？你的爸爸妈妈怎么样？你出来驾车了吗？真是很好，我今天看到你了，你看起来很漂亮。"

"哦，考珀伍德先生。"

"你确实看起来漂亮，可以说是魅力四射，黑色骑装很适合你。

我从老远看到那金色头发，就知道是你。"

"嗯，现在你真不应该跟我那样说，会让我觉得虚荣。我的爸爸妈妈说我已经够虚荣了。"

"别管你的父母，我说你看起来棒极了，就是很棒，从来都是这样。"

"噢。"

她高兴地叹息了一声，红晕一直升到脸颊和太阳穴上。考珀伍德先生当然看到了，他是如此具有洞察力。而且他已经令如此多的人羡慕，包括她的父母，还有莫伦豪尔先生和辛普森先生。她是这样听说的。他的家和办公室都如此漂亮，此外，他的安静沉着和她的性情浮躁正好匹配。

爱琳和妹妹因此受邀请参加聚会，但是巴特勒夫妇还是被巧妙地告知，接下来的舞会主要是给年轻人的。

聚会招来了很多人。有很多很多人要介绍描绘一番。其中包括巧妙地谈论到埃尔斯·沃思先生在相当困难的情况下完成的小装饰。在藤架下散步，仔细参观两家房屋的细节。很多客人都是老朋友，大家聚集在图书室和餐厅里交谈。谈笑风生，拍肩打背，说有趣的故事，一个下午很快就过去了。到了晚上，大家便告辞离开了。

爱琳穿了一件深蓝色丝绸的礼服，搭配天鹅绒大衣，大衣上装饰有精心制作的褶皱和相同材料的饰物，给人留下了深刻的印象。戴着一顶蓝色天鹅绒高帽子，配一朵深红的大兰花，令她有一种俏皮，神采飞扬的气概。帽子下边，金红色的头发盘成一个大发髻，只留下一绺长长的鬈发垂到衣领上，她其实并没有看起来那么大胆，却喜欢给人留下那种印象。

"你看起来简直美极了。"她走过身边时，考珀伍德对她说。

“我今天晚上还会不一样。”她回答说。

她扭动着身体，迈着轻盈的脚步，走进餐厅，然后消失了。诺拉和她的母亲正在那里跟丽莲聊天。

“房子真是漂亮呀，是不是？”巴特勒夫人喘着气说，“住在这里你一定会很快乐的。肯定会的。当初爱迪翻修我们现在住的房子时，我就说：爱迪我们真的不用住这么好的地方。他说，天上人间都没有对你来说更好的地方了，然后还吻了我。你能相信吗，他那样大块头的家伙过来吻我？”

“那真是太可爱了，巴特勒夫人。”丽莲道，在众人面前，觉得有点尴尬。

“妈妈就喜欢聊个没完没了。快点儿过来，妈妈，来看看餐厅。”诺拉说着。

“好哇，我希望你们住在这里一直快乐，我希望你们那样。我就是一直快乐地住在我那所房子里。”她说着扭动身体友善地走了。

考珀伍德一家晚上七点到八点匆匆地吃完了晚饭。九点的时候，客人陆续到了。现在这一行人着不同颜色的装束。女孩子们穿着淡紫色、奶白色、鳜鱼粉红色和银灰色的拖地长裙，脱下蕾丝围巾和宽外套，穿着光滑黑礼服的男人们帮着她们挂起衣物。外面很冷，马车的门打开、关上，砰砰作响，客人不断地到来。考珀伍德太太和丈夫还有安娜站在接待室的门口。约瑟夫和爱德华，以及亨利·考珀伍德夫妇在里面应接不暇地迎接宾客。丽莲穿着一件玫瑰色的拖地长裙，看上去十分迷人，方领口低垂，露出细腻精致的花边胸衣。她的面容和身材依然惹人注目，虽然已经不像几年前考珀伍德第一次见到她时那样妩媚。安娜·考珀伍德长得并不漂亮，但是也不能说不好看。她又小又黑，鼻尖朝天，一双灵活转动的眼睛，直爽，好奇，带着聪明又有点儿挑刺的神情。她很会穿衣打扮，尽管她皮肤黑，还是穿了黑色的衣服，搭配闪亮的珠片，很恰当地中和了她的肤色，就像她在头发上插着的那朵红玫瑰一样。她有光滑圆润的手臂和肩膀，一双明亮的眼睛，机智的举止，巧妙的谈吐。这些都有助于创造一种有魅力的错觉，就像她所说的，这些一点儿用处也没有，"男人想要的是洋娃娃一样的女孩儿"。

到了晚上年轻的男女拥进来，爱琳和诺拉也来了。爱琳戴着一副薄薄的黑色蕾丝网面纱，穿一件黑色丝质长斗篷，哥哥欧文把它们接过来放好。诺拉和卡隆一起来的，卡隆是一个英俊挺拔，面带笑容的年轻爱尔兰人，仿佛可以开创出一番美好的事业。诺拉穿着一件淡薰衣草色的少女连衣裙，裙摆稍微盖住鞋子，蓬松的箍裙上面有漂亮的乳白色褶皱，裙子上面点缀着薰衣草颜色的小小的花结。腰间束着一条薰衣草颜色的宽腰带，头发上插着同样颜色的玫瑰花，她看起来非常柔美，热情洋溢明眸闪烁。

她身后的姐姐爱琳，穿着一条迷人的黑色缎子裙，像一条鱼一样，带着闪闪发光的深红色亮片，光滑的手臂直裸到肩膀上，胸衣前后剪得很低，可以说是在她觉得适合的范围内尽可能达到的最大限度。她天生好身材，亭亭玉立，胸部丰腴，稍微突出的屁股也融合成可爱和谐的线条。低开领口的胸衣在前胸和后背形成深 V 字。下边是一条优雅的黑色薄纱和银色绢质的超短裙，让她看上去完美无瑕。她丰满、光滑、圆润的颈部上佩戴着一条一英寸宽，有许多方形小平面儿的黑宝石项链，更辉映出她那白皙粉嫩的皮肤。她天生气色好，再加上健康的红润，颧骨上用宫廷石膏颜料点缀的细微的黑色小点儿，让皮肤显得格外漂亮。她的头发在裙子的衬托下更显得红彤彤的，蓬松地垂在眼睛上边。头发在脑后编成两根松散的辫子，罩在颈后黑得发亮的发网里。眉毛用眉笔描过，和她的头发一样亮。对于这种场合，她过于引人注目，但这更多的是由于她那旺盛的精力，而不是衣装本身。对她来说，人为的装饰只会减少她身体和精神的特色。

"丽莲。"安娜轻轻地推了一下嫂子。她很伤心。爱琳穿着黑色的衣服，看上去却比她们俩都好看。

"我看到了。"丽莲压低声音道。

"你又回来了。"她跟爱琳招呼着，"外面很冷，是不是？"

"我不在意。房子看起来不是很漂亮吗？"爱琳说。看着眼前轻柔灯光下的房间和客人们。

诺拉又开始对安娜唠叨："你知道，我不愿穿这件旧衣服。"她是说自己的衣服，"爱琳也不帮我，真是小气。"

爱琳已经很快转到考珀伍德身旁，他母亲也站在那里。爱琳已经取下束腰的黑色缎带。现在裙子显得宽松自由。她的眼睛闪着光，虽然傲慢却带着恳求的神情，像一条精神抖擞的牧羊犬，露出整齐的牙齿，显得很漂亮。

考珀伍德非常了解她。就像他对任何一种精神抖擞的动物一样了解。

"我不知道如何形容你有多好看，"他悄声说，带着默契，仿佛他们之前早有一种共识，"你看起来像火又像歌。"

他不知道为什么这样说，他不是一个富有诗意的人，也没有事先想好这些句子。他在大厅里第一眼瞄到她的时候，心中的感情和思想就像精力十足的马儿一样跳跃着奔跑着。这个女孩儿让他咬紧牙关，闭上眼睛。待她走近时，他不由自主地收回下巴，使自己看起来更加大胆，有力，并且有本领。

但是，爱琳和妹妹几乎一下子被年轻人包围了。他们争着介绍自己，把名字写在跳舞卡片上。所以此时，爱琳从他的视线中消失了。

第十八章　舞会上的欲火

变化的种子，虽然是微妙的，看不见的，却是根深蒂固的。从丽莲和安娜第一次提到开舞会起，爱琳就想着她要比现在更出色地表现自己，尽管她父亲的钱已经足以让她展现了一番。她早已知道，将要见到的这些人要比她迄今为止所交往的人，更杰出、更重要。然后考珀伍德在她心里似乎变得比以前更加有分量。如今她无论如何，也无法不把他放在心上。

一小时前，她梳妆打扮的时候，还想起他。某种程度上，她是在为他穿衣打扮。她永远不会忘记他饶有兴趣地看着她的样子，有一次还评论过她的手。今天他还说过，她看起来真是"美极了"。她打动他也太容易了，只要让他看她究竟有多美丽就可以了。

八点到九点之间，她还站在镜子前面，想着要穿什么。直到九点十五分，她才真正准备好。她的衣橱柜——一件巨大无比的家具，里边有两面大穿衣镜，一面在衣橱门上。她站在衣橱门上的穿衣镜前，看着自己裸露的手臂和肩膀，她那凹凸有致的身材，想着左肩膀上的一个凹窝，还有刚选好了的用心形银扣装饰的石榴红吊带。一开始紧身衣服不够紧，她于是责备女佣凯瑟琳·凯莉。她研究过发型要做成什么样，打理好头发她可是颇费周折。她用眉笔画出眉形，把前额部位多出的眉毛拔掉，这样就显得比较放松，还带点暗影。她剪下一小块黑胶布，然后在脸上不同的位置，尝试大小不同的效果。最后终于找到合适的位置。她在镜子前左照右照，看着头发，画过的眉毛，两腮上的酒窝，还有刚贴上的黑色美人痣的整体效果。如果有哪个男人，能看到她现在的样子就好了。哪个男人呢？这个想法一出现就像个受了惊的老鼠一样跑回洞里。尽管她很强大，还是很害怕这一个——一个致命的男人——这个男人。

现在轮到选礼服了，凯瑟琳选了五套，因为爱琳最近已经开始懂得欣赏和喜欢这样的东西，如今又得到父母的允许，也就更充分放纵自己。她先研究一条金黄色的丝绸礼服，奶油色肩带，裙摆上还有一些闪闪发光的石榴红色珠子，她看过后把它放到一边。开始考虑穿那件黑白条纹有着奇特灰色效果的丝绸礼服，尽管她很想选这条，最终还是放弃了。另外，还有一件褐红色的礼服，紧身上装配超短裙，白色丝绸衬裙，华丽的白色缎子料。然后就是她最终选择的这条黑色亮片礼服。她先试穿那件奶油色礼服，发现不对劲儿，描的眉毛和美人痣与之不协调。然后再穿上这件黑色丝绸礼服，带着闪闪发光的深红色的亮片，啊，她觉得真是合适无比。她喜欢薄纱风情万种的飘逸和臀部银色的效果。那时超短裙刚开始流行，很多保守的人都不敢穿，爱琳却兴高采烈地穿上了。她觉得这件黑色连衣裙发出的窸窸窣窣声让她有点激动，她抬头挺胸让裙子服帖，然后让凯瑟琳再收紧胸衣。她提起裙裾，把裙摆放在手臂上。再照一照镜子，咦，好像还缺点儿什么。啊，是的，她的脖子还空着，要佩戴点什么呢？红珊瑚项链？好像不对。珍珠项链似乎也不行。她有一条母亲买的银质小玉石项链，还有一条钻石项链也是她母亲的，但是都不对。最后，她想起了那条她平时不太重视的黑色玉石项链。哦，戴上看起来多么可爱啊。衬托着她的下巴多么柔软、光滑、熠熠生辉。她深情地抚摩着自己的脖子，叫用人把黑色蕾丝披肩拿过来，那长长的黑色丝质长斗篷，衬着红色里子，这样她就准备好了。

她走进舞厅，里边气氛宜人。那里的年轻男女看起来也很吸引人，可是她并不想要什么追求者。这些年轻人中最具攻击性，最有能力的人，也能从进来的这个少女身上，看到生活的活力和生命的刺激。她就像一只蜂蜜罐，周围有太多饥饿的苍蝇。

但是她突然想到舞卡名单快填满了。如果考珀伍德先生想跟她跳舞的话，就不太有机会了。

考珀伍德正在沉思。他接待完最后一位客人，想起了生命里有关两性安排的微妙问题。他不确定两性关系有什么规律存在。他把爱琳和自己的妻子比。他的妻子看起来沉闷，又苍老，十年后，她会看起来更老。

"哦，是的，埃尔斯·沃思把这两幢房子设计安排得相当有吸引力，比我们想象的还要好。"他正在和年轻的银行家亨利·黑尔·桑德森说话，"他正好有这个二合一的机会。我认为他在我这所小房子上花费的精力，要比我父亲的大房子多得多，因为我这里空间有限。我跟我家老头子说他根本是为我建了一幢陪衬屋。"

他的父亲和一伙同僚都在大房子的餐厅里，巴不得躲开人群。所以他不得不留在这儿应酬宾客，此外，他也想留下来。他要不要和丽莲跳一曲呢？他妻子不太喜欢跳舞，但是至少他要和她跳一曲。塞涅卡·戴维斯夫人在朝他笑。还有爱琳。天哪，多么美妙！多么漂亮的女孩儿！

"我想你的舞卡名单已经满得要溢出来了吧，让我看看。"他站在她面前，她递过来那本蓝边烫金的小册子。管弦乐队正在音乐室演奏，舞会马上就要开始了。靠着墙壁，棕榈树后面摆放着一排排精致的金色椅子。他低头看着她的眼睛。

"真的是人满为患了，让我看一看。九，十，十一，啊，真是够多了。估计我可能没机会了，受欢迎就是好。"

"三号我不太确定，我想是弄错了。如果你想跳的话，还是可以的。"她在编造。

"这个人不太重要，对不对？"他说这话的时候脸红了一下。

"不重要。"

她的脸也红了。

"好，叫到的时候，我来找你。你真是一个可爱的人，我好怕你。"他意味深长地望着她的眼睛，离开了。爱琳的胸口起伏着，在这种温暖的空气里，有时候很难呼吸。

他先跟丽莲跳舞，然后跟塞涅卡·戴维斯夫人跳舞，又和马丁·沃克夫人跳舞。考珀伍德经常望见爱琳，每次看到，他浑身就有种激荡的活力卷过，美丽、原始的动态能量。他简直无法抗拒她，特别是在今天晚上。她是那么年轻，那么美丽。尽管他的妻子一再贬损她，他还是觉得她比他见过的任何女人，都更跟他合拍——鲜明清晰，积极进取，直截了当。从某一方面来说，她并不老练，甚至是不谙世事。但是从另一方面来说，却又可以以小见大。她给他一种大度的感觉，尽管她和他一样高，并非身体上，而是在情感上。她充满了生命力。每次她舞过他身边的时候，都微笑着睁大眼睛，嘴唇微张，牙齿闪着光。他感到一种隐隐的怜爱之情，这是他以前没有经历过的。她很可爱，她的整个人都令人欢喜。

"我想知道你现在是否可以跳舞了？"他问她，第三段将要开始的时候。她和最新的仰慕者正坐在客厅的一个角落里。新打过蜡的地板现在完美无缺。几株棕榈树在这里形成了绿色的护栏。"请你原谅。"

他对她的舞伴说道。

"当然。"后者答道，站起身来。

"是的，的确是。"她回答道，"而且你最好在这儿和我一起等着，马上就要开始了。你不会介意吧？"她转头给刚才的舞伴一个灿烂的笑容。

"哦，当然不会，我们刚刚跳了一曲可爱的华尔兹。"他说完走了。

考珀伍德坐下来："那是小莱杜克斯，是吗？我想是。我看到你跳舞了，你喜欢跳舞吗？"

"我太喜欢了。"

"我却不是这样，不过确实挺吸引人的，舞伴很重要。丽莲不喜欢跳舞，至少不像我一样喜欢。"

他提到丽莲让爱琳心里有一瞬间升起一丝不屑。

"我觉得你跳得挺好，我看你跳过。"她说完这句话又怀疑自己是不是应该这样说。因为听起来很主动，甚至是有些厚颜无耻。

"哦，是吗？"

"是的。"

他见到她有些紧张，思维也有一点儿混乱，因为她正在他的生命里酝酿着问题，或者说如果他由着她的话，就会酝酿出问题，所以他说话就柔和了些。他在想说些什么能够拉近他们之间的关系。但是他一时想不起说什么。说实话，他可是有很多话要说。

"你那么好。"过了一会儿他加了一句，"你为什么要对我另眼相看呢？"

他转身，假装不经意地问道。音乐又开始了，人们都起来跳舞，他也站起身来。

对于这个话题，他并没打算深究，但是现在，她离他这么近，他盯着她的眼睛，温柔地恳求道："说啊，为什么呢？"

此时他们已经从棕榈树后边转了出来。他的手搂着她的腰。他的右臂擎着她的左臂，手臂对着手臂，手掌握着手掌。她的右手搭在他的肩膀上，她离他如此之近，看着他的眼睛。他们随着华尔兹轻快的节奏起舞，她朝着远处看，又低头不语。她的舞步像蝴蝶一样轻盈。他突然有一种轻飘飘的感觉，仿佛一种看不见的电流通过全身，他想随着她柔软的身体旋转，然后就转起来了。她的手臂，她那光滑合体的黑丝礼服，缀着闪着光的深红色亮片。她的脖子，闪亮发光的头发，所有的一切结合起来，令人陶醉。她是如此年轻。对他来说，真是太美了。

"你还没回答我。"他继续说道。

"这音乐是不是很好听？"

他捏了下她的手指。

她抬起眼睛羞涩地看着他，她虽然个性快乐甚至张扬，但还是有些害怕他。他的个性如此强。现在，他离她如此近地舞着。她觉得他非常出色。但她还是感觉到紧张，有一瞬间，甚至想逃跑。

"好哇，你不告诉我。"他笑着，嘲弄似的说。

他想她喜欢他这样跟她说话，这样逗她，来表现出他对她那隐蔽的感觉——对她的那种强烈的爱慕。无论如何，他想知道这种默契会怎样。

"哦，我只是想看看你跳得怎样。"她乖巧地说，突然意识到自己的所作所为，把原先的强烈感觉削弱了。他注意到了这种变化，笑了。和她跳舞非常快乐，他没想到跳舞竟然可以如此快乐。

"你喜欢我吗？"音乐快要结束的时候，他突然问道。

这个问题让她全身一激灵，就算是一块冰从她后背砸过来，也不会让她更惊讶。这看起来突兀的问句，显然最不突兀。她迅速抬起头来，直视着他，但是他的目光太强烈了，让她无法直视。

"啊，当然了。"她回答道，音乐停了下来，她试图控制住声音语调。两个人朝椅子走过去，这令她很高兴。

"我太喜欢你了，"他说，"所以我想知道你是否也喜欢我。"他的声音温柔，带着一种祈求。态度几乎是忧伤的。

"啊，当然了，"她立刻回答道，恢复了刚才对他的态度，"你知道我是喜欢你的。"

"我需要一个像你这样的人喜欢我，"他以同样的语调继续道，"我也需要一个像你这样的人聊天，我以前没想过，但是我现在是这样想的。你很漂亮，真是好看极了。"

"我们不可以，"她说，"我不可以。我不知道我在做什么。"这时她看见一个年轻人朝她走来，于是说道，"我得先跟他解释一下，他是来跟我跳这支舞的。"

考珀伍德明白，他走开了。他现在情绪高涨，兴奋，甚至紧张。他很清楚，他已经做了，或者正在考虑去做一件非常危险的事。在如今的社会伦理下，他不能这样做，这是有悖道德规范的，每个人都明白这个道理。他的父亲，或者她的父亲，这个现实生活里存在的每一个人都明白。虽然私底下看不见的地方规范会被打破，但是大家仍不会接受这些事情在明面上出现。就像他有次在学校听过一个年轻人讲的故事，一个男孩儿勾引了一个女孩儿，结局很悲惨。"根本不能那么做。"年轻人说。

不过他这样想着，心里却全是她。尽管他风风雨雨地在社会上经历了这么多，他现在想到这些，觉得简直太有意思了，像他这样故意设计，甚至是热情高涨地加足马力，只不过是加剧了他对这个女孩子的欲望。更糟糕的是，给这火焰添柴加油，最终这火焰可能会把他吞灭。

让他奋不顾身地扑进去。

爱琳正心不在焉地和一个黑发瘦脸的学法律的年轻学生聊天，远远地看到诺拉，就准备过去找她。

"啊，爱琳，"诺拉叫道，"我一直在找你，你去哪里啦？"

"当然是在跳舞。你想我会到哪里，你难道没看到我一直在跳舞吗？"

"没有哇，我没有看到。"诺拉抱怨道，好像她有必要这样做，"你要待到多晚？"

"待到舞会结束，我想，我也不知道。"

"欧文说十二点走。"

"没关系的，反正有人会送我回家的。你玩得开心吗？"

"很开心。告诉你，我刚才踩了那边一位女士的裙子，她非常生气，狠狠地瞪了我一眼。"

"啊，别担心亲爱的，她不会伤害你的。你现在去哪里？"

爱琳总是以一种监护人的态度保护着小妹妹。

"我要去找卡隆。下一曲轮到他跟我跳了。我知道他想干什么，他想逃避不跟我跳，但是他逃不掉。"

爱琳笑了。诺拉看起来那么可爱，又那么聪明。如果她知道了，会怎么想她呢？她转过身，第四个舞伴正在准备和她跳舞。她又开始高兴地谈着话，因为她觉得必须显得沉着冷静。但同时耳朵里却一直有个声音在响着，都是他的话语："你喜欢我吗？"然后是她那确切又并非全然真实的回答："你知道我是喜欢你的。"

第十九章　初吻

激情的产生是一件很奇特的事情。精英知识分子和艺术人士的激情，往往是从对某种特质的欣赏开始，又因为理智而被束缚。自大的人，抑或知识分子自己很少献身，却要求他人付出。然而，热爱生命的人，无论男女，一旦发现彼此琴瑟和鸣，情投意合，往往会相互促进向上。

考珀伍德天生是个利己主义者，也是知识分子，虽然两者深层地糅合在一起，但又让他富有人道主义精神和民主精神。我们认为利己主义和知识学识只局限在艺术领域中，而金融也是一种艺术。它展现了知识分子和利己主义者最微妙的思维活动。考珀伍德就是个金融家，他并没有沉沦于自然景色、自然的美丽和微妙，这些他处于劣势的领域，而是找到了另外一种快乐的方式。由于脑筋动得快，无论在智力上还是在情感上，他都可以对生命之美欢欣鼓舞，而不会干扰到他对永恒的物质和财富上的计划。当谈到女人和道德的时候，很多时候也就要涉及关于美、幸福、区别感和生活的多样性之类的种种话题。他因而开始怀疑，这所谓的择一人终老的想法没有任何根据，除了能保持社会有组织的现状。他不明白怎么会有那么多人认为一生只娶一个女人，一直到死，不但必要，而且正确。他不知道。他不想去操心进化论的微妙之处，即使当时在国外已经喧闹过了。他也不想为了这件事好奇到去搜寻历史。他没时间那样做。他所接触的各色人等，以及各种情况，足以向他证明一点。就是人们并不一定要彼此绑在一起直到终老。即使成千上万的人那样做了，也并非出于意愿。有些人头脑灵活，思想深邃，机会凑巧，就可以纠正婚姻和社会地位中的错误。而对于另外一些人来说，他们迟钝、理解力低、贫穷、缺乏魅力，他们就是无法摆脱沮丧的泥潭。这样的人因为出生就是一种孽缘事故，或者缺乏物质和力量，不得不在恶劣的环境里煎熬，或者用绳子、刀子、子弹，甚至是一杯毒药就结束了他们的痛苦，解脱了俗世的折磨。而在另外一种情况下，这些方式却有可能提供千万种光彩夺目的可能。

"我也会死的。"他心想。有天他读到一个故事，讲到一个贫病交加的人独自在一间小屋里生存了十二年，只有一个年老体弱的管家照顾他。最后用一根织针刺入他的心脏，结束了他在这个尘世中的疾苦。"让这种生活见鬼去吧。为什么要苟延残喘十二年？为什么不在第二年或第三年就了断呢？"

于是，再一次证明，力量就是答案——伟大的精神和体力。为什么，这些商业和金融巨头可以随心所欲地生活，并且已经这么做了。他在不止一个领域收集到证据。更糟糕的是，所谓法律和道德的守护者、报纸、传教士、警察以及一般的公共道德家们，在关乎下属民众犯罪之时，就来劲儿，大声疾呼谴责邪恶。一旦碰到上层社会的腐败，就都变成了懦夫。他们连一点儿微弱的声音也不敢发出来。直到某个大人物意外栽倒了，看到没有危险了，他们才敢出来叫嚣。哦，天哪，全是废话和陈词滥调，满嘴的仁义道德。快跑吧，善良的人们。因为你可以清楚地看到上流社会是如何处理邪恶的。这使他觉得好笑。如此虚伪！简直是不可思议。尽管如此，世界就是这样组成的，他不能改变，只能顺其自然。他能做的是致富并保持住自己的财富——建立起一种美德和尊严的形象，然后成为真正的常态。意志和机智敏捷可以帮助达成目的，他拥有这些素质。"自给自足"是他的座右铭。这个词完全可能被刻在任何他所设计的徽章上。从而阐明他对知识分子和社会名流的态度。

　　但是现在他需要考虑爱琳这件事，找出解决方法。因为他坚毅的个性，对此倒不觉得是个干扰。这是个问题，就像那些每天出现在财务上的棘手问题一样，但也不是不能解决的。他准备怎么做？毫无疑问他不能离开妻子和爱琳一起私奔。他有太多千丝万缕的社会关系，他想到孩子们以及父母。这些在情感和经济上都羁绊着他。此外，他也不确定真的想那样做。他不打算离开日益增长的财富，同时也不想放弃爱琳。她那突如其来的表现太吸引人了。丽莲已经不是从前的模样了，而这本身就足以证明，他现在对爱琳的兴趣是有理由的。只要他能想出办法不伤害到自己，还有什么好怕的呢？同时他想在爱琳的问题上，也许永远也找不到保护彼此的实际措施。这让他陷入沉默和反思，因为现在他已经被她强烈地吸引，就像他能感受的那样，身体上产生了一种化学反应，冲击着他的身心，要挣脱着表现出来。

　　同时，当他想到妻子与这一切事情的关系时，良心上就会产生不安，情绪上与经济上的原因各半。她在丈夫去世后不久，便屈服于他年轻热情的追求。他后来才意识到，她其实天生是个公共道德的守护者——就像世人所能看到的冷酷纯洁，私下却有肆意的阴暗情绪。然而，他又发现她对自己内心产生的情感波澜感到耻辱。这让考珀伍德很生气，就像会激怒任何一个欲望强烈而又直截了当的人一样。虽然他不必让全世界的人都了解他的感受，但为什么两人之间还要隐瞒呢？或者为什么在心理上逃避身体所认同的感受？为什么想的是一件事，而做的却是另一件事？毫无疑问，她以自己安静的方式对他忠心耿耿，并非感性（他后来回想，也不能说她全部都是非感性的），而是理性居多。

还有责任，就像她理解的那样，责任起了很大的作用。她很尽职。其次就是别人会怎么想，风俗如何要求——这些对她都是最重要的。而爱琳却恰恰相反，她可能并不会尽职，而且很明显并不理会所谓世俗。毫无疑问，她跟别的女孩儿一样受过良好的教育，但是看看她，她根本不理会那些教育。

接下来的三个月，两个人的关系变得更加明目张胆。爱琳很清楚父母会怎么想，世人又会怎样心口不一，但她依然我行我素。她无所畏惧，即使不是在行动上，心里也早下定了决心，于是觉得考珀伍德更有吸引力。并不是他的身体——伟大的激情，从来就不只是身体。更多的是他的精神，吸引和强迫着她，如同投向火焰的飞蛾。他的眼睛里流露出浪漫的光芒，不论怎样努力加以控制压抑，依然对她有着致命的吸引力。

分别的时候，当他触摸她的手时，她好像感觉到电流。她回想起来，当时她无法直视他的眼睛。仿佛他的眼睛会发射出具有破坏性的能量。其他人，尤其是男人们也发现很难面对考珀伍德的凝视。好像他的眼睛后面还有一对眼睛，透过薄薄的隐蔽的窗帘儿看着你。你无法确定他在想什么。

接下来的几个月，她和考珀伍德越来越亲密。一天晚上，在他的家里，她坐在钢琴前，没有旁人在，他便弯了腰去吻她。透过夹层窗帘，可以看到外边寒冷的街道上的雪。煤气灯在窗外一闪一闪。他今天回来得早，听到爱琳在弹琴，就来到钢琴旁。她穿了一件灰色的粗羊毛连衣裙，华丽的带子上面有蓝色和金黄色的东方刺绣，戴着一顶和裙子颜色相称的灰色帽子，插着一支蓝黄相间的羽毛，更增添了她的美丽。手上戴了四五枚戒指，真是太多了，一枚水晶的、一枚祖母绿的、一枚红宝石的，还有一枚钻戒，随着弹琴的节奏起落闪着耀眼的光。

她不用回头也知道是他。他来到她身边。她抬起头来微笑着，因为舒伯特乐曲所唤起的遐想消失了，或者融化成另一种形式的情绪。突然他弯下腰，嘴唇紧紧压住了她的嘴唇。他柔软的胡子，触摸着她，令她兴奋震颤。她停下了弹琴，试着吸一口气，因为即使强大如她，还是感觉到无法呼吸。她的心狂跳着像三重锤一样敲着。她没有说，"噢"，或者"你不可以"，而是站起身来，走到窗口，撩起窗帘假装向外看着。她感觉快乐如此强烈，她简直要晕倒了。

考珀伍德很快跟随她过来。手搂住她的腰，看着她红润的脸颊，清澈湿润的眼睛和红红的嘴唇。

"你爱我吗？"他悄声地问道，欲望令他咄咄逼人。

"是的！是的！你知道我爱你。"

他把她的脸靠着自己的脸。她举起手来抚摩着他的头发。

一种令人窒息的惊心动魄的占有，得胜，幸福和心心相印，爱她和她的身体，汹涌地淹没了他。

"我爱你，"他说，似乎又对自己的话语感到惊讶，"我以为我并不爱你。但是我爱你。你太美了。我简直为你发疯。"

"我也爱你，"她答道，"我没法控制。我知道不应该，但是——，噢——"她用手紧紧地捂住他的耳朵和太阳穴，把嘴唇按在他的嘴唇上，在他的注视下闭上眼睛。然后她迅速走开，望着外面的街道。他返回客厅。只有他们两个人。他还在想着是不是应该冒险进一步，在隔壁房子探望安娜的诺拉正好出来，不久丽莲也出来了。爱琳便和诺拉告辞离开了。

第二十章　河边的幽会

两人终于达成了默契，当然也越来越亲密。爱琳的成长过程中，宗教影响起着一定作用，但是她注定是性格决定命运的牺牲者。宗教和信仰对她根本不起作用。过去的十年里，她慢慢在心里刻画出理想情人的样子。他应该健壮、帅气、率真、成功，有一双清澈的眼睛，健康红润的皮肤，还有天生的理解力和同情心——跟她一样对生活充满热爱。许多年轻男子追求她。最接近她理想的当数提摩太教堂的大卫神父。当然他是牧师，一辈子不能有家庭。他们之间从未讲过话，虽然他注意到她，就像她也注意到他一样。然后弗兰克·考珀伍德出现了。由于他们常见面，加上慢慢接触，他渐渐成为她心目中理想的人选。她被他所吸引，就像行星被太阳吸引一样。

如果此时插入反对力量将会发生什么，这倒是一个问题。这类的婚外情，有时会被瓦解掉。也很容易让人变心，但是需要充分的外力。恐惧是其中最大的因素，如果精神上没有特别担忧，也会担心物质上的损失——当然金钱和地位往往可以将其摆平。如果有钱有势要手段就太容易了。

对爱琳来说，她没有任何精神上或诸如此类的担心。考珀伍德根本没有精神和宗教信仰。他看着她，心里想的只是如何瞒天过海，独享她的爱，而生活又不受干扰。只是爱她，他的确太爱她了。

他常常因为业务上的原因去巴特勒家拜访，每次都会见到爱琳。他第一次去的时候，她就设法先跨前一步，捏了一下他的手——瞅准时机偷偷吻他一下。另一次他离开的时候，她突然从客厅门后的窗帘里出来。

"亲爱的！"

她叫道，声音柔和充满诱惑。他回转身，朝着楼上她父亲的房间，警告地跟她点了下头。

她站在那里朝他伸着手，他赶紧迈出一步。她的手臂立刻抱住他的脖子。他搂住她的腰。

"我想见你。"她说。

"我也想见你，我会想办法解决的，我在考虑。"

他松开她的胳膊，走了出去。她跑到窗前看着他。他朝西走，他的家就在几个街区外不远的地方。她看着他的宽肩膀，匀称的体形。他的步伐轻快矫健。啊，这真是一个男子汉！他是她的弗兰克。她已经那样看他了。然后她坐在钢琴前，沉思着弹奏起来，直到晚饭时间。

弗兰克·考珀伍德有钱，又足智多谋，很容易找到办法和手段，在他年轻时寻花问柳的冒险中，以及后来偶尔的不务正业的过程中，他懂得很多非道德的手段。当时费城有五十多万人口，城里有很多不起眼的小酒店，在那里，你可以受到谨慎和公平的保护，不会被外人看到和干扰。也有居家传统式住宅，可以事先付钱预订。至于避孕，对他来说，也不再是什么神秘的事情，他知道所有的措施。谨慎是最需要的防卫，他一定要小心，因为他现在正在迅速成为一个有影响力和杰出的人。爱琳对自己感情的未来当然没有什么意识，除了模糊的感觉，至于这种感情最终的导向却一点儿也不清楚。她只是渴望得到爱，被抚摩被宠爱，她没想那么远。如果沿着这个思路想下去，就像老鼠从阴暗角落里的黑洞探出头来，一听到响动，就给吓回去了。而且无论如何，只要和考珀伍德相关的就是美丽的。她觉得他爱她还没有爱到疯狂，但总有一天会的。她不认为自己会干扰到他妻子的权利，她不那么觉得。可是让她和弗兰克相爱，又怎么会不伤害到丽莲？

如何解释这种性情和欲望之间的微妙关系？生活在每一个转角处的人都要面对这些问题。它们不会自行消亡，而是在人类生物体之外，大自然宏伟而缓慢地运作着，并不以人的意志为转移。我们看到监狱、疾病、失败和毁灭等各种惩罚形式，但是我们也看到，旧有的情形并没有明显减弱。难道个人的意志和权利之外就没有法律了吗？如果是那样的话，我们真的是太应该知道了，每个人都应该知道。每个人就都可以随心所欲，而不是对什么神圣的法律抱有幻想——人定胜天。

于是他们开始会面，她的激情恰到好处，不用害怕，也不用担心会有什么致命的危险。他们会偷偷在一起，在一起度过快乐的时光。从家里没有人看到的时候，发展到去城外秘密约会。考珀伍德不是那种会在这种事情上昏头而忽略了正经事的人。事实上，他越是想到这桩突发的艳遇，越是确定他不能让这干扰了他的正事和判断力。反正他每天全力以赴在办公室从早晨九点工作到下午三点。有时为了钱也会加班到五点半。他可以抽出几个下午，或者从三点半到五点半或六点，没有人会比他更聪明。爱琳几乎每天晚上都会独自驾马车出来，或者骑着父亲从巴尔的摩一名马贩子那里买来的坐骑。考珀伍德也驾车或骑马，因此不难在威萨希肯或舒尔基尔公路附近安排会面地点。新开辟的公园里，也有很多地方像森林深处一样没人打扰。当然，也可能会撞上什么人，不过给一个合理的解释也很容易，或者根本不用解释，因为即使在这样的场合遇上，也没有什么好怀疑的。

因此，现在他们就谈谈恋爱，像恋人们常见的卿卿我我，单纯至极，还没有发展到最后的阶段。在一起快乐地骑马，在即将到来的春天里，绿树下田园诗般的景色，考珀伍德生命中的快乐被唤醒，就像他幻想的一样。这种崭新欲望的闪动，是他前所未有的经历。早先在北前街追求丽莲的那些日子里，他原以为自己当时已经是快乐得无法形容。那差不多是十年前的事情了，现如今他已经忘了那种感觉。从那时起，他没有感受过什么激情，也没有什么值得一提的罗曼史。然后突然间，在他事业正在兴旺发达的时候，爱琳出现了。她年轻的身体和灵魂，使他充满激情的幻想。他也明白，爱琳尽管很勇敢，却对他的那个狡诈而残酷的世界知之甚少。她随心所欲，父亲能满足她任何愿望，母亲和兄弟溺爱她，特别是她母亲。她的妹妹认为她非常可爱，没人认为爱琳会做错什么事。毕竟她太理智了，太渴望出人头地。快乐的生活在她面前展现，不久她会找到一个非常般配的对象结婚。她怎么会做错什么呢？

"爱琳，等你结婚的时候，"她母亲常跟她说起，"我们在这里好好给你办一办。当然那时我们会把房子装修好，如果在那之前不装修的话。你爸爸会找人装修好，要不然我自己也可以做，总之不要担心。"

"好吧，我宁愿你现在就装修好。"她回答道。

巴特勒以前常常会在她肩膀上猛劲儿地拍上一下，说："你找到那个人了吗？"或者"他是不是在窗外等你呢？"

如果她回答说"没有"，他就会说："嗯，会有的，别担心——真是不幸。我也不愿意你出嫁，孩子！你可以待在家里，想待多久就多久，而且记住，你永远都可以回来。"

爱琳很少把这种玩笑当真。她爱父亲，但是一切都是如此想当然。她的存在司空见惯，虽然足以令人愉快，却并没有那么重要。

那些在春树下的日子，她是多么愿意臣服于考珀伍德呀。她还不知道最终的臣服是什么。如今他只是轻轻地抚摩她，与她交谈。开始他有点自我怀疑，然后日渐习惯也就觉得很自然了。为了对她公平起见，他要和她谈谈他们的爱可能会涉及什么。她会愿意吗？她明白吗？开始的时候爱琳感到有一点困惑和害怕。一天下午，她站在他面前，穿着黑色的骑马服，高高的丝质骑帽俏皮地斜戴在她金红色的头发上。她一边半信半疑地听着他讲话，一边用马鞭子击打她的马裤。他问她知不知道自己在做什么？他们会飘荡到哪里去？她是否真的爱他爱到不可分离？他们的两匹马拴在灌木丛里，离主路和刚刚他们走近的汩汩的溪流很远。她想看一下，还能不能看到那两匹马，只是佯装而已，她的眼神里根本就没有兴致。她在想他，想他漂亮的骑马服，和这一刻的美妙。他有一匹如此迷人的小马。树叶刚好长到足以做成一片透明的绿色蕾丝网。就像透过一条绿色的纱，看到树林之外的地方。溪水淙淙波光粼粼，冲击着长了苔藓的灰色石头。早起的鸟儿叫着，有知更鸟、画眉鸟和鹟鹩鸟。

"我的宝贝，"他说，"这一切你都明白吗？你知道跟我在一起你究竟是在干什么吗？"

"我想我知道。"

她踢打着马靴，看着地面，然后透过树丛看着蓝天。

"看着我，亲爱的。"

"我不想看。"

"但是，甜心，看着我。我要问你一个问题。"

"不要强迫我，弗兰克，求你了，我做不到。"

"噢，你要看着我。"

"不。"

他握住她的手，她向后退，然后又一下靠向前。

"现在看着我的眼睛。"

"不行。"

"看着我。"

"我做不到，别要我看了。我可以回答你，但是不要强迫我看着你。"

他的手在她的脸颊上悄悄滑下来，抚摩着。又抚摩着她的肩膀。她把头靠在他的身上。

"甜心，你真是太美了，"他终于说道，"我不会放弃你。我知道应该做什么，我想你也知道。但是我不能那样做，我必须拥有你。如果我们的事情最终曝光，对你和我都不好。你明白吗？"

"明白。"

"我不太了解你的兄弟们，但是光看外表，我就敢肯定他们是很有决心的人，他们很看重你。"

"是这样。"她的虚荣心给触动了。

"如果现在他们知道了，一定会立刻杀了我。如果什么时候这件事走漏出去，你想他们会怎么做？"

他等待着，看着她漂亮的脸庞。

"什么也不会发生。我们不需要再往下发展。"

"爱琳！"

"我不看你，你不用再问了，我不能看你。"

"爱琳，真的想这样做吗？"

"我不知道。不要问我，弗兰克。"

"你知道我们不会就这么完了，对不对？你知道的这不是结局。现在，如果——"他把幽会的利弊平静又冷静地解释给她听，"你是非常安全的，除了一件事外，就是除了偶然被发现外，你都是安全的。当然，那样的话，就要解决很多问题。我太太肯定不会跟我离婚，她没有理由那样做。如果我能够按照我希望的那种方式打理，就是如果我能赚一百万，我不介意现在就不干了。我不想整天工作，我一直在计划三十五岁就不干了，到那时候我攒够了钱，然后我想去旅行。也不过只是几年的时间，如果你是自由的，如果你的父母都死了，那就是另一回事了。"奇怪的是她听到这句话也没有什么特别的反应。

他停了下来。她还是若有所思地望着脚下的绿草，脑子里都是跟他在一起的情景，在海上的游艇里，在什么地方的宫殿里，只有他们俩。她半闭着眼睛，看着那个幸福的世界，听着他说话，心里着迷了。

"说真的，我死也不知道何处是出路——死无出路。但是我爱你！"他搂住她，"我爱你——爱你！"

"是的，"她激情地回答，"我要你爱我。我不害怕。"

"我在北十街上租了幢房子。"他们走到马跟前，给马装上马鞍，他继续道，"还没有家具，不过很快就会布置好。我认识一个女人可以帮忙照管。"

"她是谁？"

"一个不到五十岁的寡妇，非常聪明伶俐，很有生活经验。我是通过广告找到她的。你可以找个下午，安排布置的时候去见她，再看看地方。你不必特意见她，除非随意的场合。可以吗？"

她一边上马，一边想着，并没有回答。他太直接了，真是一个很实际的人。

"你会去吗？没有问题的。你也许认识她。她不是一个令人反感的人。你会去吗？"

她终于答道："整理好了，就告诉我。"

第二十一章　雌性蜂王

幻想充溢着神秘和危险！然而在此祭坛之上，不正肆意地摆放着形形色色的牺牲品吗！无须太久，考珀伍德提及的超乎寻常的住宅就已布置完毕，并已经得到避人耳目的满意效果。这座宅子被一个好像最近守寡的女人打理，这样的话爱琳进进出出就不会显得过于突兀。如此环境，如此状况，就不难说服她把全身心奉献给她的爱人。因为她本身已成为疯狂的、不可理喻的爱情和情欲的俘虏。也可以这么认为，这其中有作为爱情的可取因素，因为她的确需要这个男人，超乎一切男人。她对其他男人视而不见，漠不关心。她沉醉于对未来的憧憬，到那时候，她就可以和他永远厮守。丽莲可能会去世，或者三十五岁时他已经赚到百万资产，能够和她私奔。总之会有办法的。上天赐给她这个男人，她就盲目地依赖他。当他告诉她，他会照顾她，不会出事的时候，她完全相信他的话。在她看来，这类罪行是在忏悔室里忏悔的家常便饭。

在基督教社会里，由于被某些怪异的逻辑支配，大家居然相信除了习惯的求婚、结婚以外，就不能拥有爱情，这实在有些荒唐。自始至终它就是基督教观念，大家一直致力于把整个人类都限制在这个范围之内，压缩在某个模型的空间里。异教则没有这种观念。为了一点儿琐事就立据离婚不是教会长老们的意见。在原始社会，除了暂时照顾孩子以外，并没有要求两个人一定结合在一起。毋庸置疑，建立在二人互敬互谅的基础上的现代家庭是最美丽的组织。却无须为这个事实而非难不幸得不到此种幸福结局的所有恋爱。人生不能被随意置放进某种模型里，如果有这种企图最好还是马上放弃掉。那些有幸找到情投意合的人做终身伴侣的，应该为此深感庆幸，努力做到受之无愧。而那些不幸的人，即使被视为流氓无赖，可他们还是有些借口的。此外，无论我们愿意与否，是否有原则，化学和物理的基本形态一直都存在。人以群分，情随性移。教条可以束缚某些人的思想，恐惧可以束缚另外一些人。但也总有一些人，在他们的生命里，化学和物理的作用特别大，教条和恐惧对他们都是空有其名。社会恐吓般地高举起手，可自古以来，像海伦、麦瑟莱杜·巴莱女伯爵、邦贝杜侯爵夫人、曼特农侯爵夫人和莱尔·格温之流，代代都有，而且向我们展示了一种比现在更能适应的生活和更为自由的两性关系。

他们两个人都觉得彼此无法分开。随着考珀伍德对她了解的深入，他以为他找到了唯一的伴侣，可以与她开心地共度余生。她是如此年轻，如此自信，如此充满希望，如此的无所畏惧。从他们当初彼此爱慕，几个月以来，即使此时他们还是颇为小心的，但现在的确要变得郑重其事起来。然而，他的儿子依然是招人喜爱的，他的家庭依然是美好的。迟钝的丽莲现在消瘦了，算不上太丑。这些年来他对她十分满意，但现在对她的不满却日渐增长起来，她不如爱琳年轻活泼，爱琳不曾受过世俗的影响。若在平时，他并不喜欢吹毛求疵，可现在有时候却格外挑剔。他开始质疑太太的外表，尽是恼人的小问题，对一个女人来说，是极其琐碎而又极其让人生气的，让人沮丧。比如她为什么不戴一顶与衣服颜色接近的紫红色帽子？为什么她不经常去外面走走？运动对她有益。为何不那样去做呢？他在不经意间流露出对她的态度，她已意识到了，她听得出他的弦外之音，因而略感不快。

"啊，为什么——为什么？"有一天，她索性反问道，"你为什么要提出这么多的问题？你再也不那么喜欢我了，我晓得就是这个原因。"

他被这个反击吓得向后一仰。除了他最近谈及的话题外，没有任何证据能证明什么，但他不确定。因为惹恼了她，他就向她道歉。

"啊，没什么，"她回答，"我不介意。但是我看得出来，你已经不像以前那样关心我了。现在，你一心扑在生意上。你就是忘不掉生意。"

他松了口气。看来，她并没有怀疑他。

但是过了几天，当他越来越爱恋爱琳之后，就不再因为他的太太是否起疑心而感到不安了。一想到这种局面，有时他认为还是让她疑心更好些。她确实不喜欢大吵大闹，现在他根据她的性格做出种种预测，认定她也许不会像他原来所设想的那样对某种最后的决定过分阻挠。她甚至可能和他离婚，欲望和梦想让他的揣测不像他脑子里原来所认为的那样正确了。

不，他认为自己在家里遭遇的困难，远不如在巴特勒家里的多。他和爱德华·玛利亚·巴特勒的关系已经不同寻常。他现在经常与他商讨关于他的证券的事情。巴特勒掌握的证券很多，他握有宾夕法尼亚煤业公司、德拉瓦—哈德孙运河、莫里司—爱萨克运河铁路的股票。当这位老绅士意识到费城本地市内电车的意义之后，就决定以最大限度的有利条件出售自己的其他证券，把资金重新投入本市铁路线路上。他清楚莫伦豪尔和辛普森都在运营这桩生意，他们是市内最高明的业务裁判官。他与考珀伍德的想法不谋而合，认为如果他能操控局面，最后就能够与莫伦豪尔和辛普森获得合作关系。那样就可以轻而易举地得到对几条联合的路线都有利的官方批文、特许证以及现有特许状的必要延期，就可以补充进去。考珀伍德的目的是变卖别的行业尚未还本的股票，收进当地市内铁路公司的零星股票，巴特勒通过他的两个儿子欧文与卡隆，也正忙着开辟一条新路线，以此获取特许证，为了争取足够的政治势力以通过必要的立法，就必须把大宗股票和现金奉献给别人。然而此事并非易事，因为其他人都了解把控这种局面有着怎样的利益。考珀伍德发现了其中的巨大财源，因此及时替自己买进大宗股票，只把一部分让给巴特勒、莫伦豪尔或者别人。简言之，如果有可能，他替巴特勒或者别人卖力，就不会像给自己卖力那般热心。

因此，乔治·W.斯特纳提出的计划，实际上代表着幕后人物斯特罗比克、怀克罗夫特、哈蒙等人的利益，而这些人也恰是让他挤进去的门路。斯特纳的计划是让市财政局以三厘利息借钱给他，或者，如果他愿意放弃一切佣金，就不取利息（为了自保，他们必须有一个代理人）让他拿这些钱买进北宾夕法尼亚公司的前街铁路路线，因为这条路线路程短，只有一英里半长，特许证限期相对来说也短，运营得既不好，行情也不看涨。为了酬谢考珀伍德的操纵策划可以给他其中一部分股票——百分之二十。斯特罗比克和怀克罗夫特清楚，如果准确操控，能从一些人手里买到大宗股票。然后他们计划利用市财政局的借款，先把它的特许证延期，然后再把路线延长，以后靠发行大量股票，从有交情的银行贷款就可以归还市财政局的本金，从而把这条路线赚来的钱装入自己的腰包。就考珀伍德来说，这并非难事，只是这么做的话，前景就不被看好了，因为股票分散在各个人的手里，他只得到较小的一部分，这还算是报答他的苦心经营。

但是，考珀伍德是一个投机家。当时，他的金融道德已独具特殊性和地方性。他认为，在赚钱被认为是偷窃的场合，谁偷谁的东西，都不够明智，是愚蠢的，危险的，因此就是错误的。诸多场合，人们在获利赚钱这方面可能会做出容易让人议论和怀疑的事情。至少他觉得，纵使道德不由于地域，也是会因环境而各有差异的。这里，在费城，传统习惯是（注意，这是就政治而言并不是就一般情况而言），市财政局和财政局局长分别像一个藏蜜的蜂巢和雌蜂王，周围簇拥着成群的政客雄蜂，意欲得些好处。有关与斯特纳合作的这桩买卖，唯一让人生厌的事情是，斯特纳和斯特罗比克的实际上司们巴特勒、莫伦豪尔、辛普森对此事毫不知情。斯特纳和他背后的支持者要通过他，来为自己谋利。如果被大佬们察觉了，可能会因此被他们疏远。这一点他必须考虑到。可是，如果他拒绝斯特纳或者任何其他在当地事务上有权势的人的有利交易，那就是一时意气而害了自己，因为别的银行家和经纪人都会接受，而且会欣然地接受，而巴特勒、莫伦豪尔和辛普森则根本不会听到任何风声。

在这方面，还有一条第十七大街和第十九大街的铁路，他偶尔也乘这一路车，他认为，如果他能够筹集到款项，则对这条路线更有兴趣。这条路线原来估值五十万美元，但为了改进业务，又发行了价值二十五万美元的证券，公司为偿付利息感到非常吃力。大部分股票都分散在小投资人的手里，这就需要二十五万美元来收集这种股票，让自己当选为董事会的董事长或者主席。不管怎样，一旦置身其中，他就可以任意操纵这种股票，同时向他父亲的银行借贷最高额度现金，并且发行更多股票，以便于为延长路线而贿赂议员，并取得其他机会，或者以此收买来扩大它，或者以营业合同来补充它。"贿赂"在此是就实际的美国方式而言的，因为每一个人私下里都认定行贿与州议会有关。特仑斯·雷里汉（这个矮小的，黑面孔的爱尔兰人，在服装和态度上都是花花公子的做派）是金融界在哈里斯堡的代表，在五百万公债已经印发后，他来看考珀伍德，并告诉他，没有钱或者价值相等的有价证券，在本州首府就寸步难行。每一个重要议员，如果肯投票赞成或者出力支持，都要送钱才行得通。雷里汉还告诉他，如果他以后有任何计划希望提出来讨论的话，他会很高兴与他商谈。考珀伍德对第十七大街和第十九大街路线的计划已经反复认真斟酌过，但是他总不敢作出最后的决断，因为在其他方面他负债太多。但是他无法抗拒利益的诱惑，只得再三琢磨。

斯特纳计划把钱借给他，让他去操控北宾夕法尼亚铁路路线，用以实现他的第十七大街和第十九大街路线的梦想，这看上去更有希望。实际上，他正在为市财政局操控公债票。当行情下跌时，就大量买进，用以维持市价；发现行情上涨时，就大量而又小心地抛出。这样的话，他就能获得可以自由使用的巨额现金。他一直担忧行情暴跌，那样就会直接影响到他的所有证券的价值，产生追收他的贷款的结果，但是，眼前并没有风暴。他看不出会发生什么事情，但他不愿意把自己的生意底子铺得太薄。所以，如果他从市财政局这笔钱里拿出十万美元，花在第十七大街和第十九大街路线上，就不至于让自己的生意底子铺得太薄。既然有了这笔新买卖，难道他不可以让斯特纳多借些钱给他，作为其他生意的贷款吗？但是，万一有某些变化呢？

自从斯特纳出乎意料地当上市财政局局长后，就换了一副新模样。他的衣服变化很大，气质比以前更加稳重，让人感受到他的善意和他是值得信任的，倘若让以前熟识他的人来看现在的他，一定会认不出他了。原来飘忽不定、神经质的眼神已经消失殆尽，取而代之的是一种沉静的表情。而他以前被生活所迫，总是浮躁不安。他的大脚已穿上一双优质的方头软皮皮鞋，他的宽大胸膛和粗壮小腿因为穿上裁剪得体的棕灰色呢料衣服，似乎看上去也更顺眼，他的脖颈被低低的白尖领围护着，系着棕色缎领带。他宽大的胸膛往下就是圆鼓鼓的肚皮，上面挂着一条粗环的金链条，白袖口上扣着镶嵌着大块红宝石的金袖扣。他面色红润，饮食考究。总之，他的日子过得很惬意。

　　他已经把家从南第九大街一所简陋的二层木造房里搬到了春园街，这座比以前房子大三倍的三层砖瓦楼住起来很舒适。他的太太也有政客们的太太做朋友了。他的子女在中学里读书，这是他以前从不敢奢望的事情。他现在已在城内各处有了十四五块廉价的地产，但是可能慢慢就会升值。他还是南费城翻砂公司和美国牲畜公司的幕后合伙人。这是两家空头公司，主要业务是把从市政府拿到的合同，转让给一些贫寒的屠夫和翻砂匠，他们就知道埋头苦干，从不多谈论和探问什么。

　　有一天下午四点钟以后，斯特纳踱进考珀伍德的写字间。此刻，一天最忙碌的时间已经过去，而考珀伍德和斯特纳之间的友谊早已到了彼此直呼名字的程度。"弗兰克，"斯特纳说，"斯特罗比克觉得自己已经安排好北宾夕法尼亚这桩生意了，如果我们要买，就可以买进了。我们已经查到最大的股东是一个姓柯尔顿的——不是艾克·柯尔顿，而是斐底南·柯尔顿，这个名字真怪！"斯特纳友好地微笑着。

　　"啊，这真是一个古怪的名字，"考珀伍德殷勤地说，"原来他有这么多？那条路线在铺设的时候，我认为它不会赚钱。路线太短，该延长三里直延到肯辛顿区才好。"

　　"你说得很对。"斯特纳缓慢地说。

　　"斯特罗比克说过柯尔顿要把股票卖什么价钱吗？"

　　"我认为是每股六十八美元。"

　　"这是目前的市价。他并不想要更多些吧？对了，乔治，按照这个价钱计算起来就需要大概——"他急忙根据柯尔顿所有的股票数目开始计算，"十二万美元，只收买他一个人的股票，这还没有结束，还有吉钦法官、约瑟·施麦曼和杜诺万参议员（他是指那个叫作杜诺万的州参议员）。你到手以后，还得为那东西付出不少钱呢，还要花许多钱来延长路线。我认为，搞不定的。"

考珀伍德心里暗想，要把这条路线与他梦想的第十七大街和第十九大街路线合并起来，简直是易如反掌啊。片刻之后，心里想着这个补充说："喂，乔治，你为什么要通过斯特罗比克、哈蒙和怀克罗夫特来实践你的全部计划呢？难道你我不能为我们两个而不为三个或者四个人，办一些类似的事情吗？我觉得这样的话对你更有利。"

"当然，当然！"斯特纳抬高声调说，他那双圆圆的眼睛注视着考珀伍德，露出无奈和琢磨似的表情。他喜欢考珀伍德，总希望能够在精神上和金融上接近他。"我曾经想过。但在此类事情上这几个家伙比我有经验，弗兰克。他们运作这个玩意儿比我时间长。我对这些事情了解得就比他们少。"

考珀伍德心里乐开了花，但是表面上不露声色。

"不要顾虑他们，乔治，"他真诚而神秘地说，"你我合作就能够懂得、做得和他们一样多，甚至更多些。让我来告诉你，就你现在搞的这项市内铁路路线的交易来说吧，乔治，你我操控得可以像怀克罗夫特、斯特罗比克和哈蒙一起做的一样好，而且还能更好一些。对这种局面他们的投入毫无智慧，他们也没有投进什么钱，是你在投资。他们仅仅同意在州议会和市参议会上活动，努力争取通过而已。在州议会方面，他们并不见得比别人更有办法。总之，这实质上就是与雷里汉打交道的问题，要给他留一笔数目可观的钱使用。在本市，也有别人和斯特罗比克一样能够掌控市参议会。"他在思考着（一旦他自己掌握了一条路线）和巴特勒商量，让他运用他的势力。这就足以让斯特罗比克和他的朋友们缄口不言。"我并不要求你改变北宾夕法尼亚交易的这个计划。这桩交易你不会做得很顺畅的。但是还有其他事情可做。以后，为什么不让我们来考虑一下，你我是否可以共同做一桩买卖呢？你可以多得好处，我也会好得多。就目前为止，市公债的买卖，我们已经进展很不错了，不是吗？"

实际情况是，他们进行得十分顺利。除了报效上级之外，斯特纳的新房子、地产、银行存款、体面衣服，以及要过上惬意生活理念的转变，多半来自考珀伍德顺风顺水地操控这些市公债票的买卖。公债已经发行四次，每次二十万美元。考珀伍德买进卖出的市公债券几乎价值已达三百万美元，有时候做"多头"，有时候做"空头"。斯特纳现在已积攒了十五万美元。

"我知道市内有个有利可图的产业就是那条路线，"考珀伍德边沉思边说下去，"只要做得合适，和北宾夕法尼亚路线一样，这条路线也不够长，服务区域不够大，应该可以延长。如果你我能牢牢抓在手里，以后总可以和北宾夕法尼亚公司或者和别的公司合并成一家公司。那样可以节省职员、办事处和许多东西。肯定是有钱可赚的。"

他停下来，朝那硬木隔成的漂亮的小写字间窗口望去，思虑着以后的问题。窗口只能望到另一幢写字楼的后天井，那里原先是一所住宅。天井里稀稀拉拉地长着一些野草。那红砖墙以及与邻居分界的旧式砖砌围墙，似乎让他回忆起自己在新市场街的老家，作为古巴商人的塞涅卡舅舅，过去带着葡萄牙籍的黑人随从，常到那里去。现在他坐在这里，仰望着天井，心底就如同见到了他一样。

"那么，"斯特纳上钩了，兴致盎然地问，"为什么我们不把它捞过来呢——就你我两人？我想，至于钱，我可以解决的。要花多少钱？"

考珀伍德心里又乐开了花。

"我不清楚准确数字，"顿了一下，他说，"我要再仔细地研究一下。

唯一的麻烦就是，实际上现在我已经借用了不少本市的公款。你看，我已经把二十万抵了你的市公债交易，而这个新计划还要二三十万。如果那桩交易出了差池……"

他在顾虑那些不可逆转的股票危机，美国这些出人意料的经济滑坡，和国民的性情有很大关系，与国家的基本情况却毫无干系，如果这桩北宾夕法尼亚交易完蛋了——

他摸摸下巴，扯扯他那漂亮柔软的髭须。

"无须再多问了吧，乔治，"他最终说，因为他发现斯特纳在揣摩选哪条路线了，"不要提及此事了。我要先把事实调查清楚，然后再和你商量。我认为你我可以稍微等一下，等我们开始着手北宾夕法尼亚交易的时候再研究。我现在忙得焦头烂额，不想马上开始做这件事情。但是你不要走漏风声，我们等着瞧吧。"他把脸转向写字台，斯特纳就起身站了起来。

"觉得可以启动的时候，你需要多少钱，我就可以给你多少，弗兰克。"斯特纳大声承诺道，心里合计着考珀伍德本应该去做这件事情，但考珀伍德根本不是这样的，因为每当遇到事情有利可图时，他总是把自己当作靠山。为什么不让这个精干出色的考珀伍德使他们两个都发财呢？"只要通知司达尔士就可以了，他会送支票给你的，斯特罗比克觉得我们应该及早动手。"

"我会留意的，乔治，"考珀伍德自信地回答，"绝不会出纰漏的，由我负责好了。"

斯特纳把两条粗壮的腿一踢，裤管就垂直了，然后他伸出手来握手告辞。他踱到街上，心里还在筹划着新计划。如果他能够与考珀伍德友好相处，他会理所当然地成为富翁，因为考珀伍德手眼通天，而且又老练稳重。他的新住宅、他这家漂亮的公司、他日渐显赫的名望、他和巴特勒以及其他人物的微妙关系，让斯特纳对他产生了一定的敬畏之心。还有一条电车路线！他们可以把它，以及北宾夕法尼亚路线都把控在手里！哎呀，要是这样做下去，他可以摇身一变成为一个巨头了！他，乔治·W.斯特纳，从前只是一个房地产和保险业的小掮客呀。他一路这样憧憬着沿着街道踱下去，却丝毫没有意识到他的公职的重要意义和他破坏社会道德的性质，好像压根儿没有那回事似的。

第二十二章　金屋藏娇

在这之后的一年半时间里，考珀伍德替别人做了不少私密服务，对象包括斯特纳、斯特罗比克、巴特勒、州财政厅厅长范·诺斯特兰德、参议员雷里汉、在哈里斯堡的所谓"后台老板"以及和这些先生有交情的银行。他为斯特纳、斯特罗比克、怀克罗夫特、哈蒙和自己经营北宾夕法尼亚路线的买卖，因此掌握的股票可以操纵这条路线的五分之一。同时他又与斯特纳合伙买进第十七大街和第十九大街路线，在股票市场做投机。

一八七一年的夏天，考珀伍德年近三十四岁，就已经拥有一家公司，资产二百万美元，个人财产已累积到五十万左右，其他的状况也都还好，就前途而言，他可以和美国的任何富翁比肩并行了。通过市财政局局长（仍旧是斯特纳先生），市政府成了他的一个大储户，存款达五十万左右。通过州财政厅厅长范·诺斯特兰德，州财政部在他那里存了二十万。在市内电车路线股票，巴特勒投资多达五万元。雷里汉的数目也有这么多。还有一小群官员和政治掮客，都或多或少在他那里存钱。比如爱德华·玛利亚·巴特勒有时会替他垫付十万美元。他自己的银行借款，有价证券按照各种抵押，每天都在调整，共有七八十万之多。他像一只潜在错综复杂的蛛网里的蜘蛛，他清楚自己布下的每一条蛛丝都是曾经试验过的，他把自己安置在精美夺目的蛛网似的关系里，潜伏在里面来观察所有细节的发展。

经营市内铁路路线是他最得意的事，比其他事业更有信心的一点，尤其是事实上他掌控了第十七大街和第十九大街路线。有一次，正逢第十七大街与第十九大街路线股票下跌，斯特纳把钱借给他，作为银行的存款，他就想方设法为自己和斯特纳收买了百分之五十一的股票。于是，他可以随心所欲地处理这条路线了，但是，为了完成这个梦想，他曾经采用极其"特殊的"（后来在金融界里是这么称呼的）方法，按照自己的估价收买股票。通过代理人他向公司控诉，要求赔偿未付欠息的损失，这个代理人手里还有一些股票，要求在股票市场上大量抛售，压低三个、五个、七个和十个价位卖出，这让受惊的股票持有人抛卖自己的股票。银行则确认这条路线危在旦夕，就决定收回相关的贷款。他父亲的银行曾经贷款给一个主要的股票持有者，当即就收了回来。接着他又委托一个代理人去拜见几位大户，建议他们帮忙脱手，并告诉他们可以按每股四十美元卖出。他们根本无法弄清楚这一切灾祸的罪魁祸首，对恶劣的路线状况信以为真，于是决定还是脱手为妙，因为这样就可以把钱收回到自己的手里，而考珀伍德和斯特纳就这样共同攫取了百分之五十一的股票。但是在北宾夕法尼亚路线方面，考珀伍德却不费吹灰之力收买所有散户的股票，因此事实上他已有了百分之五十一的股票，而斯特纳只有百分之二十五。

这使他完全陶醉了，因为他发现马上可以梦想成真，即改组公司与北宾夕法尼亚路线合并，每一旧股换发新股三股，除了保留控制权以外，把所有的股票都卖出去，利用到手的钱买进其他路线，同样地哄抬市价再抛出去。一句话，他就是早期的大胆操盘手之一，后来为了增强自己的实力，他还要挖掘其他领域，直到探究开发美国自然资源。

第一步合并工作，他的计划是散布谣言声称不久要合并两条路线，向议会申请延长线路的权力，起草能打动人的计划书和接下来的年度报告。尽他所能，利用日渐庞大的财力在股票交易所里抬高股票的市价。然而困难是当你要操控一种股票的时候，也就是抛售大量股票（价值在五十万以上），而自己只留下五十万时，这就要动用大量资金。此种情形下，股票持有人就要到市场上装作买进不少股票，造成供不应求的假象，但等到这种假象欺骗了一般散户，他就可以卖出很多股票的时候，他必须（除非卖掉所有股票）维持股票的市价。举例说明，和这次的做法一样，卖出五千股，保留五千股，他必须让市面上保留的五千股股票的市价不低于某个限度，因为他手中的股票的价格会随之跌落。情况几乎总是这样，如果个人股票在银行或者信托公司做了押款，然后利用押款去经营别的企业，那么股票在公开市场上的跌价会让银行去追加大量保证金，以此保护他们的贷款，或者收回全部贷款。这表明他的努力白费了，甚至很可能失败。为了公债的买卖他已经在进行艰苦的斗争，公债的价格一天一变，他就是希望它有变化，因为总体来说，这样他才可以从中获利。

但第二步，尽管有趣，他却要加倍警惕。一旦股票高价卖出后，从市财政局局长那里借来的钱就得归还。因为有先见之明，为了以后当作资本，他自己的股票可以靠起草精明的计划书和报告书维持票面价格，或者稍低一些，这样，他就可以把钱投资到其他路线上去。他就有可能掌控整个公司的金融管理权，到那时，他就是百万富翁。他很精明，深谋远虑而且巧妙干练，他所增添或者延伸的任何路线都要组建一个机构或者一家公司。因此，如果在一条街上他已拥有二三里路轨，并且还要在这街上延伸二三里，他不让增加的路权并入已设立的公司之内，而是另设第二家公司来管理这二三里增加的路权。他估计出公司的数目，为着手建设、筹办装备和市场交易而发行股票和市公债券。安排稳妥后，他再把分公司并入总公司，发行总公司的股票和市公债券来完成这项工作，当然需要把这些市公债券和股票都抛售出去。即使在他手下工作的弟兄们，也不明白他所做的许多交易的各种手段，只是盲目地执行命令而已。有时候约瑟夫会不明所以地对爱德华说："是的，我认为，弗兰克是心中有数的。"

实际上，他极其小心，把往来债务及时偿付，甚至预先备款，因为要确保他的商业信誉。任何东西都没有信誉和名望珍贵。银行家都喜欢他的深思熟虑，慎重老练，付款迅速。他们觉得他是他们所认识的人物之中头脑最清醒、智谋最多的人。

直至一八七一年的春季和夏季，事实上，考珀伍德在任何环节都没有出现任何问题，可是仍然显得很拮据。由于他已经取得很大成功，在金融冒险上就更加随意，甚至更加草率了。多半是缘于他过度自信，他逐渐诱导他父亲参与他的电车投资，利用第三国民银行来负担他的一部分债款，在紧急的时候提供资金。这个老绅士开始有点害怕，但是随着时间的推移，除获利以外别无其他，他也变得大胆和自信起来。

"弗兰克，"他抬眼从眼镜上面望着儿子，说，"你不担心这些事情进展太迅速了吗？最近你可贷了不少款。"

"我的财富与以前比，看起来并不多，爸爸。你总不能做大买卖而不靠大笔贷款吧。你和我一样，也是懂得这一点的。"

"是的，我知道。但是，在格林·柯茨线上你的投资太多了吧？"

"不一定。我清楚那里的内幕。股票一定会慢慢涨起来的。我会把它抬高，如果有必要的话，我可以把它并入其他路线里。"

老考珀伍德呆呆地望着他的儿子。毋庸置疑，这样大胆无畏的炒股者是前所未有的。

"你不用为我担心，爸爸。如果你担心的话，就收回我的贷款。

别的银行会接受我的股票做押款的，我就是让你的银行赚些钱罢了。"

这样，老考珀伍德就深信不疑了，没有继续反驳。他的银行是贷了很多钱给弗兰克，但也并不比别的银行更多。至于他所买进的他儿子公司里的大宗股票，如果情况必要的话，他儿子会告知他出手的。在这方面，弗兰克的两个弟弟也得到了好处，同样也在赚钱，他们的利益与自己的密不可分。

日渐增多的赚钱机会，使考珀伍德在所谓的生活水准上，也变得非常阔绰起来。费城几个年轻的美术品商人，听闻他的艺术嗜好和他日益增多的财富，都极力向他推荐家具、挂毯、地毯艺术品和绘画作品，最初是美国的，后来都是第一流的外国名品。他自己和他父亲的家里，在这些方面还是有所欠缺，还有在北第十大街的另一所住宅，也想装饰得豪华些。爱琳反对她自己家里的装饰情况。喜欢独树一帜的环境是她的基本欲望，尽管她没有使自己的欲望得到满足的才能。但是他们幽会的场所必须装饰得漂亮才好。对于此事，她和他同样都很热衷。所以就成为真正的金屋藏娇，比他自己家里的几间房子的摆设华丽很多。他开始为房子收集一些珍奇的祭坛罩、地毯和中世纪的挂毯。他买了仿乔治式的家具，是受到意大利文艺复兴时期和法国路易时期影响的奇彭代尔、希雷顿和哈泼怀特等式样的综合。他懂得了美丽的瓷器珍品、雕像、希腊花瓶，以及日本象牙坠子等高雅的集藏。当地的凯布尔格雷艺术品进口公司的股东之一弗莱彻·格雷为了十四世纪织造的一件挂毯去拜访过他。格雷是一个热心人，几乎立刻把他对艺术品的独到见解一股脑地灌输给了考珀伍德。

"青瓷器，仅就一种色调就多达五十个品种，考珀伍德。"格雷告诉他，"地毯至少有七种著名的派别和种类，诸如波司、亚美尼亚、阿拉伯、弗兰特、现代波兰、匈牙利等。如果你有兴趣，收集一套有代表性的的确很不错，也可以收集一个种类或者所有种类的全套。都是绝美的东西。我亲眼见过一些，其余是在书上看到的。"

"你还没能让我成为艺术品的信徒呢，弗莱彻，"考珀伍德回答，"不是因为你通晓艺术，就会让我破产。我清楚，我天生就爱好艺术，埃尔斯·沃思、戈登·司特莱克（另一个酷爱绘画的青年），你们会把我拖垮的。司特莱克的见解很高明，他要立即动手——我用'立即'就是'正式'的意思。"他加以解释，"尽可能收集每一流派的珍贵品种，或者可以代表每一种类的艺术品。他告诉我名画在升值，现在我出几十万能买到的，未来就值几百万。他不要我在美国艺术上多耗精神。"

"他说得不错。"格雷大声说，"尽管让我来称赞同行的艺术品商人，并不是生意经。但是那会让你耗费很多的钱。"

"并不太多，至少不会一下子花很多。这是需要花费几年做的事情。司特莱克认为现在可以收买几件各个流派的精品，以后这方面如果有更好的作品出现就换藏。"

尽管表面很平静，他的内心却蕴藏着极大的渴求的欲望。起初他唯一的目标似乎就是财富，此外还有女色，而现在又增加收藏艺术品，第一缕玫瑰色的黎明光辉已开始照射在他的身上，除了女色之外，他已经开始觉察到生活的美，也就是他所谓的高雅的物质背景的重要。事实上，只有伟大的艺术品，才能充当美色的唯一背景。这位姑娘，爱琳·巴特勒，她洋溢的青春和焕发的容光，在他心里创造了某种值得珍惜的东西，他急切地需要它们，这种感觉是他前所未有的。要解释清楚这种性情变化的微妙之处，是不可能的，因为没有人能晓得让我们感兴趣的东西会把我们感动到何种地步。这样的恋爱就好像一杯清水里滴入了一点儿颜料，或者将一种不相同的化学元素渗入了精巧的化学品里一样。

总而言之，无论如何肤浅，爱琳这个人终归有一股坚定的力量。为了背叛她深陷其中的粗俗环境，她的天性可以说几乎是充满了荒唐的野心。她出身于巴特勒家，这是一个充斥平凡、庸俗的幻想和现实的家庭，她既是主人，又是受害者，而且时间久远，如今，由于她和考珀伍德相识，受到他的指导和影响，她见识了诸多以前知之甚少的社交界和金融界令人惊讶的场面。她还想到以后成为弗兰克·考珀伍德的太太，那样的交际生活会是何等的多姿多彩。他的思想的美好与丰富，是他与她亲密地接触了非常长的一段时间以后才愿意流露出来的；他的讲解清晰、教导明确，是她不可能不觉察得到的。他为她描绘了他在金融上、艺术上，以及未来在社会上的梦想。啊，啊，她是他的，他是她的。有时候，为这一切的光荣而愉快，她简直开心到得意忘形。

同时，她的父亲，在本地，曾经因垃圾承包商而出名（被精于世故的人尖酸地称为"收垃圾的"）；她为改变自己家里庸俗的物质环境或者毫无品位的状况，做出很大努力，但都毫无效果。她渴望踏入显贵之门，很早她就认识到明确的威望和社会地位的圣殿，所有这一切让她变得如此年轻，她难免咬牙切齿地痛恨她家庭的情况。这样的房子怎么可以和考珀伍德家相提并论呢！她亲爱的，但是愚蠢的父亲！而一个大人物，她的情人，现在已经屈尊爱上了她，把她当作未来的太太。啊，上帝保佑！她当初寄希望于依靠考珀伍德家的关系遇到一些年轻的男男女女，尤其比自己的社会地位高、被自己的美貌和未来财产所打动的男人，但这种事情并没有发生。考珀伍德尽管财富增加了，他又爱好艺术，可是还没有踏进高等社会的上层。实际上，除了他们所得到的细微的、初步的重视以外，一切还差得远呢！

于是，爱琳自然而然在考珀伍德身上寻到一条出路，或者说，一条捷径，即将迎来富有艺术气息的、伟大的将来。她认为，这个家伙现在所梦想的所有事情，都能变成现实。他身上有一种说不清的伟大的艺术境界，比她自己所设想的还要高深很多。她渴望奢华、荣耀和社会地位。如果她把握住这个人，这一切都唾手可得。显而易见，他们之间横亘着不可逾越的鸿沟，但她天性坚强，而他也是如此。最初他们各凭自己的性情像两只豹子一样碰了头。她的思想浅薄，一半是公式化的，一半是要不得的，但是在坚定、大胆方面和他却不相上下。

"我认为爸爸不知道该怎么做，"有一天，她告诉他，"这并不是他不好。他也没有办法，他觉得自己能力不够。可是他明白我是懂一些的。几年来我让他搬出那所旧房子，他知道应该搬出来，但纵使他清楚也没有用。"

她不再言语，而是用直率明朗而有力的眼光注视着他。他喜欢她线条分明的面貌——圆润的、希腊式的体态。

"没关系，亲爱的，"他回答，"我们以后会妥善安排好一切的，目前我还不清楚如何是好，但是我认为最好在合适的时机对丽莲讲明白，看看是否有其他办法。我要安排好，不能让孩子们受苦。我有钱可以好好地供养他们，我相信丽莲会放我走。当然她不希望闹得沸沸扬扬的。"

实际上他是站在男人的角度，想利用她对孩子们的爱。

带着询问和迟疑的表情，爱琳用清澈的目光望着他。她并不是压根儿就没有同情心，但是这个状况好像并不能引起她同情丽莲。丽莲对她的态度不友好，并不是其他原因，而是因为她们的理念不同。丽莲不能理解一个女孩子，怎么可以昂首挺胸地"神气活现"，而爱琳则不理解一个人怎么会像丽莲·考珀伍德这样愚笨。她觉得生活就应该是为了骑马、乘车、跳舞、活动；做人就要讲究排场，开玩笑，取笑他人，卖弄风情。而丽莲这个女人，作为考珀伍德太太，如此年轻、健硕，因为比他大五岁，是两个孩子的母亲，就好像生活的浪漫、热情、愉快的一面都已经一去不复返，这令她无法忍受。当然丽莲是配不上弗兰克的，他当然需要像她这样的妙龄女郎，命运一定会把他奉献给她的。那么他们就可以享受美妙的生活！

"喂，弗兰克，"她一再叫他，"只要我们做得到。你认为我们做得到吗？"

"我认为我们做得到吗？我当然能。只是时间问题，我认为，如果我把事情给她讲清楚，她不会不让我走的。你应该当心你那边的事。一旦你的父亲或者兄弟对我产生怀疑，就会闹得尽人皆知，甚至更糟。如果他们不杀死我，他们就会对我的各种生意进行攻击。你是否仔细斟酌过你所做的事情呢？"

"一直在仔细斟酌。一旦有事情发生，我就不承认。我不承认，他们就无法验证。反正是一样的，我终究是要跟着你的。"

此时他们在第十大街的房子里。她用充满柔情和爱意的女人的手指，亲切地抚摩着他的面颊。

"我为了你可以赴汤蹈火，亲爱的，"她表明态度，"如果必要的话，我可以为你粉身碎骨。我爱你就爱到了这种程度。"

"好的，亲爱的，请你放心，不会到那个地步的。但是要谨慎才是。"

第二十三章　芝加哥火灾

　　就这样私下往来了几年之后，他们彼此同情、相互理解的情结不但没有变得脆弱反而更加牢固了。然而世事难料，风云突变。这出乎意料的晴天炸雷，和任何人的期望、意志没有丝毫干系。说起来，就是缘于远处的一场火灾，即芝加哥一八七一年十月七日的火灾，大火烧毁了城市的大面积商业区，即刻引发了美国其他各个城市的经济恐慌，尽管他们清楚这是暂时的恐慌。

　　火灾发生在周六，直到第二周的周二还没有熄灭，这场大火烧毁了银行、商店、航运公司，以及大量财产。损失最重大的自然是保险公司，它们中的大多数即刻倒闭。因此，损失就转嫁到了与芝加哥有生意往来的其他城市的厂商和批发商的身上，他们也和那个城市里的商人一样遭殃。而且东部的许多资本家收买一部分芝加哥市内能与美国其他城市匹敌的、宏伟的商业建筑和住宅，或者做了很大的押款，因此损失惨重。尽管通信受阻，华尔街、费城的第三大道、波士顿的斯达特街的商人还是凭着敏锐的嗅觉，立马从最初的报道里意识到了情况的严重性。

　　周六交易停止后，加上整个周日他们都无计可施，由于最初的新闻来得太迟。可是刚到周一，消息就接踵而来，因为要现款，包括铁路股票、国家公债、电车股票在内的一切股票和市公债券的持有人纷纷在市场上抛售他们的股票。而银行自然要收回他们的贷款，结果就引起股票狂跌，与两年前华尔街的"黑色周五"极其相似。火烧起来的时候，考珀伍德和他的父亲都不在城内。他们和几位银行家朋友去城外考察了，打算扩展火车路线，并希望做银行抵押。他们乘坐马车跑了大部分路线，周日深夜才回到费城，当时他们听到了报童大喊"号外"的声音。

"号外！号外！芝加哥大火灾的所有新闻！"

"喂！号外！号外！芝加哥烧得一无所有了！号外！号外！"

周日晚上的清冷夜色里，这漫长的、不祥的、凄惨的喊声使整个城市隐没在安息日的沉思和祈祷之中。树叶和空气之间渲染着夜幕的色彩，不由得让人产生一种冷酷、凄凉的感觉。

"喂，报童，"考珀伍德叫了一声，看见一个衣衫褴褛的孩子，腋下夹着一沓报纸，在角落上转过身来，"怎么了？芝加哥烧了！"

当他拿报纸时，他注意观察他的父亲和其他人的神色，然后他去看报道内容，觉得事情相当糟糕。

芝加哥全城大火

自从昨晚，商业区火势不曾减弱。银行、商店、公共建筑均被毁。

今日三时后直达电报已中断。灾情发展目前尚难预料。

"情况看上去相当严峻。"他平静地对他的同伴说，他的目光和语气表现出冷静过人的力量。片刻之后，他对他父亲说，"除非大多数银行和经纪人公司采取统一行动，否则会造成经济危机。"

他在迅速而深思熟虑地计算自己没有还清的诸多债务。他父亲所在的银行以六折收购了他价值十万美元的市内铁路公司股票，以七折收购了价值五万美元的市公债。他父亲"帮助他"四万多现金在市场上买卖这些股票。账目上他欠德雷塞尔公司十万美元，如果不是他们大发善心，那是很难做到的，这笔贷款他们肯定要收回的。杰伊·库克公司另外借给他十五万美元，他们肯定要收回款项的。在四家较小的银行和三家经纪人公司里，他欠的都不到五万美元。市财政局局长跟他大概有五十万美元的来往，事情一旦败露，就会产生流言蜚语；和州财政厅厅长也有二十万的往来。还有其余的小欠账，有几百处之多，从一百美元到五千美元、一万美元。经济恐慌不仅造成提存款，收贷款，而且有价证券势必大跌。他该如何卖掉有价证券呢？这是一个问题。怎样才能不把许多股票跌价卖出，以免倾家荡产、一败到底呢？

　　和朋友们分手时，他在全力以赴地筹谋应付，他们急忙离开，都被他们自己的困境吓呆了。

　　"你还是直接回家吧，爸爸，我要去发几个电报，马上回来，我们要共同应对这件事。这对我来说好像是霉运。在我们未做商量之前不要对别人说任何事情，等商量好后，我们再决定如何应对。"

　　老考珀伍德扯着嘴边的胡子，流露出无计可施的神态。他正在思量，如果他的儿子垮台以后他会遭遇什么，因为他已经受到他很大的连累。现在他为儿子行方便早已超过了限度。如果弗兰克明天不能立即偿付，银行可能要追回十五万贷款，他肯定要承担这种情况产生的后果，而关于他的谣言也注定是难免的了。

　　反之，他的儿子却在琢磨他与市财政局局长之间错综复杂的关系，以及他一个人无法掌控市场的事实。一些可能提供帮助的人，现在都和他一样走了霉运，对他而言，整个形势都有许多不利。德雷塞尔公司在哄抬铁路股票，并因此贷出了不少横跨大陆的巨大的交通系统。当然他们在那方面做得太多，因此处境十分狼狈。一有风声他们就会抛出最可靠的有价证券，比如政府公债等；反过来保护他们投机性较大的股票。做空头的看得出其中的奥妙。他们会一抛再抛，一直抛售下去。但是他不敢。因为自己会很快濒临破产，他需要的是时间。只要有时间，比如三天、一周、十天，这场风暴一定会过去的。

最难应付的是斯特纳存在他那里的五十万美元。秋季的选举已经临近，尽管斯特纳已经连任两届市财政局局长，依然是重选的候选人，但是最糟糕的事是有关市财政局的流言。这足以断送斯特纳的前程，甚至可能把他送进牢房，还可能丧失共和党获胜的机会。这肯定会拖累考珀伍德，因为他跟此事有牵连。如果遇到这样的麻烦，他一定要把一些政客拉进来不可。如果他被迫破产（那是很可能的），那么他挪用市政府的借款（这借款可能断送他们的选举），攻击他们认为神圣不可侵犯的市内铁路公司的事实，就会全盘暴露出来，他们就不会再用友善的眼光来对待这一切了。即使他能够说明他是以二厘的利息借用款子（为了自身防御，大多数借款都有那种防御性条款的），或者说他仅仅是斯特纳的代理人而已，那可能让外界不善猜忌的人相信，但是一般政客绝不会轻信，因为他们熟知内幕。

但是目前的情况还有令他振作的一面，那就是他清楚政治活动的一般情况。不管哪位政客，无论他地位多高，面临这样的经济危机即使歇斯底里地叫喊，也毫无意义。所有政客，不管大小，或多或少都是依靠市政府的权力牟利的。他清楚巴特勒、莫伦豪尔和辛普森是靠签订合同赚钱的（完全合法，尽管也可以作为身份的特权看待），又以税收形式搜刮大笔款子而牟利，比如地税、水捐等，然后把钱存在这些人和另外一些人指定的所谓存储公款的法定银行里。银行假称把公款藏在它们的金库里是一种眷顾，无须支付利息，然后再把它投资出去，这究竟是为何种人服务呢？考珀伍德并没有什么抱怨的，因为他也没有吃亏，但这些人却不能独占城市的一切利益。他未曾和莫伦豪尔或者辛普森谋面，但是他清楚他们也和巴特勒一样，是从他经营的市公债中赚了钱的。巴特勒又是对他最友善的，在这样的危机面前，如果不是万不得已，他可以与巴特勒密谈进而得到资助。考珀伍德这么想也是有理由的，如果他不能暗中得到斯特纳的资助，他就计划这么办。

他决定，第一步即刻前往斯特纳的家里，要求增加三四十万的贷款。斯特纳还是好应付的，而这次最要紧的是不能让人家了解到他亏空了五十万。然后他还要尽量再多弄到些钱，但是去哪里弄呢？他得去拜访银行和信托公司的总经理、股票大户等。还有他用巴特勒的名义借来的十万，这个老承包商可能被说服而不去过问。于是他匆忙回家，赶上他的马车，马上赶到斯特纳家去。

可是，事情的结果却让他焦虑不安又惶恐万分，斯特纳不在城里。他和几个朋友去乡下奇萨比克打野鸭、钓鱼去了，得过几天才回来。他此时在某个小城镇的偏僻沼泽里。考珀伍德发一个急电到最近的地点，为了稳妥起见，又发到附近几个其他的地点让他即刻返回。但是，他却没有十足的把握让斯特纳及时回来。当时他狼狈不堪、惶恐不安，甚至不知道下一步该如何是好。总要到某个地方求得援助才行。

突然他心生一计。巴特勒、莫伦豪尔和辛普森都是做当地市内铁路公司多头的。他们一定会联起手来维持这个局面，以此保障他们的利益。他们会去拜见大银行家，德雷塞尔公司和库克公司，等等，请他们维持市面。他们一般可以组织多头集团使市价坚挺。如果能够让他们施以援手，他可以尽量卖出股票，摆脱困境，甚至于他可以做空头而赚些钱，赚一大笔。这是一种明智的想法，即使在更大的场面上也能发挥作用，唯一的缺点就是这件事情没有足够的把握。他决定即刻去拜访巴特勒，唯一烦心的就是他现在必须把他自己和斯特纳的事情透露出来。所以他又坐上他的马车，急匆匆奔向巴特勒家。

当他赶到的时候，那个著名的大承包商正在用晚餐。他没有听见"号外"的叫喊声，当然还不了解火灾的新闻。仆人通报考珀伍德来访，他面带微笑地来到门口："你不进来和我们一同用餐吗？我们正在吃晚餐。喝一杯咖啡或者茶，喂——来一杯。"

"不，"考珀伍德回答，"今天晚上我不能喝，我得赶时间。我就和你谈几分钟然后马上走。我不会耽误你很长时间的。"

"啊，既然这样，我马上就出来。"巴特勒回到餐厅里，放下餐巾。爱琳也在吃饭，听见考珀伍德的声音，胆战心惊地想要去见他。

她不清楚到底是何事让他晚上来拜访她的父亲。她不能马上离开餐桌，但希望在他告辞之前离开餐桌。即使考珀伍德面临着火烧眉毛的风暴，也在挂念她，像他挂念他的太太和许多别的事情一样。如果他的生意像山一样垮下来，那么与他相关的人就得受罪了。灾祸刚刚开始，他还不清楚会有什么样的结局。他在绞尽脑汁地思考这一点，但是他绝不会手足无措。他天生英俊的面庞现出优美、高雅的线条，他的目光冷酷仿佛是冰冷的钢铁。

"啊，现在，"巴特勒高声说，转过身来，脸上坚定地呈现出与当前的场面正相适应的舒畅的表情，"你今天晚上有什么事吗？我希望没有出事。今天天气太好了。"

"我也希望没有严重的事，"考珀伍德回答，"总之，我要和你谈几分钟，是否去你楼上的房间？"

"我正要说这句话，"巴特勒回答，"雪茄烟就在楼上。"

他们就从接待室里踏上楼梯，巴特勒在前面，当这位承包商上了楼，爱琳穿着沙沙作响的绸裙从餐厅里走了出来，她华丽的头发从脖颈上、额角上盘起来，梳成漂亮的发髻，像金红色的皇冠。她容光焕发，裸露的手臂和肩膀被深红色的晚装衬得雪白。她明白一定是有什么麻烦了。

"啊，考珀伍德先生，你好呀？"她高声说，当她父亲走上楼时，她走到考珀伍德面前，伸出手来。她故意让他停一下，好和他说一句话，而这种大胆的行为就是为了遮人耳目。

"发生了什么事，亲爱的？"等到她父亲听不见的时候她小声问。"你看上去很着急。"

"我希望没什么，亲爱的，"他说，"芝加哥正在着火，明天可能出大事。我得和你父亲谈谈。"

她只来得及同情而担忧地"啊"了一声，他就缩回手去，随着巴特勒上楼了。她握了一下他的手臂，就穿过接待室走到会客室里，她坐下来陷入沉思，因为她从来没有见过考珀伍德表情如此严肃、惶恐。他的脸像白蜡般细腻安静，又像白蜡般冷淡；而那双眼睛是这么深邃而又空洞，捉摸不透！原来是芝加哥在起火。而他会遇到什么事呢？他是否累赘太多？他从来没有把自己的事情详细告诉过她。她不会比考珀伍德太太了解得更多。她有些慌乱，因为这是她的弗兰克，因为她好像是被难以解脱的绳索与他捆绑在一起了。

除非名家，文学只告诉我们一种观念，情妇就是那神秘美妙的、千方百计以获取男人的灵魂为乐的美人鱼。新闻报道和时下宣扬道德的人，似乎是以敢死队的激情来宣扬它的。就如上帝设立了一种生命的检查体制，执行的权力掌握在极端固执的人手里。但是还有另一种形式的私情，和有意识的预谋毫无干系。大多数个案里并没有阴谋和欺诈。一般的女人，被激情控制，无怨无悔地爱上了人，不会比一个只有牺牲精神的小孩子明智多少；只要出现此种情况，她就只有给予的欲望，她可能转变（地狱里不会有怨鬼，等等），但甘愿舍身、顺从、关切的态度终归是情妇的明显特点。恰是这种态度与世俗的婚姻制度正好相反，为了保卫婚姻制度而造成的许多伤害。人们的本性，无论男女，在这无须追求的、自愿舍身的情调面前，没有不屈服拜倒的。这几乎是生活的最大特色。好像与艺术上的金科玉律息息相关，这种坦荡的胆量就是辉煌的绘画，恢宏的建筑，伟大的雕刻，精湛的艺术装置的第一个特点，也就是美得自由而无所拘束的表现。这就是爱琳的个性特征。

当考珀伍德跟随巴特勒上楼走进房间的时候，心里被目前这些细微的东西搅得无所适从。

"请坐，请坐。你愿意吃点什么吗？你一向不吃的，我现在想起了。那么总得抽一支雪茄吧。你说说吧，今天晚上使你发愁的是什么事情？"

远处居民比较集中的地区，传来了轻微的呼声。

"号外！号外！芝加哥大火的详情！芝加哥给烧毁了！"

"就是那件事，"考珀伍德倾听着喊声，回答说，"你听见了吗？"

"没有。他们在叫些什么呀？"

"芝加哥发生了大火灾。"

"啊。"巴特勒应道，还是没有明白其中的含义。

"大火烧毁了那里的商业区，巴特勒先生，"考珀伍德面带不祥的表情说下去，"我认为这件事情会搅乱这里的金融状况。我正是为此事而来的。你的投资情况如何？投进不少钱吧？"

从考珀伍德的话里，巴特勒猛然意识到情况十分糟糕。他向后靠着他的大皮椅，举起他的大手捂住嘴巴和面颊。他的大眼睛从粗眉毛和大指节之间透出光来。满头灰白的头发短短的，均匀且浓密。

"原来如此。"他说，"你预料到明天会出麻烦。你自己的事情怎么样？"

"我认为，总之，如果城里的金融界不发狂，情况就还不至于很糟。明天，乃至于今天晚上，大量常识就派上了用场。我们正面临真正的经济危机。巴特勒先生，你也清楚的。时间不会太久，但一旦发生，情况就很严重。明天股票一开盘就会跌十个甚至十五个点。银行要收回贷款，除非之前做好防备。谁都不会有这么大的勇气，得有几个人携手共渡难关才行。你和辛普森先生、莫伦豪尔先生可以办得到，换句话说，就是如果你们能够力劝大银行家联合起来维持市面就可以了。本地市内铁路公司股票，都将受到打击。除非有人支持，否则就会暴跌。我早已知道这些股票你是做多头的。我认为你和莫伦豪尔先生以及别的人可能要采取措施。如果你们不采取措施，那么，我必须承认，麻烦的确不少。我一个人没有足够的力量应付这场危机。"

他正在考虑如何把他和斯特纳的关系和盘托出。

"啊，这么说，情况十分紧急。"巴特勒镇静地说。他在思虑自己的事情。对他而言经济危机没有任何好处，但是他并没有陷入绝境。他不会垮台。他可能无须亏太多的钱就可以把事情妥善安排。可是亏一文钱，他也不高兴。

"你为什么这么焦虑？"他好奇地问。他不明白本地市内电车路线股票要暴跌，怎么会对考珀伍德产生如此严重的影响。"你手里并没有股票吧，是不是？"他补充说。

现在到了考珀伍德决定是该说谎掩盖还是一吐为快的时候了。在进退维谷的形势下，考珀伍德可以冒着危险说谎。如果他得不到巴特勒善意的帮助，就会垮台的。而他一旦垮台，就会真相大白。

"在这件事情上我可以坦率地承认，巴特勒先生。"他说，毫不犹豫地望着他，一副任凭这个老头儿处置的模样。巴特勒十分欣赏这一点。有时候，他竟为考珀伍德感到骄傲，仿佛为自己的儿子而骄傲一样，他觉得是他帮考珀伍德取得了眼下的成就。

"实际上我在买进市内铁路公司股票，但不是都为我自己。我得做一些不应该做的事情，却不得不去做。如果我不做，就会损害到你以及许多我不想伤害的人的利益。我清楚，当然你很关心秋季选举的结果。真实情况就是我为斯特纳先生和他的一些朋友买进了许多股票。我不了解所花的钱是否都是市财政局的公款，但是我觉得大多数是公款。我清楚一旦我垮台，对斯特纳先生和共和党以及你的事业会产生怎样的影响。我认为斯特纳先生本意并不希望如此，我觉得我应该和别人一样负责，但是这是从其他事情上引申出来的。你明白的，我在为他经营市公债，于是他的有些朋友让我为他们投资到市内铁路公司去。于是我就这么做了。我个人以二厘的利息向斯特纳先生借了不少钱。实际上，交易原来是平等的。现在我没有把责任推给别人。这是我的责任，我情愿承担这个责任，但是如果我垮台了，必将殃及斯特纳先生，而且会影响到政治。当然，我并不想垮台。我的责任是无可推诿的。除了这个经济危机之外，其实我现在干得很顺利。但是没有人帮助，我就扛不过这场风暴，请问你是否可以帮助我？如果我挺得过去，我可以向你承诺，我一定把从市财政局借来的钱如数归还。斯特纳先生现在不在城里，否则我打算要带他一起来的。"

考珀伍德说要带斯特纳一起来纯粹是谎言，他也并不打算把借款归还市财政局，除非慢慢地归还，在他手头宽裕的时候。但是他的话说得很动听，让人觉得十分诚恳。

"斯特纳向你投资了多少钱？"巴特勒问，对如此奇怪的变化他感到有些疑惑，这使考珀伍德和斯特纳都处于不利的地位。

"大约五十万。"考珀伍德回答。

这位老人收敛了笑容。"那么多？"他说。

"差不多，多一点儿或者少一点儿，我也不能确定。"

这位老承包商神情严肃地倾听考珀伍德叙述关于借款的前后情况，心里琢磨着对共和党和他自己的事业的影响。他喜欢考珀伍德，但是考珀伍德告诉他的只是一个梗概，有许多还得追问下去。他是个思想愚钝、行动缓慢的人，但是他真动起心思来却是很睿智的。他也许有八十万美元投资在费城市内电车股票上。莫伦豪尔可能也有这么多。他不清楚参议员辛普森投了多少。考珀伍德以前曾告诉他这位参议员有许多投资。他们的大多数股票也和考珀伍德的一样，都抵押给各家银行做了贷款，又把这些贷款投资到了其他地方。要收回这些贷款是不可能的，也是不愉快的，在这个三角同盟里谁都没有陷入像考珀伍德那样的困境。他们挺得过去，不会有任何麻烦，尽管除非他们立即采取措施来防卫，否则也可能有些损失。

如果考珀伍德告诉他斯特纳受连累的数额并不多，比如说只有七万五或者十万，他就不会这么重视。因为那是可以补救的。但是，现在是五十万！

"那是许多钱。"巴特勒说，心里在想斯特纳的任意妄为，但在当时并没有拿来和考珀伍德狡猾的阴谋印证一下。"那是必须斟酌的事情。如果明天早晨就发生经济恐慌，那就必须抓紧时间。如果我们真的来维持市面，对你有多少好处？"

"很多，"考珀伍德回答他说，"尽管我还得用其他的方法筹些钱。我把你的十万美元存到银行。恐怕你很快就要用钱吧？"

"可能。"巴特勒说。

"我也急于要用这笔钱，没有这笔钱我就会损失严重。"考珀伍德补充说，"那只是诸多事情中的一件。如果你和参议员辛普森以及莫伦豪尔先生联起手来，你们可是市内铁路公司股票的最大户，你们去拜见德雷塞尔先生和库克先生，就可以作出决定，可以让形势缓和许多。如果我的银行贷款不收回，如果市面暴跌，我的全部有价证券都会贬值，而我就支撑不住了。"

巴特勒站起来。"这确实很严重。"他说，"你没有跟斯特纳勾结在一起就好了。这事情看上去前景很不妙，并且无法补救。真是糟糕又糟糕的事情。"他冷漠地补充，"但是，我会尽力帮助你。我不会对你承诺很多，但我一向喜欢你，我现在不会不管你，除非迫不得已。但我很抱歉，我并不是城里独一无二的可以操控形势的人。"他想，考珀伍德告诉他关于他自己和市里选举的事情还是做得很合适的，尽管他这样做，是为了保全自己。他决定倾力相助。

"你是否可以一两天之内不把斯特纳和市财政局的事情声张出去，等我想出解决的办法？"考珀伍德小心地提示。

"那我不敢确定。"巴特勒回答，"我会尽力做，我要尽量不让它走漏风声，你可以相信这一点。"他在思忖如果在考珀伍德垮台以后，怎么挽救斯特纳枉法的影响。

"欧文！"

他跨到门口，打开门，从扶梯栏杆上向下叫了一声。

"什么事，爸爸？"

"叫丹套好马车，带到门口来。你去拿好帽子、上衣。我要你跟我一同出去。"

"好的，爸爸。"

巴特勒回来对考珀伍德说："现在，这当然是茶杯里的一场小风暴，可不是吗？芝加哥着火了，而我却要在费城这地方发愁。"是的，是的——考珀伍德现在已经站起来，走向门口。"你到哪儿去？"

"回店里去。有几个人要到那里看我。但是，如果可以的话，过一会儿我再到这里来看你。"

"可以，可以，"巴特勒回答，"总之，我半夜一定可以回家。好，晚安。那么，我想过一会儿见面的时候我会把结果告诉你的。"

他回房间取些东西，考珀伍德独自下楼去。爱琳从接待室入口的帘幕后面悄悄地招呼他走过去。

"我想事情不严重吧，亲爱的？"她满脸同情，凝视着他严肃的眼睛。

他心中暗想，此刻不是谈情说爱的时候。

"是的，"他说，几乎冷冰冰的，"我想不严重。"

"弗兰克，请不要让此事使你把我忘记太久。你不会的，对吗？我是这样爱你。"

"不，不，我不会！"他热情而迅速，可是又心不在焉地答道，"我不能！你难道不知道我不会忘记你吗？"他要走过去吻她，但是一种声音打扰了他。"嘘！"

他走到门口去，而她就以着急同情的眼光望着他。

如果她的弗兰克出事了该怎么办？万一遇到什么麻烦，她该如何是好？这就是她担心的事情。他的面色如此苍白，表情如此紧张。她该怎么办，她能怎么帮助他呢？

第二十四章　出师不利

　　为了说清考珀伍德的实际情况，这里简单地介绍一下此时共和党在费城的地位，以及它和乔治·W.斯特纳、爱德华·玛利亚·巴特勒、亨利·莫伦豪尔、参议员马克·辛普森以及其他一些人的关系。正如我们所知，巴特勒是非常关心考珀伍德，而且对他很友好的。斯特纳是考珀伍德的工具。莫伦豪尔和参议员辛普森在掌握城市政权上是巴特勒的强敌。辛普森代表共和党在国会里的权力，如果有必要，他可以通过国会下令制定这个城市的新选举法，审核城市的特许证，开始政治调查，等等。很多影响颇大的报纸、公司、银行，都听他发号施令。莫伦豪尔代表德国人、一部分美国人，以及几家资金雄厚的大公司，是一个受人尊敬的稳妥派。

　　这三人都是政治上的危险人物，他们强悍、干练，后面的两个要依靠巴特勒的势力。尤其是他在爱尔兰人、某一部分选区领袖，以及天主教政客和教士方面的势力。教士们效忠他如同效忠教主一样。巴特勒对这些群众的报答主要就是保护他们，影响他们，帮助他们，安慰他们。城市回报他的是借莫伦豪尔和辛普森之手，让他签订合同，也就是油水颇丰的铺路、造桥、架线、筑水渠的合同。为了让他得到这些合同，共和党必须做得十分正派，他本人就是共和党的受益人和领袖之一。同时，无须把共和党的事情办得比莫伦豪尔或者辛普森更正派一些，斯特纳又不是他所指派的人。后者不是对他人而是直接对莫伦豪尔负责的。

当巴特勒和他的儿子坐上马车的时候，他心里就在琢磨这件事，他十分困惑不解。

"考珀伍德刚才到过这里。"他对欧文说。欧文最近已对金融有了全面的了解，在政治上、社会上比他父亲还精明，尽管没有父亲的威望，"他告诉我他遇到了麻烦。你听见了吗？"他说下去，远处正传来"号外！号外！"的喊声，"是芝加哥大火灾，明天股票交易所会起些风波。我们有许多市内电车公司股票押在几家银行里。如果我们不尽快，他们就会收回贷款的。明天早上首先要处理这件事。考珀伍德拿了十万，请求我让他用，他告诉我他也用了一些斯特纳的钱。"

"斯特纳吗？"欧文惊讶地问，"他也在玩股票？"欧文最近才听到关于斯特纳等人的谣言，他还不相信，也还没有告诉他的父亲，"考珀伍德用了他多少钱？"他问。

巴特勒沉吟片刻。"恐怕不少，"他终于说，"实际上，是一个大数目，大约五十万。万一事情传出去，我想，一定会闹得沸沸扬扬。"

"啊！"欧文错愕地喊出来，"五十万！老天爷，爸爸！你的意思是说斯特纳亏空了五十万？天哪，我觉得他这么办实在太不明智。五十万！如果事情传出去，要轰动一时的。"

"喂，不要慌！喂，不要慌！"巴特勒回答，尽量不把这一切透露出去，"我们还不能肯定状况到底如何，他可能没有用这么多。结果也可能什么事都没有。钱是投资了，考珀伍德还没有垮台，可以收回来。现在主要看看是否有办法解救他。如果他对我坦诚，他从来没有对我说过谎；如果市内铁路公司股票明早跌得不太惨，他就能渡过难关。我要去见亨利·莫伦豪尔和马克·辛普森。他们在这方面都有投资。考珀伍德要我去探听一下，是否能够让他们召集银行家来维持市场。他认为只要我们有准备，买进抬高市价，就能保得住我们的贷款。"

欧文迅速地思考了考珀伍德的事情，当然是他所知道的事情。他深深地意识到这位银行家必须被排挤出去。正是他自己的过失才造成这种进退两难的窘境，并非斯特纳的过失。他觉得很奇怪，他的父亲怎么看不出来呢，为什么不憎恶他的行为？

"你了解这是什么花招，爸爸，"过了一会儿，他很激动地说，"考珀伍德利用斯特纳的钱来购买股票，如今倒霉了。要不是这场火灾，他早已赚得盆满钵满了。但是现在他需要你和辛普森、莫伦豪尔以及别人来力挽狂澜去拯救他。他是一个好人，我也很喜欢他。但是假如你按他的话行事，那就是傻子。他早已赚了很多外快。前几天我听说，他已经掌握了前街的路线，几乎把格林·柯茨线全部收入囊中。他和斯特纳共同控制了第十七大街和第十九大街的路线。但是我有点不相信，我曾经想问你，我觉得考珀伍德在各方面都把自己的财产隐藏了起来。斯特纳只是他的棋子，他可以随意安排他。"

欧文的眼睛里流露着贪婪的、敌对的目光。考珀伍德就应该受到惩罚，被踢出局，把他从市内铁路公司的交易中驱逐出去，欧文渴望能在这上面崭露头角。

"你明白，"巴特勒缓慢地、严肃地说，"我一直认为这个小伙子很精明，但我没有想到他竟精明到这种地步。这是他玩的把戏。你自己也很精明了，不是吗？是的，如果我们好好地琢磨一下，就可以把事情安排妥当。但是还有比这一切更重要的事情，你不能忘记共和党。你知道，我们的成功是与共和党的成功休戚相关的。"他停顿一下，看着他的儿子，"如果考珀伍德垮台了，那款子收不回——"他若有所思地停顿下来，"我觉得有麻烦的是斯特纳和市财政局。如果不设法挽回，可能共和党在秋天选举中就会遭遇挫折，我们的某些合同也会受到影响。你不能忘记十一月就要选举。我还没有决定是否应该收回那十万美元。明天早上还需要很多钱来偿还贷款呢。"

这似乎是奇怪的心理作用，但是直到现在，巴特勒才开始意识到这个处境的实际困难。在考珀伍德面前，他接受了这个青年的品质、他满怀期望地提出的要求，以及他自己对他的偏爱的影响，就没有顾及自己和这状况的关系的各个方面。在这寒冷的夜里，他和欧文谈话，欧文为了自己的利益而野心勃勃，对考珀伍德只有一些感情上的顾忌而已。他开始醒悟过来，看明白了事情的本质。他不得不承认考珀伍德严重地牵连了市财政局与共和党，因此也牵连到了他自己的私人事业。可是，他喜欢考珀伍德，他并不打算放弃他。他现在去拜访莫伦豪尔和辛普森多半原因就是为了挽救考珀伍德，而不是为了共和党和他自己，这可真是丢人的事，他不喜欢这件事，甚至憎恶这件事。这个小畜生！没想到考珀伍德竟然这么阴险。可是就在此时此地，他依然喜欢他。他认为他应该竭尽全力去帮助这个小伙子，如果有办法帮助的话。他甚至打算答应考珀伍德的要求，在别人也采取友好措施的情况下，把自己的十万美元贷款无限期借给他。

"是的，爸爸，"片刻之后，欧文说，"我不明白，你为什么要比莫伦豪尔或者辛普森多操心呢？如果你们三个去救他，你们办得到，但是我实在不明白你们为什么要帮助他。我清楚如果这件事情在选举以前张扬出去将会对选举产生不良的影响，但是难道不可以把它隐瞒到选举以后吗？总之，你所有的市内铁路股票比选举重要得多，如果你有办法把市内铁路路线牢牢握在手里，你就不必为选举担忧了。我劝你明天早上收回你的十万美元贷款，以此来弥补你股票跌价的损失。

这会让考珀伍德垮台，但你不会有任何损失。你可以去市场上买来他的股票。他不跑到你这里来求你收买股票那才怪呢。你应该让莫伦豪尔和辛普森去吓唬斯特纳，不允许他再借钱给考珀伍德。如果你不让他们警告他，考珀伍德还会去他那里再借钱。斯特纳现在已深受其累。考珀伍德不卖出股票，那也很好，总之，他的出路只有破产，那么你就可以和其他人一样，在市场上要买多少就买多少，我觉得他会卖出的。你无须为斯特纳的五十万美元操心的。没有人让他借钱，让他自己去想办法吧。事情可能损害共和党的利益，但是过一段时间你可以采取保护措施。你和莫伦豪尔可以疏通报社，让他们在选举以后再把这事透露出来。"

"别慌！别慌！"老承包商只能这么说。他绞尽脑汁地琢磨着。

第二十五章 困难重重

亨利·莫伦豪尔的住宅和巴特勒居住的地方都位于南大街一所漂亮的新图书馆附近，大体坐落在同一新区。莫伦豪尔的住宅是一座宽敞的房屋，是当时一般暴发户都喜爱的四层楼房，用黄砖和白石建造，没有追随何种流派，但建筑的结构很优美。宽大的台阶一直延伸到宽敞的走廊，走进去迎面是相当豪华的大门，两边嵌着狭长的窗户，左右点缀着形状极为优美的淡青色的花盆架。房屋内部分成二十个房间，分别有着嵌花的墙板，木条镶花的地板，在当时住宅中属于最豪华的样式。有一间大的接待厅和一间大会客室，是给莫伦豪尔三位野心勃勃的小姐弹琴使用的；他自己的一间图书室和私人办公室，他太太的一间卧室和浴室，还有一间盥洗室。

莫伦豪尔认为自己是一个相当重要的人物。他对金融和政治具有机敏超常的观点。尽管他是德国人，或者说是德裔的美国人，却具有感性的美国精神。他身材高大壮实，头脑精明冷静。胸膛宽厚，肩膀宽大，支撑着一个大脑袋，无论从哪个角度看都是圆且长的。突出的前额骨到鼻子上才凹下去，严肃地高耸在两只眼睛之上，眼睛里透露着狡黠、质疑的神情。下面的鼻子、嘴巴、下巴和他光润冷酷的面颊一样，给人以这样一种印象，就是他不仅懂得在这个世界上要些什么东西，而且可以不费吹灰之力、轻而易举地得到这些东西。他的脸庞很大、很端正，具有感人的力量。从交友方面来看，他是爱德华·玛利亚·巴特勒的知己，而他和马克·辛普森也是彼此欣赏的忠实朋友。他看重才华，如果要讲公道的时候，他喜欢公平交易。如果不讲公道，那么，他的诡计是层出不穷的。

爱德华·玛利亚·巴特勒和他的儿子在周日傍晚来拜访他，对这个代表了三分之一市内利益的名人而言，这确实是出乎意料的事情。他当时正在书房里看书，聆听女儿弹钢琴。他的太太和另外两个女儿去教堂了。他喜欢居家。但是周日晚上是举行政界会谈的好机会，他也希望有一两个有名的同道来拜访，当门房兼当差通报巴特勒和他的儿子求见的时候，他心里分外高兴。

"你来了，"他真诚地对巴特勒说，伸出手来，"欢迎你。还有欧文！你好呀，欧文！你们要喝什么？抽什么烟？我知道你们要吃些什么的。约翰（他的仆人），拿些东西来请两位吃。刚才在听卡罗琳弹琴，但是你们现在要把她吓跑了。"

他拉过一把椅子给巴特勒，指着桌子边的另一把椅子让欧文坐下来。一会儿，仆人端来硕大的盘子，送来了大量的威士忌、陈年的美酒和雪茄烟。欧文是新派的青年金融家，既不喝酒也不抽烟。他的父亲既喝了一些酒，又抽了一些烟。

"你这里很舒服呀，"巴特勒说，并不急于谈来这里的重要任务，"我猜得到周日晚上你不会出门去的。城里发生新鲜事了吗？"

"依我看，没有什么，"莫伦豪尔安静地回答，"事情似乎进展得很顺利。你不清楚有什么事值得我们去操心吧？"

"是的，有的，"巴特勒说，喝完了为他倒好的白兰地，"有件事情。你看过晚报吧，看了没有？"

"不，我没有看，"莫伦豪尔说，坐正身体，"出了事吗？究竟是什么事？"

"没有什么。只是芝加哥大火而已，看样子明天上午这里的金融会有点波动。"

"果真？我没有听说。见报了吗？啊，啊——大火灾吗？"

"他们说整个城市都已经被烧毁了。"欧文插话说，他正专心致志地观察着这位著名政客的表情。

"啊，那的确是新闻了。我马上派人去买一张晚报。约翰！"他叫了一声，男仆应声而至，"去给我找一张报纸来。"仆人立即退出去。"你为什么认定此事与我们有关系呢？"莫伦豪尔回头看着巴特勒。

"我想，有一件事情是相关的。我刚刚得知，就是我们的伙计斯特纳好像是要亏空了，除非事情的结局并不像有些人所预料的那样糟糕。"巴特勒平静地说，"在选举以前那可不太体面，不是吗？"他那狡黠的灰色的爱尔兰人的眼睛，直盯着莫伦豪尔的眼睛。

"你是怎么知道的？"莫伦豪尔先生也盯着他看，冷冰冰地问，"他不是故意多拿了钱吧？他拿的数目是多少——你可知道？"

"确实不少，"巴特勒平静地说，"据我所知有五十万左右，我不是说钱已经丢了。只是有损失的危险而已。"

"五十万！"莫伦豪尔情不自禁地大喊起来，但是还算保持着镇静的表情，"真的吗？事情发生多久了？这些钱他拿去干什么了？"

"他借出了许多钱，大约有五十万，借给第三大道经营市公债的那个考珀伍德。他们为了自己的利益把钱投资到各个地方，大多数买了市内铁路公司股票（一提到市内铁路公司，莫伦豪尔本来面无表情，现在的变化几乎看得出来了）。这场火灾，据考珀伍德估计，在明天上午注定要造成经济恐慌，要是没有鼎力援助，他就不知道怎样挨过去。如果他垮台，市财政局就要损失五十万美元，不能偿还了。斯特纳不在城里，考珀伍德曾经找我想办法。事实上，过去他曾经为我做过一些小生意，他认为眼下我可能会帮他，也就是让我约你和参议员共同去拜访大银行家，大家携手维持明天上午的市面。如果我们不维持，他就肯定垮台，他觉得这丢脸的事或许会损害我们的选举。在我看来，他并不是在耍花招，他只是想保护自己，找我来通融，如有可能，由我们来通融。"巴特勒说完就闭口不言了。

莫伦豪尔是个阴险而寡言的人，表面上对这突如其来的变故没有产生一丝的激动。但是同时，因为他从来没有想过斯特纳具有何种特殊的办事能力和金融能力，才觉得有点激动和感到奇怪。原来他的财政局局长在花钱却没有告诉他。现在就有被控告的危险！他并不认识考珀伍德，只了解他是被雇来经营市公债的。他也曾受益于考珀伍德做的市公债，明明是他在玩弄斯特纳，把钱用到市内铁路股票上去了！那么他和斯特纳手里一定私下攒有不少股票。

"五十万美元。"当巴特勒说完话的时候，他重复了一遍，"这个数目并不大。如果只需维持市面就能解救考珀伍德，我们可以照做，但是，万一这是一场严重的危机，我认为我们无论怎么做，对他都不会有太大帮助。如果他的状况极其窘迫，而且市面注定暴跌，那我们就得在维持市面以外，另外花许多力气才能解救得了他。我是过来人，你不清楚他有多少债务吧？"

"我不清楚。"巴特勒说。

"他没有跟你要钱吗？"

"他要我借给他十万美元，留到他清楚是否挺得过的时候再说。"

"斯特纳不在城里，这是真的？"莫伦豪尔心里有些怀疑。

"考珀伍德这么说。我们可以派人去打听一下的。"

对于此事的方方面面，莫伦豪尔在深思熟虑。如果维持市面就能够解救考珀伍德与共和党以及他的财政局局长，这自然很好。到那时候，斯特纳不得不归还五十万美元给市财政局，也不得不把手里的股票转让给他人，最好让给他莫伦豪尔。但是巴特勒也应该包括在内。他可能不要吗？他和巴特勒商量，得知考珀伍德答应归还这五十万，他没有追问各种铁路公司的股票。但是谁能确保考珀伍德就此获救呢？如何去弄到这笔钱呢？而且，一旦他渡过难关，是否愿意把钱还给斯特纳呢？如果他需要现款，在当前如此紧要关头，严重的危机正日趋紧张，谁愿意借钱给他呢？他拿什么做抵押呢？反之，在合适的人物的敦促下，他可能会低价出售他的所有股票，包括他的和斯特纳的。如果他莫伦豪尔能够弄到手，可不会在乎今年秋季选举的成败，尽管他也像欧文一样坚信，选举不会失败。照常可以买进股票。如果考珀伍德的垮台导致斯特纳的贷款成为亏空，即便如此只要隐瞒一段时间，莫伦豪尔揣测选举还是能照样获胜的。现在就他个人看来，倒是有必要吓唬一下斯特纳，让他拒绝继续借钱给考珀伍德。然后把他的份额夺取过来，以及其他所有人的市内铁路股票，包括辛普森和巴特勒在内。这些路线可是费城未来的大财源。可是目前，他却要装作关心共和党的竞选。

"我不能代表参议员说话，这毫无疑问，"莫伦豪尔深思熟虑地继续说，"我不清楚他如何打算。至于我自己，我十分愿意维持股票市价，如果能够挽回一点儿影响的话，我这么做，当然是为了确保我的贷款。在我看来，我们应该顾虑的是，倘若考珀伍德先生真的垮台了，该如何把它掩盖起来，直到选举以后，当然，我们也不能确定，无论我们怎样维持，市面是否支持得住。"

"我们不能确定。"巴特勒严肃地回答。

欧文认为他能够洞察考珀伍德火烧眉毛的灾祸。就在这时门铃响了。因为男仆不在，一个女仆进来通报参议员辛普森的名字。

"请让他进来，"莫伦豪尔说，"请他到这里来，你可以听一听他的建议。"

"现在我兴许还是走开的好，"欧文对他的父亲说，"也许我可以去找卡罗琳小姐，她会唱歌给我听的。我会等你的，爸爸。"他补充道。

他走出门去。参议员辛普森进来了，莫伦豪尔对他讨好地一笑。

宾夕法尼亚州总是能诞生奇异的人物，但还没有比参议员马克·辛普森更奇异的人。同现在热情地欢迎他，和他握手的这两个人比起来，他看上去显得块头最小。他身材矮小，只有五英尺九英寸高，而莫伦豪尔是六英尺，巴特勒是五英尺十一英寸，而且尽管他的面色红润，但颧骨却是塌陷的，其他两人则颧骨很高。他的眼神既没有巴特勒的直率，也没有莫伦豪尔的大胆，但是细微谨慎方面却超过了他们两个。他深沉、冷漠、含蓄、凹陷的眼睛，仿佛藏在黑洞里探头出来一样窥探着，流露出猫科动物所特有的阴险狡诈的特性。一头奇异的黑发覆盖住雅致、平坦又苍白的额角，皮肤白中泛着青，好像病了一般，但是就在这里却蕴含着操控他人的难以捉摸的力量，用希冀和成就填充欲壑，以残忍的手段报复拒绝他的人。他喜欢安静，这类人大都手无缚鸡之力，迟疑的笑容暗淡而有点儿心不在焉，但总是用眼睛说话，这就弥补了全部的缺陷。

"晚上好，马克，我真高兴见到你。"巴特勒问候道。

"你好呀，爱德华。"辛普森轻声作答。

"还好，参议员，你的精神很不错。喝点什么吧？"

"今天晚上什么都不喝，亨利，"辛普森回答，"我一会儿就得走。我是在回家的时候路过这里。我太太就在卡凡那的家里，我得拐过去接她。"

"好哇，你来得正好。"莫伦豪尔开始说，等客人坐好后，莫伦豪尔自己也坐好，"巴特勒在这里告诉我一件政治小事，是我和你分手后发生的。我看，你已经得知芝加哥火灾的消息了吧？"

"听说了，卡凡那刚才告诉过我。情况似乎十分严峻。我估计明天上午市面要大跌。"

"我也有同感。"莫伦豪尔长话短说地打断道。

"这就是晚报。"当仆人约翰手里拿着报纸从街上赶回来的时候，巴特勒说。莫伦豪尔拿起报纸，摊在他们面前。这是城里最早报道的"号外"之一，版面形式比较动人，报道湖城（即芝加哥）的火势自从前天起火后正在逐步蔓延成灾。

"是的，这极为可怕。"辛普森说，"我真替芝加哥难过。我有很多朋友在那里。我希望事情不会变得太糟糕。"

在任何情况下这个家伙都不愿放弃略微夸张的态度。

"巴特勒讲述的事情，"莫伦豪尔说下去，"有些地方与此相关。你知道我们的市财政局局长有以二厘的利息借钱出去的习惯吧？"

"发生什么事了？"辛普森狐疑地问道。

"是这样，斯特纳先生好像借给年轻的考珀伍德很多公款，就是那个第三大道经营市公债的人。"

"当真吗？"辛普森说，露出了诧异的表情，"我想，不至于太多吧？"这位参议员和巴特勒、莫伦豪尔一样，都是通过从同样的地方借低息贷款给各个指定的存款处而获取厚利的。

"不少，斯特纳好像借给他五十万。如果考珀伍德不幸难以渡过这个难关的话，斯特纳就要亏空这么多，如果民众得知此事，将不利于十一月的选举，你是否持有同样的观点？考珀伍德欠巴特勒就有十万美元，于是他今天晚上来拜见他。他请求巴特勒千方百计让我们出手帮他渡过难关，如果不行，"他含着暗示挥动一只手，"那么，他会垮台。"

辛普森不可思议地用纤细的手抚摩着自己的大嘴巴。"他们用五十万美元做什么了？"他问。

"啊，这两个小鬼一定做了些小生意。"巴特勒兴奋地说，"我认为他们首先买进了市内铁路股票。"他把大拇指插在坎肩腋窝里，莫伦豪尔和辛普森两人都淡然一笑。

"确实如此。"莫伦豪尔说。参议员辛普森却只顾掂量自己心里不可告人的事情。

他在琢磨，向一群政客提出这样的建议实在是不可行的，尤其是在目前一定要发生危机的情况下。他认为，如果他和巴特勒、莫伦豪尔能够采取一致行动，都愿意保护考珀伍德，把全部股票都让给他们，那可就完全是两码事了。那样就会很容易把市财政局的贷款隐藏起来，甚至为了维持市面而发行更多的公债。但是首先，对于考珀伍德是否肯出让股票是没有把握的；其次，不管巴特勒还是莫伦豪尔，都要和他本人参与这个交易。到这里来分明就是巴特勒替考珀伍德说情的。莫伦豪尔和他本人就是暗中的敌手。就算他们在政治上采取统一行动，但是各自的经济目标并不相同。他们在商业上都各自为政，无论莫伦豪尔和巴特勒怎样做。此外，考珀伍德好像并不是呆子，他并没有像斯特纳那样犯了罪，因为钱是后者借给他的。参议员在考虑，他是否应该对他的同僚提出如此微不足道的办法去解决他遇到的麻烦。但他决定不提。在此类事情上，莫伦豪尔简直是个狡猾的合伙人。这是一个大好机会，但确实有危险。他还是单独操作的好。眼前他们应该要求斯特纳让考珀伍德偿还五十万美元，如果可能的话。否则斯特纳就得为共和党作出牺牲。因为辛普森掌握了他处境的秘密和考珀伍德的股票，就认定可以给他自己的经纪人提供一个好机会便于他在小小的股票上进行交易。他们可以到处散布关于考珀伍德的处境的谣言，然后迫使他抛掉自己手中的股票，这自然不必花什么钱。当前时刻，让考珀伍德去找巴特勒真不是好主意。

"我认为，现在，"参议员沉默了好一会儿后说，"我也许同情考珀伍德先生的境遇，如果他有实力，我当然不抱怨他收买了市内铁路股票，但是我实在不清楚在此时的危难之中我可以为他做什么，我想知道你们两位是如何打算的，但是我可以肯定，现在，即使我要做，也绝不准备为别人火中取栗的，这取决于我们觉得对共和党的危害有多大，考虑我们是否需要掏腰包资助他。"

提到要借出现钱，莫伦豪尔的脸拉长了。"我看我就不能为考珀伍德先生帮多大忙。"他叹了一口气。

"他妈的，"巴特勒带着敏锐的幽默感说，"看来我还是收回我的十万美元才是上策。那是明天早上的第一桩买卖。"

这时，辛普森和莫伦豪尔脸上连刚才那种虚伪的笑容也消失了，他们只露出精明而严肃的神色。

"但是，有关市财政局的事情，"在氛围缓和一些以后，参议员辛普森说，"我们倒是应该用点儿心思。如果考珀伍德先生垮台，市财政局会一下子损失如此多的公款，这可给我们添了不少麻烦。"似乎是无意中想起来的样子，他补充说，"这个家伙看好什么路线了？"

"事实上我并不了解。"巴特勒回答，他不愿意把在路上欧文对他所说的话泄露出去。

"我就不明白，"莫伦豪尔说，"我们如何才能回避以后的诸多麻烦，除非我们能使斯特纳在这位考珀伍德垮台前收回借款，但是如果我们付诸行动，就好像是逼他还债似的，他也许会闭店赖账。那样，在这方面就于事无补了。在他的事情得到解决之前，这么做可对我们的朋友爱德华很不友好。"

他是指巴特勒的贷款。

"当然不。"参议员辛普森说，流露出真正的政治敏感和腔调。

"我明天上午就可以收回那十万美元，"巴特勒说，"你们不必担心。"

"我觉得，"辛普森说，"如果这件事情出现纰漏，我们就极力把它隐瞒到选举以后。报纸也可以不披露，就好像没有那笔账一样，我想提出一点，"他正在琢磨，考珀伍德如此聪明地买了市内铁路公司资产，"就是要警告市财政局，在类似情况下，不许再借公款出去。他也许会同意再借些钱给考珀伍德。我觉得亨利只要说一句话，就可以制止他的。"

"是的，我办得到。"莫伦豪尔严肃地说。

"我的观点是，"巴特勒意见不明朗地说，想到为考珀伍德向这几位公共利益的高贵保护人求助确实是失策了，"最好顺其自然。"

就这样，弗兰克·考珀伍德恳求巴特勒及其政治上的伙伴，在他处境危急的时候帮他的梦想，此刻由他们宣告破灭了。

考珀伍德告别巴特勒以后拜见了其他可能对他有帮助的人。他留言给斯特纳太太，如果她的丈夫有任何消息就即刻通知他。他又赶去看德雷塞尔公司的华尔特·莱甫、杰伊·库克公司的阿弗莱·斯顿和吉拉特国民银行的总经理戴维森。他要听听他们对形势的分析，向戴维森总经理商借款子，用他所有的不动产和动产做抵押。

"我不能告诉你，弗兰克，"华尔特·莱甫固执己见地说，"我不清楚到明天中午，事情会发展成什么样，我倒很想了解你的处境怎样。我希望你把自己的事情安排妥当。这对你是有好处的。我可以竭力帮你。

但如果总经理决心收回某些贷款，就必须统统收回，别无他法。我会尽力让事态缓和一些。万一整个芝加哥都毁了，那么至少有几家保险公司肯定要倒闭，那就要小心才好。我想，你应该把所有的贷款都收回来吧？"

"应该收回的就不会不收。"

"对了，现在——即使以后，事情也只能如此。"

这两个人握了一下手，他们惺惺相惜。莱甫是市里的新潮人物，天生的社交界宠儿，但是他也具有渊博的知识和人生阅历。

"我告诉你，弗兰克，"分手的时候他发表见解道，"我一直认为你收买的市内铁路股票太多了。如果做得顺当，这是赚钱的东西，但在当前这种紧急时刻，也容易让你遭受损失。你已经从那些股票和市公债里很快地赚了钱。"

考珀伍德凝视着老朋友的眼睛，两人都笑了。

然后，他又与阿弗莱·斯顿、总经理戴维森以及别人会晤了一通。当他来访的时候他们都已听说了火灾的传言。他们不能确定明天会发生什么事。情况的确很不妙。

考珀伍德决定不再拜访其他人，先去看看巴特勒，因为他认为他肯定已经和莫伦豪尔、辛普森见过面了。巴特勒正在琢磨怎么应付考珀伍德，态度还是很友好的，当考珀伍德出现的时候，他说："好，你回来了。"

"是的，巴特勒先生。"

"哦，我不能肯定是否能为你效劳。只怕我无能为力，"巴特勒慎重地说，"你让我做的是一道难题。莫伦豪尔似乎只为了自己的利益而维持市面。我认为他会维持的。辛普森则要保护自己的生意。我当然可以为自己买进。"

他停顿下来想了想。

"我还不能促使他们和任何大银行家进行商讨，"他小心地补充道，"他们得等一下，观察明天上午的局势。如果我是你，我还是不会灰心的。如果局势很糟的话，也许他们能改变主意。我把斯特纳的事情告诉了他们。这事坏到极点了，但是他们希望你能挺得过去，不遭受损失。我也希望如此。至于我自己的贷款，我觉得，明天上午看情况再定吧。如果我不急用，可以让你用的。有关此事你以后再来看吧。如果我是你，我不会再去向斯特纳要钱。事情看上去已经很糟了。"

考珀伍德马上就意识到他不能从政客那里得到帮助了。让他烦心的是，巴特勒提起了斯特纳。看来他们已经和他有了接触，是否警告他了？如果当真那样，他来向巴特勒求助那就是失策；但是从他明天上午可能垮台这一点来看，还是做得不错。至少，现在政客们已经清楚了他的处境。如果他陷入险境，可以再来看巴特勒，政客们是否帮助他，随他们的便好了。如果他们不帮助他而他垮台了，选举就会失败，这是他们自己的过错。总之，如果他能够先会见斯特纳，后者就不会傻到只站在自己的立场上来应对这种危机的地步。

"今天晚上，看来情况大为不妙哇，巴特勒先生，"他很利索地说，"但是，我依然相信我能够渡过难关。总之，我就是这么希望的。这样打扰您我真是抱歉。我当然希望你们几位诚心帮助我，但是如果你们无能为力，那也无计可施了，好在我自己还能办成许多事情。我希望你尽量不收回我的借款。"

他朝气蓬勃地走出去，巴特勒沉思起来。"好一个明智的小伙子，他说，"事情糟糕透了。但是他也许能渡过难关。"

考珀伍德匆匆赶回自己的家里，他父亲还没有睡着，在琢磨心事。他用强烈的同情和请求谅解的语气与他父亲谈话，那就是血肉相连的人之间的特性，他喜欢他的父亲。他同情他通过艰苦努力而取得的社会地位。他忘不了他从小就对父亲有着热烈的关心和同情。他用不怎么值钱的联合市内铁路公司股票做抵押，从第三国民银行借的贷款，如果股票不惨跌，是有可能归还的。无论如何他都得归还这笔钱款。但是他父亲在市内铁路公司的投资，跟随着他自己的投资而增加，最近又投入了二十万——他怎么保得住这些投资呢？股票都做了押款，钱已用到别的事情上了。一定要到那几家银行再增加抵押品才行，除了贷款，贷款，贷款和必须保全这些贷款以外，别无良策。如果斯特纳能够借给他二三十万美元就好了。但是在可能发生经济危机的时候，借钱给他是要以犯罪论处的。一切都要看明天上午了。

九日，周一，早晨的天色灰暗而凄惨。弗兰克一看见晨曦就起床修面，穿好衣服，走过暗绿色的藤架来到他父亲的房子里。他显得烦躁不安，因为他整晚都没睡。他的灰眉毛和灰头发有些蓬乱不整，嘴角的胡须也不美观，这位老绅士眼神倦怠，脸色灰白。弗兰克看得出他在发愁。他从华丽的、有镶嵌的一只盖式小办公桌（是埃尔斯·沃思从什么地方弄来的）上抬起头来，他本来在那里静悄悄地列出一张他的资产负债表。考珀伍德后退一步。他不愿意看见他父亲发愁，却无能为力。当他们共同建了住宅以后，他曾经真诚地希望，他的父亲永远不会再有发愁的日子了。

"算账吗？"他亲切地问，笑了一下，努力鼓舞这位老绅士的精神。

"我正在复查我的账本，以便弄清我的处境，如果——"他疑惑地望着他的儿子。弗兰克又笑了一下。

"我就不发愁，爸爸。我已经告诉你我的安排了，巴特勒那伙会维持市面。我在交易所里有奥塞·列维斯、纽顿·塔戈尔和哈里·爱尔丁帮我抛出，他们是市场上的高手，他们会谨慎行事的。我在这方面不能依靠爱德华和约瑟夫，因为他们一卖，大家都会看出我落到了何种田地。这样办，好像是在做空头一般压低市价，但是不会压得太低。我肯定可以降低十个点，卖出足够的股票，收进五万美元。市面不至于下跌十个点以上。事情是说不准的，但不可能无限制地跌下去。我只要知道大保险公司怎么应付就行了。晨报还没有来吧？"

他想要去拉铃，但一想到仆人可能还没有起床，他就亲自走到前门去。刚印好的《新闻报》和《商业新闻》都撂在地上。他捡起来立即看第一版。他的脸色变了。《新闻报》上印着一张芝加哥黑地图，好像在办丧事似的，黑的部分表示烧毁的地方。他从来没有这么清晰地看过对比如此鲜明的芝加哥地图。白的部分是密歇根湖，还有芝加哥河，把城市几乎分成了北部、西部和南部三个相等的部分。很快发现这个城市布局很古怪，有点像费城，商业区大概有两三平方公里，介乎三部分之间，河的干流南面、西南和西北的支流就在那里和它汇合，流入湖里。这是很重要的中心地带，但是就这张地图看来都烧毁了。图边有一个大黑体的标题："芝加哥化为灰烬"。新闻里叙述了市民无家可归的惨状、伤亡的人数和财产被毁的数额。然后谈及可能在东部产生的后果。保险公司和制造商可能承受不住如此大的打击。

"天哪！"考珀伍德悲愤地说，"我要是不做这单股票生意就好了，从来没有做过才好。"他回到会客室里，相当认真地查看资产负债表。

接下来，尽管天色尚早，他和他父亲还是匆忙乘车到他的办公室去。已经有信件等着他，总共一打有余，要取消交易或者卖出。当他站在那里看信的时候，一个信差又送来了三封。一封斯特纳的信，说他最早可在十二点回来。考珀伍德有些宽慰，但是依然很焦急。他在三点钟以前需要大宗款子偿还各项贷款，每一个钟点都倍显珍贵。他必须想办法在车站上会见斯特纳，在没有人见到他之前和他谈话。显然，这是苦难、凄惨、紧张的一天。

当他抵达第三大街的时候，街上已熙熙攘攘，到处都是银行家和经纪人惊疑匆忙的脚步声，这声音展现了世界上一百个焦急忧虑的人和一百个心绪安宁的人之间的区别。在交易所里，人人都像害了热病一般。锣声一响，人们便持续不断地狂吼。不待锣声终止，人人都绞尽脑汁，你争我夺地相互攻击，要在这一个钟点里卖出或买进。当时交易所有二百个成员，各自的兴趣相差很大，也就说不准卖出好还是买进好。

纽顿·塔戈尔和奥塞·列维斯受命来处理场内的交易，约瑟夫和爱德华在场外巡逻，寻找喊价合理可以卖出的机会。"空头"决心要压下市价，事情全看莫伦豪尔、辛普森、巴特勒以及别人的代理人怎样维持市内铁路股票，看这些股票是否有某种力量。昨天晚上巴特勒最后说他们将尽力维持。他们会维持一定的价格。考珀伍德无法确认，他们能否无限制地维持市面。他不能代莫伦豪尔和辛普森做保证。他并不知道他们的业务情况。

正当高潮的时候，考珀伍德走进了交易所。他站在门口望着列维斯，这时候锣声响了，交易终止。所有的经纪人和客户都望着那个小楼厅，那里是交易所的秘书发表布告的地方。秘书站在那里，背后的门开着。他是一个身材矮小、面色黝黑、三十八岁至四十岁的职员模样的人。他瘦削的身体和苍白的脸庞足以说明，他机械的头脑是不懂得冒险的。他的右手拿着一张白纸条。

"波士顿的美国火险公司宣告无力偿付赔款。"锣声又响了一下。

风暴即刻重新开始，来势比以前更加迅猛，因为如果周一的上午在一小时的观察以后，倒闭了一家保险公司，那么四五个小时或一两天以后，会变出什么花样来呢？这就是说芝加哥被烧毁的公司不能恢复营业了。这就是说一切有关的贷款现在都已经，或者就要收回了。受了惊的"多头"都叫着要抛售一千股、五千股的北太平洋公司、伊利诺伊中央公司、雷丁公司、湖滨公司、瓦贝许公司的股票。当地的一切电车公司的股票和考珀伍德的市公债价格都狂跌不止，足以使有关的人全都惶恐万分。在休息的时候，考珀伍德急匆匆走到列维斯的身边，但是一时无话可说。

"好像莫伦豪尔和辛普森集团并没有维持市面。"沉吟片刻，他表情严肃地说。

"他们得到了纽约方面的忠告，"列维斯严肃地解释，"市面是难以维持的。据我所知，那里有三家保险公司就要关门了，我认为公告可能随时会出来。"

他们离开混乱的市场去商量解决办法。根据他和斯特纳的约定，考珀伍德可以抛售，或者在市场作价以外收买十万美元的市公债，他们是靠这个赚钱的，还要市场能实际维持才可以。他现在决定买进六万美元的公债，以此来应付另外的借款。斯特纳会马上付现金给他，使他有更多的现金，这样或多或少可以给他些帮助。总之，可能使他不必把其他抵押品即刻变卖，至少可以使他在价格方面不会损失太惨。如果他有财力在市场上做"空头"就好了，如果这么做而不至于动摇他目前的地位就好了！这就是这个家伙的本性，即使在这种危机里，也能挖掘他需要的东西，因为目前的负债会使他破产，也有可能在稍微不同的条件下变成极大的收获。可是他却不能利用这个机会。他不能既做"空头"又做"多头"。两者只能选其一，但是他需要"多头"，尽管奇怪，却是事实。他的精明和机智在这里也于事无补了。他刚要转身跑出去拜访一个银行家，以把房屋做抵押换些钱的时候，锣声又响了起来，交易再度停顿。奥塞·列维斯站在出卖市公债的市证券号位置上，要开始为考珀伍德买进了，他意味深长地望着考珀伍德。纽顿·塔戈尔急急忙忙跑到考珀伍德的身旁。

"情况很糟糕，"他高声说，"我不想照市价出卖，这无济于事。他们在拆你的台，真相已经揭露。隔几天事情一定会有转机的，你能挺得过去吗？眼前还有更多的困难呢。"

他抬眼望望公告廊。

"纽约的东南火险公司宣告无力偿还债务。"

场内发出了一阵低沉的像是"啊"的声音。

报告员敲着小锤子，要求大家遵守秩序。

"罗切斯特的伊利火险公司宣告无力偿还债务。"

又一阵"啊——啊"的声音！又一阵锤子声。

"纽约的美国信托公司停止付款。"

"啊——啊"的声音！

风暴在持续。

"你心里怎么打算？"塔戈尔问，"你是挡不住这场风暴的，你是否可以停止抛售，过几天再说？为什么不做'空头'呢？"

"他们应该停止交易，"考珀伍德马上说，"这是个好办法。那样就没事了。"

他急忙去找和他一样处境艰难的人商量，打算利用他们的势力来达到目的。要提弄这些自以为市面跌落会有利于他们的计划并且准备大发其财的人。这显然是钩心斗角的勾当。但这跟他有什么关系呢？生意买卖毕竟是生意买卖。以亏本太大的价格卖出徒劳无益，他吩咐助手们停止抛售。除非银行家对他全力相助，或者交易所停止交易，或者他能说服斯特纳立即再借给他三十万，否则他就要破产了。他沿街拜访各个银行家和经纪人，建议他们停止交易。在十二点之前的几分钟，他急忙坐车到车站去接斯特纳，但令他大失所望的是，斯特纳并没有到，好像是他没有赶上火车。考珀伍德脑中一亮，计上心来，他决定到市政厅去，到斯特纳家里去，兴许他已经回来，想避而不见。

考珀伍德没有在办公室里找到斯特纳，于是又赶到他家里去。不出所料，他看见斯特纳正走出来，脸色苍白神情恍惚。一看到考珀伍德，他真的面色如纸了。

"啊，啊，弗兰克，"他不好意思地喊道，"你从哪里来的？"

"怎么啦？乔治！"考珀伍德问，"我以为你到布劳德街去了。"

"我本来要去那里，"斯特纳呆头呆脑地回答，"但是，我打算在城西下车，换一下衣服。今天下午我还有许多事情要去处理呢。我会来看你的。"考珀伍德已经拍急电报给他，说这些话显然很愚蠢，但是年轻的银行家并没有理会这些。

"上来吧，乔治，"他说，"我要和你谈一些很重要的事。在电报里我已经把经济危机的可能性告诉了你。现在已经发生了。一分钟都不能错过。股票暴跌，我的大部分借款都在催收。我想知道你是否肯以四五厘的利息，借三十五万美元给我用几天，我会如数归还你的。我急于要用。如果没有这些钱，我可能就会垮台。你知道这意味着什么，乔治。我的钱都被套住，你那些铁路股票也会和我的一起被套住，我无力让你把它们卖掉，那就会使我在市财政局的借款处于不利的形势，你就收不回公款，你知道会造成怎样的后果。我们是祸福与共的。我可以使你平安地渡过难关，但是没有你的帮助，我无能为力。昨天晚上我已经去拜访巴特勒，谈妥了他放给我的借款，我正在尽最大的努力从别的地方弄钱。但是我恐怕在这一点上还是不行，除非你愿意帮助我。"考珀伍德停顿了一下，他要把全部情况清晰、简洁地告诉斯特纳，使他来不及拒绝，要让他把这个困难当作他自己的困难。

事实上，考珀伍德满心怀疑的事情完全是事实。的确已经有人通知了斯特纳。就在昨天晚上，当巴特勒和辛普森与莫伦豪尔分手后，莫伦豪尔就打发足智多谋的秘书阿伯纳·森斯塔克去探听斯特纳的行踪。森斯塔克于是打长途电话给正在和斯特纳一起旅行的斯特罗比克，让他警告斯特纳必须提防考珀伍德。市财政局的情况已被他们知道了，森斯塔克可以在威敏敦和斯特纳、斯特罗比克相见（这是为了防止考珀伍德先找到斯特纳）。事情的整个情况已经完全弄清楚了，要是再支付款项就将受到法律制裁：斯特纳见任何人之前，必须先见莫伦豪尔。森斯塔克收到了斯特罗比克的电报，他们预计第二天中午抵达，他就按时到威敏敦去迎接他们。结果，斯特纳在城西下车，没有直接去城里的商业中心。他打算先回家换衣服，然后在与考珀伍德见面之前先去拜访莫伦豪尔，现在他实在被考珀伍德吓慌了，需要有考虑的时间。

"不行，弗兰克，"他哀求道，"我在这件事上处境很不利。莫伦豪尔的秘书刚才在威敏敦等我，警告我要防止这种情况发生，斯特罗比克也反对。他们知道我有多少公款没有收回。是你或者别的什么人告诉他们的。我不能违抗莫伦豪尔。可以说，我有今天都是他栽培的。这个职位也是他给我找来的。"

"听我说，乔治。目前你做任何事情，都不能让这种政治上的忠诚来蒙蔽你的决断力。你现在处境非常不利，我也是如此。如果你现在不能为保护自己和我一起行动，就不会有人帮助你的。不仅现在没有，以后也不会有。而过些时候，一切都来不及了。我昨晚去拜访巴特勒，恳请他帮助我们俩的时候，已经得到了印证，他们知道我们在做市内铁路公司股票的生意，他们打算把我们排挤出去，这是千真万确的，我绝无半点增加或减少实际情况。在这个节骨眼儿上，在这种特殊情况下，就是黑吃黑，我们必须反抗一切人以挽救自己，否则就得同归于尽。这就是我到这里要告诉你的事情。莫伦豪尔今天对你不会比对电灯杆更关心一些，他并不会因为你借给我钱而烦恼，而是在为谁从中牟利，牟了什么利而恼怒。不错，他们很清楚你和我在买进市内铁路股票，你可知道，他们根本不希望我们持有市内铁路股票。一旦他们从我们手里夺走了股票，他们就不会再在你我身上费什么功夫了。你明白这个道理了吗？一旦我们失去全部投资，你垮了，我也垮了，谁也不会从政治上或者别的方面，支持你和我。我要你认清这一点，乔治，因为这是真情实理。你说不行，或者依照莫伦豪尔的话行事之前，你必须得考虑一下我不得不告诉你的这些情况。"

他现在站在斯特纳的面前，直盯着他的眼睛，企图利用他精神上的威力，使斯特纳采取一个措施来挽救他，不管它最后对斯特纳的作用是何等的微小。更耐人寻味的是，他并不计较这些。在他看来斯特纳这时候不论在谁的手里都只是一个工具，无论莫伦豪尔先生、辛普森先生还是巴特勒先生。如有可能，他也想把他掌握在自己的手里。所以他就站在那里凝视着他，像一条蛇盯着一只鸟。如果可能的话，决心要拿他来充实个人的私利。

但是斯特纳却已经被吓坏了，在当时看来好像拿他没有办法了。他的脸色白得发青，睫毛和眼眶肿胀开来，手里流着汗，嘴唇上满是涎水。上帝！他现在真是进退两难！

"你大概是对的，弗兰克，"他绝望地嚷道，"我知道你说得不错，但是，别忘了我和我的处境，如果我真的把这些钱借给你，他们对我是什么都做得出的，而且不会不做。如果你能站在我的位置上来看待就好了。如果你在见到我之前，不去找巴特勒就好了。"

"乔治，你说得就像我能找到你似的，当时你已经出门打野鸭去了，我打电报到我所知道的各个地方想和你取得联系。我能有什么办法？出了事就得设法应付。而且我以为巴特勒以前对我要比现在的态度友好得多。但是现在，乔治，我已去看了巴特勒，对我发怒也毫无用处了，总之，你现在不该对我发怒。我们是一起做这件事情的。这仅仅是我们两人的存亡关头，跟谁都毫不相干，只有我们两人，你懂吗？巴特勒不能也不肯照我的要求去办，也就是说服莫伦豪尔和辛普森来维持市面，结果他们不但不维持反而在压低。他们有他们自己的小算盘，就是把我们排挤出去，你懂吗？他们要夺取你我积蓄的一切东西。我只是要你和我，乔治，挽救我们自己，我此刻在这里就是为了这件事情。如果你不给我三十五万，至少三十万，你和我就非垮台不可，这对你比对我更加不利，乔治，因为我无论怎样，就这件事而言，是与法律无关的，但是我并不从这个方面考虑，我努力的目的是要拯救我们俩，以便舒适地度过余生。不管他们怎么说，怎么做，你有权力这么做，我可以帮助你，为了我们俩。你明白这个道理吗？我要拯救我的生意，然后会帮你挽救你的名誉和钱财。"他停顿一下，希望这些话能够说服斯特纳，但是斯特纳还是在打哆嗦。

　　"但是，我能做什么呢？弗兰克，"他低声地咕哝着，"我不能违背莫伦豪尔的意志。如果我不按照他说的办，他们就会控告我的。总之，他们要控告。我不能听你的。我的力量微不足道。如果他们不清楚这件事，如果你没有告诉他们，事情就不一样了，但是现在这个情况——"他悲伤地摇摇头，灰白的眼睛里充满了凄凉的悲哀。

　　"乔治，"考珀伍德回答，此时此地，他认为只有最坚定的言论才会产生一些效果，"不要谈我过去的事了。我是迫不得已的。现在在这个问题上，你丧失了头脑和思考能力进而有犯严重错误的危险，我不想看到你犯错误。我把五十万公款替你投资了，一部分为我，一部分为你，但主要是为了你，不是为了我（也可以说这是不对的）。而你在如此危急时刻，却在质疑是否需要保护自己的利益。我不明白你的意思。这是经济危机，乔治。各方面股票都在狂跌，不管是谁的股票。不止你一个人的。这次经济危机，是火灾引起的，如果你不想方设法保护自己，就难以避免受其危害。你说自己的职位是莫伦豪尔弄来的，于是你就畏惧他会如何收拾你。如果你琢磨一下你自己的和我的处境，你就会明白只要我不垮台，无论他做什么都没有多大作用。如果我垮台了，你又能如何呢？谁来保证你不受控诉？是否莫伦豪尔或者其他什么人，会替你把五十万公款归入市财政局呢？他不会的。如果莫伦豪尔以及其他人心里在关心你的利益，他们今天为什么不在交易所里帮助我呢？我可以告诉你其中的缘由。他们要掠夺你和我的市内铁路股票，他们压根儿不在乎你以后是否要坐牢。现在，如果你明智一些，你就听我的。我一直是忠实于你的，不是吗？你靠我赚了许多。如果你理智一些，乔治，你应该现在就回办公室去，在你动手做任何事之前，先开一张三十万美元的支票给我。在开好支票之前，不要见任何人，也不要做任何事。一不做二不休。谁都不能阻挡你给我支票，你是市财政局局长。我只要得到支票就可以想办法渡过难关，在下周或者下下周，把全部款项都归还给你，到那时经济危机肯定会结束的。我把这笔钱还给财政局之后，再慢慢研究五十万的事，在三个月内，也许用不了三个月，我会安置妥当的，你可以把钱归还财政局，又不损失你的股票，谁都不会找你麻烦的。他们不可能再对你的行为说东道西。喂，乔治，你打算怎么办？莫伦豪尔不能阻止你开支票，正如我要你开支票一样。你的命运把握在你自己的手里。你打算怎么办？"

斯特纳十分可笑地站在那里思考，实际上，他不敢贸然行动，他惧怕莫伦豪尔，惧怕考珀伍德，惧怕生命，惧怕他自己。他觉得经济危机对他在社会上的社交和政治地位上产生的影响，比对自己的钱财方面的影响更大。金融意识强的人并不多。他们作为财富的主人，却并不清楚自己手里握着打开社会之门的钥匙，也就是所谓交换媒介，这一切究竟意味着什么？他们要钱，但并不是为了钱，他们要钱，因为钱可以买到惬意的生活，而金融家要钱是因为钱能够操控别人，因为钱可以转换成尊严、威望、权力。因此考珀伍德要钱。但斯特纳却不同。这就是他会如此轻易地让考珀伍德替他做生意的原因。现在，他比以往更能看清考珀伍德的建议的真正含义，于是他仓皇失措，他的理智被莫伦豪尔等人的反对、愤怒，考珀伍德可能破产，自己却无力应付压制。考珀伍德与生俱来的理财才能在此刻不再能鼓舞斯特纳的信心了。这位银行家太年轻，太激进了。莫伦豪尔更老，更有钱，辛普森也如此，巴特勒也如此。这些人物，加上他们的财富，在他的心目中代表着巨大的权威和高尚的标准，此外考珀伍德不是承认自己处境很危急吗？他已濒临绝境。这可能是他告诉斯特纳的最恶劣的结果，尽管这种情况下，这是唯一可以提出的结果，因为他有胆量来应对危机。

所以现在，斯特纳就站在考珀伍德的身边束手无策。当他们坐车去办公室时，他面色惨白、四肢无力，不能迅速地厘清他的利益的主要脉络，不能明确地、坚定地、激烈地追踪下去。因为考珀伍德要坚持自己的恳求，就随他走进办公室。

"喂，乔治，"他恳切地说，"我希望你能回答我。时间紧迫，不可拖延。把钱给我，可不可以？我要尽快离开这里，事不宜迟。不要让那些人把你吓退了。他们是在耍阴招，你就玩你的。"

"不行，弗兰克，"最终斯特纳有气无力地说，当时他的确关心自己的经济前途，但莫伦豪尔的冷酷、蛮横的面孔一浮现在眼前，他的决心顿时就减弱了，"我要斟酌一下。我不能即刻办到。在我遇到你之前，斯特罗克刚来过，而且——"

"真是天知道，乔治，"考珀伍德带着嘲讽的口气高声说，"不要提什么斯特罗比克！他和这事有什么关系？还是替你自己考虑吧。想想吧，你会落到何种田地。你应该关注的是自己的前途，不是斯特罗比克的。"

"我明白的，弗兰克，"斯特纳没精打采地坚持着，"但是，我实在不清楚该如何是好。老实说我不清楚。你自己说你不确定是否能够毫无损失地渡过难关，而再借三十万就是又给你增加了三十万美元的债务。不可以的，弗兰克。我真的做不到。这是不对的，而且，总之我首先要和莫伦豪尔商量。"

"天哪，你在说什么！"考珀伍德怒不可遏地大声嚷起来，丝毫不加掩饰地用轻蔑的表情看着他，"赶快去！去见莫伦豪尔！让他告诉你他是如何为自己谋利而牺牲你的利益的。再借三十万给我是不对，但让你已经借给我的五十万失去保障而且遭受损失倒是对的。到底对还是不对？究竟怎么回事，乔治，你真是疯了。莫伦豪尔一句话就把你吓死了，总之一切事情都置之不理了。你是否真的明白，如果我破产会引起什么后果？我告诉你，乔治，你会被指控犯罪。你会被关入监牢。莫伦豪尔这个家伙，如此急急忙忙告诉你现在不应该做什么，一旦你垮台，他就是最后一个对你施以援手的人了。嘿！抬起头来，我曾经帮过你，难道不是吗？我替你办事，直到如今都还让你满意吗？天哪，你真撞到鬼了！你惧怕什么呀？"

斯特纳正要没精打采地回答时，办公室外间的门打开了，斯特纳的秘书阿尔培·司戴尔走进来。当时斯特纳确实惊慌失措了，以至于根本没有注意到司戴尔，可考珀伍德却应付自如。

"什么事，阿尔培？"他亲切地问。

"莫伦豪尔先生派森斯塔克先生来拜见斯特纳先生了。"

一听到这令人生畏的名字，斯特纳就像一片枯叶般枯萎了。考珀伍德看在眼里，他清楚要想得到三十万的最后一线希望，现在几乎是破灭了，但是，他还是不甘心就此放手。

"喂，乔治，"在斯特纳吩咐阿尔培等一下就出去见森斯塔克，阿尔培走出门去之后，他说，"我了解什么事情。这个家伙捉弄你呢。你现在不能做主了，你被吓坏了。现在暂且不谈，我等会儿过来。但是，天哪，把精神振作起来吧，考虑一下事情的后果吧。如果你不听我的，你就一定会遇到我所说的情况。如果你做，就可以让自己发财。如果你不做，你就会成为罪犯。"

他决意在重访巴特勒之前，在外面再做一番努力，然后就精神抖擞地走出来，跳进等在门外的轻型马车。这是一辆精致的黄漆马车，装着黄皮软垫座位，由一匹昂首阔步的来自麻省的小牝马拉着，他赶着它一家家地奔波，每到一处，都是随意地抛下缰绳，跳上银行的台阶，直奔办公室而去。

但是一无所获。大家都慎重地表示关注，但形势不明朗。吉拉特国民银行不肯放宽一个钟点，他被迫用一大沓最值钱的证券来补足股票的跌价。他的父亲以第三国民银行总经理的身份在两点钟通知他，他要收回他所欠的十五万美元，因为董事们开始质疑他的股票。他就开了一张五万美元的支票，提取存在他们银行的存款，拿出两万五千美元可以动用的办公费，向泰依公司收回了五万，以三分之一的价格把试着投机的一条电车路线即格林·柯茨线的股票卖出六万，他把所有这些钱合并在一起送到了第三国民银行。他的父亲一方面是相当地放了心，但在另一方面却感到很颓丧。中午他就跑出去看自己的股票进展如何。这么做，某些地方是有失体面的，但是考虑到自己父亲的责任和自己的经济利益，也就管不了太多了。他把房屋抵押出去，又把家具、马车、地产、股票做了押款，千方百计筹到十万美元现款，存入自己的银行，划在了弗兰克的户头上。但在这种狂风骤雨之下，这只是抛下一个很轻的铁锚罢了。弗兰克希望他的全部借款至少拖延三四天。在这个周一下午两点钟，他估算了一下情况，心里很周密但是很悲哀地想："是的，斯特纳应该借给我三十万，问题就在这里。现在我要去拜见巴特勒了，否则他在三点钟以前会来讨债的。"

他匆忙出门，决定到巴特勒家里去。他拼命赶着车子。

第二十六章　私情败露

自从考珀伍德与巴特勒谈话后，事情已经发生了很大转折。尽管巴特勒在考珀伍德提出建议的时候态度很友好，表示要与莫伦豪尔和辛普森联手共同维持市面，但是，就在本周一的上午九点钟，一个意外的纠纷搅入了本来已经错综复杂的局面里，使巴特勒彻底转变态度。在考珀伍德去央求施以援手的当天上午九点钟，巴特勒正要坐上马车出门的时候，邮差来了，交给巴特勒四封信，他就停下来看这些信，第一封是手下的小包工希金的信；第二封是他的牧师圣·蒂摩西教堂的米歇尔神父写来的，对他捐助教区贫穷救济金表示感谢；第三封是德雷塞尔公司关于存款的信；而第四封是匿名信，显然是不大识字的人用廉价信笺写的，像极了女人的笔迹，字迹十分潦草，信里说：

请注意：此信是提醒你，你的女儿爱琳在与她不该来往的人——银行家弗兰克·阿尔杰农·考珀伍德来往。倘若不信，请留意北第十大街九三一号房，即可亲眼证实。

信中既没有署名，也没有任何标识表明信是从何处寄来的。巴特勒认定是居住在那所房屋附近的某个人写的。他的感觉有时候极其敏锐。实际上这是圣·蒂摩西教堂一个女教友写的，她的确住在那房屋附近，曾经亲眼看见爱琳，而且嫉妒她的气派和地位。她身体瘦弱、面色苍白、满怀不满，这样一个女孩子喜欢用维护道德的手段来泄私愤，并以此获得快感。她住在考珀伍德非法之家的北面第五家，经过一段时间监视，她逐渐察觉或者自以为了解了那幢房屋的奥妙，就凭借敏锐而准确的感觉把想象和事实混合起来。最终写下这封信，现在就鲜明地、残酷地展现在巴特勒眼前。

爱尔兰人既重实践又善于思考。遇到任何事，他们首先最坚强的冲动是努力往好处想，即使是罪恶也要给它披件与众不同的漂亮外衣。巴特勒开始看那几行字时，字里行间的含义就让他坚实的身体浑身打战。他本能地嘴巴闭紧，灰色的眼睛眯成一条线。难道这是真的吗？如果不是真的，写信的人为什么说得这么有把握呢？"倘若不信，请留意北第十大街九三一号房。"这难道不是一种有力的证明，并体现一种实事求是的精神吗？就是那个败类，昨天夜里还恳求他的帮助，而他曾经的确给过那个家伙许多帮助。在他天生迟钝的头脑里，有一种关于他女儿特性和美貌的概念自然闪现出来，而且是从来没有过的非常鲜明的形象；同时，他对弗兰克·阿尔杰农·考珀伍德的人格也有了更深刻的认识。他竟然会看不透这个家伙的本质？如果考珀伍德和爱琳确有牵连，他怎么会看不出蛛丝马迹呢？

父母往往持有偏见，因为始终有某种安全感，认定他们的儿女是绝对不会有问题的，以前不曾出过什么事，所以以后也永远不会出任何事。每天看见他们的儿女，用他们偏爱的眼光来欣赏。由于浓浓的父母之爱，和儿女生来的英俊妩媚，他们就认为，这些儿女非但不会平庸无能，而且不可能沾染邪恶。爱琳自然是个好女儿，尽管有一点野性，但又有什么关系呢？欧文正直稳健，他怎么会遇到困难呢？大多数父母突然发现哪一个孩子做错事了就感到很意外，难免会伤心地吓一大跳。"我的约翰？我的爱琳？这不可能？"但这是可能的。很有可能。一定会的。有的由于缺乏经验或理解，或者由于两者都缺，马上就变得冷酷和苛刻起来。为人父母的慈悲和牺牲，顿时觉得受了很大的屈辱。有的人就在人生无常和严重脆弱（人类的神秘性）的表现面前垮了下来。还有些人受到了深刻的人生教育，或者有天生的理解或直觉，或者两者兼具，此处对所谓人生和人格的神秘性的最新表现可见一斑。他们清楚，要反对它是根本没有希望的，除非寻求更大的智慧，尽他们所能对这种事情作最好的掩饰，等到他们能够冷静思考的时候进行和解。作为有思想的人，当然我们都明白人生是以人性来分析的，其余的人则在假设不可能的事情，即使恼羞成怒也于事无补。

爱德华·巴特勒聪明绝顶而又冷酷残忍，就这样伫立在门口，粗大的手里拿着那张薄薄的廉价信笺，上面写着自己女儿的可怕罪状。他回忆着当她还是一个小女孩儿的样子。她是他的第一个女儿，她美丽动人，无数次她那金红色的头发枕着他的胸膛，而他粗大的手指无数次抚摩着她柔嫩的面颊。爱琳是他漂亮可爱的二十三岁的女儿呀！他陷入了灰暗的、怪异的、痛苦的沉思里，一时不知如何是好。他不得不承认，他真的无计可施。爱琳！爱琳！他的爱琳！如果她的母亲知道了这件事肯定会伤心的。不应该让她知道！不应该让她知道，确定不应该让她知道吗？

一颗父亲的心哪！人生的确会迷失在感情方面的歧路上。母亲对子女的爱是不同寻常的、强大的、自私而又公正的，是全身心投入的。丈夫对妻子的爱，或者情人对情人的爱是心心相印、无怨无悔的，是情场上的对等交易。父亲对儿子或女儿的爱，如果有的话，是无边博大、慷慨认真的，深谋远虑而又不求报答的付出，好像欢迎和送别一个烦恼的旅客，要竭力保护他，不偏不倚地判断他的弱点和优势，对他的失败感到遗憾，对他的成功感到骄傲。这是一种充满爱心的、慷慨无私的胸襟，通常不要求太多回报，全身心地理智地多多给予。"愿我的孩子成功！愿我的女儿愉快！"谁没有听说过、思考过这种源自父亲智慧和慈祥的恩惠呢？

当巴特勒驾车去商业区时，他那巨大、迟钝的头脑有些混乱，飞快地思考着，搜索着与这条意外的、伤心的、恼人的消息相关的一切可能性："什么原因使考珀伍德对自己的太太心怀不满？为什么他不到其他地方去，偏偏要闯进我的家里，形成这样的秘密关系？爱琳有何过失吗？她并非没有主见。她应该清楚自己在做什么，信奉天主教的她是善良的，至少可以说接受过天主教教育。多年来她经常去忏悔和领圣餐。"最近巴特勒察觉她不大愿意去教堂，有时周日就找个理由留在家里，但是必须去的时候她还是照去不误。可是现在——他的思绪走进一条死胡同，然后他又从精神上回头，努力到事情的中心去，再从头捋一遍。

他缓慢地踱上自己的办公室的楼梯。他走进去，坐下来，反复思考。到了十点钟，接着到了十一点钟。偶尔他的儿子有事来找他，但察觉他的情绪不好，就让他独自思考了。十二点钟了，一点钟了，他依旧坐在那里沉思。之后考珀伍德来了。

考珀伍德发现巴特勒不在家里，也没有碰见爱琳，就急忙赶到爱德华·巴特勒运营公司的办公室，这里还是巴特勒经营某些市内铁路股票的中心，属于公司的这层楼按照一般办公室分隔开来，有记账间、路段经理室、财务主任室等。在后面有两间装潢精美的小房间，欧文·巴特勒和他父亲就在那里办理公司的全部重要业务。

考珀伍德一路上想着爱琳，因为心里奇怪地滋生一种不祥的预感，他思考着他与她的特殊关系，以及他现在赶去见她父亲并恳求帮助的事情。当他踏上楼梯，一种面临逆境的异样感觉油然而生，但是依照他对人生的看法，他宁愿不去承认。一见到巴特勒，他就觉得事情出了问题，因为他没有以前那样友好了，他的眼神黯淡，表情严厉，这在考珀伍德记忆里是从来没有过的。考珀伍德马上判断出巴特勒除了不愿意帮助他以及要收回贷款外，肯定还有其他意思。是什么呢？难道是因为爱琳吗？一定是的。一定是有人暗示了什么。他们可是在幽会呀。是的，即便如此，依然没有任何证据。巴特勒不能从他这里发现蛛丝马迹，但他的贷款，肯定要收回了。至于要求另给贷款的念头，现在他看得很一清二楚，根本就是不可能。

"我来拜望你是为了你的贷款，巴特勒先生。"他振作精神，带着惯有的活泼神气。你不能从他的态度或者表情里觉察出到底发生了什么异常的事情。

巴特勒独自一人待在房间里。欧文已到隔壁房间去了。他的双眼躲在蓬松的眉毛底下死死盯着他。

"我非得要这些钱不可。"他粗暴而阴沉地说。

一想到这个破坏他女儿的名誉、神气活现的伪君子，那种传统爱尔兰人的怒气猛然涌上心头。一想到他和她在一起，他就忍不住要死死地盯住他。

"从今天上午的变化来观察，我估计到你可能要收回贷款。"考珀伍德神情自若地说，"我清楚，危机已经发生了。"

"已经发生了，而且我认为不是很快就能恢复的。我今天必须收回我的款子，我没有时间等你。"

"很好。"考珀伍德回答，他知道情况是何等危急。到底是何缘故使这个老头儿如此冷酷，他一看见考珀伍德就要动怒，那是一种致命的激动。考珀伍德强烈地意识到是因为爱琳，他肯定是了解或在怀疑什么了。他不得不装作业务紧急而结束谈话。"我很抱歉。我以为可以延期的。但是这样也很好。无论如何，我能弄到这笔款子的。我即刻就送过来。"

他转身匆忙向门口走去。

巴特勒站起身来，他本来不打算这么办，他本来要质问他，甚至痛打他一顿。他准备要说些暗示的话去逼迫他回答，甚至直接责骂他，但考珀伍德已经走了，还是照样神气活现。

这个老头儿惊慌了，恼怒了，绝望了。他打开通向隔壁房间的小门，叫道："欧文！"

"哎，爸爸。"

"派人去考珀伍德办公室，把钱收回。"

"你决定要收款了，是吗？"

"我决定了。"

对于父亲的愤怒，欧文感到莫名其妙，他不知道到底是什么原因。但是心里估摸着可能是他和考珀伍德之间产生了一些争执。他走出去，在办公桌上写了一张通知，叫来了一个小职员。巴特勒走到窗口，向外凝望着。心里满是愤怒和痛苦。

"这个下贱的畜生！"他突然独自喊出来，声音不太大，"在我和他断绝关系之前，我要把他的每一分钱都拿过来。我要把他送入监牢。我要，我要毁掉他，我要！等着瞧吧！"

他捏紧他的拳头，咬牙切齿。

"我要收拾他。我要让他知道我的厉害。这个畜生！该死的无赖！"

他从未如此恶毒、如此凶残、如此冷酷过。

他在办公室里踱来踱去，思考着对付考珀伍德的办法。去问爱琳？当然要问她。如果她的脸色，或她的嘴唇告诉他，他的怀疑是千真万确的，他就要慢慢来收拾考珀伍德。现在且看这个市财政局局长的本事。在此事上考珀伍德还不能认定就是罪犯，但罪名是可以罗织的。

于是，他就让小职员去转告欧文，说他要上街一会儿。他坐上电车回到家里，看见他的女儿正要出去。她穿了一身镶有窄金边的紫色天鹅绒的服装，披着艳丽的紫金色头巾。脚上穿一双古铜色小羊皮的漂亮新靴，手上套着一双淡紫色的小山羊皮长手套。耳上戴着她最心爱的玩意儿——一对黑玉的长耳环。在看见他女儿的一瞬间，这个爱尔兰老人突然意识到也许他一生都没有这么明确地意识到他养的鸟儿已经羽翼丰满且羽毛异常美丽。

　　"你去哪里，孩子？"他问，他本打算掩饰自己的恐惧，但掩饰不住自己的担忧和郁积的怒气。

　　"去图书馆。"她轻松地回答，可是忽然她意识到父亲的一切不同寻常。他脸色阴沉黯淡，神态疲惫忧郁。

　　"到我的房间来一下，"他说，"在你出门之前我打算和你谈谈。"

　　听到这句话，爱琳感到一种异乎寻常的惊讶，她很纳闷，父亲从来不会在她正要出去时，让她去他的房间谈话的。就这一点，他的态度让她觉得很意外，也许这就是某种意想不到的事情的先兆。爱琳和其他破坏当时习俗的人一样，非常清楚事情败露以后可能产生的惨痛后果。她曾经常常想到如果在家里发现了她的行为，他们会如何想。她心里总是琢磨不出来他们会如何对付她。她的父亲盛气凌人，但是她从来没有看见他对她，或者对家里其他人流露残忍或者冷酷的态度，尤其是对她。他对她总是过分宠爱，不会受到任何意外的事情的影响，但是她也没有把握。

　　巴特勒在前面走，当他上去时，他的大脚严肃地踏在台阶上。爱琳紧随其后，她在客厅的大镜子里看了自己一眼，立即意识到自己的容貌是何等的妖媚，而对于即将发生的事情又是何等的糊涂。父亲想要说什么呢？当她想到他可能提出的要求时，她变得面无人色。

巴特勒跨进这沉闷的房间，他坐在房间里和其他东西并不匹配，但是坐在写字台旁边大皮椅上倒是很相配。迎着阳光的地方，他的面前摆放着一把供客人坐的椅子，但凡他打算对某些人审问，他就请他们坐在那里。当爱琳走进来的时候，他就指向那把椅子，对她说："坐在那里。"这对她而言也是不祥的征兆。

她坐下来，不清楚他要做什么。就在此时，她记起曾经答应考珀伍德，不管发生任何意外都不承认的诺言。她暗想，如果父亲要在这一点上对她进攻，那他只能一无所获，她必须对弗兰克负责。这时，她美丽的脸庞就坚定、强硬起来。她的两行小白牙排列均匀。她的父亲分明看出来她已经有意识地打起精神，并准备抵抗某种进攻了。因此他怀疑她已经犯下错误，于是他很忧伤、羞愧、愤怒、浑身不舒服。他把手伸进外衣左面的口袋里，从各种纸张里抽出那封致命且不值钱的信。当他把信从一个小信封里取出来，默不作声地摊开时，他粗大的手指在颤抖着。爱琳看着他的脸庞、他的双手，不知道他手里是什么东西。他的大手把小小的信笺递过来，并说："看吧。"

把信放在手中，她觉得轻松了下来，但低下头看信笺的时候。那种轻松转眼就消失了，她不知道该如何抬起眼睛面对父亲的脸。

请注意：此信是提醒你，你的女儿爱琳在与她不该来往的人——银行家弗兰克·阿尔杰农·考珀伍德来往。倘若不信，请留意北第十大街九三一号房，即可亲眼证实。

无论她怎样掩饰，她的双颊即刻惨白。很快她就觉得脸上热辣辣的。她变得十分激动。

"胡说，完全是胡扯！"她说，并抬起眼睛来注视着父亲的眼睛，"是谁把我写成这个样子，简直莫名其妙！简直胆大妄为！这就是无耻的侮辱。"

老巴特勒认真地、严肃地端详着她。他压根儿没相信她的胆大无畏的欺骗。如果她的确无辜，他清楚，她会立刻跳起脚来，浑身都会抗议。而现在，她只是傲慢地凝视着。他从她迫切的反抗里看出了她犯罪的事实。

"你怎么会了解，孩子，我不曾监视那所房屋？"他冷笑似的说，"你怎么就有把握没人看见你去那里呢？"

只有爱琳对她情人所承诺的庄严诺言，才使她从这微妙的追问里解脱出来。事实上，她已经吓得面无人色了。但她想起了弗兰克·阿尔杰农·考珀伍德，他曾经严肃而高明地问她，一旦她被捉住了应该如何应对。

"这是撒谎！"她喘着气说，"我从来没有去过这门牌号的房子，也不可能有人看见我去过。你怎么可以问我这样的事呢？爸爸！"

抛开对女儿犯罪的半信半疑的复杂感觉，他不得不暗自赞叹她的勇敢。她是如此的无畏，她坐在那里，居然矢口否认，以此来保护自己。她的美貌对他的心情是有影响的，这帮助她在他的评价中提高了地位。归根结底，他对这么美丽的女儿能有什么办法呢？她已经不再是十岁的女孩儿了，不可能像他有时所想象的那样了。

"就算不是事实，你也不应该这样说，爱琳，"他说，"你不该撒谎，撒谎违背了你的信仰。倘若不是真的，为什么有人要写这样的信呢？"

"但这根本就是没有的事，"爱琳坚定地说，装出怒火中烧的样子，"而且我认为你没有权利坐在那里对我讲这些话，我从来没有去过那里，我根本不熟悉考珀伍德先生，又怎么能和他来往。天哪，除了必要的应酬以外，我压根儿没有接触过这个人。"

巴特勒严肃地摇着头。

"这对我打击很大，孩子，很大的打击呀。"他说，"如果按你所说，我当然愿意相信你的话；但是我不得不想，如果你对我撒谎，这是何等令我伤心的事情。我的确没有监视那所房屋，今天上午我才收到这封信，信里写的可能不是事实，我希望不是。但是现在，我们不要再谈下去了。即使有任何事情发生，也没有到不可挽救的地步，我让你想一想你的母亲，你的妹妹和你的兄弟，你要做一个守规矩的女孩子。考虑你出身的教会，和我们在社会上应该保持的名誉。说真的，倘若你真的做了出轨的事，而且费城的人都知道了，这个城市尽管很大，也不会有我们的容身之所了。你的兄弟还没有成名，要在这里成就一番事业。你和你的妹妹没多久也要结婚的。一旦你做了这封信里所说的事情，传播出去，你怎么可能还有脸见人和做事呢？"

老头儿的话里充满了惊诧、痛心、异样的情感。他不愿相信他的女儿有罪，尽管他清楚是有的；他不愿承担依照他坚定的宗教信仰考虑起来应负的责任，严厉地责怪她。他想如果是别人的父亲可能会把她赶出门去，也有人可能在周密调查以后，把考珀伍德杀死。那些事他都不会做。如果他要复仇，一定会从政治上和金融上行动，他下定决心要把他赶出这两个领域。但是，至于对爱琳采取什么办法，他就无能为力了。

"啊，爸爸，"爱琳回答说，她装作很生气，尽量使出装模作样的本事来，"你既然清楚我是无辜的，你怎么可以像说孩子那样责备我呢？我什么时候对你这样说过话的？"

这个年老的爱尔兰人满怀无尽的悲哀，看透了她的伪装，他认为他最殷切的渴望之一已经破灭了。他曾经对她的社交和婚姻抱有莫大的希望。事实上，有十几个优秀的小伙子，随便哪一个都可以娶她，她会抚育可爱的孩子以安度晚年。

"好了，现在我们不要再谈这个了，孩子，"他有气无力地说，

"多年来你就是我的宝贝，我当然相信你不会做出什么出格的事。上帝做证，我不会相信。话虽如此，既然现在你已经长大了，一旦你做什么出轨的事，我想我也不会竭力阻止的。当然，我可能赶你出门，像许多做父亲的人那样做，但是我不愿意那样。一旦你做出什么出轨的事，"他举起手来阻止爱琳要提出的抗议，"你要记着，我一定会查得水落石出的，那么我和那个害我的家伙将势不两立。我绝不会放过他，"他说着说着就十分激动地站了起来，"我要抓住他，当我下手的时候——"他面对墙壁，脸色惨白，爱琳此刻意识到考珀伍德除了可能遇到别的灾祸以外，还要对付她的父亲。弗兰克在昨夜之所以那样严厉地看着她，是不是就因为这个呢？

"说实话，你的母亲如果了解到有人诋毁你，她会伤心的。"巴特勒声音颤抖地说，"那个家伙有自己的家室，一位太太和几个孩子。你真不应该做任何事去伤害他们。如果我推测得不错的话，不久就降临到他们身上的灾祸会让他们之间产生许多纠纷。"巴特勒的下巴略微收紧，"你是个美丽的姑娘，正值妙龄，又有钱，有不少小伙子都以娶你做太太为荣。你不管想什么，做什么，都不要忘记自己的生活。不要毁灭你永生的灵魂，不要彻底击碎我的心。"

爱琳的胸襟并不狭隘，在父亲的热情和感情的双重作用之下，她几乎要哭出来了。她从心底可怜她的父亲，但她却投奔了考珀伍德，她的忠诚不可动摇。她想解释，再做一番抗议，但知道于事无补。她的父亲很清楚她在说谎。

"好吧，我再怎么解释也没有用，爸爸。"她说着站起身来。白天的光亮已在窗子里消逝，楼梯下的门轻轻一拉就关上了，表明有一个兄弟回来了。她原本计划去图书馆一趟的，现在已经没有兴致了，"总之，你还是不相信我的话，尽管如此，我还是想告诉你，我真的是无辜的。"

巴特勒举起他粗大的棕色的手,禁止她说话。她察觉到父亲对那种可耻的关系已经了如指掌,而这折磨人的谈话现在已宣告结束。她转过身,面带羞愧之色走了出去。巴特勒坐着,一动未动,听着她的脚步声从楼下的客厅走向她的房间,逐渐消失,直到听不见。

然后,他站起身来,再一次握紧他巨大的拳头。

"这个无赖!"他说,"这个无赖!我要把他赶出费城,哪怕花光我手里最后一块钱也在所不惜!"

第二十七章　无计可施

有生以来，考珀伍德第一次见识到这种有趣的社会现象，即为人父母的愤怒情绪。当他还没有弄清楚巴特勒为何动怒时，就觉察到爱琳就是促使她父亲怒火中烧的原因。他本人也是个父亲。他对他的儿子小弗兰克并不特别宠爱，但对小丽莲就不一样了。小丽莲娇小可爱，头上好像闪耀着神光一样，很讨他喜欢。他畅想着她将来会成为一个妩媚多姿的女人，所以就尽力让她无忧无虑地生活。他曾经告诉她，说她长得"眼睛圆溜溜""脚像小猫咪"，一双小手"只值五分钱"。这个孩子崇拜她的父亲，经常站在他的书房或者起居室的椅子边，或者他的私人办公室的写字台边，或者在饭桌的座位边，问他各种各样的问题。

他对自己女儿的喜爱使他理解了巴特勒对爱琳可能持有的态度。假如是他自己的小丽莲发生这种事，他不清楚自己会如何对待。如果她到了爱琳的年纪，他觉得不会为了这种事情对他自己或者对她大惊小怪的。总之，孩子们以及他们的生活，多多少少与父母的意愿是有距离的，父母要操纵孩子，并非一件简单的事情，除非这个孩子天生温顺听话。

考珀伍德目睹了命运之神是怎样把灾难如雨点般纷纷降临到他身上的，不由得冷笑起来。芝加哥发生火灾，对他及他的命运，巴特勒、莫伦豪尔和辛普森都无动于衷。而现在，他和爱琳的关系还可能走漏了风声。尽管他还不能确定，但直觉告诉他，肯定是这样的。他现在很担忧，如果爱琳猝不及防被父亲当面质问，她会怎么应付，如何回答。如果他能见她一面就好了！可是，如果他偿还了巴特勒的贷款之后，今天或明天还有别人来催债，他不能浪费一点儿时间了。如果他付不出，就一定立即把股票转让。而巴特勒的怒气、爱琳的境况和他自己的危险都只能放置一旁了。他的心思必须完全集中在如何渡过眼下的金融危机。

他匆忙去拜访乔治·华特曼、目前的生活也算有些小钱的小舅子大卫·威金、以前和他有来往的颇为富有的杂货商约瑟夫·齐默尔曼、一个很富有的独自经营股票的法官吉钦、对市内铁路股票有投资的州财政厅厅长弗列特里克·范·诺斯特兰德，以及其他一些人。他请求这些人能对他施以援手。遗憾的是，有的人确实不愿替他出力，有的人害怕，有的人千方百计地要和他谈条件做苛刻的交易，还有的人顾虑过多，要等些时候再谈。大家都已听闻他情况艰难，并且没有任何利用价值，大家都需要时间考虑，但是他却没有时间等待。吉钦法官答应借给他三万美元，这是个于事无补的数目；约瑟夫·齐默尔曼只肯冒险借他二万五千美元。总之，他估算一共可能筹到七万五千美元，尽管已经用两倍的股票做抵押，但这也是微不足道的。他曾仔细算过，就算把每一块钱都算在内，在现有的款项之外，他至少还需要二十五万美元，否则就面临破产。反正结果到明天两点钟就可以知道了。如果他付不出钱，在费城市内几十家公司的总清账里就可以给他写上"破产"的字样了。

一个不久以前还拥有美好前程的人，遭遇此事是何等的不幸！他尤其着急偿还从吉拉特国民银行借的十万美元贷款。因为这是市内最重要的银行，如果他能够立即偿还贷款，并因此获得银行的好感，那就有希望在以后发生意外的时候再得到照顾。可是，他真的不清楚如何才能做到。他思考片刻之后，就决定把吉钦法官、齐默尔曼以及别人同意抵押的股票送出去，以便在今天晚上拿到他们的支票或者现款。然后去说服斯特纳开支票给他，偿付今天早上他在交易所里买进的六万美元的市公债。这样他就可以从中拿出二万五千美元，补足欠银行的账款，还可以留下三万五千美元供自己用。

如此安排，唯一的麻烦就是这些市公债券会出现比较复杂的情况。因为他早上买进后，并没有依照惯例存入基金里（市公债券是下午一点半送到他办公室里的），相反，他却立即把它抵押出去，垫付另一笔贷款。做这件事情，他是冒风险的，尽管他清楚自己有破产的危险，并没有绝对的把握把市公债券及时收回。

但他还是这么做了，因为他和市财政局局长之间是有工作协议的（当然并不合法），可以让交易看上去合情合理，几乎完全正当，即使破产了，因为他不到月底，都不需要核算任何一笔账目。如果他垮台而市公债券没有存入基金，他可以光明正大地说，他一向不着急，只是忘记此事。所以收取这张还没有存入市公债券的支票，即使违反法律且与道德相违背，但至少在技术上无可非议。但是政府又支出了六万美元，总共是五十六万美元，跟原来估算损失的五十万美元相差不大。但他谨小慎微的作风却和他当前的需要产生了矛盾，他决心要等到斯特纳最后拒绝给他提供三十万美元的援助之后，才收取六万美元的支票，这是他的权力。从各方面来看，斯特纳不会关心市公债券是否已经存入基金里的问题。一旦他问起，他只有撒谎，反正就这么回事。

他匆忙返回办公室，不出所料，他看见了巴特勒的便条。于是他开出他父亲银行的十万美元支票，这是慈祥的父亲存在他名下的，他派人把支票送到巴特勒的办公室去。还有一张是斯特纳的秘书阿尔培·司戴尔的通知，劝他不要再买卖市公债，如果以后没有得到通知，所有交易都不被承认。考珀伍德即刻发现了其中的奥秘。斯特纳已经和巴特勒或者莫伦豪尔会谈过，因受到警告而吓慌了。随即他又坐上马车，直奔市财政局局长的办公地点。

斯特纳在考珀伍德来访以后，与森斯塔克、斯特罗比克及其他人谈了许多，这些人都是被派来提醒他在金融方面提高戒备的。结论只有一个，就是反对考珀伍德。斯特罗比克自己也非常焦虑，因为他和怀克罗夫特、哈蒙也在挪用财政局的公款，当然数目小得多，因为他们不具备考珀伍德在金融上的想象力。他在发愁，风暴爆发以后怎样归还欠款？如果考珀伍德破产了，斯特纳账上就少了钱，整个账目可能要被检查，那么他们的欠款就要暴露出来。当前最需要做的事就是归还欠款，那样，至少不会对他们提出控告。

"去莫伦豪尔那里吧，"在考珀伍德离开斯特纳的办公室以后不久，斯特罗比克劝告斯特纳说，"告诉他整个经过，是他给你这个官的，是他出力推荐你的，告诉他你的处境，请教他你该怎样做，他也许会告诉你的。把你手里的股票送给他，请他帮你解决困难。必须这样做，你自己根本无法解决。无论如何，你连一块钱也不要再借给考珀伍德。他现在已经使你陷入困境，你已经没有自救的希望了。请教莫伦豪尔，看他是否肯帮你，让考珀伍德把那些钱还掉。他会给考珀伍德施加压力的。"

关于这方面他们还谈了很多，然后斯特纳就匆忙赶去莫伦豪尔的办公室。他惶恐得几乎喘不过气来，他情愿在这位伟大的德裔美国金融家和政治领袖的面前双膝跪下。啊，只要莫伦豪尔肯帮助他！只要他不被牵连，不进监狱！

"啊，天哪！啊，天哪！啊，天哪！"他走在路上，心里反复念叨着，"我该如何是好？"

亨利·莫伦豪尔，久经沙场的政治领袖，面对如此困境，他的态度和同类人物一样严厉、冷酷。

他正在思考，根据巴特勒告诉他的话，在这种局面下自己可以趁机捞到多少利益。如有可能，他就要夺取斯特纳现在拥有的全部市内铁路股票，而自己的体面丝毫无损。在交易所里，他可以轻松地通过自己的经纪人之手转让给一个傀儡，然后逐步过渡给自己。就这样，今天下午一定要把斯特纳的油水榨得一滴不剩，至于他欠市财政局的五十万美元，莫伦豪尔也想不出应对的措施。如果考珀伍德拿不出钱，那政府就非受损失不可，但必须把这桩丑闻隐瞒到选举以后。除非各个政党的领袖比莫伦豪尔所认为的更宽宏大量，否则斯特纳就得被捕、受审、家产充公，可能还要判处监禁。一旦社会舆论平息下去，就十分容易请州长减刑。莫伦豪尔不愿意用心琢磨考珀伍德是否有罪的问题。他十有八九是没罪的。那个狡猾的家伙一定安排得很巧妙，如果有什么手段能把罪名扣在考珀伍德头上，并能洗刷市财政局局长和共和党的罪名，他当然不反对，但是要先听听斯特纳和这个经纪人勾结的全部过程。目前，他应该做的就是抓牢斯特纳要放弃的东西。

斯特纳，心急如焚的市财政局局长被引到莫伦豪尔的面前。他立即倒在一把椅子里，浑身瘫软。他的精神垮了，他的神经毁了，他的勇气已像吐气一般吐了出去。

"怎么啦，斯特纳先生？"莫伦豪尔关切地问道，装作一无所知。

"我来谈我贷款给考珀伍德的事情。"

"啊，贷款怎么样？"

"哦，他欠我，应该说是欠市财政局五十万美元，而且我知道他快要破产了，他还不起钱。"

"谁告诉你的？"

"森斯塔克先生，后来考珀伍德先生也来找过我，告诉我他需要多少钱，否则就会破产了，他打算再借三十万美元。他说非借三十万美元不可。"

"是这样的？"莫伦豪尔关切地说，露出惊讶的表情，而心里却丝毫不觉得吃惊，"当然，你并不想借给他。看来，你陷得太深了。如果他要清楚理由，让他到我这儿来。我连一块钱都不再借给他。如果你借给他，到审判此案的时候，法庭绝不会对你宽大处理。看来，要为你开脱是十分棘手的事情。但是，只要你不再借钱给他，我们可以考虑一下。也许会有办法可想，我也不确定，但是不管怎样，不应该再拿市财政局的公款来补救这桩糟糕的买卖。那会比目前困难得多。"他带着警告的表情凝视着斯特纳，而颤抖、心虚的斯特纳，却因为莫伦豪尔的话里含有某些模糊的慈悲的暗示，立即从椅子上溜了下来，跪在地上，如同教徒膜拜神像一般，高举着合拢的双手。

"啊，莫伦豪尔先生，"他喉咙哽塞了，开始呜咽起来，"我并不是有意做什么坏事。斯特罗比克和怀克罗夫特说不会出错的。起初是您叫我去看考珀伍德，我只是做了些我认为别人也在做的事情而已。帕德先生曾经做过，正如我现在所做的一样。他是和泰依公司做的。我有一个太太，四个孩子，莫伦豪尔先生，我的小儿子才七岁。请您替他们着想吧，莫伦豪尔先生。请您想一想，如果我被捕，会对他们产生什么影响！我不能坐牢。我认为我并没有什么大错，老实说我并没有错。我心甘情愿放弃我的全部所得，只要您能搭救我，您可以把我的全部股票、房屋、地产，随便什么东西，统统都拿去。您不会让他们把我关进监牢，是不是？"

他的厚嘴唇发白，颤抖着，战战兢兢地唠叨着。大串的热泪正在从他先前苍白而现在发红的脸上不住地淌下来。他的表现几乎让人难以置信，却又如此合情合理，如此真实。如果伟大的金融界和政界的巨人能够如此明确地透露一下他们的生活细节，那会是多么可笑啊！

莫伦豪尔平静而老练地凝望着他。他看过很多笨蛋，并不比他不诚实，只因为缺乏勇气和技巧，于是无数次这般模样地向他乞求，未必双膝跪下，但在精神上却也是这样的。他认为人生无可辩驳，一般具有丰富的实际知识和远见的人都会这样认为，你对所谓世俗的道德和箴言将如何应付呢？这个叫作斯特纳的家伙以为自己不诚实，而莫伦豪尔是诚实的。他在这里承认有罪，向莫伦豪尔恳求，仿佛在面对公正、纯洁的圣徒。事实上，莫伦豪尔清楚自己只是更精明些，看得更远些，更会算计些，但绝不是更诚实。斯特纳缺乏的是勇气和智慧，并不是道德。这个缺点就是他主要的罪状。有些人坚信正义的神秘标准，也就是某些与实际生活彻底隔绝、相距很远的行为的理想。但是他从来没有看见过一旦他们照此去做，就不会致使他们在经济上（不是道德上，他不愿意说道德上）自我毁灭。追求这种愚昧理想的绝不是出色的实干家。他们总是一些穷困潦倒、无足轻重且名不见经传的梦想家。即使他告诉斯特纳，斯特纳也不会理解，当然他并不想告诉他。这对于斯特纳太太和小斯特纳们真是不幸。毋庸置疑，他也像斯特纳一样历经千辛万苦才在社会上站稳脚跟，有了点儿地位，比穷苦不堪稍微强些；可是事到如今，这种不幸的事却发生了，要毁灭他们的是这场芝加哥的火灾。何等奇怪！如果有任何异常事情能使他怀疑主宰人世的慈悲上帝的存在，那就是这个晴天霹雳：无论经济上、社会上，还是任何方面，它总是使这么多人遭到毁灭。

"站起来，斯特纳，"过了一会儿，他平静地说，"你不该如此冲动。你不该哭。眼泪可冲不走灾难。你应该自己想些办法。也许你的处境还没有糟糕透顶。"

当他说这话时，斯特纳又坐回到他的椅子上，拿出手帕，捂住脸绝望地哭泣着。

"我会尽力为之，斯特纳。但我不能承诺你什么。我不能告诉你你将会有怎样的结局。市里有许多特殊的政治势力，我可能解救不了你，但是我倒是很乐意试一试，你一定要绝对听我指挥。事先没有和我商量，你就不许说任何话、做任何事。我会随时打发我的秘书来看你的，他会告诉你该做些什么。你不要来看我，除非我找你来，你懂我的意思吗？"

"明白了，莫伦豪尔先生。"

"那么，现在把眼泪擦干。我不想看见你哭哭啼啼像个女人似的从我的办公室走出去。回你的办公室去，我会派森斯塔克来看你的。他会告诉你做些什么。你要绝对按照他说的话去办。如果是我找你，你马上就过来。"

斯特纳大模大样地站起身来，自信而又稳重，因为莫伦豪尔先生言辞中巧妙的保证而振作起来。伟大的、有势力的莫伦豪尔先生会把他从困境中解救出来。他终于可能不进监狱了。过了一会儿，他告辞出来，回到了自己的办公室。他的脸因哭过还有点儿发红，却没有会成为话柄的痕迹。

过了三刻钟，森斯塔克又来看他了，这是当天的第二次来访。阿伯纳·森斯塔克身材矮小，面孔黝黑，两脚一高一低，在萎缩变短的右脚下，垫着一块三英寸厚的大皮底。他的外貌略带斯拉夫人特点，聪明透顶的面孔上，有双机敏、锐利、深不可测而又熠熠发光的黑眼睛。作为莫伦豪尔称职的秘书，你看一眼就会明白，他能让斯特纳完全按照莫伦豪尔的指示做事。他的任务就是劝说斯特纳放弃全部市内铁路的股票，通过巴特勒的经纪人泰依公司，转到低一级的政治代理人手里，从而逐渐把股票转让给莫伦豪尔。斯特纳卖出股票所得的钱，全都归还给市财政局，泰依公司可以施展做股票交易所的伎俩，不让别人有机会插手开价，而又把它做得仿佛是公开市场的交易一样。在劝说斯特纳的同时，森斯塔克又替他的老板认真调查市财政局局长办公室的内幕，结果查明斯特罗比克、怀克罗夫特和哈蒙拿他们的贷款做了些什么。他要通过其他关系让他们马上吐出赃物，以免遭到指控。他们是莫伦豪尔政治机器的组成部分。森斯塔克警告斯特纳不要把剩余的财产转让给任何人，不要听信任何人，尤其不要听信考珀伍德狡猾的蛊惑，然后就离开了。

毋庸置疑，如此安排，莫伦豪尔极为满意。在当前这种情况下，考珀伍德非来见他不可了，无论来与不来，他所掌控的大部分财产，已经转入莫伦豪尔的手里。如果事有凑巧，他还可以得到剩余的部分，辛普森和巴特勒可能要和他讨论市内铁路生意的细节问题。他掌握的股票，现在即使不是最多的，也不比别人少了。

第二十八章　紧要关头

周一傍晚，在情况大有变化之后，考珀伍德赶到了斯特纳的办公室。

斯特纳独自在那里焦虑不安，心神不定。他急于会见考珀伍德，但同时又害怕见到他。

"乔治，"考珀伍德一看见他就信心百倍地坦率直言，"我现在时间很紧迫，但我还是来了，我告诉你，如果你不希望我破产，就必须再借我三十万。今天的形势糟糕到极点了，我被债务逼得进退两难，但风暴不会持久。你能够从它的性质判断出来它不可能持续太久。"

他盯着斯特纳的脸，发现他脸上流露出恐惧和痛苦而又压根儿不想反抗的神情。"芝加哥着火了，但可以重建。以后那里的生意还会更好。现在我请你保持头脑清醒，帮助我。不要被吓倒了。"斯特纳不安地动了一下，"不要被这些政客吓死了。隔几天风暴就会过去，那时我们能比以前赚得更多。你见过莫伦豪尔了？"

"见过。"

"那么，他说了些什么？"

"他所说的正是我所预料的。他不让我借钱给你。我告诉你，弗兰克，不行！"斯特纳叫嚷着跳起来。在这种面对面直接交谈的时候他急得如热锅上的蚂蚁，"不行！他们已经逼得我进退两难，他们在逼我！他们完全掌握了我们在做的事情。喂，喂，弗兰克，"他发疯似的摊开两只手，"你应该帮我摆脱这场灾难。你应该把那五十万还给我，免得我遭罪。如果你不还，而且还面临破产，他们就会把我送进监狱。我还有太太和四个孩子呢，弗兰克，我不能再做这笔买卖了，我权力不够。我压根儿就不应该做这笔买卖，可以说，要不是你劝我，我绝对不会做的。当我开始做的时候，我怎么知道会弄得如此糟糕。我不能做下去了，弗兰克，我不行了！我希望你收下我全部的股票。只要把那五十万还我，咱俩就算两清了。"他说话的时候，声音越来越高，不停地用手拭去额上的汗水，哀求似的、呆若木鸡地注视考珀伍德。

考珀伍德用平淡而又质疑的目光回望了他一会儿。他对人类的本性了解得还算透彻，所以对于个人态度的任何细微变化，尤其在紧要关头，是有预感而且能意料到的，但斯特纳现在的变化，却出乎他的意料。"我见过你以后，你还和什么人谈过话，乔治？见过什么人？森斯塔克对你说了些什么？"

"他所说的和莫伦豪尔一样，无论何种情况，都不许再借钱出去，而且他说我应该把五十万收回，而且越快越好。"

"你认为莫伦豪尔会帮助你的，是吗？"考珀伍德追问，声音里露出了掩饰不住的轻蔑。

"我觉得他会的，会帮助我的。万一他不帮助我，弗兰克，我就不清楚还有谁会帮助我了。他是市里的政治巨头之一。"

"听我说，"考珀伍德死死地盯着他，因此停顿了一下，接着问，"你说你的股票该如何处理？"

"如果你不要，就委托泰依公司经手卖出，把钱还给财政局。"

"卖给谁？"考珀伍德问，心里想着斯特纳的最后一句话。

"我想，卖给交易所里任何想要买的人。我不清楚。"

"我意料到是这样的，"考珀伍德会心地说，"我可能也了解一点儿。他们在玩弄你，乔治。他们只是打算夺取你的股票罢了。莫伦豪尔引你上钩，他明白我不能按照你的要求归还五十万，他让你把股票在市场上抛出，他就可以把它们收起来。你应该明白，这陷阱早已布置好了。你这么做的时候，我就会落入他的圈套，也许他以为他自己还有巴特勒和辛普森已经抓牢了我的致命点。他们谋划一起掌控市内铁路的局面，我明白的，我意识到了。我早已预感到了整个形势。莫伦豪尔并非要帮你，一旦你抛出股票，他就不再理你，请记住我的话。你觉得自己与市内铁路生意毫无关联之后，他会伸手帮你使你不坐牢吗？他不会的。如果你认定他会帮助你，那么乔治，你真成了出乎我意料的大傻瓜。不要发疯、不要昏头，明智一点儿吧。看清这种形势的真相，让我给你解释。如果现在你不帮助我，如果最迟在明天中午以前，你不借给我三十万，我就垮掉了，你就和我一样。这和我们的处境是两码事。我们的这些股票即使在今天也和以前一样值钱。怎么？老天爷，好家伙，股票是有铁路做后盾的、是赚钱的。第十七大街和第十九大街的路线现在每天有一千美元进项。还需要什么比这个更好的证明呢？格林·柯茨线一天赚五百美元。你被吓昏了，乔治。这些可恶的政治阴谋家把你吓倒了。喂，你可以光明正大地借用公款，像你的前任巴德和莫达一样，他们借过的。你也曾代莫伦豪尔以及别人借过，只要你仍为他们效劳，这当然无可非议，一个指定的公款保管人借用些钱有什么不对呢？"

　　考珀伍德指的是制度允许那部分公款，比如基金之类，以低息甚至无息存入某些银行里，当然是与莫伦豪尔、巴特勒、辛普森有关的银行。这是他们安全的赚钱手段。

　　"不要放弃你的机会，乔治。现在不要放弃。用不了几年，你就会不费吹灰之力地坐拥几百万财产。你需要做的就是保住你已经到手的东西。如果你不帮我，请听好我的话，一旦我从这里走出去，他们就会把你抛弃，他们就会把你送进监狱。你认为会有人替你出五十万吗？乔治，此时此刻，无论莫伦豪尔、巴特勒，还是别人，他们去哪里能弄得到这些钱呢？他们弄不到。他们压根儿也没打算去弄。当我垮掉的时候，你也就完蛋了，而且你出丑比别人都快。他们不能伤害我，乔治。我是一个代理人，并非我请你来的，首先是你自愿来找我的。如果你不帮助我，我告诉你，你就完蛋了，你会被送入大牢，免不了要蹲监狱的。你为什么不站起来？乔治。你为什么不站稳脚跟？你要照顾太太和孩子。你再借三十万给我，不会比现在更糟的，五十万和八十万，它们之间有什么区别呢？如果你因此受审的话，就是这回事，并且，如果你借给我这笔钱，就不会受到任何审判了，我不会破产，看在老天的分上，乔治，不要这么颓丧！理智一点儿吧！明白一点儿吧！”

他停顿了一下，因为斯特纳的脸上堆起了哀苦之情。

“不行啊，弗兰克，”他恸哭起来，“我告诉你，真的不行。如果我按你说的做了，他们对我的惩罚就会加重，他们绝对不会放过我的，你根本不了解这些人物。”

考珀伍德从斯特纳屈辱的懦弱里，看到了自己的命运，对这样一个家伙，他根本无计可施。怎样才能使他振作起来呢？没有办法的！他带着无比理解、厌恶、不屑的神色，却又百般无奈地站起身往外走，到了门口又转过身来。

“乔治，”他说，“我觉得很难过，是为你感到难过，并非为我自己，我能慢慢挺过去的，我会发财的。但是，乔治，你却犯下了一生中最大的错误。你会变成穷光蛋，你会成为罪犯，而这，只能怪你自己。除了火灾以外，任何事情与银行都毫不相干；除了股票暴跌这个危机以外，我并没有出任何纰漏。你坐在那里，手里掌握着一笔财富，可你却让一批对你我的事情并不比外行明白得多一些的阴谋家、大流氓来恐吓你，而他们除了打算夺取你的财产以外，对任何事情都漠不关心，并且，不让你做唯一可以挽救你自己的事情。三十万，就是一堆臭钱，过三四周，我可以还你四五倍，而你为了那些钱却眼睁睁地看着我破产，看你自己进监狱。我就不明白了，乔治。你真是发了昏了，你这是要抱憾终生的呀！"

他等了片刻，打算看看是否有意外的转机，看看他这些话是否能产生一点儿作用。然而，发现斯特纳依然是颓丧的、不堪一击的废物，于是他悲伤地摇摇头，走了出去。

这是考珀伍德有生以来第一次流露出一丝懦弱和失望。他一向认为希腊人所说的冤魂作祟，应该是没有的事。可如今，他却感到好像有一种残酷的命运逼迫着他，至少看上去似乎如此。但是，无论是否有命运一说，他都不打算退缩。就在刚刚觉得失望的时候，他昂起了头，挺起了胸膛，像以往一样精神抖擞地走着。

在斯特纳的私人办公室外面的大房间里，他遇见了斯特纳的办事主任兼秘书阿尔培·司戴尔。以往他们一直都很亲热，一起商量过所有有关市公债的小买卖，因为阿尔培对金融和会计业务，要比斯特纳熟练一些。

看到司戴尔，他就猛然想起那价值六万美元的市公债，他并没有把它们存入基金里，眼下也不打算存入，他不能存，除非他很快就能得到他可以支配的大笔款项。他已把它们抵押在别处急用，没有可以动用的钱再把它们买回来，或者换句话说，把它们赎回来。眼下他并不打算这么办。依据市财政局局长管理这类交易的制度，他应该立即把它们记入市政府的贷方账户里，在未存入之前就不能从市财政局局长那里支取这笔钱。确切地说，按照制度规定，市财政局局长没有等到他或者他的代理人拿出收受基金的银行或者别的公司的收据，证明照此买进的市公债券已经确实存入，就不应该付钱给他做这一类的任何交易。实际上，按照他和斯特纳之间的惯例，在这方面早已把制度搁置一边。他可以代基金委员会收买不太多的市公债券，把它们抵押到任何地方，不必出具任何收据就可以向市政府支钱。到了月底，一般来说可以从各处收集足够的市公债券补足缺额，或者干脆不管这项缺额，他有几次就是这样做的，长期不补足，而把抵押市公债券所得的钱用到投机上去。这是违法的，但是考珀伍德和斯特纳都没有考虑到这一点。

斯特纳通知他停止买卖以后，他与市财政局的关系不得不正规起来，这就让这笔特殊交易遇到了麻烦。在收到通知以前他买进了这些市公债券，但是并没有把它们存进基金。现在他就要收取支票，但是到月底结账这种方便的老办法，也许不能再用了。司戴尔可以让他拿出存市公债券的收据。倘若如此，现在他就得不到那六万美元的支票，因为他没有去存市公债券。如果不这样，他就可能会得到那笔钱，但是这也可能会在以后带来某些法律上的麻烦。如果他在破产之前不设法把这些市公债券存入，他可能就要受到指控，诸如挪用公款之类的罪名。但是他心里暗想，实际上自己还不至于破产。如果由于某种缘故，某个银行改变催收他的贷款的主意，他就不会破产。如果他现在索取支票，斯特纳是否会因此与他吵架呢？如果与他吵架，市政府官员是否会因此注意他呢？如果斯特纳当真要提出控诉，他会找哪里的地方检察官受理这一案件呢？不，这一切都是不可能的。总之，不会有任何影响的。按照他与斯特纳之间，代理人或者经纪人与资金委托人的协定，任何陪审团都不会判他有罪。一旦他把钱弄到手，斯特纳就十有八九不会再计较，把借出的钱归入各种未清偿的债务之中了事。这些假设像闪电一样在他心里掠过。他想冒一下险，于是就在办事主任的桌子前面站住了。

"阿尔培，"他低声说，"我今天早晨买进了价值六万美元的市公债作为基金，你是否可以在上午开一张支票交给我的仆人，如果现在能给我更好。我收到了你不要再买进的通知，我要回办公室去，你只需在基金贷方记入八万美元市公债券，以七五折至八折买进的。我过会儿把细账送给你。"

"当然可以，考珀伍德先生，当然可以，"阿尔培迅速地回答，"股票遇到了沉重的打击，是不是？我觉得你不至于因此受到太多的影响吧？"

"不太多，阿尔培。"考珀伍德微笑着说。当时办事主任正在开支票。他担心斯特纳会突然走出来阻止此事。这是合法的交易，只要存入市公债券，他就有权获取支票，这是他与基金保管委员之间的惯例。当阿尔培正在写的时候，他提心吊胆地等待着，最后，他拿到了支票才松了一口气。这里至少有六万美元，而且今天晚上再奔走一下，就可以让他拿到别人答应他的七万五千美元现款。明天他要再去拜访华尔特·莱甫、吉钦法官、杰伊·库克公司、爱德华·克拉克公司等一大批债主，商量些方案出来。只要能拖延时间他就好办了！他只需要一周的时间一切就都好办了。

第二十九章　山盟海誓

在此关键时刻，时间真是千金难买。考珀伍德用朋友们接济他的七万五千美元，加上从司戴尔那里获得的六万美元，偿还了吉拉特国民银行的催款，清了账，把三万五千美元放在自己家里的私人保险箱里。然后他向银行家和金融家们提出了最后的请求，但他们不愿意帮助他。此时他心里并不觉得悲伤。他从办公室窗口望着小天井，如释重负地出了口气。还能做些什么呢？他通知父亲，请他午饭时间过来一下。又通知他的律师哈巴·斯达格（和他同龄，是他最喜欢的人），请他也过来。他在心里琢磨各种拖延的措施和给债主的通告等，但可惜，他就要破产了。而最可恶的就是市财政局局长贷款这件事，这一定会成为一桩公开的政治上的丑闻。最致命的是控诉斯特纳挪用公款，纵使不在法律上，至少在道德上考珀伍德是同谋罪。他的对手们会把这件事极力宣扬的！就算破产了，他还可能卷土重来，但就此事来说，将成为难以咽下的苦果，还有他的父亲！父亲也要跟着他一起倒霉的。他可能会被迫辞去银行总经理的职务。考珀伍德考虑这些事情，坐在那里等待着。当他在椅子上陷入沉思时，伙计通报爱琳·巴特勒来了，同时阿尔培·司戴尔也来了。

"请巴特勒小姐先进来，"他说着站起身来，"请司戴尔先生稍等片刻。"爱琳轻快地走了进来，她依然打扮得很艳丽。她穿的礼服是用淡棕黄色厚呢制成的，点缀着深红色的小纽扣。头上戴一顶她认为很合适的，棕红色的圆筒帽，没有帽边，点缀着一支长羽毛。她的颈上挂着三纹的金珠项链。她的双手照例套着光滑的手套，纤细的脚上穿着优美的鞋子。她的眼睛里流露出天真的忧伤，但是她极力把它掩藏起来。

"亲爱的，"她一看见他就叫了起来，并伸出了手臂，"出了什么事？前天晚上我就很想问你。你不会破产了吧，是不是？昨天晚上我听见父亲和欧文在谈论你。"

"他们说些什么？"他探问，伸手抱住她，冷静地注视着她不安的双眸。

"噢，你也知道，我觉得爸爸十分恨你，他起疑心了，有人给他写了封匿名信。昨天晚上，他就让我和盘托出，但是没有成功。我否认了一切。今天上午我已到这里来看过你两次了，但你都不在。我担心他会先来找你，怕你会说出什么来。"

"我吗，爱琳？"

"噢，不，不一定。我并不那么想。我不清楚在想什么。啊，亲爱的，我心里真是着急。你也清楚，我睡不着觉。我认为自己还要坚强些呢，但我太担心你了。你也明白，他让我坐在他桌旁最亮的地方，他在那里能清楚地看到我的表情，然后把信交给我看。有段时间，我的确很惊慌，简直不知道说了什么，脸色变成什么样了。"

"你说了什么呢？"

"啊，我说，'真是胡说八道！没有这样的事！'但我没能立马就说的。我的心当时乱七八糟。我担心他已经从我的脸色上看出什么来了。我急得差点儿透不过气来。"

"你的父亲是个精明人，"他说，"他当然了解人生的变数。现在你明白了这些状况是多么让人头疼。他决定把信给你看而没有去监视那房屋，倒是我们的运气。也许他觉得去监视太不理智了。现在他还不能证明什么，但是他肯定了解什么了。你骗不了他的。"

"你怎么认定他了解了呢？"

"我昨天见过他。"

"他对你讲起这件事情了？"

"没有，但我从他的表情看得出来。他一个劲儿地盯着我。"

"亲爱的！我真对不住他！"

"我懂你的心情，我也如此。但是现在已经没有办法了。"

"我们在当初就应该意识到这一点。"

"但我那么爱你，啊，亲爱的，他永远都不会原谅我的，他不该知道的。我也绝不会承认什么。但是，天哪！"

她双手合紧，依偎在他的怀中，而他带着慰藉的表情注视着她的眼睛，她的眼皮在颤抖，嘴唇也在颤抖。她对不起她的父亲、她自己和考珀伍德。他可以从她的身上看到巴特勒的父爱，以及他的愤怒程度和危险性。他现在很清楚如此诸多事情搅和在一起，注定会导致一个戏剧性的收场了。

"没关系的，"他回答，"现在已经无计可施了。爱琳，你的坚强和果断跑哪儿去了？我以为你异常勇敢呢！你是不是非常勇敢？我现在就要你勇敢非凡。"

"真的吗？"

"真的。"

"你有麻烦吗？"

"我想我就要破产了，亲爱的。"

"啊，不会的！"

"会的，亲爱的。我已经竭尽全力了，但还是找不到任何摆脱的办法，我已经请了我父亲和我的律师过来。你不能待在这里，我的宝贝。你的父亲随时可能到我这里来。我们一定要在明天到某个地方见一面，就在——明天下午，你知道城外威萨西康山上的印第安岩吗？"

"知道。"

"你能四点钟到那里吗？"

"能。"

"要留意是否有人跟踪你，如果四点半我没来，就不要等我了。你清楚是什么原因，我觉得有人在监视我们。话虽如此，如果我们做得得法，就不会被人注意到的。现在你最好尽快走，宝贝儿。我们再也不能利用九三一号房了。我必须在别处另租一个地方了。"

"啊，亲爱的，我真对不起你。"

"你是否能坚强、勇敢起来呢？你懂的，我就是要你坚强、勇敢。"

他几乎是有生以来第一次有一点儿凄惨的感觉。

"好的，亲爱的，好的，"她高声说，把手臂滑到他的手臂下面，把他紧紧抱住，"啊，好的！你可以相信我。啊，弗兰克，我如此爱你呀！我很难过。啊，我真希望你不破产！但是，亲爱的，你我之间，无论发生什么事情都不会有变化的，不是吗？我们照样彼此爱恋，我可以为你做任何事，亲爱的。你说什么，我就做什么。你放心好了。他们不会从我这里找到任何线索的。"

她望着他安静苍白的脸，心里突然涌起了为他而进行斗争的勇气。她的爱是不正派的、不合法的、犯罪的，但这是爱，爱总是一样的，即使是飞蛾扑火。

"我爱你！我爱你！我爱你，弗兰克！"她高声叫着。

他松开了她的手。

"快走，宝贝儿。明天四点钟，不要失约。不要说出去。不，无论如何，什么都不要承认。"

"我不承认。"

"也不要为我担心。我不会有事的。"

他刚拉直领带，在窗口做出心不在焉的样子，斯特纳的办事主任就冲了进来，他脸色苍白，紧张，显然是惊慌万分了。

"考珀伍德先生！你记得我昨天晚上给你的那张支票吗？斯特纳先生说那是违法的，责怪我不应该给你，我要对此事负责。他说如果不把支票收回，我会因此构成重罪而被捕，他要辞退我，把我送进监狱。啊，考珀伍德先生，我只是一个小青年！我的人生才刚刚开始。我得照顾我的太太和小孩。你不会让他这么处理我吧？你会把那张支票还我的，是吧？我没有支票就不能回办公室了。他说你就要破产，而且你也清楚，你根本无权拿支票了。"

考珀伍德好奇地盯着他。这位灾祸使者的善变本性，使他感到惊讶，当然，既然节外生枝地产生了困难，他们就有极大的本事迅速地表现出来。斯特纳是无权做这种说明的，这个交易并不违法，这个家伙发疯了。不错，他在买进这些证券之后，收到了不要买卖任何市公债的通知，但那并不能让以前的买进也无效。斯特纳在威胁、恐吓他那可怜的手下，他和比他自己高明的人，打算收回这六万美元的支票。他简直就是一个卑鄙的畜生！有人曾经说过，你根本无法估计一个笨蛋身上的卑鄙下贱，这句话的确说得不错。

"你回去，阿尔培，告诉斯特纳先生，说这是办不到的。市公债券是在他的通知到达之前买进的，有交易记录为证，并没有任何违法的地方。我有权取得那张支票，任何公正的法庭都会认为我可以收取这张支票。那个家伙失去了理智，我还没有破产呢，从任何法律程序上看都不存在危险。万一有什么事情发生，我会帮你辩护的。我不能把那张支票还给你，因为我没有可还的支票。而且，即使我有，我也不愿意还，那是让一个傻瓜把我当作傻瓜。我觉得十分抱歉，但是我不能从命。"

"啊，考珀伍德先生！"司戴尔满眼含泪，"他要辞退我！要把我的保证金没收。我肯定会被赶到街头流浪的。我除了薪水之外，只有一点点家产！"

他绞着自己的双手，而考珀伍德则凄惨地摇着头。

"这事并非你想象的那么糟糕，阿尔培。他不可能按照他说的话办事的，他不能，这是不公平、不合法的。你可以提出控告，要求恢复你的薪水。在这方面我可以尽我所能帮助你，但我不能把六万美元的支票还你，因为我没有支票可还。即使我打算还，也不能还了，支票已经不在这里了。我已经付了买市公债券的钱。市公债券不在这里，存在基金里了，就要存进去了。"

他停下来，暗想要是不提这些就好了。他说走嘴了，这并不是他常有的状态，这次由于情况极其严重。阿尔培又央求了一会儿。考珀伍德告诉他，这是没有用的。最终阿尔培才沮丧地离去，一副垂头丧气、愁眉苦脸的样子，两眼流着痛苦的泪。考珀伍德感到很愧疚。

接着通报他父亲来了。

老考珀伍德面容憔悴。昨天晚上他和弗兰克长谈了一次，直到天将亮，但是谈来谈去依然没有什么把握，没有任何结果。

"喂，爸爸！"考珀伍德察觉了父亲的忧伤，就高高兴兴地叫着。他认为在这失望的灰烬里，寻不出什么希望倒也无大碍，但是绝望也是没有用的。

"怎么样？"他的父亲说，悲伤的眼睛怪异地向上翻了一下。

"哦，看上去像是风暴天气，不是吗？爸爸，我已决定召集债权人商量，要求宽限几天。否则无计可施，我已经没有可以变卖的东西了，再商谈也是于事无补的。斯特纳的主任秘书刚刚来过了。"

"他要什么？"老考珀伍德问。

"他来讨还一张六万美元的支票，是我昨天上午买进市公债的钱。"但是弗兰克并没有告诉父亲所买的市公债券做了押款，并利用这张支票筹款付清了吉拉特国民银行的贷款，自己还留下了三万五千美元现金的事。

"这倒奇怪了！"老头儿回答，"他应该不至于这样愚蠢吧，那是完全合法的交易。你说他通知你不要买进市公债是在什么时候？"

"昨天中午。"

"他发昏了。"老考珀伍德果断地说。

"我知道，这是莫伦豪尔、辛普森和巴特勒在搞鬼。他们想要我市内铁路的股票。当然，他们不会自己拿的，等经济危机完全过去之后他们会通过代管人去拿。在这方面我们的债权人有优先权。如果他们要买，就从我们的债权人手里去买。如果不是因为五十万美元的借款，我也不会往这方面想。我的债权人会大力支持我，但事情一旦传扬出去……还有这次的选举！我把那些市公债券抵押出去了，因为我不希望引起戴维森的反感。我现在想凑钱把市公债券赎回。市公债券实在是应该存入基金里去的。"

老绅士即刻懂了他的意思，皱了一下眉头。

"他们可能在暗中给你捣蛋，弗兰克。"

"这是技术上的问题，"他的儿子回答，"我曾经打算把市公债券赎回。实际上，如果在三点钟以前能想出办法，我就能赎回。以前是要隔八天或者十天才存进去。在这样的风暴里我就有权尽最大的努力来移动我的抵押品。"

老考珀伍德又用手捂住嘴。这件事情已经把他弄得很烦躁了，可他也找不到任何办法，已经穷途末路了。他抚摩着左颊上的胡须，从窗口望着绿色的小天井。这也许是技术上的问题，谁说得准呢。之前的市财政局局长与别的经纪人在金钱往来方面就有点不清不楚，每个银行家心里都明白。也许现在的情况应该按过去的惯例来办的，他也不确定。但是，这仍然危险，不符合规矩。如果弗兰克能够拿回来，把它们存进去就好得多。

"如果我是你，能够办到的话，我要把市公债券赎回。"他补充道。

"如果我能够，当然要赎回的。"

"你现在有多少钱？"

"哦，一共只有两万。话虽如此，万一我停止营业，我要有一些现金才行。"

"我有八千，或者一万，我想今天晚上可以拿到。"

他在琢磨会有谁把他的房子再做一次押款。

考珀伍德安静地望着他。"在您离开后，我打算再去央求斯特纳一次，"他说，"等哈巴·斯达格来了，和他一起去。如果他不改变主意，我就要通知我的债权人，并通知交易所的秘书。不管发生什么，请您鼓足勇气树立信心。我虽这么说，但我知道你做得到的。我要低头忍受下来，如果斯特纳还有点儿头脑。"他停顿了一下，"但是说那个浑蛋有什么用？"

他走到窗边，心想如果没有揭露爱琳和他的关系的那封匿名信，他和巴特勒去安排这一切，那该是何等轻松的事情。巴特勒最后总不会损害共和党利益而不去帮助他的。但现在呢？

他的父亲起身准备走了，他因失望而行动迟缓，像是生病了。

"我走了。"他有气无力地说。

考珀伍德在心里为父亲感到痛苦。真卑鄙！把父亲拖累到这种地步！他顿觉一阵愁苦的巨浪淹没了他，但是过了一会儿他就将它压制下来，又开始机敏地、无畏地思考了。当老头儿走出去的时候，哈巴·斯达格被领了进来，他们握手后，马上一起动身到斯特纳的办公室去。但是斯特纳神情沮丧，像一只泄了气的皮球，任何力量都打动不了他。他们最终只得失望地离开。

"我告诉你，弗兰克，"斯达格说，"我倒并不担心。我们可以适当地把此事放一边，等到选举以后，就有机会平息一切纠纷。然后你再召集有关联的人和他们讲理。他们不会放弃这样的好产业的，即使斯特纳当真进了监狱。"

斯特纳还不知道价值六万美元的市公债券已经抵押出去，也不知道爱琳·巴特勒以及她父亲的无比愤怒。

第三十章　煎熬时光

关于这一切新的变化，考珀伍德还没有注意到。在爱德华·巴特勒收到有关他女儿的匿名信的当天，几乎一模一样的一封信送给了弗兰克·阿尔杰农·考珀伍德太太，只是这封信里居然奇怪地省去了爱琳·巴特勒的名字。

也许你不清楚，你的丈夫在与另一个女子来往。如若不信，请留意北第十大街九三一号房。

周一清晨，当女仆把信送来时，考珀伍德太太正在花厅里浇花，她的心十分宁静，因为她不清楚前一天晚上的谈话内容意味着什么。弗兰克经常会遭遇金融上的风暴，但它们似乎并不能妨碍他。

"把信放在书房的桌上，安妮。我会来取的。"

她以为又是什么请柬。

过了一会儿（她是如此淡定），她放下喷水壶，走进书房。信就放在绿羊皮台毯上，那是书房里大桌子的一部分装饰品。她拿起来，惊讶地端详着，因为这是用廉价的纸张写的，接着就拆开来。看信的时候她的脸色变得有点发白，接着她的手颤抖起来，尽管不太厉害。她不曾被人轰轰烈烈爱过，所以她的痛苦并不强烈。过了一会儿，痛苦、憎恨、愤怒和害怕一起涌上她的心头，但她的精神并没有彻底崩溃。和弗兰克·阿尔杰农·考珀伍德一起生活了十三年，她懂得了许多事情。现在她才意识到，他自私、只顾自己，并不像以前那样迷恋她。她本来就担心她年纪比他大会有什么影响，随着时间的流逝，逐渐证明这一点。弗兰克并不像以前那样爱她，这已经持续很长时间了，她早已察觉。这是为什么？她心里时常想，几乎要发问，到底是谁的缘故？他如此热衷于做生意，他成了金钱的奴隶。她问自己，现在作为太太她是否已经走到末路？他是否要抛弃她？她该去哪里呢？她该如何是好呢？她当然不会走投无路，因为她自己有钱，由他代为经管。这个女人是谁呢？她是否年轻、美丽？有某种社会地位？她就是——她突然停下来。就是？难道是，万一是——她张开了嘴巴——爱琳·巴特勒？

她站着纹丝不动，盯着这封信，因为她几乎不敢承认自己的想法。以前她经常注意到，他们无论如何谨小慎微，爱琳对他、他对爱琳还是那般的友好。他喜欢她，他极力为她辩护。有时候丽莲认为这两个人的气质出奇地般配。他喜欢年轻人，但是当然，他已经结婚，而爱琳在社会地位上又比他低得多，并且他有了两个小孩，还有她自己。在社会上和金融界，他的地位已经如此稳固，应该不至于这么无聊啊。尽管这么想，她还是略微迟疑了一下，因为任何女人到了四十岁，有了两个孩子，浅浅的皱纹刻在了额头上，还有和丈夫之间不再像以前那样彼此爱慕，即使她的经济地位相当显赫，往往也会迟疑一下的。如果她离开了他，应该到哪里去呢？人家会怎么想呢？孩子又怎么办呢？她能够证明他们通奸吗？她能有把柄逼他私下了结吗？她敢这么做吗？

她清楚她并不像有些女人那样疯狂地爱自己的丈夫。几年来，某些方面她认为他对她的感情尽管不至于不忠诚，至少认为他更热衷于严肃的事，像这封信所直指的无聊私情对他的大事业会产生阻碍的。

这分明不对。她该如何是好呢？说些什么呢？做些什么呢？在这种危难之中，她那不太灵光的头脑压根儿就不能为她效劳。她不太清楚怎样安排、怎样对付。

她简单的头脑最多只是一台微小的机器，好比是牡蛎，或许高明一点儿，像是蛤蜊。思考过程就像一根小虹吸管，在现实与环境的大海洋里用力吸吐。但是，抽吸得那么轻，那么微不足道，竟不能震动广大的接触面。因此，就看不到半点儿人生的微妙。如果不是偶然碰到，就从来不会察觉一丝的灾难或者恐怖的暗示。当某些残酷的、意味深长的事实突然在平静的日常生活中暴露出来时，比如这封信所指出的，就会使这简单的头脑产生极大的痛苦，让所谓正常的步骤出现混乱和障碍。虹吸管的作用出现了偏差，它吸进了恐惧与焦虑。出乱子的部分会发生激烈的磨碾，就像沙石在机器里一样，而人生就会因此完结或者勉强继续。就这么回事。

考珀伍德太太生来头脑简单，她简直弄不清楚人生是什么，而人生也不能给她什么启迪。在她的心里，辛苦的思考过程不可能再产生反应，她并不像爱琳·巴特勒那样生机盎然，尽管她自以为十分有活力。这都是幻象，她并非如此。如果你喜爱温顺，她是妩媚动人的。如果你不喜爱温顺，她就并不妩媚。她并非能撩人想入非非或者令人一往情深，弗兰克·阿尔杰农·考珀伍德当初应该想一想，他为什么会娶她。现在他并不想，因为他认为追究一个人过去的失败与错误是愚蠢的，照他看来，最不聪明的事就是表示遗憾。他总是向前看，瞄准未来。

但是考珀伍德太太却实实在在地忍受着煎熬，她在屋子里踱来踱去，越想越认为自己是不幸的。因为信里告诉她亲自去看看，她就决定等着瞧。如果她想去看的话，她就得动脑筋如何监视这所房子。一定不能让弗兰克知道。如果，万一是爱琳·巴特勒，但愿不是，那她就要去告诉她的父母，但是，这也要暴露自己。她决定在晚饭时极力掩饰自己的心情，但是，考珀伍德不能回家吃饭。他要和那么多人见面，和那么多人密谈，要和他的父亲以及别人频繁商量。这就使她在这个周一的晚上见不到他，隔一天或者几天都见不到他。

因为周一下午两点半，他就发出通知，邀请他的债权人开会，到五点半他就决定去委托财产管理人。可是，当他在办公室里面对他的主要债权人，即三十个人的集团的时候，他并不认为他的生命已经毁灭了。他只是暂时遇到麻烦而已，尽管前途看上去很黯淡。市财政局的交易会引起很大的纠纷。那些已被抵押的价值六万美元的市公债券，如果斯特纳刻意捣乱，就可能引发另一起纠纷。但是，他仍然不觉得他不可挽回地破产了。

"诸位先生，"他在会上解释完，完全像以前一样坚定、冷静、大胆、有力，"你们清楚形势如何，这些抵押品还是值原本的价钱的，它们所代表的财产并没有问题。如果你们能够宽限十五天或者二十天，我就满足了，我能够妥善处理所有事情。我是差不多唯一能办得到的人，因为我了解一切情况。市面一定会恢复的、生意会比以前更好做。我只需要宽限一段时间而已。时间是决定这种形势的唯一要素。我想知道你们是否肯放宽十五天或二十天，如果你们同意，就以一个月为期限。我只需要这一点。"

他退到旁边，走出放下了百叶窗的大房间，回到自己的私人办公室，以便让他的债权人有机会私下商讨一下他的处境。会场里有几个袒护他的朋友。当他们在谈论的时候，他等了一个、两个，差不多三个钟头。最后，华尔特·莱甫、吉钦法官、杰伊·库克公司的阿弗莱·斯顿，还有别的几个人走了进来。他们是被派来进一步打探消息的代表。

"今天真的是别无良策了，弗兰克，"华尔特·莱甫心平气和地告诉他，"多数人要检查你的账本。对于你所提及的与市财政局局长之间的纠纷，大家心存疑惑。总之，他们觉得你还是宣布暂时停业更好些，如果他们让你以后恢复营业，也是办得到的。"

"诸位先生，对这件事情我觉得很抱歉，"考珀伍德回答，并没有丝毫的失望，"如果我有力量，我愿意做任何事情而不是停业一个钟头，因为我十分明白停业意味着什么。按照正常的市价如果你们能够接受股票，你们就会发现我的资产比负债多得多。但是我一旦停业，那就没有办法了，人家不相信我了，我一定要营业才行。"

"遗憾得很，弗兰克，老朋友，"莱甫说着，亲切地握住他的手，"如果由我个人决定这件事的话，你需要多久就给你多久。外面是一群老古董，讲不通道理的。他们的胆被吓破了。我想他们也受到了沉重的打击，你也不能责怪他们。你得渡过难关，尽管我希望你不必停业。可是，我对他们是无计可施的。真是，老朋友，我实在不明白你怎么会破产。这些股票在十天之内就可以好转了。"

吉钦法官也对他表示同情，但那又怎么能力挽狂澜呢？他即将面临被迫停业。一个会计专家要到他这里来检查他的账本。巴特勒也许会宣扬他与市财政局的关系。斯特纳可能控告他最后一笔市公债券是非法交易的。五六个帮助他的朋友一直陪他到凌晨四点钟，但他依然被迫停业。当他停业时，他清楚他在名利的竞争中，确实遭到了重创——如果不是一败涂地的话。

最后，当他一个人独自待在卧室的时候，他端详着镜子里的自己，他觉得自己的脸色尽管苍白而疲惫，但仍然充满着力量。"呸！"他暗想，"我并没有失败，我还年轻呢，我还可以千方百计摆脱危机。我一定做得到，我会找出办法摆脱困境的。"

他深沉而疲倦地思考着，他开始脱衣服，最后躺在床上，不管曾经有多少麻烦纠缠他，不一会儿，他竟然不可思议地睡着了。他睡得着的，他睡着了，平稳地发出断断续续的鼾声。与此同时，他的父亲却在房间里踱来踱去，根本平静不下来。在他父亲的面前，一切都是黑暗的，未来更是毫无希望，在儿子的面前却还是存在着希望的。

丽莲·考珀伍德因为这个新的灾祸，也在她的房间里辗转难眠。她意外地从她的公公、弗兰克、安娜和她的婆婆那里得知消息，说弗兰克濒临破产了，或者是要破产，或者已经破产，实在是说不准真相到底是什么。弗兰克忙得无暇解释，是芝加哥火灾闯下的祸。还没有涉及市财政局局长的问题。弗兰克遭了难，正在为他的生活而奋斗。

在此危难时刻，她暂时忘却指责他不忠的匿名信，或者放下它了。她吃惊、惶恐，说不出话来，不知如何是好。她那狭隘、安静、美丽的世界就在她的身边旋转，弄得她头昏脑涨。暴风正毫不留情地吹着他们那可爱又华丽的幸运之船，荡来荡去的。她觉得躺在床上并且睡着，是她的一种责任，但是她的眼睛却睁得很大，她的头脑在捉弄她。几个小时以前，弗兰克曾经坚定地安慰她不要为他烦恼，可她却无能为力；她从他身边走开了，她想不出她应该在什么地方尽什么本分。习惯告诉她一定要忠于她的丈夫，她就这么决定了。是的，宗教是这么指引的，风俗也是这样的。还有孩子们呢，他们不应该受到伤害。如果可能，一定要挽回弗兰克。他肯定会渡过难关的。但是，他现在正遭受何等沉重的打击呀！

第三十一章　诉讼之网

弗兰克·阿尔杰农·考珀伍德公司的停业，在交易所乃至费城引起了强烈的轰动。这的确出人意料，而且牵涉数目又比较大。他实际亏损一百二十五万美元，且资产因为股票价格下跌，只值七十五万美元。在最后公布之前，他的资产负债表已经做了不少补救工作，但刚一公布出来，所有股票又跌了三个点，次日报纸就以显著的大标题刊发出来。考珀伍德并不计划永久停业，目前只是暂时停止经营，过段时间，如果有可能，就去说服债权人允许他恢复营业。但有两件事情存在阻力：一件是以低得让人吃惊的利率从市财政局借来五十万美元的事情，这直接表明他们之间存在着猫腻；另一件是六万美元的支票事件。他的金融知识曾经使他很清楚——把自己的资产划给最大的债权人的办法，也许对他以后恢复营业非常有利，此事他办得很利落。实际上，哈巴·斯达格早已写好了杰伊·库克公司、爱德华·克拉克公司、德雷塞尔公司以及其他他所喜欢的公司均表示同意恢复营业的证明。他清楚即使小债权人对他的公司因心怀不满而要提起诉讼，这会迫使他重新调整或者宣告破产，可是很重要的是最有势力的几个支持者对他都表示好感。等一切都风平浪静以后，他们可能会帮助他的。而且，最好的办法就是多起诉讼缠住了危机，它可以拖至股价回升，人们恢复正常的常识，他在等待人家多多起诉。哈巴·斯达格曾经冷笑过一次，在经济危机的旋涡之中，在他们正在谋划渡过难关时，一笑都是千金难买的。

"弗兰克，"他说，"你真了不起。不久你就会织出一张诉讼的网，无论是谁也破除不了。他们要相互提起诉讼。"

考珀伍德笑了。

"我只需要一些时间，仅此而已。"他回答。尽管如此，他还是平生第一次有点儿沮丧，因为他经营的生意花费了几年的心血，如今却宣告完蛋了。

所有的事情之中，最令他感到棘手的并不是他欠市财政局五十万美元，尽管他清楚，此事一旦公开，就会在社会政治生活中引起轩然大波，但那是合法的，至少是半合法的交易。倒是还未赎回的价值六万美元的市公债券，他无能为力，难以把它挪进基金里，即使所需的款项会从天上掉下来，也无济于事了。市公债券没有归入基金是财力不足造成的。这个情况他已经考虑很久了。他想，如果他去拜见莫伦豪尔或者辛普森，或者他们两个（他从来没有见过他们），那就应该对他们做出解释，只要他们现在不对付他，不阻碍他过段时间恢复营业，那么尽管他目前还拿不出五十万美元，但他可以承诺慢慢地把五十万美元归还给市财政局，一分钱也不少。如果他们拒绝，他就会遭受损失，他要请他们等待，直到他"有钱偿还"之日，而那也许遥遥无期。但是事实上，连他自己也不太清楚如何劝止别人对付他的行动。这笔钱记在他的账本上是欠市财政局的，记在市财政局的账本上就是他所欠的。而且当地有一个所谓"公民市政促进协会"的团体，偶尔也调查与此相关的公事。他们一定对他挪用公款一事有所耳闻，那样的话就可能进行一次公开的检查了。有不少人已经了解了这件事情。例如，眼下那些检查他的账本的债权人。

他琢磨着，莫伦豪尔或辛普森抑或两人兼而有之，总之，必须抓紧时间去办这件事。但在拜见之前，他决定把此事与哈巴·斯达格具体谈一下。所以在停业几天之后，他请来斯达格，把市公债券交易的具体情况告诉了斯达格，只是没有解释，如果他能够舒适地生活，就不会把市公债券归入基金里去。

哈巴·斯达格，又高又瘦，大方而又斯文，说话温和，举止优雅。走起路来就像一只猫担心远处有一条狗在徘徊似的。他的脸长且瘦，是那种较讨女人喜欢的脸。眼睛蓝蓝的，头发是棕色的，带一点儿沙红色。他的目光坚定，难以捉摸，有时他故意把手放在嘴上，看起来冷酷，确切地说，不是暴戾而是冷漠，因为他对任何事情都没有信心。他并不穷，生下来就不穷。天性敏锐，思想积极，这也许是迫使他努力工作的唯一的动力，因为他渴望比现在更有钱，更希望出人头地。考珀伍德就是能让他在法律上功成名就的最佳人选，而且还是一个了不起的当事人，在他认识的所有当事人之中，斯达格最看好考珀伍德。

"让他们指控你吧，"这时候他说，他优秀的法律头脑对这种形势的各个方面了然于心，"我觉得除了有技术上的责任以外，这件事是没有任何问题的。如果有问题，罪名就是侵吞公款或者监守自盗，在这种情况下，你是监守人。摆脱这个罪名的唯一办法就是一口咬定你收取支票完全经过斯特纳认可并同意。那么，在这方面你只是技术上失误而不会担负责任的罪名而已，我觉得，就这个细节任何陪审团都不会给你定罪的。但是也说不准，你永远拿不准一个陪审团会做出何种事来。但是，这一切都要在开庭以后才能知道。我认为，全部结果要看你们双方，你和斯特纳哪一方能赢得陪审团的信任，以及民众是否急于要为斯特纳找替死鬼。麻烦就在于未来的选举，如果在随便什么别的时候发生这场经济危机——"

考珀伍德挥手让他住口。他早已清楚这一切。"一切都随政客们的意志而转移。我认为这很可疑，情况过于复杂，事情也无法掩盖。"他们就在他家的私人办公室里，"该来的事情终究躲不过。"他补充说。

"假设按你所说，指控我监守自盗而且被判有罪，哈巴，按照法律上如何处置？最多要坐几年牢？"

斯达格思考了一会儿，一只手摸着下巴。"让我想一下，"他说，"那问题就严重了，可不是吗？法律规定是一至五年，但是对侵吞公款案件，一般是判一到三年的。当然，这个案件——"

"我清楚整件事的经过，"考珀伍德焦急地打断他的话，"我的案子和别人的并无差异，你清楚。如果政客们要这么做，侵吞公款就是侵吞公款。"他忽然陷入沉思，斯达格站起来，懒洋洋地踱着步。他也在琢磨着。

"那么，在指控期间，在高等法院对此案做最后判决之前，我是否需要坐牢？"考珀伍德停顿一会儿，直接而悲伤地又追问了一句。

"是的，所有的法律程序里都有这一点。"斯达格小心地回答，他摸着耳朵，极力地更巧妙些说出此事，"初步审理此类案件时，你可以避免监禁。一旦经过审理你被定罪了，坐牢就不可避免了。实际上，在申请重新审理和准予提出上诉之前，必须监禁几天——五天左右。一般就需要这么几天工夫。"

这位年轻的银行家坐在那里，凝视着窗外，斯达格说道："这事有点儿麻烦，可不是吗？"

"是的，我不得不承认的确如此。"弗兰克回答，他心里想着，监狱！坐五天监狱！那真是可怕的侮辱，超过任何事情的侮辱。在等待准予上诉之前，即使能获得批准，也先要坐五天牢！他非要逃避不可！看守所！监狱！他的商业信誉绝对禁不起这种打击。

第三十二章　危险一箭

形势日渐恶化，所以巴特勒、莫伦豪尔和辛普森之间就亟须作出最后的抉择，第三大道上流传着许多版本的谣言，传闻市财政局不仅亏损了一笔钱，还加重了由于芝加哥火灾所引起的令人感到自危的金融危机，斯特纳和考珀伍德或者是考珀伍德和斯特纳两人合谋挪用五十万美元的公款，关键是如何把此事隐瞒到选举以后，而距离选举还有三周。银行家和经纪人之间彼此议论着一个怪异的谣言，据说考珀伍德明明清楚自己就要倒闭，还未经斯特纳同意从市财政局拿走了一张支票，这个谣言有可能传到一个政治团体，即"公民市政促进协会"的耳朵里，这可是令人感到不快的团体。此协会会长是斯克尔顿·彻·韦特，以清廉正直而著名的钢铁厂主。几年来韦特一直紧盯意欲获得优势地位的共和党，要让它清楚自身由于在政治上的某些违法事件而没有取得成功。他庄严稳重，自律谨慎，属于在责任的特殊面纱下观察人生的人物，他不受任何感情左右，遵守十诫，对于一般事情，总按照实际情况来处理。

这个协会，起初是为反对税务部门的某些弊病而产生的，但是从那以后，经过了一届又一届的选举，一次又一次的行动，偶尔在某些报纸的评论和某些使小官僚吃惊的改革中，它的作用得以证实。这些小官僚山穷水尽时，就躲在某些高层的政治势力背后，而最后的靠山就是巴特勒、莫伦豪尔和辛普森三位。以前协会原本没有重要的权力和武器，而考珀伍德转让财产和紧随而来的有关市财政局的罪行，在有些政客和银行家看来，却正好授人以柄。

但是，考珀伍德停业之后的第五天，参议员辛普森在家里举行了一次会谈，这次高层政治势力之间的会晤具有决定考珀伍德命运的意义。辛普森的家坐落在列丁霍斯广场，是费城老一代有钱人的聚居地。辛普森艺术修养良好，是世传的教友会教徒，颇有聚敛财富的经验，他聚敛来的财富多半用来满足他追求政治地位的野心。当金钱能够收买一个干练的或者必需的政治拥护者时，他就不惜重金给那些忠实执行他的意愿的人，提供很多职位，诸如委员、董事、审判员、候选人，以及一般官员的缺位。和巴特勒、莫伦豪尔相比，他更有权势，因为他能代表州和联邦。当地方官员打算参与全国选举时，就迫切需要打探宾夕法尼亚州对共和党的意见是什么，于是他们就邀请参议员辛普森。他本人也清楚，这是绝对不会错的。他早已从州政治圈跨到全国政治圈了，在华盛顿的联邦参议院里是一个引人注目的人物，他在那里，对一切有关保守的和有关钱财的全国会议上的言论，具有重要影响。

他的住宅是威尼斯式的四层楼，彰显着华贵的建筑特色，诸如雕花的窗子，半尖的圆拱门，以及装在墙上的彩色大理石浮雕。这位参议员对威尼斯称赞有加。他曾多次去那里，和他到雅典和罗马一样，带回了许多可以代表古代文化的艺术品。他对严肃的罗马皇帝的雕刻头像格外钟情，还有神像的残片，因为它们最完美地展现了希腊艺术风格。这所房子的阁楼上，收藏着他最漂亮的宝贝，即装在镂刻雕花的木架里的一块大约四英尺高的圆锥形独石碑，其顶上放着一尊奇特的牧羊神潘的头像，旁边有一尊时代不详的可爱的裸体水妖像，一双小脚恰好从脚踝骨处打碎了。在这个木架上还装饰着雕刻过的牛头骨，错落有致地插着玫瑰花。客厅里挂着卡里格拉、尼罗以及别的罗马国王的画像摹本;楼梯的墙上雕刻着成群的跳舞水妖,还有牧师带着绵羊、母猪等供品到祭坛上去的浮雕。角落里放着一座时钟,它会在一刻钟、半点钟、三刻钟、整点敲出奇特而又悦耳的声音来。室内的墙上挂着北欧出品的花毡。客厅起居室和会客室里,摆放着仿照意大利文艺复兴时期的标准制作的雕刻精美的家具。参议员辛普森对绘画并没有鉴赏能力,却又很自信,他收藏的东西不但相当著名,而且都是真品,他更关注的是他的古董柜,里面装满了他从外国买来的小铜器、威尼斯玻璃制品和中国宝石。确切地说,他并不是收藏这些东西的专家,而只是几件精选的样品的爱好者罢了。在这些房间里,铺着精美的虎皮、豹皮地毯,长沙发上铺着两张麝香牛皮,桌上铺着硝过的、棕漆的山羊皮和小山羊皮,给人一种优雅而又落落大方的感觉。此外,参议员还有一间富有艺术气息的餐厅,和一个在当地引起高等酒商高度关注的酒窖。他十分好客,当他开宴会、招待会或者舞会的时候,这里就是当地名流会集的场所。

会谈在参议员的书房里举行,他以一种只会有所获,而不会有所失的真诚态度来接待他的同僚。桌上放着威士忌、葡萄酒和雪茄。莫伦豪尔和辛普森边聊天边等待巴特勒,他们各点了一支雪茄,都并未流露出内心真正的想法。

事情经过如下,昨天下午,巴特勒从地方检察官戴维·佩蒂先生那里得知关于六万美元支票的事。同时,斯特纳也亲自把这件事情告诉了莫伦豪尔。莫伦豪尔(巴特勒就没有)发现,利用考珀伍德的境遇,可以使当地的共和党免受责难,同时很有可能榨取考珀伍德的市内铁路股票,而不让巴特勒或者辛普森得到半点儿风声。只要私下恐吓考珀伍德,告知对他起诉就可以了。

很快巴特勒就赶到了，他为自己的迟到表示歉意，他掩饰着最近悲伤的心情，尽力装出一副无所谓的样子，说道："我实在太忙了，城里每一家银行都急于知道怎样保住它们的贷款。"他拿起一支雪茄，划亮了火柴。

"看上去事情确实有点危险，"参议员辛普森面带微笑地说，"请坐。我刚才和杰伊·库克公司的阿弗莱·斯顿谈过了，他告诉我关于斯特纳与考珀伍德公司倒闭之间的关系，第三大道正对此议论纷纷，不久报纸就会刊登出来，除非我们付诸行动。我认为这个消息很快会传到公民市政促进协会韦特先生的耳朵里。诸位，现在我们必须把解决的办法定下来。有一点我敢确定，就是从候选人名单上把斯特纳除掉，尽量不传扬出去，我认为这可是相当严重的问题，现在我们一定要尽最大努力，以绝后患。"莫伦豪尔深深地吸了一口雪茄，吐出旋转的青色烟雾。他凝视着对面墙上的花毡，不发一语。

"可以肯定的是，"过了一会儿，别人都不发表意见，参议员辛普森就接着说，"即使我们在相当一段时间内，为了我们的利益不去提起诉讼，别人也会提起的，那样的话，事情就不体面了。我个人认为等到事态已经明了——显然别人要提起诉讼的时候，可能是公民市政促进协会，我们就干预此事，而且要做得好像我们一直在着手进行似的，我们必须争取时间。所以，我建议尽力假装看不到市财政局局长的账本。检查工作开始的时候，我看就可以了，我们可以把事实慢慢地一件件摆出来。"

遇到紧急事情，参议员总是对他重要的同盟者坦率直言，喜欢滔滔不绝地说出事情的真相来。

"我觉得这些话非常合情合理。"巴特勒说着往下坐得舒服些，以此掩饰他对这一切事情的真实想法，"我认为工作人员把检查工作拖延三周并非难事。如果我没有记错的话，他们本来做事情就是拖拖拉拉的。"同时，他在思考怎样可以尽快对考珀伍德的人格提出控告，同时不会显得他不在意当地共和党的利益。

"是的，这个主意很不错。"莫伦豪尔严肃地说，吐出一个烟圈来，心里思考怎样才能在这次会谈中不提及考珀伍德的罪行。他计划与考珀伍德见面以后再说。

"我们必须很周密地制订我们的每一步方案，"参议员辛普森继续说，"如果我们必须采取行动的话，就可以很快地依照方案实施。我认为，这件事一周之内一定就会露出马脚来，我们必须抓紧时间。现在，按照我的意见，请市长写信给市财政局局长要求他写报告，无论市财政局局长如何回信答复市长，都以市议会的职权要求市长暂时停止市财政局局长的职务。我认为我们有权这样做，或者至少停止他的主要职务。但是，暂时不要把任何一项文书公布出来，当然等到不得不公布时，我们就把这些信件交给报纸发表声明。"

"如果你们不反对的话，我可以准备这些信件。"莫伦豪尔平静而又迅速地插话。

"好的，我认为这个办法很高明，"巴特勒很轻松地说，"这也许是我们在这种情况下所能采取的唯一办法了，除非我们可以怪罪其他人。我想就此提一些意见。我们必须全盘考虑，这样不至于在关键时刻无计可施。"

巴特勒说这句话的时候，目光中流露出得胜的光芒，同时莫伦豪尔的眼睛里呈现出失望的影子。巴特勒看出来了，也许辛普森也看出来了。

"你这么说是什么意思？"参议员问，很关切地注视着巴特勒。他不了解六万美元支票的事，他并没有紧密关注市财政局的交易，在他们最早会谈以后也没有和他的任何同盟者有过接触，"没有局外人卷入此事吧，有没有？"他在运用自己精明的政治头脑进行思考。

"不，不。我不能称他为局外人，参议员，"巴特勒温和地说下去，"我要说的是考珀伍德本人。上次我会见你们两位之后，发现一些端倪，这提醒我意识到那个小伙子也许并非完全无辜。在我看来，他似乎是这笔买卖的操纵者，表面看是他诱使斯特纳违背了自己的意志。因为自身的利益，我曾经研究过此事，根据我发现的情况来看，斯特纳这个家伙并非我们原来认为的那样应该受到谴责。据我所知，考珀伍德曾经千方百计地威胁斯特纳，如果斯特纳不肯再借钱给他的话。就在前一天他还找借口骗取一大笔钱，这就使他也同样犯了罪。有六万美元的市公债券，已经付了钱而没有存入基金里去。因为今年秋季我们党的名誉可能受到损害，我看我们就无须格外关照他了。"他停顿一下，深信他已经向考珀伍德射出了最危险的一箭。实际上的确如此。但是此时，参议员和莫伦豪尔两个人都感到很惊讶。因为上次会谈，巴特勒对这位年轻的银行家比较有好感，而最近的发现好像并不是使他产生恶意的原因。莫伦豪尔则非常吃惊，因为他曾经认为巴特勒对考珀伍德的友谊可能会成为绊脚石。

"唔……唔，此话当真？"参议员辛普森意味深长地说，用他苍白的手抚摩着嘴巴。

"不错，我可以证明。"莫伦豪尔轻轻地说，发现他自己打算恐吓考珀伍德拿出他的股票来的小算盘已经被蒙上了阴影，"前一天我和斯特纳谈及此事，他告诉我考珀伍德曾经想强迫他再借三十万美元给他，当被拒绝后，考珀伍德又设法骗取了六万美元，既没让他知道，也未经过他的同意。"

"他如何做到的？"参议员辛普森满怀疑惑地问。莫伦豪尔便解释了这个交易。"啊，"当莫伦豪尔说完后，参议员就说，"这足以证明他是个骗子，可不是？市公债券没有存进基金，是吗？"

"没有存进。"巴特勒非常热情地附和着。

"啊哈，我应该说，"辛普森说，态度缓和了一些，"这在我看来的确不错。可能有了替罪羊，我们就需要这样的事情。我认为在这种形势下，不必寻找设法保护考珀伍德的理由。如果必要的话，我们就把它当作重点。报纸也可能像对待其他事情一样，借此大做文章，它们非做不可。如果我们拿出正确的方针，我认为在事情妥善解决以前，选举可以顺利地进行，如果韦特先生干涉，我倒很乐意负责斟酌如何对付报纸。"

"我认为，事情就该这样办，"巴特勒说，"我不清楚现在我们还有什么事要做，但是我确实认为如果考珀伍德不受到处罚，那就是我们做错了事。他和斯特纳一样犯了罪，在我看来，他就是罪有应得。如果我可以表示意见，我认为应该把他送进监狱，那是他该去的地方。"

莫伦豪尔和辛普森两个人都以保留的、质疑的目光，望着他们向来诚恳的同伴。他突然决定要处罚考珀伍德到底是何缘故呢？在莫伦豪尔和辛普森看来，以巴特勒平常的看法，如果不从严格的法律意义来评判，考珀伍德并没有什么大错。他们认为考珀伍德做了已做的事，过错并不比斯特纳更严重。但是，因为巴特勒已经认为这里有一种技术上的错误，他们完全赞同共和党利用这一点，即使考珀伍德要进监狱也在所不惜。

"你说得兴许不错，"参议员辛普森说，"你应该准备好那些信件，亨利。如果我们不得不在选举以前，对某个人采取行动的话，也许那个人就是考珀伍德，如果有必要斯特纳也包括在内。因为我下周五得动身去匹兹堡，我把事情交给你们两位了，但是我清楚你们是不会错失良机的。"

　　参议员站起身来。他的时间永远很宝贵。对于自己的成功，巴特勒感到十分满意。如果有任何骚动或者示威来反对共和党，他主张三角同盟把考珀伍德作为第一被告的努力已获得成功。现在要做的，就是坐待骚动发生。根据他观察的当地情况，骚动不久就会发生。现在就是要关注考珀伍德那些心怀不满的债权人的状况，如果收买了他们，就可以阻止这个银行家卷土重来，使他处于真正的险境。巴特勒认为，考珀伍德在想把爱琳引入歧途的那天，就是他倒霉的开始，他现在就证明给他看，倒霉的时刻就在眼前。

第三十三章　当替罪羊

与此同时，根据耳闻目睹的事情，考珀伍德越来越意识到政客们打算把他当作替罪羊，而且就在眼前。举例来说，在他停业以后没几天，阿尔培来看望他，并告诉他一条重要的信息。阿尔培还在市财政局任职，斯特纳也在，他和森斯塔克及莫伦豪尔的另一个私人代表在检查市财政局局长的账本，调查账册的金融明细。司戴尔看望考珀伍德其实是为了弄清六万美元支票的事，以及他个人和支票的关系的补充意见。目前斯特纳好像在恐吓他的主任秘书，打算对他提出控告，说他应该对这笔钱的损失负有责任，他的保人要负责赔偿。考珀伍德只是笑着，保证司戴尔不会出事。

"阿尔培，"他笑着说，"我老实告诉你，这没有问题的。你把支票交给我并没有责任。现在，让我来告诉你如何应对吧。你去和我的律师斯达格商量一下。不会收取你一分钱的，他会告诉你该如何做。现在就回去，不要再为此事担心。这一次我让你遇到许多麻烦，实在抱歉，但是总之，几乎可以推断新财政局局长是不会让你留任的，以后看到适合的位置，我会通知你的。"

此时此刻，考珀伍德不得不去考虑的另一件事情，就是爱琳写给他的一封信，信里详细描述了一天晚上巴特勒家吃饭时的相关谈话。当时老巴特勒不在场。她说她的哥哥欧文如何提到他们，即政客们，也就是她的父亲、莫伦豪尔和辛普森将要"给他颜色看看",是某种金融上的犯罪行为,她说不清是什么,好像类似支票的东西。爱琳如坐针毡。她在信里问,他们的意思可是指要坐牢?

她亲爱的情人!她钟情的弗兰克!他当真会遇到这样的麻烦吗?

当他看她的信时,眉头紧锁,狠狠地咬紧牙关。对此事他得想出办法,只好去见莫伦豪尔或辛普森,或者两人都见,对政府作出承诺。目前他不能答应给他们钱,只有票据,但是他们也可能接受。他们一定不会因为支票交易,如此细微而又不可靠的事情,就打算让他去做替罪羊的!还有斯特纳借给他的五十万美元呢。且不谈前任财政局局长们的那些暧昧交易!何等无聊!真是玩弄手段,但又是何等真实,何等危险呀!

辛普森出门,十天以后才回来,而莫伦豪尔记着巴特勒提出的建议,即利用考珀伍德的过失来保护共和党,他早已按照他们的计划付诸行动了。信件已经准备妥当,只等派上用场了。实际上,在会谈以后,小政客们领悟了大头目的暗示,都在极力渲染六万美元支票的事,硬说市财政局有亏空的话,考珀伍德应该负犯罪的责任。可是,当莫伦豪尔一见到考珀伍德,就觉察到他要对付的是一个意志坚强的人了。考珀伍德没有惶恐之状。他只是以爽直的态度声明,他过去养成了以低利率借用财政局公款的习惯,而这一次仅仅因为经济危机把他卷了进去,所以眼下他可能还不出钱来。

"我听说谣言了,莫伦豪尔先生,"他说,"谣言说要指控我,认为在此事上我是斯特纳的同谋,但我相信政府不会这么认定,我认为你的政治势力可以支持我去阻止它。如果我有点时间来安排的话,我的事情就不会这么糟糕。现在我正以每期五十美分的利息向我的全部债权人付一、两年和三年的期票,至于市财政局的公债,如果能谈妥条件，我愿意出一块钱的利息，只要时间再延长一些，股价肯定会回升的，你也明白，除了现在的损失，我没有任何问题的。我觉得这件事已经传开了。报纸仿佛随时都可能披露，除非有人出来成功地阻止（他以恭维的态度望着莫伦豪尔）。但是，如果我能够极力留在诉讼程序以外，我的金融基础就不会受损，就更利于我东山再起，这对政府也就更有利，因为到那时我自然能够还清所有的欠款。"他讨好而迷人地笑起来。莫伦豪尔初次见他，也不能不被感动。实际上是在用关切的目光凝视着这个年轻的金融天才。如果他能接受考珀伍德的建议，那么他允诺的钱就可以慢慢地交付给他；如果考珀伍德有希望立稳脚跟，他会仔细斟酌他所说的话。因为到那时，考珀伍德就可以把他失而复得的财产送给他。可是看起来，这个问题几乎很少有机会要解决了。他已经听说，公民市政促进协会已经在着手准备调查，可能马上就要进行了，一旦他们插手进来，毋庸置疑，会一直追查到底的。

"考珀伍德先生，这种形势的困难，"他关切地说，"就是事态已经扩大了，实际上已经超出我的权限。我真的起不了任何作用了。话虽如此，我并不认为仅仅是因为五十万美元的借款，而是另一件事情，也就是前几天你获得的六万美元的支票才让你如此焦急，斯特纳先生坚持认为你是非法获取的，他为此十分紧张。市长以及市政府的其他官员现在都已了解这件事情。他们要采取何种行动，我可不知道。"

莫伦豪尔的态度分明是模棱两可的，因为他狡猾地提及作为他的政治工具的市长，他有点闪烁其词，考珀伍德看出来了。这令他不悦，但是他也老谋深算，假装非常温和恭敬的样子。

"我拿了六万美元的支票，那是事实，"他坦诚率直地回答，"在我的财产转让的前一天。但是，那是付我买进市公债券的钱，而且是按照斯特纳先生吩咐买进的，是我理应所得的钱。我需要这笔钱，当然就去讨要了。我并不认为那有什么不合法的地方。"

"如果这次交易的手续细节都办得清晰就没有问题，"莫伦豪尔温和地回答，"据我所知，市公债券是买作基金的，但是基金里却没有这些市公债券。你如何解释此事呢？"

"只是疏忽而已，"考珀伍德回答，也像莫伦豪尔一样温和，"如果我不是如此意外地被迫转让财产，自然会存入基金里的。我不可能亲自照顾每一件事情。我们没有即刻存入的习惯。如果你问斯特纳先生，他会告诉你。"

"果真如此？"莫伦豪尔问道，"他并没有那样说过。可是，基金里没有市公债券，我认为在法律上是有些区别的。我与此事完全没有利害关系，这和任何善良的共和党党员一样。我想不出来我能为你做些什么。你认为我能做些什么呢？"

"莫伦豪尔先生，我也不相信你能为我出力，"考珀伍德回答，有点刻薄的口吻，"除非你非常愿意真诚地对待我。我对费城的政治并非一无所知。我知道一些控制政府的强权人物。我认为你能够阻止因此事而指控我的任何计划，让我获得时间重新站稳脚，我对六万美元，并不比对以前的五十万美元借款要负更多的法律责任。并不是我制造了这场经济危机，我并没有放火烧芝加哥。斯特纳先生和他的朋友们曾经因与我打交道而获得利益，如此效劳几年以后，我当然有权挽救我自己，我就不明白了，我如此这般地帮助现任政府之后，为什么不应该从他们的手里得到一些援助？我当然把市公债维持在票面价格，至于斯特纳先生的钱，他从来不要借款的利息，但索要的比利息还要多。"

"一点儿不错，"莫伦豪尔回答，目不转睛地盯着考珀伍德的眼睛，心里在评估这个人的力量和可以利用的实际价值，"我知道事情发生的经过，考珀伍德先生，毋庸置疑，斯特纳先生本该十分感激你，其他政府官员也该如此。我并非说政府官员应该做什么、不该做什么。我明白的是无论你是否有意，你应该意识到自己处境的危险，有些地方已经出现了对你表示强烈反对的舆论，我个人完全没有任何好恶倾向，如果不是局面好像已经失控，我决不会反对采用任何合理的方式帮助你，但是怎么办呢？这一次选举，共和党的形势极其不利。可是，无论你怎么无辜，你总得担负几分责任，考珀伍德先生。我不清楚出于何种原因，巴特勒先生好像从心底动怒了，而巴特勒先生是地方上一个相当有势力的人（考珀伍德开始琢磨巴特勒是否在某些地方挑明了他在社交上触犯其他事情的性质，但他自己不相信这回事。这是不可能的）。我很同情你，考珀伍德先生，但我建议你先去看看巴特勒先生和辛普森先生。他们赞同帮助你，我就一定付诸一致行动。但是，除了这个办法，我就不清楚该如何是好了。我只是对费城的事情稍微有点儿影响的人之一，仅此而已。"

在此刻，莫伦豪尔希望考珀伍德主动献出自己的股票，但考珀伍德却没有任何表示。他只是说："我非常感谢你，莫伦豪尔先生，承蒙你接见。我相信只要你力所能及，你就会帮助我的。我只能尽自己最大努力摆脱困境了，再见。"

他鞠了一下躬就退出去了。他明白自己的努力是何等无望。

在此期间，由于谣言越来越多，而且似乎没有人愿意站出来纠正，公民市政促进协会的会长斯克尔顿·彻·韦特先生终于被迫召集十个在费城有声望的人组成委员会（也是符合他自己的意愿的，他本人是主席），在市场街的市政厅里举行会议，在会上公布了考珀伍德公司倒闭的事情。

"诸位先生，我认为，"他说，"这是我们协会对费城和费城人民做出突出贡献的时机。此事，完全可以证明协会选取这个名称的意义和优势。我们的考察步骤完善，彻底查明此案真相，然后坚决支持真相，把我们所听闻的案子里的恶劣行径加以制止。我知道这可能是一件困难的工作。毫无疑问共和党的领袖们不想做任何解释，好让他们的候选人名单顺利地通过，对我们就此事的初步活动，他们不可能听之任之的。但如果我们坚持不懈的话，就可以得到非常理想的结果。放眼望去，公共生活里存在着过多的欺诈行为，这些事情都是有是非标准的，我们不能永远置之不理，我们一定要逐渐地履行，我请求诸位对这件事作出决定。"

韦特先生坐下来，与会的人们马上开始讨论所提出的事情。决定指派一个委员小组"着手调查（引自后来公布的报告书）现在影响到我们市政府最重要、最显著机构的特殊谣言"，并在下次会议上做汇报，下次会议定于第二天晚上九点钟举行。此次会议就结束了。第二天早上九点钟重新举行会议，在金融上具有深刻影响的四个人物，正着手进行被委任的工作。他们在起草一份内容详尽的报告书，尽管与事实不完全相符，但在如此短的时间内，可以说已经算是最接近事实的报告了。

事情的经过是这样的（报告书在解释指派此委员会的理由以后，如是说），市财政局局长素来有种习惯，当议会批准公债后，就把它们交给某些重用的经纪人去出售，经纪人把售得的钱在短期内记入市财政局局长的账里，一般在每月初。在当前案子中，弗兰克·阿尔杰农·考珀伍德就是在替市财政局局长执行这种任务的经纪人。但就连这种不道德的、不公平的制度，考珀伍德先生都没有去遵守。芝加哥发生火灾导致股票下跌，导致弗兰克·阿尔杰农·考珀伍德先生破产，一时牵涉诸多事情，依据正常的账本所提供的情况来看，委员会还不能彻底查清楚。但从考珀伍德先生惯于使用市公债券做押款等情况分析，似乎他对这些事情不负有责任。他手里通常有几十万政府的现金或者有价证券，由他来做各种各样的用途，但是却很难获得这些交易结果的细节。

一些资金被他用来在市公债券发行以前做大量市公债的抵押，贷方发现抵押的证券已在市财政局局长的账本上按期划给他。这类运行方式好像行之已久，我们不能相信市财政局局长不清楚这种生意的性质，有些事情表明他与考珀伍德之间存在着违背法律，运用市政府的贷款牟取私利的复杂关系。

而且，在做这些押款的时候，政府付给这些借款利息，而所得的钱却落在市财政局局长的经纪人手里，对政府反而不付利息。于是，市公债券就延期付款，而考珀伍德先生却利用应该存进市财政局的钱，买回来大量打了折扣的市公债券。持有市公债、市公债券预约券的老实人，现在得不到市公债券，因此政府信誉受损，比当下五十万美元的亏空还要严重很多。现在会计师在审查市财政局局长的账本，几天内就可以查清楚整个操作过程。希望借此可以揭露那些不道德的行为。

报告并附有与侵害公共信誉有关的法律条文，除非纳税人对相关人员提起公诉，否则委员会就会出面办理，尽管此行为与当初成立时的宗旨不大符合。

此份报告书很快转给报纸。尽管考珀伍德和政客们清楚会发布一些公告文件，这却是一个措手不及的打击，斯特纳束手无策了。当他看到以保守的标题"公民市政促进协会举行会议"发布的消息，急出一身冷汗来，所有报纸都与市内政治、经济要人之间彼此照应，他们根本不敢公开发表自己的言论。早在一周多以前，各个编辑和出版人的手里就已经掌握主要事实了，但是莫伦豪尔、辛普森和巴特勒已经放出话来，当前把此事暂时隐瞒起来。因为如果引起混乱，对费城，对当地商业，等等，都没有好处，而且也玷污了政府名誉。这当然是老生常谈了。

一连串相关问题立马就出现了，到底谁真正犯罪了？是财政局局长还是经纪人？还是两个都有罪？到底损失多少钱？是谁遭受了损失？弗兰克·阿尔杰农·考珀伍德到底是何许人也？他为什么没被捕？他为何会与市政府的经济措施有如此亲密的往来？尽管后来没有产生所谓的"黄色新闻"，当地报纸也不会像以后那样把他当作重大人物加以评述；尽管受到当地政治、经济巨人的管束，难免会畏首畏尾，但报纸上照样出现了某些评述，而且所有报纸都发表了社论，并鼓足勇气大胆提出了一些义正词严又保守谨慎的意见，指出某人居然能够使大城市和高尚的政党蒙受耻辱。

由莫伦豪尔、巴特勒和辛普森一手谋划出来，暂时归罪于考珀伍德进而保护共和党利益的毒计，现在已付诸行动了。此事表面来看颇为有趣、颇为诡异，报纸匆忙接受考珀伍德纵使不独自承担责任，也要负主要责任的说法，甚至公民市政促进协会也持有同样观点，斯特纳把公款借给他了，这是事实，把市公债券交给他出售也是事实。但令人称奇的是，报纸和协会似乎持有相同的观点，就是指认考珀伍德严重亏待了市财政局局长。他们也提及他骗取六万美元支票，买进市公债券而没有存入基金的事实，但在能够确证之前，他们都担心触犯州里的诽谤法，并不敢妄下结论。

于是几封堂而皇之的政府信件及时炮制出来，大概意思是市长雅各布·巴尔彻先生严厉要求乔治·W.斯特纳先生对自身行为尽快做出解释，这些信和斯特纳的回信，都立刻交给报纸和公民市政促进协会。

政客们估计，这些信件既可以充分表明共和党迫切要肃清党内恶行，又可以帮助他们把时间拖延到选举之后。

市财政局局长乔治·W. 斯特纳先生：

据悉，你替市政府印发售出大量市公债券。按照惯例，接到市长命令后，已移交出去，但是，上述市公债券卖出的实际款项并没有如数交给市财政局。

我又获悉，经你批准大量的政府公款流入了第三大道的一个或几个经纪人或银行家的手里，而这些经纪人或银行家遭遇经济危机，因而，市政府的利益可能遭受极其严重的影响。

所以，我要求你立即把这些消息的真伪告诉我，如果情况属实便于让我从容地履行责任，从这些事件来看，作为市政府首脑的我，应该连带负担责任。

费城市长

雅各布·巴尔彻

一八七一年十月十八日

于费城市长室

尊敬的雅各布·巴尔彻市长：

本月二十一日奉悉您的通知，我深感抱歉，目前不能把您所需情报送给您。由于过去几年来经售市公债的经纪人失职，市财政局遭遇困难是毋庸讳言的，自从我发现这一事实以后，一直在，现在还在忙于千方百计避免或者减轻市政府可能遭受的损失。

乔治·W. 斯特纳

一八七一年十月十九日

于费城财政局局长室

市财政局局长乔治·W.斯特纳先生：

　　鉴于目前的情况，你应该把这封信作为撤销、解除我有关出售公债的所有命令和准许的通知，上述通知务必遵照执行。已准许而尚未发行的公债的相关申请事项，目前可由市长办公室办理。

费城市长

雅各布·巴尔彻

一八七一年十月二十一日

于费城市长室

　　雅各布·巴尔彻先生是否写信并自己署名？没有。是阿伯纳·森斯塔克先生在莫伦豪尔先生的办公室里写的，莫伦豪尔先生看了以后，认为行得通，信也写得确实很好。费城的财政局局长乔治·W.斯特纳先生写过那封十分狡猾的复信吗？也没有。斯特纳先生完全崩溃了，甚至有一次在自己家的浴缸里大哭起来。那封信也是阿伯纳·森斯塔克先生写的，只是让斯特纳签个名罢了。在信发出去以前，莫伦豪尔先生认为"很好"。此时，所有的小老鼠，都争先恐后躲藏起来，因为在黑暗里出现了一只虎视眈眈的大猫，只有聪明些的大老鼠才敢活动。

　　事实上，在当下和过去的几天里，莫伦豪尔、巴特勒和辛普森三位先生一直在和地方检察官佩蒂先生商量，如果有可能的话，是否处置考珀伍德，给他加重罪责；如果行得通，看看是否能为斯特纳找些辩护理由。巴特勒当然力挺指控考珀伍德，佩蒂找不出可以为斯特纳辩护的理由，因为考珀伍德的账本里记录了他替斯特纳买进市内铁路公司股票的各项账目。至于考珀伍德，他说："让我思考一下吧！"他们重点思考的是逮捕考珀伍德是否为上策，如果有必要，就审问他。只要他被捕，对于公众而言，至少似乎能证明他的罪更重，从而消除对政府的义愤，结果就可能转移公众对共和党的罪恶本质的关注，从而将矛盾拖延到选举以后。

　　就这样，最后在一八七一年十月二十六日下午，费城市议会主席爱德华·斯特罗比克终于受莫伦豪尔的指使去拜访市长，宣誓述说，由财政局局长雇用出售政府市公债券的经纪人弗兰克·阿尔杰农·考珀伍德犯了挪用公款和监守自盗的罪行。他同时也控诉乔治·W.斯特纳挪用公款，但这是无关紧要的，考珀伍德才是他们所找的替罪羊。

第三十四章　接受审查

此时，值得注意的是，考珀伍德和斯特纳的精神状态恰恰相反。斯特纳脸色苍白，嘴唇发青。考珀伍德并不理会这些叫嚣责难所暗示的，诸如可能会有一段牢狱之灾等严肃的问题，无论它对他的父母、妻子、同行和朋友会造成何种影响，他还是尽最大的力量，努力保持平静镇定。在这场灾祸的旋涡里，他从未丧失过理智和勇气。至于"良心"，这个几乎能把人折磨到死的东西，根本不能打扰到他。在他心里当时并没有所谓犯罪的意识。他那与众不同的思维认为，人生盾牌有两方面：强和弱。至于是非呢？他并不了解它们。那是深奥玄学里的概念，他不愿意自寻烦恼。那么善恶呢？那是教士们的玩具，是他们用来赚钱的工具。至于社会的恩惠或社会的排斥，后者有时会有各种灾祸紧随而来，那么，社会的恩惠又为何物呢？他或者父母已经跻身社会的最上层了吗？并没有，不顾及眼前的纠纷，以后就不可能恢复自己的社会地位了吗？也许吧。至于是否有道德的存在，他从来没有考虑过。他只掂量强与弱的对抗，对，就是这个！如果你软弱无能，就立马退后，躲到枪炮的射程以外去。而他当然是有力量的人，他本人也很清楚这一点，不知为何他总自以为吉星高照。有某种东西（他说不出是什么，这是他唯一操心的神秘东西）在他做事情时，一直在帮助他，有时候会促使事情成功，让他抓住最好的机会。为什么他与生俱来就有如此高明的头脑呢？为什么总是在金融和人事上得到眷顾呢？并非他得到的，而是他自己争取到的。也许事出偶然，但是也许由于他总有自己不会受到伤害的信念，这些直觉及他所有行动的预感，都难以解释。人生深不可测、不可领悟，但是无论如何，强和弱就是它的两个组成部分。强者必胜，弱者必败。人就应该凭借敏捷的思维、正确的眼光和判断力，而不能依靠其他东西。他就是勇敢和能力的化身，在精神振奋、生气勃勃地斗争，胡子向上翘起，衣服笔挺，指甲修剪整齐，胡须剃得干干净净，脸上洋溢着健康的气色。

当时，考珀伍德曾亲自拜访斯克尔顿·彻·韦特，想解释一下自己的情况，他坚持主张自己的所为和其他人并无差异。但韦特却半信半疑，他弄不明白价值六万美元的市公债券为何不在基金里。考珀伍德关于"习惯"的解释并没有产生作用。可是，韦特先生却因此了解到其他玩弄政治的人在如何采用其他的玩法，比如像考珀伍德是如何获取利益的。他劝考珀伍德到州里去指控。可是，考珀伍德立马拒绝了这个建议，他努力向韦特先生解释，他并不是"告密者"，韦特只是苦笑了一下。

现在巴特勒开心了（尽管心里还是担忧共和党能否在选举中获胜），因为他已使这个坏蛋落网，考珀伍德需要很长时间才能脱身。如果共和党能大获全胜，按照现在的计划，接替戴维·佩蒂的下任地方检察官是戴尼斯·夏侬，他是巴特勒指派的人，是一个年轻的爱尔兰人，曾经替他办理过很多法律事务。还有两个共和党头目早已支持巴特勒，他们也认为夏侬是一个精明利落、态度慷慨的小伙子。他身高五英尺十英寸，黄头发，两颊微红，蓝眼睛，是一个不可小觑的演说家和优秀的法律卫士。因为受宠于这个老头儿，蒙他支持提名成为下任地方检察官候选人。夏侬十分骄傲，他说如果自己当选，就会竭尽自己所能为他效劳。

对于某些政客而言，唯一美中不足的就是如果考珀伍德一旦获刑，斯特纳也难辞其咎。大家都认为市财政局局长不可能逃脱罪名。如果考珀伍德骗取六万美元的公款是犯罪，那么斯特纳挪用五十万美元也是犯罪。这种罪行要判五年徒刑。尽管他可以申请赦免，拿出证据证明自己是按照惯例行事，服刑也在所难免。他终究是要被判刑的，没有哪个陪审团会放过与他相关的事实。不管舆论如何，到了审判的时候，考珀伍德的案子可能会出现很大疑团，而斯特纳的案子就不会。

正式起诉考珀伍德和斯特纳后，就可以立即观察实际进展情况。之前，考珀伍德的律师斯达格已经私下得知考珀伍德要被控告，他立即安排当事人准备出庭，在传票送达之前，已经准备好对报界的讲话，如果有记者找他，就可以在报纸上刊登出来。

市长签署考珀伍德的拘留证后，按照斯达格的计划，考珀伍德即刻和自己的律师一起去见市长雅各布·巴尔彻，付两万美元的保证金（由吉拉特国民银行总经理威·西·戴维森做保人），确保下周六在中央警察局出庭受审。斯特罗比克以市议会议长的名义雇用律师马格斯·奥斯劳代表他替政府提起公诉。市长惊讶地看着考珀伍德，因为他并不像别人那样与他相识，而考珀伍德却高高兴兴地回望着他。

"这是一个大把戏，市长先生。"他镇定地对巴尔彻说，巴尔彻回他一笑，友好地看着他，在巴尔彻看来，这是不可缺失的礼节。

"你是了解这种状况的，考珀伍德。"他说。

考珀伍德笑了："我的确知道。"

在这之后，还有几次他都照例在当地警察法庭出庭，当地警察法庭即所谓中央法庭。在提审时，他自称无罪。最后要在十一月的大陪审团面前出庭，因为佩蒂对他所提出的控告，性质十分复杂，他认为还是出庭更好。佩蒂适当地向他说明了案情（有关新当选的地方检察官夏侬的证明非常激烈），决定十一月五日在州法院第一审判庭由一个叫贝特森的审判官来审理，那是处理同类罪案的州法院的分庭。但是，直到令人质疑的秋季选举开始乃至结束后，才对他提起控诉。选举结果多亏了莫伦豪尔与辛普森运用狡猾的政治手段（即不制止投票作弊和个人破坏投票）又侥幸获得胜利，尽管票数已大为减少。公民市政促进协会既然在选举中惨遭失败（不舞弊就难以成功），就继续朝他们认定的主要对手大胆地开火。

在此期间，爱琳·巴特勒用尽她天生旺盛的精力，与报纸和流言的宣扬进行对照，以不同寻常的关切、癖好和热情追踪考珀伍德的外表变化。她一旦感情冲动就不善于推理了，反之就十分敏锐。她经常看见他，他也跟她说许多话，但凡他认为可以说的都说了出来。尽管她在报纸上，在私人谈话里，在自己家里的饭桌上，在任何地方都留意他们议论他坏到某种程度的话，她依然认为他并没坏到极点。考珀伍德公开被控告挪用公款以后不久，费城《商业新闻》上出现一则新闻，令她开心和安慰，她把新闻裁剪下来，藏在胸口，因为这则新闻似乎暗指她深爱的弗兰克实际是在活受罪而并非犯罪。这是公民市政促进协会所发表的许多宣言和报告中的一部分。内容如下所示：

> 此案内幕，比现在已经公开出来的严重得多。五十万美元的亏空，并非起因于卖出的市公债没有入账，而是财政局局长借给他的经纪人的贷款。委员会又从权威人士那里得知，经纪人卖出的公债在每月以市场最低价格结账，这个结账价格与实际卖出价格的差价，则由财政局局长和经纪人瓜分。因此，他们为了各自的利益，在每个月的某一时期都要"压低"市价，便于以低价结账。但是委员会认为，对经纪人考珀伍德提起诉讼，只是旨在转移社

会上人们对罪行更大的人的关注而已，以便相关人物能够从容地行事。

"好啦，"看到新闻时，爱琳暗想，"你们说得对。"这些政客（当她与父亲谈话以后，就清楚了父亲也在其中）要把他们的罪过推诿到她的弗兰克身上，他绝非如他们所说的那么坏，这则新闻就是这么说的。她满心欢喜地看着"旨在转移社会上人们对罪行更大的人的关注"这些字。这也是她的弗兰克最近对她所说的话。他们东藏西躲，放弃了从前的幽会地点，最终在南大街找了个地方，进行欢愉的亲密的幽会，他抚摩着她茂密的头发，拥抱着她的身体，告诉她，这完全是事先设好的政治圈套，尽量加重他的罪名，从而减轻斯特纳和共和党的罪名。他说，他可以平安度过，但是又警告她千万不要走漏风声。他并不否认他和斯特纳之间存在长期互利的关系，他告诉她这究竟是怎么回事。她了解了，或者自以为了解了。总之，她的弗兰克告诉她，这已足够。

至于考珀伍德父子两家人，不久前还暗自庆幸以为成功了，现在却悲伤地陷入失败的气氛中。他们已失去了精神支柱，弗兰克·阿尔杰农·考珀伍德曾经是这个精神支柱。他就是父亲的勇气和力量，弟兄们的活力和机遇，子女的希望，妻子的财富，更是考珀伍德这一家的尊严和意义。他就是和他相关的人的所有机会、力量、利益、尊严和愉悦，而这颗闪耀夺目的太阳现在显然遭到了黑暗的日食。

比如，在致命的早晨，当丽莲·考珀伍德收到那封匿名信，如同一枚炮弹炸毁了她的日常家庭事务后，她就始终精神恍惚。几周以来，每天她都照顾家务，表面异常平静，内心的愁苦思潮却疯狂奔涌。她真是痛苦到极点了。临近四十岁了，本应生活稳定，稳妥地立于不败之地，而如今，她却几乎被她生活多年的家庭无情地抛弃，仿佛一棵树被连根拔起，最后被迫在正午炙热的骄阳之下暴晒枯萎。

至于老考珀伍德，他在银行以及各方面的地位已快速地接近巅峰。如前所述，他对儿子相当信任，但是现在他必须承认大错已酿成，他暗想，弗兰克此刻正为此饱受折磨。当然，他坚信弗兰克有能力像以往一样去挽救自己，但是他对儿子失足跌入如今这种产生争议的深渊深感遗憾。弗兰克聪明过人，他无须与市财政局局长以及其他政客勾结，也照样能获得惊人的成功。当地的市内铁路路线和投机的政客，促使了他的失败。老头儿从早到晚在室内踱来踱去，觉得自己犹如正在西沉的太阳，他随着弗兰克的破产而破产，而这些使他蒙受耻辱的公开指控，就是他垮台的根源。短短几周，他的头发就白了很多，他脚步迟缓，脸色苍白，眼睛也凹陷了下去。他嘴角的那些骄傲的胡子，现在就如同过时的旗帜和装饰。唯一让他感到欣慰的是，弗兰克与第三国民银行的交易确实已经了结，一分钱也不欠。但是，他依然清楚，银行董事们不可能容忍一个因儿子参与侵吞市财政局公款，而使父亲姓名见报的人。而且，他年纪已经太大了，也该退休了。

　　所以，弗兰克以挪用公款罪被捕的当天，他也厄运临头。老头儿从弗兰克那里（斯达格告诉弗兰克的）得知此事即将发生，居然还有勇气到银行去，到银行去就像在巨石的压力下抗争一样。但是，在去银行之前，他彻夜未眠，写下了向董事会主席利文·卡森递交的辞职信，以便随时可以给他。卡森身体结实，正直而有威望，年近五十，看到辞职信不禁暗自松了一口气。

　　"我清楚这的确让人痛苦，考珀伍德先生。"他深表同情地说，"我们，我可以代表董事会的其他董事表态，我们十分关心你不幸的处境。我们清楚你的儿子卷入此案究竟是怎么回事。他并非与市政府的事务有牵连的唯一的银行家。肯定不是的，那是老惯例了。我们全体董事非常赏识你三十五年来对我们银行所做的贡献。如果有任何可能的办法能帮助你解决你当前的困难，我们愿意效劳。但你也是一个银行家，你当然明白我们实在无计可施，根本就没有办法。如果事情平息下来，如果我们知道这风暴什么时候过去——"他停顿下来，因为他觉得无法直言他或者银行在目前不得不放弃考珀伍德先生的苦衷。考珀伍德先生自己应该说话了。在这整段时间里，老考珀伍德竭尽全力振作精神以便说话。他拿出一块很大的白麻纱手帕，擤了擤鼻子，在椅子里坐正，很镇静地将双手放在桌上，他还是很有生气的。

"我受不了啦！"他突然喊出声来，"现在，我希望你别打扰我。"

服装华丽、指甲整齐的卡森站起身来，到室外待了片刻。他深刻理解刚才看见的老考珀伍德的紧张程度。门刚关上，老考珀伍德双手抱住头，痉挛地摇动着。"我从来没有想到会落到这般田地，"他喃喃自语，"我从来没有想到会这样。"然后他抹去带些咸味的热泪，走到窗口向外望着，思考着今后还能做些什么。

第三十五章　在侦探所

时光飞逝，巴特勒对女儿的关怀，变得越来越迷惑而且很固执起来。因为她偷偷摸摸的言行和她明确表示想避开他的愿望使他坚信，她还在千方百计地和考珀伍德见面。而这件事情可能会造成尽人皆知的不幸结局。他曾经想去拜访考珀伍德太太，让她对自己的丈夫施压，但后来他觉得，那也于事无补。他还不能完全确定爱琳在暗地里和考珀伍德见面的事实。而且，考珀伍德太太可能还不清楚丈夫已经有外遇。他也曾经想亲自去找考珀伍德并威胁他，但这样做会产生严重的后果，况且这跟找考珀伍德太太一样，他并没有证据。他想去请侦探，又犹豫不定，而且他也不想让家里的其他人知晓此事。他也曾出去，在北第十大街九三一号附近观察了一次，看了看那所房子。但是这并没有什么用，这所房子已经在招租，考珀伍德早已离开此地。

最后他想到一个办法，让爱琳去很远的地方，比如波士顿或者新奥尔良，他的表妹就居住在那里。这办起来是一件麻烦的事情，而且他并不擅长此事。但他还是去操办了。他亲自写信给在新奥尔良的表妹，问她能否让爱琳去她那里。如果能，就写一个请柬给爱琳，并且不能表明是他的意思，但他又把信撕毁了。过了不久，他偶然听说莫伦豪尔太太要带着三个女儿——卡罗琳、费列西娅和阿尔泰，在十二月初去欧洲的巴黎、里维拉和罗马游玩，他就决定请求莫伦豪尔去劝他的太太邀请诺拉和爱琳同去，或者仅邀请爱琳也可以，他的借口就是他的太太不愿意离开他，而女孩子应该多出去走走。这应该是眼下处理爱琳与考珀伍德这件事的最好的办法。这一行人外出六个月。当然，莫伦豪尔高兴这么做，因为本来两家交往就很密切。莫伦豪尔太太也很高兴地（从政治上考虑而乐意）发出了邀请。诺拉满心喜悦，她早就想去一览欧洲的风光，一直盼望着这样的机会。对于莫伦豪尔太太能邀请自己同行，爱琳也感到很高兴。若在前几年她会欣然接受，但现在她觉得这只是一种巧妙的阻挠，是特意制造的阻碍她和考珀伍德关系的小麻烦。她即刻对此提议表示拒绝。某天晚上，巴特勒太太在晚饭桌上提出此事。她并不了解这是她丈夫的主意，她只知道这天下午莫伦豪尔太太来拜访，并送来请柬。

"她热切邀请你们两个一起去，如果你们的父亲不反对的话，"这位母亲兴致勃勃地说，"她们要去巴黎、里维拉和罗马。我觉得你们可以玩得相当开心。"

"啊，好极了！"诺拉高声叫道，"我早就想去巴黎游玩了。你想去吗？爱琳，啊，这简直棒极了！"

"我并不想去。"爱琳回答，她一开始就不愿妥协，明确表达她对这个提议不感兴趣，"已经快到冬天了，而我又没有什么可以穿的衣服。我还是等一下，过一段时间再去吧。"

"哦！爱琳·巴特勒！"诺拉大声嚷着，"你在说什么？你曾经说过十几次要在某个冬天去国外。现在机会来了。况且，你可以到那里做衣服呀！"

"你不能在那里做些衣服吗？"巴特勒太太问，"而且在动身之前不是还有两三周嘛。"

"她们还需要带个男人作为向导或者顾问之类的呢。她们会不会呀，妈妈？"卡隆插话说。

"我在这方面可以效劳。"欧文小心地说。

"我告诉你们，我不清楚哦。"巴特勒太太笑着回答他们，同时嘴巴很有节奏地咀嚼着，"孩子们，你们去问她们才对。"

爱琳依然坚持不去，她不想出门，这太突然了，她找出了各种借口表示不想去。这时候，巴特勒走了进来，在桌子旁端坐下来，他知道事情的前因后果，却假装一无所知的样子。

"你不反对吧？爱德华，不反对吧？"他的太太简洁地介绍了这个建议，然后问道。

"干吗反对！"他回答，带着礼貌而又不失尴尬的微笑说道，"让我来做这件好事——不反对。我倒愿意把你们一伙都打发出去一段时间呢。"

"你在说什么呀！"他的太太说，"如果你单独生活，不知要弄成什么样子呢。"

"你放心，我不会孤独的，"巴特勒回答，"城里有许多地方都欢迎我，并不一定都要依靠你的。"

"如果没有我的话，有许多地方你就是不能去，我可以这样告诉你。"巴特勒太太很真诚地反驳他。

"这倒也不是假话。"他笑着回答。

爱琳还是坚决不答应。无论是诺拉还是她母亲的劝说都不起作用。巴特勒看到他的计划失败，心里很不高兴，却不肯就此罢休。最后，他看到没有希望说服她接受莫伦豪尔太太的邀请之后，就决定去雇一个侦探。

当时，威廉·阿·平克顿侦探和他的事务所威望颇高。这个家伙在贫困的环境里长大，经过很长时间的发展，在这特殊的、为许多人所嫌恶的行业里有了很高的地位。他在南北战争中凭借忠诚爱国的信仰，与亚伯拉罕·林肯建立了坚实可靠的关系，也许应该说是在总统府里保护林肯度过了风雨飘摇的任期。不说别的地方，就在费城、华盛顿和纽约，他都有办理这种服务业务的办事处。巴特勒是熟悉费城办事处的，但是他不打算到那里去。一旦他下定决心，就决定要到纽约去，据说办事处就在那里。

有一天，照例以生意上的事情为借口，他动身去纽约，当时的火车差不多要行驶五个小时，他两点钟才抵达。在百老汇路东头的办事处里他要求会见经理，于是就被领到了一个人面前。这人是一个大块头，身体肥胖而又结实，五十岁，眼睛灰青，头发花白，脸上凸着肥胖的线条，但是又敏锐干练，一双粗短的手说话时漫不经心地敲着桌子。他穿一身深棕色呢子大衣，胸部缀着一只很大的马蹄形钻石别针。巴特勒觉得他看上去特别华丽，因为自己还是一成不变地穿着保守的灰色服装。

"你好。"在仆人带领下，巴特勒来到此人面前时说。他名叫马丁森，吉尔伯特·马丁森，是美利坚和爱尔兰的混血儿。他点点头，悄悄地打量了巴特勒一眼，即刻判断出他是一个有能力的，也许还是有地位的人。因此他站起身来，搬来椅子请他坐下。

"请坐，"他说，并从浓密的睫毛下研究这个爱尔兰老人，"有什么吩咐吗？"

"你是经理吗？"巴特勒严肃地问，用质疑的眼光望着这个人。

"是的，先生，"马丁森简单地回答，"我是这里的经理。"

"创办这个事务所的那位平克顿先生，现在会到这里来吗？"巴特勒谨慎地询问，"如果可能，我想与他亲自面谈，你不会介意吧？"

"平克顿先生在芝加哥，"马丁森先生回答，"一周或者十天之内不会回来。但是，你可以跟我谈，像信任他一样信任我，我是这里的负责人。当然，这取决于你自己。"

巴特勒默默地思忖了一会儿，看着他面前的人。"你成家了吗？"他古怪地问。

"是的，先生，我已经结婚了，"马丁森严肃地回答，"我有一个太太，两个孩子。"

根据多年的经验，马丁森明白这一定又是家庭成员行为不检点的问题——儿子、女儿或者妻子。这类案子是常有的。

"我想和平克顿先生谈谈，但是，如果你是负责的头儿——"巴特勒停了下来。

"我是的，"马丁森回答，"你和我谈话可以像和平克顿先生一样随意。请到我的私人办公室里去好吗？在那里我们可以谈得更随便一些。"

他带他走进隔壁房间。这个房间面向百老汇路开着两扇窗，房内有一张笨重的棕色的、磨漆光润的长方桌子和四只皮靠椅，还有几张南北战争中北军胜利的图画。巴特勒犹豫不定地跟着。他极其不愿把爱琳的事情告诉任何人，纵使此刻，也没有下定决心。他暗想，要把"这些人考察一番"，然后再决定如何做。他来到窗前，向下俯视街道，那里公共马车和各种车辆构成了一个旋涡。马丁森先生轻轻地关上门。

"现在请问，您要吩咐什么事情吗？您是——"马丁森停下来。他打算利用这个小花招把巴特勒的真实姓名问出来，这样问通常是"有效的"，但这回却不好使了。巴特勒何等的精明。

"我还没有最终决定是否要办此事。"巴特勒严肃地说，"如果有任何不妥，当然就不办。我需要了解一些事情，我应该掌握的事情，但这对我而言是必须保守的秘密，而且——"他停下来想了一下，思考片刻，同时望着马丁森先生。后者摸准了他特殊的心理状态，他曾经接手很多此类案子。

"让我在这里说吧，首先您是——"

"斯卡隆，"巴特勒随便插话，"如果有必要，这个名字可以用。我现在还需要对自己的姓名保密。"

"斯卡隆先生，"马丁森流畅地说下去，"其实我并不在意这是否是您的真实姓名。我只是声明，任何情况下都无须您的真名实姓，只需您说清楚，您想了解什么事情就可以。但是，至于你的秘密，告诉我们和你没有告诉任何人是同样安全的。我们的工作是建立在信用之上的，我们从不破坏信用，也不敢去破坏它。我们雇用的男人和女人都已经受雇三十年以上，除非出事，否则我们绝对不辞退任何人，我们也绝不雇用可能因为事故而不得不辞退的人。平克顿先生有先见之明。这里还有其他自以为有先见之明的人。每年我们在美国各地要分别经办一万多件案子。我们只负责办理案子，办完了其他一概不管。我们只探究顾客想了解的事情，而不去追查那些无须其他人了解的事情。如果我们断定我们查不出你想了解的事情，我们就会毫不隐讳地通知你。许多案件，没等我们着手，就在这间办公室里被我们回绝了。你的事情也可能如此。我们可以坦率地说，我们绝非为办案而办案。有些案件涉及政治或者某种迫害，我们从不过问，我们不愿意保护他们。你明白那是哪类性质的事情。我看您饱经风霜，我希望我和您一样，你感觉我们这样的机构会损害什么人的名誉吗？"他停顿下来，望着巴特勒，等着他认可他刚才所说的话。

"似乎不会，"巴特勒说，"你说得很实在。但是要查出一个人的隐私并不容易。"他凄惨地补充说。

两人都沉默了。

"好吧，"巴特勒最后说，"我看你这个人还真不错，我打算听听你的意见。请记住，我情愿多出些钱，尽管这件事并不难发现。我要了解某个男人，在我所居住的地方，是否和某个女人有往来，在何处会面。我相信，你们能轻松调查出此事。你能办到吗？"

"这非常容易。"马丁森回答，"我们经常办理此类案件。让我看一下能否立刻帮助您，斯卡隆先生，希望这样可以使您感到轻松一点儿。显而易见，除了能说的以外您无须多讲，我们除了必须知道的以外，也不一定需要您多说什么。我们只要知道城市的名字，当然还有男人或者女人的姓名。并不一定需要他们两个人的姓名，除非你愿意在此方面提供给我们。有时候，只要您告诉我们一个人的姓名，比如那个男人，或者女人的外貌特点，或者提供一张照片，我们就能尽快把您想了解的事情准确地告诉您。当然，有充足的情报更好。这取决于您。随您心情，或者告诉多一些，或者少一些，我可以保证，我们会竭尽全力为您效劳，保证让您满意。"说完，他真诚地一笑。

"好，就这样吧，"巴特勒最后突然说，尽管在精神上还有不少保留，"我坦诚地对你说，我不姓斯卡隆，我姓巴特勒。我住在费城。那里有一个人，一个叫考珀伍德的银行家，全名是弗兰克·阿尔杰农·考珀伍德。"

"稍等一下，"马丁森说，从衣袋里取出一个大活页簿，又拿出一支铅笔，"我得记下来。怎么写的？"

巴特勒告诉了他。

"好了，继续说吧。"

"在第三大道他有一家小公司，我是指弗兰克·阿尔杰农·考珀伍德，谁都可以把那个地方告诉你，最近倒闭了。"

"啊，那个家伙！"马丁森打断道，"我曾听说过这个名字。他涉及当地一个市政府挪用公款的案子。我认为，你不去我们设在费城的办事处，就是因为你不希望我们当地的人员得知此事。是这个原因吗？"

"就是那个家伙，就是这个原因。"巴特勒说，"我就是不希望在费城，这件事情的任何情况被宣扬出来，所以我才来这里。这个人在北第十大街九三一号有一所房子。你到了那里就会找到的。"

"当然。"马丁森表示同意。

"是的，我想了解的就是他，他与某个女人，或者确切地说是个姑娘。"巴特勒停顿下来，皱起眉头考虑是否要把爱琳说出去。他实在于心不忍，因为他是那么喜欢她，他曾经那么为爱琳感到骄傲，于是他心里又燃起对考珀伍德的熊熊怒火。

"我猜，可能是——您的一个亲戚，"马丁森很老成地说，"您不用再告诉我任何事情了，如果您愿意，只要描述一下外貌，我们就能据此着手工作了。"他分明能判断出来他应付的是一个城府很深的老公民，而且这个人内心极其恼怒。巴特勒严肃、深思的表情验证了这一点。"您可以很坦白地对我说，巴特勒先生，"他补充说，"我认为我能理解您。我们为您效力，只要必要的情报就可以了，无须太多。"

"是的，"老头儿无情地说，"她是我的亲戚。实际上，她就是我的女儿。我相信你是一个明事理而又诚实的人。我是她的父亲，纵使发生天大的事情我都不肯伤害她。我要尽力挽救她。我要对付考珀伍德。"他突然有力地握紧一个拳头。

马丁森自己有两个女儿，当然理解此次行动的意义所在。

"我理解您的心情，巴特勒先生，"他说，"我也有子女。我们一定尽力为您效劳。如果您能准确地描述出她的外貌，或者让我的伙计在您家里或者办公室里看她一眼，当然要假装无意碰到。那我们就能立马告诉您，他们是否定时见面。您就是要了解这一点对吧，就这么一点？"

"就是这么一点。"巴特勒严肃地说。

"好的，这无须太长时间，巴特勒先生。如果运气好的话，可能是三四天，也有可能是一周、十天、两周。如果前几天找不到证据，就看您要求我们跟他多久了。"

"我一定要掌握这个情况，无论需要多久。"巴特勒恨恨地回答，"我要了解，无论查清楚需要一两个月或者三个月。我必须知道。"巴特勒果断而又粗暴地说完这句话就站起身来，"不要给我派个没有头脑的人，请不要派这些家伙来。你自己也有子女，如果你们遇到这类人，要懂得保守秘密，不要毛头小伙子。"

"我知道，巴特勒先生，"马丁森回答，"请放心，我会派我们这里最优秀的人，您可以相信他们。他们做事都很谨小慎微。在这点上您尽管放心就是。我的安排是先派一个人去办案，您亲自看一下是否喜欢。我不告诉他任何事情。您本人可以跟他谈。如果您认可他，就把情况告诉他，其余的他自己能办理。然后，如果他还需要帮助，他自己可以想办法。您住在什么地方？"

巴特勒告诉了他，然后接着问："在那里，不能谈此事吧？"

"当然不能谈。"

"那人什么时候来？"

"如果您同意，明天就到。我有一个伙计，今天晚上就可以派他出发。现在他不在这里，否则我可以让他来与您谈谈。话虽如此，我会对他把事情都交代清楚。您无须担心，在他那里您女儿的名誉是安全的。"

"多谢，"巴特勒表明态度，他小心地把语气变得温软一些，"多谢你。我认为这是你对我的特殊关照，我会重酬你的。"

"甭客气，巴特勒先生。"马丁森回答，"您打算怎样安排此事都行，只需付平常的费用就可以。"

他把巴特勒领到门口，老头儿走了出去。他对此事感到极其难过，相当不体面，一想起他要派侦探来追踪爱琳，自己的女儿，他实在是感到痛苦极了。

第三十六章 幽会房间

次日，一个十分严肃的人走进巴特勒的办事处。此人既高又瘦，黑头发，黑眼睛，脸形稍长，脸色苍白但很坚毅，整个人看上去很像老鹰。他与巴特勒谈了一个多小时才告辞。当晚晚餐的时候，他又来到巴特勒家里，被领进巴特勒的房间，准备设法看一看爱琳。巴特勒让她过来，她站在门口，正好可从一个方向看清楚她的脸。侦探站在御寒用的厚窗帘后面，装作望着窗外的街道。

"今天早晨有人骑过西赛吗？"巴特勒问爱琳他们家里珍爱的一匹马的状况。巴特勒暗想，如果她发现侦探了，就解释说他是一个买马或者卖马的。他名叫乔纳斯·阿尔德森，样子也像马贩子，不会让人怀疑的。

"我认为没有人骑过，爸爸，"爱琳回答，"我没有骑过。让我来问一问。"

"没关系。你明天是否要用那匹马？"

"不。如果你要用，我就不骑了。我骑杰丽也行。"

"那么，很好。把它留在马厩里。"巴特勒轻轻地关上门。爱琳立马判断他们在谈马的事。她知道，父亲如果要用她喜欢的那匹马，事先一定要和她打招呼，因此她没有多想此事。

她出去以后，阿尔德森走出来，说已经足够了。"我只需要掌握这些，"他说，"如果我发现任何情况，几天之内就会告诉你。"

　　然后，他告辞了。接下来的三十六小时内，起初有六个人严密监视考珀伍德的住宅和办事处，还有巴特勒的住宅，以及考珀伍德的律师哈巴·斯达格的办事处和考珀伍德、爱琳两人，后来南第六大街的第二个幽会处被发现以后，又增加到七个人。所有侦探都是纽约派来的。一周之内，阿尔德森掌握了所有情况。他曾经和巴特勒商定，一旦发现爱琳和考珀伍德秘密约会，他就即刻通知巴特勒，这样，如果巴特勒同意，可以立马赶过去，当面对质。巴特勒并不打算杀死考珀伍德，巴特勒告诉阿尔德森至少不当着他的面杀人，但巴特勒一定会狠狠地骂考珀伍德一顿，很可能把他打倒在地，带爱琳回去。有关她是否和考珀伍德往来一事，她就无法撒谎了。从此以后，她就不能随心所欲地做什么或不做什么了。巴特勒会为她定规矩的。她必须改过自新，否则就要把她送到感化院里，让她去反思对自己的妹妹，对任何稳重的姑娘的影响——想一想她所做的事是多么的可怕！此后，她会去欧洲，或者前往他让她去的任何地方。

　　巴特勒打算把计划付诸行动，就必须信任阿尔德森，而这个侦探也表明了他保护考珀伍德人身安全的决心。

　　"我们不允许你随便打人，或者任何暴行。"当他们刚谈此事时，阿尔德森告诉巴特勒，"这是违法的。你可以办了搜查证再进去，如果我们非得需要搜查证不可的话，我能替你办，我们不会让任何人知晓你和此案有半点儿关系。可以说为了一个纽约来的姑娘。但我们一定要让我的伙计在场你才可以进去。他们绝对不允许发生任何纠纷。你可以平和地带走你的女儿，我们会把她带走的。如果你需要可以把他也带走。但是如果这么做的话，就得训斥他一顿。那样就存在着被邻居看到的危险。你不能确保那样做不会聚集一群人来。"在此事上巴特勒已犯了许多错误，现在又面临着闹大的危险。可他还要弄清真相。如果可能的话，他就吓唬吓唬爱琳，用激烈手段对她进行改造。

　　一周之内，阿尔德森打探到爱琳和考珀伍德一起来到一处住宅，它表面上看是私人住宅，但实际上却不是。房子位于南第六大街，是一个纯粹幽会的场所。但外表比一般的同类场所要高明得多，因为它是红砖墙、白石边的四层楼，大约有十八个洁净的房间，装饰得富贵华丽，房间极其保密。只有经女主人认识的人介绍才能进去。这就能确保某些社会上的违法之事最需要的隐秘性。只需一句"我有约会"就足矣，只需有一方认识，就可以让他们独用房间。考珀伍德凭借以往的人脉得知此处，于是被迫放弃北第十大街的房子时，他就告诉爱琳来这里。

　　当阿尔德森掌握了房子的性质后，就告诉巴特勒实情——要进此处找人是极其困难的，这需要搜查证，而且很难办到。多数做违反社会道德勾当的地方，依靠武力进去最容易。但有时候也会遭到住户的暴力反抗。此类案子大都如此。避免反抗的唯一稳妥的办法，就是对此处的女主人实情相告，并给她足够的钱确保她不泄密。"但是，在此事上，我劝你不要这么做，"阿尔德森告诉巴特勒，"因为我相信这个女人对你所说的男人格外有好感，因此还是出其不意冒险进去为好。"如果这样做，他解释，除了一个头目以外至少还需要另外三个助手——也许是四个，等到铃声响起而打开大门，其中一个人走进门厅，他们则迅速到场并紧随其后去帮助他。其次是迅速搜查，即刻敲开所有房门。如果有仆人的话，就要设法制服他们，不让他们声张。有时钱就好使，有时武力也行。然后，由一个侦探假扮仆人轻轻地去敲每个房间的门，巴特勒以及他人都站在旁边，看看露出的脸是不是要找的人。事情实际操作起来大概就是这样。万一不开门，而房内有人，就可以慢慢地强迫他们打开门。这是一座石料建筑的房子，除了前后门以外是无法逃脱的，前后门都要有人守卫。这是一个很大胆的计划。不管怎样，把爱琳带出去一定要严守秘密。

当巴特勒听到整个计划时，对这些可怕的步骤有点胆怯。他曾想放弃不进入房子里了，只要和他的女儿谈谈，讲明他已经了解了她的情况，她就不可能再矢口否认了。然后让她选择去欧洲或者进感化院。但一想到爱琳脾气暴躁、蛮横，以及自己粗鲁的性格，他最终放弃了这个念头。他叮嘱阿尔德森可以按计划行事，一旦发现爱琳和考珀伍德在那座房子里幽会，就火速通知他。他会即刻赶过去，依靠这些人的帮助与她进行当面对质。

这个愚蠢的计划，无论从感情的角度还是从他应有的正确见解上看，都是让人难以接受的。因为暴力不会有好结果的，但是巴特勒没有意识到这一点。他就是要警告爱琳，让她猝不及防地感觉到她的过失是何其严重。作出安排后，他足足等了一周，然后，一天下午，当他的精神因为烦恼而几乎崩溃的时候，高潮来了。考珀伍德已经被监控，正等候审判。爱琳经常带消息给他，说她觉察到她的父亲对他态度的变化。当然，她不能直接从巴特勒那里得到消息的。因为他对她十分保密，不让她了解他要无情地逼迫考珀伍德垮台才肯罢休。她是从他告诉欧文，欧文告诉卡隆，卡隆又十分天真地转告她的零星话语里得来的消息。首先，她探听到新选出的地方检察官可能持有的态度，因为他经常去巴特勒家里和办事处。欧文曾经告诉卡隆，他认为夏依将尽力让考珀伍德"完蛋"，老头儿认为他是咎由自取。

其次，她探听到她的父亲不肯让考珀伍德恢复营业，他认为不应该让他恢复营业。"如果把他从社会上排挤出去，那就是上帝保佑。"一天早晨，谈及报纸上与考珀伍德有关的法律辩护的通告时，他对欧文这样说。欧文就询问卡隆老头儿如此痛恨考珀伍德到底是何缘故。两个儿子都不明白。考珀伍德从她那里得知了一切，还有有关贝特森的话，贝特森就是要审他的审判官，是巴特勒的朋友，还谈及斯特纳的事情，按照他的罪行他可能判足刑期，但不久就可以获得赦免。

显然考珀伍德并不畏惧。他告诉她，如果定了罪，实力雄厚的金融界朋友也会向州长申请赦免。总之，他认定凭这些证据不足以判他有罪。他只是由于民众的义愤和她父亲的作祟成了政治上的替罪羊。从巴特勒收到关于他们的告密信之后，他就成了她父亲仇恨的牺牲品，如此而已。"要不是你的父亲，亲爱的，"他声称，"我能够即刻把这场控诉平息下去。我相信，莫伦豪尔或者辛普森和我都没有私怨。他们打算把我从费城的市内铁路生意里排挤出去，当然他们首先指使斯特纳把事情安排得体面些。但你应该相信，如果你的父亲不反对我，他们就不会花费如此多的时间来让我做牺牲品。夏侬这个家伙和这些小政客也都听你父亲的安排。麻烦就在这里。他们不肯就此罢手。"

"啊，我明白，"爱琳回答，"就是因为我，就是因为我，就是这样。如果不是因为我，不是因为他起了疑心，他原本会马上帮助你的。你明白，有时候我认为我对你很不利。我不知道该如何是好。我觉得如果对你有益处的话，我暂时可以不与你见面，尽管现在我也看不出有任何益处。啊，我爱你，爱你，弗兰克！我可以为你赴汤蹈火。我不会顾忌人家如何想、如何说。我爱你！"

"啊，你只是自以为如此而已，"他开玩笑似的回答，"你会忘记这回事的。还有其他人呢。"

"其他人吗！"爱琳即刻用满是恨意和轻蔑的口吻回答，"除你以外，就没有其他人。我只要一个，我的弗兰克。如果你抛弃我，我就非死不可。等着瞧吧。"

"不要那么说，爱琳，"他回答，几乎生气了，"我不愿意听你说这些话。你不会做这样的事情。我爱你。你明知我不会抛弃你的。倒是你现在抛弃我才会更好。"

　　"啊，你竟然这样说！"她高声叫嚷着，"抛弃你！可能的，是吗？但是如果一旦你抛弃我，我要按照我所说的去做。我对上帝发誓！"

　　"不要那样说。不要说废话。"

　　"我对上帝发誓。我以我的爱情发誓。我以你的成功，也就是我自己的幸福发誓。我要按照我所说的去做，否则我非死不可。"

　　考珀伍德站起身来。他现在有点畏惧这场由他挑起的深厚的情感。这是危险的。他不清楚事情会弄到何种地步。

　　十一月的某个凄清的下午，当监视南第六大街房子的侦探报告阿尔德森爱琳和考珀伍德已经到达那里，阿尔德森就急忙赶到巴特勒的办事处，请他一起去。可是，即便到了此刻，巴特勒还是不相信自己能在那里找到女儿。这简直就是耻辱。他应该对她说什么呢？如何训斥她呢？他应该如何对付考珀伍德呢？这样思考的时候，他的大手抖个不停。他们急忙赶到相隔几家门面的地方，在对街监视的第二个侦探走了过来，巴特勒和阿尔德森下了车，他们一同步行到门口。此时差不多是下午四点三十分。考珀伍德在一个房间里，脱去了外套和背心，倾听爱琳对他诉说苦衷。

　　当时他们正坐在一间时尚的、不是很豪华的房间里，大多数家具是街上家具店出售的普通货，说不上多么华丽，只是路易时期的仿制品而已。窗帘很厚，大都是织花的、红色的。柔软的厚绒毛地毯来自布鲁塞尔，上面点缀着五彩缤纷的花纹。且不说家具是用什么木材制造的，几乎都是厚重雕花，而且很笨重。这个房间里有一张结实的床，由胡桃木制成，还有配套的脸盆架、梳妆台、衣橱。脸盆架上挂着一面装在镀金框子里的大方镜。墙上挂着镀金画框，里面嵌着几幅拙劣的风景版画和几个裸体人像，椅架也漆成金色，用光滑的平头铜钉装上了有白花的浅红锦缎。总之房间的整体效果是温柔、富贵，而又有点粗俗。

"你明白的，有时候，我真吓得要命，"爱琳说，"你了解的，父亲可能在监视我们。我经常在想，如果他抓不到我们，我应该瞒过去，你认为能瞒得住吗？"

"当然瞒不住的，"考珀伍德说，对她媚人的挑逗，他从来不会没有反应。她如此可爱、光洁的手臂，圆润的脖子，金红色的头发仿佛是浮在她头上的灵光，一双大眼睛总在熠熠发光。她具有成熟女性的惊人的生命力，执着、偏激、浪漫而又曼妙，"但是你不用自寻烦恼，"他说下去，"我自己也在琢磨，我们现在还是不见面为好。那封告密信应让我们暂停会面。"

她站在化妆台旁边，整理着头发，他走了过去。

"你真是一个迷人的野姑娘。"他说着，伸手抱住了她，吻着她美丽的嘴唇，"世界上没有比你更甜的东西了。"他在她耳边悄声低语。

当这幕戏正在上演的时候，巴特勒和另外一个侦探走到这所房子前门的一边，已看不见身影了。而阿尔德森带头按门铃，出来了一个黑人女仆。

"戴维斯太太在家里吗？"他礼貌地问，说出了女房东的名字，"我要见她一面。"

"刚回家。"女仆毫不犹豫地回答，请他到右边的接待室里稍候。阿尔德森取下他的阔边软帽，走了进去。当女仆上楼去时，他立即折回到门口，把巴特勒以及两个侦探放了进来。四个人跨进接待室而且没有被人发现。过了几分钟，这位"太太"出来了，这是对此类女子的通用称呼。她身材苗条，头发金黄，眉间微蹙，看上去风韵犹存。她有一双浅蓝色的眼睛，笑起来和蔼可亲。因为早年与警察以及不堪的奸情打交道的时间太长了，她处处小心谨慎，甚至有点儿胆怯，不知社会上可能采取何种手段对付她。以这种特殊方式谋生是违法的，而她又没有别的本事维持生计，她心里祈祷和警察以及社会彼此相安无事，和艰难求生的各种小商人怀有同样的心理。她披着一件宽松的、绣着蓝花的对襟浴衣，或者睡衣，用青丝带缚着，下面露出了华丽的内衣。左手中指上戴着一只猫儿眼的大戒指，两耳坠着天蓝色的蓝宝石耳环。她穿着一双带铜扣的黄缎子拖鞋。总之，她的外貌与接待室本身的特点是匹配的。这间房子墙上贴着金花壁纸，地上铺着五彩缤纷的布鲁塞尔地毯，厚金漆框里装着斜倚裸像的版画，一面金框的穿衣镜，从地上延伸到天花板。不用说，这种富于暗示的气氛把巴特勒吓得灵魂出窍，他压根儿想不到他的女儿竟会陷入这种毁灭性的环境之内。

阿尔德森指点一个侦探到这个女人的背后，夹在她与门之间，他照做了。

"很抱歉，需要麻烦你，戴维斯太太，"他说，"我们需要在你的房子里找到一对男女。我们正在寻找一个逃亡的姑娘。我们根本不想造成任何纠纷，就是找到她而已，把她领回去。"戴维斯太太脸色发白，张开了嘴巴。"请不要出声，也不要叫喊，否则我们就不得不叫你住嘴。这房子周围已经遍布我的伙计，谁都逃不出去。你知道有一个名叫考珀伍德的人吗？"

幸亏从某个角度来说，戴维斯太太不是特别神经质，也不喜欢争论，她多少有点哲学头脑。她在费城并没有和警察接触过，因此担心被揭发出来。她揣摩，嚷出来会有什么好处呢？这个地方已经被包围了。

当时在这所房子里没有谁能把考珀伍德和爱琳救出来。她并不清楚考珀伍德的名字，也不了解爱琳的名字。她只晓得他们是蒙塔先生和蒙塔太太。

"我不清楚叫这个名字的人。"她胆怯地回答。

"这里有一个红头发的姑娘吗？"阿尔德森的一个助手问，"还有一个穿灰衣服、淡棕色胡须的男人吗？半小时以前他们来到这里。你想起来了吗？"

"一对男女在这房子里，但我不能确保就是你们要找的人。如果你们需要，我就请他们下来。啊，我希望你们不要闹出乱子来。那样太可怕了。"

"我们不会闹出乱子来的，"阿尔德森回答，"只要你不声张。我们只要看一下那个姑娘，把她带走就可以了。喂，你就站在那里不要动。他们在哪个房间里？"

"在后面楼上第二个房间里。可是，你们不放我走吗？我去会更好。我只需轻轻地敲门，请他们出来。"

阿尔德森坚持说："不，我们自己会做的。你只需站着不要动。你不想惹出什么麻烦吧？就轻轻地敲门，请他们出来。"

他对巴特勒示意，然而巴特勒现在已经进退两难了，意识到他已经做错了事。要不是打算杀死考珀伍德，他闯进来，逼她出来，有什么好处呢？只要逼她下来，那就够了。那样她就明白他已经掌握了一切。他现在下定决心，不要和考珀伍德公开对骂。他害怕对骂、害怕自己。

"让她上去，"他冷酷地说，固执地指向戴维斯太太，"但要看住她。让那个姑娘下楼来见我。"

戴维斯太太立刻意识到这是一出家庭悲剧，她痛心地希望能够平安地溜走，就即刻和阿尔德森一起上楼。阿尔德森的助手紧随其后。

到达考珀伍德和爱琳的房间门前，她轻轻地敲门。当时爱琳和考珀伍德正一起坐在一把大扶手椅里。听见敲门声，爱琳脸色发白，跳了起来。她平时并不胆怯，可是今天不知出于何种原因，她预感到要出乱子。考珀伍德的眼光即刻冷酷起来。

"不要怕，"他说，"一定只是仆人。我去开门。"

他走过去，但爱琳阻止了他。"等一会儿。"她说，又有一点儿信心。她打开壁橱，取下外衣，披在身上。这时门又被敲了一下，于是她走到门后，把门打开一条缝。

"蒙塔太太，"戴维斯太太的语气充满了胆怯，"楼下有一位先生要见你。"

"有一位先生要见我！"爱琳喊出声来，心里大吃一惊，脸色顿时变白了，"你没有弄错吧？"

"没错，他声称要见你。还带着另外几个人。我想，兴许是你的亲戚。"

爱琳马上想到可能出了什么事，考珀伍德也是这么认为的。巴特勒或者考珀伍德太太盯住了他们——多半是她的父亲。他的头脑敏捷地思考该如何保护她，而不是保护自己。即使在此处，他也并不太关心自己。只要是与女人相关的事情，他永远都是勇敢无畏的。巴特勒要杀死他，也不是没有可能，但是那也不能吓倒他。他压根儿没有意识到那一点，而且他也没有武器。

"我穿上衣服就下去，"当他看见爱琳面色惨白，立即说，"你留在这里。不管怎样你不要担心，我肯定会把你从这里带出去的。喂，不要害怕，这是我的事情。我把你带到这里来，我就要带把你从这里带出去。"他去拿帽子和外衣的时候，又补充说，"你去穿好衣服，但是让我先出去。"

门一关上，爱琳就迅速而心惊胆战地穿衣服。她的头脑仿佛是一台飞速运转的机器。她在思考是否真是她的父亲。也许不是。可能是别的什么蒙塔太太呢？如果真是她的父亲那就奇怪了，因为以前他对她那么温柔，替她保守秘密，从不告诉家里的人。他爱她，她清楚这一点。在此类事情上，一个孩子是否在宠溺的环境中长大，会让她的处世态度截然不同。爱琳是娇生惯养的，她做梦也想不到她的父亲会对她或者对其他人采取任何可怕的行动，她只是害怕和他对质，害怕看见他的眼睛。一想到他平日的作为，她在动摇的智慧就告诉她应该如何应付了。

"不，弗兰克，"她紧张地低语说，"如果是我的父亲，还是让我去的好。我清楚如何应付他。他不会对我说任何话的。你待在这里，我并不害怕，真的，我不怕。如果需要，我会叫你的。"

他走过来，双手捧住她美丽的面颊，严肃地盯着她的眼睛。

"你不应该害怕，"他说，"我会下去的。如果的确是你的父亲，你就随他回去。我觉得他不会对你或者对我采取什么行动的。如果是他，写几句话寄到我的办事处来。我会去那里的。如果我想出办法，我一定会帮助你。我们可以想些补救办法。无须对此事加以解释，一句话都不用说。"

他已穿好上衣和大衣，手拿帽子站着。爱琳差不多已穿好衣服，正在用力扣衣服背后的一排红醋栗色的纽扣，考珀伍德帮着她。当她把帽子、手套等东西都准备就绪了，他就说："现在，让我先出去。我要先去看一看。"

"不，算了，弗兰克，"她勇敢地央求，"让我先去，我清楚来的就是我父亲。不会是其他人的！"她当时在想，她的父亲是否带了两个哥哥，但是她实在难以相信。她了解，他不会这么做的。"如果我叫了，你就下来。"她继续说，"但是，不会发生什么事的。我了解我的父亲，他不会对我怎么样。如果你去，只会让他动怒。让我去吧。你留在屋里。如果我不叫，就没有什么事。你答应吗？"

她把一双玉手搭在他的肩头，他很谨慎地掂量着这件事情。

"很好，"他说，"我只要陪你到楼梯口。"

他们走到门后，他打开了门。门外站着阿尔德森和另外两个侦探，还有戴维斯太太，大约有五英尺远。

"什么事？"考珀伍德盯着阿尔德森以命令似的口吻说。

"楼下有一位先生要见这位太太，"阿尔德森说，"我认为，是她的父亲。"他轻轻地补充了一句。

考珀伍德让爱琳过去，她匆忙地走出来。她对这些人的意外出现和这次暴露，感到极其愤怒，但是她的勇气已经完全恢复了。现在一想到她的父亲会把她当成公开的展览品，她心里就极为愤怒。考珀伍德要跟她下去。

"我劝你不要马上下去，"阿尔德森明智地警告他，"那是她的父亲。她不是姓巴特勒吗？他要见她而不是你。"

可是考珀伍德还是缓慢地走到楼梯口上，听着。

"你怎么到这里来了，爸爸？"他听见爱琳问。

他听不清巴特勒的回答，但现在他已经放心了，因为他已经清楚巴特勒是何等爱他的女儿。

爱琳与父亲相对而立，本想大胆地盯着他，给他责难的脸色看看，但是巴特勒深灰色的眼睛在蓬松的眉毛下露出了如此沉重的疲惫和沮丧，纵使她处在愤怒和挑衅的情绪之下，也不敢肆无忌惮。这实在太让人伤心了。

"我万万没有想到你竟然会在这种地方，爱琳，"他说，"我认为你会更看重自己。"他的话哽住了，就停顿下来。

"我了解你和什么人在一起，"他说下去，伤心地摇着头，"那个浑蛋！我会收拾他的。我派人监视你们很久了。啊，真丢人！真丢人！你现在就跟我一起回去。"

"原来是这样，爸爸，"爱琳开始说，"你曾经派人监视我。我应该认为——"她没有说下去，因为他用诧异、痛心而又不可抗拒的姿态举起了手。

"不要这样！不要这样！"他说着皱起他那奇异、悲惨的灰眉毛，瞪着两只眼睛。

"我忍受不了！别惹我生气！我们还没有离开这个地方呢。他还在这里！你现在就跟我回去。"

爱琳领悟到他的意思，他是指考珀伍德。这使她慌张了。

"我准备好了。"她胆怯地回答。

老头儿伤心地走在前面。他感觉只有死亡才能让他忘掉此刻的悲痛。

第三十七章　父女之争

无论巴特勒怎样愤怒，只要有一线可能，他就会千方百计去对付考珀伍德，爱琳的态度还是令他大为吃惊，他几乎难以相信自己还是二十四小时以前的那个人。她如此不在乎，如此大胆无畏。当他质问她的罪过时，他以为她会彻底心服口服。但是，太让他失望了，在他们平静地离开那座房子之后，他察觉自己竟然已激起这个姑娘好斗的天性，就如他本人一样。爱琳具备自己及欧文的某些胆量。在小马车里父亲坐在她的身边（不是他自己的车子），他要带她回家。此刻千百万个念头在她心里掠过，她的脸上一阵发红，一阵发白。父亲成功诱捕了她，她暗下决心坚定她的立场，一定要替考珀伍德以及她的爱情、身份进行辩护。她暗自揣摩，现在已经没有必要顾忌父亲的看法了。她是当事人。她爱考珀伍德，她在父亲的眼里已经永远受了侮辱。现在这一切还能有什么区别吗？父亲已经监视她，在陌生人、侦探、考珀伍德面前让她难堪。这样的事情发生后，她对他还有什么真情呢？她认为他做错了，他做了一件愚蠢而卑鄙的事情。无论自己的行动如何恶劣，他都不应该以这种方式对待她。他鲁莽地向她冲过去，在这些粗鲁的侦探面前让她丢脸，又能得到什么好处呢？啊，从卧室到接待室，一路上的痛苦是何其沉重！既然已经发生了，她就绝不饶恕她的父亲——绝不，绝不，绝不！现在他把她对他的爱全部扼杀了，在她心里她就是这样认为的。从今以后他们之间即将展开一场大战。他们坐在车子里，彼此一句话不说，她狠狠地握紧拳头，又放开手来，手指甲抠住手掌，又闭紧嘴巴。

以粗暴方式去反对，能否在世上促成任何有意义的事情，这是一个公开的问题，就事物本身存在生和死等矛盾而言，似乎看上去它好像很有作用。似乎我们称之为"生命"的奇观，就由此产生，仿佛可以用科学方法来证明似的。但是等到事随心变后，又能有何意义呢？这个奇观又有何意义呢？比如，在爱琳和她父亲之间的这一幕，又有什么意义呢？

当他们坐车返回的时候，这个老头儿除了发现他们之间存在着无情的斗争以外，根本不知如何是好，结果怎样，他应该怎么对待她呢？刚刚从这出可怕的悲剧中走出来，她竟然一句话也不说！甚至都不去质问他为什么去那里！抓获她后，该如何让她心服口服呢？他的计策在物质上是能够成功的，却在精神上惨败。到了家里，爱琳下了车。当时老头儿觉得很难继续追究了，就坐车回办事处。到了那里又出来散步、琢磨，这对于他来说是异乎寻常的事情，多少年了他不曾这样过。他走进一座还未关门的教堂，进去做祷告，向上帝求助。教堂内光线昏暗，圣体楼上亮着一盏长明灯，高高的白祭坛上插着蜡烛，把他困苦的心绪冲淡了一些。

过了一会儿，他从教堂里出来就直接回家了。晚饭时爱琳没有下楼，他也吃不下饭。他走到自己的房里，关上门。他在琢磨，琢磨，脑海里燃烧着爱琳在那所不清不白的房子里的可怕情景。考珀伍德竟会把他的爱琳，他和他太太的心肝宝贝带去那种地方，真是可恶至极。虽然他祷告，他犹豫，他反抗，这件事依然存在可疑的地方，但爱琳必须离开此地。她必须离开一段时间，离开那个男人，然后让法律来惩罚他。看事态发展，考珀伍德肯定要坐牢了，如果有人活该坐牢，那就是他。巴特勒要用尽一切手段，如果有必要的话就把它作为他个人的案件，他就是要让司法界都知晓他要这么做。他不收买陪审员，那是犯法行为，但是他能够使此案恰当地、有理有据地提出来。如果考珀伍德被判有罪，就是上帝保佑他。考珀伍德在金融界的朋友根本救不了他。初级法庭和高级法庭的审判官，都清楚自己依靠谁能保住自己的饭碗。他们肯定会袒护当时最高的政治势力，并且退让一步，这是他轻而易举就能办到的。

当时爱琳正在思考自己处境的特殊性。尽管在回家的途中他们都默不作声，但她清楚她父亲终归要和她谈话，这是不可避免的。他会要求她去其他的地方，最可能的就是重提欧洲的旅行。现在她怀疑莫伦豪尔太太的建议就是一种计策，而她必须决定是否同去。她能够在考珀伍德快要受审的时候离他而去吗？她决定不离开。她必须知道他会遭遇什么麻烦。首先她要离开家庭，跑到亲戚、朋友那里小住一下。如果有必要就去陌生人那里，请求收留。她有些钱，尽管并不太多，父亲过去对她用钱方面一直很宽松，她可以带一些衣服去躲一阵子。她离开一段时间后，家人会很高兴盼她回来。母亲也会大惊小怪的。诺拉、卡隆和欧文都要惊疑、焦虑得无计可施。至于父亲，她也预料得到，也许那样才能让他清醒过来。无论感情上她怎样任意妄为，她还是父母的宝贝女儿，她是很清楚这一点的。

遭遇南第六大街房子里可怕的意外后，没过几天，当爱琳正在费尽心思琢磨此事时，父亲让她去他的房间。下午他很早就从办事处回到家里，希望能找到爱琳，就为了可以与她单独谈谈。幸好她在家。最近这几天，她并不想外出，她早已预料会发生一场风波。刚才她给考珀伍德写了封信，不顾忌有侦探的追踪，约他明天下午去城外威萨西肯见面。她一定要和他见面。她说，她的父亲并没有任何反应，但是她相信总要有些反应的，她要告诉考珀伍德这件事。

"我在琢磨你的事情，爱琳，这事情应该如何处理呢？"当他们两个走进他家里的"办公室"后，她父亲就直言不讳地说，"假设曾有人走过毁灭的道路，那你也在做同样的事情。一想到你永生的灵魂，我就会浑身颤抖。我会尽快为你安排的，我的女儿。最近几个月来，我在反思，在斟酌，也许是我的过失，可能是我没有尽到父亲的责任，如果不是我，那么就是你的母亲，让你竟然去那种地方。不用多说了，这是我道德上的责任，我的孩子。今天在你面前的是一个伤心的人。我永远也抬不起头来了。啊，真丢人！丢人！在我有生之年，竟然会看到这种丢人的事情！"

"但是，爸爸。"爱琳开始抗议。一想到要听长篇大论，关于她对上帝、教会、她的家庭、她的母亲和对他的责任，就有点精神迷茫。她清楚按照习俗这是很严重的事情，但考珀伍德及他的思想给她指出了人生的另一道风景。他们曾经探讨过家庭，有关父母、子女、丈夫、妻子、兄弟、姐妹，话题几乎涉及各个方面。考珀伍德的"自由"人生观已经完全渗入、浸透了她的头脑。于是她也采用他一针见血、我行我素的态度来看待世人和诸事。对于人与人之间的分歧、争斗、对抗、分裂等人格上的小差别，他为此感到遗憾，但这些在所难免。人与人之间就是存在着相互竞争。世人的观念随着人事的变化而改变。比如道德，有的人有，有的人就没有。这显然不可理解。对于他，他不清楚在男女关系上还存在着是与非。彼此间情投意合，就是无辜而有趣的事情。拥住他手臂的爱琳，尽管没有结婚，但是被他所爱，他也被她所爱，就和任何纯洁的女人一样善良、贞洁，甚至比大多数女人贞洁得多。一个人总会察觉自己生存在特定的社会阶层的原则或者规矩里。为了在社会上获得成功，既不触碰它，又要为自己铺平道路，让事情容易应对，避免不必要的指责，等等，就需要创造像煞有介事的假象，表面上遵从习俗。此外，无须做任何事情。如果这样，就不会失败，不会被捉住。一旦失手被人捉住了，就不声不响地打开一条出路，一句话都不解释。这就是考珀伍德目前对付金融危机而采取的办法，这就是前几天他们被捉住的时候已考虑好的万全之策。以上，就是眼下在听父亲训话的时候，爱琳渗透在自己心里的东西。

"但是，爸爸，"她抗议道，"我爱考珀伍德先生，就感觉我好像已经嫁给了他。过一段时间他与考珀伍德太太离婚后，就会和我结婚。你不清楚事情的真相。他特别爱我，我也爱他。他需要我。"

巴特勒用惊讶、困惑的目光看着她。"你是指离婚吗？"他在考虑着天主教教会和教义与这件事情的关系，说，"他打算抛弃他自己的太太和孩子，仅仅为了你，他会这么办吗？他需要你，是吗？"他以嘲讽的口吻补充道，"他的太太和孩子该怎么办？他们不需要他，是吗？你在说什么呀？"

爱琳无所畏惧地扬起头："不管怎样，这是千真万确的。"她反驳道，"你就是不理解。"

对于她的话巴特勒简直难以置信。他有生以来从来没听见有人说过这种话。这令他十分震惊。他通晓政治和商业的一切奥秘，但是对这些恋爱的奥妙却知之甚少，他对这些事情可以说是一窍不通。一想到他的女儿，并且是一个天主教教徒，竟然对他如此说话，这太出乎他的意料了！他不明白她究竟是从哪里接受这种理念的，除非从考珀伍德这个阴谋家伤风败俗的头脑里。

"这种观点，你已经坚持多久了，我的女儿？"他突然平和而清醒地问道，"从哪里听说的？在这所房子里我可以保证你应该没有听到过这样的话。说出这样的话来好像是发了疯。"

"啊，不要多说了，爸爸，"爱琳顿时变得怒火中烧，觉得与父亲谈论这种事情完全是于事无补的，"我已经不是小孩子了，我二十四岁了。你就是不明白，考珀伍德先生不喜欢他的太太。他可能就要和她离婚，而和我结婚。我爱他，他也爱我，总之就是这样的。"

"话虽如此，难道是真的吗？"巴特勒问，无论如何，他要让这个姑娘清醒过来，"那么，你就没有替他的太太和子女考虑过吗？而且，事实上，他就要坐牢了，我想对此你也认为是无所谓的。他关在牢里，你依然还是爱他，我猜想。也许爱得更猛烈了吧（老头儿已绞尽脑汁，此刻暗含讽刺了）。如果你要爱他的话，似乎只能是那样了。"

爱琳突然怒不可遏。"是的，我清楚。"她哼了一声，"你坚持那么做，我清楚你所做的一切，弗兰克也清楚。你打算凭空捏造罪名把他送进监狱，都是因为我，哼，我清楚。但是你害不了他。你不行！他比你想象的要坚强、要出色，最终你害不了他的。他可以出狱。因为我的缘故你就要惩罚他，但他并不与你计较。我最终还是要和他结婚的。我爱他，我要等他，和他结婚。你尽管随心所欲地行事吧！"

"你要和他结婚，是吗？"巴特勒问，他觉得很难堪，而且更害怕，"你果真要等他，是不是？你和他结婚吗？你要把他从他的妻子、儿女那里抢过来？哪怕他稍微有点儿人性，他现在就应该守在家里而绝不是和你纠缠。和他结婚？你要丢尽你父亲、母亲和你家庭的颜面吗？我养育你，爱护你，让你长大成人，你竟然胆敢站在我面前，对我说这种话？如果没有我，没有你含辛茹苦的母亲，一年又一年为你打算，你会落到何种田地？我想，你比我更聪明。你对世上的事情比我了解得更多，比任何一个要和你谈话的人都了解得多。我本来要把你培养成一个高贵的女人，可结果却是这样。我就是弄不明白你怎么会爱一个未来的囚犯,一个挪用公款的强盗,一个破产者,一个又说谎,又盗窃的——"

"爸爸!"爱琳用坚定的语气喊着,"我不想听你说这样的话,他根本就不是你所说的那样。我要走了。"她走到门边去,但是巴特勒马上跳起来去阻止她。他气得满脸通红。

"但我对他还不肯放手呢,"他说,不理会她要走的想法,相信她和别人一样也明白是什么意思,就直言不讳地说,"我当真要去惩罚他。国家有法律,我会运用法律来对付他。我要让他清楚,是否他可以暗中潜入正派人家,从父母手里夺走他们的女儿。"

他喘不上气来,停顿了一下。爱琳呆若木鸡地望着他,脸色紧张而苍白。父亲竟会变得如此可笑,与考珀伍德相比,他是如此刻板。他竟说有人潜入家里来把她偷了去,而她原本就是自己愿意去的,想起来这种说法实在可笑。实在愚蠢!那么,还有必要争辩下去吗?就这样理论下去,又会有什么好结果呢?于是,她决定保持沉默,就呆呆地看他。但巴特勒怒气未消,他实在太激动了,尽管在努力控制自己。

"真是糟透了,女儿,"因为她无话可说,他此刻觉得很满意,又平和地开口,"我被我的怒气搅乱了。我让你进来,并不准备这么说的。我本来想和你谈点儿其他的事情。我在考虑,也许你会很高兴去欧洲学习音乐。你的本性现在迷失了。你需要休息,暂时出去一下,这对你是有益的,你在那里可以过优越的生活,诺拉可以和你一起去。如果你乐意,还有教你读书的康斯坦蒂亚嬷嬷。我觉得,你不会反对她陪你去吧?"

因为提到了康斯坦蒂亚嬷嬷和音乐,这就使去欧洲旅行的计划增加了一点儿新鲜感,于是爱琳收敛了一些,可在心里却仍觉得好笑。

父亲在此刻把它重提出来，简直太荒唐、太笨拙了，尤其在痛斥了考珀伍德和她，又想方设法恐吓她以后。他对于与她相关的事情，难道就不会用一些别的方法吗？简直太可笑了！但是此刻她还是控制住了自己，因为她已经意识到，并已经看出来这次谈话没有任何意义了。

"我希望你不要提那件事了，爸爸，"经过解释，她已温软了一些，"我现在不打算去欧洲。我不想离开费城。我清楚你让我去的目的，但我现在不愿意去，我不能去。"

巴特勒的脸色又阴沉下来。她反抗到底有何用处呢？她当真打算在这个问题上操控他——自己的父亲吗？怎么可能呢！但是他努力把语气缓和下来，实际上是十分温柔地说下去。"但如果你能去就太好了，爱琳。你当然不希望住在这里，在——"他停顿了一下，因为他要说"在事情发生以后"，他清楚在这一点上她很敏感。他亲自去捉住她的行为已违反为父之道，他清楚这是她所憎恨的，也可以说这是必然的。但是，又有什么比她的过错更大的事情呢？他总结说，"犯了这个错误后，你当然不喜欢住在这里了。没有人要你犯——犯致命的过错。这是天理人道所不容许的事。"

这么说他是希望爱琳意识到自己犯了错，从良心的角度来看待自己过错的严重性，但是爱琳却丝毫不觉得是这样。

"你不了解我，爸爸，"最终她无可奈何地喊起来，"你不能了解。我坚持这样，而你却坚持那样。现在你好像不可能懂我。如果你想知道，事实是这样的，我不再信天主教了，就这样。"

话一说出口，爱琳就后悔了。这是不经大脑的话。爱琳的脸上现出了无以言表的悲伤和失望的神情。

"你不信天主教了吗？"他问。

"不，并不一定，只是不像你那样。"

他摇摇头。

"你的灵魂受到了伤害!"他说,"显而易见,女儿,你遇到的事情很可怕。那个家伙毁灭了你的肉体和灵魂。一定得想办法补救才行。我不想虐待你,但你必须离开费城,你不能在这里住下去了,我不同意。你可以去欧洲,或者去新奥尔良你的姨母家,反正你必须去外地。我不能让你住在这里,这样简直太危险了。事情终归要暴露的,接着报纸就要刊登出来。你还年轻,你的前程还很远大,我为你的灵魂而颤抖。但是,只要你还年轻,还活着,你就会清醒过来的。严格要求你是我的责任,这是我对你、对教会的责任。你必须抛弃这种生活,你必须放弃这个男人,你绝不能再见他,我不允许。他是一个十足的坏蛋,他并不准备和你结婚,他和你结婚就是触犯上帝、就是反人类的罪行。不,不行!绝对不行!这家伙是个破产者、流氓、贼。如果你嫁给他,你马上会成为世界上最不幸的女人。他不会忠于你的。不,他不会的,他不是那样的人。"他停顿了一下,心灵被深深地戳痛了,"你必须离开这里,我说话是要算数的。我的用心是诚恳的,我要这么做。我是在为你的前途考虑。我爱你,但你必须听话。我当然舍不得你走,我宁愿留你在身边。谁都不会比我更舍不得,但是你非去不可。你一定要对你的母亲表现得十分自然,不动声色,但是你非走不可。你听见了吗?你非走不可。"

他停顿下来,松散的眉毛下的眼睛忧伤而又坚定地望着爱琳。她清楚他的意思。这是他最严肃、最虔诚的表情。但她不回答,她不能回答,有什么用呢。她就是不想走,她清楚的。所以她就站在那里,面色苍白而紧张。

"现在就去收拾你必要的衣服,"巴特勒说下去,并不体会她真正的心情,"随你怎么打扮,但是要做好准备。"

"但是我不愿意，爸爸，"爱琳终于回答了，同样严肃，同样坚定，"我不愿意去！我不愿意离开费城。"

"当我为你好好计划，要你做点儿事情的时候，女儿，你不见得就要故意违反我的意愿吧？"

"是的，我违反了您的意愿，"爱琳坚定地回答，"我不愿意去！我很抱歉，但是我不愿意！"

"你果真这么想吗？"巴特勒悲伤而又冷漠地问。

"是的，就是这样。"爱琳也无情地回敬他。

"那么，我要琢磨一下怎么办了。"老头儿说，"你还是我的女儿，无论如何，我都要尽到我应尽的责任，我不愿看到你因为不遵照我的意见做而遭到毁灭。再给你几天时间考虑一下，但是你非走不可。这件事情已经定了。国家还有法律呢，违犯法律的人是要被采取一些措施的。我这次找你，心情也很沉重。如果你还不打算听从我的建议，我还会找你的，你必须改变主意，我不能让你这样继续下去。你现在应该清楚，这是最后的忠告。只要放弃这个男人，你要什么我就给你什么。你是我的女儿，我情愿竭尽所能，让你高兴。为什么，我为什么不呢？除了我的儿女，我活着还能为了其他什么吗？这么多年来我的工作和计划，就是为了你们兄弟姊妹。喂，孩子，做一个好姑娘吧。你爱你的老父亲，不是吗，啊，爱琳，你的童年，我曾经抱着你、逗你。当你长到我两只手快举不起的时候，我就处处关爱你。我是你的慈父，你不能否认吧？你再想一想你见过的其他姑娘，她们有谁能像你这样。你不应该在这件事情上反对我。我相信你不会的，你不能反对。你太爱我了，当然是这样，不是吗？"他的语音低沉下来，泪水模糊了他的眼睛。

他停止说话，那只粗大的、棕色的手放在爱琳的胳膊上。她倾听着他伤心的话语，并非不被打动，心的确软了下来，但他的哀求没有奏效，她不能放弃考珀伍德。她的父亲就是不理解，他不懂得什么是恋爱，当然他并没有像她那样恋爱过。当巴特勒向她恳求的时候，她就一言不发地站着。

"我愿意听您的话，爸爸，"最后温柔地说，"我打心里是愿意的。我真是爱您的。是的，我爱您。我要让您高兴。但是在这件事情上我却不能够——我不能够！我爱上了弗兰克·考珀伍德。您不理解——您就是不懂、不理解。"

巴特勒重新听到考珀伍德的名字，嘴巴就闭紧了。他看得出她已经入魔了，他那费心谋划的恳求已经失败。因此他就要考虑其他的办法了。

"那么，很好。"最后他极其悲痛地说，当时爱琳正转身走出去。

"如果你愿意，就按照你自己的想法去做吧。但是，无论如何，你就是非去不可。别无选择，让上帝来安排吧。"

爱琳很严肃地走了出去，于是巴特勒来到桌边坐下去。"这样的局面！"他心里想，"这样的纠葛！"

第三十八章　女友玛丽

　　爱琳的困境实在令人感到焦躁，甚至只要是一个内心少一点儿勇气和决心的姑娘就会妥协屈服。尽管她有各种社会关系和很多同伴，可是在眼下这样形势紧迫的情形下，她可以投奔的人却并不多。她想不出哪些人会长期收留她而不会出现什么问题。她有不少年龄相仿的女性朋友，有的已经结婚，有的还没有结婚。她们都对她很友好，但是她却没有真正的知心朋友。她心里能想到的唯一能帮她掩护一段时间的，就是玛丽·卡立根，朋友们都叫她"玛咪"，早年她是爱琳的同学，现在在本地一所小学里当教师。

　　卡立根家除了二十三岁的玛咪，还有她的母亲佳瑟琳·卡立根太太，一个以裁缝维生的寡妇。她的丈夫是一个拆屋匠人，大约十年前因为事故而被倒塌的墙壁压死了。她们住在临近第十五大街的彻丽街一座二层楼的小砖房里。卡立根太太的裁缝技术并不怎么样，至少称不上高超，因而不能得到目前家境殷实的巴特勒家的照顾。爱琳偶尔去那里做些柳条布的便装，还有内衣和漂亮的睡衣，以及修补她在切斯纳街手艺高超的女裁缝那里做的贵重衣服。她之所以去卡立根家玩，主要原因是她曾经和玛咪一起在圣·阿加莎修女院上过学。当时卡立根家的情况比现在要好很多。现在，玛咪在附近一所公立小学担任六年级教师，一个月仅赚四十美元，而卡立根太太平均一天大约赚两美元，有时还赚不到这么多。她们住的房子是自己的，无须交房租，而且房子很干净，室内的家具价值恰好反映了她们的收入状况，每个月八十美元左右。

玛咪·卡立根貌不出众，甚至还比不上她母亲年轻时的容貌。卡立根太太今年五十岁了，身材依旧丰满，举止活泼，富有朝气，谈吐风趣幽默。而玛咪在精神上、情感上都比较迟钝。她是一个严谨的人，这也许是环境造成的，因此她不大活泼，几乎没有女性的魅力。可是她和善、诚实、热心，是一个忠诚的天主教教徒，她的内心充满了美好和责任感。与她相比许多人不配在这个世界上生活。在玛丽·卡立根看来，责任就是她从小就言听计从的一些原则，与她的观念完全吻合的刻板的东西，是最重要的东西，是她排忧解难的主要动力。她对教会的责任、对学校的责任、对母亲的责任、对朋友的责任，等等，成了她的精神支柱以便在这个复杂的世界上立足。她的母亲替她着想，时常希望她少尽些责任，而把自己打扮得漂亮一些，因为那样可以赢得男人的心。

尽管母亲是一个裁缝，玛咪的衣服却从来都与华丽沾不上边，也不光彩动人。如果是漂亮衣服，她穿上就会显得不合身。她的很多鞋子都大了一些，不合她的小脚。她的裙子从臀部呆板地拖到地上，尽管材料和做工无可挑剔，但是款式却跟不上潮流。当时，所谓的彩色"女卫生衫"在女性之间盛行，因为是紧身的，体态优美的人穿上就很漂亮。然而这对玛丽·卡立根来说就很不幸。当时的风气逼得她非穿一件不可，但是她的手臂很瘦，胸部也不丰满，很遗憾地使这件衣服没有可看之处。她总是戴着圆饼帽，帽檐上再插一根孤零零的羽毛。从她的头发或她的面庞来看，好像总是放错了位置似的。在许多时候，她看上去似乎有些倦怠，但那多半是由于心情郁闷而不是身体疲惫。她身上真的找不到任何动人之处，而爱琳·巴特勒身上却理所当然地表现出妙龄女子所该有的热情浪漫的气质。

玛咪的母亲生性好客，即使她们的小居室非常简陋，但依旧布置得很整洁。爱琳可以通过弹钢琴和她们一起娱乐，而卡立根太太对她为她们所做的事情也表示非常的感谢——这就是卡立根家对爱琳的全部诱惑力。玛丽·卡立根对文学知识能融会贯通，信手拈来。偶尔在厌倦一件事后，她也会到文学世界中去放松一下。恰好爱琳喜欢的书她也喜爱，诸如《简·爱》《凯纳姆·切林里》《特里克特林》《橘色的虹》之类。玛咪偶尔也向爱琳介绍这类性质的新书，而爱琳觉得她的眼光真的不错，也不得不赞美她。

当前的紧急情况下，爱琳心里想到了卡立根家。如果她的父亲真的对她不客气，导致她不得不暂时离开家，那她就可以去卡立根家里。她们会毫不犹豫地接纳她。巴特勒家里其他人并不知道卡立根母女，因此不会怀疑她到那里。她可以很容易在彻丽街悄无踪迹，从而整整几周不被人看到。卡立根母女也像巴特勒家里的其他人一样，从来不会怀疑爱琳会有什么放荡的私生活，想起来这真是一件有趣的事情。因此，如果她果真离家出走，就可以把原因归咎于与家里人闹别扭而不会涉及别的原因。

至于巴特勒这个家庭，跟爱琳需要他们相比，他们更需要爱琳。因为家里需要爱琳外表上的华贵秀丽来保持一家人相应的愉快心情，如果她出走了，就会产生短时间不能修复的、显著的感情裂痕。

比如，巴特勒一直关注着自己的女儿长成仪态万千的美人儿。他曾经看着她到学校和修道院去学弹琴。对他而言，这是一种了不起的成功。他也曾看到她待人性情的变化，变得风情万种。这显然增加了她的人生阅历，至少给他留下了深刻的印象。对于大多数事情，她有俏皮而又独特的看法，他认为是很值得吸取的。对书籍、艺术她要比欧文或者卡隆了解得多得多，她对社交常识也了解得相当全面。她吃饭的时候，无论早餐、午餐，还是晚餐，他都觉得她吃得赏心悦目。他创造了爱琳，他为此感到骄傲。他花了很多钱把她培养得如此优雅，他要坚持下去，他不容许二流的暴发户来破坏她的生活。他打算照顾她一辈子，把自己全部的遗产传给她，让她的生活在将来不至于因为丈夫破产而受到影响。"我认为，你是今天晚上最漂亮的美人儿。"这是他最爱说的一句话。他非常喜欢说："老天爷，我们真有福气！"吃饭的时候她总是坐在他身边，服侍他——他就是要这样。在许多年前，在她还是小孩子的时候，在吃饭的时候他就让她坐在自己的身边了。

她的母亲也格外喜欢她，卡隆、欧文也同样喜欢这个妹妹。至少爱琳就是这样以她的美貌和风趣，来报答他们的关爱。家里的人都觉得，只要她有一两天不在家，家里的氛围就好像没有什么欢愉可言，用餐时饭菜也没有滋味。而当她回来的时候，一家人就都重新快乐和高兴起来。

爱琳对这一点可以说是很了解的。现在，她为了逃避她不愿意勉强答应的旅行，决定离开家庭，把自己藏起来，她的勇气多半缘于自己在家里特殊而敏感的地位。她仔细地思考了父亲所说的话，决定立即行动。第二天上午，当父亲出门以后，她就穿上了上街的衣服，决定中午到卡立根家里去，那时玛咪已经回家吃午饭了。然后，她打算无意中谈起此事。如果她们不反对，她就去那里。有时候她感到困惑，在如此紧要关头，为什么考珀伍德不建议他们逃到无人知晓的地方去，但是她又意识到他一定清楚怎么办才是最佳方案。他日益增多的麻烦令她感到非常沮丧。

她到卡立根家里时，只有卡立根太太独自一人在家。卡立根太太见到她很高兴。寒暄几句以后，她不晓得如何提起此行的目的，就坐在钢琴边，弹了一支伤感的曲子。

"真的，你弹得很好，爱琳。"卡立根太太说，她也是很容易感伤的人，"我喜欢听你弹琴，我希望你多来看看我们，最近你很少来呀。"

"啊，卡立根太太，我忙得很，"爱琳回答，"这个秋天我有许多事情要做，导致我没有时间来。他们让我去欧洲，但是我不愿意去，真要命！"她叹了一口气，又弹了一串悲伤、浪漫的音符。这时，门开了，玛咪走了进来，一看见爱琳，她平凡的面孔现出了光彩。

"嘿，爱琳·巴特勒！"她叫了起来，"哪一阵风把你刮来的？你之前都躲在哪里呀？"

爱琳站起来，两人互相亲吻着脸。"啊，我一直很忙，玛咪。我刚刚告诉你的母亲。我问问你，你还好吗？工作顺心吧？"

玛咪马上谈到学校里一些棘手的麻烦，比如班级人数增多，工作量可能变大。当卡立根太太安排午饭的时候，玛咪走进自己的房间，爱琳跟了进去。玛咪站在镜子面前整理头发，爱琳欲言又止地看着她。

"你今天怎么了爱琳？"玛咪问，"你看上去——"她停下来又望了她一眼。

"看上去怎么样？"爱琳问。

"嗯——你好像有什么事犹豫不决。我以前从来没有见过你这个样子。发生了什么吗？"

"啊，没什么，"爱琳回答，"我只是在想——"她走到一个开向小天井的窗口，思考着她在这里住一段时间是否受得了，房子如此小，家具如此简单。

"你今天一定有什么事，爱琳。"玛咪说着走到她身边来，望着她的脸。

"你完全变了样！"

"我心里有事，"爱琳答道，"有烦心的事，我不知该如何是好，就是因为这个原因。"

"那么，是怎么一回事？"玛咪试探地问道，"你能告诉我吗？"

"不，我不能说——总之，现在不能说。"

爱琳停顿了一下。"如果我到这里来住几天，"她突然问，"你认为你的母亲会不会反对呢？如果我因为某种原因要在你家里住上一段时间。"

"哎哟，爱琳·巴特勒，你在说什么呀！"她的朋友大声说，"反对吗？你清楚的，她一定会很开心，我也很开心。啊，上帝，你能来吗？但是到底是什么事情让你决定要离家出走呢？"

"这个我不能告诉你，总之，现在不能告诉你。不能告诉你，也不能告诉你母亲。你懂的，我不清楚她会怎么想。"爱琳回答，"总之，你现在不要问我。我要考虑一下。啊，上帝！但是，如果你同意，我要在你家住一段时间。你能对你母亲说吗？还是我自己来说？"

"哎，我会说的。"玛咪说，为这个奇异的变化深感吃惊，"问她才是发傻呢。我清楚，在她明白之前，她会如何说，你也是懂得的。你把东西带来就是，这就行了。如果你不让她知晓——她绝不会说什么，也绝不会要求什么，你是了解的。"玛咪因为这个主意而感到十分开心，她是多么需要爱琳做伴啊。

爱琳严肃地看着她，了解她如此热心的原因，即她和她母亲两个人都需要她为她们的家庭带来快乐。"但你们两个不能告诉任何人我在这里，你明白吗？我不希望任何人知道，尤其是我的家人。我当然有我的理由，正当的理由，但是我不能告诉你，总之，现在不能。你要答应我不告诉任何人。"

"好，当然，"玛咪热情地回答，"但你当真是离家出走吧？爱琳？"她好奇而又郑重地问道。

"啊，我还不清楚呢，我也不知道该如何是好。我只清楚我必须离开家一段时间，就是现在——如此而已。"她不说话了，玛咪目瞪口呆地站在她面前。

"棒极了，"她的朋友回答，"奇迹总是会发生的，是吗，爱琳？但是你到这里来真是太好了。我妈妈一定特别高兴。如果你不要告诉别人，当然，我们不会说的，这里不常有人来；如果有人来，你也不用去见他们。你可以住在我隔壁的大房间里。喂，这不是好主意吗？我真是太高兴了。"这个年轻教师十分兴奋，"来吧，现在就告诉我妈妈。"

爱琳犹豫着，即使现在她也还没有决定到底是否应该这样做，但是她们还是一起下楼了，快走完楼梯时，爱琳落在了后面。玛咪匆忙地对她的母亲说："啊，妈妈，这不是很好吗？爱琳要来和我们同住一段时间，她不想让别人知道，她马上就要搬来。"卡立根太太手里正拿着一把糖勺子，回过头来，带着惊讶的笑容端详着爱琳。她很好奇，爱琳为什么要来这里，这意味着离家出走。然而，她对爱琳的感情很深，就为这个主意兴高采烈起来。为什么不呢？难道这位有名的爱德华·巴特勒的女儿，一个成年女人，不会处理她自己的事情吗？当然要欢迎这么一个富有之家被人所尊敬的家属。无论何种情况，卡立根母女认为她来就是看得起她们。

"我认为你的父母不会让你走的，爱琳，但我们当然欢迎你来住，要住多久就住多久，只要你高兴，永远住下去都没有问题。"卡立根太太笑着对她表示欢迎。爱琳·巴特勒要来这里住，真是个好主意！

她这么说时语气如此诚恳、体谅，加上玛咪的热情，爱琳不由得松了一口气，她心里想到了她住在卡立根家里的开支问题。

"如果我来住，"她对卡立根太太说，"我当然要付房钱和饭钱。"

"这是什么话！爱琳·巴特勒，"玛咪大声嚷起来，"你不能做这样的事情。你来和我一起住，就是我的客人。"

"不，我不愿意！如果不要我付钱，我就不来了。"爱琳说，"你们允许我付钱才行。"她知道卡立根母女是供不起她的。

"那么，总之，我们现在不谈这个。"卡立根太太说，"你想来的时候就来，要住多久就住多久。玛咪，给我拿几条干净的餐巾来。"

于是爱琳留下来吃了中饭。饭后急忙出去与考珀伍德约会，因为她的主要问题已经解决，于是觉得很舒畅。现在她已经扫清障碍了，如果她需要就可以随时到这里来。当前的问题就是去收拾一些必要的东西，或者不带东西就来。也许弗兰克会提些意见的。

至于考珀伍德，自从他们的幽会地点不幸被发现以后，就不再传递消息给爱琳了。但他等待她的来信，果然不久就收到了。这封信依旧详尽、乐观、热情、无畏，她在信里描述了她遭遇的一切和她现在要出走的计划。最后的这一点使他很忧虑、很为难。

爱琳在家里养尊处优是一回事，离开家庭来依靠他，就是另一回事了。他根本没有料到，她会在他准备要她离开之前被迫离家出走。如果她现在就出走，可能会引起纠纷，后果将不堪设想。可他仍然很喜欢她，愿意竭力让她开心。如果他最终不会入狱，那么现在他能很体面地供养她；即使进了监狱，他也能为她想些办法。话虽这么说，如果能够劝她住在家里，等他确定知道自己的命运以后再说，不是更好吗？他坚信在不远的将来，无论发生什么事情，他都可以摆脱这一切的纠纷，重新富裕起来。到那时，只要能离婚，他就和爱琳结婚。

万一不成功的话，他也要把爱琳带走。从这一点来说，即使现在她和家庭决裂倒也无妨。但就目前来看，可能很危险。巴特勒会追查到底，很可能公开控告他拐逃。所以他决定劝爱琳留在家里，暂时放弃约会和通信，甚至干脆去国外。对此他并不介意，他会一直等她回来。她应该这样，因为这件事应该由常识来决定。

他盘算好这一切，就按照信中的建议前去赴约，尽管觉得此行有点儿危险。

"你能确定吗？"听到她对卡立根住宅的描述后，他问，"你喜欢住在那里吗？在我听来好像是艰苦了一些。"

"是的，但我却那么喜欢她们。"爱琳回答。

"你确定她们不会把你的事说出去吗？"

"啊，不会，绝不会，绝不会的！"

"很好，"他接着说，"你清楚你在干什么吗？我不想劝你违背自己的意愿，话虽如此，如果我是你，我宁愿听从你父亲的劝告，出去一段时间。那样他就会忘记这件事情，而我仍然在这里。我可以时常写信给你，你也可以写信给我。"

考珀伍德说这话的时候，爱琳眉头皱了起来。她如此爱他，即使提及分离，也好像心里扎入了一把刀似的。她的弗兰克留在这里，而且身陷困境，也许要接受审判，而她却离开他，绝对不可以！他提出这样的建议到底是什么意思呢？他在意她是否像她那么在意他？她想，他真的爱她吗？正当她憧憬他们关系更加亲近的时候，他是否就要抛弃她呢？她眼里充满了泪水，因为她太伤心了。

"怎么？你说的什么话！"她嚷了起来，"你清楚现在我不愿意离开费城，你当然不希望我离开你吧？！"

考珀伍德当然懂得她的意思，他不会笨到不明白的。他非常喜欢她。

他心里想，天哪，不管怎样他都不愿意伤她的心。

"亲爱的，"一看见她的眼睛，他急忙说，"你不明白我的意思。我会按照你满意的方式去做。你就当是为了和我在一起才如此打算的，现在就这么办吧。不要再想到我，以及我说的话。我只是认为这可能会使事情对我们更加不利，但是我不相信会这样。你明白，你的父亲如此爱你，你出走之后，他会改变主意的。好得很，就这么做。但是我们应该非常小心，亲爱的，你和我，我们一定要谨慎些。这件事情变得严重了。如果你出走，你的父亲会告我拐逃，把整个事情公之于众，让整个社会都相信此事，这对我们是严重的打击，对你如此，对我也如此，因为，即使不为别的，就是为了这个原因，我也非判刑不可。那么，怎么办呢？当前，你最好不要经常和我见面，要在非见不可的时候再见。你父亲收到匿名信之后，如果我们不傻，就应该停止见面，事情就不会发生了。但是现在既然事情发生了，我们就该尽量做得明智一些，你明白吗？所以，要好好地想一下，然后按照你认为最好的办法去做。做完后写信告诉我，不管你怎么做我都认为是对的，你听见了吗？"他把她拉过来，吻了她，"你没有钱，是吗？"他最后说。

听了他所说的一席话，爱琳深受感动。一想到这件事情，就对自己选择的正确性深信不疑。她的父亲太爱她了，他绝对不会公开做任何事情去伤害她。因此，他也不会为了她而公开地攻击考珀伍德。她现在向弗兰克解释说，她的父亲一定会恳求她回家。考珀伍德倾听着，不得不让步。为什么还要争论下去呢？她反正是不会抛下他的。

他把手伸到衣袋里，在他认识爱琳以后，第一次拿出一沓钞票。"这里有两百美元，亲爱的，"他说，"等我看到你，或者收到你的信以后再说之后的事情。你需要什么我都会给你办妥的，现在不要以为我不爱你。你懂的，我很爱你，爱你爱得发了疯。"

爱琳反对说，她并不需要这么多。其实她一点儿都不需要，因为她在家里有些钱。但是他却不理睬这些，他认为她一定需要钱。"得了，亲爱的，"他说，"我清楚你需要什么。"她的父母亲常常给她足够的钱，她早已习以为常，从不考虑钱的问题。弗兰克这样爱她，以至他们之间什么都不计较。她的心情缓和了一些，然后他们就研究通信的问题。两人商定最为妥当的方法就是雇一个专差。当他们最后分手的时候，爱琳刚才因为他态度模糊而低落下去的心情，重新振作起来。她认定他真的爱她，就面带微笑离开了。她可以依靠她的弗兰克，她要教训她的父亲。考珀伍德摇摇头，目送她回去。她尽管是他的额外负担，但他当然不能抛弃她。当他如此地爱着她的时候，难道他能撕开这感情幻象的面纱使她觉得难堪吗？不行。除了他已经做完的事情外，他根本没有其他事情可做。最后，他想到，这也许会得到好结果，巴特勒挑选的任何侦探都会证明她并没有私奔到他那里去。如果到了需要运用常理推断的时候，会使事情不致发展到致命的顶点，他可以把爱琳行踪暗地里告诉巴特勒家里。这就可以表明爱琳的出走与他无关，他们可以竭力劝爱琳回家。结局也许会很好，谁说得准呢。他能够处理发生的灾祸，他匆忙乘车回办公室去。爱琳也回家去了，决心要把她的计划付诸行动。父亲已经宽限她一段时间再作决定，也许会宽限更长的时间，但她不愿意等待了。因为她的愿望总是可以实现的，她不明白这一次为什么不能按照她的方式行事。现在是五点钟左右，她要等家里的人都舒服地坐在餐桌旁的时候，到七点钟左右再悄悄溜出去。

可是回到家，她却遇到一件意外的事情，使她被迫推迟行动。史密斯先生和他的太太来了。史密斯是一位知名的工程师，是巴特勒一手经办的诸多工程的设计者。当天是感恩节的前一天，他们诚恳地邀请爱琳和诺拉去他们在西彻斯特的新住宅，一起共同住两周。爱琳早已听闻那幢建筑的许多独特之处。他们极其和蔼可亲，年纪也不大，周围有一群很有趣的朋友。爱琳决定去那里看看，推迟出走。她的父亲招待得很客气。史密斯夫妇的光顾和邀请替他解了围，对爱琳更是如此。西彻斯特离费城二十公里，在那里爱琳应该不会设法与考珀伍德相见。

她写信给考珀伍德，告诉他计划有变，然后就动身了。巴特勒如释重负，满心以为这场风波已经结束。

第三十九章　陷入困境

随着审讯考珀伍德的日期逐渐临近，他越来越感觉到有人要竭力坐实他的罪名，无论事实上是否应该如此。但是，他没有办法摆脱这个左右为难的困境。除非抛弃一切，离开费城，但这不可能。如果想保住自己的未来，留住金融界的朋友，尽快出庭受审是唯一的办法，如果垮台了，他相信自己东山再起时，他们会助他一臂之力。他曾经与斯达格讨论审判存在着不公平的可能性，斯达格认为好像并没有这种可能。首先，一个陪审团是不容易被人收买的。其次，尽管他们的政治背景存在差异，但多数审判官正直无私，尽管他们的判决和政见不会超越政党偏见带给他们的影响，但彼此的意见不会相差太大。主办这个案件的法官，是州法院的威尔伯·贝特森，地道的共和党候选人，深得莫伦豪尔、辛普森和巴特勒宠信，但据斯达格所了解，他是一个正直无私的人。

"我就是不明白，"斯达格说，"究竟是什么原因使这帮家伙如此急于要惩办你，除非是故意对整个州造成某种影响。选举已经过去了，我了解现在有一种方式，如果斯特纳被判有罪，就在所难免地，在之后不久再把他救出来。他们不得不审判他。他不会被判一年或者两三年，万一他真获罪几年的话，刑期一半或者不到一半他就会被赦免。你的案件也一样，如果你被判有罪，他们不能把你关在牢里，而把他释放出来。绝不会到这种地步的，相信我吧。我们可以在陪审团面前取胜，否则，我们可以去最高法院推翻他们的判决，那是必须的。那里的五位审判官，不会支持一个这样胡说八道的判决。"

对自己所说的话，斯达格非常有把握，考珀伍德也非常高兴。这个青年律师曾把他的所有案件都处理得极为妥当。但一想到自己要被巴特勒打垮，他还是很不甘心。这是严重的事件，而斯达格根本没有想到这一点。在倾听他的律师做乐观保证的时候，考珀伍德对那件事情仍然耿耿于怀。

审判真正开始的时候，在全市六十万居民中几乎产生了轰动。考珀伍德家的女人没有一人来到法庭上。他坚持不让家属出庭，以免报纸评述。他父亲得来，因为他可能要做证人。前一天下午，爱琳曾经写信给他，告诉他她已从西彻斯特返回，并祝他好运。她迫切地想了解他的遭遇，不能再离开他，所以已经返回。她不到法庭上去是因为他不让她去，但当他的命运要被判定的时候，无论好坏，她还是想尽可能离得近些。如果他诉讼得胜，她要向他祝贺；如果败诉，她要安慰他。她知道自己回家就可能与父亲发生口角，但是她无暇顾及了。

考珀伍德太太的境地最为尴尬。她不得不选择热情和温柔的虚伪方式，即使在她已经了解考珀伍德并不需要她这么做以后。她现在凭直觉已经知道了爱琳。她只是在等待合适的机会，把整个事情摆在自己的面前，在这个不幸的早晨，这几年来已经中断的本应如此的态度，她在门口双手抱住了他。尽管如此，她还是很敏锐地察觉到了他的窘迫，她不能吻他。他不想吻她，但没有表现出来。尽管如此，她还是吻了他，而且说："啊，我真希望事情会顺利解决。"

"我觉得，你不必为此担心的，丽莲，"他精神振奋地回答，"我不会有问题的。"

他跑下楼梯，走到原来他控制的吉拉德大街的电车线路那里，跳上车。他在思念爱琳，她是那么贴心地同情他，他在想着自己现在的婚姻生活是何等荒谬，以及自己能否遇到通情达理的陪审团，等等。如果遇不到，万一遇不到，那这一天该是多么窘迫啊！

他在第三大街与市场街之间下车，赶到他的办公室，斯达格早已到了那里。"喂，哈巴，"考珀伍德十分勇敢地说，"今天是关键时刻。"

此案在位于第六大街与切斯纳街之间的著名的独立厅举行，由州法院第一法庭审理。整整一个世纪以来，这地方至今还是当地行政与司法活动的中心。这幢低矮的二层楼由红砖建成，有古荷兰和英国的遗风，用方形、环形和八角形的木料修建的木塔立在中央。整个建筑，包括中间部分以及向左右展开的"丁"字形的两条厢廊，椭圆形顶的老式小门窗安装着如此多的玻璃窗框和门框，使酷爱所谓殖民地建筑的人们赞叹不已。这座建筑的后面向华尔纳街延伸过去，就是所谓"政府机关区"（后来被毁掉了），有市政府、警察总局、市财政局、市议会，以及市里其他重要的行政机关，还有州法庭的四个分庭来审理日渐增多的刑事案件。后来高耸在布劳德街和市场街之间的大市政厅，当时正在建造中。

法庭非常大，摆放着黑栗木的高讲台，上面排着几张巨大的黑栗木桌子，原本计划把室内布置得更好看一些，法官就坐在桌子后面，但是这个设计却不太理想。桌子、陪审员席和栏杆都做得太大了，所以总体效果不和谐。乳黄色的墙壁本来与黑栗木是协调的，但时间和灰尘使这个组合产生了凄惨的景象。庭上并没有任何图画和装饰，只有主审法官桌上有一根粗大的、过分讲究的煤气灯支柱，还有一个从天花板中央垂下来的、孤零零的摇摆不定的灯架。至于肥胖的法警和公务员，一心想保住自己轻闲的职业，更不可能为这个场面增添任何生机。在处理这件公案的法庭上有五个人，他们时刻惦记该由谁倒一杯开水给法官。其中一人看上去好像是个肥胖、粗糙、肮脏的大管家，引领着法官去他的更衣室，然后又走了出来。他的职务就是当法官走进来的时候，高声大叫："法官出庭！请大家脱帽！请大家起立！"而第二个法警，当法官坐下以后，就站在左边，在陪审员席和证人席之间，用含混不清的声音背诵有关社会成员应尽义务的华丽庄严的条文，开头说："大家请听！大家请听！大家请听！"结尾说："凡是有正当理由起诉的人，请过来，提出你们的申诉。"可是，在此处你一定认为，这是无关紧要的，因为习惯以及人们的忽略使它早已变成了套话。第三个法警保卫着陪审团室。此外还有一个法庭书记员和一个法庭速记员。前者矮小、苍白、脸色如蜡，眼神忧郁，长着稀疏的灰白头发和胡须，像极了一个美国化的年老体衰的东方旧官僚。

威尔伯·贝特森法官骨瘦嶙峋。当考珀伍德被大陪审团认定有罪，规定他在此期间受审的时候，他是此案的预审法官。在法官之中，他是一个非常有趣的人。他如此瘦弱，没有血色，仅此一点就使他引人注目。专业上，他精通法律；实际上，谈及人生方面，他绝对不会感觉到事物微妙的结构，超乎一切成文法律而又具有法律的实质。此外，他并没感到一切法律是无用的，而这是所有聪明的法官都清楚的。你只要一看到他瘦削而做作的体态，卷曲花白的头发，没有一丝深邃意味的、模糊的蓝灰色眼睛，端正而平庸的面庞，就可以发现他是没有想象力的人。但是他却不会信任你，会以藐视法庭的罪名惩罚你。因为他小心地积攒了所有细小的机会，显露出每一分薄弱的优势。因为极力地听从共和党的话，尽最大的努力，听信那些防护严密的财主的命令，才爬到了今天的位子。但是，在这方面他的成就并不是很大。他每年的薪水只有六千美元。他的小名气仅限于当地律师和法官的小天地里。但每当有人提及他的职务，或者作出某某判决的时候，谈到他的名字，他就特别开心。他认为，这会使自己变成举世闻名的人物。"请看吧，我与众不同。"他经常这样想，并且自得其乐。当他的工作日程里排着重要案子的时候，他总是自鸣得意。有时也有人生的高谈阔论打扰他狭隘的知识面，但是，一切公案都可以从法律上找到条文。他可以在案例里寻找，找出真正有见地的人的判决。此外，各地的律师又是如此干练。他们把有利或者不利的法律条文都摆在法官的面前。"法官，在《订正马萨诸塞州案例》第三十二卷，某某页某某行，亚仑特控告巴纳曼的案件里，你可以看到，等等。"你在法庭上不是常常听闻此类事情吗？大多数案子是无须研究的。法律的尊严犹如大旗般高举，因此法官的威严也就得以巩固。

如斯达格所说，贝特森还算得上一个公正的法官。他有政治倾向，信奉共和党，因为得到了在市议会中占多数席位的共和党的支持，所以连任法官职务。他希望能尽力而为，确保共和党和后台老板们的利益。多数人并不会耗费精力去深入研究所谓良心的作用，即使他们要深究，也可能没有能力厘清伦理道德的乱麻，对当下存在的一切舆论和党魁施加的一切影响，他们都心服口服。后来有人发明了一个名词——"一个集团领袖的法官"，这样的法官还不少。

贝特森就是其中的一员，他十分尊重财产和权力。他认为巴特勒、莫伦豪尔和辛普森都是大人物，因为他们拥有权力，当然不会错的。他早就听闻过考珀伍德和斯特纳盗用公款的事情。他对官场并不陌生，故而清楚到底是怎么一回事。依照领袖们的观点，考珀伍德和共和党陷入了困境。他诱使斯特纳误入歧途，而一个普通的市财政局局长本不应该这样做的。尽管斯特纳是这个计划的制订者，一般来说是犯了罪，但考珀伍德居然把他骗到如此惨败的程度，那就罪加一等。此外，共和党需要一只替罪羊，这是至为关键的一点，在贝特森看来，这就已经足够。当然，他不大理解既然在选举中已经获胜，共和党看上去并没有受到多大的损失，为何考珀伍德还要陷进这种罗织的诉讼之网。但是，他相信领袖们不放过他肯定有某种合适的理由。他又道听途说：巴特勒与考珀伍德结下了私怨。谁都说不清到底是怎么回事。普遍认为，考珀伍德使巴特勒做了亏本生意。总之，大家都觉得这是有利于共和党的，为了给不安分的下级一个全面的教训，才决定让这两件诉讼依法进行。考珀伍德因为在道德上对社会有不良影响，要和斯特纳一同受严厉的处罚。斯特纳的罪行要被判处最高刑期，以示共和党与法庭的公正无私。此外，让他由州长发落，如果州长高兴，如果领袖们愿意，就可以把事情放缓一些。在普通民众的头脑里，州法庭的各位法官似乎就像幽禁在寄宿学校里的女学生一样，安静地远离生活，根本不知道政治内幕，他们却对此了如指掌，尤其清楚他们持久的地位和权力从何而来，他们是知恩图报的人。

第四十章　法庭之上

　　考珀伍德精神头十足地和父亲及斯达格走进拥挤的法庭。法庭里的每一个人都目不转睛地看着他。大多数人认为像他这样的人会被告上法庭，实在出乎意料。毫无疑问，他的确犯了罪，但他肯定有办法逃避法律制裁。因为考珀伍德的律师哈巴·斯达格伶牙俐齿，诡计多端。天气很冷，他们两人都穿着最时髦的深蓝色长大衣。天气好的时候，考珀伍德总是在纽扣眼上插些小花，今天却没有这样做。但是他的领带仍然很帅气，面料是厚缎子的，闪耀着淡紫色的光，大衣上还别上了一枚翠绿的大翡翠别针。他只戴了一条最细的表链，并没有别的饰品。他总是充满生机而又老成持重，心地善良而又利落干练，这副神气今天尤其明显。

　　他很快就意识到，当前如此拥挤场面的本质，就是大家都对他有某种特殊的兴趣。他面前是法官的讲坛，现在还空无一人，讲坛右边是空着的陪审团席，左边是证人席，他就坐在陪审团席和证人席之间，面对听众，他必须坐在那里，等候审问。一个叫作约翰·斯巴希弗的胖法警站在他后面，等待开庭。他的职务是在证人起誓的时候，把一本古老、油腻的《圣经》送给证人，让他按着《圣经》起誓，当仪式完毕以后，他就会说，"到这边来"。还有其他的法警，一个站在法案前面的木栅门口。那里是提审犯人，让律师坐着或者辩护，放辩护人座位等用途的地方。另一个法警陪着斯特纳站在通往陪审团室的走廊里，斯特纳也是证人之一，尽管现在已被自己的命运吓得惊慌失措，但对谁都不抱怨。实际上他一直以来不曾抱怨过。看到现在的情形，他后悔当初没有听从考珀伍德的劝告。尽管他依然相信莫伦豪尔及他背后的政治势力，一旦他被判刑，他们会替他向州长说情。他脸色很苍白，也瘦了不少，早已没有了得意时候的风采。他穿着一身灰色的新衣服，打着棕色的领带，胡子刮得十分干净。一看到考珀伍德坚定的笑容他就缩回目光，垂下了头。他笨拙地擦着耳朵。考珀伍德点了点头。

"你知道吗？"他对斯达格说，"我觉得乔治非常可怜，他真是一个傻瓜。我依然要努力替他开脱。"

考珀伍德也偷眼瞧了瞧斯特纳太太，她个子矮小、瘦弱、气色不是很好，一身服装和她的姿态搭配得十分得体。他暗想，她和斯特纳正是一对。他一向留心社会上没有地位的、生活落后的贫贱夫妻，尽管他总是看上去不愉快。当然斯特纳太太对考珀伍德没有任何感情，她简直就只把他当成一个厚颜无耻之人，就是这个人把她的丈夫搞垮的。他们现在已经非常贫穷了，马上就要从他们的大房子里搬到房租便宜的地段去住，这是一件她一想起来就不开心的事。

片刻，贝特森法官带着随员走进法庭。他的随员虽个子矮小但是胆子很大，神似一只鼓着胸部的鸽子而不是一个人。当他们进来的时候，原来在法案旁边打盹的法警斯巴希弗就在法案上一敲，嗫嚅地说："请大家起立！"听众就站起身来——这是所有法庭的规矩。贝特森法官翻了翻放在他桌上的文件，神气十足地问他的书记员："布鲁德斯先生，第一件是什么案子？"

冗长而烦琐地安排了一天的审案程序，考虑了律师们的各种意见后，法庭依旧对考珀伍德一案深感兴趣。考珀伍德急于胜诉，对事情进展到致使他上法庭这个不幸的地步而深感愤怒。由于耽搁、惊疑的原因，人们的法律事务往往遇到阻碍，这一切的一切总是使他气愤难耐。尽管他没有表现出来。如果你问他法律是什么，如果他准确地表述了他自己的观点，那么法律就是人们的情绪和错误所造成的一团迷雾，它笼罩在人生的海洋之上，妨碍人间商业社会的小船顺畅航行；它是让人生的罪恶得以溃烂的毒药，又是使偶然受伤的人在权势和机遇这两块磨石之间受折磨的地方；这是千奇百怪、有趣而又徒然的斗智，是愚蠢的、笨拙的、聪明的、愤怒的和懦弱的家伙把人类做成小卒子和毽子的地方，因为律师都是按照他们的情绪、虚荣、欲望和需要行事的。它的繁文缛节污浊不堪、令人不满，它是缓缓出现的奇观，是对人生与人类的脆弱性深奥的诠释，是一种诡计、一张罗网、一个陷阱。在强者手里，比如他最得势之时，法律是一把刀和一块盾牌，是摆在粗心的人们脚前的陷阱，是给可能追上来的人们挖的深坑，是你可以随心所欲的东西，甚至是违法的方便之门，是扬在坚决要弄明白的人们眼前的灰尘，是可以在真理和实践之间，正义与裁判之间，罪恶与惩罚之间任意剥下来的面纱。律师可以说是为了任何一种目的买进卖出的知识经纪人。听听律师关于伦理的和情感的陈词滥调，看看他们如何在某件案子上，由于某种原因，蓄意撒谎、盗窃、搪塞、曲解，使他觉得很有趣。伟大的律师简直就是无耻的大阴谋家，跟他自己一样蹲在黑暗的角落里，像蜘蛛一样结网，等待粗心的人类苍蝇扑过去。但是人生的黑暗无际残酷冷漠的挣扎是由法律与酷刑造成的，而律师就是这个令人不满的混乱局面的代表。他利用法律逃避人世的苦难，与利用任何陷阱和武器并无差异。至于律师，他雇来就好比拿任何木棒或者刀子来保卫自己一样。他对任何一个律师都没有由衷的敬意，即使对哈巴·斯达格也没有，尽管他喜欢他。他认为，律师是被利用的工具，比如刀、钥匙、木棒，你要他是什么他就是什么，仅此而已。他们办完案子，拿了钱就把案子丢在一边，不再考虑了。至于法官，他们更一无是处，只是凭运气才当上法官，按照一切可能发生的情况揣摩案情，如果他们当律师，绝不会比在他们面前争辩的律师高明。他对法官当然更没有敬意，因为他对他们了解得太多了。他发现他们是谄媚的帮凶，钻营的政客，政治的工具，趋炎附势的家伙，在把握金融和政治大权人物的脚下，他们就是被利用的公用的鞋擦。法官们都是傻子，与这个肮脏无比的世界上的多数人一样，呸！他洞若观火，把他们都看透了，只是不流露出来而已。他心里认为他唯一的安全保障，就寄托在自己聪明巧妙的头脑里，而不在其他任何地方，你压根儿不能让考珀伍德相信人间有什么伟大的或者天生的德行，他了解得太多了，他了解自己。

　　法官处理完许多未裁决的讼案申请以后，就吩咐他的书记传唤费城市政府控告弗兰克·阿尔杰农·考珀伍德的案子的相关人员。书记用清晰的声音喊出来后，新任地方检察官戴尼斯·夏侬和斯达格两人都立即站了起来。斯达格、考珀伍德就和夏侬还有斯特罗比克（他现在已经走了进来，作为宾夕法尼亚州的代表，即控诉人）都坐在木栅里面。在法案前面的长桌边，斯达格向法官贝特森申请，目的仅仅是求得审理的效果，最好撤销对考珀伍德的控诉，但是被驳回了。

　　接着法官很快传唤了审理这个案子的陪审团，其成员是从本月供职名单中选出的十二个人，他们都要接受对方辩护人的盘问。在这个法庭上，传唤陪审团是比较容易的事情。那个一副官职很高的模样的书记员拿出本月在这个法庭里担任陪审员的全部名单（总数有五十个左右），然后把每个人的名字都写在字条上，再放入旋转的圆轮。

转过几圈后，他摸到的第一张字条就是第一位陪审员了。他的手抽取十二次，抽出十二个陪审员的姓名。他们听到自己的姓名后，就听从命令坐到陪审团席去。

对于这个手续，考珀伍德十分关心。试问，还有什么事情比选出审问他的人员更重要呢？手续快得让人来不及反应，但是他觉得陪审团成员大多是中间人物。但是其中有一个看上去很突出，他是一个六十五岁的老头儿，头发和胡子都已灰白，眉毛蓬松，脸色发黄，肩膀斜削。他认为此人心地善良、经验颇丰，可能在某种情形下，能有办法袒护他。另外还有一个矮小的人，尖鼻子、尖下巴，看上去像个商人，他一看见就很讨厌。

"我不希望那个人待在陪审团里。"他轻声对斯达格说。

"不要声张，"斯达格说，"我需要盘问他的。这样的案子，我们有十五次法定的盘问权，原告同样有这样的权利。"

陪审团席终于坐满了，两位律师等待着书记把贴着十二个陪审员名单的小木板送过来。陪审员座位顺序是按照他们选出的次序排列的，前三位陪审员坐在第一排，接下来的三位坐在第二排，依此类推。首先要审查、盘问陪审员，这是代表原告的检察官的特权。夏侬于是站了起来，手里拿着木板，开始询问他们的生意或者职业，他们对即将审理的案子所掌握的情况，他们对此案是否有偏见或者袒护当事人。

斯达格和夏侬两人要找出一个既懂金融，又能够了解这样的特殊状况（从斯达格的观点看来），还不会反对使用合理手段，帮助自己渡过经济危机的人；或者（从夏侬的观点看来）对这些手段是否表示同情，是否有一些狡辩欺诈或者任何操控的嫌疑。夏侬与斯达格两人各自依次观察了每个陪审团成员，他们主要是社会上的年轻人，涉及各种行业。可以看得出来，是法庭的拖网抛到城市的大海里，把他们找出来做这件事的。经理、代理人、商人、编辑、工程师、建筑师、皮毛商、杂货商、推销员、作家以及各种劳动者组成了陪审团，他们的经验让他们刚巧可以为这一类诉讼案件服务。你压根儿就找不出一个有名望的人来，但不可否认的是，他们是一群具有不少所谓众所周知的常识，而且富有情趣的人。

这时候，考珀伍德坐在那里不动声色地观察着这些人。他们中有一个年轻的鲜花商，脸色白净，额角宽大证明他富于幻想，他的双手苍白，考珀伍德认为他颇具风度，他低声告诉了斯达格自己的看法。他们中还有一个狡猾的犹太皮毛商，他曾经看过这次经济危机的全部新闻，又在市内铁路股票里贪了两千美元，因此遭到律师的盘问。还有一个身体高大的杂货批发商，两颊红润，眼睛深蓝，头发淡黄。考珀伍德说，他认为这是个固执的家伙——他就被排除出去了。这时，有一个服装零售店的瘦弱而精明的经理，很想离开，假称他不愿在《圣经》上起誓。贝特森法官严厉地望了他一下，让他走了。另外，还有十多个人，包括认识考珀伍德的人，自认为有不同意见的人，心胸狭窄的共和党党员，憎恨这件罪案的人和认识斯特纳的人，都心甘情愿地退了出去。

终于到了十二点钟，法庭已经选出了两边都相当满意的陪审团。

第四十一章　四条罪状

下午两点整，戴尼斯·夏侬以地方检察官的身份宣布开场白。他以朴实而友善的语气陈述道（他有最为动人的风度），现在所提起的对弗兰克·阿尔杰农·考珀伍德先生的控诉（正坐在陪审团席的桌子边），第一是盗窃，第二是侵占，第三是监守自盗，第四是贪污某一笔款项——这是一笔专门的款项，一共六万美元，是一张按照他的吩咐于一八七一年十月九日开给考珀伍德的支票，用来偿付某一笔市公债券。据说他作为代理人或者支票的保管人，受市财政局局长的命令买进了市公债券作为基金（依照他们之间的某种合同进行的，而且已经进行了一段时间），上述基金是为收回持券人手里快要到期而要求兑现的市公债券用的，但是这张有关的支票，至今没有用于此用途。

"现在，诸位陪审员，"夏侬先生很平静地说下去，"在我们讨论考珀伍德先生是否在所陈述的当天，从市财政局局长那里确实拿到六万美元，且没有如期归还这个简单的问题以前，首先让我解释一下，公众为什么要控告他第一犯盗窃罪，第二犯侵占罪，第三犯监守自盗罪，第四犯贪污一张支票的罪。现在你们应该明白，按照我们律师所言，他有四条罪状，说明如下：一个人可能同时犯盗窃罪和侵占罪，或者只犯盗窃罪，或者只犯侵占罪，而不犯其他的罪，这代表人民检察官对此也不能完全下定论，并不是说他两罪都不犯，而是不一定能够提出一项罪状的证据，这足以证明他可能两罪共犯，从而处以恰当的刑罚。诸位陪审员，在此类案件里，我们习惯上通常把几条罪状分别提起控诉。而目前，此案的四条罪状，也许是相互重复，相互佐证的，在我们说明了它们的性质和特点，并提出了证据以后，你们的责任就是指明被告犯了哪一条罪，或者说两条或者说三条，甚至可以说四条都犯，只要你们认为合适就行。确切地说，一切要依照证据来裁决。你们也许清楚，也许不清楚，盗窃就是不让他人知情或不经他人同意而获取他人财物的行为，而侵占是以欺诈的手段把受人所托管理、经营的东西据为己有，尤其是金钱。另外，监守自盗，只是盗窃的方式更明确，是指受委托的人，即代理人或代管人，不告知委托人或者未经委托人同意而占有其东西的行为。侵占一张支票，仅构成了第四条罪状，它只是第二条罪状明确的方式，表示侵占了为某一特殊用途开出的支票上的钱。所有罪状，诸位陪审员，相信你们也看得出来，有些地方相似，它们相互重复相互佐证。公民委托他们的代表，即地方检察官控诉考珀伍德，这名被告犯有这四种罪。所以现在，诸位陪审员，我们要查明这些罪行的历史，事实证明这名被告，是金融刑事犯中最狡诈、最危险的家伙，我们希望也可以找出证人来为你们证明这一点。"

因为法庭不禁止提供证据和陈述案情，所以夏侬就站在他自己的立场上，继续叙述考珀伍德最初遇见斯特纳的经过，究竟是怎样慢慢地巴结他，取得他的信任，斯特纳是怎样地没有金融知识，等等。最后讲到斯特纳给考珀伍德六万美元支票的那一天，作为市财政局局长他是怎样声称不知道支票的支付。这所有的一切已经构成了盗窃罪，考珀伍德拿到支票以后又是怎样挪用了，据说是买作基金的市公债券，如果他买过市公债券的话，夏侬说这一切都构成了被告受控的罪行，他毫无疑问是犯了这些罪。

"诸位陪审员，这一切指控我们都有直接可靠的证据，"夏侬先生激动地做结论，"这不是道听途说或者空口无凭，这些都是事实。你们可以听到直接的口供，口供所说的情形是真实不容辩驳的。你们听过口供以后，如果还是认为这个人是无辜的——他并没有犯被控的罪行——你们是有责任保释他的。反之，如果你们认为我们找出来的证人说的都是真话，那么你们就有责任判他有罪，有责任为人民做出对被告的判决。我感谢你们的关心。"

　　陪审员们活动了一下身体，随意地坐着，他们以这样的方式休息休息。然而能让他们放松的时间很短，因为夏侬现在叫出了乔治·W.斯特纳的姓名。他急忙走上前来，脸色苍白，有气无力，神情萎靡。当他坐在证人席里，伸手按住《圣经》起誓的时候，他用胆怯不安的眼神向四周打量了一下。

　　当他开始陈述证词的时候，声音很小。他说他忘了是怎么在一八六六年初遇见考珀伍德的，他忘记了准确的日子了。反正是在他第一任市财政局局长期间，他于一八六四年秋任职。他曾被市公债搞得晕头转向，因为市价还不到票面价格，按照法律规定不能出售。这时，有人（他相信是斯特罗比克，尽管他已经不能确定了）把考珀伍德介绍给他。在这种危急时刻，市财政局局长雇佣一个或者几个经纪人是一种习惯，他只是沿袭了既定习惯而已。在夏侬犀利而巧妙的提示和盘问之下，他继续供述他们第一次谈话的实质性内容（他记得十分清楚）：考珀伍德先生是如何保证他能够解决当务之急，他是如何计划回去草拟一个计划，或者制订出一个计划，又是如何回来把计划告诉他的。在夏侬的巧妙诱导之下，斯特纳说出整个计划的详情。对一般的老实人来说，这个计划并不是很高明，仅仅是他们的巧妙手段的一种证明罢了。

经过讨论斯特纳和考珀伍德的诸多关系之后，法庭终于了解到，去年十月，由于朋友友情、多年合作的生意关系、共同的利益联系等原因导致发展到了这一地步，即考珀伍德不但每年操纵着几百万的市公债，还代表政府买进卖出，垄断了整个生意而且在交易中他以极低的利率获益大约五十万的公款，为他自己和斯特纳投资了获利丰厚的各种铁路企业。斯特纳在这一点上并不急于要完全弄清楚，但是夏侬明白等一会儿就要以同样的侵占罪控告斯特纳本人，加上斯达格很快要来盘问他，因此他不愿意一笔带过。夏侬要把考珀伍德在陪审团心目中的形象打造成一个诡计多端的家伙，他一定要慢慢设法证明他是一个头脑非常精明的人。当考珀伍德玩弄手段的行为接连被揭发出来并已经相当明显的时候，偶尔有一两个陪审员转过头来看考珀伍德。发现了这一情况，他尽力给他们都留下好印象，因此，只能用战战兢兢的神色凝望着斯特纳。

现在审问到一张六万美元的专用支票了，是阿尔培·司戴尔在一八七一年十月九日那天下午（时候不早了）交给考珀伍德的。夏侬出示原支票给斯特纳看，问他曾经见过没有。如果见过，在哪里？是去年十月二十日左右，在地方检察官佩蒂的办公室里。这是他第一次看见吗？是的。在那之前，他听说过吗？听说过。什么时候？去年十月十日。那么，他是否愿意用自己的话把他是在何种情况、什么环境下第一次听说支票的实情告诉陪审团呢？斯特纳在椅子里很不自在地动了一下。因为这是一件棘手的事情。至少，就他自己的本性与道德修养来说，解释此事令他不安。但他还是清了一下嗓子，开始陈述他的一段短暂却又惨痛的人生经历，那时考珀伍德发现自己深陷困境，面临破产，于是来到他的办公室，要求再借总共三十万美元的一笔款子。

仅就这一点上，斯达格和夏侬之间展开了辩论，因为后者极力主张斯特纳与此事没有任何关系，而斯达格则表示反对，因为斯特纳总说"他认为"或者"他相信"，造成了脱离主题的许多枝节。

"反对！"斯达格一再大叫，"那是不合理的，毫不相干的，没有事实依据的，我建议把它从记录中删掉。证人是不允许说他认为如何的，控诉人对此应该很了解。"

"法官，"夏侬坚持说，"我正在努力让证人说出明确和直接的事实来，我认为他显然就是这么做的。"

"反对！"斯达格激烈地反驳，"法官，我坚决认为地方检察官并没有权力过高估计证人的诚意，误导陪审团。在此案里，他认为证人如何，证人的诚意又如何，都是无关紧要的。我理当要求法官向他明确指出这一点。"

"同意反对，"法官贝特森宣布，"请控诉人说得再明确一些。"

夏侬就继续陈述案情。

斯特纳的口供在某方面是很重要的，因为它揭发了考珀伍德不愿说出的真相，就是他和斯特纳曾经在支票开出以前发生过争执。斯特纳明确告诉过考珀伍德，不愿意再借钱给他；考珀伍德在取得这张支票的前一天及当天，对斯特纳提起他的经济情况非常紧急，如果得不到三十万美元的救助，他将破产，他和斯特纳两人都一定会破产。在这一天上午，据斯特纳说，他曾经送信给考珀伍德，通知他不要再买进市公债券作为基金；在这天下午他们会谈之后，考珀伍德没有告诉他，就从阿尔培·司戴尔的手里偷偷地取得了六万美元的支票；他发现以后，派阿尔培去索要支票却遭到拒绝，可是，在第二天下午五点钟，考珀伍德却把支票转让给了别人；而借以窃取那张支票的市公债券，理应归入基金里，却没有归入。这些口供对考珀伍德相当不利。

如果有人假设在辩论的过程中，斯达格并没有提出许多激烈的"反对"和"抗议"，接着在盘问斯特纳的时候也没有遭到夏侬同样的应付，那可就大错特错了。有时候，法庭上这两位先生唇枪舌剑，法官为了叫他们遵守秩序，被迫用小槌敲桌子并以蔑视法庭罪来恐吓他们。的确，在贝特森非常激动的时候，连陪审团都觉得有趣。

"你们两位不应该这样，否则，我现在就警告你们，你们两位都要受到重罚。这是法庭，不是酒吧。斯达格先生，我希望你立即对我以及你的同行道歉。夏侬先生，我不得不要求你采取更温和的方式，你的态度我无法忍受，它不适合法庭。我不想再警告你们了。"

两位律师向彼此道歉，这是法庭常有的事，但是实际上并不起任何作用，他们的态度和情绪还是一如既往。

"他对你说了什么？"短暂的停顿之后，夏侬问斯特纳，"我是指去年十月九日，当他来见你，要求再借三十万美元贷款的时候，尽你所能去回忆，把他的话重复一遍。如果可能的话，一个字都不要说错。"

"反对！"斯达格强硬地插话，"除了斯特纳先生的记忆以外，任何人都没有把考珀伍德的话准确记录下来，而此案是不能接受斯特纳记忆中的话的。证人已经提供了一般的事实。"

贝特森法官冷冷一笑，回答说："反对被驳回。"

"不服！"斯达格高声大叫。

"我在竭尽全力地回忆，"斯特纳回答，神经质地敲着证人椅的把手，"他说，如果我不给他三十万美元，他就要破产，而我也要受穷受苦，进监狱。"

"反对！"斯达格跳起来大叫，"法官，我反对控诉人采用这种询问的方法。地方检察官极力从证人不可靠的记忆里获取证据，这种行为违反了所有法律和惯例，对案子的事实没有真正的意义，并不能否定或者充分证实考珀伍德先生是否想到他会破产。斯特纳先生可能交代那时候发生的这次谈话，或者任何一次谈话的说法，而考珀伍德先生可能会给出另一种说法。事实上，他们的说法肯定不同。我认为夏侬先生的询问方式，除了使陪审团有先入之见，会接受控诉人愿意提出的某些不能充分证实的观点以外，没有任何意义。我认为你应该向证人指出，只能供述他真正回想起的事实，而不是他认为记起的事实。在我看来，应该把刚才五分钟里所供述的事情全部删除。"

"反对被驳回。"贝特森法官回答，有点儿漫不经心。而斯达格也只是要在陪审团的心目中减轻斯特纳口供的分量，这时他坐了回去。

夏侬又走到斯特纳身边。

"现在，斯特纳先生，我希望你能尽最大努力回忆，把那一次考珀伍德先生所说的其他话告诉陪审团。他当然不可能只说要破产要进监狱就结束谈话了。他还说了其他的话吗？"

"尽我所能去回忆的，他说，"斯特纳回答，"有很多政治阴谋家要恐吓我，如果我不给他三十万美元，我们两个人都要破产，而且我应该一不做二不休。"

"哈！"夏侬喊了一声，"他说过这句话，是吗？"

"是的，检察官，他说过。"斯特纳说。

"说得确切一些，他是怎么说的？把他的话正确地叙述出来。"夏侬加紧追问，伸出食指指着斯特纳，要提醒他更确切地回忆已经说出来的事情。

"是的，尽我所能去回忆的，他就是这么说的，"斯特纳含糊地回答，"你应该一不做二不休。"

"确实是这样！"夏侬高声大叫，转过身去，越过陪审团望着考珀伍德，"我认为就是这样。"

"法官，这完全是烟幕，"斯达格说，立即站起身来，"目的是让陪审团有所偏袒，这是作假。我希望你警告控方辩护人，以已有证据为限，不要为案件的利益而活动。"

旁听的人都笑了，贝特森法官觉察到了，紧紧地皱起眉头说："斯达格先生，你这么说是否要作为反对呢？"

"法官，我当然是这个意思。"斯达格从容不迫地坚持着。

"反对被驳回。控方辩护人和被告辩护人都可以不受特殊而古板的习惯的限制。"

斯达格自己也想笑出来，但是他不敢。

考珀伍德担心这些口供的作用，对此觉得很遗憾，但还是带着怜惜的神情看着斯特纳。人类的脆弱和怯懦，加上斯特纳的胆小怕事，让他们两个都陷入了窘困的局面。

夏依把上述不能让人满意的论据提出来后，斯达格就开始盘问斯特纳，但他不能让斯特纳说出自己所希望的更多的话来。说到这些特殊状况，斯特纳句句是实话。要以巧妙的解释削弱真理的效果的确很难，尽管有时也能做到。斯达格以艰苦的努力，查问斯特纳与考珀伍德之间的长期关系的全部基础，要以这些关系证明考珀伍德一向是廉洁的代理人，而不是形式巧妙实为犯罪的冒险事业的小头目。尽管难以成功，但还是产生了良好效果，陪审团开始半信半疑。他们心里想，由于考珀伍德不放过迅速致富的机会而受到惩罚，可能是不公平的。但要给如此露骨的贪婪的本性蒙上无辜的面纱，也不合理。最后，两位律师都盘问完斯特纳后，就传阿尔培·司戴尔来做证。

他和做职员时一样，春风得意的表情，身材瘦削灵活，心情愉快，和蔼可亲。现在脸色有点儿苍白，但是其他方面没有丝毫变化。他的一些小产业已被考珀伍德保全下来，他曾经劝斯达格去告诉公民市政促进协会，说司戴尔的保证人企图为了自己的利益扣押他的产业，而它本应充公的，如果对他有任何实在的控诉的话——好在并没有。尽管那个虎视眈眈的团体在一个报告中提到了这一点，但是阿尔培发现斯特罗比克等人急忙退了回去。他自然感激考珀伍德，虽然有一次在他面前被逼得大哭一场。他现在极力渴望帮助这个银行家，但是他天生忠厚，除了清楚的事实（这是部分有利、部分不利的）以外，他不会说出其他的话来。

司戴尔供认，他记得考珀伍德的话，说他已经买进了市公债券，他有权取得这些钱，说斯特纳头脑被吓昏了，还说不会损害到他本人。他证明市财政局局长出示的一些账目是准确的，而考珀伍德出示的另外一些账目也情况属实。他说到斯特纳发现他的办事主任把一张支票交给考珀伍德后大吃一惊，这种口供是不利于考珀伍德胜诉的，但是考珀伍德希望以后用自己的口供来消除它的影响。

直到现在，斯达格和考珀伍德两人都觉得他们应对得还不错，很有胜诉的希望。

第四十二章　口供影响

审讯继续进行，原告方证人一个接着一个，足以让州政府针对考珀伍德的罪状进行提审。于是夏侬才心满意足地不再提出证据。斯达格立刻站起来，开始了篇幅很长的辩论，要求驳回这个诉讼案，因为没有证据可以证实这些罗列的罪状是真的。可惜的是，贝特森法官没有接受他的辩论，他知道这在当地政界里是非常重要的事情。

"我认为现在你最好还是不讨论这一切更好些，斯达格先生，"在准许斯达格谈了很多题外话之后，法官贝特森懒洋洋地说，"我了解市政府的风气，可此处提出的控诉与市政府的风气没什么关系。你应该去跟陪审团辩论，而不是跟我辩论。我现在不能与你辩论，你可以在被告辩论结束的时候重提你的建议。现在，不接受建议。"

地方检察官夏侬全神贯注地听完，坐了回去。斯达格沮丧地发现，已经没有机会利用巧妙的诡辩来改变法官的看法了，就回到考珀伍德身边，对这个境况笑了一下。

"我们跟陪审团交流一下吧。"他说道。

"我觉得可以。"考珀伍德回答。

于是，斯达格就跟陪审团交涉，站在自己的立场上简明扼要地陈述了案情，然后又告诉他们，从他的观点看来，他确信证据的意义在哪里。

"诸位陪审员，原告方所提供的证据，与我们被告所能提供的，事实上并无明显差别。考珀伍德先生拿了斯特纳先生六万美元的支票，他没有把那笔款子（作为一个代理人，他有权获得这笔钱）所买的市公债券存入基金里去（控方认为应该存入），对此我们并不想辩论。但是我们要声明，而且也可以证明，考珀伍德先生作为市政府的代理人，为政府做了四年生意。根据他与市财政局局长的合同，这一点从根本上就毋庸置疑，他有权把一切付出的钱，包括存入基金里去的市公债券扣压到下一个月，也就是每一笔交易成交以后的第一个月的第一天。实际上，我们能够找到过去与市财政局有过这种往来的许多商人和银行家来做证明。原告方请求你们相信考珀伍德先生在收到支票时，得知自己快要破产了。他并没有买进他所宣称的，打算存入基金里去的市公债券，而且正因为他清楚马上就要破产，才不能把市公债券存入。但是他又特意去拜访斯特纳先生的秘书阿尔培·司戴尔先生，告诉他已经买进了这些市公债券，靠着尽管没有明说但实质是暗示的谎话，拿了那张支票走了。"

　　"现在，诸位陪审员，我并不想就这些地方做无休止的辩论，因为口供马上即可以证明事实的真相。我们有许多证人在此，我们希望他们都能为此做证。但在此之前我请求你们记住，'可能'——是乔治·W. 斯特纳先生所叙述的，说考珀伍德先生在拜见市财政局局长的时候就已知晓自己濒临破产，说他没有买进有关的市公债券，说他无权把它们扣压而不是存入基金里去，说他任意妄为，但是无论如何，到了下月初，考珀伍德一定会与政府结账的。除了这个口供以外，我并没有发现其他有力的口供。更何况，前任财政局长斯特纳先生可能这样供述，考珀伍德先生为了证明自己的清白也可能那样供述。那么问题来了，诸位需要在他们之间作出选择，要么相信前任财政局局长乔治·W.斯特纳先生的证词——考珀伍德先生是他从前的合作伙伴，多年来从他那里得到好处，可是就因为发生了银根紧缩、火灾和经济危机而去仇视他；要么相信弗兰克·阿尔杰农·考珀伍德先生是清白的。一个著名的银行家与金融家，一个曾经努力要靠自己的力量渡过经济危机的人，一个严密地遵守他与政府之间的每一项合同，甚至就算到了现在这个地步，也还忙着要补救火灾与经济危机给他造成的不应有的亏损。就在昨天他还向政府提出请求，如果让他继续处理自己的事情而不受妨碍，他情愿以最快的速度还清他的债务（其实并不完全是他的），包括现在他与斯特纳先生及市政府之间讨论的五十万美元在内，这并不是空话而是货真价实的实际行动，所以我说，检察官先生对他的动机进行这样不公平的怀疑，是毫无根据的。诸位陪审员，你们也许会猜政府并没有接受他的要求，但我过后可以努力把其中的缘由告诉你们。此时，我们还是录口供好了，我代被告请求你们务必严密地关注今天在这里所作的一切供述。当威·西·戴维森先生做证的时候，请仔细听取。当我们叫考珀伍德先生供述的时候，也请同样认真倾听。当然，其他的口供也不要忽视，这样一来我相信你们就可以自己作出正确的判断了。请想一想，你们是否看得出原告方的真正动机，总之我是看不出来。诸位陪审员，非常感谢你们能这样专心地听我发言，谢谢。"

于是他就提出亚瑟·里弗斯来，因为在经济危机时期他是考珀伍德在交易所里的特派代理人，他可以证实考珀伍德曾经买进了大量的市公债券来维持市面。在他之后，又提出了考珀伍德的弟弟爱德华与约瑟夫，他们都承认曾经受到里弗斯的指示，买进或者卖出市公债券，大部分是买进。

下一个证人是吉拉特国民银行的总经理威·西·戴维森。他身材高大却不显得肥胖，肩膀和胸膛都很宽阔，一脑袋的黄头发，鼻子厚实，嘴唇薄而坚毅，整个人精神饱满，气宇轩昂。他的蓝眼睛很冷漠，有时露出一点儿嘲讽的神情，但大多数时候透露出和蔼可亲和精明的感觉，没有一点儿感伤和软弱的气息。是个人都能看得出，他一心扑在有利可图的金融事业上。而且也看得出，并不因他对弗兰克·阿尔杰农·考珀伍德在精神上表示支持，就会袒护他。他镇静地，或者说大方地坐在证人椅上，看上去他觉得这种法律上的金融对话显然是废话，是高于一般普通人而低于真正的金融家之间的谈话，也就是说，是一种令人讨厌的东西。睡意蒙眬的斯巴希弗在戴维森身边捧着一会儿要他宣誓的《圣经》。《圣经》在他看来好像是一块木头一样，他宣誓完全是他自己的事情，当然，有时候说真话也是好事。他的口供既直白又明确。

他认识弗兰克·阿尔杰农·考珀伍德先生差不多已经有十年了。在此期间他曾经与他做买卖，或者拜托他跟别人做买卖。他不知道他与斯特纳先生的私人关系，他本人并不认识斯特纳先生。至于那张六万美元的支票倒是真的，因为他曾经看到过。那是在十月十日，支票同其他的抵押品被一起送到银行里来用于抵销考珀伍德的透支。在银行的账册上就记在考珀伍德公司的贷方金额里，银行通过交换获得现金。考珀伍德公司以后在支付款项上没有透支，因此银行与考珀伍德的账目是结清了的。

但是，考珀伍德先生可以支付大量的款项而不会惹人怀疑。戴维森先生并不知晓考珀伍德先生濒临破产了，他压根儿就没想到他会这么快破产。他常常在银行里透支账户，事实上，透支是他做生意的常规手段，因为这样可以使他的资金快速周转，是高明的经商方法。他的透支都有抵押品作保，他经常用很多的抵押品或者支票作抵押，把透支得来的钱分配到各个方面，免得生意出麻烦。戴维森先生宣称考珀伍德先生是他的银行里最大、往来最频繁的客户。当考珀伍德先生破产的时候银行里存有价值九万多美元的市公债券是考珀伍德送去作抵押品的。夏侬为了影响陪审团的判断，在盘问戴维森先生的时候，想弄清他是否暗藏着某些动机，从而特别袒护考珀伍德先生。然而这是他不可能办到的。接着斯达格就尽力把戴维森先生所陈述的有利于考珀伍德先生的几个要点，重述给陪审团听，使他们对案件更明了。夏侬当然表示反对，但是没有用。斯达格努力要达到这个目的。

他现在决定要考珀伍德陈述。一听到这个名字，整个法庭都为之一振。

考珀伍德轻快地走上来。他镇静而又放松，不卑不亢。律师们，整个陪审团，还有这个随风倒的法官以及这些暗算都没有真正使他感到不安、自卑或者怯懦，他一眼就看出了陪审团的智力水平并不高。他要帮助他的律师扰乱夏侬的计划，但是他的理智告诉他，这样做需要不容置疑的事实或者不易识破的假象。他相信自己做的事情在金融上是"正义"的，他有权这么做。生活就是战场，特别是金融战争。制胜战略就在于它的关键，它的责任，它的需要。他为什么要为不懂得这个行业的小人物而烦恼呢？他为斯达格与陪审团讲述自己的发家史，努力地要使它显得最公正、最愉快。他说，首先他并没有去拜见斯特纳，而是被邀请的。他也不曾劝说斯特纳去做什么事，他只是对他和他的朋友们指明了金融上的可能性，那是他们急功近利，他们果然就获得了他们想要的东西（这是夏侬在这个时期所不可能发现的，他是怎样巧妙地组织他的市内铁路公司，可以把斯特纳与他的朋友"挤出去"，而他们不能表示什么抗议，所以他就说这些事情是他为斯特纳与别人所提供的机会。夏侬不是金融家，斯达格也不是。他们不得不有几分相信，尽管他们也有点儿怀疑，特别是夏侬）。他说，他不能对市财政局里沿袭的风俗负责。他是一个银行家、一个经纪人。

　　整个陪审团望着他，除了六万美元的支票这一件事情以外，在其他方面都相信了他。讲到支票的时候，他解释得相当完美。当他在最后几天去看斯特纳的时候，他压根儿没有料到自己会破产。他曾经向斯特纳借钱，这是事实，却没有斯特纳说的那么多，全部在内才十五万美元。斯特纳应该这么说才对，而且考珀伍德的态度是不慌不忙的。斯特纳不是他可以借钱的唯一人选，在当时他深信有许多别的人都会借钱给他。他并没有像斯特纳所说的那样使用强硬的言辞，或者提出迫切的要求。尽管他曾经向斯特纳指出，他不应该被吓得惊慌失措，不再借他钱也是错的。虽然斯特纳是他最容易、最方便借钱的一个人，但肯定不是唯一的人。他认为他如果真需要的话，他的那些真正有钱的朋友可以大量借钱给他，他仍有不少时间来补救他的生意，坚持到金融风暴结束。他曾经把用金融危机的第一天连续买进的市公债券来维持市面，以及应该付他六万美元的事实告诉过斯特纳。而斯特纳并不反对，也有可能是斯特纳当时心里烦乱，并没有留意。此后，真正使考珀伍德吃惊的是，金融机关的意外压力，迫使他们无计可施而又毫不犹豫地抛弃了他。这种压力是第二天突然而至的，这逼得他不得不关门。尽管他确实在最后一分钟也没想到会有这样的结果。他在那时候要借六万美元的支票完全是偶然。当然，他需要钱，但这支票是欠他的钱，而他的职员又都忙得很。他只能自己开口要，由自己带回，这仅仅只是为了节省时间。斯特纳知道，如果拒付就要被控告把替政府买进的市公债券存入基金里这件事情，是他自己无论怎样都无能为力的，他的会计斯达莱先生在管这类事情，实际上他不知道市公债券没有存入（这是厚颜无耻的谎话，他自己明白）。至于那张支票被转到吉拉特国民银行里，纯属巧合。如果不是那样的话，也有可能转到别的银行去。

他一直这样讲下去，以最动人的坦白的态度答复斯达格与夏侬的所有刨根问底的问题。听者会从他庄重的供述中，及一本正经的态度上断定他最讲所谓的商业信誉。实际上他真的相信现在所陈述的，他要陪审团像他自己一样来看待这些事情，把它放在他的立场上，对他表示同情。

最终供述完毕，他的口供和他的人格对陪审团的影响因人而异。第一位陪审员菲利普·莫尔特利认定考珀伍德在说谎。他认为他在快要破产的前一天自己还不清楚，这是不可能的。他在说谎，他一定知道。总之，他与斯特纳之间的全部交易好像是应该受罚的。他就在听口供的整个过程中思考着他到了陪审团室以后，怎样来表决被告有罪。他甚至于想出了某些论点，使别人也相信考珀伍德有罪。反之，第二位陪审员，呢绒商西蒙·格拉斯认为他懂得这些经过，决定提议开释。他并不认为考珀伍德无辜，但他认为他不应该受惩罚。第三位陪审员是建筑师利彻·诺顿，认为考珀伍德有罪，但是同时认为要他坐牢难免可惜。第四位陪审员是承包商切尔斯·海立根，一个爱尔兰人，是个有些宗教信仰的家伙，他认为考珀伍德有罪，而且应该判刑。第五位陪审员菲利普·卢卡锡，是一个煤商，认为他是有罪的。第六位陪审员是矿业专家本杰明·弗雷泽，认为他也许有罪，但是不能确定。第七位陪审员杰杰·布里奇，是第三大道一个个子矮小，讲实际而心胸狭窄的经纪人，不知道怎么表示态度才好，但认为考珀伍德是狡猾的、有罪的，应该惩办，他会赞成判他的罪。第八位陪审员盖伊·爱·特里普，是一家小轮船公司的总经理，没有一定的主见。第九位陪审员约瑟夫·特司戴尔，是一位已经退休的胶水制造家，认为考珀伍德可能犯了被控的罪，但是又认为这些并不是罪恶，考珀伍德在这样的境遇下，有权按照他已经做的样子做，因此赞成将他开释。第十位陪审员理查德·巴歇，一个青年鲜花商，是对考珀伍德报以同情心而袒护他的，事实上他并没有真实的见解。第十一位陪审员理查德·威伯，是一个不大富有的杂货商，但身体很结实，赞成判考珀伍德有罪，他认为他有罪。第十二位陪审员华盛顿·鲍·托马斯，是一个面粉批发商，认为考珀伍德有罪，但是他认为判他有罪以后应该采取缓刑。他的口号是：应给人改过自新的机会。

他们就这样各持己见，考珀伍德就这样离开了他们，思考着自己的陈述是否在某些方面会产生良好的影响。

第四十三章　激烈辩护

由于被告的律师有权先向陪审团陈述，斯达格就很客气地向他的同行鞠躬，然后走过来。他双手放在陪审团席的栏杆上，以非常平静、谦逊而又感人的态度开始发言：

"诸位陪审员，我的当事人弗兰克·阿尔杰农·考珀伍德先生，是市里著名的银行家和金融家，原本在第三大道经商，现被宾夕法尼亚州控告，由这个地区的地方检察官做代表，说他以欺诈手段把费城财政局的六万美元据为己有，这笔钱经他要求，于一八七一年十月九日开出一张支票，交给他的是阿尔培·司戴尔，当时的本市财政局局长的私人秘书和办事主任。现在，诸位陪审员，存在的事实是什么样的呢？你们已听过各位证人的口供，了解了事情的概况。先谈乔治·W.斯特纳的口供吧，他告诉你们在以前，在一八六六年，他渴望有人、有银行家或者经纪人，指点他如何能把当时售价很低的市公债拉到票面价格，不但要告诉他方法，而且要在操作中证明他的理论是正确的。当时，斯特纳先生在金融事业上毫无经验。考珀伍德是一个活跃的青年，在交易所里是负有盛名的经纪人和商人。他不但用理论而且用事实向斯特纳先生证明，如何把市公债拉到票面价格上来，当时他就与斯特纳先生签订合同，细节你们已经从斯特纳先生自己的陈述里听到了，结果斯特纳先生把大量的市公债交给考珀伍德先生卖出，通过灵活的操纵控制买进卖出的方法，此处不必详谈，这一切对于考珀伍德先生所经营的市场而言是完全正当合法的交易，确实把市公债券拉到了票面价格，并且一年又一年地维持着这个价格，你们各位都已经在这里听到供述了。

"现在，诸位陪审员，这场争辩的关键所在，就是斯特纳先生在此刻、在法庭上竟然以盗窃、侵占来控告他从前的代理人和经纪人，咬定他把属于市财政局的六万美元占为己有，而根本不想偿还的关键点是什么呢？什么是事实呢？是否在某些时候，考珀伍德先生暗地里有意不让斯特纳先生和他的助手们知道，悄悄溜进财政局局长的办公室，存着罪恶的目的并以武力手段夺去了六万美元的公款呢？并非如此。你们已经听过地方检察官所列举的罪状，考珀伍德先生在光天化日之下，在他宣布清账的前一天下午四五点之间光明正大地走进财政局局长的办公室，与斯特纳先生密谈了大约半小时到三刻钟，然后出来，向阿尔培·司戴尔说明，他最近买进了价值六万美元的市公债作为基金，一直还没有付钱给他，因此要求把这个数目从政府的账里划给他，于是他就收到了一张支票，这是欠他的钱，然后他离开了。诸位陪审员这到底有何不妥呢？有什么奇怪呢？今天有谁供述，说考珀伍德先生不是他当时所做的交易的政府代理人吗？有人在这里的证人椅上指出他没有买进他所指的市公债吗？

"那么，斯特纳先生为什么要控告考珀伍德先生盗窃，并且非法处理了买市公债券的六万美元的支票呢？而市公债是他有权买进，已经买进，这里也没有人指出他没有买进的呀。原因就在于此，敬请留意。当我的当事人索取支票，并亲自带走，把它存入自己的银行里自己的户头里之后，他就破产了，所以控诉人坚持要他把他已收到的支票的价值六万美元的市公债券，存入基金里去。因为当天由于金融危机的压力，银行都停止付款，他没有办法照办，于是按照控诉人以及市内热衷此事的共和党领袖们的意思，他就成了侵占公款的人、一个窃贼、一个什么家伙，你们想怎么骂就怎么骂。只要你们能够在公民的监督下，为乔治·W.斯特纳以及关心民众的共和党领袖们找到替罪羊就行。"

接下来，斯达格先生勇敢地陈述了芝加哥火灾所造成的全部政治状况的大概情况及紧随其后的经济危机，以及它在政治上的影响，并把考珀伍德描述成遭受恶意中伤的代理人，他在火灾以前对费城的政治领袖们是有利用价值的，但是在火灾之后，当他们遭到政治失败的威胁时，就把他抛出来作为唾手可得的、最有利的替罪羊。

花了半个小时他才说完。然后他又立即指出斯特纳就是走狗和傀儡，他被比他高的政治势力所利用，借以取得金融上的某些利益，而那些则是他们自己不愿抛头露面的事。然后他又继续说下去：

"但现在，纵观全局，这一切是多么可笑！多么愚蠢！弗兰克·阿尔杰农·考珀伍德已经多年担任市政府的代理人。首先，他是根据他与斯特纳先生商定的某些条例工作的，这些条例分明是从别人，也就是从斯特纳先生的前任那里沿袭下来的，因为这些都是早在斯特纳出任市财政局局长以前，从行政上移交下来的惯例和规则。其中的一条是，他可以把所有的交易都延到下月清算日以前入账。即在下个月的一日之前，他不用付什么钱物给市财政局局长，不用送他任何支票或者在基金里存入任何款项或者市公债券，因为现在，诸位陪审员，请仔细听着，这是很重要的——因为他为市财政局局长办理的关于市公债券以及其他东西的交易数如此之多，做事如此利落，预算又如此没有计划，以致不得不用一个简便的办法，才能把他的工作安排妥当，即做成一些生意。否则，他就不能很好地为斯特纳先生或者别的某些人的最大利益服务，这样就让他记过多的账，让市财政局局长记过多的账。

斯特纳先生在他前半段供词里已经证明了这一点，阿尔培·司戴尔已经说明他也是这么理解的。既然如此，那么还有何问题？可惜，还有一个问题。哪一个陪审团会这么理解呢？哪一个有头脑的商人会相信呢？如果这个问题成立，考珀伍德先生就要亲自去各家银行公债基金会和市财政局局长办公室办理一切项目的存款；那样他也许对他的会计主任说，喂，斯达莱，这是一张六万美元的支票。看看这张支票所买进的市公债券今天是否已经存入基金了？为什么不存入呢？这真是可笑的想象，还有比这更可笑的想象吗？事实是，而且一直如此，即考珀伍德先生是有办事规律的。只要时间一到，这张支票和这些市公债券自然会受到关注。他把支票交给他的会计主任，就忘记此事了。你们是否能够想一想，做这么大生意的银行家，还要不要做些其他事情呢？"

因为要喘口气和提问，斯达格先生停顿了一下，接着，他自以为已经充分表达了他的论点，就继续说：

"当然，答案是说他已清楚他濒临破产了。可是，考珀伍德先生的回答是他不知道此事。他已经亲自在这里供述，直到实际发生前的最后一分钟，他才意识到或者说知道这样的事。那么为何要拒绝支付他在法律上有权取得的支票呢？我想我是清楚的，如果你们能听完我的话，我认为我可以把原因说出来。"

斯达格移动了一下他所站立的位置，从另一个角度向陪审团攻击过来。

"这仅仅缘于乔治·W.斯特纳先生在当时被最近的大火灾以及经济危机吓到了，也许还由于考珀伍德先生警告他不要被本地的态势吓得惊慌失措，他就以为考珀伍德先生快要破产了。斯特纳先生有大宗款项以低息借给了他，就认定考珀伍德先生不应该再拿到钱，甚至连为他服务而实际上欠他的钱也不肯给，而这与斯特纳先生以二厘半利息借给他的钱没有丝毫关联。请问，这不可笑吗？仅仅是因为乔治·W. 斯特纳先生心里对火灾与经济危机充满了畏惧。起初，这与考珀伍德先生的偿付能力没有任何关系，他就决定不让弗兰克·阿尔杰农·考珀伍德得到实际上本是欠他的钱。因为斯特纳在盗用公款，图谋私利（通过作为代理人的考珀伍德先生），有被揭发和可能接受惩罚的危险。现在，我请问你们，这个决定有什么正当的理由吗？诸位陪审员，你们不是看得很清楚了吗？按照这里的供述，考珀伍德先生在买进市公债券时，不还是政府的代理人吗？他当然是。既然如此，他难道不应该得到这笔钱吗？谁敢在这里站起来否认这一点呢？那么，他在这件事情上的公正、老实，能有什么问题呢？怎么会把这件事情告到法庭上来呢？我可以告诉你们，这并非有其他的原因，而仅仅是从一个根源里产生的，就是市内的政客们希望为共和党找一只替罪羊。

　　"现在，你们也许认为我作为政府的代理人，因为要求获得实际上应得的东西而被控的特殊决定的解释，离题太远了些。但并非如此，请假想一下当时共和党的情况吧。请设想，一旦揭发市财政局舞弊大案相关细节的真相，那么对于即将举行的选举肯定会产生恶劣影响。共和党要选举一个新的财政局局长，一个新的地方检察官。按照惯例，市财政局局长有权把他们所保管的款项，以低息拿来投资，为他们自身及他们的朋友们谋取利益，他们的薪水不多，他们不得不辛辛苦苦地维持正常的开支。乔治·W. 斯特纳先生是否应该对出借公款的惯例负责呢？未必。是考珀伍德先生应该负责吗？也未必。惯例早在斯特纳先生上台以前就在执行。那么，现在为什么会冒出如此多的叫嚣呢？所有的叫嚣恰恰是因为此时此刻斯特纳先生和政客们害怕如果真相公布出来，就有遭到民众指责的危险，这就是如此而产生的新的情况。

以前的市财政局局长从来没有过。斯特纳先生恣意妄为的牟利行为，有暴露出来的危险，有遭受民众指责的危险，这是新的情况，仅此而已。一场大火灾，一次经济危机断送了本市很多经济机构的安全和幸福，考珀伍德先生的公司就是其中之一，这就是说有许多公司倒闭了，他就还不出以二厘半的低息从市财政局局长那里借来的费城的五十万美元。这对考珀伍德先生产生任何很不利的地方了吗？他曾经拜见市财政局局长，决定以二厘半的利息借钱吗？即使有此事，从商业观点来看，又有何不妥吗？个人难道不是有权向任何地方，以尽可能低的利息借钱吗？如果斯特纳先生不同意，他是否非借钱给考珀伍德不可呢？不是的。今天于此处供述，不是他先亲自去邀请考珀伍德的吗？那么，这些盗窃、监守自盗、侵占支票等激烈的控诉，究竟从何而来呢！

"诸位陪审员，请耐心地倾听，让我把其中的原因告诉你们，斯特纳听命于他的后台老板，他们要找某人来做政治上的替罪羊，如果找不到别人，就找弗兰克·阿尔杰农·考珀伍德。就是这个原因，天底下，再也找不出别的理由了，一个也没有。当然，如果考珀伍德先生那时候再要些钱来挽回危机，而他们就借钱给他，把这件事情不声张出来，这才是上策。尽管这是违法的，但与在这方面已经采取的措施相比，并不违法，而且很安全。害怕，诸位陪审员，害怕，胆怯，当无力对付大的危机发生的时候，实际上就是让他们不敢这么做的全部理由。他们不信任一个向来不辜负他们的人，他们以及政府都曾经通过他的忠实服务和杰出的理财能力获取过大量的利益。当时在任的市财政局局长不敢不顾火灾、经济危机和可能倒闭的谣言，继续坚持他的违法行为。所以他决定像今天在这里所供述的那样，退下阵来，让考珀伍德先生把所借的五十万美元全部或者至少是大部分归还他，这些钱实际上是考珀伍德为他的利益而花的，他还拒绝偿付考珀伍德合法买进市公债而应得的款项。作为一个代理人，考珀伍德在这些交易里犯罪了吗？丝毫没有。他到底是否有必要急于归还他目前的破产案所牵涉的五十万美元呢？未必。这仅仅是因为乔治·W.斯特纳方面的错乱和愚蠢的恐惧，以及万一共和党领袖方面发现了这个事实真相后，打算在共和党的财政局局长斯特纳之外找其他人来承担市财政局局长亏空公款的责任，就是这种强烈意愿造成了你们已经听到的考珀伍德先生今天于此针对案件的供述，有一点最为重要，他去拜见斯特纳先生就是为了防止今天的结果。就是因为这个警告，斯特纳先生受到了强烈刺激，从而丧失理智，要求考珀伍德先生归还他以二厘半利息借的全部五十万美元。这难道不是最典型的金融上的愚蠢案例吗？那种时候应该不是索回合法贷款的好时机吧？

"现在且让我回头陈述这六万美元的特殊支票。当考珀伍德先生在倒闭前的一个下午去拜见斯特纳时，据斯特纳先生供述，他曾经告诉考珀伍德不能再借钱给他，声称这是不可能的。于是考珀伍德先生就出去了，到总办公室里，不让他知道，未经他的允许，让他的办事主任兼秘书阿尔培·司戴尔先生给他一张六万美元的支票。斯特纳先生声称他无权获得，如果被他知道就要停止支付。

"简直就是胡说八道！他怎么可能不知道？账本就在那里，可以查看。第二天上午，司戴尔先生最先告诉他的就是这件事。考珀伍德之前没有想到此事，因为他知道自己有权取得这张支票，在任何处理此类案件的法庭看来都可以获取，无论倒闭与否。斯特纳先生说要停止支付就是胡说。这种主张也许是第二天上午他与他的一些政客朋友商量以后的结果，是阴谋的一部分，是一种诡计、一个陷阱，目的就是为共和党在此刻找一只替罪羊。这才是事实，你们应该相信，只有渴望考珀伍德先生被判刑的那些人对此了解得最彻底。"

斯达格停顿一下，故意看着夏侬。

"诸位陪审员（他终于平静而真诚地做总结），今天晚上，你们在陪审团室里考虑这件案子的时候，你们就能发现，这个诉状里所控告的盗窃、监守自盗、侵占一张六万美元支票，只是地方检察官关注此事，竭力把它说得好像是一种罪状而已；只是一群政客在慌乱中逃避责任的幻想，目的就是牺牲考珀伍德先生而保护自己，只要他们以后能逍遥法外，其他一概都不顾忌，比如名誉、公道，或者其他任何东西。他们不希望使宾夕法尼亚州的共和党党员认为这个城市的共和党党务和管理太糟糕了。他们要努力保护乔治·W.斯特纳，而把我的当事人作为替罪羊，这显然不行，不应该。你们都是有声望、有才干的人，当然不会允许这么办。因此我认定我可以放心地让你们去作出判断。"

斯达格突然从陪审团席那方转过身来，走到考珀伍德旁边的座位上去。这时夏侬就站了起来，他平静、坚定、精力充沛而又比斯达格年轻得多。

就情理而言，夏侬并不反对斯达格为考珀伍德所作的辩护，也不反对考珀伍德用自己的方法赚钱。实际上，夏侬也曾反复想过，如果他站在考珀伍德的角度，他会同样处理此事。但是，他是刚当选的地方检察官，必须做些样子。另外，在他上方的政治势力认为应该给考珀伍德定罪，只有这么做才能保住颜面。所以，他一开始就两手握紧木栏杆，与陪审员们对视了片刻，在心里捋清思路，然后才开口：

"现在，诸位陪审员，就我而言，如果我们大家都密切关注今天在这里揭发出来的事情，就很容易得出结论。只要我们都能正确地厘清这些真相，一定会得出令人惊讶的结论。今天到庭上来的被告考珀伍德先生，我刚才已经陈述过，他被指控盗窃、监守自盗，以及侵占一张六万美元的支票。这张支票是一八七一年十月九日由市财政局局长的秘书代市财政局局长开给弗兰克·阿尔杰农·考珀伍德公司的支票，由秘书签名，他确实有这个权力，然后交付此案被告弗兰克·阿尔杰农·考珀伍德。据他声明在当时他不但有力偿付，而且已在之前买进了价值六万美元的市公债券，可能在当时，或者过些时候，这是他的惯例，把它们存在基金里作为市政府的贷方金额，通常就以这种方式结清一笔正常的交易。换句话说，即作为政府代理人的银行家和经纪人弗兰克·阿尔杰农·考珀伍德公司为政府买进了市公债券，存进基金里，就迅速而合理地了结这笔账。现在，诸位陪审员，这个案子里的实际情况又如何呢？这个案子里的弗兰克·阿尔杰农·考珀伍德公司，按照你们今天在这里所听到的供词，这家公司并不存在，只有弗兰克·阿尔杰农·考珀伍德这个人。这案子里的弗兰克·阿尔杰农·考珀伍德于当时用这种方式收取那张支票，是不是适当的人呢？也就是说，他在当时是不是政府的合法代理人呢？他有能力偿还吗？他自己是否料到要倒闭？这六万美元的支票是不是他所抓取的救命稻草用来解决他的经济困难呢？他无法顾及它是否合法，是否遵从道德了？或者，他曾经将遵照吩咐买进的这个数目的市公债券存到基金里了吗？他说过要存的，当然，而且一定会存的，但是为何没有存进去呢？作为一个经纪人和代理人，他在取得这张特殊的六万美元支票的那一天，与市财政局局长的关系是和以前一样，还是有所不同了呢？这种关系是不是在十五分钟以前，或者两天以前，或者两周以前，因为一次谈话而终止了（只要已经正式终止，时间是没有什么问题的）还是没有终止呢？在没有正式合同，商讨一定的有效期限的情况下，生意人可以随时取消协议，这肯定是你们大家都清楚的。在考虑此案的证据时，你们绝不可以忘记这一点。乔治·W.斯特纳得知或者怀疑弗兰克·阿尔杰农·考珀伍德在经济上陷入困境，不再能够正常而诚实地履行由这个协议所委托他的义务，就在当时当地，在一八七一年十月九日，在给予六万美元的支票以前，终止了此协议，还是没有终止呢？弗兰克·阿尔杰农·考珀伍德先生是否就在当时当地了解到他不再是市财政局局长与政府的代理人了？他知道他已无力偿还（正如斯特纳先生所说他已经承认了），并非存心把他后来宣称已经买进的市公债券放到基金里去，就出门到斯特纳先生的总办公室里，遇见他的秘书，告诉他已经买进了价值六万美元的市公债券并要求给予支票，取得支票后放到他的口袋里就走了，从此不再以任何方式，把任何东西归还政府。于是，在二十四小时以后，他因为欠市财政局这笔钱以及另外的五十万美元，就破产了。对此他是否清楚地知道呢？这个案子的真相到底是什么？证人供述了些什么？乔治·W. 斯特纳供述了什么？阿尔培·司戴尔、戴维森总经理，以及考珀伍德先生自己供述了些什么？总而言之，什么是这件案子里微妙的真相呢？诸位陪审员，你们要判断一个很奇异的问题呢！"

他停顿下来，注视着陪审团，同时拽了拽自己的衣袖，仿佛他确实清楚他是在追踪一个狡猾多端的罪犯似的。他正在体面、高贵的社会里，在体面而又天真的陪审团面前，从容地把自己打扮成一个老实人。接着他就往下说：

"现在，诸位陪审员，真相是什么呢？你们可以清晰地看出整个案情是怎么进展的，你们是明辨是非的人，无须我来赘述。这里有两个人，一个是费城选举出来的财政局局长，曾发誓要保护政府的利益，把财政管理得对政府最有利。另一个是在金融状况不稳定的时候，请来协助解决一个棘手的金融问题的人。然后你们就会发现，他们之间产生了一种金融上的私人秘密关系，以及紧随而来的不法交易。其中一个人精明乖巧，更了解第三大道巧妙的做法，带着另一个人走上了看似顺畅的投资道路，结果却发生了意外，而且是犯罪的失败、出丑以及陷入舆论攻击等泥沼里。接着他们就落到了如今的地步，其中比较脆弱的一个，也是处境最危险的人，即费城的财政局局长，不能再顺理成章地或者说勇敢无畏地追随另一个家伙了。于是你们就看到了今天下午斯特纳先生坐在这里的证人椅上所描述的这么一幕戏剧，一只凶狠贪婪、残忍的金融狼俯视着一只胆小、本分的商业小羊，一直露着白森森的牙齿对他说，如果你不把我现在要的三十万美元借给我，你就要成为罪犯，你的子女要流落街头，你和你的妻子，你的家庭要重陷贫穷，没有人会施以援手。这就是斯特纳先生供述的，考珀伍德先生对他说过的话。我想，我当然相信他这么说过。斯达格先生谨慎地提到他的当事人，把他描述成一个斯文、友善、大方的代理人和经纪人，事实上被迫以二厘半的利息，动用五十万美元，当时第三大街的活期贷款就要一分至一分五厘利息，甚至还要多一些。但是我个人却不相信这件事情。我认为这件事里最奇怪的是，如果他是这么斯文、友善、温良、镇静，作为一个被雇用的、唯命是从的代理人，他怎么会在六万美元支票事件之前两三天，到斯特纳先生的办公室里去对他说，斯特纳先生已经宣誓供述他确实说过，如果你不马上给我三十万美元的公款，我就要破产，而你就将成为罪犯。你非入狱不可。这就是他对斯特纳所说的话。我就要破产，而你就将成为罪犯。他们不能触犯我，但是他们要逮捕你。我只是一个代理人而已。这些话听起来像是一个斯文、温和、无辜、有礼貌的代理人，一个被雇用的经纪人呢，还是像个冷酷、大胆、胆大妄为的主人，一个有权力的人，要控制别人，不择手段达到目的的人呢？

　　"诸位陪审员，我并不想为乔治·W.斯特纳辩护。在我看来，他也像他的自以为是的合伙人一样犯了罪，他采用那个披着羊皮的滑头金融家面带笑容地指出的巧妙办法，利用公款为他们两人谋利。但是当我听到考珀伍德先生刚才把他自己描述成一个斯文、温和、无辜的代理人的时候，我感到恶心。真的，诸位陪审员，如果你们要在所有问题上得出正确结论，他们非得回到十年或者十二年以前不可，在这个非常精明能干的经纪人和代理人走过来，指点如何利用公款谋利的方法和手段以前，乔治·W. 斯特纳先生是在政治上比较贫穷的新手，还不是有名望的人物；弗兰克·阿尔杰农·考珀伍德发现斯特纳被选为市财政局局长的时候，也还没有成名。他们不能想象吗？他在那时候出现，斯文、活泼、年轻、服饰华贵，精明得像狐狸。而且说道让我来做市公债，把公款以二厘或者更低的利息借给我。你们没听到他这么提议吗？你们不了解他吗？

"乔治·W. 斯特纳起初当上财政局局长的时候，是一个穷人，甚至是一个很穷的人。他拥有的只是一小块地产，一项每年预计赚二千五百美元的保险业务。他要养活一个太太，四个孩子，他从来没有尝到过奢侈或者舒适的滋味。于是，考珀伍德先生就来了，当然是应邀而来，但是在当时斯特纳先生本意并不曾企图谋取不义之财，只是有一种使命感，提出伟大的计划，为他们的共同利益而经营全部市公债。诸位陪审员，正如你们所知，从今天坐在这证人椅里的乔治·W. 斯特纳的状况来看，你们是否认为他向这位先生提出了这个谋取不义之财的计划呢？"

他指了指考珀伍德。

"你们瞧瞧他，他是那种会把金融上的通常做法和后来惊人的做法告诉那位先生的人吗？请问，他难道不像是乖巧得能找出让他们两人后来都赚许多钱的一切妙法的人吗？真的，考珀伍德这个家伙在他破产之前的几周，曾向他的债权人表示，说他估计自己有一百二十五万美元的财产，而他今年才三十四岁。当他最早与前任财政局局长产生商业关系的时候，他有多少财产呢？你们知道吗？我可以告诉你们。我大约在一个月以前刚上任的时候就调查过此事。诸位陪审员，那时只有二十万多一点儿而已。这里是他公司当年账目的概况。现在你们就会发现我们的英雄，从那时起发财是多么迅速。你们会发现这短短的几年对他多么有利。而乔治·W.斯特纳到他解职、被控侵占的时候是否赚到这么多钱呢？他有没有呢？我这里有一张记录他当时的负债和资产情况的表格。你们可以自己看，诸位陪审员。在三周以前，他的全部财产总数只有二十二万美元。我知道，这是准确的估计。你们认为考珀伍德先生为何如此迅速地致富，而斯特纳先生却这么慢呢？他们是同犯。斯特纳先生以二厘的利息把大量公款借给考珀伍德先生，而第三大道活期借款的利息，有时候要高到一分六到一分七。你们认为坐在那里的考珀伍德先生不会使用如此低利息的钱，去获取最丰厚的利益吗？你们认定他不会吗？你们已经在席上看见了他，你们已经听过他的口供。他很温和，外表很正直，很单纯。当然，任何事情都是为斯特纳先生以及他的朋友们效力的，可是，他六年多就赚了一百万，而只让斯特纳先生赚了不到十六万，因为斯特纳先生在与他合伙的时候本来就只有几千美元。"

夏侬接着说到了十月九日的那笔重要交易，当时考珀伍德去拜见斯特纳，从阿尔培·司戴尔那里取走六万美元的支票。夏侬对这种巧妙的、罪恶的交易（他好像就是这么认定的）进行了酣畅淋漓的嘲讽。在他看来，这分明是盗窃、抢劫，而且考珀伍德在向司戴尔索取支票的时候，自己心里清楚得很。"请想一想！"夏侬大声说，回过头来，直视着考珀伍德，考珀伍德却非常冷静地看着他，不为所动，也不畏惧，"请想一想！请想想这个家伙不同寻常的胆量，以及他阴谋家似的诡计多端的头脑，他知道他快要破产了。在金融方面挣扎了两天，企图躲避打乱他那大胆计划的天灾之后，他就知道自己已经断了财源，除非他在市财政局那里强行获得救助，否则就要倒闭了。他已经欠了市财政局五十万美元。他早已完全把市财政局局长当作工具，让他不能自拔，使他因债务增多而感到害怕。但这样是否就能阻止考珀伍德先生了呢？并没有。"

他面带恶意故意在考珀伍德的眼前晃一晃手指，后者就愤怒地转过头来，"他在为他的前途卖弄才能，"他低声对斯达格说，"我希望你能把这个意思告诉陪审团。"

"我希望能告诉他们，"斯达格回答，带着嘲讽的笑容，"但是我说话的时间已经过了。"

"是的。"夏侬继续说下去，重新看着陪审团，"请想一下能让一个人对阿尔培·司戴尔说，他刚才又买进了价值六万美元的市公债，就在当时当地要取得支票的超乎寻常而又贪婪的胆量吧！他真的买进了他所说的市公债吗？谁能肯定？有什么人能弄清他错综复杂的记账制度的迷路，坦坦荡荡地说出来呢？对这个问题最好的答案就是，即使他的确买进了他打算买的市公债券，对政府来说也是一样的，因为他并不打算把市公债券存入应该存入的基金里，他的律师说，他也说，不到月初是存不进去的，尽管法律规定他应该立即存入，他也很清楚按照法律非这么办不可。他的律师说，他也说，他压根儿不清楚自己面临破产，所以没有必要为此着急。我不理解，你们诸位当真有人相信他的话？在以前他曾如此仓促地索取过支票吗？在这些不合情理的交易历史中，有过类似的意外吗？你们清楚不会有的。在以前，不管何时，他从来没有亲自到办公室去讨要支票和其他任何东西，可这一次却亲自去讨？再过几个小时，按照他自己的陈述，也决不会出什么差池，产生什么差异的，不是吗？他可以跟以往一样，打发一个伙计去要，在以往一直这么做的，现在有什么区别呢？我可以把原因告诉你们。"夏侬突然大叫起来，语气发生了很大的变化。"我可以把原因告诉你们！他已经清楚自己就要破产了！他已经找到他最后的半合法的脱逃之门，即乔治·W. 斯特纳的眷顾，已经对他关上了门！他清楚用诚实坦荡、公开商量的办法已经不能从费城财政局里再要到一分钱了。他明白，如果他不拿着这张支票离开办公室，而打发一个伙计来的话，醒悟过来的财政局局长就有时间告诉他的办事员，那么，他就再也弄不到钱了。就是这个原因！诸位陪审员，如果你们真要知道的话，就是这个原因。"

"现在，诸位陪审员，我对这个又友善、又体面、又正直的公民的控告快要结束了。被告的律师斯达格先生告诉你们，你们如果不是完全不顾忌正义，就不可能认为他有罪。我要表达的是，我认为，你们都是头脑清醒、智慧丰富的人，是我在人生的道路上所遇见采用体面的美国方式经营体面的美国商业的人。现在，诸位陪审员（现在他说话的语气十分温柔），我要说的就是，如果你们今天在此听过了、看过了这一切后，还认为弗兰克·阿尔杰农·考珀伍德先生是一个本分而体面的人，认为他并不是故意盗窃费城财政局的六万美元，认定他的确照他所说买进了市公债券，按照他所说的打算存进基金里去，那么，你们就尽快释放他，除了让他今天就回到第三大道，去厘清他金融上的许多纠纷以外，还能怎么样呢？这是公平而有良心的人所能采取的唯一办法，立即把他放回这个社会的中心。那么，正如对方律师斯达格先生所坚信的那样，对于在他身上的阶级偏见就会得到纠正。如果你们觉得是这样，你们就应该即刻认定他无罪。不要为乔治·W.

斯特纳操心，他对自己的罪状供认不讳，他承认自己有罪，他以后不必再经过审讯就可以判罪了。但是这个家伙呢？他说他是一个真诚体面的人，他说他没有料到自己会破产，他说他采用这些威胁、强迫、恐吓的手段，并非由于濒临破产的危险，而是不愿意再到别处去请求救助。你们怎么认为的？你们真的以为他买进了六万美元的市公债券作为基金，故而有权取得这些钱吗？如果的确如此，他为什么不把市公债券存到基金里去呢？现在基金里没有市公债券，而六万美元却不见了。是谁拿去了？是吉拉特国民银行，他在那里透支了十万美元之多。银行是否拿进了另外四万的支票与市公债券呢？当然。这又是为什么呢？你们认为吉拉特国民银行对他破产以前的一些小照顾，会心存感激吗？你们是否认为戴维森总经理，你们已经看到他在此对此案做了这么友好的证词，对考珀伍德先生有些好感？如果是的，那就可能——我并不是说确实——解释他同情考珀伍德先生处境的原因了？这是有可能的。你们也可能像我一样想到。总而言之，诸位陪审员，戴维森总经理说考珀伍德先生是一个体面而本分的人，他的律师斯达格先生也如是说。你们已经听过了口供。现在请你们考虑一下，如果你们要开释他，就开释他吧（他懒洋洋地挥了一下手）。你们是裁判员。我却不这样。我只是一个苦心坚守的律师，各执已见而已。你们可能考虑的和我有所差异，那完全是你们的事（他含着暗示，几乎是带着轻视在挥手）。但是，我的话讲完了，我感谢你们的好意。诸位陪审员，请你们判决吧。"

　　他昂首挺胸地走开，陪审团骚动了一阵，法庭上无聊的旁听者也骚动了一阵。贝特森法官松了一口气。现在天色已经很暗，法庭上点上了明晃晃的煤气灯。外面下雪了，法官懒洋洋地翻阅他的文件，又故作严肃地望着陪审员们，开始对法律作照例的解读，然后他们就退到陪审团室里去了。

考珀伍德回头望着他的父亲，他正从纷纷退庭的人群里走过。

"啊，过一会儿我们就可以知道了。"考珀伍德说。

"是的。"老考珀伍德带着疲惫的神色回答，"我希望不会出差池，刚才我看见巴特勒在后面。"

"真的？"考珀伍德打听着，对此事他尤为感兴趣。

"是的，"他的父亲回答，"他刚刚走。"

那么，考珀伍德暗想，巴特勒对他的命运竟然好奇到了来这里看他受审的地步。夏侬是他的工具，贝特森法官也可以说是他的工具。考珀伍德在他女儿的事情上能够击败他，但在这里要打败他却那么困难，除非碰巧陪审团对他采取同情的态度。一旦他们认为他有罪，那么巴特勒的贝特森法官就有权宣判他，给他最高的徒刑。那就不妙了——五年徒刑！想到这里他心里就有点儿发冷。但是对于尚未发生的事情还是不必担忧的。斯达格走过来，告诉他说，他的交保期现在已经终止了，到陪审团离开法庭的时候就终止了，他现在实际上已经属看守所所长管辖了，是他认识的阿达莱·贾斯珀看守所所长。斯达格补充说，除非陪审团决定释放他，否则他就得受看守所所长管辖，直到提出上诉的申请，被接受以后。

"这大概需要五天的时间，弗兰克，"斯达格说，"但是，贾斯珀并不是坏蛋，他讲道理。当然，只要我们运气足够好，就可以不必到他那里去。话虽如此，现在你得跟着这个法警去。然后，如果不出意外，我们就可以回家了。喂，我要赢这个案子，"他说，"我倒要笑他们，看你笑他们，我认为你受了不少委屈，我认为我已经把问题说明白了。一旦他们的决定不利于你，我有一打理由去驳回他们的判决。"

于是，他和考珀伍德以及考珀伍德的父亲就跟着看守所所长的助手，一个名叫埃迪·詹特士的人走开了。他们走进了法庭后面作为临时看守所的一间小屋子里。一切受审的人在陪审团离开法庭以后，都要被剥夺自由，等到他们回来再定夺。这个房间阴森森的，房顶很高，四四方方的，面向切斯纳街有一扇窗，另有一扇侧门通到别的地方，就是谁都想不到的地方。这间幽暗的房间，铺着破旧的木地板，有几张笨重而简单的木凳放在房间四周，一点儿图画和装饰品都没有，天花板中间悬着一只双柄的煤气灯。浓烈的腐臭刺鼻的气味弥漫在整个房间里，分明在提醒人生的无常。不管犯罪的人还是无辜的人，都往往要站在或者坐在这里，耐心地等待别人决定他的命运。

考珀伍德当然很不高兴，但他具有超常的自制力，而且能够展示出来。他一生酷爱洁净，在生活方面有洁癖。不得已到这里来，接触到使他浑身不自在的生活空间。斯达格在他的身边说着安慰、解释和道歉的话。

"出乎意料地讨厌，"他说，"但是你能够忍耐一时的。我想，陪审团不会辩论太久。"

"那也于事无补。"他回答，走到窗边去。然后他又补充说，"逃不掉的事，总是逃不掉的。"

他的父亲皱了一下眉头。如果弗兰克即将坐大牢，就像这样的环境，那该如何是好！上帝，他打了个冷战，然后就做了几年来的第一次默祷。

第四十四章　暂且入狱

此时，陪审团室正在进行激烈的辩论，陪审员们在法庭上斟酌再三的观点，现在都摆出来公开争论。

我们一起来看一下陪审团面对此案是如何议而不决、胡乱猜想的吧。作出判决的过程是多么稀奇古怪、难以理解呀。所谓真理本是模糊不清的东西，真相也许被描述得面目全非、歪曲得真假难辨。陪审团面临着一个错综复杂的问题，他们就一再辩论着、争辩着。

陪审员以奇葩的理由和怪异的方式辩论，所以根本不可能得出像判决一样肯定的结论。一个陪审团往往很少得出结论，却能够作出判决来。时间在这里会产生深刻的影响，这一切律师都知道。陪审员无论作为集体的成员，还是作为个体来说，都反对花费更多时间来审理案件。他们不愿意坐在那里琢磨问题，除非是极其惊心动魄的问题。三段论证法的分歧或者神秘，会演变成一种无聊、一种麻烦。陪审团室本身可能就是痛苦的。

反之，陪审团也不可能满足于没有得出结论。人类的头脑里天生有种执念，如果不解决一个问题，就是一种遗憾，似乎没有做完某种重要工作一样，总是使一般人难以释怀。坐在陪审团室里的人，仿佛是用科学方法显示的一个结晶体里的原子，是科学家和哲学家喜欢研究的东西。最终把它们自己排成有序而又巧妙的整体，以此展现严谨的知识壁垒，整合成它们本应存在的恰当且合理的模样，即一个组织严密、明辨是非的陪审团。人们发现，在自然界其他的各个方面同样鲜明地表现相同的本性，如海藻漂流到藻海里去，浮于水面上的泡沫相互组合成为几何关系，许多昆虫与原子体本身极不合理的组织，却构成了世界的本质。好像生命的物质能用眼睛看得出来，真实的表现形式富于秩序感，被秩序贯穿着的东西，我们称为"人性"的原子。无论我们所谓的"理智"（一种情绪的梦境）清楚要去哪里、做什么。它们都代表一种规律、一种智慧，与我们本身的意愿无关。没有我们，它们也照样井然有序。陪审团的潜意识就是如此。与此同时，人们都不会忘记一个人对另一个人有着奇怪的催眠作用，彼此不同品性的人物之间会产生相互的影响，直到最后达成共识，和化学上的结晶一样。在陪审团室里，一个人、两个人或者三个人的观点起着决定性的作用，只要固守己见坚持不变，就很可能影响整个陪审团，甚至压倒多数人的反对意见。一个人明确地摆出自己的观点，就可能成为庸众的核心人物，或者成为集中的火力所痛击的靶子。人们都瞧不起毫无理由的无聊反对，在陪审团室里，亦是如此，如果问到谁，谁就得把他自己的理由陈述出来，而不能仅仅说"我不同意"。陪审员都以能言善辩闻名。在这些门户紧闭的房间里产生的严重敌意，甚至可以长达几年之久。各执己见的陪审员会因为他们无理的异议或者结论，使他们活动地区的商业受到损害。

在达成考珀伍德理当受些惩罚的共识后，他们就开始辩论判决书是否应该按照起诉书所控告的那样，确认四项罪名都成立。因为他们不知道如何很好地辨别所控的各种罪状，他们就决定四项都应该附上赦罪的意见。可是，无论他犯罪与否，最终把最后一点删除了。法官也会关注一切减刑的情况，也许更高明一些。为什么要束缚他的手脚呢？总之，这种意见照例不能引起重视，只是暴露了陪审团的三心二意而已。

就这样，凌晨十二点十分，他们终于准备提出裁决书了。因为贝特森法官对此案颇感兴趣，而且住在附近，既然已经等候这么久，于是，决定继续开庭。就叫斯达格与考珀伍德出庭。法庭上灯火通明。法警、书记官、速记员都各就各位、陪审团鱼贯而入。考珀伍德右边挨着斯达格，站在围着一片空地的木栅门口，那里通常是犯人站着听裁决书以及法官的有关解释的地方，他和父亲在一起，他父亲心里感到很害怕。

这是他平生第一次觉得似乎在梦游。他果真是两个月以前的弗兰克·考珀伍德吗？那么有钱，那么事业有成，那么实力雄厚。现在不是十二月五日或者六日（因为已过了子夜）吗？陪审团究竟为何考虑了这么久？这意味着什么？现在他们就在这里，在他面前站着，严肃地望着。贝特森法官走上了审判台，他那卷曲的头发显得非常动人，他的随员敲着桌子要求大家遵守秩序。他没有看考珀伍德，而是望着陪审团，他们也注视着他。考珀伍德听见书记官说："诸位陪审员，你们对裁决书有没有达成一致的意见？"带头的一个就说："我们已经达成一致意见。"

"你们认为被告有罪还是无罪？"

"我们认为被告犯了起诉书所指控的罪过。"

他们怎么会得出这个结论呢？就是因为他获取了非他所有的一张六万美元的支票吗？但实际上它确实归他所有的。上帝！六万美元在他与乔治·W. 斯特纳往来的总数里算什么呀？算不上什么，压根儿算不上什么！只能算是九牛一毛，可是在此却引起了轩然大波。这张可悲的、引人注目的支票，变成了阻挡他前进的山岗、石壁，成为困住他的监狱高墙。这实在是出乎意料。他环顾法庭的四周，这里是何等空旷、空虚、冷酷！他照样是弗兰克·考珀伍德。他为什么因为这些古怪的想法而苦恼呢？他为自由、权力、复业的斗争还在继续。上帝！这一切才刚刚开始呢！他可以在五天以后被保释出狱，斯达格会提出申请的。他可以出去，他还有长长的两个月可以进行为此一搏的斗争。他还没有垮下来，他还可以赢得自由。这个陪审团完全弄错了，高一级的法庭会如是说，会批驳他们的裁决书，他明白这一点。他看着斯达格，他正在那里让书记官查问陪审团，希望指出硬被说服的陪审员，即没有按照自己的意见裁决的陪审员。

"这是你的裁决书吗？"他听见书记官询问第一位陪审员菲利普·莫尔特利。

"是的。"这个好人严肃地回答。

"这是你的裁决书吗？"书记官指着西蒙·格拉斯问。

"是的，书记官。"

"这是你的裁决书吗？"他指着利彻·诺顿说。

"是的。"

如此这般，整个陪审团的每个成员都已问过了，每个人都坚决而又明确地作出了回答。尽管斯达格私下里认为，也许会有一个人改变观点。法官向他们道谢，因为今天夜里的服务时间太长了，这一次审讯算是大功告成了。现在还有一件事情要办，即斯达格请求贝特森法官暂缓宣判，等到州最高法院批准重审以后再进行宣判。

当斯达格以正当的手续提出这个申请时，法官很惊讶地看着考珀伍德，因为此案很重要，而且他认为最高法院可能接受这个案子的上诉，他就表示同意了。所以，在这样的深夜里，除了考珀伍德要跟副监狱长回到市监狱里去以外，就没有其他事了。他在那里至少要耽搁五天，也可能要多几天。

这里所提到的监狱，当地人称之为莫安梅森监狱，它位于第十大街与里德街之间，从建筑艺术角度来说，并不是特别难看。建筑的中间部分，包括监狱和监狱长的住宅（你要这么描述也没错），是一幢三层楼房，连着一堵有雉堞的高墙和一座有雉堞的圆塔，圆塔只有中间部分的三分之一高。还有二层楼的两翼，每一端都有一座有雉堞的角楼，让这座建筑看起来像城墙一样，以至于美国人认为这就是典型的监狱。监狱中间部分高度大概只有三十五英尺，两翼也不过二十五英尺，距离街道至少有一百英尺，有一面二十尺英高的石墙，从两翼直连到街道，把监狱围了起来。实际上，这座建筑并不很像监狱，因为中间部分开着比较大的、没有装木栅的窗户，上面二层楼还挂着窗帘，使整个建筑的外貌看起来更像比较舒适的住宅。从街上向右翼望过去，就是所谓用来监禁和管制候审罪犯的地方。整座建筑都用平整的浅色石块筑成。在这样的雪夜里，只有很少的几盏灯，更给人一种神秘的印象。

　　当考珀伍德被迫起身去这座监狱时，正值深夜，凛冽的寒风吹得雪花奇怪而又有趣地旋转着，监狱长的代表埃迪·詹特士是驻守州法庭的，陪伴着考珀伍德和他的父亲以及斯达格。詹特士又黑又矮，长着粗短的胡子，狡诈而并不聪明的眼睛。他把副监狱长的尊严摆在首位，他觉得这是非常重要的职位。其次是如果可能，就弄些外快。除了他那狭小世界的具体工作以外，他一无所知。也就是说，他就知道陪伴罪犯在监狱与法庭之间往来，不让他们逃走。他对特殊的人，比如很有钱的或者有些钱的罪犯就很客气，因为他早已很清楚这样做会有好处。今天晚上，他就提出了些友善的建议，天气太冷，监狱不太远，而他们可以走过去，监狱长贾斯珀多半会起来，或者可以叫醒。对此考珀伍德几乎没有听见，他正在思念他的母亲、他的妻子和他的爱琳。

一到监狱，他就被带到中间的屋子里，监狱长阿达莱·贾斯珀的私人办公室就在这里。贾斯珀刚就任这个职务，对他的办公规章，他在表面上好像严格遵守，内心里却并不以为然。所以，在政界里的人都知道，他有一种增加微薄薪水的方法，即对出得起钱的罪犯出租私人房间，赋予特殊的权利。别的监狱长早在以前也是这么干的。事实上，贾斯珀就任的时候，有几个罪犯早已享受了此种特权，他并不想打扰他们。他借给"正派人"（他总是这么说）的房间在监狱中部，是他自己的私人住宅。房间不装木栅，也不是很像牢房。那里也不会有逃走的特殊危险，因为在他的门口总是站着个警卫，受命"监视"全部住户的一举一动。享受这些特权的罪犯，在很多方面来说是一个自由人。如果有需要的话，还可以把饭送到房间里来。他们可以读书、打牌，或者接见客人。如果有什么心爱的乐器，也可以带来。但必须遵守一条规则，那就是，如果他是一个著名人物，有记者来采访，就必须被带到楼下的私人接见室里去。因为这样可以不让别人发现，他们并不像一般犯人那样被禁闭在牢房里。

　　斯达格把这一切内情差不多都已转告给考珀伍德了，即便如此，当他踏进监狱门槛时，还是有一种格外异样的挫败感。他们被领到进口左边的一个小房间里，那里只有一张桌子、一把椅子，一盏火光不大的煤气灯发着暗淡的光。身体圆胖、脸色红润的监狱长贾斯珀走上前来，用非常友好的方式迎接他们，詹特士于是退出去，兴冲冲地干他的事情去了。

　　"今天夜里天气真糟，不是吗？"贾斯珀说，旋亮了煤气灯，准备照例办理犯人登记手续。斯达格走过来，在屋角隔着桌子与他进行了简短的私下谈话，结果他立刻面露喜色。

　　"啊，一定的，一定的！对的，斯达格先生，当然可以！是的，当然算数！"

考珀伍德从他站着的地方偷看这肥胖的监狱长，清楚了这一切的缘由。他完全恢复他吹毛求疵、冷静干练的姿态。这就是监狱，这个肥胖庸俗的监狱长要来监禁他。棒极了，他一定要好自为之。他怀疑是否要被搜身，因为犯人通常是要被搜身的，但是他发现并没有这个必要。

"就这样，考珀伍德先生，"贾斯珀说着站起身来，"我认为我能做到尽量满足你的需要。你明白的，我们这里不是旅馆。"他暗自笑了一下，"但是我想，我会使你感觉更舒适的。约翰，"他对一个睡意惺忪的办事员说，他从隔壁房间里走进来，正在擦眼睛，"六号房间的钥匙在下面吗？"

"是的，监狱长。"

"给我取来。"

约翰出去又返回来，在此期间斯达格就跟考珀伍德解释，他需要的任何东西，如衣服等，都可以带进来。斯达格明天上午再来和他商讨，他希望见的家人都可以来，叫约瑟夫或者爱德华拿一个装着内衣等的手提包来。至于别人，请他们等他出来或者等他要一直待下去的时候再来看他。他真想写信给爱琳，警告她不要贸然行动。监狱长做个了手势，他就静悄悄地跟在了后面，他的父亲与斯达格陪着他上楼，到了他的新房间里。

这间卧室很简单，长十五英尺，宽二十英尺，白色的墙壁，天花板还不算低。室内摆着一张黄色高背木床，一张黄色梳妆台，一张仿樱桃木的小桌子，三把很普通的藤坐垫椅子，雕花胡桃木的椅子漆成樱红色，和床的颜色相匹配，还有一只黄漆木制脸盆架，架上有一个脸盆、一把小壶、一个没有盖上的肥皂盒，还有一只放牙刷和胡子刷的浅红花小杯，与其他东西很不协调，大概只值十美分。即使这种境况，监狱长贾斯珀仍然可以从这个房间得到每周二十五至三十五美元的收入。考珀伍德愿意出三十五美元。

考珀伍德精神头十足地走到窗边，窗外一片草地，现在地上都是积雪。他说他觉得房间很不错，如果他高兴的话，他的父亲和斯达格都希望与他谈几个小时，但是他却无话可说，他不想谈。"叫爱德华在上午带几件新衬衫和两套衣服来就可以了。乔治可以把我的东西收拾一下。"他是指家里的一个兼做随身侍应的用人，"告诉丽莲不要担心。我很好。我希望她不要来，因为我在这里待五天就要出来了。万一出不来，那时间还长着呢。替我吻吻孩子们吧。"他友好地一笑。

因为没有达成关于这次初审结果的预期，斯达格几乎不敢确信提到州最高法院会如何或者不会如何了，但是现在他非说几句话不可。

"我想，你不必担心我的申请结果如何吧？弗兰克。我可以获得上诉权，那就是像延期两个月一样，也许更长些。我估摸交保出狱最多不会超过三万美元保释金。无论怎样，你可以在五天或者六天内出去。"

考珀伍德说希望如此，而且提议晚上暂且不谈这些事情。经过几次无结果的商谈，他的父亲和斯达格最后与他告别。让他一个人独自思考。他到底是疲倦了，脱下衣服，爬上粗陋的床，马上就睡着了。

第四十五章　离家出走

一般情况下，在监狱里生活，无论如何强调特殊的卧室，溜须的看守，尽量使人舒服的总体趋势，但监狱就是监狱，毕竟是走不出去的地方。考珀伍德即使住在一间不同寻常的卧室里，但依然能感觉到这座监狱的实质。他知道那里的牢房很可能油腻、恶臭、细菌滋生，有粗重的铁栅门。如果他不用钱换来这些待遇，他也会像那些人一样被囚禁其中。他暗想，所谓人类平等当真荒唐，甚至幽禁在法网里的人也可以像他现在一样享受个人自由。但是，那些没有智慧或者没有气派，没有朋友或者没有财产的人，就得不到金钱所买到的比较舒服的待遇。

受审后的第一天清晨，一觉醒来他好奇地起床，猛然意识到，已经不在自己自由的安乐窝里了，而是在一间牢房里，尽管是从监狱长那里租来的很舒适的卧室。他从窗口望去，外面的地上以及巴萨因克大街都覆盖着白雪，有几辆小小的马车静悄悄地驶过，到处都有几个费城人，早起后急匆匆地赶路。他立即想到他应该怎么对付目前的困难，如何采取行动继续做生意，重建功业。他考虑的时候就穿好了衣服，又拉了一下铃，这是他已经知道的，可以让一个狱卒来生火，生好火以后给他拿些东西来吃。一个穿着制服的肮脏的看守走进来，狱卒因为考珀伍德住着这个房间，知道他不是一般人，就在炉格上放了木柴和煤生好了火。一会儿，又送来了早点，尽管并不太好，但总比牢饭强些。

之后，在他的弟弟爱德华送衣服来之前，尽管监狱长装出了很关照的样子，但弗兰克还是不耐烦地等了几个小时。有个狱卒想要些小费，送来了晨报。除了金融新闻以外，其他的他只是心不在焉地浏览了一遍。傍晚时分，斯达格来了，说他正忙于把某些步骤延迟。但是已经代考珀伍德与监狱长谈妥，允许他接见有要事相商的人。

在狱中，考珀伍德写信给爱琳让她千万不要来看他，因为十天后他就可以出去，或者就在这儿待一天，或者稍微晚些，他们就可以见面。他知道她十分想见他，但是他有理由相信，她被她父亲所雇用的侦探监视着。实际上，这倒不一定，但是却折磨着她的内心，加上最近在餐桌上，听见欧文和卡隆偶尔谈及的风言风语，真使她的火暴脾气忍不住要爆发。但是，因为她已在卡立根家里收到了考珀伍德的信，她就不露声色。直到十日早晨看见考珀伍德的上诉申请已得到批准，这能使他重新，至少是目前，又成为一个自由的人，这个消息使她鼓足勇气去做早已想做的事情，那就是告诉她的父亲她可以不依靠他生活，他不能强迫她去做她不喜欢的事情。她仍然保留着考珀伍德给她的两百美元，加上她自己的一些零钱，总数大概有三百五十美元。她认为这些钱足够维持到她的冒险结束，至少可以维持到她为自己的幸福另做安排以后。按照她所了解的，他们对她的感情来说，她觉得感到痛苦的应该是家里人，而不是她。也许当她的父亲感受到她的决心时，就会决定让她回去，与她和解。总之，她决心尝试一番。她立马通知考珀伍德说她住在卡立根家里，直到他恢复自由。

收到爱琳的信，考珀伍德有些高兴，因为他认为目前自己如此窘迫悲惨，多半是由巴特勒的反对造成的，进而觉得让他的女儿来打击他，也不必于心不忍。考珀伍德认为，他原先打算不激怒巴特勒的想法，已经证明无济于事，因为这个老头儿是不肯和解的，让爱琳向他表明她自己有办法，而且可以不靠他生活，也是好的。这可能迫使他改变对爱琳的态度，甚至可能不再反对考珀伍德。什么港口都可以躲避风暴，考珀伍德现在已经没有什么可以损失的了，直觉告诉他，爱琳的行动对他有利无害，因此他就决定不阻止她。

爱琳把自己的珠宝、几件内衣和几套外衣（她认为够穿了），以及一些其他东西都装在一只最大的旅行箱里。她也考虑到了鞋子、袜子，但是她竭尽全力，还是不能把她所要的东西都塞进去。她还决定带走她最漂亮的帽子，最后不得不在包裹之外，另外扎了一捆。尽管并不高明，她还是决定要拿走。她在一只藏有钱与珠宝的小抽屉里找出三百五十美元来，放进了她的钱包。钱并不多，爱琳自己也知道，但是她坚信考珀伍德一定会接济她。万一他并不设法照顾她，她的父亲也不妥协，她就自己去找工作。她还没见过世界对那些没有实际经验和经济实力的人亮出的冷漠面孔，也完全不知道痛苦的深渊。她小心翼翼地等着，直到十二月十日这天傍晚，她听见她父亲下楼去吃饭，又靠着楼梯的扶手听清欧文、卡隆、诺拉以及她的母亲都坐在餐桌边，她也没看见侍女嘉德的影子。于是，她溜进她父亲的房间里，从衣服里取出一封信放在桌上，然后就走了出去。信是给她父亲的，内容如下：

亲爱的父亲：

我就是不肯按照您让我做的去做。我已下定决心，因为我太爱考珀伍德先生了，所以我要离家出走。不要去他的地方找我。在您所能想到的地方是找不到我的。我并不是到他那里去，我也不会再去那里。我想暂时自谋生路，直到他需要我，并和我结婚。我很抱歉，但我就是不能按照您的要求去做。我觉得您对待我的方式令我难以释怀，代我向妈妈和诺拉以及兄弟们告别。

爱琳

为了确保信被父亲看见，她把巴特勒看东西时总要用的宽边眼镜放在了信上面。有一会儿，她倍感奇怪，似乎自己是个窃贼，这是她从未有过的感觉，她甚至在刹那间觉得自己忘恩负义，并深感痛苦。也许是她错了。父亲一直都很爱她，她的母亲一定会很伤心，诺拉会觉得难过，还有卡隆和欧文。可是，他们仍旧一点儿都不了解她。她怨恨父亲的态度。他可能知道关键所在，但是不，他太老了，被宗教和世俗的观念束缚得太紧，因此，他绝不会理解的，可能永远不让她回家。那么，好吧，她会自食其力的，她要给他厉害看。她可能找一个教师的职位，也许去教音乐，如果需要的话就与卡立根一家多住一些时间。

她悄悄地走下楼，来到大门口，打开外面的门，看着街道。路灯已在暮色中发光，一阵冷风袭来。她的手提箱很重，好在她非常健壮。她毫不犹豫地走到拐角上，离家差不多已经五十英尺了，她向南拐弯。她的脚步有点慌乱、匆忙，因为这是她的新经历，而且好像并不光明正大，完全违背她一贯的风格。最后，她在街角放下提箱，打算休息一下。她听见远处有一个孩子在吹口哨，当他走过来的时候，她就对他喊道："孩子！喂，孩子！"

那孩子走上前来，好奇地望着她。

"你想赚些零钱吗？"

"是的，小姐。"他恭敬地回答，把一顶肮脏的小帽向一只耳朵边拉了一下。

"帮我拿提箱。"爱琳说。他就拿起提箱，大踏步前行了。

她及时赶到卡立根家里，开心地在新的家里住下了。她冷静而小心地安放好梳洗用品和自己的衣服，既然安顿下来，对这个环境她当然就毫不介意了。她再也不能得到凯思琳（一个伺候她、她的母亲和诺拉的女仆）的服侍，尽管并不艰苦，但总有些异样。她并没有意识到她将永远失去那丰衣足食的生活，因此并没有感到不开心。玛丽·卡立根和她的母亲对她而言，简直就是五体投地的奴仆，所以她还没有彻底脱离她所渴望的也是习惯了的生活环境。

第四十六章　牢房争论

此刻，巴特勒一家人正准备一起吃晚饭。巴特勒太太按照惯例安然地坐在桌子的末端，她灰白的头发从圆润光亮的额角向后梳着。穿着一件深灰色绸衣，灰白相间的条纹缎带绳了边，与她浮华庸俗的气质十分匹配。是爱琳叫她母亲选择了这件衣裳的，而且令人将它做得很考究。诺拉穿着浅绿色的衣裳，配上红丝绒的硬袖口和硬领，显得活泼、青春、苗条、快乐。她的眼睛、脸色和头发都新鲜、健康。她正在玩弄一串母亲刚才给她的珊瑚珠链。

"啊，你看，卡隆，"她对坐在对面的哥哥说，卡隆正拿着刀叉百无聊赖地敲着桌子，"这很可爱吧？妈妈把它送给了我。"

"妈妈对你比我对你好。我会送你什么，你知道吗？"

"什么东西？"

他故弄玄虚地注视着她，诺拉就扮鬼脸回敬他。就在此时，欧文进来了，在桌子边坐下了。巴特勒太太看见了诺拉的鬼脸。

"喂，这并不能讨好你哥哥，你得相信我。"她解释说。

"天呀，忙了一整天！"欧文懒洋洋地说，摊开餐巾，"这一下，我真忙得精疲力竭了。"

"有什么困难吗？"他母亲急切地追问。

"没有什么真正的困难，妈妈，"他回答，"就是些日常的杂事，有些无聊的玩意儿，仅此而已。"

"哎呀，现在你要敞开量地吃一顿丰盛的饭菜，这样就可以恢复体力了，"他的母亲亲切地说，"汤普森（是供应她家伙食的杂货店老板）把剩下的蚕豆都拿来了，你应该吃一些。"

"当然，蚕豆可以治病嘛，无论什么病，欧文，"卡隆开玩笑地说，"母亲想出的办法。"

"蚕豆是好东西，你应该知道。"巴特勒太太回答，并不认为这是开玩笑。

"一定不错，妈妈，"卡隆回答，"吃了确实可以补脑。让我们给诺拉吃一点儿。"

"你还是自己吃一点儿吧，乖孩子。天呀，你怎么这么高兴！我猜想你要出去见朋友了，一定是这个原因。"

"说得对，诺拉。你这个乖巧的姑娘。五六个人，每人十至十五分钟。只要你长得再漂亮些，我就来找你。"

"只要有机会，你一定会来的，"诺拉嘲笑他说，"我要告诉你，我不让你来。如果我找不到比你聪明的男人，那才伤心呢。"

"你是说像我一般好的男人吧？"卡隆纠正她的话。

"孩子们，孩子们，"巴特勒太太和蔼地打断他们的话，向四周环视寻找男仆老约翰，"一会儿，你们就要发脾气了。现在不许说话，你们的父亲来了。爱琳呢？"

巴特勒踏着沉重的脚步走进来，坐在自己的位置上。

男仆老约翰捧着一大盘食物进来，巴特勒太太就吩咐他派人去叫爱琳。

"我认为天气冷起来了。"巴特勒说，看着爱琳的空位置。现在她就要来了，她真是他的一块心病。最近两个月里，他用尽方法努力在她面前不谈及考珀伍德。

"天气的确冷了，"欧文轻声地说，"冷了许多，现在就是真正的冬天了。"

老约翰依次送上各种菜盘，但送上全部菜盘后，爱琳还是没有来。

"约翰，去看看爱琳在哪里，"巴特勒太太很关心地说，"饭菜会冷的。"

老约翰回来说爱琳不在她的房间里。

"她一定是在其他地方，"巴特勒太太略带疑惑地说，"反正没关系，她要来总会来的。她清楚现在是吃饭的时候。"

餐桌上，他们从正在筹建的一座新自来水厂谈到即将竣工的新市政厅；谈到考珀伍德在经济上和社会上的困境，以及股票市场的一般情况；谈到亚利桑那的一座新金矿；又谈到莫伦豪尔太太下周二动身到欧洲去的事，诺拉与卡隆对此发表了一些意见；还谈到不久即将举办的圣诞节慈善舞会。

"爱琳要参加舞会的。"巴特勒太太说明。

"我也要去，一定的。"诺拉插了一句。

"谁带你去呢？"卡隆问。

"那是我的事，少爷。"她伶俐地回答。

用餐完毕，巴特勒太太就上楼去爱琳的房间，看看她为什么不下来吃饭。巴特勒则回到他自己的房间，很想把他担心的所有事情告诉他的太太。他坐下来，打开灯，发现一封信在桌子上，他马上就认出是爱琳的笔迹。她为什么写信呢？一种不祥之感涌上心头。他慢慢撕开信，又戴上眼镜，严肃地阅读起来。

爱琳就这样离家出走了。老头儿盯着信上的每一个字，每一个字都像是用火写的。她说自己并没有去考珀伍德那里，但是他还是极有可能带着她一同逃出了费城。这是最后一招，如果这样，那就完了。爱琳被引诱离家出走，去哪里了？去做什么？这样思量着，巴特勒却不相信这是考珀伍德教唆的。这样他太冒险了，以至于使他自己卷进巴特勒的家事里。报社很快就会听闻这件事。他站起来，把信抓在手里，听到什么声音就回过头来。原来是太太进来了，他振作精神把信塞进口袋里。

"爱琳不在自己的房间里，"她慌张地说，"她没有对你说起要出去吧？"

"没有。"他坦率地回答，不知何时可以告诉太太真相。

"那可就奇怪了，"巴特勒太太满腹怀疑地说，"她一定是有事出去了。也不告诉别人，真是怪事。"

巴特勒也没有流露出什么。他不敢。"她会回来的。"他说，想借此拖延一些时间。他不得不装作平静，心里却异常难过。巴特勒太太一出去，他就关上了门，然后他又拿出信来，重读了一遍，他觉得这个姑娘真是发疯了，她在做极不人道、愚蠢至极的事情。除了去考珀伍德那儿以外，她还能到什么地方去呢？她本来就差点儿成为人们的谈资，这一下可真的要成话柄了。他认为，目前只有一个解决办法。如果考珀伍德还在费城，那么他就一定知道爱琳的下落。他必须去找他，对他进行威逼利诱，如果有必要，就彻底搞垮他。无论如何，必须把爱琳找回来。她可以不去欧洲，但她必须回家，至少要安分守己地等到考珀伍德能够合法地与她结婚，这就是他现在所能希望的一切。她应该耐心等待，也许有一天他可以接受她那可恶的建议。她的想法实在是可怕！她会害死她的母亲，丢她妹妹的脸面的。他站起身来，戴上帽子，披上大衣，就出门了。

到达考珀伍德那里后，他被带到接待室。考珀伍德正在自己的小房间里翻阅一些私人文件，一听到通报巴特勒的名字，他马上走下楼去。这是他的个性，听到巴特勒到来，他并不吃惊。巴特勒来了，那就意味着爱琳已经离家出走了。他现在面临的战斗不是唇枪舌剑，而是人格力量的较量。他认为，在他们两人之间，他在智力、社会活动和其他各方面都占优势。他的精神内涵，我们称为生命力的东西，像钢铁一般坚强。他记起来了，他曾经跟他太太和父亲说过政客们让他代人受罪，巴特勒就是其中之一。但是巴特勒还不能完全不算作朋友，对他应该有起码的礼貌。如果可能的话，他倒很愿意与他和解，用平静、友善的态度道出人生的冷酷事实。但现在必须彻底安排好爱琳的事。他带着这种想法，尽快去见巴特勒。

巴特勒这个老头儿，得知考珀伍德在此处，而且肯见他，就决心尽力让与这位金融家的谈话达到事半功倍的效果。当他听到考珀伍德和往常一样轻松的脚步声时，他稍微动了一下。

"晚上好，巴特勒先生。"考珀伍德一看见他就高兴地打招呼，并伸出手来。

"我能为你做什么吗？"

"首先，你可以在我面前把它拿开。"巴特勒严厉地说，他指的是考珀伍德的手，"我并不需要它。我来与你谈关于我女儿的事，我让你坦言相告，她在哪里？"

"你是指爱琳？"考珀伍德说，用坚定、惊诧、莫名其妙的目光注视着他，插这句话只是为了争取思考的时间，"你要我说什么呢？"

"我清楚，你知道她在哪里。你有能力让她回到自己的家里。让你进我的门真是倒霉，但是我并不想在此与你多费唇舌。我让你告诉我，我的女儿在哪里，而且从今以后，你不能再与她纠缠，否则我就——"

老头儿的拳头像老虎钳一样紧紧捏在一起，胸膛因为愤怒而起伏着，"你不要欺人太甚，朋友，如果你放聪明一些的话。"过了一会儿，他又平静了一些，补充说，"我并不会和你来往，我只要我的女儿。"

"我告诉你，巴特勒先生，"考珀伍德十分平静地说，他暗自得意，因为在这个局面中他占了上风，"如果你允许的话，我可以非常坦率地告诉你。我也许知道你女儿在哪里，也许并不知道。我可能愿意告诉你，也可能不愿意。她可能不希望我告诉你。除非你愿意和我客客气气地谈话，否则我们无须做任何交流。你有权按照你的意志做事。你愿意到楼上我的房间里去吗？在那里我们可能谈得爽快些。"

巴特勒惶恐地看着他从前的手下，有生以来从来没有遇到过比他更冷酷的人，这个温和、直爽、蛮横、勇敢的家伙当然是装成了羊去他那里的，结果却是一只贪婪的狼。牢狱之灾竟然也不能使他感到一丝恐惧。

"我不愿上楼去你的房间。"巴特勒说，"你不能把她带出费城，如果你有这个计划。我能找回她的。我明白，你以为你占了上风，希望从我这里捞到好处。即便如此，你也捞不到什么。难道还不够吗，你像一个乞丐一样来到我的门前求我，请求我帮你，我就叫你进门竭力去帮你，可你却附带拐走了我的女儿。如果不是为了这个女孩子的母亲和兄妹，我会当场砸碎你的脑袋。把一个年轻、无辜的女孩子变成一个下流女人，而你却是一个有妇之夫！在这里与你谈话的是我，而不是我的儿子，这是你的运气，否则你就保不住这条性命，更不用说表达什么意见了。"

老头儿非常严肃，怒火中烧而又无计可施。

"我很抱歉，巴特勒先生。"考珀伍德先生镇静地说，"我愿意说清情况的，但你不让我说。我没有打算与你女儿一起逃走，也根本不想离开费城。你应该十分了解我，我并没有考虑那种事情，我的兴趣比这大多了。你我都是讲究实际的人，我们应该能够把这件事情谈一谈，达成和解。有一次我曾想去看你，解释这件事。但我敢肯定，你不会听我述说。现在既然你到了这里，我就想和你好好谈谈。如果你能上楼去我的房间，那我很欢迎，否则就算了。你愿意上楼去吗？"

巴特勒清楚现在考珀伍德处在有利的位置。他认为自己最好还是上去，否则很显然，他就得不到任何消息。

"好吧。"他说。

考珀伍德十分友好地走在前面，和巴特勒进了他的私人办公室，然后就随手关上了门。

"我们应该能把这件事情心平气和地谈一谈，取得和解。"考珀伍德重新说，"我并非如你所想的那么坏，尽管我清楚，你认为我非常坏。"巴特勒轻蔑地注视着他。"我爱你的女儿，她也同样爱我。我知道你心里想，既然我有太太怎么可以去爱别人呢？但是请你相信我，我能爱，而且已经爱了。我的婚姻并不像我希望的那样美满。如果没有这次经济危机，我想和我太太商量离婚，然后与爱琳结婚。我的初衷是很好的。当然，你可以埋怨在几周之前撞上的情况，那时确实有些冒失，但那又很合乎情理。你的女儿并不抱怨，她了解的。"

此时谈及他的女儿，巴特勒听了又羞又恼，满脸通红，但是他按捺住心中的怒气。

"仅仅因为她不抱怨，你就认为这是对的，是吗？"他讥讽道。

"在我看来就是对的，在你看来肯定不对。巴特勒先生，你对人生有一种态度，而我却有另一种态度。"

"你这句话说得不错，"巴特勒插进来说，"总之，只有这一次。"

"那就无法证明我们谁对谁错。我认为，只要目的正确，手段不必计较的。我的目的就是和爱琳结婚。只要我从目前的经济困境中解脱出来，我就去这么做。当然，我要得到你的同意，爱琳也是如此。但是如果你不同意，那我们也就无计可施了。"考珀伍德正在考虑，这不可能对老承包商的观点产生和解的作用，却能够让他看清这件事情的可能性或必要性。因为不结婚的话，爱琳目前的处境是非常尴尬的。至于考珀伍德自己，人们认为他是一个犯有侵占罪的人，但这也不会长久下去。他可能获释，肯定能东山再起的。在此种情况下，爱琳如果能够与他结婚，也应该感到欣慰。他压根儿不大知道巴特勒在宗教与道德上的偏执程度。"近来，"他说下去，"我看得出来，你花费了很大的力气，处心积虑要打倒我。我觉得就是因为爱琳，但是这只能推迟我想做的事情而已。"

"我认为，你希望我帮你办那件事情吧？"巴特勒怀着无比的憎恶与忍耐，一针见血地点明他的意思。

"我要和爱琳结婚，"考珀伍德为了表示强调，重复了一句，"她也要和我结婚。在这种情况下，无论你怎么想，我相信，你不会当真反对我这么做的，可是你却在继续打压我，使我很难按照你实际上认为我应该做的去做。"

"你就是个流氓，"巴特勒说，戳穿了他的动机，"我认为，你是个骗子，我不愿我的孩子与你有关系。并不是说，既然事情已到了这种地步，假如你没有妻子，她还是与你结婚的好。这是你能够做的一件正派的事情。可我根本不相信你会做的。但目前的症结不在于此。你把她藏起来打算怎么样？你不能与她结婚。你不能和你太太离婚。你在为你的案子而奋斗，好使你不去坐牢，你已经够忙的了。我认为，她只会成为你额外的负担，你需要把所有的钱都花到其他事情上去打点。你为什么把她从一个正派的家庭里引诱出来，把她变成你即使有可能，也羞于与之结婚的人呢？你如果还像一个人，有一点儿你喜欢称之为爱情的东西，那么，最好是让她待在家里，使她品行端正。你要记住，不管你使她变成什么人，我都认为你是高攀不上她的。如果你还有一点儿道德观念，就不会让她玷污家风，让她的老母亲操碎心；那样除了使她变得比现在更糟糕以外，没有丝毫意义，既然如此，你从中能捞到什么好处呢！你希望产生什么结果呢？上帝做证！如果你不太糊涂，那我应该认为你能够看明白。你只是在给自己增添麻烦，而不是减少麻烦，她将来也不会因此而感谢你的。"

他停顿下来，为自己竟然被引入争论而感到有些诧异，他极其蔑视眼前这个家伙，几乎不想看他一眼，但是他的责任、他的需要是把爱琳接回来。考珀伍德非常严肃地望着他，好像在思考他所说的话。

"坦率地告诉你，巴特勒先生，"他说，"我并不希望爱琳离开你的家庭，一旦你与她谈及此事，她就会这么告诉你的。我曾努力劝她不要离家出走，既然她坚持这样做，我只能希望她无论在哪里心情都能愉快。你雇了侦探来跟踪她，对她非常不利。事实上，我极其爱她，而且有三四年了。只要你懂些恋爱的奥秘，就会理解这并不一定是操控，她对我的影响正如我对她的影响一样大，我这样表述并没有委屈爱琳。我爱她，这就是一切麻烦的根源。你到这里来坚持让我把你的女儿还给你。事实上，我根本不知道是否能做到。我不知道如果我要她回去，她是否能接受我的建议。她可能反对我，说我已经不再关心她了，而这不是实情，我不希望她产生这种错觉。我已经告诉过你，你对她的态度，你要让她离开费城这件事情，伤透了她的心。你也可以像我一样设法弥补。我可以告诉你她在哪里，但是我不乐意。我不了解你对她以及这些建议持有何种态度，我不会告诉你的。”

他停止说话，平静地注视着眼前这个老承包商，后者也冷酷地盯着他。

巴特勒现在很关心这场争论的进展。渐渐地他不知不觉地对这个局面产生了不同的看法。事情发生了某些变化，在此事上，考珀伍德似乎是相当诚恳了。他的承诺可能全是假话，但或许他真的爱爱琳。他可能真的想在什么时候与他的太太离婚而与她结婚。据巴特勒所知，离婚是违反他非常敬重的天主教教规的。上帝的规则及道德观念都不允许考珀伍德抛弃他的太太、子女，而与别的女人结婚。纵使为了挽救爱琳，也不能与她结婚。从社会学上说，这种想法就是犯罪，而且事实表明考珀伍德就是天生的坏蛋，然而考珀伍德可不是天主教徒，他对人生的态度确实与巴特勒有差别。此外，最糟糕的是（当然是因为爱琳自己性格的原因），他在物质上极大地伤害了她的地位。她或许很难恢复大家闺秀的意识，所以这件事情值得斟酌。巴特勒清楚自己最终不能支持这种事情，这是合情合理的，因为他要维持对教会的信仰，但是他也懂得人之常情，所以还要斟酌一下。何况，他希望爱琳回家去。他明白，从今往后对自己的前途，爱琳肯定要提出一些想法了。

“你说吧，是什么建议？”巴特勒问。

“很简单，”考珀伍德回答，“首先，我建议你不要再反对爱琳留在费城。其次，我希望你不要再攻击我。”考珀伍德露出了求和的笑容。他确实希望用他慷慨的态度使巴特勒平和一些，“当然我不能强迫你，除非你自己愿意这么做，巴特勒先生，我仅仅提出这一点，因为我相信，如果不是为了爱琳，你就不会采取你现在的做法。我了解到你收到了一封匿名信，于是那天下午，你就要收回借给我的贷款。我听说，自从那时起，你就坚决反对我。我只寄希望于你并非如此。我没有犯什么侵占六万美元的罪，你是清楚的。我的目的光明正大。在使用那些市公债券的时候，我并没有料到会破产，如果不是因为其他几项别的借款要归还，我本来可以维持到月底，及时把它们存进去，我一直是这么做的。我一直很珍惜你的友情，我十分不愿意失去它。现在，我打算说的话已经说完了。"

巴特勒老练地盯着考珀伍德。他觉得，这个家伙是有些优点的，但是也做了不少伤天害理的事情。巴特勒当然明白他是如何获取支票的，还有与此相关的许多其他事情，今天晚上他耍的手腕与火灾那天晚上到他那里去的做法并无差别，一样的诡计多端，冷酷无情。

"我不能答应你，"巴特勒说，"告诉我，我的女儿在哪里。我才有可能斟酌一下这件事情。你现在不能要求我，我对你也没有任何义务。但是我总要考虑一下的。"

"那就很好，"考珀伍德回答说，"我只是希望如此，但爱琳怎么办呢？你要她离开费城吗？"

"只要她能安居家中，安分守己也就可以了。但是她与你之间的关系必须终止。在此事上，她玷辱了家风，毁灭了自己的灵魂。你也在玷辱家风，毁灭自己的灵魂。你没有家室的时候，才可以云淡风轻地谈其他事情。除此之外，我根本不能答应你。"

因为针对爱琳的建议产生了实际的作用，考珀伍德感到很满足，即使对他自己并没有特别的帮助，他还是认为她马上回家对她有利。他拿不准向州最高法庭的申请结果会如何，他要求重审，只有在上诉核准以后才办得到。可能得不到批准，在这种情况下，他肯定得坐几年牢。如果他入狱，她就更加安全了，因为毕竟在家庭的怀抱中要好得多。在以后的两个月里，他会忙得不亦乐乎，直到他知晓申请的结果如何。然后，不管遭遇如何，他都要继续战斗。

考珀伍德按照自己的方式思考这件事情，与此同时他一直在考虑如何才能使这场妥协不至于伤害爱琳的感情，怎样规劝她回家却又不伤她的心。他知道她不会拒绝和他见面，他不乐意与她见面。如果他没有合适的、充分的理由，就把她藏身的地方告诉巴特勒，这是极不理智的。除非他已经掌握了正确的办法，使爱琳最易于接受的办法，否则他就不打算告诉巴特勒。他知道她在那个地方不会一直感到开心的。她的离家出走一方面是因为巴特勒坚决反对他，另一方面是由于巴特勒坚决让她离开费城并且要她循规蹈矩。但是后一点，巴特勒现在已放弃了一部分。巴特勒尽管嘴上强硬，但已不是坚决的复仇之神了。他软化下来，急于找到他的女儿，极其愿意饶恕她。巴特勒是自作自受，实际上是败下阵来，考珀伍德已从老头儿的眼神里看了出来。只要他能够亲自与爱琳谈话，把真相解释明白，他有把握能够使她清楚，至少在目前，这是对他们双方都有利的，或者就在这里等一下，他就出去和她商量，等她知道了事情的真相她可能会作出让步。

"在现在这种情形下，我所能做的，"过了一会儿，他说，"是在两三天之内去看爱琳，问她打算怎么办。我能够把事情向她解释清楚，如果她愿意回家就回去。我保证把你的话统统都告诉她。"

"两三天！"巴特勒愤怒地高声喊着，"两三天简直是胡说八道！今天晚上她一定要回家。她的母亲还不知道她出走了呢。仅限今天晚上！今天晚上，我自己把她接回去。"

"不，那是办不到的，"考珀伍德说，"这非得我亲自去不可。只要你愿意在这里等一下，我就去想想办法，回来告诉你。"

"好吧，"巴特勒哼了一声，他现在反背着手，不安地踱来踱去，

"但是上帝！要快一些。不能再耽搁啦。"他心里想着巴特勒太太。考珀伍德则招呼仆人准备他的马车，吩咐乔治不许任何人闯进他的私人办公室。然后，考珀伍德急忙乘车出去，巴特勒在这个他觉得可恶的房间里，踱来踱去。

第四十七章　船在下沉

当考珀伍德到卡立根家里的时候，已经快夜里十一点钟了，但是爱琳还没有睡觉，她在楼上的卧室里，正把她自己的某些社交经验告诉玛咪和卡立根太太，这时门铃响了，卡立根太太下楼开门。

"巴特勒小姐在这里吧？"他问，"她的父亲差人来了，请你转告她好吗？"

尽管爱琳曾告诉卡立根太太，她家里的人也不能知道她在这里，可是现在出现的是考珀伍德，又提到了巴特勒的名字，卡立根太太拿不定主意了。

"等一下，"她说，"让我看看。"

她后退一步，考珀伍德马上跨进门里，摘掉帽子，露出得意的神情，因为爱琳就在这里。"告诉她，我只要和她谈几分钟的话。"当卡立根太太上楼的时候，他提高了声音，故意让爱琳听到。果然她听到了，立刻走了下来。她非常奇怪，他竟然来得如此快，而且虚荣地猜想，她家里一定乱得一团糟了。如果没有这样，她会觉得非常遗憾。

卡立根母女很想探听他们的谈话内容，但考珀伍德却小心得很，当她走下楼来时，他把手指放在嘴唇上示意她不要开口，而且问："你是巴特勒小姐吧？"

"是的，"爱琳回答，偷偷一笑，她就是想吻他一下，"有什么困难吗，亲爱的？"她温柔地问。

"我想，你必须得回家了，亲爱的，"考珀伍德低声说，"如果你不回去，就要闹得一团糟了。你母亲好像还不知道，你父亲现在就在我那里等你。只要你回去，对我兴许很有帮助。让我告诉你——"他于是认真复述了他与巴特勒的谈话，以及他自己对于此事的观点。爱琳的脸色随着情况的进展而不断变化。但是，他把事情说得很清楚，他承诺他们可以像从前一样继续往来而不受阻碍。这个问题一解决她就决定回家了。父亲的屈服好像就是她的胜利。于是她与卡立根母女告别，含笑说家里少不了她，她的东西隔天会派人来取。然后她就和考珀伍德一起回到了他家门口。他请她在马车里等候，他去让她的父亲下来。

"怎么样？"当他开门进来的时候，巴特勒回头看见他而没看见爱琳就急切地问。

"她在门外我的马车里等你。"考珀伍德说，"如果你愿意就坐我的车子吧。我会派人去要回的。"

"不，谢谢，我们可以走回去的。"巴特勒说。

考珀伍德吩咐自己的仆人去照顾车子，巴特勒板起面孔走了出去。

他心里不得不承认考珀伍德对女儿有着致命的影响，甚至是永久的。他最好把她束缚在家庭的范围以内，兴许她能够清醒过来。回家的路上，他非常小心地和她谈话，唯恐她会节外生枝。

"你在离开家之前，爱琳，"他说，"应该和我再商量一下。如果你的母亲知道你出走，情况一定很凄惨。她现在还不知道呢。你应该说是在某处吃的晚饭。"

"我在卡立根家里，"爱琳回答，"这很容易。妈妈绝不可能想到其他事情上去。"

"我太伤心了，爱琳。我希望你能重新考虑一下你的行为，而且做得再好些。我现在不想再提这件事情了。"

爱琳回到她自己的房间，当时内心充满了胜利的喜悦。巴特勒家里的事情表面上一切照旧。但是，如果有人认为这次失败会永远改变巴特勒对考珀伍德的态度，那就大错特错了。

在等待上诉开庭的两个月里，考珀伍德努力补充他已崩溃的实力。他继续从事一度中断的工作，但在他被判有罪以后，重新组织他的商业业务已经变得十分困难了。在破产的时候他设法保全他最大的债权人的利益，他有把握一旦获得自由，如果可以获得自由的话，他的信誉以及其他东西在最能帮助他的库克公司、克拉克公司、德雷塞尔公司，以及吉拉特国民银行之间还能生效，只要他个人的名誉不因判决损坏得太厉害，他很乐观，自以为运气还好，却完全没有料到这种性质的法庭判决，不管它正确与否，即使在对他最热心的支持者的头脑里，也会产生相当糟糕的后果。

现在，他在金融界内的好朋友们都已很清楚，他的事业犹如一艘船在下沉，从事金融的人都清楚金钱是最敏感的东西，而金融界的人士多半做的是与金钱相关的事情。对于一个可能要坐几年牢的人，设法解救也是于事无补的。如果他在最高法庭上败诉，被判处了监禁，或许可以请州长想些办法，但那是两个月以后的事情，可能还要久些，他们不知道结局是什么。所以考珀伍德尽管一再要求别人宽限债务期限或者接受他全面复业的某些方案，但都被那些持有质疑态度的人婉言拒绝了。他们需要考虑一下，他们需要观望风声，有些事情在妨碍他们，等等。一些不愿帮忙的人找出了无数的托词。在此期间，他仍然精神抖擞地在金融界里穿梭，遇到老朋友就打招呼，有人问的时候就做出一副很有希望，事情很顺利的姿态，但他们都不相信他，而他实际上也并不在乎他们是否相信。他的任务就是对任何一个真正能够接济他的人软磨硬泡，他不知疲倦地这样做着，不顾一切。

"唔，喂，弗兰克，"他的朋友们见了他就叫，"你好哇？"

"很好！很好！"他高兴地回答，"再好不过了。"于是他大概地解释他如何应对他的事情，把他自己的诸多乐观的想法输送给认识他，并关心他的幸福的人，但是当然有许多人对他漠不关心。

这几天，他与斯达格总是在法庭上相见，因为某些破产的诉讼，他不得不重新受审。这是一段令人伤心的时光，但是他并不退缩。他打算住在费城，为此事斗争到底直至恢复他在火灾前的地位，在社会上重振威名。而且他有信心，他能办得到，只要实际上他没有长期坐牢，即使坐牢，他天性还是这么乐观，认为出了监狱还可以东山再起的。但在这一点上，就费城而言，他简直就是在做黄粱美梦。

有一件事情在妨碍他，巴特勒和政客们在政界里继续反对他，谁也不能说出正确的理由。好像大家都普遍认为这个金融家与前任市财政局局长上诉注定要失败，最终要一同判罪。斯特纳原本打算自己认罪，忍受刑罚而不去辩驳，但被他政界里的一些朋友们说服了，他为了自己的未来打算自称无罪，坚持声明他的犯法是惯例造成的，这比自己直接认罪，似乎不要什么证据的做法要高明一些。他就照办了，但他还是被判了罪。为了保全体面，一个虚伪的上诉申请，现在已提交最高法庭。

随后流言蜚语四处传播起来，是给巴特勒和考珀伍德太太写信的女人所散布的谣言，以及其他一些谣言，都谈到了考珀伍德与巴特勒的女儿爱琳之间的关系。北第十大街有一所房屋，就是考珀伍德为她租下来的。巴特勒存心复仇不足为奇。这的确可以说明很多问题。即使在讲究实际的金融界里，现在也多半批评考珀伍德而不是批评他的对手。因为，在他的事业初创阶段，曾经得到过巴特勒的照顾，这恰恰是事实。而他对巴特勒的照顾是怎么回报的呢？连他交往最久、最忠实的支持者都摇头了。因为他们明显感到这是他天生的"我行我素"的态度和行为准则的又一个验证。他是一个坚定的人，当然也是一个杰出的人。第三大道从来就没有出现过像他那样能言善辩、风度翩翩，在金融界既进取而又稳重的人。谁能如此冒险与自负地激怒复仇之神呢？像撒旦一样，喜欢出风头。也许，他就不应该勾引巴特勒的女儿。毋庸置疑，他更不应该在与斯特纳翻脸后，如此大胆地取走那张支票。他真是有些欺人太甚。有了这样的前科，他想在这里恢复过去的地位，这难道不是问题吗？与他最亲近的银行家和商人都认为他的人品很值得怀疑。

但是，考珀伍德的人生观，原本就是"我行我素"，在此时更成了他的一种本能。加上他对美好事物、恋爱和女人的喜爱，使他仍然心狠手辣，任意妄为。即使在当下，像爱琳·巴特勒这样美丽的姑娘，在他眼里，依然比五千万人的好感更为重要，假如他能够不珍惜他们的好感的话。在芝加哥火灾与经济危机之前，他的好运如此迅速上升，以致在一些重大而有利的事件之中，他根本没有想到他所做的事情存在的社会意义。他的血液里充满了青春和生命的欢乐。他觉得自己如此年轻，精力如此充沛，他的里里外外都像新生的野草。他春心荡漾，无所顾忌。遭遇挫折以后，大家都认为，他总应该明白还是暂时放弃爱琳的好，可是他却不愿意。她可以代表他过去春风得意时的最佳的生活状态，她就是他的过去与还没有实现的胜利的将来之间的纽带。

最令他担心的是，如果他被判入狱，或者被裁定破产，甚至既入狱又破产，他的交易所经纪人的席位可能就会丢掉，这就临时，如果不长久的话，会阻碍他在费城创业的最佳途径。当前，受他牵连，他的经纪人席位只能作为一种资产，却不能开发业务了。爱德华与约瑟夫几乎是他能保留的仅有的职员，还在替他做些小额的交易。但交易所里其他的会员自然怀疑他的兄弟其实就是他的代理人，但凡谈到他们打算自己做生意，就经常使其他经纪人与银行家认为，考珀伍德正在琢磨一些秘密业务，可能是不利于债权人的，总而言之是违犯法律的。可是无论如何，他得保住交易所里的位置，即使不积极也要有潜力。所以他急中生智，为防止入狱或被裁定破产，或者两者皆有，他必须找到本来或者可能在交易所里受欢迎的人，让此人做附属的匿名合伙人，即一种工具、一个傀儡。

最后他终于想起一个合适的人，此人并无大成就，只有点儿小事业，但他很诚实，又很喜欢考珀伍德。他叫斯蒂芬·温格特，在南三大街艰难地支撑着不太全面的经纪人业务。他已四十五岁，中等身材，胖胖的，有点儿城府，有点儿聪明，但也有一定的活动能力，但是精神并不振作、激进。的确需要一个像考珀伍德这样的人来拉他一把才能成就一番事业。他在交易所里拥有一个经纪人席位，大家都觉得他不错，他也受到别人的重视，但是生意并不太兴隆。他曾经向考珀伍德要过小恩小惠，比如以较低的利率借些小贷款，拿些回扣，等等。考珀伍德因为喜欢他，有些替他抱屈，于是都答应了他的请求。现在，温格特正在逐步走向不太成功的晚年，做人如他，这么发展是自然而然的事情。当时还没有人质疑他是考珀伍德的雇员，而考珀伍德就可以利用他正确地执行他的命令。考珀伍德请他过来，与他长谈。考珀伍德告诉他真相是什么。考珀伍德认为作为一个合伙人，温格特能为他效劳，他需要多少生意，等等，考珀伍德觉得两人谈得很投机。

"我很高兴去做你所说的任何事情，考珀伍德先生，"温格特保证，"我知道无论发生什么事情，你都会保护我的，而我也只愿意为你一个人工作，我尊敬你。这场风暴就会过去的，而你也不会受到什么损失。总之，我们可以尝试一下，如果不成功，你可以考虑以后怎么办。"

就这样，考珀伍德开始借温格特之手做起了小额交易。

第四十八章　裁定坐牢

　　州最高法庭准备处理考珀伍德的上诉(申请驳回次级法庭的判决，准予重审)时，他与爱琳关系的谣言已四处传开了。无须多言，谣言曾经，而且仍在给他造成不少损失。这就证实了政客们原来计划营造的舆论，考珀伍德就是真正的罪犯，而斯特纳是受害者。他天才的头脑造就的半合法的金融手腕，当然并不比在祥和稳定的日子里所实施的手段差一些，尽管那些小手段在许多其他地方受到不少人赞美。现在却已被认定是最危险的阴谋家的诡计。他已经有了太太，两个孩子，还不知道他的真正想法的社会人士，总是善于揣测事情的结局，他们一下子得出这样的结论，认为他马上就要抛弃他们，与丽莲离婚然后与爱琳结婚。从保守的观点来看这本身就是犯罪，但是根据他的金融事业，他的受审和判罪，以及宣告破产的情况，社会上很容易相信他就是政客们所说的那种人。他罪有应得。最高法庭不该接受他的上诉申请。确实如此，我们内心深处的想法与主意，有时候真的会以不知名的物质媒介转变成社会舆论，然后众所周知，但我们却不清楚他们究竟是怎么知道的。这里有一种所谓思想转移与观念先验的东西在产生影响。

　　最为重要的是，州最高法庭五位法官以及州长也听闻了此消息。

　　在讨论考珀伍德上诉申请的四个星期里，哈巴·斯达格与戴尼斯·夏侬两人都出现在最高法庭的法官面前，争论是否该准予重审。考珀伍德委托他的律师向最高法庭的法官宣读引经据典的申请书，陈述一开始他就被冤枉，并没有真正的事实依据作为盗窃罪或其他罪状的基础。斯达格花费两小时十分钟才陈述完毕，而地方检察官夏依则花费了更长的时间来反驳他。庭上的五位法官，尽管具有丰富的法律经验，但还是不太了解金融业务，此时聚精会神地听着。其中，斯密森、兰尼、贝克维支三位法官，是最服从当时政治倾向与领袖的意见的人，并不很关注考珀伍德交易的故事，尤其在听到他与巴特勒女儿的关系，以及巴特勒因此反对他以后。他们自以为把全部案情考虑得很公平，没有偏见，但是他们心里总是牢记考珀伍德对待巴特勒的态度。还有马文与拉富尔斯基两位法官，他们比较有同情心和见识，却也是政治自由的人，他们相信考珀伍德受到诸多委屈，但他们不知如何去补救。在政治上和社会上，考珀伍德已经处于最不利的位置。他们清楚，而且在考虑斯达格准确描述的考珀伍德在金融上和社会上的很大损失。拉富尔斯基法官因为自己在生活中也曾有过类似的，与一个女人有染的经历，就坚决反对判考珀伍德有罪，但一考虑到政治关系与义务，又认为即使自己站出来反对也于事无补，而且在政治上是极其不明智的表现。可是，当他与马文得知斯密森、兰尼、贝克维支三位法官倾向于未经任何讨论就判定考珀伍德有罪的时候，他们决定提出异议。案情非常复杂，考珀伍德也许依据行动自由的某些基本原则向联邦最高法庭提出上诉。总之，在宾夕法尼亚州或者其他法庭里的法官，都倾向于审查此案件的判决，这的确很重要。少数决定提出异议，对他们也不会造成损害。只要判定考珀伍德有罪，政客们就不会计较这些。事实上，还要更喜欢一些。因为这样显得更公平。而且，马文与拉富尔斯基认为在斯密森、兰尼、贝克维支一致认定考珀伍德有罪的时候，如果能发表意见，即使与他们有些矛盾，也在所不惜。所以，五位法官都认为他们是公正无私地考虑此案件，如同一般人在相同情况下所认为的那样。于是在一八七二年二月十七日，斯密森代表自己以及兰尼和贝克维支法官发表意见：

"被告弗兰克·阿尔杰农·考珀伍德要求驳回次级法庭陪审团的判决，申请重审。本法庭认为对被告的处理原则上并无任何不公平之处，（此处冗长地重述此案的历史概要，在期间指出财政局局长办公室的惯例，且不谈考珀伍德与市财政局做生意的简便方法，对于他的破产的影响，在法律的精神与条文两方面都是没有责任的）借口法律手续而获取的财物可以构成盗窃罪。目前此案中，陪审团的职责是确定犯罪的动机。他们已确认被告罪名成立，本法庭不能认定此判决书证据不足。被告究竟出于何种目的获取那张支票的呢？他已经濒临破产，他已把受托出售的市公债抵偿了自己的债务，他已经非法取得五十万美元现金作为贷款，他就再也不能以任何正常的手段从市财政局拿到钱，这是众所周知的。而他就去那里，并编造含糊的谎话，又拿到了六万美元。陪审团已经发现他做此事的动机。"

这些话表明，考珀伍德要求重审的请求遭到了多数法官的拒绝。

马文法官代表自己和拉富尔斯基法官，发表了不同的意见：

"不言而喻，就此案的证据而言，考珀伍德先生获得支票是代理人应有的权利，而且作为一个代理人并没有任何现象表明，他不曾履行或不打算履行因为收取这张支票而应该承担的全部义务。审理的时候已经表明，大家都知道，买进市公债作基金，是不应该在市场上或者社会上，让他人知道或得到风声的。这是一种手段，因此代理人考珀伍德可以绝对自由地处置他的资产和债务，只要最后结果能令人满意就行。何时买进公债，何时应该买进多少数目，都没有特殊规定。除非被告在取得支票之时，就企图据为己有，否则他的罪名不能成立。

陪审团的判决书并没有确定这个事实。证据也不能充分表明可以确定这个事实；而且陪审团也在其他三项罪名上，没有一点儿证据就判定被告有罪。他们判定其他罪名上的错误是如此明显，我们怎么能认定他们在第一项罪名上的结论没有错误呢？我们少数法官的意见认为，陪审团在判决书里把第一项罪名定为盗窃罪证据不足，因此判决书应该推翻，准予重审。"

拉富尔斯基法官是一个犹太籍、外貌很像美国人、足智多谋而又讲究实际的人。他觉得应该表达第三种意见，特别要反映他自己的观点，作为对多数法官的批评，也对他所同意的马文法官的意见作些小小的补充。考珀伍德的罪状，本来是一个错综复杂的问题，而且除了政治上需要判定他有罪以外，在这个高级法庭上就最清晰地表现分出歧的意见了。比如，拉富尔斯基法官就主张，即使考珀伍德有罪，也不是盗窃罪。他于是这样补充说：

"从证据来判断，我们不能确定，考珀伍德不打算在短期里交出公债，也不能确定办公室主任阿尔培·司戴尔，或市财政局局长不打算放弃支票及支票代表的财产金额。司戴尔先生曾经供述考珀伍德先生买进了这个数目的市公债券，而没有明确证据证明他并没有买进。他没有把上述的市公债券存入基金，尽管与法律的条文相违背，但我们应该从惯例来观察、判决才公平合理。他不是一直这么照办的吗？我认为，现在本法庭多数法官宣布的原则，把法律上的盗窃罪推广到如此广的范围，以致任何大规模经营完全合法的股票交易的商人，可能在还没有清楚之前，仅因为市场上突然爆发的经济危机或者火灾，就像此案里的情况一样，构成欺诈罪。提出这样一个原则，设定这样一个前提，从而得出这样一个结论，纵使退一步说，也令人害怕。"

由于少数法官提出异议，考珀伍德得到了意外的安慰。但他还是尽量做好遭受不幸的心理准备，因为他料到这个结果而尽力安排自己的事情时，仍然沮丧至极。如果说他往常坚强、自信且没有痛苦，这是不真实的。他也具有最敏锐的感觉，只是往往被钢铁一般冷静的理智控制着、束缚着罢了。斯达格指出，除了向联邦最高法庭上诉以外，已无别处可以上诉了，但联邦最高法庭应该审理的内容，只是涉及宪法的某些方面以及他作为公民的权利。这使事情办起来费时费钱。这时候，应该从哪一点提出上诉还没有弄清楚。要拖延许多时间，也许是一年半，也许还要更久些，而到了最后，他还是可能坐一段时间牢，在判决之前，还必须得监禁一段时间。

听了斯达格的介绍之后，考珀伍德认真地思考了一会儿，然后他说："好吧，看样子我如果不坐牢就非得出国不可了，但我决定坐牢，我在费城终究还能有机会战斗而且获胜。我认为，我能够在最高法庭上推翻这个判决，或者过段时间能获得州长的特赦。我不会逃走，谁都知道我不可能逃走。那些自以为能把我打倒的人其实并没有击中我。过些时候我就能渡过难关，等我出来的时候，我会让这些小政客看看真正的战斗到底是什么。从此他们永远不能从我这里拿到一分钱了！我一分钱都不给！如果他们放我过去，我真的计划过些时候就归还那五十万美元。现在就让他们的计划落空！"

他咬紧牙关，灰色的眼睛里闪出了坚定的意志。

"啊，我已经竭尽全力了，弗兰克，"斯达格同情地解释，"你应该凭良心说句话，我已经尽可能做了最努力的战斗，可能我不清楚会发生什么，这一点应该由你来回答，在我的能力范围之内，我已尽了最大的努力，只要你让我办，我还可以为此案再做一些事情，但是现在我让你来决定。你说什么都可以。"

"在此关头，请不要说废话了吧，哈巴，"考珀伍德几乎是发怒地说道，"我自己清楚满意与否，如果我不满意，我会马上告诉你。我认为你可以继续做下去，看看还有什么理由，向最高法庭上诉。但与此同时，我却要开始接受执行了。我觉得贝特森不久就会规定日期，要让我去见他的。"

"这要看你喜欢怎样了，弗兰克。我能够把执行延迟一周或者十天，如果这样对你有什么益处的话。我相信，夏侬不会反对。只有一个障碍，贾斯珀明天会来这里找你。万一他接到通知，得知你的上诉已被拒绝，他的责任就是把你重新监禁。如果你不给他钱，他就会把你铐起来，但是我们可以想办法。如果等待一下，你会有些时间，我想他会派一个副手陪你，让你不进去。但是晚上恐怕还是要留在牢里。自从几年前发生阿尔培森案以后，他们在这方面相当严格。"

斯达格是指一个著名的银行会计的案子，他在晚上从地方监狱里出来，装作被一个副手监视，结果却被放走了。当时监狱长办公室受到了沉重、严厉的责罚，从此以后，已经判决的犯人，无论是否有名、是否有钱，至少在晚上要住在地方监狱里。

考珀伍德镇静地思考着，从律师所的窗口向外遥望第二大街。自从他第一次尝到贾斯珀招待的滋味以后，并不怎么担心在那位先生的监视下会发生什么事情，尽管他根本不喜欢在地方监狱里过夜，由于他的总刑期并不会因此缩减，除非有几个月的自由，目前他的事务在监狱里也可以安排，正如在他第三大道的办公室里一样，当然不完全一样，但也差不太多。总而言之，为什么谈判呢？他就要被监禁了，他可以接受而不再感到烦恼。他可能需要一两天来处理他的事务，但除此之外，还要麻烦什么呢？

"按照惯例，如果你不去活动，我什么时候去听判决呢？"

"啊，大概在周五或者周一，"斯达格回答，"我不知道夏侬在这个问题上有何企图。过一会儿我要顺便去看看他。"

"我认为你最好去看一下他，"考珀伍德回答，"周五或者周一，随便哪一天我都没有问题。我的确并非与众不同。如果可以的话，还是周一好些。你是否有办法劝说贾斯珀，不到时候就不要来管我。他清楚我是绝对可靠的。"

"说实话，我不知道，弗兰克。让我来想想办法吧。今天晚上我就去找他，与他谈谈。可能会花一百美元，让他把严厉的规则，放宽到这个限度。"

考珀伍德阴冷地报之一笑。

"我想花一百美元可以让贾斯珀放宽他的全部规则。"他回答，起身准备走了。

斯达格也站起来。"我要去找这两个家伙，然后到这里来看你。晚饭后你在家里，是吗？"

"是的。"

在寒冷的二月天里，他们披上大衣走出去，考珀伍德回他第三大道的办公室去。斯达格去见夏侬与贾斯珀。

第四十九章　行贿狱长

夏侬很快办妥了周一安排考珀伍德听判决一事，他个人对合理延期并无异议。

然后斯达格就去地方监狱了，时间已近五点，夜幕降临了。贾斯珀监狱长懒洋洋地从他的私人书房里踱了出来，他本来正在那里擦他的烟斗。

"你好呀，斯达格先生？"他面带微笑，友好地说，"你好呀？见到你真高兴。坐吗？我想你又是为了考珀伍德的事情到我这里的。我刚才得到地方检察官的通知说他败诉了。"

"正是此事，监狱长，"斯达格很巴结地回答，"他让我过来询问，你在这件事情上需要他如何做。贝特森法官刚刚已经决定周一上午十时宣判。如果他在周一上午八时以前，或者是周日晚上来此报到，那样不会使你不太高兴吧？你了解的，他是十分可靠的人。"斯达格在客客气气地试探贾斯珀，打算把考珀伍德报到的时间说成小事情，如果可能，就省一百美元了。但贾斯珀可不容易糊弄，他肥胖的脸拉得老长。斯达格怎么可以向他提出这样的待遇却绝口不提报酬的事呢。

"你明白，这是违法的，斯达格先生，"他开始谨慎小心地、抱怨似的说，"我倒乐意行个方便，不管从哪方面来说；但自从三年前的阿尔培森案以后，我们管理这类事情要谨慎多了，而且——"

"啊，我清楚，监狱长，"斯达格殷勤地打断他的话，"但终究这不是一般案件，你也清楚。考珀伍德先生是一位十分重要的人物，他有许多事情要处理。现在，如果拿七十五美元或一百美元送给法庭的书记，或作为罚款，是很容易办到的，但是——"他停顿下来，故意望着别的地方，贾斯珀的脸立马就放松了。即使神圣的法律，现在也不怎么重要了。斯达格知道已经无须浪费口舌了。

"这件事情最麻烦了，斯达格先生，"监狱长继续说，尽管表示已妥协，可语气里依然饱含叹息的样子，"如果惹出任何麻烦，我的职位就彻底完蛋了。无论何种情况，我都不能这么办，我根本不愿意。但是我却知道考珀伍德与斯特纳两位先生，而且我对他们都有好感。我认为他们两位在这件事情上都蒙受了冤屈。如果考珀伍德先生不太公开地到外面去，我愿意在这件事情上破例一下。我不希望地方检察署的任何人得知此事。如果在此期间，我在他附近派一个代表做做样子，他不会介意吧？为了遵守法律，我必须这么办。我派的人不会给他惹麻烦的，只装作保卫的样子。"贾斯珀很直率、很精明地注视着斯达格先生，好像请求谅解似的，斯达格于是点点头。

"很好，监狱长，很好。你真不错。"他取出皮夹，这时监狱长小心翼翼地带他走进自己的书房里。

"我请你看看在此备用的一些法律书，斯达格先生，"他恳切地说，与此同时，他的手指正轻轻地捏着斯达格递给他的一小沓十美元面值的钞票，"你知道，有时我们需要这类书的。手头放些这类的书，我认为很有用处。"他一只手故意指着州通报校订成文法、监狱规程等一排书，同时把钞票放进他的皮夹里。斯达格则装作在看书。

"好主意，我认为，监狱长，真是好极了。那么，考珀伍德在周一八点或者八点半到这里，你觉得没有什么问题吧？"

"我认为没问题，"监狱长回答，带着一些胆怯但又有礼貌、讨好的奇妙表情，"我认为不会有任何事情需要我早些去找他的。如果有事，我会告诉你的，你就把他交出来。但是，我认为不会有的，斯达格先生，我觉得一切都没有问题。"现在他们又走到了大厅里，"见到你真让我高兴，斯达格先生，我非常高兴。"他补充说。

"过几天再来吧。"

斯达格向监狱长挥手告别，然后匆忙赶路去考珀伍德家。

当晚，考珀伍德穿着帅气的灰色衣裤和款式考究的大衣，从他的办公室回来，踏上华丽的住宅阶梯，你压根儿就料不到，他心里在暗想，这也许是他住在这里的最后一夜，他的神情和脚步都没有颓丧的意思。他走进大厅，那里点着一盏灯。华生·西姆（一个黑人老管家）正从地下室上来，提着一桶生壁炉用的煤。

"今天晚上，外面太冷了，考珀伍德先生。"华生说，他觉得华氏六十度以下就是冷，他唯一的遗憾，就是费城并不属于他原来待的北卡罗来纳州。

"太冷了，华生。"考珀伍德心不在焉地回答。当时他正思考着这座房屋，当他沿吉拉特路往东走的时候，他看到邻居时而从窗口望他，也不晓得他们怎样看他。天气晴朗而寒冷。客厅和起居室里的灯已经点亮。因为自从讼案发生以后，他就不允许这个地方显出阴森的景象来。在街道西端还有最后一抹残阳透出淡紫色与紫罗兰色，照着大路上冰冷的白雪。暗绿色的石屋窗子里透出一束灯光，挂着浅黄色花边的窗帘，看上去尤其悦目。当时他有把这一切联系起来，安排起来，装饰起来的骄傲，可是不知道是否还保得住。"太太在哪里？"当他醒悟过来的时候，他又问了华生一句。

"我认为，是在起居室里，考珀伍德先生。"

考珀伍德走上楼梯，很惊讶地意识到华生马上要失业了，除非考珀伍德太太在收拾残局的时候会把他留下来，但不大可能。他走进起居室，他的太太正坐在长方形的大餐桌旁，缝着第二个孩子小丽莲裙子上的扣子。她听见脚步声就抬起头来，脸上现出不同寻常的、似笑非笑的笑容（近来她一直这样，流露出她的痛苦、惊恐和怀疑），问道："喂，有什么新变化吗，弗兰克？"她的笑容仿佛是人们可以随意戴上或者取下的帽子、衣带或者装饰品一样。

"没有特殊的事情，"他随口答道，"只是我上诉失败了，斯达格过一会儿会来告诉我的，我收到了他的通知，我想就是说那件事情。"

他不情愿直截了当地把他的失败说出来。他清楚她已经够烦恼的了，他现在不愿意鲁莽。

"真的吗？"丽莲回答，语气里含着惊诧和害怕，即刻站起身来。

她所熟悉的世界里，是很难想到监狱的，她的世界里的事情每天都在顺利地进行，没有法庭、监牢等这些恼人的琐事来打扰，可在最近的几个月里，这一切几乎把她逼疯了。考珀伍德执意不让她抛头露面，但自始至终他也没有告诉过她，有关整个事情进展的状况，她几乎对他的事一无所知。只是从他的父亲、母亲、安娜以及偷看的报纸上得到些消息。

当他进地方监狱时，她对此事一无所知，直到他的父亲从法庭和监狱回来，才把消息透露给她。这对她是可怕的打击。现在就这样毫无保留地把这件事情告诉她，那么她会很难受的，尽管她无时无刻不想到它，害怕它。

此刻，她手里拿着她女儿的衣裳站着。她还是一个很漂亮的女人，尽管她已四十岁，比三十五岁的考珀伍德要大一些。她穿着他们前段生意兴隆之时做的一件衣服，是奶油色的上等绸长衣，绲着深棕色的边，因而显得更加妩媚动人。她的眼睛有点凹陷，眼眶有些发红。但是，其他地方就看不出她精神上敏感多虑的样子。有诸多地方可以证明她的恬静与甜美，这正是十年前令考珀伍德痴迷留恋的原因。

"这不是太可怕了吗？"她颓丧地说，两只手害怕地颤抖着，"这不是太吓人了吗？你真没有别的办法了吗？你实际上不会坐牢的，是不是？"

考珀伍德对她的担忧和恐惧很反感。他喜欢坚强和自信一些的女人，但她还是他的太太，而且他年轻的时候曾十分爱她。

"情况大概就是这样，丽莲。"他说，带着以前常有的真正同情的语气，因为此刻他对她感到抱歉了。同时他不敢在这方面再进一步，担心使她对他目前以冷淡为主的态度产生错误的感觉。但是她也并不迟钝，她听得出来他语气里的意思是失败带来的，而这就是她的失败。她就这样感动了，一时语塞。仅仅是同情的暗示，就把那逝去的旧情拉了回来。如果能把往昔的旧情拉回来，那该多好哇！

"话虽如此，你也不要为我担忧，"在她开口以前，他继续说，"我的努力还没有结束。我可以解脱出来的。就目前来看，为了把事情纠正过来，我非进监狱不可了。我希望你，要在家里其他人，尤其是父母亲面前装出开心的样子，好让他们开心。"他一度想到去握住她的手，但又决定不这样做了。她察觉出他的迟疑，和十年或者十二年以前的态度大相径庭。但她现在已不会像以前那样伤心了。她注视着他，不知道该说些什么才好，因为实在无话可说。

"如果你要进去，是不是马上就去呢？"她颓丧而又大胆地问。

"还说不准，也许今天晚上，也许周五，也可能等到周一才去。我正等斯达格的通知，他马上就会到。"

进监狱！监狱！她的弗兰克，她的丈夫，如果他们的一家之主进了监狱，他们的一切就都完蛋了。即使到了现在她还不了解到底是什么原因！她无所适从地站在那里。"需要我拿什么东西给你吗？"她问，似乎大梦初醒，"你需要我做些什么吗？你是否还是最好离开费城，弗兰克？你可以不进监狱的，除非你自己要去。"

她好像要发疯了，这是她第一次从死一般的安静中惊醒过来。

他沉默着，用锋利的、探索似的目光凝视了她片刻，旋即又恢复了他做生意时的镇静和果断。

"那就是承认犯罪了，丽莲，而我并没有犯罪。"他几乎是冷漠地说，"我没有做任何应该逃走或者进监狱的事情。我去那里，就是为了节省一些时间。我不可能永远坐牢的。我会出来，只要过一段时间，我就会被赦，或者胜诉。我想，当下还是去的好。我不想逃离费城。五个法官当中有两个在做裁决的时候是为我辩护的。这就是州里并不认为我有罪的证明。"

他太太意识到自己说错了话，立刻重新更正道："我并不是那个意思，弗兰克，"她道歉似的回答，"你知道我不是那个意思，我当然知道你没有犯罪。为什么非得要认为你真的犯了罪不可呢？"

她停下来，等待他的反应，或许他会说一句温存的话，想起一些不可捉摸的爱情的旧梦，但他却安静地凝望着他的写字台，心里在想其他事情。

此刻，她又恢复了她自相矛盾的心理状态。她感到自己如此可悲，如此无望。将来她应该做些什么呢？他又愿意做什么呢？她有些害怕，决心不再想下去，因为她特殊的无抵抗的天性在起作用。何必浪费他的时间呢？担心什么呀？实际上都是徒劳无益的。他确实已经不关心她了，就是这么一回事。任何事都不能使他们重归于好了，尽管这是个悲剧。他已经钟情于另一个女人，而她笨拙的观点与解释，以及她的惊恐、伤心、焦虑对他而言都是无所谓的。他会把她希冀他自由的痛苦愿望，误以为他有罪。质疑、怀疑他的无辜，以及对他的批评！她把头转向一边。片刻后，他就走出了房间。

"我马上就回来。"他主动地说，"孩子们都在这里吗？"

"是的，他们在上面娱乐室里。"她伤心地回答，觉得非常尴尬，而且神情恍惚。

"啊，弗兰克！"她几乎要脱口喊出声来，但说出来之前，他已经匆忙走下楼梯，不见人影。她回到桌子旁边，左手按住嘴巴，眼睛里涌起了一层朦胧、伤感的迷雾。她想，这是真的吗？人生真会有这样的遭遇吗？爱情真会这么无情无义，消失得这么彻底吗？十年前，但是，啊，为什么要追忆往事呢？现在再怎么想也是没有用的。现在她的生活第二次遭受到毁灭性的打击，第一次是她第一个丈夫去世，现在是第二个丈夫辜负了她，爱上了别的女人，而且即将被判入狱。是她自身的什么问题造成的这些吗？是她有什么毛病吗？将来她应该怎么做呢？去哪里？她并不知道他要坐几年牢，按照报纸上说，可能一年，也可能五年。上帝呀！过上五年，孩子们也许会忘记他。她将另外一只手也按在嘴上，然后又按在额角上，因为她觉得头痛欲裂。她尽量往开心的地方想，但是眼下，不知何故，却总是想不开。完全出乎意料，她没有料到自己会变成这样。她的胸膛突然起伏着，咽喉发生了四五次短促尖锐、疼痛的抽搐，眼睛发热，旋即她就激烈地、悲惨地、绝望地痛哭起来。眼泪是这么热，又仅有这么几点，几乎可以说是干涩的。她控制不住，只是站在那里干哭，过了片刻又是一阵剧烈的头痛，跟刚才完全一样。

"为什么哭？"她猛然在心里狠狠地责问自己，"为什么要这么剧烈、无用地垮下来呢？这又有什么用呢？"

但是，尽管她没有进行深刻的思考，她还是觉得这远处的雷声，仿佛就是她自己灵魂里的风暴。"为什么哭？为什么不哭？"她想这么说，但是没有说。她知道，不管是否愿意，是否做得了主，刚才在她身上发生的风暴，此刻在她灵魂的边缘旋转，很快会重新降临并爆发出来。

第五十章　等你一百年

斯达格带来消息说，在周一以前监狱长不打算采取任何措施，到时候考珀伍德可以自己去报到，这使局面缓和下来，考珀伍德开始思考用空闲时间安排家务。他用安慰的语气把消息告诉父母，又与他的兄弟和父亲说道，眼下他们要马上准备搬到小一些的房子去住。有关公司破产的一些琐事，已与有关人员商讨多次。他又抽空与斯达格商量，亲自去拜访戴维森、华尔特·莱甫、杰伊·库克公司的阿弗莱·斯顿、乔治·华特曼（他从前的老板亨利已经过世了）、在上次州政府改组时离职的前任州财政厅厅长范·诺斯特兰德，以及其他一些人。现在他当真要入狱了，他请求金融界的朋友联合起来，向州长递交申请看看是否能释放他。州最高法庭的法官存在意见分歧，就是他的理由而且是他的依据。他让斯达格继续办理此事，他就不嫌麻烦地拜访每一个可能对他有利的人，包括泰依公司的爱德华·泰依——他还在第三大道做生意、纽顿·塔戈尔、奥塞·列维斯、现在的百万富翁杂货大王施莫曼、吉钦法官、特仑斯·雷里汉等哈里斯堡金融界的代表，以及其他许多人。

考珀伍德请求雷里汉与报界联系，看看是否可以把他们的观点扭转过来，竭力主张把他释放；他请求华尔特·莱甫领导签署请愿书的活动，把有钱人以及其他重要人士的姓名都签上去，要求州长释放他。

莱甫真诚地表示同意，雷里汉以及其他许多人也是如此。

　　此后他实在无事可做了，除了与爱琳再见一面。诸多纠葛与责任当中，此事似乎是绝对不可能做到了，可他也做到了，他急切渴望她单纯而又甜蜜的爱情的安慰和鼓励。让我们看看她近来的眼睛！她的眼里闪耀着对他及他的幸福的热切的关怀。请想一下吧，他将遭受怎样的灾难——她的弗兰克！啊，她知道，无论他说什么，说得多么勇敢和生动。请思量一下吧，她对他的爱情，她现在坚信，这就是他被判入狱的主要原因。她的父亲是如此无情！他的敌人又是如此卑劣！比如那个傻蛋斯特纳，她曾在报上看见过他的照片。实际上，只要她看见她的弗兰克，就为他——她坚定、英俊的爱人，世界上最坚强、最勇敢、最聪明、最和蔼、最英俊的人，感到无以言表的痛苦。啊，他难道不知道吗？至于考珀伍德呢，他凝望着她的眼睛，发觉了她对他无须言表而又令人兴奋的狂热之情，就感动得真诚地笑了。这么热烈的爱情！是忠犬对主人的爱，是慈母对孩子的爱！她是怎么把它激发出来的呢？他说不好，但这是何其美丽呀！

　　因此，在当下难舍难分的最后几小时，他就想多看看她。他曾在他还没有失去自由，在他被判决与上诉被驳回期间，一个月至少见她四次。在他进监狱以前，他俩最后一次相见，是在他周一被宣判之前的周六。从最高法庭作出裁定以后，他一直没有与她见面，但是他收到过她的一封寄到秘密信箱里的信，约定周六在卡丁的小旅馆里相见。因为在河对岸，他觉得比在费城任何地方都要安全一些。他有些为她担心，因为一旦到了她不能随便与他见面的地方以后，她就不能再见到他了，从周一开始，她以后可怎么办呢？因此，他希望与她谈谈。但这一次，按照他的推测，甚至是担心，他为她感到难过，她的意愿依然和从前一样坚定，实际上，更加坚定了。当她看见他从远处走过

· 429 ·

来时，她就走上去迎他。只有她才做得如此义无反顾、坚强无比，这是令他开心也博得他赞美的男子汉一样的胆量。她用双手钩住了他的脖子，说："亲爱的，你不用说了。昨天早上我已经在报上看到了。你心里难过吗？亲爱的，我爱你。我会等你的。即使要等几十年，我也不会抛弃你。即使一百年，我看也没有什么两样，只是我心里很替你难过，亲爱的。这段时间，我精神上每天跟你在一起。亲爱的，我全心全意爱你。"

她拥抱他，而他却以温和的表情注视着她，一下子就表现出他的沉稳，以及他对她的兴趣和满意。他想，他没有办法不爱爱琳，谁能不爱她呢？她是如此热情、激动、可爱。他不能不由衷地赞美她，比以前更甚，因为，尽管他足智多谋，却一点儿也不能控制她。即使在他冷静、严肃地站着的时候，她也会抚弄他，把他当作她的私有财产、她的洋娃娃。她总是不停地和他说话，尤其在她兴奋时，他仿佛只是一个孩子，是她的心肝儿。有时候他觉得她好像真要在精神上压倒他，要他服从她，她的性格这么倔强，又如此自信。

此时，她口若悬河地说话，好像他是一个伤心人，需要她最大限度地眷顾和爱抚似的，尽管他并非如此，可是有那么片刻真使他感到自己是伤心人了。

"事情并没这么糟糕，爱琳。"他终于大胆地说，流露出他平常几乎没有的，甚至对她也没有的柔情蜜意，但她仍不去理会他，只顾强硬地说下去。

"啊，是的，亲爱的。我知道。啊，我可怜的弗兰克！但是我会来看你的。无论发生什么事情，我都知道怎么对付。他们什么时候才允许监狱里的犯人会见来访者呢？"

"亲爱的，他们说三个月一次，但我认为等我到了那里以后，我们可以想办法的，只是你是否觉得立即回去会更好，爱琳？你知道现在的舆论是怎样的。你是否考虑等一下？你是否存在激怒你父亲的危险？如果激怒了他，他会在外面造成许多困难的。"

"三个月只有一次！"她提高声音喊着，在他开始解释的时候。

"啊，弗兰克，不行！绝对不行！三个月一次！我压根儿就忍受不了！我不愿意！我要亲自去拜访看守，他会让我进去看你的。只要我对他讲，我相信他会答应我的。"

她激动得几乎喘不上气来，还打算没完没了地说下去，但考珀伍德打断了她："你根本没有考虑你所说的话，爱琳。你没有想过，不要忘记你的父亲！不要忘记你的家庭！你的父亲可能认识那里的看守。你应该不希望我的消息传遍全城吧？你的父亲会给你制造麻烦。除此之外，你又不像我一样了解那些卑鄙的小政客，他们就像长舌妇一样爱搬弄是非。以你所做的事情和做事的方式，你必须十分小心。我不想失去你。我要与你相见。但是你做事要适度。不要马上想方设法来看望我。我会让你来的，但要看形势，我希望你也能随机应变。你不会失去我的。我在那里，会很好的。"

他停顿下来，一想起那里一定有长长的一排装着铁门的牢房，他要住在其中的一间里，得住多长时间呢？他又想到爱琳得隔着铁门，或者在铁门里面与他相见。同时他抛开其他的一切计划，又在想她今天看上去是如此迷人可爱，如此朝气蓬勃，如此坚毅大胆！如今他已接近中年，而她还是个年轻的姑娘，正是容光焕发的时候。她穿一件黑白条纹的绸外衣，衬着当时正流行的腰垫，外披海豹皮大衣，一只小海豹皮帽神气十足地戴在她金红色的头发上。

"我明白，我明白，"爱琳执拗地回答，"但你想想吧，三个月！亲爱的，我根本受不了！我不乐意！这就是笑话！三个月！我明白我的父亲要去那里看什么人，或者要什么人帮忙，不会等三个月的。我也不愿意。我会想办法的。"

考珀伍德只好一笑。谁也无法轻而易举地说服爱琳。

"但你不是你父亲，亲爱的。你也不想让他知道。"

"我不想让他知道，但他们并不能清楚我是谁。我可以蒙着厚面纱来。我认为看守不会认识我父亲。如果他认识，他也就认识我。如果我与他谈谈，进而让他知道我是谁，他也不会去通风报信。"

她对自己的美貌，自己的人格，自己的魅力深信不疑。考珀伍德无奈地摇头。

"亲爱的，谈到女人，你是最好的，也是最坏的，"他热情地说，把她的头搂过来吻她，"但你也应该听我的话。我有一个律师，叫斯达格，他正在与看守谈这件事情，今天就在谈。他可能把事情办妥，也可能办不妥。在明天，周日就可以出结果。我会写信告诉你。但是在你接到通知以前，不要去做什么鲁莽的事情。我相信能够把接见的限期缩短一半，或者做到一个月一次，甚至于两周一次。他们只许我三个月写一封信（爱琳又跳起来了），我相信我能够变动一点儿。但你在得到通知以前，不要给我写信，至少在信里不要签名或者写地址。他们会把所有的信都拆开来检查的，如果你来看我，写信给我，都必须很谨慎，可你却不是最小心的人。现在你不要伤心了，好吗？"

他们还说了许多话，说到他的家庭，他周一出庭，他不确定是否能够立即出来料理还没有解决的讼案，或者得到赦免。爱琳仍然寄望于他的将来。她曾经看过持异议的、有利于他的法官们的意见，以及三个一致反对他的法官的意见。她相信他在费城还可以大展宏图，在不久的将来还可以东山再起，然后带她到其他地方去。她替考珀伍德太太难过，但是她认定她是配不上他的。弗兰克需要更美丽、更有朝气和力量的女人，就像她自己一样。她发疯般拥抱着他，直到要回去的时候才撒手。在这样一个没有办法作出妥当安排的环境里，他们竭力安排了这一步骤，而且已经完成了。在最后分手的一刹那，她极其沮丧，他也一样，但是她以平生的力量打起精神，并用坚定的目光遥望着黑暗的将来。

第五十一章　挥手告别

　　周一是他与亲人挥手告别的日子。办妥一切能够办妥的事情，考珀伍德与他的父母、兄弟和妹妹告别。他和他的太太进行了一番貌合神离而又非常实在的谈话。他本来不打算和他的儿女正式告别，但得知周一才离家后，周四、周五、周六和周日晚上他回家时想对儿女充满感情地提一下。他觉得他道德的抑或不道德的人生观，兴许一时会对他们产生不良影响。他有些拿不准主意。大多数人的生活并不太糟，无论是娇生惯养还是生不逢时。无论发生什么意外，这些孩子也许与其他孩子没有差别。总之，他并不打算在经济上抛下他们，只要他有办法。他不让他的妻子与孩子们分开，也不让孩子们离开她。她应该照顾他们。他需要他们跟她幸福地生活。他愿意偶尔来看望他们，只要他们和她在一起。对她和他们而言，他只是需要个人的自由，能够离开，而与爱琳一同建立一个新的世界、新的家庭。所以，在这最后的几天，尤其在最后的周日晚上，他主要在考虑他的儿子和女儿，但是并没有过多地表现出他就要和他们分开的事实。

　　"弗兰克，"他对虎头虎脑的儿子说，"你以后要不要成为伟大、坚强、健康的人呢？你玩得太少了。你最好到孩子中间去当一个孩子王。你为什么不去报考某个地方的体育学院，看看自己的身体会锻炼成什么样子？"

他们都在老考珀伍德的起居室里，他们此刻是刻意在这里聚齐的。

　　小丽莲坐在大书桌的对面，正对着她的父亲，她静下来，关切地注视着父亲和哥哥。他们父亲的事情及他眼下的困境，都被小心地隐瞒着，不让他们两人知道真相。他们只认为他将要出门一个月左右。小丽莲正在阅读去年圣诞节收到的娱乐读物。

　　"他什么都不感兴趣，"小丽莲插嘴说，从书上抬起眼睛来，表现出严肃的态度，"真的，我让他和我赛跑，他就是不同意。"

　　"嘿，总之，谁乐意和你赛跑呢？"小弗兰克板起面孔回答，"如果我真的要和你赛跑的话，你又跑不动。"

　　"我跑不动吗？"小丽莲答道，"我肯定能跑在你前面。"

　　"丽莲！"母亲用警告的语气阻止她继续说下去。

　　考珀伍德笑了，伸手抚摩着儿子的头。"你很棒的，弗兰克，"他说，并轻轻地捏着他的耳朵，"不要担心，只要努力就行。"

　　孩子并没有如他希望的那样热烈地回应。后来，在晚上，丽莲看见丈夫揽住女儿的小腰肢。轻柔地拉着她的鬈发，此刻，她真是羡慕她的女儿。

　　"我不在家的时候，努力做一个最好的女孩子，好吗？"他对她悄悄地低语。

　　"好的，爸爸。"她爽快地答应了。

　　"那就好，圆眼睛。"他说，俯下身来，温柔地吻了吻她的小脸。

　　他离开后，考珀伍德太太叹了口气。"一切都是为了孩子们，一点儿都不搭理我。"她暗想，尽管孩子们过去并没有得到如此多的宠爱。

　　临别时，考珀伍德对自己的母亲极力表现出最温顺最委婉的态度。他非常了解她所关切的，她如何为他以及一切有关的人经受痛苦。他没有忘记小时候母亲对他无微不至的照顾。如果他能够想些办法解除她晚年的不幸，他肯定会照做的。然而打翻了牛奶，哭也无益。有时候，在他成功或者失败的紧要关头，他不可能没有深刻的感觉，但是应该打起精神，喜怒不形于色，少说话，对于要发生的事情，不流露出颓废的心情，恰恰相反，要表露自信。这就是他今天早晨的态度，也就是他希望身边的人表现的态度，尽管事实上振作的精神是被他自己的态度逼出来的。

"好吧，母亲。"在最后一刹那，他诚恳地说。他不让她们——他的太太，他的妹妹去法庭上，他总认为不去对他是无所谓的，去了只会徒增她们的悲伤而已，"现在我要走了。不要难过。振作精神。"

他伸手抱住母亲的腰，她无法自制地拥抱了他很久，吻着他。

"走吧，弗兰克，"当她放他走的时候，她哽咽着说，"上帝保佑。我会为你祷告的。"

他不再回头看她。他压根儿就没有勇气。

"再见，丽莲，"他愉快、亲切地对妻子说，"我想，我用不了几天就会回来。我会为某些诉讼出庭的。"

他对妹妹说："再见，安娜。别让别人太伤心了。"

"过段时间再和你们三个相见吧。"他对父亲和兄弟们说。然后，他就身着当时最考究的衣服，匆忙赶到楼下接待室，和在那里等他的斯达格一起走了。他的家里人听到他关门，都感到一阵心酸难过。他们在原地站了一会儿。他的母亲在啼哭；他的父亲仿佛是失去了最后的朋友，但是努力做出自制的模样，忍受着折磨；安娜劝丽莲不要挂念，而丽莲却怔怔地注视着窗外，不知想什么。真的，在他们面前，一轮光芒万丈的太阳悲壮地陨落了。

第五十二章　最终判决

考珀伍德抵达监狱时，贾斯珀已在等候，表面上在迎接他，但主要是担心出事损害他监狱长的声誉，见到考珀伍德他感到放心了。法律案件一般都很紧急，所以他就决定九点钟上法庭。埃迪·詹特士又受命护送考珀伍德以确保他安全地会见贝特森法官，事后再带他回到监狱，所有与此案有关的文件都由他负责，最后交给狱吏。

"我认为你是知道的，"监狱长贾斯珀私下里告诉斯达格，"斯特纳在这里。他现在没有钱了，但是我仍然给了他一个单独的房间。我不想把他这样的人关到牢房里去。"监狱长贾斯珀很同情斯特纳。

"那太好了。听到此事我很高兴。"斯达格回答，暗自一笑。

"我听说，考珀伍德先生不喜欢在这里遇见斯特纳，所以我把他们分开了。斯特纳由另一个代表陪着刚走。"

"那棒极了。应该这样安排。"斯达格回答。监狱长这样安排，他为考珀伍德感到高兴。显然，斯特纳与监狱长相处得十分融洽，尽管前者苦难深重，而且没有钱。

考珀伍德一行人是走着去的，因为距离较近。他们在路上只谈了些简单的事情，而闭口不谈严重的事情。

"事情不会这么糟的，"爱德华对他的父亲说，"斯达格说州长定会在一年内或者不到一年就赦免斯特纳。如果这样，他就非让弗兰克也出狱不可。"

老考珀伍德已经不止一次听过这句话，但他百听不厌，这好比是给小孩儿催眠的朴素的吟唱。地上的积雪，到此时尚未融化，天气晴朗，已现出春天的征兆。法庭可能不会使人充满希望，但这一切却吸引着老考珀伍德和他两个儿子的注意力。老考珀伍德甚至谈及了几只麻雀在争一片面包，不理解在寒冷的冬天它们怎么过得这么好，这样说主要是为了使他的头脑冷静下来。考珀伍德、斯达格和詹特士走在前面，谈论即将开始的法律程序和他生意的关系，以及对付的办法。

当他们到达法庭时，迎接考珀伍德的是几个月前他曾经在同一地方等候陪审团的判决书。

老考珀伍德带着他另外两个儿子在法庭旁听席上坐了下来。埃迪·詹特士依旧站在犯人身边。斯特纳与一个名为威尔克森的看守待在一个房间里，但现在他和考珀伍德假装彼此没有看见。弗兰克并不反对与他的老伙伴谈话，但是他看得出斯特纳心虚而且难为情，所以他没看一眼或者说一句话就走了过去。大概凄惨地等了三刻钟，通向法庭正厅的门打开了，一个法警走进来。

"犯人都来听判决！"他叫了一声。

包括考珀伍德和斯特纳在内，一共六个犯人，其中两个是盗窃的同犯，在半夜里钻墙打洞的时候当场被捕的。另外一个犯人只是普通的盗马贼，是个二十六岁的青年，被陪审团判定盗卖了一个杂货店主的马。最后一个是黑人，又高又瘦，不仅不识字，而且智力不发达，他在木材堆里捡到一段显然没有人要的铅管。他打算卖掉，或者换一杯酒喝。其实他不属于这个法庭管辖，但是他被守护那财物的、矮小的美国警卫逮住了，起初他并不承认犯罪，不晓得他们会怎样处理他，结果就被强行送到法庭上受审了。后来他改变了主意，认了罪，所以他现在要由贝特森法官来判罪或者释放。原审的初级法庭，因为把他押送到高级法庭处理，就丧失了判决权。埃迪·詹特士把自己当作考珀伍德的向导和顾问，于是站着等待的时候，就告诉他这一切的案情。

法庭上挤满了人。考珀伍德在旁边走廊里，跟着这些另案的犯人一起进去，真是晦气透顶。他后面跟着斯特纳，衣服很整洁，表情却很忧伤。名单上第一个是黑人查理·阿克曼。

"这个人怎么会弄到这里来？"贝特森发现了阿克曼被怀疑盗窃之物的价值，就埋怨地问。

"法官，"助理检察官立即解释，"这个人在初级法庭上因为酒醉或者别的原因拒不认罪。初级法庭因为原告不肯结案，就把他押送到法庭上来受审。后来，他又改变了主意，向地方检察官认了罪。因为没有地方送，就把他送到你这里来了。现在到这里来只是为了销案而已。"

贝特森法官好奇地注视着黑人，显然后者没有因这次审问而惊慌失措，很自在地靠着门或者木栅，而一般的犯人都笔直地站着，显得很害怕。他以前因为醉酒、行为越规等，曾经多次被控上警察法庭，但是他一贯是一副糊里糊涂的、呆头呆脑的表情，给人一种有趣的单纯的感觉。

"喂，你是否偷过被指控的一截值四美元八十美分的铅管？"

"是的，法官，"他开始说，"法官，我告诉你全部过程。一个周六下午，我路过一个木材堆，看见篱笆里面有一截铅管，我就找了一块木头伸进篱笆，把它拨出来，拿了它。后来这位警卫先生，"他像演说一样用手指着证人席上的原告，以为法官也许要问他几句话，"就来到我的住所，控告我拿了铅管。"

"那么你拿了吗？"

"是的，法官，我确实拿了。"

"你拿来做什么呢？"

"我把它换了二十五美分。"

"你应该说把它卖了。"法官纠正他的话。

"是的，我确实把它卖了。"

"那么，你可知道这样做是犯法的吗？你可知道你从篱笆里面拿走铅管就是盗窃吗？你知道吗？"

"是的，法官，我知道这是犯法的，"阿克曼害羞地答道，"我并不知道这就是盗窃，我不知道是犯法的，我想，如果我知道犯法就不去拿了。"

"你当然清楚，你当然清楚的。仅凭这一点。你知道你是在盗窃，但你还是拿走了。买下这个黑人的铅管的人被捕了没有？"法官很严厉地问地方检察官，"应该逮捕他，因为他比这个黑人的罪更重，他是一个收买赃物的窝藏犯。"

"是的,法官，"助理检察官回复，"他的案子是约杰法官办理的。"

"很好。就这么办，"贝特森严肃地回答，"在我看来，收买赃物是最恶劣的罪行。"

他于是又回头对阿克曼说:"现在,我告诉你,阿克曼,"他大声说，因为办这样的小案子很不适应，"我告诉你几句话，你要认真听着。喂，站直了！不要靠在门上！你现在是在法庭上。"阿克曼随意地把头靠在手臂上，他靠在篱笆门上好像在和什么人说话，但当他听到这句话时，马上站直了，脸上还带着抱歉似的傻笑。"你不至于愚蠢到听不明白我要对你说的话吧？你偷窃一截铅管，是一种犯罪行为。听见了吗？你属于刑事犯，我可以严厉地惩罚你。如果我要判就可以判一年苦役。现在，只要你还有点常识，你就应该认真听我说的话。我现在并不想马上把你送到监牢里去。我要等一段时间。我要判你一年监禁。一年监禁，你懂吗？（阿克曼脸色稍微有些变化，神经质地咬着他的嘴唇。）然后我要把判决暂缓执行，缓期执行，如果你再因为盗窃任何东西而被捕，那么，你这一次的罪行，要与下一次合并判刑。你明白吗？你知道我的意思吗？你说，你是否明白？"

"是的，法官，我明白了，法官，"黑人答道，"现在你要放我走了，是这个意思吧！"

听众都笑了，法官露出难堪的表情，忍住了自己的冷笑。

"你保证不再偷任何东西，我才能放你走。"他怒吼着，"你再偷东西，就要被抓回到法庭上来，那样你就要被监禁一年，再加上你应得的刑期，你弄懂这一点了吗？现在，我命令你从法庭出去，规规矩矩做人。不要再偷任何东西，找些工作去做！不要偷窃，听见没有，只要不是你所拥有的东西，你连碰都不能碰！不要再到这里来！如果你再犯案，我就要送你到监牢里去，绝不宽恕。"

"是的，法官！不啦，法官，我不犯罪了。"阿克曼神经质地回答。

"我保证不会再拿不属于我的东西了。"

片刻之后，一个法警向他挥手示意，他就溜了出去，安全地从法庭出去了，欢送他的是一阵笑声，这是由于他的头脑简单以及贝特森的态度过分严厉而引起的哄堂大笑。接下来的第二个案子吸引了听众的兴趣。

犯人就是那两个盗窃犯。这是考珀伍德很好奇地研究过，到现在还在研究的案子。他还没有亲眼看见过宣判的场面。他从来没有去过任何警察局或者刑事法庭。他很高兴看到黑人被释放，认为贝特森是有些头脑和同情心的，至少比他想象的高明。

他此时在想，也许爱琳也在法庭上。他曾经反对她来，但她仍然可能会来。事实上她来了，坐在最后一排，挤在门旁的人群里，厚厚的面纱蒙住了脸。她抗拒不了必须马上并肯定地了解自己情人命运的欲望，对她而言，这才是在他真正受苦的时候去靠近他。她看见他与许多一般罪犯一起被带到法庭上来，而且在她认为可耻的公开场合等待，觉得异常愤怒，但是她却不得不更加赞叹他的威仪和修养，即使在这里，他仍面不改色，在她看来，他依然是她一向所了解的冷静的人。此刻如果他能看见她就好了，如果他能看见她揭起面纱，对他微笑就好啦！然而，他没有看见她，他也不想看见她。他不愿在此处看到她。但是，当她和他再次见面的时候，她会把这件事告诉他。

法官迅速地处理完这两个盗窃犯，各判徒刑一年，他们就被带下去了，他们心里根本不清楚对自己的犯罪、自己的将来，应该想些什么。

轮到考珀伍德的案子时，法官自己也挺身坐正了，因为这是另一种类型的人，不能用惯例来处理。他清楚自己要说些什么话。当莫伦豪尔的一个代理人，巴特勒的密友，建议给考珀伍德与斯特纳两个人五年徒刑比较适当的时候，他就确切地知道应该做些什么了。

"弗兰克·阿尔杰农·考珀伍德！"书记官叫了一声。

考珀伍德轻快地走了上来，心里却很难过，对他目前的处境感到有些难堪，但是在表情和姿态上都没有流露出来。贝特森像注视别人一样注视着他。

"姓名？"法警问，以便法庭记录员进行记录。

"弗兰克·阿尔杰农·考珀伍德。"

"住在哪里？"

"吉拉德大街一九三七号。"

"职业？"

"银行家兼经纪人。"

斯达格站在考珀伍德的身边，一副十分威严的模样，准备找时机向法庭和听众作最后一次的说明。爱琳在门边人群里张望着前方，有生以来第一次神经质地咬着手指，汗珠从额头上滚落下来。考珀伍德的表情很紧张，两个弟弟则急忙看着别的地方，极力遮掩他们的担心和难过。

"是否有前科？"

"从来没有。"斯达格从容不迫地代考珀伍德回答。

"弗兰克·阿尔杰农·考珀伍德，"书记官带着鼻音平淡地说，走到考珀伍德的面前，"你对现在尚未判决是否有意见？如果有意见，请陈述。"

考珀伍德本想说没有，但是斯达格举起了手。

"如果法庭允许，我应该说我的当事人考珀伍德先生，被告名单里的犯人，他自己认定并没有犯罪，就连宾夕法尼亚州最高法庭，即这个州最后的上诉法庭里五分之二的意见也认为他无罪。"他大声地条理清晰地声明，使大家都听得见。

就此案而言，有一个最热心的听众和旁观者，他就是爱德华·玛利亚·巴特勒。他原本在另一间法庭里与一个法官说话，刚走进来。一个善于拍马屁的法警告诉他考珀伍德要宣判了。他今天上午到这里，的确是来听他的宣判，却装作有其他事情借以掩盖他的动机。他不知道爱琳也在这里，也没有看见她。

"按照他自己受审时的供述，"斯达格说下去，"证据也清晰地表明，他只是那位犯了罪而被庭上判刑的先生的代理人。作为一个代理人，他至今认为他当时把价值六万美元的市公债券存进基金，是他绝对应该做而且有权去做的，本州最高法庭五分之二的意见也同意他的观点，而政府以地方检察官为代表，却认为他应该存进去。我的当事人是个具有杰出金融才能的人。在提交给法庭为他辩护的各种信件里，你就可以发现金融界大多数最有实力、最重要的人都是尊重和同情他的。他是一个拥有很高的社会地位和获得了很大成功的人。只因最难意料的、最残忍的时运，即一场火灾及其引起的经济危机影响到了最完善、最坚固的金融财产，才使他今天走上了法庭。无论陪审团的判决书与州最高法庭五分之三法官的决断如何，我认为我的当事人并非侵占犯，他没有犯盗窃罪，法庭绝不应该判他有罪，现在就不应该为他没有犯的罪而处罚他。"

"当我说出案情真相的时候，我相信法庭不会误解我或我的动机。我并不想对本法庭、任何法庭或者任何公正的法律程序提出异议，但是一系列不幸的事件，产生了一个法律头脑所不易理解的并不真实的局面，把信誉颇好的我的当事人卷入法网，对此我要进行强烈谴责，并深表遗憾。现在，我认为非常有必要在此最后公开声明此事的真相。我要求法庭宽大为怀，纵使不能凭良心撤销此讼案，至少应该看到我所提出的事实，在量刑方面给予应有的重视。"

斯达格退了回来，贝特森法官点了点头，好像表明他已经听见了这位著名律师所说的全部内容，要给予这案件适当的考虑似的。于是他摆出法官的威严，开始对考珀伍德说："弗兰克·阿尔杰农·考珀伍德，你已经被你自己所选定的陪审团确认犯有盗窃罪。你那经验丰富的辩护人替你提出的上诉申请，已经过郑重的考虑而被驳回，法庭的多数意见从法律以及证据两方面都认为判决是完全合适的。你犯的罪非同小可，因为你从市政府获取的款项数额巨大，罪行更加严重。此外，你又把市政府的几十万美元的公债与现款非法挪为己用，这件事加重了你的罪行。法律对于此类罪行所规定的最高刑量非常宽大。本法庭对于你引人注目的社会地位、导致你破产的原因，以及你许多朋友和金融界同行发出的呼吁，也都将予以应有的考虑。对于你事业上的重要事实，也是注意的。"贝特森好像迟疑似的停顿下来，尽管他很清楚该怎样行事。他领悟了他的上级暗示他的意思。

"即使你的案件不能表现出其他教训，"过了一会儿，他翻弄着案卷往下说，"至少可以得出目前很需要的一个教训，就是政府的财政，绝不容许打着商业交易的幌子而任意妄为，还应该有法律来充当卫士，保护公共的利益。"

"所以法庭的判决是，"他庄严地补充道，这时考珀伍德目不转睛地凝望着，"处你罚款五千美元充公作政府经费，并负担诉讼费用，在东区州监狱单独监禁四年零三个月，等判决履行以后释放。"

听到宣判后，考珀伍德的父亲垂下了头，他不希望别人看见他流泪。爱琳紧紧咬住下唇，握紧了拳头，控制着自己的愤怒、失望和眼泪。四年零三个月！这要给他与她的生活造成多么可怕的隔绝。但是她还是能够等待的。现在的刑期比她曾担心可能判处的八年、十年总要好很多。也许这件事情一旦过去，进了监狱以后，州长会赦免他的。

这时，法官动手去取关于斯特纳案的文件。他暗自庆幸，自以为避免了金融界人士说他没有顾虑他们替考珀伍德的呼吁，又确信政客们会满意地看到他给考珀伍德判了几乎是最高的刑期而又好像注意到了宽大的要求。考珀伍德立即看穿了这个诡计，但是他不为所动。他觉得这是懦弱、卑劣的行径。一个法警走过来，准备带他出去。

"让犯人等一会儿！"法官喊了一声。

书记官叫了乔治·W.斯特纳的名字，考珀伍德开始不明白为什么要他等一会儿，但是他很快弄懂了。目的是让他听听法庭对他的同犯的判决。后者的案卷摆了上来。一位爱尔兰籍的律师罗杰·奥玛拉始终是斯特纳案的辩护人，现在就站在他的身边，但除了要求法官考虑斯特纳原来高贵的职位以外，并没有说其他的辩护词。

"乔治·W.斯特纳，"法官说，这时，包括考珀伍德在内的听众都在洗耳恭听，"你的案子的重审与延期审判的申请已被驳回了，本法庭还要按照你的罪行的性质进行适当判决。本法官不希望用自己的解读来增加你的痛苦，但不能放过此次机会，因此多加声明不表示本法官对于你的罪行的特殊谴责。目前挪用公款已成为现代社会最大的罪案，如果不尽快而坚定地制止，最后就会摧毁我们的政府机关。一个共和国受了贪污的蛀蚀就会丧失生命力。应该一经发现就予以打击。"

"本法官认为，你所犯的以及别的性质相似的罪行，社会是应该负责的。以前，大家太不重视官吏的舞弊。我们需要更高尚的、更纯洁的政治道德，舆论监督可以使挪用公款成为被谴责的事情。就是因为缺乏这种政治道德，所以才导致你的罪行。此外，本法官认为你的案子根本没有可以减刑的理由。"贝特森法官停顿一下以加强语气。马上到紧要关头了，他要给人以深刻的印象。

"人民把管理钱财的任务托付给你，"他严肃地说下去，"这委托是高尚的、神圣的。你守卫财政的门户，应该像小天使守护伊甸园那样，向不应靠近的人亮出闪光的宝剑。站在一个大社会的代表的位置上，你应责无旁贷地这样做。"

"从你的案子的各种事实来看，本法庭不得不判处重刑。刑事诉讼法第七十四条规定，我国法庭把罪犯判处监禁时，不应把刑期判到任何一年的十一月十六日至二月十五日满期，这个条文要求我判你的最高刑期，即五年，减少三个月。所以本法庭的判决是缴纳罚款五千美元充公作政府经费。"贝特森很清楚斯特纳付不出这笔钱，"在东区州监狱单独监禁服役四年零九个月的期限，等判决履行以后释放。"

宣读完毕，他老练地摸着下巴。这时考珀伍德与斯特纳两人都被匆忙地带了出去。巴特勒是宣判以后第一个出去的人，他非常满意，爱琳看到与她有关的事情都已过去，急忙溜了出去。在她之后，过了一会儿，接着就是考珀伍德的父亲与弟弟们。他们到外面来等他，要陪他到监狱去。其他的家人整个上午都在家里焦急地等待着这个最终的消息。约瑟夫·考珀伍德就被派回去告诉他们。

现在天色昏暗阴沉，仿佛要下雪。埃迪·詹特士拿了此案的全部卷宗，声称不必返回地方监狱去了。结果，詹特士、斯达格、考珀伍德和他的父亲以及爱德华五个人就踏上了开往监狱附近的市内火车。不到半个小时，他们就到了东区监狱门口。

第五十三章 沦为囚徒

考珀伍德即将在宾夕法尼亚州的东区监狱服刑四年零三个月，这座灰石建筑的监狱阴森而又高大，位于费城费蒙路与第二十一大街之间。有点类似米兰的苏萨斯宫，尽管没有它的名声，监狱的灰石墙顺着四条不同的街道延伸过去，占据几十间门面，看上去寂寞、恐怖，活像监狱应有的模样。墙内空地一带大约有十多亩，三十五英尺高、七英尺厚的围墙使监狱显得更加森严，令人生畏。监狱的主体部分从外面是看不见的，它有七条通道或者走廊，像章鱼一样从中央的房屋或者院子延伸出去，占据墙内空地的三分之二左右，于是就没有太多空隙做草坪或者杂草地供人欣赏了。走廊长一百八十英尺，两边的外墙之间宽四十二英尺，四周都造了两层楼，每面都一直到底。走廊并无窗口，只有屋顶上开着三英尺半长、八英尺宽的狭窄天窗能透进一些光，底层的牢房之间有几处十英尺长、十六英尺宽的天井，大小与牢房一样，四面围墙。牢房、地板和屋顶都是石块建成的，夹在牢房之间的走廊只有十英尺宽，如果是平房部分，则有十五英尺高，地上也铺着石块。如果你站在中央的房间或者圆形大厅里，俯瞰脚下朝各个方向延伸出去的长走廊，一种与走廊的长度不相称的狭窄和禁锢的感觉会油然而生。牢房都是铁门，外层还有结实的木门，有时候木门一关上，罪犯就看不见任何东西，听不见任何声音了，真是阴森可怖。

圆形大厅里光线很充足，四壁经过粉刷，装着窄天窗，冬天就用毛玻璃封起来。但和一切关押犯人的安排一样讲究实效，大厅也让人感到不舒服，令人望而生厌的肯定是犯人太多了，当时就有四百个犯人，几乎每间牢房都住了人。但是没有人把他们当作奇观。考珀伍德是其中的一员，但他又不像有些犯人服刑久了，就成为监狱里所谓"模范囚犯"或者"跑腿"，但这样的人并不多。监狱里有面包房、机器厂、木匠店、贮藏室和面粉厂各一，还有不少花园和菜地，与之有关的工作不需要太多人手。监狱的主体部分建于一八二二年，后来往外围扩建，一直到现在的规模。

如此规模的监狱里关押着各种人，其知识水平和罪行程度均不等，从杀人犯到小偷应有尽有。监狱里用所谓"宾夕法尼亚制度"来管制犯人，就是把所有的犯人予以单独监禁让彼此彻底隔绝，让他们在各自的牢房里，过着绝对寂静的个别劳动的生活。

考珀伍德不久前在地方监狱待过，但那与典型的监狱生活相距甚远，除此之外，他从来没有进过监狱。还是在小时候，有一次他到邻近几个城镇里游玩，路过一座村"看守所"（当时就是这样称呼城镇监狱），一所狭小的、方形的灰色建筑，窗上装着长铁栅。他看到有一个令人讨厌的醉汉在二楼比较低矮的壁洞里，可能是镇上游手好闲之徒，醉眼惺忪地向下望着他。头发蓬乱，面孔浮肿，像蜡一样苍白。因为是夏天，监狱的窗子开着，那人便朝他喊道："嗨！小鬼给我弄一筒烟来好吗？"

考珀伍德仰头看着，被这个家伙脏兮兮的样子吓了一跳，慌乱得没有停下脚步好好地考虑一下就回答："不！我不！"

"当心！你将来不要也被关起来，小畜生！"这个家伙野蛮地叫嚷。因为他刚从昨天的宿醉里醒过来。

许多年来，这一幕往事从来没有跃进考珀伍德的脑海，但现在却猛然浮现在他的脑海。天正在下雪，眼前这冷寂、阴暗的监狱就要把他与外界隔绝，把可以切断的人和事的关系都切断。

到了监狱大门外面，就不许人陪了，连斯达格都不许进去，尽管他以后白天可以再去探望他。这是不能违反的规定。门卫认识詹特士，而且他带着送犯人的指令，便马上被放进来了。其余的人只得回去，他们向考珀伍德伤心而又热情地道别，考珀伍德则想表现与他们不同的神情，因为即使在这里，在这种情况下，他也不乏原来的气概。

"啊，再会了，"他握着手说，"我不会有问题的，我就会出来的，等着瞧吧。告诉丽莲不要担心。"

他刚踏进去，门就在身后砰的一声关上了。詹特士带着他穿过光线昏暗、又宽又高的大厅，直到里面的一扇门边，第二个门卫按照吩咐拿出大钥匙来，把锁着的门打开。一走进监狱的天井里，詹特士就左拐到一间小办公室，在一张高及胸膛的小桌子前移交他的犯人，那里站着一个穿蓝制服的狱吏。这个狱吏负责接收罪犯，是一个身材瘦削、头脑灵活、精干的人，长着一双灰白的小眼睛，浅色头发。他接过詹特士交给他的文件查看，这些文件是他接收考珀伍德的根据。然后他把一张纸条交给詹特士作为回复，表明他已经接收了这个罪犯。于是詹特士就准备走了，十分感激地收下了考珀伍德塞到他手里的小费。

"好啦，再见，考珀伍德。"他说，将他那侦探似的脑袋不同以往地转了一下，"很抱歉，我希望你不会觉得这里太糟糕。"

他希望以他与这位名声在外的罪犯的交情去打动接收罪犯的看守，而考珀伍德也配合了他的热情，亲热地与他握了手。

"多谢你的好意，詹特士先生。"他说，然后转过身来，下定决心用使人有好感的态度凝视着他的新看守。他知道，他现在已落在小官僚的手里，他们可以随意改变他的生活待遇。他要使这个人觉得他绝对服从、尊重他的权力，但是他又丝毫也不降低自己的身份。即使是在法律最后的机器里，在他苦苦抗争想逃却逃不出的州监狱里，尽管有些沮丧，但他还是能够应付自如。外层接收犯人的看守罗杰·凯特尔尽管瘦得像个教士，在狱吏当中还是比较精明能干的。他并不是很有教养，也不太聪明和诚恳，但是对他自己的工作却是颇感愉快的。他很了解犯人的习性，因为已经和他们打了大概二十六年的交道。他对待他们的态度是冷漠的、嘲讽的、吹毛求疵的。

他不准许任何犯人与他有直接接触，只是监督他的手下在他面前执行法律的条例。考珀伍德进来的时候穿着十分优雅的衣裳。一套纯羊毛的深蓝色华达呢西装，一件裁剪考究的轻便灰大衣，一顶新式的黑礼帽，一双优质皮革的新鞋，一条质地最上等的绸领带，质地厚，颜色不大鲜艳。他的头发与胡子都展示着理发高手的匠心，指甲也修剪得很整齐。接收罪犯的看守立马意识到他面对的是一个才学丰富、能力杰出的人物，这样的人物难得落到干他这个行当的人手里。

考珀伍德站在房屋中间，好像没有看见什么人或者什么东西一样，尽管他实际上已经看到了一切。"三六三三号囚犯。"凯特尔对一个记录员说，同时交给他一张黄字条，上面写着考珀伍德的全名和他的登记号码，这些是从监狱创立的时候算起的。

这个手下是一个工犯，他接过字条并把上面的内容登记在册子上，同时为一个"跑腿"或"模范囚犯"留下了这张字条，以便过一会儿把考珀伍德带到"规矩"牢房去。

"你应该脱下衣服去洗澡，"凯特尔对考珀伍德说，新奇地看着他。"我想你是不用洗澡的，但这是规矩。"

"谢谢，"考珀伍德很高兴地回答，因为他的形象即使在这里也产生了一些影响，"只要是规矩，我都会遵守的。"

当他开始脱上衣时，凯特尔犹豫一下才伸出手去按了铃，旋即从隔壁房间里走出一位助手来，这个工犯是"模范囚犯"，典型的相貌古怪的人。身材矮小，皮肤黝黑，胸膛凹陷，眼睛斜视。一条腿略微短一些，一侧的肩膀也就比另一侧低了些，以致引起身体不平衡。他看上去比较古怪，但又确实能说会道。他穿一身粗裁滥剪的斜条纹布制成的布袋似的单薄囚衣，里面露出一件软翻领衬衫，戴着顶宽帽檐的大帽子，帽子的大小和特殊的样式使考珀伍德觉得可恶。他感觉这个家伙的斜视眼躲在宽帽檐下看人令人汗毛倒立。这个"模范囚犯"用一种蠢笨的拍马屁的态度举起一只手行礼。他是一个惯偷，判了十年徒刑，但因为表现良好获得在办公室工作的荣誉，免去了囚犯照例要包在帽子上的可耻的头巾。对这一点他十分感激。现在，他用胆怯得像狗一样的眼睛窥探着他的上司，又看着考珀伍德，狡猾地揣测着他的命运，流露出了不信任的神情。

就一般囚犯而言，监狱里彼此平等，实际上，在服刑期间他们唯一的安慰，就是认为只要来到监狱里的人就不会比自己高明，世人可能误会了他们，但是他们在思想上也误解了他们的伙伴。在监狱的围墙内，"高人一等"的态度，无论有意还是无意，对人都是最大的侮辱。这位特殊的"模范囚犯"不了解考珀伍德，正如苍蝇不了解飞轮的速度一样，但是他具有世界上一切手下的趾高气扬的感觉，他不会不按照自己的思想去思考问题。他认为坏蛋终归是坏蛋，而考珀伍德也不会比最不体面的小偷好多少。他有一种感觉，就是要轻视他，把他拉到和他自己一样的水平线上。

"你应该把口袋里的东西全都掏出来。"这时凯特尔告诉考珀伍德。按照惯例，他说，"把犯人搜查一下。"

考珀伍德走上前去，取出一只装着二十五美元的钱包、一把小洋刀、一支铅笔和一本小笔记簿，还有一个象牙雕成的小像，是爱琳以前赠给他象征"祝君幸运"的，正因为是她所送，所以他倍加珍惜。凯特尔好奇地注视着小像。"现在你可以动手了。"他对"模范囚犯"说，是指可以进去脱衣服洗澡了。

"到这边来。"后者招呼考珀伍德，并把他带到隔壁的房间里去，那里有三个小间，放着三只老式的、铁身木塞的浴盆，还有放粗毛巾、黄肥皂等东西的木架，以及挂衣服的钩子。

"进去。""模范囚犯"指着其中一只浴盆说，他名叫托马·库倍。

考珀伍德意识到这就是被小头目管束的开始，但是他认为在此也会同样有表示友好的便利。

"我知道，"他说，"我会进去的。"

"这就对了，"库倍回答，好像心平气和了一些，"你带的什么？"

考珀伍德迷惑不解地看着他。库倍明白这个人不懂得监牢里的行话。"你带的什么？"他又说了一遍，"你判了几年？"

"哦！"考珀伍德会心地应道，"我明白了，四年零三个月。"

他决定要迎合这个家伙，恐怕还是这么做更好些。

"为什么？"库倍亲热地问。

考珀伍德的心情略微冷了一些。"侵占。"他说。

"你占便宜了，"库倍解释说，"我判了十年。一个乡下法官判的。"

库倍从未听说过考珀伍德的罪名，即便听说过，也不会懂得其中的奥秘。不知出于何种原因，考珀伍德不愿意与这个家伙搭话，他宁愿他走开，但他好像并不打算走。考珀伍德希望关在牢房里，那样就没有人来打扰他。

"那太糟了。"库倍回答，他清楚地感觉到这个人真的不是他们的同类，否则他不会说这样的话。库倍走到两个水龙头旁边，给浴盆放水。考珀伍德在脱衣服，脱得一丝不挂，但是他在这八等情报员的面前并没有感到害羞。

"不要忘记洗头。"库倍说完就走了出去。

水在浴盆里，考珀伍德就伫立在那里思虑自己的命运。最近他竟被作弄得这么厉害，令他莫名其妙。他与处在这里的人大相径庭，他并没有为意识到罪恶而痛苦。他并不认为自己做错了，他一直认为，他只是运气不好。当想到他真会到这空阔清冷的监狱里，沦为一个囚犯，在这廉价的铁浴盆旁边等待，由这个神经错乱的犯人来监督他，他觉得这毫无趣味，也不干净！

他跨进浴盆，急忙用粗糙的黄肥皂洗了洗，用一条半漂白的粗浴巾擦干身体。他要找内衣，但是没找到。

此时，库倍又向里面看了一眼。

"到外面来吧。"他自顾自地说。

考珀伍德走过去，一丝不挂。库倍带他穿过接收看守的办公室，来到一个房间里，那有体重秤和其他测量器具，以及记录册等。守门的狱卒走了过来，坐在角落里的记录员也机械地取下一张表格来。凯特尔打量着考珀伍德十分优美的身体，腰部已略微粗了起来，这表明他比到这里来的多数人要高一等。他尤其注意到，他的皮肤格外白净。

"踏上体重秤！"狱卒粗声说道。

考珀伍德就照做。狱卒仔细地看着指针。

"体重一百七十五，"他叫了出来，"现在站到这里来。"

他指的是旁边靠墙壁的地方，那里垂直地安装着一块薄板条，距离地板有七英尺半高，上端有一只活动的木制小指示器，人站在它下面，就可以往下移动到人的头顶上。板条旁边就是高度总尺码，分成二分之一、四分之一、八分之一等，右侧还有量手臂长短的软尺。考珀伍德明白要做什么了，就站在指示器下面，站得笔直。

"脚踏平，背靠墙，"狱卒监督道，"对，就这样！身高，五英尺九英寸又十六分之十。"他高声说。角落里的记录员就记下来。这时他拿出一条软尺，开始测量考珀伍德的手臂、腿、胸、臀等。他说出他的眼睛、头发、胡子的颜色，而且看了看他的嘴巴，喊道，"牙齿也没有毛病！"

考珀伍德再度说明他的住址、年龄、职业，以及是否懂得什么手艺（他是不懂的）等内容之后，他被允许回到浴室，穿上监狱提供的衣服。他首先穿上粗糙的内衣，然后穿上廉价的软翻领白棉布衬衫，再穿上青灰色的厚线袜。他从来都没有穿过质量这样低劣的袜子，还有一双难以形容的粗皮木屐，穿在脚上像是木制，又像是铁制的，油腻而且沉重。然后，他穿上带花条的布袋似的裤子，上身套上宽大得不成样的上衣和背心。他感觉到，而且确信自己的模样一定很古怪、难看。当他走出来回到看守房间时，一种特殊的颓丧之感油然而生，这是他从前根本没有过的，而现在他要极力控制这种恍恍惚惚的感觉。他想，这就是社会对待罪犯的方法了。它无情地把高贵的服饰从他的身上撕下，也从他的生命中夺走了，却给他这些东西。他顿觉悲伤和绝望，尽管极力自制，这种情绪还是一下子涌上了他的心头。他一直企图掩藏他的真实感情，但现在却不大可能了。穿上这样的衣裳，他觉得颓丧，无法忍受，他清楚自己是副什么模样。但是，他还是试图振作精神，装出满不在乎的样子，服从和尊敬他的上级。总之，他心里想，如此而已罢了，但是就是一个梦，也可以说是中了瘴毒，过段时间他就可能侥幸而安全地逃脱出来。

他希望如此。这不会长久的。他只是在他熟悉的人生舞台上扮演个奇怪的、陌生的角色而已。

凯特尔并没有花费时间去打量他，他只是对助手说："你去给我找一顶帽子来。"后者就打开壁橱，从标有号码的木架上取下一顶高顶、直帽舌、不整洁的花条帽，要考珀伍德试戴。大小正合适，直戴到他的耳朵上，他想他现在所受的侮辱一定快到极点了，还能增加什么呢？不会还有令人更难堪的装备了吧。但是他真的想错了。

"现在，库倍，你带他到埃利·萧宾先生那里去。"凯特尔说。

库倍知道凯特尔的意思。他回到浴室里，取来一个考珀伍德曾听过但从来没有见过的东西。那是一只青地白条的棉布袋，只有一般枕头套的一半长、一半宽。当考珀伍德向库倍走过来时，库倍就把它摊开了。这是一种习惯。从这座监狱设立的时候起，就采用这罩帽，用来消除犯人的方位感，防止任何逃跑的企图。从此以后，整个监禁期间，他根本不许与其他囚犯一起散步、谈话、见面，除非有人问他，即使与他的上级也不许说话。这是无情的原则，而且在这里是必须执行的，尽管后来他才知道，这一点，在此是可以通融的。

"你得把这个戴上去。"库倍说，把罩帽撑开并戴在考珀伍德的头上。

考珀伍德听懂了。他过去似乎听说过这个。他惊恐地盯着它，但是过了一会儿，他就举起手把它拉下来。

"不要多事，"库倍提出警告，"把手放下去，我会给你戴好的。"

考珀伍德放下手。罩帽完全套上后，垂到他的胸前，他已经无法看到任何东西。他觉得很奇怪、很耻辱、很沮丧。把青地白条的布袋套在头上这一件小事几乎使他丧失了自制力。他想，他们为什么不给他免掉这最后的侮辱呢？

"跟我来。"库倍说着就带他出去，到他辨别不出来的地方去。

"如果你把前面撑开一些，就能看着走路了。"他的向导说。考珀伍德撑开了一些，这样他可以看清他的脚以及脚下的一部分地板。他就这样被带着走，根本看不清路上有什么。路过短短的人行道，接着途经一条漫长的走廊，然后穿过警卫室，最后踏上狭窄的铁阶梯，来到二层楼上双门监房的一间看守办公室里。他在那里听见库倍的声音说："萧宾先生，这里又是一个凯特尔先生送来的囚犯。"

"我马上过去。"远处传来一种特别悦耳的声音。很快有一只粗大的手抓住了他的手臂，把他带到屋里。

"现在再走几步就可以了，"这个声音说，"我马上会把罩帽拿下去。"考珀伍德心头涌上一丝感激，也许是同病相怜，这种感情，使他的喉咙好像有些哽咽。果然再向前走的路只有几步。

到了牢房门口，一只大手用一把铁制的钥匙开了锁。推开门后，同样是这只大手领他进门。一会儿，罩帽被轻轻拿掉了。他发现自己置身于一间白墙壁的牢房里，因为没有窗，光线较暗，但是屋顶上有一个三英尺半长，四英寸宽的毛玻璃的小天窗，透进一些光线来。一面墙壁中间钉了一个钩子，挂着一盏铅皮灯，供晚上照明用的。角落里有一张粗制的小铁床，铺着一床草垫和两床也许没有洗过的深蓝色的被褥。另一个角落里有一只水龙头和小水沟。床对面的墙上装有一只小木架。床下放着一只简单的、自制的圆背木椅。还有一个角落里放着一把勉强可以使用的扫帚。有一个供大小便用的铁马桶，他看得出是通到墙内的大排泄管里去的，因为泼进了许多水，桶内已经满了。

老鼠和其他小动物都在这里横行，牢房里充满了一种刺鼻的气味。地板是石块铺成的。考珀伍德一眼就看清了这一切。他注意到结实的牢门是用大圆钢条纵横隔成的，用一把光亮的大锁锁住。他又看到外面还有一扇厚重的木门，可以关得比铁门还密不通风。这里根本没有什么明媚的阳光。清洗牢房用的是石灰水、肥皂和清水，而且要靠囚犯自己动手。

他也顺便观察了一下萧宾，现在他第一次端详这个朴素、善良的牢房看守。他也是一个体格健硕、相貌奇丑的家伙，有些肮脏，模样也不端正，制服不太合身。站着的姿势看起来像要坐下去似的。他体形巨大，但是并不健壮。慈祥的脸上长着灰棕色的短胡子，头发剪得乱七八糟，在大帽子下面像古怪的铁丝，又像蓬乱的稻草。可是，考珀伍德对他的印象却不坏，他立即觉察到这个人可能比其他的人要尊重他一些。总之，他希望如此。他不知道他面对的是"规矩牢房"看守，只能看管他两周，按照监狱里的规矩，他只是萧宾看管的 26 个犯人中的一个。

现在这个好看守就随便地走到床边坐下，指了指那把硬木椅，考珀伍德便将它拉出来，也坐下了。

"喂，现在你也到这里来了，不是吗？"他问，又很诚恳地自己作了答复。因为他是一个缺乏知识而又性格豪爽的人，对与罪犯相处有丰富的经验，喜欢友善地对待他们。他年纪大，心地善良，还是教友派教会成员，这种宗教信仰使得他以慈悲为怀，可是他的职务好像使他得出了一个结论（考珀伍德后来发现的），他认为大多数罪犯是天生的坏人。像凯特尔一样，认为罪犯是天性恶劣的弱者，游手好闲的浪子。总之，他并没有看错。可他终究是一个慈祥善良的老头儿，尽管不晓得表达人类的正义与规矩，但他信任和同情弱者。

"是的，我到这里来了，萧宾先生。"考珀伍德简短地回答，记起了狱卒叫他的姓，就以此来巴结这个看守。

老萧宾对目前的状况多少有些疑虑。他暗想，这就是他在报纸上看到过的弗兰克·阿尔杰农·考珀伍德，著名的银行家与公款盗窃者。据他所知，考珀伍德和同犯斯特纳被判在这里关较长的时间。五十万美元在当时可是一笔巨款，比四十年以后的五百万还要多。一想到事情的结果，即报纸上报道的考珀伍德如何安排一切事情，他就肃然起敬了。平常他对每一个新来的犯人都有一套问话程序，询问犯人现在是否对于自己所犯的罪感到后悔，是否出狱以后想改正错误，父母亲是否在世，等等。根据他们回答这些问题的不同态度，诸如简短、悔恨、敌视或者友好等，他可以判断出他们判刑是否得当。

可是，对待考珀伍德，他不能像对一般窃贼骗子那样说话，他也不能把他现在所看到的直接说出来，可除此以外，他又不知道怎么询问才好。

"啊，这个，"他说下去，"我认为，你从来没想到会到这里来吧？"

"我从来没有意料到，"考珀伍德简洁地答复，"几个月以前，萧宾先生，我压根儿不相信会有这种事情发生。即使现在，我也认为我不应该被关在这里，当然，我对你这么说是没有用的。"

他察觉这个老萧宾想讲些道理，就相当乐意去迎合他的心思，因为他也许马上就孤零零地没有人可以谈话了，如果现在能够博得这个家伙的同情和理解，就会好很多。风暴来临的时候，什么港口都可以躲避，溺在水里的人，什么柴草都要去抓。

"是的，毫无疑问，我们谁都会犯错误，"萧宾用上级的口吻说下去，以为自己就是一个道德向导，肩负着改造人的重任，"我们不能确定，自以为如此好的计划会有什么样的结果，不能吧？你现在来到这里了，我想你对于某些事情不能如愿以偿，并不甘心。但是，如果你出了狱，我想你不会再像以前那样做了吧，你会不会？"

"不会，萧宾先生，老实说，我不会了。"考珀伍德说得极其恳切，"尽管我坚信我做过的事情都没有错。实际上，我认为我没有受到法律公正的对待。"

"是的，就是这样。"萧宾若有所思地说下去，挠着头发，亲切地环顾了一下四周，"有时就如我常对来到这里的有些年轻小伙子所说的，实际上我们知道的并没有我们自以为知道的多，我们忘了别人也和我们一样精明，总是有人一直关注着我们。法庭、监狱、侦探——他们一直在这里，他们抓住了我们。他们一定要抓的，如果我们不小心的话。"

"是的，"考珀伍德回答，"你说得很对，萧宾先生。"

萧宾又说了几句逆耳忠言，接着说："看，这就是你的床，那是你的椅子，那是你的脸盆架，那是你的便桶。要保持清洁好好使用。每天早晨你要收拾好床铺并扫地，倒掉洗脸水，把牢房弄清洁。这里是没有人替你做的。你早晨起床以后，首先要做这些事情，然后，大概六点半，可以吃些东西，最好在五点半起床。"

"是的，萧宾先生，"考珀伍德恭敬地说，"这一切我都会做好的，你放心就是。"

"别的就没有了，"萧宾补充说，"你每周要洗一次澡，洗澡时我会给你一条干净毛巾。还有，每周五早晨你应该洗地板（考珀伍德眉头一皱）。如果你需要可以用热水洗。我会让一个听差送来的。至于你的朋友与亲戚，"他站起来，像一只纽芬兰大狗一样晃了晃身子，"你有老婆，是吗？"

"是的。"考珀伍德回答。

"啊，按照这里的规矩，你的老婆或者朋友每三个月可以来看你一次，至于你的律师，你有律师吧？"

"有的，看守先生。"考珀伍德回答，心里高兴起来。

"啊，如果他愿意，可以一周左右来一次，我想每天都可以来，对律师是没有限制的。但是你自己只能每三个月写一封信。如果你要什么东西，比如需要向供应店购买香烟等，如果你有钱在监狱长那里，只要签一张条子去要，我会给你带来的。"

这个老头儿果真比拿现钱犒赏的人高出一筹。他是从严厉许多、老实许多的时代过来的人，但不断的人情、不断的巴结，也可以使他变得友好和慷慨。考珀伍德彻底看透了他。

"很好，萧宾先生，我知道了。"他说，也像老头儿一样站起身来。

"那么，当你在这里住了两周以后，"萧宾像是思考了一下，补充说，（他忘记早点儿告诉考珀伍德了）"监狱长会到这里来叫你，让你住在楼下过正式的监狱生活。那时候你可以决定要做什么工作。只要你遵守规矩，他们很可能给你一间有天井的牢房。这是说不定的。"

他出去了，咔嚓一声锁上了门。考珀伍德站在原地，萧宾刚才的话使他更加失望了。只有两周的时间，他就要从这个和善的老头儿的管理下移交给别人，那是他所不知道的人，也许不能相处得这么好。

"如果你需要我，比如你生病或者怎么样，"萧宾走开几步以后又回来说，"你可以做一个记号，把你的毛巾挂在这些铁栅的外面就可以。当我路过的时候，我会看到的，我会停下来，探问你的情况。"

颓丧的考珀伍德，此时又振作起来了。

"知道了，看守先生，"他回答，"谢谢你，萧宾先生。"

老头儿走开了，考珀伍德听见他的脚步声消失在混凝土铺的大厅里。他站在那里倾听着，偶尔会听到远处的咳嗽声，什么人的脚擦着地面的细微的声音，一架机器轰鸣、转动的声音，还有钥匙碰着铁锁的声音。这些声音都很轻微，依稀从远处传来。他走到床边，看了一下，床不怎么干净，也没有被单，而且狭小、粗糙。他好奇地摸了一下，这就是他今后睡觉的地方，而他是一个多么渴求，而且能鉴别高级用品的人。如果被爱琳或者他的有钱朋友看见那就糟了，更糟的是，他想到也许会有小虫，因而心里更加难受了。如何是好呢？这把椅子真讨厌，光线也太暗。他努力要让自己适应这个环境，但是他又发现了角落里的垃圾桶，并因此吓了一跳。可能会有耗子从那里蹿出来，至少看上去是这样。没有名画，没有书籍，没有背景，没有人物，没有散步的地方，只有空洞的四壁和寂静，到夜里他就要被厚实的牢门锁在其中，这是何等悲惨的命运！

他坐下来思考着自己的处境，终于他就这样来到东区监狱受罪了，在政客们（巴特勒是其中之一）的操纵之下，他得在这里度过漫长的四年多时光。他猛然意识到，斯特纳可能也经历了他刚才经历的一切。可怜的老斯特纳！他把自己捉弄到这个地步。但因为他的愚蠢，他活该承受现在所有的一切。但他自己与斯特纳之间还有差别，他们要放斯特纳出去。可能他们已经在设法为他减刑，只是考珀伍德不知道而已。他用一只手托住下巴开始思量他的生意、房屋、朋友、家庭，还有爱琳。他摸摸手表，但即刻意识到已被他们拿去，不可能知道时间了。他也没有摘记本、钢笔或者铅笔可以拿来玩耍解闷，而且他从早晨直到现在还没有吃过东西。这倒能忍受，要紧的是他关在这与外界隔绝的地方，他是如此孤独，如此寂寞，连现在的时间都不知道，也不能照料他应该照料的事情，比如他的生意、他的前程。不错，斯达格也许过一会儿会来看他。那样会好一点儿，但是，想一想火灾前他的地位，他的前途是何等风光，现在的境遇又是何等落魄！他坐在那里看着他的鞋子，他的服装。上帝呀！他站起身来，踱来踱去，踱来踱去，整个房间只有他自己的脚步和行动发出的声音。他走到牢房门边，从粗铁栅间向外望去，但是，除了对面两扇牢房门的一部分（和他这边的几乎没有两样）以外，就什么都看不见了。他折回来，坐在他的单人椅上陷入沉思，最后想得疲倦了，躺到肮脏的床上去试了一下。倒不是一点儿都不舒服。尽管如此，他一会儿又起床，坐了一下，接着就踱步，又坐下来。他想，走来走去真是狭窄。这是恐怖的，像是活人的坟墓。而他现在却要住在这里，一天一天又一天地挨下去，实在是无法想象，等到——

等到什么？

等到州长来赦免他，或者刑满释放，或者时来运转，或者……

他这么琢磨着，时间就悄悄地溜走了。等斯达格来到时，大概已经五点钟了，他们只剩一点儿时间可以交流了。斯达格在安排考珀伍德周四、周五和下周一的几次讼案的出庭手续。他离开以后，夜色降临。考珀伍德开始修剪东倒西斜的小油灯的灯芯。喝浓茶，吃劣质面包（是用麸皮和面粉做成，由伙食工犯从牢房门的小洞里推进来，还有一个看守监督着）。他心里真的很难过。吃过饭以后，牢房中间的木门就由一个工犯上了锁，他只是粗手粗脚地关门，一句话都没有。某个地方的大钟敲了九下，他知道，这时他应该立即把冒烟的油灯吹灭，他应该脱衣上床。触犯了规则，就要受处罚，减少口粮、穿紧身衣或者鞭打，他不清楚会是哪一项。他觉得郁闷，身体发冷而又疲倦。他在水龙头下冲洗笨重的石杯和铁皮盆以后，就脱去可憎的囚衣和鞋子，连刺肤的衬裤都脱了下来，然后慵懒地躺在床上。这地方并不暖和，他就睡在两条被褥之间，本打算舒服一点，但那是不可能的。他心灰意懒了。

"这是绝对不行的。"他想，"这绝对不行。我根本不相信我是否受得了。"

尽管如此，他还是面对着墙壁，过了几个小时，终于睡着了。

第五十四章　规矩牢房

有些人因为承受上天眷顾，出身名门。父母、朋友见多识广，因此会把发迹之人的生活诅咒为"一团糟"，这种人很难理解考珀伍德现在的心情。考珀伍德尽管聪明绝顶，但在最初的几天，他颓废地坐在牢房里，还是想不到结果会怎样。再坚强的人也会有颓丧的时候。有些绝顶聪明的人，其人生旅途有时候会出现黯淡的颜色。他们经历了人生痛苦。人只有在精神上有了某些特殊自信，并充分相信蕴藏在自己身体里的力量的时候，才能够勇敢地直面生命所遭受的苦难。说考珀伍德的头脑是最聪明的当然有些夸张。他的头脑极其敏捷，总是和精明强悍、强烈的进取精神分不开。这个强有力的头脑像巨大的探照灯一样，把耀眼的光线照入各个黑暗的角落，尽管他相信伟大的天文学家、社会学家、哲学家、化学家、物理学家和生物学家的深刻理论，但是他在自己的心里却不能肯定，这些理论到底跟他有什么重要关系。毋庸置疑，生命包含着许多奇怪的秘密。有人研究这些秘密，也许是很重要的。但不管怎样，他自己的灵魂召唤他走向了另一条道路。他的任务是赚钱，干一番可以赚大钱的事业，而在眼下，当务之急就是挽救自己濒临破产的公司。

但是在他现在看来，这一点儿希望也很渺茫。不幸的环境已经把自己的公司搅得太混乱、太复杂了。按照斯达格的指点，他可以把这些破产诉讼拖延几年，把债主一个一个拖得疲倦，从而撤销对他的控告。但是在目前，有关产业都遭受了严重的损失。他的未偿债款的利息变成了沉重的负担，诉讼费也在累积。而且，最重要的是，他和斯达格已经发现，由债权人转给巴特勒的以及偶尔转移给莫伦豪尔的不少债务如果不能分毫不差地偿还，他们绝对不会善罢甘休。现在他唯一的选择就是竭尽全力去挽救，过段时间再妥协，依靠斯蒂芬·温格特的力量，创立一种有利可图的业务。后者过一两天就来看他，就等斯达格替他与次日来看新囚犯的看守长迈克尔·底斯麦做好安排了。

底斯麦体格健壮，原籍爱尔兰，受过政客的训练。他早年当警察，在南北战争中做过班长，一直混到在莫伦豪尔的手下做看守长，他是费城的上层人物之一。他很机警，看上去膂力过人。尽管已经五十七岁，但似乎还能表现出自己过去在体育竞赛上的荣耀。他的双手很大，骨节突出，国字脸，额角很高。一头铁灰色的短发，胡须也是铁灰色的，又短又硬。他的青灰色眼睛透露着机敏、聪颖，整张脸颜色鲜红。牙齿整齐锋利，像野蛮人一样，笑的时候会呈现出一些狼牙似的形状。可他本人并不像他的相貌一样残忍。尽管他有些冷酷，有时也野蛮，但也有和善的时候。他最大的缺点是不善于辨别囚犯之间精神上和社会上的差异，而有时到这里来的人，不管是否有政治背景，都是值得重视的。他能够辨别出的只是那些政客在特殊情况下给他指出来的人，比如斯特纳和考珀伍德。可是，他知道监狱是一种公众机关，随时可能有律师、侦探、医生、教士、宣传家以及普通人来参观。这样就不得不实施某些条例和规定，靠自己的力量维持道德上与行政上的管理，也必须维持一定限度的训练、制度与秩序，不可能对任何人太随意，即使在政客面前也是如此。但是，还是有特例的，对那些有钱的大人物，以及袭击政治领袖的突发事件的罪犯，应该以友好的态度来对待。

底斯麦当然非常关注考珀伍德与斯特纳的历史。政客们早已告诫过他，由于斯特纳过去对社会有贡献，应该待他十分友善。对于考珀伍德，政客们就没有多加嘱咐，尽管他们也曾承认他比较不幸，也许他们可以为考珀伍德做点什么，但是他必须自己承担后果。

　　"巴特勒要整他，"有一次，斯特罗比克对底斯麦说，"完全是为了他的女儿。如果你听巴特勒的话，就给他吃清水面包，但他并不是坏蛋。事实上，只要乔治有些头脑，考珀伍德绝不至于落到今天这地步。但是大佬们都不肯放过斯特纳。他们不许他借钱给考珀伍德。"

　　尽管斯特罗比克就是迫于莫伦豪尔的压力，劝斯特纳不能再借钱给考珀伍德的人之一，可是他却在这里指出了被害人愚蠢的行为，他丝毫也不在乎这句话里所包含的矛盾意思。

　　所以，底斯麦就决定，如果考珀伍德是"三巨头"所厌恶的人，就应该对他冷淡点儿，顶多渐渐让他享有特殊权利。他决定给斯特纳上等座椅、干净衬衣、特备的刀叉与盆子、日报，以及写信和接待朋友来访的权利等。那么给考珀伍德什么东西呢？不错，他要去看看考珀伍德，看他在想些什么，同时，斯达格的说情对底斯麦也不是没有影响的。在考珀伍德入狱后的一天早晨，底斯麦收到了哈里斯堡的大好人特仑斯·雷里汉寄来的一封信，说对考珀伍德的任何善待他都会替他表示谢意。底斯麦收到这封信后就走过去，从铁栅门里看了看考珀伍德。路上他和萧宾谈了几句话，萧宾告诉他说，他认为考珀伍德是一个非常了不起的人物。

　　以前底斯麦没有见过考珀伍德，现在他身着囚服、木底鞋和廉价的衬衫，囚在肮脏的牢房里，尽管如此，底斯麦还是被感动了。他看见的不是普通囚犯那种柔弱贫血的身体和可疑的眼神，而是脸色和体态都彰显着力量和威严的人，肮脏的衣服和环境也不能使他在精神上屈服。当底斯麦出现的时候，他抬起头来，为有人出现在他的门前而感到高兴，他用清澈的大眼睛打量着底斯麦，这双眼睛曾经激起那些认识他的人的信心和信念。底斯麦难免有些心动，这个人和他过去就认识的斯特纳相比，有力量多了。无论怎么说，强有力的人总是天生惺惺相惜的，而底斯麦从躯体上可以说是一个强有力的人。他注视着考珀伍德，考珀伍德也注视着他，底斯麦自然就喜欢上了他，像是一只老虎面对它的同类。

无须介绍，考珀伍德清楚他就是看守长。"您是底斯麦先生吗？"他很恭敬、友好地问。

"是的，先生，我就是。"底斯麦关心地说，"这些房间不怎么舒服吧？"看守长整齐的牙齿友好而又像狼牙似的露了一下。

"当然不舒服，底斯麦先生。"考珀伍德答道，像士兵般笔直地站着，"但是我并不以为自己是住旅馆来了。"他笑了一笑。

"需要我为你做什么吗，考珀伍德先生？我已经和你的律师谈过了。"底斯麦好奇地说，他认为像他这样的人有时候可能有助于他。考珀伍德对底斯麦称他为"先生"非常感激。原来如此，那么，应该相信，这里的事情不会太糟。他要探个究竟，要摸摸这个人的底。

"我不会向您提出不合理的要求，看守长，"他这时谦卑地回答，"但是，有几件小东西我当然想调换一下，如果允许的话。我希望床上能有被单。如果你能够答应，我想穿稍微好些的内衣。我身上所穿的太不舒服。"

"那不是上等的毛织品，当然不舒服。"底斯麦严肃地说，"是宾夕法尼亚州一个地方为政府定做的。如果你要穿自备的内衣，是不允许的。我关照一下。被单是可以照办的。如果你有被单，我们可以允许你使用。这些事情我们要慢慢来。有许多人十分有兴趣指导看守长怎样做事。"

"我早已了解了，看守长。"考珀伍德兴奋地说下去，"我当然十分感谢你。你应该相信，你给我的任何照顾都会得到回报，绝不会疏忽掉的。我在外面有朋友，过段时间他们会替我感谢你的。"他逐渐地加重语气说着，一直凝视着底斯麦的眼睛。底斯麦十分感动。

"那真是棒极了，"他说，现在他已经变得友善了，"我不能承诺太多。监狱条例到底是监狱条例。但是，有些事情也是办得到的。只要你能够安分守己，习惯上是允许这么办的。如果你需要，可以用一把好些的椅子，也可以有些读物。如果你现在还在做生意，我也不会故意刁难。当然，我们不能让犯人每刻钟进出一次，你也不能把牢房改成办公室，那是不可能的，会破坏这里的秩序。可是，我们也没有理由不让你随时接见你的朋友。至于你的信件，目前照例必须拆阅。我不能答应得太多。你要待到从这一间牢房里出去，到了楼下再说。下面有些房间是有天井的，不知是否还有空着的。"看守长故意瞟了考珀伍德一眼，考珀伍德发现他的命运并非如预料的那样糟糕，尽管已经糟透了。看守长告诉他可以做的各种手艺活儿，问他喜欢做哪一种。

"不管你还需要什么，你应该做些事情，不要让自己闲下来。你会发现这很有必要。每一个人入狱一段时间后都想做工。我发现了这个状况。"

考珀伍德领悟了这些话的意思，对底斯麦万分感激。枯燥无聊的、小得几乎没有回身余地的牢房给他造成的恐怖感，已经袭上他的心头，但是一想到可以时常见到温格特和斯达格，还可以收到信件，而且过段时间，就不接受检查了，简直是一种极大的安慰。他可以穿自备的内衣，丝织品或者毛织品，谢天谢地！至于脚上这双鞋子，也许他们过些时候也会让他脱下来。有这些通融和一种手艺活儿，也许还有底斯麦所说的小天井，他的生活尽管不尽如人意，至少也说得过去了。监狱毕竟是监狱，但是在他看来，可能不像许多人切身感受到的那么可怕了。

考珀伍德在"规矩牢房"里住了两周，在萧宾的管理之下，他了解了许多向来不明白的监狱生活。这所监狱的天井、分区餐室，监狱的规章制度和劳动方式，与普通的监狱不同。从这些方面可以看出来，它压根儿就不是普通的监狱。无论是他，还是许多拘禁在这里的人，谁都没有经历过一般的监狱生活。据说这所监狱的大多数人都是在他们的牢房里，静悄悄地做指派给他们的特殊工作，对周围的其他生活一点儿也不了解，因为监狱实行幽禁，很少允许犯人做牢房外的工作。他觉察到的，老萧宾不久也明确告诉他，拘禁在此的四百多名囚犯之中，只有七十五个人在做那种工作，而且也都不是经常的。烹饪、按季节种园地、磨面粉、一般清扫，就是逃避孤寂的唯一途径。即使做这些事情，也是严禁谈话的。他们实际做工时，并不戴可恶的罩帽，可是在来去的路上应该戴着。考珀伍德偶尔看见他们从他的牢房门前走过，他因此感到怪异、可怕、可恶。有时候他真心希望永远由老萧宾管理，因为他是这么真诚、健谈，但这是不可能的。

两周转眼过去，他感到很悲哀，但是时光却不留情。在这两周中，他每天铺床、拖地、穿衣吃饭，五点半起床，九点钟睡觉，每餐之后洗刷他的几只盆子。他认定自己永远吃不惯这里的伙食。如前所述，早饭是在六点半，送来的是用麸皮和一些面粉制成的粗黑面包，以及黑咖啡。午饭在十一点半，有豆或者蔬菜烧的汤，里面有些劣质肉，还有同样的面包，没有黄油，没有牛奶，没有糖。考珀伍德不会吸烟，分给他的一点儿烟草对他毫无意义。在两三周内斯达格每天来看他。在第二天以后，斯蒂芬·温格特作为他的新生意伙伴来看望他，底斯麦说，如果他愿意，可以每天来一次，尽管他觉得如此之快就允许是种特殊照顾。这两个人的访问很少超过一个半小时，而在此之后的时间还很漫长。有几天他被法庭提审，在上午九点钟到下午五点钟之前答辩对他的破产控诉，这样使坐牢的时间过得很快。

一入监狱，显然他与外界要完全隔绝几年。奇怪的是，最要好的朋友打算帮助他的主意会消失得如此之快。他完蛋了，他们大都这么想。现在力所能及的就是利用他们的社会影响尽快把他保释出来，但他们不知道需要多久。除此以外他们就无能为力了。他们认为他确实再不会对任何人有任何重要作用了。这是很凄凉、很可悲的，他已经失势。

"他是一个有作为的青年，"吉拉特国民银行的总经理戴维森得知考珀伍德被判入狱时，这样发表意见，"糟透了！糟透了！他犯了一个大错误。"

真正惦记着他的唯有他的父母、爱琳和他的太太丽莲，丽莲带有一种憎恨与担忧混合的感情。爱琳因为爱他爱得发狂，痛苦得也最厉害。四年零三个月，她琢磨着，如果他不能提前出来，那时候她就快二十九岁了，而他年近四十了。他还要她吗？她还会这么美丽动人吗？将近五年的时间会改变他的看法吗？在此期间，他一直要穿着囚衣，而以后别人永远要说他是囚犯。想到这里她就觉得难受，但是也使她更加坚定，她决心不放弃他，无论发生何事，都要竭尽全力帮助他。

就在考珀伍德被监禁的第二天，她就坐车出来，看了看监狱灰暗的围墙。她根本不了解徒刑方面冗长而复杂的法律程序，因此觉得十分可怕。他们对她的弗兰克可能什么事都做得出来吧？他一定很苦吧？他是否也在想念她，就像她想念他一样？啊，真是可怜！可怜！她自己太可怜了，因为她对他的无限柔情无处倾诉。她回到家里，决定要去探监。但他曾经告诉过她，探监的机会三个月才有一次，他会写信告诉她下次见面的时间，或者告诉她什么时候来，或者告诉她什么时候到外面和她相见。她不知如何是好，唯一清楚的就是要保守秘密。

但是，第二天，她还是给他写了信，叙述前一天下午在风雪中想到他在灰暗的围墙内的恐惧，并表明她决心要尽快来看他。这封信在新的安排之下，他很快就收到了，他给她写了一封回信，交给温格特投寄。信中写道：

> 我心爱的姑娘，我不能立刻与你相聚，一想到这一点，也许你会感到有点失望吧？但是你最好不要失望。你已经在报上看到了判决的详情。我就是在那天上午到达此处的，实际上快到中午了。如果我有时间，最亲爱的，我会给你写一封长信，说明情况，让你放心，可惜我没有时间。我现在写信实际上是违反狱规的，我在偷偷地写。但是，我很安全，当然，我希望出去。亲爱的，你计划来看我，千万要当心。除了让我精神振作以外，你来探监对我并没有多大影响，相反可能使你自己受到很大的伤害。何况，我认为我已经伤害了你，而且无法补偿，所以你最好抛弃我，尽管我知道你不是这么想的，如果你真的抛弃了我，我将抱憾终生。周五下午两点钟，我要去位于第六大街与切斯纳街之间的特别民事法庭，但是你不能在那里见我。我是由我的律师陪着去的。总之，你要小心行事。也许你会改变主意，不到这里来了。

最后一句忧郁情浓，自从他们有了感情以后，考珀伍德第一次这样建议，因为情况已经发生变化了。以前他高人一等，是被人追求的对象，尽管爱琳是值得追求的，而且被人追求过，他曾经有把握安全地渡过危机，使自己的威望和权势得以增加，直到爱琳可能不再值得他的青睐。尽管他曾经有过这种想法，但是在这里，穿上囚衣，情况就大不相同了。爱琳的地位由于他们长久、火热的关系的影响已降温了。可是现在却比他的地位高出许多，这是显而易见的。因为她终归是爱德华·玛利亚·巴特勒的女儿，在与他分开一段时间后，她可能不愿意做一个囚犯的新娘。据他所知，她肯定不愿意的，她可能会改变初衷。她不应该等待他，她的生活还没有遭到彻底破坏。社会上还不知道，至少不是全都知道她就是他的情妇。他认为，她可能和别人结婚，从此永远在他的生命中消失。这会令他很伤心吗？而且从公道的角度出发，他有责任要求她抛弃他，或者至少要考虑一下，这么办是否很聪明。

　　他相信她不会抛弃他，他没有想错，尽管他的状况对她可能有所伤害，但她继续爱他，却是一种有利的因素，是联结他最美好的过去的纽带。但是他当着温格特的面，在牢房里匆匆写完这封信，交给他去投寄（看守萧宾好心地保持着礼貌上应有的距离，也算是在场），在最后不能不加上这些疑虑，以便让爱琳看到的时候深受感动。而她看过信后，认为这是他的顾虑，是极大的颓丧。也许监狱就是如此之快地摧毁了他。一直以来他大胆保持着的志气就此消失。她现在发疯般地要接近他，安慰他，尽管如此艰难、危险。她说她一定要去。

　　他家里的每个成员，包括父母、弟弟、太太和妹妹也提出探望的请求，在某一天出去接受破产审判的时候，考珀伍德告诉他们，即使可以通融，他认为他们也不应该违反每三个月一次的规定，除非他写信或者委托斯达格通知他们。实际上他眼下真的不想多见他们中任何一个人，他已经厌倦了事物的社会性。事实上他想从熙熙攘攘的人间逃避，认为这一切终究于事无补。为了保全自己，他大概已经花了一万五千美元，包括诉讼费、家用、斯达格的酬劳等，对此他并不计较。他希望凭借温格特的帮助，略微赚些钱。他的家庭不至于吃尽当光，还能维持基本的生活。为了与降低的生活水准相适应，他曾经劝他们搬家，他们已经照做了。他父母、弟弟和妹妹搬到了一座三层砖楼里，和纽扣街的老屋相差无几。他的太太搬到还要小些且廉价的一座二层楼房里，位于北第二十一街，距监狱不远，他曾经从斯特纳那里以虚伪的托词弄来三万五千美元，节省下来的一部分就用来补贴家用了。从吉拉德街的宅第里搬出来在老考珀伍德看来当然是可怕的屈辱，因为新居已经没有了豪华住宅才配拥有的家具，而只有一些从商店里买来的现成的家具，以及便宜的普通窗帘和饰物。法庭没收了考珀伍德的全部财物，因为要把一切都卖出去，偿还债权人。只有一点点小东西被保全下来。所有的东西早已列入清单，有一件东西是老考珀伍德需要用的，那就是弗兰克给他设计的写字台，但是估价要五百美元，除非按照数目付钱或者拍卖，法庭执行员是不会准许收回的。因为老考珀伍德省不出这一笔钱来，他不得不放弃了那张写字台。除此之外，他们还需要很多东西。安娜·阿特莱德甚至偷出了一些，但过了很久以后，她才告诉父亲真相。

　　终于到了这一天，吉拉德大街的两座住宅变成了执行员进行拍卖的地点，社会上的人可以随意出入，品味图画、雕像和一般艺术品，那些东西要卖给出价最高的人。考珀伍德在收藏方面很有声望，因为他收集的东西具有实用的优点。另外，埃尔斯·沃思、弗莱彻·格雷和戈登·司特莱克也作了热情的介绍，这些建筑家和古玩商的鉴别在费城是颇具声望的（考珀伍德非常看重一切可爱的东西，譬如精巧的青铜器，是意大利文艺复兴时期最优秀的代表作，几件珍藏在古董橱中的威尼斯玻璃器皿，还有鲍威斯·霍思莫和沙华德森的雕像，三十年以后要被人耻笑的东西，但是在当时却很值钱）。他的全部藏画，美国画家代表人物的作品包括从美国的吉尔伯到伊斯特曼·约翰逊这些代表性画家的作品。加上几张当时走红的法国派和英国派的作品，都要便宜卖了。费城的艺术鉴赏水平在当时不是很高，有些绘画因为缺乏鉴赏者就只能以过低的价格卖掉了。拍卖时司特莱克、诺顿和埃尔斯·沃思都在场，而且在自由地选购。

参议员辛普森、莫伦豪尔和斯特罗比克也到了拍卖现场，想看看都有什么物件，小政客也成群结队地过来了。但是辛普森是艺术精品的冷静的鉴别家，买到了开拍的所有最名贵的东西。他买进了威尼斯玻璃器的古董橱、一对青白相间的高圆筒形花瓶、十四件中国宝石、几件画家用的水盂，以及一块点缀着浅绿色的有孔的窗玻璃。莫伦豪尔买进了亨利·考珀伍德住宅的穿堂与接待室里的家具和装饰品。爱德华·斯特罗比克以最低的价格买进了考珀伍德家里两套鸟眼枫木的卧室用具。亚当·戴维斯也在场，买到了老考珀伍德十分珍惜的嵌金镶银的写字台。弗莱彻·格雷买了四个希腊花瓶，那本来是他卖给考珀伍德的东西，也都是他珍爱的东西。其他各种艺术品，包括一套塞佛尔出产的餐具，一幅戈培林出品的花毡，一件巴理的青铜雕像，以及第台尔、福多纳与乔台·英纳斯的绘画都卖给了下面这些人：华尔特·莱甫、奥塞·列维斯、约瑟·施麦曼、吉钦法官、哈巴·斯达格、特仑斯·雷里汉、特里纳·特莱克、西蒙·琼斯夫妇、威·西·戴维森、弗雷温·卡森、弗莱彻·格雷和拉福尔斯基法官。

自拍卖开始，四天之内，两座住宅里的东西都清空了。一同拍卖的还有北第十大街九三一号房子里的东西，这些东西是在他们认为应该停止使用这幢房子的时候寄存在仓库里的，结果也被没收了。此刻，考珀伍德的父母才看出了他们的儿子与他的妻子之间关系的微妙变化。在这次凄凉的拍卖中，考珀伍德全家人都不在场。爱琳在报上看到这些东西被拍卖，清楚都是考珀伍德心爱的东西，即使撇下她对这些东西的喜爱，她也觉得非常丧气。可是心里不久又产生了希望，因为她坚信考珀伍德总有一天会重获自由，在金融界博得更大的声望。她说不出缘由，但对此深信不疑。

第五十五章　爱琳探监

　　与此同时，考珀伍德被移交给另一个看守，调至底层三号监一间新牢房里。此处和其他牢房面积一样，十英尺宽，十六英尺长，但是附近有上文提及的小天井。监狱长底斯麦在他被移交过来的前两天，曾经上过楼，隔着牢房门又和考珀伍德说了几句话。

　　"周一你就要移交了。"他谨慎而迟缓地说，"他们会给你一间带天井的，尽管对你没有多大用处，因为只许每天在天井里逗留半小时。关于你的生意安排我已经告诉了看守。在此事上他不会刁难你的。但是你要注意，时间不要太长。我已经决定让你学做藤椅。那于你而言是最好的事，做起来既轻松，又可以不让你胡思乱想。"

　　利用监狱的实业，监狱长和几个结党营私的政客赚了不少钱。犯人做工，工作并不艰苦，既简单又容易。卖掉全部产品，他们的腰包就收纳了利润。所以，让全部囚犯做工是件好事，让他们有利可图，考珀伍德很喜欢有机会做些事情，因为他实际上并不关心书本，而他与温格特的关系以及他的恋情，使他的头脑还有思考的余地。同时，他又不得不考虑，如果现在他觉得奇怪，那么在狭窄的铁条后面，做编织藤椅如此普通的工作，岂不是更奇怪了吗？可是，现在他却因为这个工作很感激底斯麦，和当初给他拿来被单和盥洗用具一样感谢他。

　　"那就好，"现在考珀伍德对底斯麦产生了兴趣并愉快又温柔地回答，"我知道，这里的人，与任何地方的都一样。只要一个人明白如何运用这些东西，而且能保持整洁，我不会设置任何障碍。"

考珀伍德要对付的新看守与埃利·萧宾则截然不同。他叫瓦尔特·博汉，不到三十七岁，身材高大，却有气无力，为人狡诈。他做人的主要目标，是挖掘监狱中的额外收入。仔细琢磨一下博汉，他似乎就是底斯麦的走狗，但某种程度上，这种看法并不完全准确。因为博汉很乖巧，善于讨好和巴结底斯麦或者任何人。底斯麦当然认为他是靠得住的，可以命令或暗示使他宽厚对待指定的人。换句话说，如果底斯麦对某个因犯产生了兴趣，是不必对博汉多说的。他可能只要说这个人习惯了另一种方式生活，或者是有过某些经历，待遇粗暴可能会使他感到难堪。那么，博汉就会约束自己，友善待人。可是，对于有教养的聪明的人来说他的关注是可恶的，因为他们分明是另有企图，而他们对待穷苦或者无知识的人是残酷和傲慢的。他在监狱里为自己谋求额外的收入，向因徒出卖他私自带进监狱的东西，他夹带了供应铺里禁售的东西，诸如烟草、信笺、笔、墨水、威士忌、雪茄，以及各种精美的食物，这至少在原则上严重违反了监狱条例。相反，他就十分高明地只供应各种劣质烟草，以及糟糕的笔、墨水和信笺，使一个有自尊心的人无法忍受，只得另想办法。威士忌本来不准许卖，精美的食物在表示阶级偏见上是可怕的。可是，这些东西都带了进来。只要囚犯有钱，几乎可以从博汉那买到任何必需品。博汉以权谋私的方法还有把"模范囚犯"派到大天井里去，或者准许有小天井的牢房里的某些人，在小天井里停留比规定的半小时长久一些。

这时，一个十分奇怪的情况对考珀伍德是有利的，就是博汉居然和管理斯特纳的看守很要好。因为斯特纳在政界有朋友，所以享受着优厚的待遇，对此，博汉很清楚。尽管他从不用心看报，也不了解重大时事，但他现在知道，斯特纳和考珀伍德两个人曾是社会上很有地位的人，而考珀伍德是两者之中更重要的一个。而且，他听说考珀伍德现在还有钱，是几个有权看报的囚犯告诉他的。所以，与监狱长底斯麦平静的暗示根本无关，博汉只想自己弄明白，他要为考珀伍德怎样效劳，才能得到报酬。

考珀伍德住进新牢房的当天，博汉踱到了他的牢房门口，等考珀伍德走进牢房，就把门锁起来。他用看守的语调说："东西都搬来了吗？"

"搬来了，先生，"考珀伍德回复，他很聪明，早已从萧宾那里打听到了新看守的名字，"我想，你是博汉先生吧？"

"正是。"博汉回答，并没有因被认识而感到有些得意，他只关心当前的实际情况，他急于琢磨考珀伍德，要看看他属于哪一类人。

"下楼你会发现和楼上有些不同，"博汉说，"我很随和的。天井里那些门就是不同之处。"

"啊，是的，"考珀伍德机智地说，"那就是底斯麦先生说过的天井了。"

一听到这个神奇的名字，如果博汉是一匹马，他的两只耳朵就会直竖起来。因为理所当然，如果考珀伍德与底斯麦如此友好，后者已经事先把他要住的牢房的样式告诉了他，博汉就应该特别留心才是。

"对，就是这个天井，但它并没有多大用处，"他说，"犯人只允许每天在那里逗留半个小时。如果能多待一会儿，也是个好主意。"这是他包庇、偏私的最初暗示，考珀伍德从他的语气里听得很清楚。

"这太糟了，"考珀伍德说，"我想知道如果一个人表现优良，是否可以待得长久些。"他等着回答，但是博汉却说："现在我还是教你新的手艺吧。监狱长说，你得学做藤椅。如果你要学，我们现在就可以开始。"不等考珀伍德答应，他就走了，一会儿又带着三把没有上漆的椅架和一束藤条或柳条回来了。他装模作样地放好之后，接着说："如果你要看，我现在就做给你看。"他开始给考珀伍德讲解怎样把藤条排起来，穿过两面的缝隙，然后，剪断，用小胡桃木钉子钉好。讲解之后，他拿来了一把锥子、一把小铁锤、一箱钉子和一把大剪刀，开始进行示范，他用各种藤条编织了几个简单的几何图形，然后让考珀伍德自己动手，并在背后看着他。考珀伍德是个金融家，当然学什么用手用脑的东西都很快，他以以往卖力的态度来做，在五分钟之内就向博汉证明，除了熟练和速度需要在实践中获得以外，他能够做得和别人一样好。"你会做得很好的，"博汉说，"你应该每天做这样的十把。但是，在最初几天我们就不计数了，等你做熟了以后再计数。以后我会过来看看你生活得是不是很好。你明白要把毛巾挂在门上，是吗？""是的，萧宾先生已经告诉了我，"考珀伍德回答，"我现在已经知道了大多数规则。我愿意努力不破坏任何一条。"

在之后的日子里，尽管监狱生活有了不少改善，但不管怎样改善都不能使他心甘情愿去忍受这样的生活。最初几天博汉教给考珀伍德做藤椅的技艺时，设法表达了他愿意为他效力的想法。他之所以这么做，是因为他注意到斯特纳有比考珀伍德更多的朋友来探望，有时送篮水果给他，他又分送给看守们，他的妻子和儿女已经获准在规定的探望日以外来看望他。这是使博汉产生妒忌的原因。跟他同事的看守就以此向他炫耀，好像是告诉他四号监里的大乐事。博汉真希望考珀伍德更出色一些，表现出他在社会上或者个人生活上应有的本领来。

所以，现在他就说："我看你每天都有律师和合伙人来访。还有其他人要来探望你吗？当然你的太太、姊妹或者什么人来，是违反监狱规定的，除非是在探望日。"他说到这里就停了下来，转动着示意的大眼睛盯着考珀伍德，用一种暗示神秘事情的眼神，"但是，一切规则在这里都不是严格执行的。"

考珀伍德不可能会放过这样的时机。他略微笑了一下，心里也确实感到轻松了，他想感谢博汉，却说："我要把一些情况告诉你，博汉先生。我相信你比大多数人理解我的境遇要多一些。我很想了解一下是否可以通融。如果可以，我会感激不尽。我明白你我都是讲究实际的人，如果你行方便想办法把他们带进来，我一定不敢忘记。只要你能想办法使我在这里过得更舒服一些，我不会辜负你的，我随身并没有钱，但是我总是弄得到钱，我会留心，不会亏待你的。"

博汉那短而厚的耳朵颤动了一下，这正是他喜欢听的话，"我都能安排，考珀伍德先生。"他卑躬屈膝地回答，"让我去安排吧！无论你何时要接见何人，告诉我就可以了。当然我会十分小心，你也必须这样，但是那是办得到的。如果你早上想在天井里多待一会儿，或者下午和晚上想到天井里去，从此以后，就这么办吧！这是可以的。我就不把门关上，如果监狱长或者什么人来了，我就用钥匙在你的门上敲几下，你就进来，把门关上。如果你要从外面带什么东西进来，我可以代办，比如果酱、鸡蛋、黄油，或者任何这一类的小东西。那样，你就可以改善一下伙食了。"

"我当然十分感激，博汉先生。"考珀伍德不卑不亢地回答。仿佛想笑，却又保持着一本正经的表情。

"还有另外一件事，"博汉说下去，指的是额外探望者这件事情，"无论你什么时候需要，我都能安排。我认识外面的门卫。如果你需要什么人来探监，只要写一个通知交给我，并告诉他们来的时候找我就可以了。那样他们就可以不受阻拦地进来了。他们来之后，你可以和他们在牢房里谈话。注意！只要我一敲门，他们就得出来。你要牢记这点。

总之，你只要告诉我就行了。"

考珀伍德十分感激，因为他说得如此直率。他立马想到，这就是见爱琳的机会，现在他可以通知她来了。如果面纱厚些，或许就不会惹麻烦。他决定写信给她。当温格特来的时候，他便给他一封信去投寄。

两天以后，在约定的下午三点钟，爱琳前来探望他了。她穿着白绒绳边的灰色厚呢衣服，磨光的钢纽扣闪着银光。戴着一项白貂皮帽子。围巾和手套既是附加的装饰，又可以御寒。这套比较惹人注目的衣服外面，她还披上了一件黑色长斗篷。在鞋子、手套、头发，以及所戴的金饰等方面，她都精心装扮过。她按照考珀伍德的建议，脸上罩着绿色的厚面纱。她来的时候，由于他事先做好了安排，此时他正好独自一人。一般来说温格特做好生意后，四点钟过来，而斯达格一般在上午过来。爱琳对这次奇异的冒险感到异常紧张，她选了一个地方下车，在小街上走了一段路。寒冷的天气和灰色天空下面的灰色围墙，给了她一种挫败感，但她尽力装出愉快的样子，使她的情人振作起来。她知道只要表现得当，她的美貌很容易引起他的反应的。

因为她要来，考珀伍德把牢房布置得尽可能看上去令人满意。他打扫一下，铺好床，房间很干净了。此外他又修了面，梳了头，并把全身上下都打扮了一番。他还把正在做的和已做好的藤椅堆在了床后的角落里。几只盆子都已洗过挂了起来，木底鞋也用现在专门的鞋刷刷了几下。他自己从来没有想过，如果爱琳看到此情此景，是否认为他已经失去了风度。以前她总是称赞他衣服考究，以及他着装的气派，而如今看到自己所穿的衣服，不能显现身体的威仪，只能依靠自己的高贵灵魂支撑一种坚强的感觉了。总之，他现在想，他是弗兰克·阿尔杰农·考珀伍德，不是平凡的人，无论穿什么衣服都是，而且爱琳是懂得这一点的。他过些时候还可以获得自由并且发财，他知道她是相信的。他很清楚，他在这种或者其他任何环境之下的外表，对爱琳来说都一样。她只会爱他爱得更深。他所怕的倒是她强烈的同情。他很高兴，博汉说她可以进牢房来，因为隔着铁栅门和她说话，终究是残忍的行为。

爱琳到达监狱，声明找博汉先生，就被带进了中间的圆厅里，在那里等他。当他出来的时候，她低声说："我要探望考珀伍德先生，可以吗？"他就大声说："啊，可以，随我来吧。"当他从自己的房间的走廊穿过圆厅地板的时候，尽管他看不清她的脸，但也被爱琳逼人的青春气息感动了。现在，他所期待的与考珀伍德身份相符的事情终于发生了，一个能够窃取五十万美元，闹得满城风雨的人，一定有过各种惊人的冒险事业，而爱琳本身看上去就像是真正的惊险故事。他把她带到一个小房间里，这里是他放办公桌、请来客等候的地方。然后他急忙赶到考珀伍德的牢房里，这位金融家正在那里做藤椅，他就用钥匙敲门，说："有一位年轻太太要看你。你要她进来吗？"

"谢谢你，请进来。"考珀伍德回答说。博汉却不顾礼仪地匆忙走开，无意中忘记打开牢门，于是只能当着爱琳的面打开了。漫长的走廊，厚重的牢门，一段距离的铁栅和灰石地板，让爱琳感到一阵眩晕。一座监狱，铁栅门牢房！而他就在其中的一间里。这令她本不胆怯的心不寒而栗。她的弗兰克竟然在这么可怕的地方，把他关在这里是何等可恨！法官、陪审团、法庭、法律、监牢，就是许多冒出头来的吃人魔王，分布在世上，对她和她的恋爱事件咬牙切齿。钥匙在锁内的转动声，牢门沉重地向外开启，让她极其痛苦。随后她看见了考珀伍德。

因为即将得到报酬，博汉放她进去以后，就悄悄地离开了。爱琳隔着面纱望着考珀伍德，直到她认定博汉已经离开才敢开口说话。考珀伍德极力控制着自己，片刻之后，才狼狈地对她做着手势。"现在好了，"他说，"他已经走开了。"她取下面纱，脱去斗篷，尽管不动声色，却看清楚了房间封闭、狭窄、阴暗的样子以及他那糟糕的鞋子，不值钱也不像样的衣服及他身后通往小天井的铁门。他竟然生活在这样的环境里！她还看得见床后做了一半的藤椅，极不协调，甚至令人毛骨悚然。她的弗兰克！在这种境遇之下！她颤抖着，想说话却说不出来，她只能伸出双臂抱住他，抚摩着他的头，然后才喃喃地说："我的苦孩子，我的亲人。他们竟把你弄成这般模样了？啊，我受苦的亲人。"她捧着他的脑袋，考珀伍德本想保持平静，但也退缩和战栗了。她的爱情是如此炽热，如此真诚。是多么令人欣慰，而又使人丧失男子汉气概，因为他现在看得出，她又把他当作一个孩子了。这是他平生第一次失去自控力，因为体内某些神秘而盲目的力量有时很容易代替理智起作用。爱琳的深情的、温存的细声软语，温柔的双手，以及永远使他倾心的美貌（也许是在这冷硬的围墙之内，在他肉体受苦的时候比以前更加神采奕奕），使他的男子汉气概完全丢失了。他不明白为什么会这样，他要反抗这种心情，但是无法抗拒。她抱紧他的脑袋抚摩着，他突然感到难过、气短、如鲠在喉，想控制也控制不住。他有一种奇怪的感情，想通过哭泣抒发出来，但他竭力克制着。使他如此激动的还有他刚失去的人间天堂，他希望有朝一日可以重新置身于美丽世界的奇妙景色中，这些想法混杂在一起，使他抬不起头来。跟以前受辱穿木底鞋、布衬衫、囚衣，成为一个永远抹不掉臭名声的囚徒相比，此刻他更觉得惨痛。他急忙从她怀中挣脱出来，转过身去，握紧拳头，缩紧全身的肌肉，但是他已经失控了，他哭了起来，无论如何也控制不住了。

"啊，该死！"他既愤怒，又自怜，他在憎恨和羞耻中高声大喊，"我为什么要哭？我到底怎么啦？！"

发现这种情形，爱琳立马就冲到他的面前，一只手按住他的脑袋，另一只手拉住他粗糙的背心，她紧紧地抓住他，使他挣脱不开。

"啊，亲爱的！亲爱的！亲爱的！"她满带怜惜，热烈地嚷着，"我爱你，我喜欢你！只要对你有好处，我就是千刀万剐也心甘情愿。他们竟害得你哭出来，真是可恶！啊，我的心肝儿，我的宝贝，我亲爱的孩子！"

她抽出一只手抚摩他的脑袋，他努力使自己发抖的身体振作起来。她吻着他的眼睛、头发和双颊。他又挣扎了一会儿，高声说："我到底怎么啦？！"但她又把他拉了回来。

"不要担忧，亲爱的。别难为情，你要哭就哭吧。在我的肩膀上哭。和我一起哭。我的宝贝，我的小情人！"

片刻之后，他才镇静下来，提醒她不要让博汉听见，他恢复了原来的态度，对刚才的失态难为情。

"你是一个了不起的姑娘，宝贝，"他带着温柔而抱歉的微笑说，"你真行，我就需要你这样的，你对我帮助很大，但是不要再为我伤心了，亲爱的。我没有什么不好的，并不像你想象的那么糟糕。你好吗？"

爱琳却不像他这么容易就平静下来。他遭遇如此多的灾祸，包括他在这里的惨境把她激怒得丧失了是非观念和应有的气度。一想到她善良出众的弗兰克竟然被逼到哭出来，她真是伤心透了，她轻轻地抚摩着他的脑袋，同时她自己的脑海里就涌起了对生命和命运的疯狂、恶毒、无理、倔强的反抗情绪，她的父亲——该死！她的家庭——哼！她还顾忌什么呢？和她的弗兰克一比，别的东西还有什么道理呢？她绝不，绝不放弃他，绝不！无论发生什么事。现在她平静地抱住他，脑海里却展开了生命、法律、命运、环境之间的可怕斗争。法律？胡说八道！她情愿牺牲自己。现在她愿意和他走到天涯海角，为了弗兰克，她愿意干任何事。她的家庭无所谓，她的生命也无所谓。他希望她做什么，她都义无反顾地去做，只要能救他，使他生活得愉快一些，即使赴汤蹈火她也心甘情愿，但是如果是为了其他人，她就什么都不会做。

第五十六章　终于摊牌

监狱生活日复一日，考珀伍德已和博汉达成协议，他的太太、母亲和妹妹能够经常来探监。他的太太和孩子们在一处小宅子里落脚，是他承租的。他的经济事务由温格特负责，每月替他付一百二十美元。他清楚这些钱不够用，但近来手头好像有些拮据。以前的生意在三月份彻底以失败告终，他依法宣告破产，全部财产都被没收抵债。如果不是宣布按比例偿付十分之三的话，拍卖所得的钱款还不够偿还市政府的五十万美元的债务。即便如此，市政府也没有获得应得款项，因为市政府的债权申请没有以正当的方式、在合适的时间提出来，这样就给别的债权人多留下了部分现金。

现在考珀伍德委托温格特作为代理人尝试做了一些生意，而且有所获益。这位代理人对他忠心耿耿。温格特以很低的薪金雇用了考珀伍德的两个弟弟，一个负责记账与照管办事处，另一个与温格特一起到交易所做买卖，因为他们在交易所里的经纪人席位都没有转让。温格特又克服重重困难，替老考珀伍德在一家银行里找了一个职员的职位。

老考珀伍德自从在第三国民银行辞职以后，就陷入了凄惨的绝境，对以后的生活很无奈。他儿子的倒霉事！他受审、监禁的恐怖！从弗兰克被指控的那一天起他就开始了梦游似的生活，到弗兰克判刑、押入东区监狱以后，他就更糊涂了。那次审判，对弗兰克的控诉，他与弗兰克本来已可以傲视权贵，而如今，他的儿子竟沦为阶下囚，穿上囚衣。他在患难之中，像其他许多人一样读起《圣经》来，渴望在其中找到精神寄托。他从小就认为，《圣经》能安慰心灵，尽管后来这些年没有觉察。他读《诗篇》《以赛亚书》《约伯记》《传道书》，但是因为他目前的灾祸纷至沓来，他并没有找到任何慰藉。

老考珀伍德每天独自窝在新住宅的一间单独房间里，对太太假装说还有些生意没有结束。走进房间就锁上门，他呆坐着回忆他的遭遇，比如他的损失，他的声望。就这样过了几个月，直到温格特给他找到新工作，在郊外一家银行里记账。从此，他清早就溜出去，很晚才回家，头脑里满是过去或者未来的悲凉情景。

每天早晨七点半，老考珀伍德急匆匆离开比原来小很多的新住宅，赶去那家距离很远而又不通电车的小银行上班。这正是生意人倒运时的惨景之一。他用小饭盒带午饭，因为规定的午餐时间不方便回家，而他的薪水又不够破费买饭吃。他现在的野心，只够辛苦维持一种高尚而隐秘的生活，直到老死，他渴望这样的日子不会拖得太久。他枯瘦如柴，小腿干巴巴的，头发和胡须都白了，看上去真是一个可悲的老人。遇到棘手的问题，他的头脑就有些混乱或者陷入空虚的状态。他那种用手盖住嘴巴、故意睁大眼睛，故作惶恐的老习惯本来在他得意的时候已经改掉了，现在却又恢复了。尽管他自己没有意识到，但他实际上已经退化成了自动机器。一个人老的时候，生命便表现出这么有趣而悲惨的痕迹。

与此同时，有一件事让考珀伍德很伤脑筋。因为目前他对他的太太丽莲特别冷淡，那么，怎样对她说明他的冷淡以及要终止他们的关系的意图呢？除了冷酷地挑明以外，他别无选择。他看得出，现在她正努力装作爱他，表面上看已不再受已经发生的那件事情的影响，而实际上自从他受审和判刑以后，她从各处听说他还与爱琳很要好，只因为她顾及他一时遭受的种种灾难，以及他可能在经济生活上遭到挫败的事实，才不敢多言。她暗想，他被囚禁在牢房里，她实在很替他难过，但是她并不像以前那样爱他了。他因为行为失检，理应受到处罚，毋庸置疑，这是世上的公道，要坚决执行。

一旦考珀伍德察觉出这种态度，他会有怎样的反应是可想而知的。尽管她送来精美的食物，同情他的苦命，但他却看得出来，在很多细节上她不仅伤痛而且有非难之意，有一点是考珀伍德始终反对的，即在道德方面她对考珀伍德的入狱是颓丧的态度，与爱琳充分的自信和蓬勃的热情相比，考珀伍德太太的疲倦和犹豫，至少是少了些骨气。爱琳第一次为他的苦命愤怒好一阵之后，就不再流泪，她早已坚信他能够重获自由和财富。她总是谈论成功和他的未来，因为她有信心。她仿佛理所当然地知道监狱的围墙并不能囚禁住他的雄心，她在第一天离监的时候给了博汉十美元，尽管没有露出面孔来，但她用悦耳的声音感谢了他的好意以及他许下的对考珀伍德进一步照顾的诺言。她把考珀伍德说成是"一个杰出的人物"，这就完全保证了这个势利者的态度。这个看守为穿黑斗篷的小姐做什么都是心甘情愿的，如果不是监狱规定了探望的时间，她在考珀伍德的牢房里住上一周都可以。

入狱大概四个月以后，考珀伍德决定与他的太太讨论如何解脱眼下无聊的夫妇关系。那时候他已适应了囚徒生活。牢房里的安静，以及被迫做的手工，起初是这么兴味索然、令人烦恼，但是如今他已习以为常，尽管乏味，但并觉得不痛苦了。而且他学会了寂寞的囚徒的诸多小聪明，比如利用灯火烤热上一餐剩下来的，或者他的太太和爱琳送来的好食物。他已经消除了牢房里的臭气，请博汉给他几小袋石灰，供他随意使用。他又用捕鼠器吓退了比较胆大的老鼠。在天气不太冷的夜里，到了锁牢房的时间，外面的木门也被关紧以后，他经博汉准许，可以把椅子搬到他牢房后面的小天井里，只要夜空晴朗，他就能看见天上的星辰。他从来不喜欢把天文当作科学研究，但是现在，猎户星、北斗星、北极星，每一颗星射出的每一道光都能吸引他的注意力，也几乎吸引了他的想象力。他不知道猎户三星之间的距离和排列方式，它们为什么组成了这样的几何图形，在知识上是否有意义。七曜之间的星云层，显露出深不可测的空间，使他联想到地球就是一个小球，飘浮在无边无际的宇宙里。如此对比，自己的生命压根儿就是微乎其微，他问自己心里所想的一切是否真正有价值。可是，他终于轻而易举地消除了这种想法，因为他一直追求名利，多半是在他自己与他的事业之间，而他的本性主要是势利的、活泼的。有些东西总是提醒他，无论目前处境如何，他一定会成为一个声名远扬的伟人，他一定要努力努力再努力。并非所有人都有这样的远见，但是他有，所以一定要实现自己的目标，在他的内心深处那与生俱来的伟大之感并没有消失，而在其他许多人身上就只有渺小之感。

那天下午，考珀伍德太太十分严肃地走进来，带着几件换洗的衬衫、两床被单、一些罐头肉和一个馅儿饼。她并不十分苦恼，但在考珀伍德看来，她就要苦恼了，多半是由于他与爱琳的关系已成了她的一块心病。她的某些态度使他下定决心，要在她回去之前说出来。他坐在椅子上，她坐在他的床上，在问过了孩子们的生活状况，又听她询问了他所需要的东西以后，他对她说："丽莲，我早就想和你说些事情了。我应该早点儿告诉你，但是，晚说总比不说好。我清楚，你知道了爱琳·巴特勒和我之间的关系，所以我也不想隐瞒了。我确实很喜欢她，她也很喜欢我，一旦我能从监狱里出去，我就准备与她结婚。这就是说你如果愿意，就和我离婚。我现在就要与你谈这件事。这不至于使你太意外吧？因为你一定已经察觉，很久以来，我们的关系不尽如人意。现在这种情况下，我认为，这对你不会是太大的打击。"他停下来等待着，因为考珀伍德太太一言不发。

她在琢磨，当他刚说出来的时候，她应该有些震惊和愤怒的表示，但她注视着他坚定的探询的眼光，意识到他对她的任何表示都不会在乎，她就知道了，表达情感也没有任何作用。在她看来那是不能公开的私情，他却说得如此从容平淡，真是无耻到了极点。总之，她根本弄不明白，他怎么能够这样对待人生的真理。她一直以为有些东西是难于启齿的，而他却满不在乎地说着。有时候听他在处理人事问题时语言直率坦荡，很是刺耳，但是她以为这是名人的特点，是无可厚非的。有些人做事就是随心所欲，社会好像无论如何都对付不了他们。也许到后来，上帝会对付他们的，但她也不敢确定。总之，尽管他如此这般地直爽、强硬，但他比那些言语谦和、思想保守的卫道士倒有趣得多。

"我明白的，"她心平气和地开口说，尽管语气略有愤怒和憎恶，"我很久以前，就了解了一切。我能想得出来，你终归有一天会对我说这样的话。这是我一心一意爱你得到的回报。但你就是这样的人，弗兰克。你决心追求什么的时候，谁都无法阻止。你生活如此美满，而且有两个需要父爱的孩子，但你还认为不够，你要和这个姓巴特勒的女人搞在一起，直到你俩的名字变成全市的笑柄。我明白她来过这里。有一天我进来的时候看见她从这里出去了。我想现在尽人皆知。她没有自尊，也不知道自重，这个下贱、虚荣的女人，但是我想，弗兰克，你做出这样的事来，应该感到羞耻吧？你还有我和孩子们以及你的父亲、母亲，而且你知道按照现在的状态，你还要艰苦奋斗才站得起来。如果她有一点儿自尊就不会和你搞在一起，这个不要脸的东西。"

考珀伍德以不肯让步的眼光盯着他的太太。他从她的言辞里发现他早已了解的事实，即她对他不表示同情。她的肉体已不怎么诱人，而在知识方面她又不是爱琳的对手。在他的全盛时期，和光临他家的那些妇女的接触，使他觉得她确实不具备社交上的某些气质。当然爱琳也并不是好得无法比拟，但她还年轻，肯听话，没有成型，还可以进步。他现在有机会造就爱琳。至于丽莲，至少在他现在看来，是不起作用的了。

"让我来告诉你事实吧，丽莲，"他说，"我不清楚你是否完全明白了我的意思，但你与我，再也不会对彼此满意了。"

"在三四年之前你可不是这么认为的。"他的太太尖刻地打断他的话。

"我二十一岁与你结婚，"考珀伍德冷酷无情地往下说，一点儿也不搭理她的话茬儿。"我实在太年轻，不清楚自己干的是什么事。我当时还是一个孩子。当然这对结婚并没有太大的影响，我并不是以此为借口。我要说的是，无论对错，后来我改变了主意。我不再爱你了，我觉得不需要保持一种关系，尽管社会上对我是不满的。你有你的人生观，我却有另一种人生观。你认为你的观点是正确的，有成千上万的人会赞同你，但我却不那么赞同你。在这些事情上我们从来没有争吵过，因为我认为，这些争吵不值得。我认为在当前情况下，让你放弃我，并没有亏待你，我并不打算把你或孩子们遗弃，只要我有钱，我就可以付你优厚的生活费，但是，当我出狱的时候，我不希望自己受到拘束，只要我一出狱，我就希望你给我自由，当我东山再起，你就可以收回你所有的钱，再额外加上许多，但是如果你反对我，那么我就没有钱给你。如果你成全我，我就回报你。我要，而且打算永远帮助你，但是你要按照我的要求做。"

他若有所思地摸摸囚裤的裤脚，又拉拉上衣袖子。他坐在那里看上去活像技术高超的工人，而不大像往日社会上的重要人物。

考珀伍德太太满腹怨恨。

"你说得很好，待我很好！"她激动地嚷着，站起身来在墙壁与床铺之间两步左右的小空处来回踱着，"我明白你和我结婚的时候太年轻，还不完全明白自己的心思。你所想的你所爱的，当然全是金钱。我不相信你心里存在是非观念。我不相信你曾经存在过是非观念。你就只爱你自己罢了，弗兰克。我从来没有见过你这样的人。在这件事情上，你把我当一只狗看待。你坚持要和那爱尔兰的小娟妇鬼混，我认为你把你的所有事情全都告诉了她。你让我相信你到最后还关心我，接着就突然走上来告诉我，你要离婚。我不同意。我不让你离婚，你不用做这个打算了。"

考珀伍德平静地听着，觉得就这种婚姻争议而言，自己处于很有利的位置。他是一个罪犯，因为境遇关系，不得不在未来的很长一段时间里，和自己的太太断绝个人接触，这就自然而然地可以促使她离他而去。到他出狱的时候，她就很容易跟他这个罪犯离婚了，尤其是如果她能够确定他与另一个女人有不检点的行为，那么，他就不会抵赖了。同时，他希望爱琳的名字不要牵涉其中。如果考珀伍德太太愿意，她可以提任何假名字，只要他没有异议。此外，在精神方面她并不是很坚强的人，他能够使她屈服。现在无须多说，问题已经提出，事实已经摆在她面前，其他的情况就听凭时间来安排吧！

"不要太激动，丽莲，"他满不在乎地解释，"只要你有钱维持生活，失去我对于你来说损失并不大。一旦我出狱，我就不会继续在费城居住了。我打算去西部。我就独自去。即使你真和我离婚，我也不会立即再婚。我不想带任何人去。如果你继续住在这里，与我离婚，对孩子们要好些。人家会看重你和孩子们的。"

"我不愿意!"考珀伍德太太坚决表态,"我永远不愿意,永远不!等着吧!你愿意怎么说就怎么说。在我什么都为你做好以后,你有责任不离开我和孩子们。我不愿意离婚,你不用再问我了,我不愿意。"

"很好,"考珀伍德不动声色地回答,他站起身来,"现在我们不要再谈它了。总之,你的时间差不多到了(照例探望规定的时间是二十分钟)。也许过些时候,你会改变主意的。"

她把手套和包裹礼物的长围巾收拾好,就转身离开了。一直以来她有个习惯,就是假装亲热地吻一下考珀伍德,但是目前,她愤怒得不愿意装作亲热的样子。但在心里她很难过,太难过了,而且她想,她也为他感到难过。

"弗兰克,"最后她激动地说,"我从来没有见过像你这样的人,这么没有良心。你根本不配有一个好太太,只配去勾搭这种女人。真是好极了!"没等说完泪水突然涌了出来,于是她傲慢而又伤心地奔了出去。

考珀伍德站在原地没动。他为自己庆幸,他们之间至少免去了无用的亲吻。因为那是有些难为情的,但仅从感情上来说,他认为自己并没有亏待她,而且不仅在经济上,这才是重要的事情。今天她很愤怒,但会过去的,到时候她可能会理解他的观点。谁说得准呢?无论如何,他已经把他的计划清晰地告诉了她,他认为这是合理的。他站在原地,联想到自己就像一只钻出蛋壳的雏鸡。尽管他在监狱的牢房里还要待四年,可他心里分明觉得,他的前途还是一片光明。如果他不能在费城东山再起,那么他可以去西部,但是他一定要住在这里,直到原来认识他的人都称赞他为止,这就像取得一张信用卡,可以带到其他地方去。

"气话并不碍事，"当他的太太出去的时候，他心里想，"一个人没到失败的时候是不会完全失败的。我还要让那些人瞧着呢。"博汉过来关牢房门了，他就问是否要下雨，因为大厅里已经暗成这般模样。

　　"天黑以前肯定会下雨。"博汉回答，他一直在琢磨各处流传的、零碎的、关于考珀伍德种种麻烦的传闻。

第五十七章　意外之死

从入狱到出狱，考珀伍德在宾夕法尼亚州的东区监狱里整整囚居了十三个月。之所以时间这么短，当然与他自己的争取分不开，此外还另有原因。其中之一就是在他监禁六个月左右，爱德华·玛利亚·巴特勒死了。他坐在自己家里的办公室的椅子上抱恨而死，因为极大的压力来自他的女儿爱琳的行为。自从考珀伍德判了刑，尤其是他在狱中靠着爱琳的肩膀痛哭了一场以后，爱琳对她父亲采取了近乎残忍的态度。作为一个受苦的情人，倒是情有可原，但她却不像一个女儿。考珀伍德曾经告诉她，他认为巴特勒运用势力阻止自己的赦免。他格外留心地打听斯特纳的狱中生活，得知斯特纳已经获准赦免，对此爱琳愤怒无比。她绝不放过任何机会侮辱自己的父亲，无论在何处都不把他放在眼里。她竭力拒绝和他同桌吃饭，一旦同桌，她就设法与诺拉调位，坐在她母亲身边。他在场时，她就拒绝唱歌、弹琴，压根儿不理睬到她家里来的任何年轻的候补政客，而这些人恰恰就是为她而来。当然，老巴特勒明知其中缘故，但他什么都不说。他努力与她言归于好。

起初，她的母亲和兄弟们都不明缘由（巴特勒太太到最后还是不懂）。但是在考珀伍德被监禁以后不久，卡隆与欧文发现了这个不幸的真相。欧文在金融界里的地位日益提高，颇受欢迎。有一次做客后他刚要起身离开，却听到曾经见过一面的两个人在谈话，当时他们正在门口整理上衣："你了解考珀伍德那个家伙为什么会坐四年牢吗？"一个人说。

"知道，"另一个回答，"他不是一个鬼精灵吗？我也了解和他相好的女人是谁，是巴特勒小姐，不是吗？"

欧文不能确定是否听错。直到另一个客人开门出去的时候，才得到验证，他说："是的，显然老巴特勒是在报仇，人家说是他把考珀伍德送进监牢的。"

欧文皱起眉头，眼睛里流露出冷酷好斗的神色。他与父亲性格极为相似。他们究竟说的是什么呀？是哪个巴特勒小姐？是爱琳或者诺拉吗？考珀伍德怎么会和她们中间一个相好呢？他琢磨着不可能是诺拉，她和他熟识的一个小伙子正在热恋，而且就要结婚了。爱琳与考珀伍德一家人最要好，一直替考珀伍德说好话。那么，就是她吧？他不能肯定。他曾想追上那两个朋友问个究竟，但当他出门后，他们早已走到街道深处了，而且去了与他相反的方向。他决定就此事问问他的父亲，老巴特勒立马承认，但是不许他的儿子声张出去。

"如果我早就知道这件事，"欧文阴沉地说，"我就杀了那个狗东西。"

"别急，别急，"巴特勒说，"你的生命比他的珍贵。你那样只会让家里其他人都受到他的玷污。他的卑劣行径会遭报应的。你对任何人都不要提起此事。等着瞧吧，他还得过一两年才能出来。你也不要对爱琳说什么，说了也没有用。我认为与他分离久了，她自然就会清醒过来的。"

从那以后，欧文努力在妹妹面前表现得很有礼貌，但他一心渴望在社会上立足，急于建立自己的名声，他就不明白她怎么会做出这样下贱的事来。他痛恨她设下的绊脚石。现在，他的仇敌如果知道，就可以拿出这件事给他当头一棒。毋庸置疑，他们一定会这么做的。

卡隆完全是从另一种渠道得知此事的，他几乎是与欧文同时听说的，他是一个体育俱乐部的会员，在城里有一座漂亮的建筑，还有一个乡下俱乐部。他常到那里的游泳池游泳，去土耳其浴室沐浴。有一天晚上，在子弹房里，他的一个朋友走来对他说："喂，巴特勒，你明白我是你的好朋友，是吗？"

"啊，当然，我知道。"卡隆回答，"什么事情？"

"啊，你清楚，"这个年轻人说，他是理查·帕塞克，看上去急于告诉卡隆某些事情，"我并不想让你了解此事，我认为你会生气，但我觉得你应该对此事有所了解。"他拉着卡紧了喉咙的高白领。

"我明白你不会让我生气的，帕塞克。"卡隆非常关切地问，"什么事？为什么不告诉我？"

"是的，我并不想说什么，"帕塞克回答，"但希伯斯那个家伙却在这里散布你妹妹的流言。"

"说什么？"卡隆大声说，十分激动，头脑飞速地思考在这种公开情况下应该采取何种态度。他怒不可遏。他应该用什么方式要求而且取得适当的赔偿，如果他的自尊心受到损害，他很可能用拳头来对付，"他说我妹妹什么？总之，他有什么权利在此提及她的名字呢？他又不认识她。"

帕塞克表面上假装十分担心，担心在卡隆与希伯斯之间造成误会。他坚持不肯说，实际上当时他很想说。最后他终于开了口："啊，他在散布你妹妹和考珀伍德那个家伙关系暧昧的谣言，他最近受过审判，说这就是他进监牢的原因。"

"什么话？"卡隆大声说，假装不屑的神情顿时消失了，取而代之的是以命相拼的严肃姿态，"他说了，是吗？他在哪里？我要看看他是否敢对我说。"

他瘦削而不太斯文的脸上，流露出和他父亲一样的好斗神色。

"现在，卡隆，"帕塞克清楚他已经引发了一场大风暴，对结果有些害怕，他坚持说，"你说话要谨慎一点儿。一定不要在这里闹起来。你清楚这是违反规则的。而且，他可能喝醉了酒。我相信他只是听到了一些蠢话。现在，千万别这么激动。"帕塞克挑起了这场风暴，却一点儿也不担心这事对他自己会产生什么影响。他是一个喜欢搬弄是非的人，也可能像卡隆一样，卷入旋涡里去。

此刻卡隆却按捺不住了。他脸色苍白，向英国老式餐室里冲去。希伯斯就在那里，和一个与他年龄相仿的朋友在喝苏打白兰地。卡隆走进餐室，"喂，希伯斯！"他说。

希伯斯循声望去，看见卡隆站在门口，就起身过去。他是一个风趣的青年，在普林斯顿大学读书，他在诸多地方，包括从俱乐部其他会员那里听到关于爱琳的流言，于是就当着帕塞克的面大胆地复述了一遍。

"你刚才说我妹妹什么？"卡隆严厉地问，盯着希伯斯的眼睛。

"怎么……我……"希伯斯吞吞吐吐地说，他意识到自己闯了祸，想竭力逃避。他并不强壮，从外表上就看得出来。他头发草黄色，眼睛深蓝，面颊微红。

"怎么……没有什么。谁说我在说她？"他看着帕塞克，他清楚他就是爱搬弄是非的人，后者兴奋地大叫："不要抵赖了！希伯斯。你当然清楚我是从你那里听说的。"

"那么，我说了什么？"希伯斯挑衅似的反问。

"啊，你说了什么？"卡隆严厉地问道，把话题转移到自己的身上，

"那正是我想知道的。"

"啊，"希伯斯心虚地嘟囔着，"我只是说了一些别人都说过的话，我只是说有人说你的妹妹和考珀伍德先生很友好。除了别人在这里说的话之外，我什么都没有多说。"

"啊，你没有，没有吗？"卡隆大声嚷道，从口袋里抽出手来就打了希伯斯一巴掌，接着又用左手猛抽，"也许这样揍你就可以教训你不要再提及我妹妹的名字，你这臭小子！"

希伯斯举起了拳头，他曾练过拳击，一下打中卡隆的胸膛，一下打中颈部。两个人在房间里立马闹得天翻地覆，桌椅都被围观的人们撞倒了。两个斗殴者马上被分开了，双方的朋友对峙成两个阵营，有的激昂地辩论，却无人理睬。卡隆察看到左手关节，因为打拳而碰裂了。他仿佛是一个绅士，一直都很镇静，而希伯斯却异常紧张、激动，坚持声称自己受到了最无理的殴打，竟然会有人在这里打他。总而言之，现在他认为帕塞克偷听到他的话，并且给他造谣。而帕塞克向别人表白，只是尽了一个朋友的本分。当时此事可以说是骇人听闻，双方的朋友尽最大努力才没有使此事登报。卡隆发觉俱乐部里的谣言，比一般流行的谣言有根据一些。他气愤不已，于是要求退会，从此再也不去那里。

"我真希望你没有打那个家伙，"欧文听到此事的时候，劝他说，"这只能制造更多的流言。她应该离开这里，但她不肯。她还迷恋着那个家伙。我们却不能告诉诺拉和母亲。咱俩还有听不完的闲话呢，相信我吧。"

"真糟糕，应该逼她走才是。"卡隆高声说。

"是的，可她不肯，"欧文回答，"父亲曾想让她走，但是她就是不肯走。由她去吧。现在他在监狱里，那可能就是他的末日了。社会上认为他是被父亲送入监牢的，这并没有全错。也许过段时间我们可以劝她离开。我永远不想看见那个家伙。只要他出狱，我就杀了他。"

"啊，我可不想那样做，"卡隆回答，"那于事无补，只能把事态扩大。反正他已经垮台了。"

他们打算劝诺拉尽快结婚。至于他们对爱琳的感情，在巴特勒太太看起来很冷漠，她不知道其中原因，并为此感到担忧、惊恐。

这种错综复杂的情况下，巴特勒渐渐地觉得无论自己想什么、做什么都毫无头绪。他煞费苦心琢磨了几个月，还是没有找到解决的办法。最后，这个疲乏郁闷的七十岁老人在精神上仿佛绝望了，于是坐在写字台边的工作椅上断了气。直接原因是左心室机能障碍，为爱琳忧虑是一部分精神上的原因。他的死亡不能完全归咎于为爱琳担忧，因为他很肥胖，血管极易硬化，从而导致中风。他已经很多年不运动了，因此他的消化器官受到很大的损伤。他已年满七十岁，算得上寿终正寝。他们是第二天早晨发现的，他握着的双手放在膝上，头垂在胸前，身体已经冰冷了。

他的葬礼按照摩西教会的仪式举行，一大群政客和地方官员前来吊唁，他们私下议论，他的死亡是否与他对女儿的忧虑有关。他的生平事迹在葬礼上都被追述了一遍。莫伦豪尔和辛普森送了大花圈，他们对他的死亡感到十分惋惜，因为他们三个人是好朋友，但是他已经死了，感情还有什么用呢？他曾在当地立下了最简短的遗嘱，即全部财产都转给了他的太太。

"我的各种财产都留给我的爱妻，一切由她随意处理。"

这是不会产生丝毫误解的。早些时候巴特勒已经暗地里为她写了一个文件，声明在他去世的时候她怎样支配财产，这是巴特勒的真遗嘱，但是他让她在死之前经营全部财产。原来规定给爱琳的部分没有改动过，依照巴特勒的遗嘱，任何力量都不能使巴特勒太太做任何改动。爱琳有二十五万美元的遗产，在巴特勒太太去世以后继承。巴特勒太太没有把文件里的这件事情透露出来。她要把它留作她的遗嘱。爱琳一直很惊讶，但又压根儿不想知道自己能得到什么东西。她认为什么都没有，但是，她觉得即便那样自己也无可奈何。

巴特勒的去世立刻引起家庭气氛的巨变。葬礼以后，这一家人似乎继续过着以前的平静生活，但这只是表象而已。事实上，卡隆和欧文对爱琳流露出轻视，她也明白，便也这样对待他们，她表现得很傲慢。欧文在父亲去世之后，一度计划赶她出去，但他最后想，那也于事无补。巴特勒太太不愿意离开老家，又十分喜欢爱琳，所以就有了留下她的理由。而且，任何赶她出去的提议都需要对她母亲解释一番，那是不可行的。欧文很钟情于卡罗琳·莫伦豪尔，他希望不久和她结婚，因为他看中了她的钱财，同时也特别爱她。巴特勒于八月中去世以后，在次年的一月里，诺拉就毫不铺张地结婚了，又过了一两个月，卡隆也办妥了婚姻大事。

巴特勒一死，立刻引起了当时政治势力的极大变化。一个叫汤姆·柯林斯的人，原来是巴特勒的助手，但是最近已成为第一、第二、第三、第四选区的实力派。在那里他有很多酒吧舞厅，又掌管其他色情场所，因此就站出来要求拥有一定的政治地位。莫伦豪尔与辛普森必须出面和他商量了，因为他把大约十一万五千张选票安排得乱八七糟，其中一大半是骗来的，而有时候这种事情会产生致命的后果。巴特勒的儿子没有成为潜在的政治因素，只能限于市内铁路和承包商的业务范围。赦免考珀伍德与斯特纳以前会遭到巴特勒反对，现在变成了比较轻松的事情。释放考珀伍德之前，必须先释放斯特纳。关于财政局舞弊的丑闻已经渐渐淡化下来，报纸一点儿都不提了。所有重要的金融家和经纪人签名的长篇申请书通过斯达格与温格特已递交给州长，指出考珀伍德受审与被判刑是最不公平的，要求免罪。至于斯特纳就不必这么费力了，一旦时机成熟，政客们打算和州长求情，释放斯特纳。以前，只是因为巴特勒反对释放考珀伍德，导致他们犹豫不决。释放这一个而不释放那一个，这是行不通的，而这个申请书，加上巴特勒的去世，就很完美地扫清了障碍。

但是，直到巴特勒去世后三个月，他们才开始付诸行动。那时斯特纳与考珀伍德两个人已经被监禁了十三个月，这段时间社会上的怒气似乎已经平息了。在此期间，斯特纳在肉体和精神上都有了很大的变化。事实上，尽管有不少受惠于他的小参议员时常来看望他，而且，他几乎享有着这个地方的自由，他的家庭也有人救济，但他依然觉得他在政治上、社会上得意的日子已经一去不复返了。偶尔有人给他送来一篮水果，并且告诉他，受苦时间不会长久的。但一出狱，他清楚自己除了有做保险掮客和地产商的经验之外，一无所长。当时，他打算找些小小的政治靠山，也很没有把握。一旦人家得知他挪用过财政局五十万美元，并判了五年徒刑，结果会怎样呢？即使只要四五千美元，做做小生意，又有谁肯借钱给他呢？那些没来探望、向他致意、为他抱不平的人能帮他吗？绝不会，他们全都会郑重地声明，他们省不下太多的钱。如果他能拿出值钱的抵押品，那当然可以，但是如果他有值钱的抵押品，那根本就不用求助于他们了。他真正可以依靠的，只有自己。在考珀伍德看来，斯特纳会承认错误的，而他自己会很愿意给斯特纳提供钱，并且不用他归还。但是，他不懂得人类的本性。斯特纳认定考珀伍德是他的仇敌，他没有勇气也不会从商业的角度接近他。

考珀伍德被监禁期间，依靠温格特渐渐地积攒了一些钱。他付给斯达格很多钱，直到斯达格自己觉得不该再拿他的钱为止。

"你一旦站稳脚跟，弗兰克，"他说，"如果你愿意，可以想起我来，但是我认为你不会想起我的。我只会使你遭受损失、损失、损失，除此之外就什么都没有了。我愿意负责把这份申请书递交给州长，不收取你任何费用。以后我为你效劳，可以分文不取。"

"啊，别说废话，哈巴，"考珀伍德回答，"我当然清楚没有人会把我的案子办得更好。当然，我也不会轻易相信别的什么人。你知道我不喜欢律师的。"

"不错，是的，"斯达格说，"他们也不喜欢金融家，所以可以说彼此彼此。"他们于是握手告别了。

最后决定赦免斯特纳，是在一八七三年三月上旬；考珀伍德的赦免也就必须而又谨慎地包括其中。斯特罗比克、哈蒙和温班纳组成了代表团，代表市议会和市政府的一致意见，而且他们征得其本人许可，可以代替莫伦豪尔和辛普森发言。于是他们就去哈里斯堡访问州长，正式提出必要的、意图影响社会舆论的建议。同时，由斯达格、戴维森和华尔特·莱甫经手，替考珀伍德提出申请。州长事先已从比这个代表团更正规的地方得到了指示，所以很严肃认真地对待整个手续。他愿意考虑此事，他要检查犯罪的经过和这两个人的履历。他不能即刻答复，他需要去调查。但是过了大约十天，申请书在他的一个公文架上落了许多灰尘，他根本没有着手调查任何案情，就写了两份赦免令。一份按照规矩由斯特罗比克、哈蒙和温班纳几位先生亲自带给斯特纳先生，他们达成心愿了。另一份是斯达格申请的，就交给了斯达格。被传来接收赦免令的两个代表团就此告别了。这天下午，斯特罗比克、哈蒙和温班纳结成一队，而斯达格、温格特和华尔特·莱甫结成另一队，先后到了监狱门口。

第五十八章　获得赦免

在考珀伍德面前，斯达格等人没有否认他即将被免罪，他们只是偶尔提到当时有一个极好的赦免机会，但具体的赦免日期，却没有告诉他。温格特详细地告诉他实施的步骤，和斯达格所叙述的一样。他们从州长的私人秘书那里得知实际上已经确定了日期，在那天要宣布他们的赦免令，而斯达格、温格特和华尔特·莱甫约定不透露任何消息，要给考珀伍德一个惊喜。斯达格和温格特甚至告诉考珀伍德，进行的程序还有些许的障碍，可能他不会很快出狱。考珀伍德有点儿失望，但是还能挺得住，他坚信只要等待，总有一天会获得自由的。所以在一个周五的下午，看守长底斯麦陪同温格特、斯达格和华尔特·莱甫在他的牢房门口一出现，真使他大吃一惊。

看守长得知考珀伍德终于可以出狱了，非常高兴，因为他是如此看好考珀伍德。于是他决定到牢房来，看看他如何恢复自由。在路上，底斯麦就列举事实，说明他自始至终都是一个模范囚徒。"他在天井里开辟了一个小花园，"他对华尔特·莱甫说，"他在那里种了紫罗兰、三色紫罗兰、天竺葵，而且长得很好。"

华尔特·莱甫笑了。这才是考珀伍德呢，即使在监狱里也勤劳又风趣。这样的人是不能被征服的。"他绝对是一个相当杰出的人物。"他对底斯麦说。

"特别出色，"看守长回答，"看一眼就知道。"

四个人从铁栅向门里望，看见他正在那里做工，因为他们静悄悄地走过来，所以他根本没有发觉。

"很忙啊，弗兰克？"斯达格问。

考珀伍德回头一看，站起身来。这些日子里，他一直在琢磨出狱以后做些什么。

"怎么回事，"他问，"一个政治代表团吗？"

他立刻猜出了几分，四个人都欢快地笑着，博汉就为看守长打开了锁。

"没有什么大不了的，弗兰克，"斯达格喜出望外地回答，"你已经是自由人了。只要你愿意，你可以收拾行李，立马跟我们走。"

考珀伍德用坚定的目光把他的朋友们打量了一番。听过他们之前的描述以后，他没想到居然会这么快。他对这个玩笑或者意外的事情并没有多大兴趣，但他分外高兴，因为他终于获得自由了。但是，他对此思考很久，这件事情的诱惑力已经受到某种程度的影响。他在这里的确不快乐，但也并非很不快乐。坐牢的耻辱的确不少，但是后来，他已经适应了，封闭和屈辱的感觉消失殆尽。只有禁锢和迟暮之感令他苦恼。除了对某些东西，主要是成功与雪耻的强烈渴望之外，他觉得自己能够在狭窄的牢房里生活，而且还十分舒服。他早已适应了石灰的气味（用以冲淡更难闻的气味），对那些老鼠，他也可以及时捕获了。他对做藤椅产生了兴趣，手艺很熟练，高兴的话，一天可以做二十把。春天、夏天及秋天，他都在小花园里工作。每天晚上，他在狭小的天井里研究天象，这件事很有趣，后来他竟然赠送一架巨大的反光望远镜给某所著名的大学。他没有把自己当作一个普通囚犯，无论如何，他认为他如果真的犯罪，就不会只受如此轻的刑罚，博汉告诉过他这里监禁的许多囚犯的历史。从那些进进出出的杀人犯开始，他也时常把许多犯人指给他看。博汉曾经带他到大天井里去，他看到了监狱里一般食物的制作过程，听说过斯特纳在此受到优待，等等。最后，他发觉这里的生活并不是很恶劣，只是迟迟不能出狱，对他这么一个人才来说却是一种浪费。只要他出狱，现在就能做许多事情，不必再在讼事上斗争了。法庭和监狱！他一想到它们所造成的浪费就摇摇头。

"那就好，"他说，怀疑地环顾四周并观察了一番，"我已经准备好了。"

他跨出门，来到走廊，几乎没有回望一眼以示诀别。博汉正为失去这么一个有外快的主顾而深感遗憾，却听见他说："请把我的东西送到我家里去，博汉。除了我的衬衫、剃刀等东西之外，椅子、钟、镜子和那些绘画都送给你。"

这最后的小恩惠即刻略微缓解了博汉的痛苦。他们走出去，去博汉的办公室，考珀伍德在那里脱下囚衣和软衬衫，心情轻松了许多。木底鞋早已被他换掉，脚上穿的是自备的舒适鞋子。现在，他戴上去年入狱时戴的圆礼帽，穿上去年穿的灰大衣，说是已经准备妥当了。在牢房的入口处，他转过头来，向通向花园的铁门望了最后一眼。

"你不会舍不得它吧，弗兰克？"斯达格奇怪地问。

"不会的，"考珀伍德回答，"我并不这么认为。这只是它的外貌而已，就是这样。"

片刻之后，他们已到达外面的大门口，考珀伍德在那里与看守长最后握了握手。接着，他就在这庞大、动人的哥特式大门外上了马车，身后的门锁上后，他们就坐着车走了。

"好啦，一切都结束了，弗兰克，"斯达格特别高兴地发表意见，

“绝不会再麻烦你了。”

“是的，”考珀伍德回答，“看到这一切已结束，自然比看它开始好些。”

“我认为我们应该庆祝一下。”华尔特·莱甫提出建议。

“只把弗兰克送回家里是不对的。我们到格林饭店去好吗？这可是个好主意。”

“如果你们不介意，我倒不想去，”考珀伍德友好地回答，“我过些时候会和你们一起玩的。而现在，我倒想回家去换身衣服。”

他想念爱琳，以及他的子女和父母，也谋划自己的将来。他相信从今以后，自己的生活空间将会更加开阔。在这十三个月里他掌握了许多照顾自己的学问。他打算去看看爱琳，了解她的想法，然后再和温格特捋顺公司的业务，在交易所里他要借助他的朋友重获席位。为了避免人们不愿与判过刑的人做生意，他将以温格特公司代理的身份出现。他的实际管理权是不能公开的。他要向世人证明，他终归不是一个失败者。

到达他妻子的小屋门口，他们让他下车。他就在夜色中，精神振奋地走进家门。

一八七三年九月十八日，这一天尽管秋高气爽，但是在十二点一刻，费城发生了空前绝后的惊人的金融悲剧。总部设在费城南第三大街一一四号，在纽约、华盛顿、伦敦都有分行的美国第一流的金融机构杰伊·库克公司倒闭。对美国金融危机有所了解的人，都懂得紧随其后的经济恐慌意味着什么。这就是历史上的一八七三年经济危机，由此所产生的崩溃与灾害范围之广、影响之深，在美国确是史无前例。

此时，考珀伍德重新做起了经纪人，表面上是经纪人的代理人，他在南第三大街做生意，在交易所里代表温格特公司。他从东区监狱出来以后的六个月里，已经不露痕迹地和从前相识的人恢复了金融上的往来，尽管在社交上还没有往来。

温格特公司也正在发展，有时候，这有助于考珀伍德与相识者之间的彼此信任。表面上他与太太一起居住在北第二十一街的小屋子里。实际上，他在北第十五大街租了一间单人公寓，爱琳时常去那里。他与太太之间的关系依旧紧张，现在他们的家人都已知道此事。尽管他也尽力平息，但并无效果。过去两年来的艰难困苦已经使他的父母习惯于忍受不幸的、意外的遭遇。这件事情尽管让人吃惊，却已不会像以往那样打击他们了。他们被生活吓够了，已经不去与它难以捉摸的变化较劲了。他们祈祷事情不要闹得太僵。

至于巴特勒一家，无论事情如何进展，对爱琳的行为已经漠不关心了。她的哥哥们和诺拉已不再理睬她了，他们现在了解了所有的事情。而她的母亲又那么笃信宗教，对亡夫念念不忘，也无力监管爱琳的生活。此外，考珀伍德和他的情妇比从前更加小心翼翼，他们的活动设计得更加周密谨慎，尽管结果并没有任何不同。考珀伍德一心向往西部，只要在费城当地有了一些地位以后，他也许就带着十万美元的资本迁移到他耳熟能详的茫茫草原上去了。芝加哥、法果、杜罗斯、苏城，是当时在费城甚至整个东部传为将来最繁荣的中心。他打算带爱琳一同去，尽管与她结婚的问题还不能解决，除非考珀伍德太太能够正式同意离婚，而当时还没有这种迹象。即便如此，他和爱琳都不会因此退缩。他们决定共同建立一个将来，他们是这么打算的，无论结婚与否。考珀伍德能想到的唯一的事情，就是带爱琳一起走，好让时间来迫使他的太太改变主意。

这次特殊的经济危机，注定让考珀伍德的事业发生天翻地覆的变化，这是美国人具有的乐观精神以及在美国不可抗拒的发展历程中，自然而然产生的特殊事件之一。更确切地说，这是杰伊·库克的权威与雄心的成果，他早期的锤炼以及紧随其后的成功都是在费城取得的，从此荣登当时第一流金融巨头。在此不必探究此人成名的原因，只要提及在联邦政府最危急的时刻，按照他提出的建议和方法，就能够募集资金，用来维持对南部的斗争就足够了。南北战争后，此人在费城建立了庞大的银行业务，在纽约与华盛顿都有很大的分行。有一段时间，他清楚哪些事有意义需要去做，哪些事情值得他去进行天才的建设工作。战争已经过去，留下来的唯一工作就是和平的金融举措，而在美国金融企业中首要的事情就是与建立贯穿大陆的铁路相关的业务。一八六〇年批准的太平洋联合铁路已经动工，北太平洋铁路与南太平洋铁路已经成了各种先锋人物心中的梦想。把大西洋与太平洋用铁路衔接起来，把疆域进行完整规划，最近团结在一起的联邦联合起来，就是伟大的事业。或者实施某些巨大的开矿计划，最重要的是金矿与银矿。事实上，重中之重的计划就是建筑铁路，铁路股票在美国每一家交易所里都是最值钱、最重要的东西。在费城就有纽约中央铁路、罗克岛、华白许、中太平洋、圣保罗、汉约铁路、太平洋联合铁路、俄密铁路股票在自由交易。有很多人就是从做这些股票开始名利双收的。这些出色的人物在东部有柯纳理斯·凡特比尔、杰伊·高尔德、丹尼尔·特鲁、詹姆斯·费许等；在西部有费尔、克劳格、威·鲁·哈斯特和柯立斯·普·享登顿，他们已在这一行里像高峰一样耸立起来。在这些人当中，梦想最大的就是杰伊·库克，他既没有高尔德的狡黠，又没有凡特比尔的实践知识，却野心勃勃地要让钢轨穿越美国北部，这当然是令他名垂千古的伟业。

让他最感兴趣的规划是开发美国北疆的三分之一的领土，当时那里人烟稀少，位于苏必利尔湖西侧，就是现在杜罗斯所处的位置，在哥伦比亚河入海的太平洋之间。如果修好铁路，那里就会出现不少城镇。据说在洛矶山地区藏有各种金属矿，这条铁路要从那里穿过。在肥沃的玉米地、小麦地里就可以获取无尽的财富。物产只要在东面的杜罗斯集中起来，由船经过大湖与伊里运河运到大西洋，运费就大大降低了。这个规划野心勃勃，与同时代的巴拿马运河规划差不多，显而易见是可以为人类造福的，因而激起了库克的兴趣与热情。政府许诺把拟建铁路两侧的大片土地划给公司，公司只需认真负责地建筑，在规定的几年内完工。此事还能使他有机会继续保持杰出的大人物的美名，最终他承包了这项工程。然而此事遭到了众多的反对与批评，但足以替南北战争调度金融天才，因此足以调度北太平洋的财务。库克承揽了这个工程，心里打算可以把这个规划的优势直接摆在公众面前，即不通过任何大金融机构的代理，就把他计划处理的股票或股份卖给屠夫、面包师或烛台匠。

这个机会充满光明。南北战争期间，他曾天才地把大量的政府公债按照此方式直接卖给公众。为什么北太平洋铁路的股票就不可以呢？几年来，他展开了轰轰烈烈的行动，测量规划的地区，组织大规模的铁道建筑队，在最艰苦的环境下建造了几百里路的铁轨，卖出有几厘保息的大宗股票。如果他不通晓铁路建筑，如果他清楚如此庞大的计划不是一个人，即使是像他这样一个大人物所能从容应付的，那他就可能会成功，就和以后别人所做的一样。可是，时运不济，普法战争使欧洲的资本紧缩，没有投到美国来。加之妒忌、毁谤和某些失误的经营，共同破坏着这个伟大的规划。一八七三年九月十八日中午十二点一刻，杰伊·库克公司因为亏空八百万美元而倒闭了，已经投资了五千万美元左右的北太平洋铁路也马上停工。

结果如何当然不难预料，最重要的金融家，最优秀的铁路企业，同时垮了台。《费城新闻报》上说："这简直是金融界的晴天霹雳。如同烈日当空的夏天中午飞起雪花来。"《费城调查报》说："不会比这件事情更令人震惊。"大家被库克过去的辉煌成功所吸引，坚信他是天下无敌的，压根儿就理解不了这一切到底是怎么回事。这不可置信，杰伊·库克破产了吗？与他相关的事情，是不可能这样的。可是，他确实已经破产了。纽约股票交易所很快发现许多人家倒闭，停业八天。湖岸铁路公司偿还不了一百七十万美元活期贷款，与凡特比尔财阀联合的联邦信托公司勉力支撑了一段时间，然后也关门了。纽约的国民信托公司在金库里藏着八十万美元政府的有价证券，但抵押不到一美元，也停止了营业，人心惶惶，谣言影响着每一个人。

　　在费城，当消息传到股票交易所里的时候，起初是纽约股票交易所询问票务部的一个简明快报："市上谣传杰伊·库克公司倒闭。请回电。"大家没有相信就没有回复。这是出乎意料的，经纪人方面压根儿就没有留心此事。考珀伍德了解杰伊·库克公司的财产，他十分怀疑他的公司总经理把他的资产直接卖给民众的光辉事迹，也许，他是唯一持怀疑态度的人。有一次他给某些询问者写过一篇才华横溢的评论，认为像北太平洋铁路这样的大企业过去完全没有依靠过一家公司，或者依靠过某个人，他根本不喜欢这种方法。"我就不相信铁路经过的地方，在气候、土壤、木材、矿藏等方面，会像库克先生与他的朋友们让我们相信的那样无可匹敌。我也不认为在当前，或者几年以后，靠铁路赚得到大量发行的股票所需要的利息。那样会有很大的冒险性，危机四伏。"

　　当通知张贴出来的时候，他看了一下，就开始思考万一杰伊·库克公司当真倒闭了，将会产生什么影响。

思考后不久，第二个简报在交易所里张贴了出来："纽约，九月十八日电。杰伊·库克公司已停业。"

考珀伍德几乎不敢相信这是事实。他意识到这是一个大好时机，竟得意忘形起来。他和其他经纪人匆忙赶到第三大街——一四号著名的老银行的所在地去求证。无论他的本性是如何自尊、稳重，在此时也要毫不犹豫地奔跑。如果属实，就到了紧要关头。如果发生大面积的经济恐慌与灾难。一切股票的价格都将暴跌。他必须抓住这个时机。温格特必须在他的身边，还有他的两个弟弟。他必须告诉他们如何抛售，以及何时买进什么股票。他的大好时机已经来临。

第五十九章　东山再起

尽管以银行业务与公益事业名声远扬，杰伊·库克公司却是讲究实际的，公司的建筑只有四层半，是用灰色石和红砖建成的，没有人认为这是美丽舒适的银行建筑。考珀伍德经常来这里。从船坞街阴沟里爬上来的老鼠，和人的小臂一样长，随意在那幢大楼里窜来窜去。那里的光线与空气都不充足，几十个职员在煤气灯下工作，记录公司庞大的账目。与吉拉特国民银行毗邻，考珀伍德的朋友戴维森则得意扬扬，这条街上的金融交易都集中在这里。考珀伍德跑过来的时候，遇见了他的弟弟爱德华，他去股票交易所里替温格特传话。

"赶快找温格特与乔，"考珀伍德说，"今天下午要出大事了。杰伊·库克公司倒闭了。"

爱德华没等他说别的话，按照他的吩咐撒腿就跑。

考珀伍德最先赶到杰伊·库克公司。令他吃惊的是，他所熟悉的棕色橡木的厚实大门紧紧地关着，门上贴着一张通告，他匆忙地浏览了一下：

> 本公司因意外需要，不得不声明暂停付款，事非得已，特致歉意。数日之内，即可有借贷对照表送达债权人前。目前敬请少安毋躁。本公司确信公司资产当超出债务甚多。
>
> 杰伊·库克公司
>
> 一八七三年九月十八日

胜利的光彩旋即闪现在考珀伍德的眼睛里。他和其他人一起返回交易所。这时一个新闻记者，敲着银行厚实的大门，一个门卫从金刚钻形的洞里探出头来，说杰伊·库克今天已经回家，不见客了。

"现在，"考珀伍德思忖，此次恐慌给他带来了成功的机会而不是打击，"我遇到好时机了。我要把这家公司的股票抛空，全部抛空。"

从前，当芝加哥发生火灾引发经济危机时，他做多头，被迫在许多股票上坚持做多头，以此保护自己。现在他已没有什么大笔的资产，只有勉强凑起来的七万五千美元。谢天谢地！由这些钱作为交易资金来支持他，他可以依托这些钱在市场里买进卖出，他可以大获其利。许多人在那里想到的是破产，他想到的却是成功。他要温格特和他的两个弟弟在他的手下，正确执行他的命令。如果需要，他可能再选第四甚至第五个助手。他准备命令他们抛售，什么都抛空，如果需要，就跌十个、十五个、二十个、三十个价位，借以套住粗心的人，压低市价，把那些认为他太大胆的胆小鬼吓倒。然后他就买进、买进、买进，价格越低越好，借以补进他的抛售额，从中牟利。

他凭直觉知道这次经济危机的范围会如何广大，如何长久。北太平洋铁路是资产上亿的大企业。这里有成千上万的老百姓的储蓄，包括小银行家、商人、牧师、律师、医生、寡妇，其机构遍布全国，他们全都仰赖杰伊·库克的信用和保证。考珀伍德曾看过北太平洋铁路的总体规划，也看到过库克获准控制的土地地图，像芝加哥火灾的地图一样，代表一大片或者说一大条土地，从杜罗斯（如普诺特·诺特在议院里讥之为"淡海的最高城"）穿越落基山脉以及贯穿太平洋的密苏里河上游。他曾经见识到库克如何在表面上操控着政府的这一许可，包括几百亩的土地连绵至一千四百里。但他清楚，这一切源自野心的憧憬。那里可能有银、金、铜等矿藏土地可供使用，准确地说，过一段时间可以使用，但现在如何呢？除了激起傻瓜的想象之外，别无他用。它远不可及，甚至以后的许多年内还是这样，毫无疑问，成千的人曾经拿钱出来建造这条铁路。一旦铁路修建工程停止，就会有上千人遭受损失。现在公司破产了，社会上人心惶惶，怒气冲天。民众的信心与勇气可能会在多少天、多少星期、多少个月内正消失殆尽。这是他大显身手的时机，这是他扬眉吐气的日子。他就像一只狼，在深夜寒星的闪烁下蹑足前进，俯视着头脑简单的人们建成的简陋羊栏，让他们付出因为无知和天真而应该付出的代价。

他匆忙赶回交易所，在两年前曾经战斗失败的房间里，他发现他的合伙人与他弟弟还没有来，人们开始着手把眼前的东西都抛售出去，搅得天昏地暗。小孩和大人接受惊慌失措的经纪人的指令，从各处奔来，卖出、卖出、卖出，后来又听命买进。各种经纪公司里挤来挤去，都是成群的经纪人以及他们的代理人。在外面的大街上，杰伊·库克公司、爱德华·克拉克公司、吉拉特国民银行以及其他公司的门前聚集了无数的人，他们跑到这里来，打探情势，提走存款，总之是为了保护自己的利益。一个警察抓住了一个大喊杰伊·库克公司倒闭的小孩儿，但大祸临头的消息还是像野火一样疯狂地传播着。

在这些惊恐万分的人群之中，考珀伍德镇定自若。那个在监狱里每天严肃地做十把藤椅、诱捕老鼠，在小花园里埋头做工的考珀伍德现在精神倍增、朝气蓬勃。他就是要在这座交易所的楼上，重新展示他的杰出品质。他挤到已经喊破喉咙的人海的中心，以空前大的数额抛出，开价低到少数急于在价格暴跌中赚钱的人争着买进。纽约中央铁路在宣布倒闭消息的时候要卖 104.85、罗克岛铁路 108.85、西部联合电报公司 92.5、华白许铁路 70.25、巴拿马运河公司 117.37、中太平洋铁路 99.62、五圣保罗铁路 51、汉约公司 48、西北电报公司 63、太平洋联合铁路 26.75、俄密铁路 38.75。这些股票在考珀伍德公司里几乎都没有。他们并不替主顾买卖此类股票，可是他却卖出、卖出，以他认为可以吸引买主的价格卖给想买的人。

"五千股纽约中央铁路，每股卖 99、98、97、96、95、94、93、92、91、90、89。"你可以听见他在大喊。当他不能迅速出手的时候，他就抛出别的股票，诸如洛克岛铁路、巴拿马运河公司、中太平洋铁路西部联合报公司、西北电报公司、太平洋联合铁路。他看见他的弟弟和温格特跑了进来，就停下工作去教他们。"卖得出就什么都卖出去，"他平静地吩咐他们，"需要的话就跌 15 个价位，现在就不能低于那个限度，在这个限度以下买得进就买进。爱德华你留心是否能跌 15 个价位，买进一些本地的市内铁路公司股票。约瑟夫，你就站在我身边，我告诉你的时候你就买进。"

董事会秘书在小讲台上出现了。

"爱德华·克拉克公司，"他在一点半钟宣布，"已经倒闭。"

"泰依公司，"他在一点四十五分说，"宣布他们不得不暂停营业。"

他在两点钟说，"费城第一国民银行宣称他们目前不能付款，敬请原谅。"

在每一次宣布以后，总是跟上次一样，当锣声迫使大家安静下来的时候，人群里就爆发出一阵不祥的"啊，啊，啊"。

"泰依公司，"考珀伍德听到的时候，心里怔了一下，"他完蛋了。"接着就继续做他的工作。

到交易所结束营业的时候，他的上衣已经撕碎，领口扯烂，领带撕破，帽子也弄丢了，他挤出来时仍然头脑清晰，态度镇静。

"喂，爱德华，"他碰到他的弟弟，就问，"战果如何？"

后者也同样衣服撕碎，脸被抓伤，筋疲力尽了。

"上帝，"他回答，拉了拉袖子，"我从来没有经历过这种场面。他们几乎把我的衣服都扯去了。"

"买了些市内铁路公司的股票没有？"

"大约五千股。"

"我们还是去格林饭店，"弗兰克建议，他意指那家大饭店的股票廊，"我们并没有结束。那里可能会有更多的交易。"于是他就带头去找温格特和他的弟弟乔，然后大家结伴而去，在途中估算着几项较大的买进卖出的盈亏。

正如他所料，疯狂的交易没有因为夜幕降临而结束。人们在第三大道杰伊·库克公司和其他公司门前徘徊着，显而易见他们在等待某种有利的发展。行家们则认为，格林饭店才是争辩与骚乱的中心，十八日晚上，那里的长廊与走廊里挤满银行家、经纪人和投机商。事实是股票交易已经全部转移到这里了。明天进展如何？哪家公司紧跟着倒闭？哪里会有钱可赚？每个人心里在想、嘴里在说的只有这个主题。偶尔更多的不幸消息会从纽约传来，那里的银行家、信托公司就像台风中的树木一样被拔地而起又纷纷倒下去。考珀伍德在观察中看到了很多，又听到了很多，得到与交易的规则相反，却与其他人行为一致的观点。在他的周围，他看到了他所认识的莫伦豪尔与辛普森的代理人，他认为在一周之内，他可以从他们那里得到一些东西，因此暗自高兴。他可能暂时不能掌握一条市内铁路，但终归会有办法的。他从纽约和各地传来的流言与消息中，获知事情糟糕到了极点，渴望快速恢复常态的人是没有希望的。直到最后一个人走了以后，他才想到要睡觉，此时天已经亮了。

第二天是周五，暗示着诸多不祥之事。又是一个倒霉的周五吗？在街道完全苏醒以前，考珀伍德早已经到达办公室。他巧妙地安排了一天的工作顺序，面临的形势与两年前差不多，但心情可是大不一样，而昨天的突然出击使他赚了十五万美元。今天他希望还能赚这么多，如果不能更多一些的话。只要他能够把他的人马召齐，只要他的助手们能准确无误地执行他的命令，他心里暗想，也真说不好能赚多少。费塞克·哈许公司是杰伊·库克在南北战争期间的忠实助手，早在它停业的时候，其他公司就已经开始倒闭了。他们在开门以后十五分钟内，就要偿付一百五十万美元，随即又把门关了起来，因为柯恩中太平洋铁路和切俄铁路倒闭了。诚正信托公司提存的人很多。这些真实的信息，以及交易所贴出的倒闭公告，令考珀伍德陶醉，他更加充满信心了。因为他正在逐步下跌的市面中以尽量高的价格抛出去，以尽量低的价格买进来。到十二点钟，他和他的助手们统计了一下，已经净赚十万美元，到三点钟又赚了二十万美元。下午三点至七点之间，他在清账。从早上七点至次日凌晨一点，他没有吃过任何东西，还在极力收集补充的情报。安排他将来的计划。到了周六上午，他依旧重复前一天的做法，接着在周日清账，又在周一大做交易。到周一下午三点钟，他总共清算了一下，除了损失和未定的交易，他重新做回了百万富翁。现在，他面前出现了一马平川的坦途。

那天傍晚时分，他坐在办公室的写字台边，向外凝视着第三大道，凝视着那些熙熙攘攘的经纪人、邮差和焦急的储户。他的得意日子，能让他发挥才能的日子都已经过去了。他不想再考虑这里的或者其他地方的经纪人业务。目前的经济危机，加上两年前他遇到的芝加哥火灾引发的灾难，已经耗尽了他对股票交易的狂热和对费城的全部热情。他留在这里将是很不开心的，他清楚囚徒的经历已使他不能和上流阶层再来往了。现在，他已经重新打下基础，成了费城的商人，他已经被赦免了，他希望人们相信他从来没有犯过任何罪行，他再也没有事情可做了，只好告别费城，去探索新的世界。

"只要我安全地退出，"他想，"这就是结局了。我将去西部从事其他行业。"他考虑到了市内铁路、地产和某些庞大的工业计划，他甚至于想合法地开矿。

"我已经得到过教训，"他这样想着，终于站起来，准备走了，"我又和以前一样有钱，只是年纪大了一些。他们抓过我一次，但是他们再也抓不到我了。"他与温格特谈及他打算从事的行业，他打算大张旗鼓地做下去。但是自始至终，他的头脑里萦绕着他已发了财的念头："我是百万富翁。我是一个自由人。我还只有三十六岁，我的前途远大而且充满了光明。"

他就带着这个念头去拜访爱琳，准备共同讨论将来的计划。

三个月以后，一列火车穿越宾夕法尼亚州的山脉，奔跑在俄亥俄州与印第安纳州的平原上，一个野心勃勃的年轻金融家正乘坐此车向芝加哥与西部驶去，尽管他身价不菲，年富力强，但考虑到自己的前途却一直进行严肃、保守的观察。在启程前他认真研究过西部，那里是可以大有作为的，他最近研究过纽约票据交换所的收据，以及银行的账单和基金流动的情况，发现有大宗黄金运往芝加哥。他对于金融十分在行，装运黄金的意义非常明显，金钱所到之处就是生产所到之处，那里会出现一种生气勃勃的景象，他乐于亲自去看个清楚。

两年以后，随着一个年轻投机家在杜罗斯像流星般出现，弗兰克·阿尔杰农·考珀伍德公司在芝加哥正式成立了，表面上经营西部大宗小麦。之后，在费城的弗兰克·阿尔杰农·考珀伍德太太就悄无声息地同意离婚了，她显然是自愿的，时间对她似乎是有益的。她的经济情况一度很糟，但现在已经彻底好转。她在费城西区，一个姊妹家的附近建立了一个全新的、有趣的家庭，住房设施符合中产阶级的优雅标准，她现在又成了一个虔诚的教徒，弗兰克和丽莲两个孩子上了私立学校，晚上则回到母亲身边。华生·西姆重新担任总管家。周日常来的客人是亨利·华盛顿·考珀伍德夫妇。在经济上她已不再感到拮据，但精神上很颓废疲倦，家里过去一帆风顺的迹象已经完全消失了。老考珀伍德也已经有了足够的钱维持生活，不必辛辛苦苦做小职员了，但在社会生活上的欢乐已经消失。他老了，对任何事情都不抱希望。一想到昔日的声名与经济上的威望，他觉得雄风犹存，但是，今非昔比，他的勇气和梦想都已消失，他只等待着死亡。

安娜·阿达莱德·考珀伍德也偶尔到这里来，她在市自来水公司做职员，对人生奇异的变化感慨很多。她十分关心她的哥哥，他好像天生注定要在世界上扮演优秀的角色，但是她并不了解他。看到与他接近的人似乎总是随着他的兴衰而起伏，她就不明白这个世界到底是如何安排正义与道德的，似乎存在着某种总原则，或者是人们认定存在的，但是分明还有例外。她的哥哥对大家公认的规则并不遵守，可他好像又很成功。这意味着什么？他的前妻考珀伍德太太既责怪他的行为，可是又好像理所当然地接受了他的幸福。那又是什么伦理观念呢？

考珀伍德会将自己的每一个行动都告诉爱琳·巴特勒，比如目前在何处，前途如何。与太太离婚后不久，他于新住处与西部之间做了很多次往返旅行。然后，在一个冬日的下午，考珀伍德与爱琳就一同离开了费城。爱琳告诉她的母亲（她现在愿意到诺拉那里去住），她爱上了从前的银行家，要与他结婚，这位老太太起初只得到一些零碎的消息，就答应了。

就这样，爱琳彻底告别了这个旧世界。呈现在她面前的是芝加哥，弗兰克告诉她，这是他们在费城永远得不到的事业的新天地。

"终于走了，不是很好吗？"她说。

"总之，走为上策。"他说。